टेढ़े-मेढ़े रास्ते

टेढ़े-मेढ़े रास्ते

भगवतीचरण वर्मा

राजकमल प्रकाशन

ISBN : 978-81-267-3026-1

मूल्य : ₹1295

सम्पूर्ण संस्करण : 2005
राजकमल से पहली बार : 2005
सातवाँ संस्करण : 2024

प्रकाशक : राजकमल प्रकाशन प्रा. लि.
1-बी, नेताजी सुभाष मार्ग, दरियागंज
नई दिल्ली-110 002
शाखाएँ : अशोक राजपथ, साइंस कॉलेज के सामने, पटना-800 006
पहली मंजिल, दरबारी बिल्डिंग, महात्मा गांधी मार्ग, प्रयागराज-211 001
1, अनमोल सोराबजी संतुक लेन, धोबी तलाव, मरीन लाइंस, मुम्बई-400 002
वेबसाइट : www.rajkamalprakashan.com
ई-मेल : info@rajkamalprakashan.com

मुद्रक : यश प्रिंटोग्राफिक्स
नोएडा-201 301 (उत्तर प्रदेश)

TEDHE-MEDHE RASTE
Novel by Bhagwati Charan Verma

टेढ़े-मेढ़े रास्ते

खंड : एक

पहला परिच्छेद

1

सन् और तारीख याद नहीं, और उन्हें याद रखने की कोई आवश्यकता नहीं, बात सन् 1930 के मई के तीसरे सप्ताह की है।

गरमी ने एकाएक भयानक रूप धारण कर लिया था और थरमामीटर बतलाया था कि दिन का टेम्परेचर 115 तक पहुँच गया है। लू के प्रचंड झोंके चल रहे थे और उन्नाव शहर की सड़कों पर सन्नाटा था। लोगों को घर के बाहर निकलने का साहस न होता था; सूर्य के प्रखर प्रकाश से आँखें जल-सी जाती थीं। उस समय दोपहर के दो बज रहे थे।

पंडित रामनाथ तिवारी अपने कमरे में सोये हुए थे। दरवाजों पर खस-टट्टियाँ लगी थीं जिन पर नौकर हर आध घंटे बाद पानी छिड़क देता था। पंखा चल रहा था।

पंखाकुली बाहर बरामदे में बैठा लू के थपेड़े खा रहा था और उसे खींच रहा था। तीन घंटे तक लगातार पंखा खींचने के बाद उसे कुछ थकावट मालूम हुई, और उस थकावट पर लू के झुलसा देनेवाले थपेड़े भी विजय न पा सके। उसकी आँखें धीरे-धीरे झपने लगीं और हाथ धीरे-धीरे धीमा पड़ने लगा। आँखें झपते-झपते बंद हो गईं, हाथ धीमा पड़ते-पड़ते रुक गया; और पंखाकुली सपना देखने लगा।

पंखा बंद हो गया और रामनाथ तिवारी की मीठी नींद टूट गई। उन्होंने जोर से आवाज लगाई, "अबे ओ कलुआ के बच्चे–सोने लगा ! साले–मारे हंटरों के खाल उधेड़ दूँगा।"

पंडित रामनाथ तिवारी का इतना कहना था कि पंखाकुली चौंक पड़ा। उसने अपनी आँखें खोल दीं और हाथ फिर मशीन की भाँति चलने लगा।

पंडित रामनाथ तिवारी ने करवट बदली पर उन्हें नींद न आई। लेटे ही लेटे उन्होंने सिरहाने रखी चाँदी के गिलौरीदान से पान खाया, उसके बाद उन्होंने घड़ी देखी। अभी केवल दो बजे थे–केवल दो; और उन्हें कचहरी करनी थी पाँच बजे शाम को। तिवारीजी उठकर बैठ गए, उन्होंने आवाज दी, "कोई है ?"

“हाँ सरकार !” कहता हुआ उनका निजी खिदमतगार रामदीन बगलवाली दालान से निकलकर उनके सामने खड़ा हो गया।

“वह खिड़की खोल दो !” तिवारीजी ने कोनेवाली खिड़की की ओर इशारा किया। रामदीन ने खिड़की खोल दी, इसके बाद वह फिर अपनी दालान में चला गया। तिवारीजी ने मेज पर निगाह डाली, उस दिन की डाक पड़ी थी। चश्मे के केस से चश्मा निकालकर लगाते हुए उन्होंने डाक का गड उठा लिया और एक बार आदि से अंत तक उलट-पुलट गए। दो पत्र उन्होंने व्यग्रता के साथ निकाले, एक पर 'आन हिज मेजेस्टीज सर्विस' लिखा था और दूसरे के पते पर उमानाथ के हाथ की लिखावट थी। कुछ देर तक यह सोचकर कि पहले कौन-सा पत्र खोला जाए, उन्होंने उमानाथ का पत्र खोला।

उमानाथ तिवारीजी का मझला लड़का था, बड़े का नाम था दयानाथ और छोटे का प्रभानाथ था। दयानाथ कानपुर में वकालत कर रहा था और प्रभानाथ इलाहाबाद से एम.ए. की परीक्षा देकर घर आ गया था। उमानाथ दो साल हुए, औद्योगिक शिक्षा के लिए जर्मनी गया था। उसका पत्र जापान से आया था जिसमें उसने लिखा था कि वह जून के दूसरे सप्ताह में कलकत्ता से पदार्पण करेगा।

पत्र पढ़कर रामनाथ मुस्कुराए। एक क्षण के लिए उमानाथ की मूरत उनकी आँखों के आगे छा गई। वे उमानाथ पर और भी कुछ सोचना चाहते थे, पर इसमें उन्हें सफलता नहीं मिली क्योंकि सरकारी पत्र उन्हें देख रहा था। उस पत्र को उन्होंने खोला। उस पत्र को पढ़कर रामनाथ की मुस्कुराहट लोप हो गई और उनका मुख गम्भीर हो गया। उन्होंने उस पत्र को तीन बार पढ़ा और प्रत्येक बार उनके मुख की गम्भीरता बढ़ती ही गई। वह पत्र कलक्टर का था जिसमें कलक्टर ने लिखा था कि रामनाथ के बड़े लड़के दयानाथ ने कांग्रेस ज्वाइन कर लिया है और सरगर्मी के साथ कांग्रेस की गैर-कानूनी कार्रवाइयों में हिस्सा ले रहा है। साथ ही रामनाथ से यह भी कहा गया था कि सरकार रामनाथ के लिहाज से अभी तक दयानाथ के खिलाफ कार्रवाई करने से रुकी हुई है। कलक्टर साहेब ने यह आशा प्रकट की थी कि रामनाथ अपने बड़े पुत्र को गलत मार्ग पर चलने से रोकेंगे।

तिवारीजी ने पत्र मेज पर रख दिया, तकिया के सहारे बैठकर वे सोचने लगे। जितना सोचते थे विचार उतने ही उलझते जाते थे, और अन्त में उन विचारों से ऊबकर उन्होंने फिर पान खाया। इसके बाद उन्होंने घड़ी देखी–साढ़े तीन बजे थे।

वे लेट गए और सोचने लगे। जिस समय आँख खुली, साढ़े पाँच बज रहे थे।

2

पंडित रामनाथ तिवारी अवध के एक छोटे-से ताल्लुकदार थे। अपनी रियासत बानापुर में न रहकर वे प्रायः उन्नाव में रहते थे उसके कारण। तिवारी सभ्य तथा सुसंस्कृत पुरुष थे, उन्हें सभ्य तथा पढ़े-लिखे लोगों का ही साथ पसन्द था। ग्रामीण जीवन में विद्वानों के संसर्ग का अभाव था। इस अभाव को उन्होंने उन्नाव आकर दूर किया था। यद्यपि उन्नाव छोटा-सा कस्बा था पर जिला का सदर होने के कारण वहाँ कलक्टर, डिप्टी कलक्टर आदि पढ़े-लिखे अफसर रहते थे।

दूसरा कारण था तिवारीजी का दयालु होना। किसानों की हालत वैसे कहीं भी अच्छी नहीं है, पर अवध के किसानों की हालत तो बहुत अधिक करुणाजनक है। ये किसान अपनी-अपनी फरियादें लेकर राजा साहेब, अर्थात् तिवारीजी के पास आते थे, और इनकी शिकायतों को दूर करना तिवारीजी अपना कर्तव्य समझते थे। पर शिकायतों को दूर करने के अर्थ प्रायः हुआ करते थे राज्य को अर्थात् तिवारीजी को हानि से बचने के लिए किसानों को जिलेदार सरवराकर और मैनेजर से निपटने के लिए उनके भाग्य पर छोड़कर तिवारीजी उन्नाव में आ बसे थे।

तिवारीजी आनरेरी मजिस्ट्रेट थे और किसी का नौकर न होने के कारण अपनी अदालत वे अपने बँगले में ही करते थे। इसमें सरकार को भी कोई आपत्ति न थी क्योंकि यदि तिवारीजी अपने बँगले में अदालत न करते तो सरकार को कोई इमारत किराए पर लेनी पड़ती और इसमें उसका खर्च होता।

किसी का नौकर न होने के कारण तिवारीजी की अदालत का समय भी अनिश्चित था। अदालतों का समय प्रायः दस बजे हुआ करता है। हर एक सम्मन पर यही वक्त दिया होता है और दिहात से आनेवाले लोगों को ठीक दस बजे अदालत में हाजिर होना पड़ता है।

तिवारीजी के बँगले के सामनेवाले मैदान में नीम के पेड़ के नीचे मुकदमों में आए हुए लोगों की भीड़ एक बजे से तिवारीजी के दर्शनों का इंतजार कर रही थी। कुछ अपने मुकदमों की बातें कर रहे थे, कुछ भयानक गरमी और उससे भी भयानक लू पर, जिससे उसी दिन तीन आदमी मर चुके थे, टीका-टिप्पड़ी कर रहे थे और कुछ दबी जुबान तिवारीजी को गालियाँ दे रहे थे। तिवारीजी की लाइब्रेरी के कमरे में जो दोपहर बारह बजे से छै बजे शाम तक अदालत का कमरा कहलाता था, पेशकार उस दिन पेश होनेवाले मुकदमों की मिसलों को उलट-पलट रहा था। उसके इर्द-गिर्द खड़े हुए वकीलों के मुहर्रिर पेशकार साहेब की रुपए और अठन्नी से पूजा कर रहे थे।

ठीक छै बजे तिवारीजी अदालत के कमरे में आए। चपरासी खुदाबख्श से उन्होंने

कहा, "सत्यनारायण से बोलो, मेरी मोटर लावे !" और फिर उन्होंने पेशकार से कहा, "आज के सब मुकदमे मुल्तवी कर दो, मेरी तबीयत ठीक नहीं, अभी कानपुर जाना है।"

कार कमरे के सामने लग गई। सत्यनारायण ड्राइवर ने आकर सूचना दी। तिवारीजी ने कुछ सोचकर बाहर चलते हुए कहा, "तुम्हें मेरे साथ नहीं चलना है–देखो प्रभा तैयार हो गया ?"

"सरकार, छोटे कुँवर तो मोटर पर बैठे आपका इंतजार कर रहे हैं !"

"ठीक ! प्रभा ड्राइव कर लेगा, तुम्हारी आज की छुट्टी है !" और तिवारीजी कार पर बैठ गए।

प्रभानाथ स्टियरिंग व्हील पर बैठा था और रामनाथ पिछली सीट पर बैठे नहीं, लेटे थे। उस समय उनका मुख गम्भीर था और उनके मस्तक पर बल पड़े थे। उन्नाव से कानपुर का फासिला केवल ग्यारह मील का है पर पंडित रामनाथ तिवारी को वह फासिला ग्यारह सौ मील का मालूम हो रहा था। आँखें खोलकर उन्होंने सड़कों की ओर देखा, सड़क पर लगे हुए मील के पत्थर ने उन्हें बतलाया कि वे अभी केवल दो मील आए हैं। झल्लाकर उन्होंने कहा, "कितना धीमे चल रहे हो प्रभा ! तेज चलो, मुझे जल्दी है !"

प्रभानाथ ने स्पीडोमीटर की ओर देखा, सुई चालीस पर थी। उसने कार की रफ्तार और तेज की, सुई साठ पर पहुँच गई। रामनाथ ने ठंडी साँस ली और फिर आँखें बंद कर लीं।

इस तरह आँखें बंद किए हुए वे करीब दो मिनट बैठे रहे कि एक झटके से चौंक उठे। "कितना आए हैं ?' उन्होंने अपने चारों तरफ देखते हुए पूछा।

"पाँच मील !" प्रभानाथ मुस्कुराया, "ददुआ क्या बात है जो आप इतने व्यग्र हो रहे हैं ?"

रामनाथ ने कोई उत्तर नहीं दिया। यद्यपि प्रभानाथ का मुँह सामने था और रामनाथ उसे न देख सकते थे, पर फिर भी रामनाथ को मालूम हो गया कि प्रभानाथ मुस्कुरा रहा है-और शायद उन पर। पुत्र की इस बात पर रामनाथ को हलकी-सी झुँझलाहट आई, और उनका मौन उनकी झुँझलाहट का द्योतक था।

प्रभानाथ ने बात बदली। "ददुआ, साठ मील फी घंटा की रफ्तार से गाड़ी दौड़ रही है; अभी उन्नाव छोड़े कुल सात-आठ मिनट हुए होंगे !"

"ऐं ! साठ मील फी घंटा !" कहते हुए पंडित रामनाथ ने अपनी सोने की जेब की घड़ी देखी, "अरे, कुल छै मिनट ! गाड़ी धीमी करो प्रभा !"

लेकिन प्रभानाथ ने गाड़ी धीमी करने के स्थान पर और तेज कर दी-स्पीडोमीटर

अब सत्तर दिखला रहा था। पर रामनाथ ने गाड़ी की इस तेजी पर कोई ध्यान नहीं दिया, अपनी बात कहकर वह फिर सोचने लगे थे।

गंगा के पुल के पासवाले सड़क की मोड़ पर गाड़ी धीमी करते हुए प्रभानाथ ने कहा, "ददुआ, कहाँ चलें, बड़के भैया के यहाँ ?"

रामनाथ चौंक उठे, वे तनकर बैठ गए। फिर उन्होंने अपने चारों ओर देखा। बाईं ओर गंगा बह रही थी और करीब दो सौ गज की दूरी पर गंगा का पुल था। उन्होंने कहा, "दया के यहाँ, सीधे और जल्दी से जल्दी ! समझे !"

दयानाथ का बँगला सिविल लाइन्स में था और वे मशहूर आदमी थे। प्रभानाथ ने देखा कि दयानाथ के बँगले की बरसाती के नीचे तीन-चार कारें खड़ी हैं, इसलिए अपनी कार उसे पोर्टिको से कुछ दूर हटाकर लगानी पड़ी। रामनाथ ने कहा, "दया को यहीं बुला लाओ !"

प्रभानाथ गाड़ी से उतरकर बँगले की ओर बढ़ा। वह करीब दस कदम ही गया होगा कि रामनाथ ने आवाज दी, "नहीं–मैं खुद चलूँगा–ठहरो ! तुम मेरे साथ-साथ मेरे पीछे रहोगे।" इतना कहकर रामनाथ कार से उतर पड़े।

दयानाथ के ड्रांइग-रूम में नगर के प्रमुख कांग्रेसमैनों की बैठक हो रही थी। कमरे के बाहर एक स्वयंसेवक स्टूल पर बैठा हुआ, 'झंडा ऊँचा रहे हमारा !' गाने की पहली पंक्ति बड़ी तन्मयता के साथ गा रहा था।

स्वयंसेवक ने स्टूल पर बैठे ही बैठे कहा, "वकील साहेब से इस समय मुलाकात नहीं हो सकती, कांग्रेस की बैठक हो रही है !"

स्वयंसेवक की बात पर ध्यान न देकर पंडित रामनाथ तिवारी तेजी के साथ दरवाजे की ओर बढ़े। स्वयंसेवक उठ खड़ा हुआ, अपने डण्डे को उसने दरवाजे से लगाकर कहा, " आप भीतर नहीं जा सकते। मैंने कहा न कि सभा हो रही है।"

पंडित रामनाथ तिवारी की आँखों में खून उतर आया। एक टुकड़खोर स्वयंसेवक की यह हिम्मत कि वह बानापुर के ताल्लुकदार पंडित रामनाथ तिवारी को उनके लड़के के मकान में जाने से रोके, उन्होंने उसी समय एक तमाचा स्वयंसेवक को मारा। स्वयंसेवक पचीस वर्ष का एक नवयुवक था। पर पैंसठ वर्ष के वृद्ध पंडित रामनाथ तिवारी का तमाचा खाकर उसकी आँखों के आगे अँधेरा छा गया और वह जमीन पर बैठ गया। रामनाथ तिवारी ने महान उग्र रूप धारण करके ड्रांइग-रूम में प्रवेश किया। प्रभानाथ उसके पीछे था।

3

दयानाथ के ड्राइंग-रूम में दस आदमी थे, सभी कांग्रेस के प्रमुख कार्यकर्ता।

नमक-सत्याग्रह आरम्भ होने से दो महीने तक सरकार चुपचाप सबकुछ देखती रही थी, पर अब सरकार ने भी गिरफ्तारियाँ आरम्भ कर दी थीं। इधर कांग्रेस ने भी सरगर्मी के साथ अपना युद्ध-मोरचा जमा रक्खा था–जोरों के साथ काम चल रहा था। सन् 1930 के आन्दोलन में एक खास बात यह थी कि देश के व्यापारियों ने कांग्रेस का बहुत साथ दिया था। यद्यपि जेल जानेवालों में प्रमुख व्यापारियों की संख्या नगण्य-सी थी, पर उन्होंने धन से बहुत अधिक सहायता की थी। कानपुर उत्तर भारत का प्रमुख व्यापारिक केन्द्र है और इसलिए वहाँ भी कांग्रेस का बहुत बड़ा जोर था। दयानाथ के यहाँ जो सभा हो रही थी उसमें अमीर श्रेणीवाले भी काफी तादाद में थे।

कमरे में रामनाथ के प्रवेश करने के साथ ही लोगों की बातचीत बंद हो गई और सबों ने रामनाथ की ओर देखा। अपने पिता को देखते ही दयानाथ उठ खड़ा हुआ, "अरे ददुआ !" और उसने बढ़कर अपने पिता के चरण छुए।

रामनाथ ने दयानाथ को आशीर्वाद नहीं दिया, क्रोध से उनकी आँखें लाल थीं। उन्होंने एक बार गौर से उस कमरे में बैठे हुए समुदाय को देखा फिर उन्होंने उन लोगों से कहा, "अपने उस बदतमीज टुकड़खोर वालंटियर को, जिसे आप लोगों ने मेरा अपमान करने के लिए दरवाजे पर बिठा रखा था, सम्हालिए। देखिए उसे कुछ चोट-वोट तो नहीं आ गई।"

उत्तर लाला रामकिशोर ने दिया, "आप दयानाथजी के पिता हैं और उससे आप सबकुछ कह सकते हैं, लेकिन मेरी समझ में नहीं आता कि आप हम लोगों का अपमान क्यों कर रहे हैं !"

लाला रामकिशोर कानपुर के प्रमुख व्यापारी थे। उनकी चार मिलें थीं, और इनकमटैक्स तथा सुपरटैक्स में वे सरकार को इतना रुपया देते थे कि जितने की रामनाथ तिवारी की निकासी थी। लाला रामकिशोर से पंडित रामनाथ तिवारी भलीभाँति परिचित थे, वे जरा धीमे पड़े। एक खाली कुर्सी पर बैठते हुए उन्होंने कहा, "लाला रामकिशोर, मैंने आप लोगों का अपमान किया या आप लोगों ने मेरा अपमान किया, यह तो वह स्वयंसेवक ही बतला सकता है, जिसको आपने दरवाजे पर बिठा रक्खा था, लेकिन मैं इतना जरूर कहूँगा, खास तौर से आपसे कि आप ऐसे शरीफों के लिए यह फकीरों, बागियों और आवारों की संस्था कांग्रेस नहीं है। फिर भी अगर मैंने कोई सख्त बात कह दी हो तो माफी माँगे लेता हूँ।"

अपने पिता के इस व्यवहार के कारण दयानाथ लज्जा से गड़ा जा रहा था। इस

बार उसके बोलने की बारी थी, "ददुआ, मुझे ऐसी आशा नहीं कि एकाएक आप इस बुरी तरह अपनी मनुष्यता पर अपना अधिकार खो बैठेंगे। वह स्वयंसेवक आपको पहचानता नहीं था, यही उसका और हम लोगों का अपराध था।" कुछ रुककर उसने फिर कहा, "और मेरे अतिथियों का जो अपमान हुआ है उसके लिए आपकी ओर से मैं उनसे माफी माँगे लेता हूँ। अब आप अन्दर चलें, जिस काम के लिए हम लोग एकत्रित हुए हैं वह महत्त्व का है।"

रामनाथ को बिना कुछ कहने का अवसर दिए ही उसने अपने साथियों से कहा, "आप लोग कार्यवाही जारी रक्खें, मुझे अपने पिताजी से कुछ बातें करनी हैं, तब तक के लिए मैं क्षमा चाहूँगा।" और यह कहकर वह वहाँ से चल पड़ा।

पंडित रामनाथ तिवारी चुपचाप उठ खड़े हुए। उनकी शिष्टता और उनकी अहम्मन्यता में उस समय एक भयानक द्वन्द्व मचा हुआ था और उस द्वन्द्व के कारण वे विसुध-से हो रहे थे। दयानाथ के साथ रामनाथ और प्रभानाथ ने दयानाथ के शयनगृह में प्रवेश किया।

शयनगृह में दयानाथ की पत्नी राजेश्वरी देवी खादी की धोती पहने हुए तकली पर सूत कात रही थीं। श्वसुर को देखते ही वे उठ खड़ी हुईं और उन्होंने घूँघट काढ़ लिया। इसके बाद उन्होंने रामनाथ के चरण छुए।

रामनाथ उस समय किसी हद तक सुव्यवस्थित हो गए थे। उन्होंने आशीर्वाद दिया, "सदा सौभाग्यवती रहो, फलो-फूलो।"

राजेश्वरी देवी कमरे के बाहर चली गईं, और बरामदे में कमरे के दरवाजे से लगकर खड़ी हो गईं। रामनाथ ने प्रभानाथ की ओर देखा; प्रभानाथ ने अपनी मुस्कुराहट दबाने का लाख प्रयत्न किया, पर रामनाथ ने उसकी मुस्कुराहट देख ही ली। कड़े स्वर में तिवारीजी ने कहा, "तुम जाकर अपनी भावज से बातचीत करो–यहाँ रहने की कोई जरूरत नहीं।"

प्रभानाथ की मुस्कुराहट का कारण था उसका कौतूहल। घर से वह इस आशा के साथ चला था कि वह अपने पिता और बड़े भाई की मजेदार मुठभेड़ देखेगा। वह अपने पिता को जानता था, वह अपने बड़े भाई को भी अच्छी तरह जानता था। पिता पर उसकी ममता थी, बड़े भाई के प्रति उसकी श्रद्धा। दोनों ही चरित्रवान तथा अपने-अपने विश्वासों पर दृढ़ आदमी थे। दोनों में ही स्वामित्व का भाव प्रबल था, किसी से दबना दोनों में से एक ने भी नहीं जाना।

प्रभानाथ का मुँह उतर गया, एक मजेदार और दिलचस्प दृश्य को देखने से वह वंचित रह गया। सिर झुकाए हुए वह बाहर निकला। वहाँ अपनी भावज को देखा। राजेश्वरी देवी ने होंठ पर उँगली लगाकर चुप रहने का इशारा किया, बेचारा प्रभानाथ

वहाँ से भी निराश चल दिया। आँगन में वह पहुँचा–सामने रसोईघर में महाराज बाहर से आए हुए अतिथियों के लिए नाश्ता तैयार कर रहा था। प्रभानाथ को एकाएक याद हो आया कि उसे रामनाथ की आज्ञा से शाम की चाय छोड़कर ही चला आना पड़ा था। नौकर से कुरसी मँगवाकर उसने रसोईघर के सामने डलवा ली, और फिर बैठकर चाय पर जुट गया। प्रभानाथ के जाने के बाद थोड़ी देर तक कमरे में सन्नाटा छाया रहा। रामनाथ सोच रहे थे–किस प्रकार बात आरम्भ की जाए और दयानाथ रामनाथ के बात की प्रतीक्षा कर रहा था।

रामनाथ ने बात आरम्भ की, "तो देख रहा हूँ कि तुम खद्दरपोश हो गए हो !"

कुछ देर तक अपनी बात का जवाब पाने की प्रतीक्षा के बाद रामनाथ ने फिर कहा, "और सरगर्मी के साथ कांग्रेस का काम कर रहे हो।"

इस बार भी दयानाथ ने कोई उत्तर नहीं दिया।

रामनाथ का स्वर कड़ा हो गया, "बोलते क्यों नहीं ? क्या गूँगे हो गए हो ?"

"इसमें मेरे बोलने की क्या आवश्यकता, सबकुछ तो आप देख ही रहे हैं ?" शान्त भाव से दयानाथ ने कहा।

दयानाथ के शांत और दृढ़ स्वर ने रामनाथ को उत्तेजित कर दिया। "हाँ, सबकुछ देख रहा हूँ और उससे भी अधिक सुन रहा हूँ ! जानते हो, तुम मेरे नाम को, मेरे कुल को कलंकित कर रहे हो !"

"मैंने तो इस सबमें कलंक की कोई बात नहीं समझी–और न समझने को तैयार हूँ !"

रामनाथ ने अपनी जेब से सरकारी पत्र को निकालकर दयानाथ के सामने फेंकते हुए कहा, "इस पत्र को देखते हो ? इसके बारे में तुम्हें क्या कहना है ?"

दयानाथ ने पत्र पढ़ा। कुछ सोचकर उसने कहा, "सरकार पुत्र की जिम्मेदारी पिता पर कैसे रख सकती है, और फिर उसने यही कैसे समझ लिया कि मेरी आत्मा पर आपका पूर्ण अधिकार है ?"

रामनाथ इस उत्तर से चौंक पड़े। उन्होंने आश्चर्य से अपने पुत्र को देखा। दयानाथ की उम्र पैंतीस वर्ष की थी–वह कानपुर नगर के प्रमुख वकीलों में था। पर फिर भी रामनाथ की नजर में दयानाथ न पैंतीस वर्ष का आदमी था और न कानपुर का प्रमुख वकील था। रामनाथ की नजर में दयानाथ एक लड़का था–उनका लड़का था–जो उनके सामने नंगा घूमा, जो उनकी टेढ़ी नजर के सामने दबक जाता था, जिस पर उन्होंने हमेशा शासन ही किया। अपने अधिकार की उपेक्षा पर पिता को एक धक्का-सा लगा। थोड़ी देर तक वे अवाक, एकटक दयानाथ को देखते रहे।

और एकाएक मर्माहत पिता का स्थान अपमानित स्वामी ने ले लिया। रामनाथ

तनकर खड़े हो गए। उनकी भृकुटियाँ खिंच गईं, उनके स्वर में ममता के स्थान पर स्वामित्व की कठोरता आ गई, "अगर सरकार ने यह समझा कि तुम्हारी आत्मा पर मेरा पूर्ण अधिकार है तो उसने गलती नहीं की। मैं अपने अधिकार को अच्छी तरह जानता हूँ, यह याद रखना।"

बात अधिक न बढ़े, दयानाथ ने इसलिए कोई उत्तर नहीं दिया।

रामनाथ ने फिर कहा, "मैं तुमसे कहने आया हूँ कि तुम कांग्रेस छोड़ दो। जो मार्ग तुमने अपनाया है वह गलत है, अकल्याणकारी है। तुम उस संस्था में शामिल हो रहे हो जो तुम्हें नष्ट कर देने पर तुली हुई है।"

"मुझे नष्ट कर देने पर तुली हुई है?" दयानाथ ने आश्चर्य से पूछा।

"हाँ, तुम्हें–मुझे–हम सब लोगों को। इतनी बड़ी और ताकतवर ब्रिटिश सरकार को मिटाने की सोचनेवाली संस्था हम जमींदारों को, हम रईसों को छोड़ देगी, यह समझना बहुत बड़ी मूर्खता है।"

दयानाथ ने कहा, "ददुआ, आप क्या कह रहे हैं? हमारी लड़ाई तो विदेशी सरकार से है–यह लड़ाई स्वाधीनता प्राप्त करने के लिए है। क्या जमींदार और क्या किसान–हम सब गुलाम हैं। और कांग्रेस हम सब गुलामों की संस्था है जिसका उद्देश्य देश को विदेशियों के शासन से मुक्त कराना है।"

उपेक्षा की मुस्कुराहट के साथ रामनाथ ने कहा,"तुमने इतना अध्ययन किया, तुमने वकालत पास की लेकिन तुम्हें अक्ल नहीं आई। यह याद रखना, कि गुलामी गुलामी ही है, चाहे वह विदेशियों की हो चाहे वह अपने देशवालों की हो। विदेशियों की गुलामी से लोगों को छुड़ाने की कोशिश करनेवाली संस्था देशवासियों की गुलामी में लोगों को बँधे रहने देगी–क्या तुम्हें इस पर यकीन है?"

"शायद नहीं!" दयानाथ ने कहा।

"शायद नहीं–नहीं; निश्चय नहीं।" रामनाथ हँस पड़े, "और इसीलिए मैं कहता हूँ कि कांग्रेस छोड़ दो। हम जमींदारों की भलाई कांग्रेस का साथ देने में नहीं है।" यह कहकर रामनाथ बैठ गए। उनके मुख पर विजय का गर्व था, उनके हृदय में सफलता का विश्वास था।

पर रामनाथ की यह प्रसन्नता क्षणिक थी। अभी तक दयानाथ कुछ दबा-सा बात कर रहा था, अब उसने सामना किया। अभी तक वह अपने पिता से बात कर रहा था, अब उसने विपक्षी से बात शुरू की। उसने कुछ थोड़े गम्भीर स्वर में आरम्भ किया, "ददुआ, बात सिद्धान्त की है और इसलिए मेरी बात पर आप बुरा न मानिएगा। मैं कांग्रेस का साथ दे रहा हूँ अपनी गुलामी तोड़ने के लिए। आपका कहना है कि दूसरों को गुलाम बनाए रखने के लिए मैं गुलाम बना रहूँ; और मैं अपनी गुलामी तोड़ने पर

यदि दूसरे मेरी गुलामी से दूर होते हैं तो उसमें हर्ज नहीं है, और आप चाहते हैं कि मैं भी इस बात पर विश्वास करूँ !"

रामनाथ ने अपने पुत्र को देखा और थोड़ी देर तक वे एकटक देखते रहे। फिर धीरे से उन्होंने कहा, "दूसरों को नष्ट करने के प्रयत्न में तुम अपने को नष्ट कर रहे हो, मैं नहीं। ब्रिटिश सरकार के शासन में तुम्हें कौन-सा दुःख है ? कौन-सा अभाव है ? अच्छा खाते हो, अच्छा पहनते हो। जिन्दगी की सभी सलूहियतें तुम्हारे पास हैं। फिर गुलामी कैसी ? और अगर तुम अंग्रेजों का शासन नापसन्द करते हो," रामनाथ का स्वर एकदम प्रखर हो गया, "तो याद रखना, ये टुकड़खोर शोहदे तुम्हारे सिर पर पैर रखकर चलेंगे। गुलाम तुम हमेशा रहोगे, गुलामी से बच सकना गैर-मुमकिन है। अभी तुम्हें हर तरह से आराम है, सिर्फ कानून की आज्ञा भर मानना है; और बाद में कानून की आज्ञा ही नहीं, इन नीच लोगों के घमंड की चक्की में तुम्हें पिसना पड़ेगा। तुम्हें ये तोड़ देंगे, तुम्हें ये कंगाल बनाकर जूतों से ठुकराएँगे और तुम जिन्दगी भर के लिए रोओगे। समझे !"

दयानाथ हँस पड़ा, "ऐसी ही बातों से और ऐसे ही विश्वासों से हिन्दुस्तान की यह हालत हो गई है। अपने अन्दर मनुष्यता का अभाव होने के कारण हम दूसरों के अंदर भी मनुष्यता के अभाव की कल्पना करते हैं। दूसरों को उत्पीड़ित करने का पाप हमारे सिर पर एक भयानक भार-सा लदा हुआ है और यह पाप बराबर हमें नीचे गिराता जाता है। हममें सदिच्छा और ईमानदारी नहीं है। लेकिन इसके ये माने नहीं कि दुनिया में सदिच्छा और ईमानदारी है ही नहीं। मैं यह कहता हूँ कि वैभव में पशुता है, पशुता ही नहीं, दानवता है। और हम दानवों को मनुष्यों से डरने की कोई आवश्यकता नहीं।"

रामनाथ तड़प उठे। "हाँ मैं पशु हूँ, दानव हूँ, पापी हूँ, बेईमान हूँ, बात यहाँ तक पहुँच गई। मेरा लड़का मेरे मुँह पर मुझे गालियाँ दे रहा है।"

दयानाथ ने शांत भाव से कहा, "आप मुझे गलत समझ रहे हैं ददुआ-मैं गालियाँ नहीं दे रहा हूँ, मैं तो सिद्धान्त की बात कह रहा हूँ।"

रामनाथ का क्रोध उग्र रूप धारण कर रहा था, "तुम सिद्धान्त की आड़ में मुझे गाली दे रहे हो, मैं तुम्हारा मुँह तोड़ दूँगा। मैं तुमसे साफ कहे देता हूँ-या तो तुम चौबीस घंटे के अंदर कांग्रेस छोड़ दो या फिर यहाँ पैर मत रखना !"

दयानाथ ने कहा, "अगर मेरे अनजाने में आपका कुछ अपमान हो गया हो तो मैं माफी माँगे लेता हूँ। लेकिन आप जरा शांत होकर सोचें कि मुझे अपने विश्वास पर चलने का और अमल करने का उतना ही अधिकार है जितना आपको अपने विश्वास पर चलने का और अमल करने का। मैंने तो आपसे कभी यह नहीं कहा कि आप

अपने विश्वास को छोड़ दें।"

रामनाथ चिल्ला उठे, "मैं तुम्हारा बाप हूँ कि तुम मेरे बाप हो ? खबरदार, अब जो दूसरी बात जुबान पर आई तो मैं तुम्हारी जुबान खींच लूँगा।" रामनाथ आवेश से काँप रहे थे, "चौबीस घंटे का समय दे रहा हूँ–एक मिनट ज्यादा नहीं।" इतना कहकर उन्होंने जोर से पुकारा, "प्रभा।"

प्रभानाथ ने गरम पकौड़ियाँ खाकर फलों पर हाथ लगाया ही था कि रामनाथ की आवाज उसे सुनाई पड़ी। फलों को छोड़कर वह दौड़ा, रामनाथ कमरे के बाहर आ गए थे। रामनाथ ने कहा, "चलो, जल्दी चलो ! इस मकान में मेरा दम घुट रहा है।"

प्रभानाथ ने कमरे के अंदर नजर डाली। दयानाथ खड़ा जमीन की ओर देख रहा था। प्रभानाथ ने बाहर ही से कहा, "बड़के भइया, प्रणाम। "

दयानाथ ने उसी भाँति उत्तर दिया, "आशीर्वाद !"

रामनाथ ने प्रभानाथ का हाथ पकड़कर दरवाजे की ओर खींचते हुए कहा, "चलो–जल्दी करो !"

दूसरा परिच्छेद

1

रामनाथ के बाहर जाते ही राजेश्वरी देवी ने कमरे में प्रवेश किया। दयानाथ वैसा ही खड़ा था–मौन, विसुध, वह क्या सोच रहा था, स्वयं वह न जानता था, उसकी आँखों के आगे था एक भयानक शून्य ! एक के बाद एक विचार धुँधलेपन से उठकर सूनेपन में लोप हो जाते थे।

अंदर जाकर राजेश्वरी देवी दयानाथ के बगल में खड़ी हो गईं। दयानाथ के कंधे पर हाथ रखते हुए उन्होंने कहा, ''क्यों, क्या सोच रहे हो ?''

दयानाथ चौंक पड़ा, ठीक उसी प्रकार जैसे कोई आदमी एक दुखद सपना देखकर चौंक उठता है। उन्होंने अपनी पत्नी को देखते हुए कहा, ''कुछ नहीं–यों ही... हाँ, चा तैयार हो गई ?''

''हो गई, न जाने कितनी देर हुई; नौकर शायद बाहर ले भी गया होगा। हाँ, तुम्हें यह पागलपन क्यों सवार हो गया है ?''

''कैसा पागलपन ?'' दयानाथ ने आश्चर्य से पत्नी को देखते हुए कहा।

''यही जो ददुआ इतनी कड़ी बात कह गए !–वे कितने नाराज हो गए हैं !'' दयानाथ ने करुण स्वर में कहा, ''हाँ, मुझे अफसोस है कि मुझे इतनी कड़ी बात कहनी पड़ गई–क्या बतलाऊँ, मैं विवश हो गया था !''

''फिर अब क्या करोगे ?''

''अब से क्या मतलब ?–मैं समझा नहीं !''

''यही जो ददुआ कह गए हैं कि चौबीस घंटे के अंदर कांग्रेस छोड़ दो।''

दयानाथ मुस्कुराया, ''अब मैं क्या करूँगा ? तो इसके माने क्या हैं कि तुम मुझे समझती नहीं ?''–कुछ रुककर दयानाथ ने फिर कहा, ''अच्छा, तुम्हीं बतलाओ, मैं क्या करूँगा ?''

''मैं क्या जानूँ ?–मैं तो इतना जानती हूँ कि तुम्हें क्या करना चाहिए !''

''तो फिर वही बतलाओ !''

"अपने पिता की आज्ञा माननी चाहिए, उनसे क्षमा माँग लेना चाहिए !"

"और अपनी आत्मा की पुकार की उपेक्षा करनी चाहिए, सत्य बात का गला घोंट लेना चाहिए, कर्तव्य से विमुख हो जाना चाहिए–यही सब करने को तुम मुझसे कह रही हो !" दयानाथ उठ खड़ा हुआ, वह जोर से हँस पड़ा, "पिता ही नहीं, मेरी पत्नी भी मुझे पाप का रास्ता दिखला रही है, मुझे अपना सहयोग, अपनी सहानुभूति, अपना साहस देने के स्थान पर मेरे सामने बाधा के रूप में उपस्थित हो रही है। यह सब विधि का विधान ही है !"

दयानाथ के मुख पर हाथ रखते हुए राजेश्वरी ने कहा, "ऐसा न कहो–हाथ जोड़ती हूँ ! मुझे पाप न लगाओ ! मैं तुम्हारे भले के लिए ही यह सब कह रही हूँ !"

"अपनी भलाई-बुराई मैं अच्छी तरह समझ रहा हूँ !"

"कहाँ समझ रहे हो ? जानते हो, ददुआ वैसे भी उमा बाबू को ज्यादा मानते हैं। ताल्लुका का उत्तराधिकारी वे उमा बाबू को बना देंगे ! इसके बाद क्या होगा ?"

दयानाथ ने कुछ सोचा, "ठीक कहती हो ! उसके बाद तो मैं कंगाल हो जाऊँगा–तुम यह कहना चाहती हो न ! लेकिन मुझे गरीबी की कोई चिन्ता नहीं ! कोई भय नहीं !"

"और राजेश-ब्रजेश ? उनके लिए क्यों नहीं सोचते ?"

"राजेश, ब्रजेश, और तुम–तुम भी ! हाँ, अगर तुम्हें इस गरीबी से डर लगता है, अगर तुम अपने लड़कों को अपाहिज, लुटेरा, और ऐयाश बनाना चाहती हो तो तुम बड़े मजे में इन सबों के साथ ददुआ के यहाँ जा सकती हो-मैं इसमें जरा भी बाधा न डालूँगा।" यह कह दयानाथ कमरे के बाहर चला गया।

2

जिस समय दयानाथ बाहरवाले कमरे में लौटा, नौकर वहाँ बैठे लोगों के सामने चा रख रहा था। मार्कण्डेय ने मुस्कुराते हुए कहा, "क्यों, म्याँ–चेहरा क्यों तमतमाया हुआ है, ददुआ से लड़े या भाभी से ?"

"शायद दोनों से !" ब्रह्मदत्त ने चा का प्याला उठाते हुए कहा।

मार्कण्डेय दयानाथ का अभिन्न मित्र था और समवयस्क भी। वह दयानाथ के साथ बड़ा हुआ था, पढ़ा था और खेला था–रामनाथ के खानदान में वह घर का आदमी समझा जाता था। मार्कण्डेय मिश्र के पिता पंडित झगड़ू मिश्र बानापुर गाँव में केवल चार पाई के साझेदार थे, और वैभव तथा सम्पदा में पंडित रामनाथ तिवारी से कहीं नीचे थे। लेकिन माझगाँव का मिश्र होने के कारण वे अपने को चत्तू के तिवारी

पंडित रामनाथ से अधिक कुलीन समझते थे और इसलिए वे कभी भी ताल्लुकेदार से नहीं दबे। शायद यही कारण था कि तिवारीजी और मिश्रजी में अधिक नहीं बनती थी।

पर दयानाथ और मार्कण्डेय में बहुत अधिक घनिष्ठता थी और उनकी घनिष्ठता को उनके पिता पसन्द भी करते थे। इन दोनों की घनिष्ठता से दो सम्भ्रांत कुलों की शत्रुता का अंत हो रहा था, इसको तिवारीजी और मिश्रजी अच्छी तरह जानते थे, और इस पर प्रसन्न भी थे, यद्यपि स्वयं अपनी-अपनी अहम्मन्यता और अकड़ से मजबूर होने के कारण दोनों ही अक्सर मुँह दर मुँह एक दूसरे से गाली-गलौज कर लेते थे। मार्कण्डेय कानपुर में वकालत करता था।

मार्कण्डेय, दयानाथ और लाला रामकिशोर के अलावा वहाँ सात आदमी और थे। इनमें सर्वप्रथम नाम श्यामनारायण का आता है। श्यामनारायण एक तरह से दयानाथ का आश्रित था। श्यामनारायण की उम्र अड़तीस साल की थी यद्यपि उसकी उम्र पच्चीस वर्ष और पैंतालीस साल के बीच में कुछ भी अन्दाजी जा सकती थी। श्यामनारायण अधिक पढ़ा-लिखा न था, पर वह समझदार और सुलझे दिमाग का आदमी था। इस नाटे कद और इकहरे बदन के आदमी के व्यक्तित्व में किसी प्रकार का कोई आकर्षण न था, आर्थिक कठिनाइयों के भार से वह हरदम दबा रहा। पर उसमें सच्ची लगन थी और दृढ़ता थी। भूखों मरा पर अपनी ईमानदारी को उसने नहीं छोड़ा।

पाँचवें सज्जन का नाम वासुदेव था। वासुदेव कौन है ? कहाँ का रहनेवाला है ? उसकी जाति क्या है ? यह कोई नहीं जानता था। वासुदेव की उम्र लगभग पैंतीस साल की थी, लेकिन वह एकदम अकेला था। पाँच वर्ष पहले वह कानपुर में आया था और उसने एक छोटी-सी बिसातखाने की दूकान खोली थी। पाँच वर्ष के अंदर वह नगर का प्रमुख व्यापारी हो गया था। एक छोटे-से मकान में वह रहता था–और लोगों को उसके इस जीवन पर आश्चर्य और कौतूहल होता था। एकआध बार जब उससे उसके व्यक्तिगत जीवन के सम्बन्ध में प्रश्न किए गए तब केवल एक ही उत्तर दिया, ''मेरे सम्बन्ध में आपको इतनी दिलचस्पी लेने की कोई जरूरत नहीं।'' फिर भी वासुदेव आदमी महत्त्व का था, किसी बात में उसकी उपेक्षा न की जा सकती थी। इस बात के प्रमुख कारणों में सर्वप्रथम सम्भवतः उसके जीवन का रहस्यमय होना था। एक बार अपने घनिष्ठ सहकारियों के अपने जीवन पर प्रकाश डालने के सानुरोध आग्रह पर वासुदेव ने हँसते हुए स्वयं कहा था, ''आप नहीं समझते होंगे कि मैं अपने जीवन कों क्यों रहस्यमय रखना चाहता हूँ। इसका एकमात्र कारण यह है कि रहस्य में एक विचित्र प्रकार का आकर्षण है। चीजों का एक बार असली रूप देख लेने पर हम उनकी उपेक्षा करने लगते हैं। मैं उपेक्षा का पात्र नहीं बनना चाहता–मैं अपने आकर्षण को नष्ट कर

देने के लिए तैयार नहीं। जिस समय आप मुझे जान लेंगे, आप मुझमें कोई विशेषता न पाएँगे। आप लोग जो महत्त्व मुझे देते हैं उसका एकमात्र कारण मेरा रहस्यमय और अप्रकट जीवन है।" बात हँसी में कही गई थी और सुननेवालों ने भी इस बात को मजाक ही समझा था।

छठे सज्जन का नाम था मौलाना हामिद अली। मौलाना हामिद अली नाटे-से कद के खुशमिजाज आदमी थे, पुराने रईस। वे अधिक पढ़े-लिखे न थे और सभा-सोसाइटियों में सिवा एकाध फिकरा कस देने के अक्सर न बोलते थे, लेकिन वे भावना-प्रधान थे। हामिद अली की आय का अधिकांश भाग भूखे और तकलीफ में पड़े हुए लोगों की सहायता में खर्च होता था। उनके हृदय में दया थी–करुणा थी; और वे यह समझते थे कि मनुष्य मनुष्य पहले है, हिन्दू-मुसलमान बाद में। कानपुर कांग्रेस की कार्यकारिणी के वे एकमात्र मुसलमान सदस्य थे।

डाक्टर हीरालाल सातवें सज्जन थे। कानपुर नगर में उनकी डाक्टरी उनकी योग्यता से कहीं अधिक उनके कांग्रेस के नेता होने के कारण चलती थी। गोरे-से खूबसूरत आदमी, मिष्टभाषी और चलते-पुरजे। तीन-चार साल के अन्दर ही उन्होंने एक बड़ी-सी जायदाद कर ली थी और वे एक दिन कांग्रेस सरकार में मंत्री होने का सपना देखा करते थे।

आठवें सज्जन श्रीयुत रामकृष्ण कानपुर के प्रमुख साप्ताहिक पत्र 'आलाप' के सम्पादक थे। श्री रामकृष्ण हिन्दी के सुविख्यात कवि थे और हिन्दी के कुछ आलोचकों का ख्याल था कि यदि रामकृष्ण थोड़ा समय राजनीति से निकालकर साहित्य में लगावें तो वे हिन्दी के अमर कलाकार हो सकते हैं। ऊँचे चरित्र के भावुक आदमी, ईमानदार कार्यकर्ता और अच्छे वक्ता, लेकिन दुनियादारी की उनमें कमी थी। वे भावना में बह जानेवाले आदमी थे–राजनीति के लिए सर्वथा अयोग्य। कानपुर की जनता उन्हें पूजती थी, रामकृष्ण के मित्र और साथी उन्हें प्यार करते थे। और रामकृष्ण के महत्वाकांक्षी सहकारी उनकी भावुकता का बेजा फायदा उठा जाते थे।

नवें सज्जन मुंशी इकबाल शंकर थे। उनका अतीत बड़ा घटनापूर्ण था। उनके पिता मुंशी उल्फत राय ने, जो मरने के समय जज खफीफा के पेशकार थे, दो साल पहले अपने एकमात्र सुपुत्र के गुजर-बसर के लिए करीब डेढ़ लाख रुपया छोड़ा था। इस डेढ़ लाख में उनकी प्राइवेट डायरी में दर्ज हिसाब के मुताबिक अब उनके पास करीब तीस हजार रुपया बाकी था। हिसाब इस प्रकार है-

आय

नकद बैंक में–100000)

मकान एक किता–20000)

मकान दो किता–30000)
(बीवी के नाम)--------
मीजान 150000)

व्यय

मिस रोजा–7000)
मुसम्मात धन्नो–10000)
गुलशन बीवी–12000)
मुतफर्रिक (आप अनगिनती हैं)–21000)
शराब–150000)
नशे में यार लोग झटक ले गए–25000)
घर का खर्च–दावत-तवाजा–10000)
घुड़दौड़–10000)
सूद–10000)

मीजान 1200000)

जिस समय वे बीवी को अपने नाम की जायदाद बेचने पर मजबूर कर रहे थे, उसी समय उनके चौदह वर्ष के लड़के ने सिर पर गांधी टोपी लगाए हुए और हाथ में तिरंगा झंडा लिये हुए घर में प्रवेश किया। उसके दूसरे हाथ में परचा था। मुंशी इकबाल शंकर झल्लाए हुए तो थे ही, उन्होंने लड़के को दो तमाचे मारे और परचा उसके हाथ से छीन लिया। उस परचे को वे फाड़कर फेंकने ही वाले थे कि उनकी नजर उस परचे की लिखावट पर पड़ गई। एक साँस में वे परचे को आदि से अंत तक पढ़ गए और इसके बाद एक तमाचा उन्होंने अपने मुँह पर मारा। उनकी बीवी उनका यह व्यवहार देखकर डर गई, वह बाहर दौड़ी, नौकर को सीधे डाक्टर हीरालाल के यहाँ भेजा। तेजी से वह लौटी, उसी समय मुंशी इकबाल शंकर ने दूसरी बार उस परचे को पढ़कर अपने मुँह पर दूसरा तमाचा मारा। बीवी ने हाथ जोड़कर और आँखों में आँसू भरकर कहा, "बेच दो, अगर तुमसे नहीं रहा जाता तो एक मकान बेच दो, लेकिन यह सब न करो!" मुंशी इकबाल शंकर बीवी को हृदय से लगाकर फूट-फूटकर रोने लगे। तब तक डाक्टर हीरालाल जो पड़ोस ही में रहते थे, आ गए। उसी दिन से इकबाल शंकर कांग्रेसमैन हो गए।

दसवें सज्जन मजदूर-सभा के सेक्रेटरी थे और उनका नाम था ब्रह्मदत्त। ब्रह्मदत्त के पिता हरदत्त सेठ राधारमन किस्तवालों के तगादीगीर थे। इंट्रेंस फेल होने पर ब्रह्मदत्त

को हरदत्त ने बहुत पीटा। दूसरे दिन ब्रह्मदत्त घर से निकल पड़ा। उसने म्योर मिल में कुली का काम कर लिया। पर ब्रह्मदत्त कुलीगीरी करने के लिए न बना था। राजनीति में दिलचस्पी लेने के कारण ही वह फेल हुआ था और यही राजनीति उसके आड़े आई। मिल की नौकरी करते समय उसकी मुलाकात मिलों में प्रचार करने के लिए आए हुए समाजवादी नेताओं से हो गई और उनकी सहायता से उसने मजदूरों के संगठन का काम आरम्भ कर दिया। धीरे-धीरे वह भी मजदूर नेता बन गया था।

3

दयानाथ ने बैठते हुए कहा, "हाँ, उन लोगों से लड़कर। और उससे भी अधिक अपने से, अपनी कायरता से लड़कर चला आ रहा हूँ! कहिए–क्या-क्या काम हुआ?"

डाक्टर हीरालाल हँस पड़े, "ही! ही! ही! बड़ी मजेदार बात कह दी आपने-अपनी कायरता से लड़कर! वाह–क्या बात कही!"–और एकाएक अपनी बात रोककर वे फिर हँस पड़े, "ही ही ही–काम इतना हुआ कि हम लोग चा पी रहे हैं। भाई इतना तकल्लुफ करने की क्या जरूरत थी! मेरा तो भोजन यहीं हो गया।"

ब्रह्मदत्त बोल उठा, "डाक्टर साहेब–आप लोग तो सब अमीर आदमी हैं, आप यह सब भले ही कहें, पर हम गरीबों को इतना अच्छा खाने को मिल गया, इसके लिए दयानाथजी का धन्यवाद!"

ब्रह्मदत्त की यह बात वहाँ बैठे हुए अधिकांश आदमियों को अप्रिय लगी। लाला रामकिशोर ने बात बदलते हुए कहा, "क्यों जी दयानाथ, तुम्हारे पिताजी को तो कांग्रेस में सम्मिलित होने पर बड़ा धक्का-सा लगा होगा! और मुझे तुम्हारे साहस पर ताज्जुब हो रहा है क्योंकि तुम्हीं उत्तराधिकारी हो!"

ब्रह्मदत्त ने ताड़ लिया कि रामकिशोर उसकी बात को उड़ाना चाहते हैं, उसने फिर हठपूर्वक कहा, "हाँ, एक ताल्लुकेदार के लड़के का कांग्रेस में शामिल होना ताज्जुब की बात ही नहीं है, हम लोगों के लिए एक बहुत बड़े खतरे की भी बात है!" और ब्रह्मदत्त जोर से हँस पड़ा–मानो वह अपनी बात के जहर को अधिक से अधिक बढ़ाने का प्रयत्न कर रहा हो।

मार्कण्डेय ब्रह्मदत्त के पास बैठा था। ब्रह्मदत्त का यह व्यवहार मार्कण्डेय को अखर गया, उसने कहा, "हाँ, खतरे की बात अवश्य है! और तुम्हारे जैसे अवसरवादी, गैरजिम्मेदार और अयोग्य आदमियों के लिए तो खास तौर से। अगर दयानाथ के-से जिम्मेदार, समझदार और सच्चरित्र आदमी क्षेत्र में अधिक संख्या में आ जाएँ तो तुम्हें पूछेगा कौन?"

ब्रह्मदत्त ने मानो इस बात को सुना ही नहीं। वह मुस्कुरा रहा था।

चा समाप्त हो गई और नौकर चा के बरतन ले गया। उसके बाद कार्रवाई फिर से आरम्भ हुई। रामकिशोर ने कहा, "सवाल हमारे सामने यह है कि इन दो सौ वालंटियरों के जेल जाने के बाद आदमी फिर कहाँ से आवेंगे?"

दयानाथ ने लापरवाही के साथ कहा, "इसकी चिन्ता ही क्यों? देश में भूखों मरनेवाले किसानों और मजदूरों की कमी नहीं है। कानपुर शहर में ही दो हजार आदमी ऐसे मिल सकते हैं जिन्हें जेल में भोजन पाना उसके बाहर मरने की अपेक्षा अधिक अच्छा है!"

श्यामनारायण हँस पड़ा, "आप गलती करते हैं मिस्टर दयानाथ! ये किसान और मजदूर जेल के बाहर तड़प-तड़पकर भूखों मरना पसन्द करेंगे लेकिन जेल जाकर पेट भरना इन्हें मंजूर नहीं।"

रामकृष्ण ने ब्रह्मदत्त से कहा, "ब्रह्मदत्तजी, आपका क्या ख्याल है? क्या मजदूर हम लोगों का साथ देंगे?"

श्यामनारायण बोल उठा, "मजदूर! मजदूरों और मजदूर-सभा वालों पर निर्भर रहकर आप अगर मूवमेंट चलाना चाहते हैं तो आप मूर्खता करते हैं। जनाब, मजदूर और किसान दोनों गए-बीते हैं। वे न सोच सकते हैं न समझ सकते हैं; कायरता उनकी नस-नस में भरी हुई है। और ये मजदूर-सभा के आदमी–मजदूरों का भला करने की जगह ये अपना भला कर रहे हैं। मजदूरों का सहारा लेकर बिना किसी योग्यता के ये लोग नेता बनना चाहते हैं। चाहते ही नहीं हैं, बन गए हैं।"

रामकृष्ण ने कहा, "श्यामनारायण जी, इस प्रकार आपस में लड़ने के लिए और गाली-गलौज करने के लिए हम लोग इकट्ठा नहीं हुए हैं। हाँ ब्रह्मदत्तजी, आपने बतलाया नहीं?"

ब्रह्मदत्त ने दबी जुबान कहा, "मजदूर तो आपको बड़ी तादाद में नहीं मिल सकेंगे!"

इकबाल शंकर ने पूछा, "क्यों?"

"इसलिए कि इस नगर में उनकी संख्या बहुत अधिक तो है नहीं और साथ ही अपना पेट भरने का प्रश्न उनके सामने इस बुरी तरह से रहा है कि उन्हें दूसरी बातों पर सोच-विचार करने की कभी फुरसत ही नहीं मिली।"

"पर मूवमेंट से तो उनके पेट भरने की समस्या भी हल हो जाती है।" इकबाल शंकर ने कहा।

"इस मूवमेंट से मजदूरों के पेट भरने की समस्या हल होगी?" देवदत्त हँस पड़ा, "बड़ी मजेदार बात कह दी आपने। लेकिन मैं कहता हूँ कि आप क्यों दूसरों को

और खुद को धोखा दे रहे हैं ? मैं देख रहा हूँ कि कांग्रेस पूँजीपतियों की संस्था है और पूँजीपतियों का हित ही कांग्रेस का हित है। चार मिलों का मालिक नगर कांग्रेस कमेटी का सभापति है और ताल्लुकेदार का लड़का कांग्रेस का मंत्री है। आप लोग अपने हितों पर इन बेचारे मजदूर-किसानों की बलि चढ़ाना चाहते हैं–मैं अच्छी तरह यह सब समझता हूँ !"

इस अप्रिय प्रसंग से ऊबकर रामकिशोर ने कहा, "इस विवाद से कोई फायदा नहीं ! हमारे सामने सवाल यह है कि क्या किया जाए ! हमें तैयार रहना चाहिए कि सरकार लोगों को गिरफ्तार करती जाए और लोग बराबर सामने आते जाएँ। जिस समय लोगों का सामने आना बंद हो जाएगा, हमारी हार हो जाएगी।"

थोड़ी देर तक वहाँ मौन छा गया–सब सोच रहे थे। इस मौन को मार्कण्डेय ने भंग किया, "लोगों को तैयार किया जाए; अधिक से अधिक आदमी देहातों में भरती किया जाए !"

"लोगों को किस तरह तैयार किया जाए ?" रामकिशोर ने पूछा।

"उन्हें रुपए देकर। उन्हें जेल जाने के काम पर नौकर रखकर मार्कण्डेय ने मुस्कुराते हुए कहा।

"मैं इसका विरोध करता हूँ ! किराये के आदमियों से मूवमेंट चलाना हमारी नैतिकता का पतन जाहिर करता है !" भावुकता के वेग में आकर श्री रामकृष्ण बोल उठे। मौलाना हामिद अली एक कोने में बैठे हुए पान चबा रहे थे, इस बात को सुनकर वे चौंक उठे, "लाहौल बिला कूबत ! पंडित रामकिशन साहेब, इस तरह की बात जुबान पर न लाना चाहिए !"

दयानाथ ने सिर उठाया–सभी लोग चुप थे, सभी लोग एक-दूसरे का मुँह देख रहे थे। उसने धीरे से कहा, "रामकृष्णजी ने जो बात कही उसकी उपेक्षा नहीं की जा सकती। अगर देश इतना भी तैयार नहीं है कि वह स्वतंत्रता की लड़ाई में पूर्ण रूप से भाग ले सके तो इसका अर्थ यह हुआ कि देश अभी स्वतंत्र होने के लिए तैयार नहीं है।" ब्रह्मदत्त मुस्कुराया। "और देश को अपाहिज तथा पंगु आप ही लोगों ने तो बनाया है !"

मार्कण्डेय अभी तक सोच रहा था। उसने कहा, "आप लोग बेकार भावुकता के चक्कर में पड़े हैं, जरा चीजों को ठीक तरह से देखिए और उन पर ठंडे दिमाग से गौर कीजिए। अगर आपको लड़ने के लिए सिपाही नहीं मिल रहे तो इसमें लोगों का कोई दोष नहीं है और न हिन्दुस्तान की नैतिकता का ही दोष है। आखिर ये जेल जानेवाले वालंटियर सिपाही ही तो हैं। तैंतीस करोड़ आदमियों में से अगर सभी आदमी लड़ने के लिए आगे आ जाएँ, सभी मरने-मिटने को तैयार हो जाएँ तो हम लोग

विश्व-विजयी हो सकते हैं। लेकिन दुनिया में कहीं भी यह सम्भव नहीं। अगर तैंतीस करोड़ आदमियों में तैंतीस सौ आदमी मुफ्त काम करने को और लड़ने को मिल जाएँ तो बहुत बड़ी बात होगी। दुनिया में उन्नत से उन्नत राष्ट्रों में भी मुफ्त काम करनेवाले नहीं मिलेंगे। सभी जगह तनख्वाहों पर सिपाही नौकर रक्खे जाते हैं। और इसलिए अगर कांग्रेस मजबूरी की हालत में तनख्वाह देकर लड़ने के लिए सिपाही रखती है तो इसमें हर्ज ही क्या है?"

ब्रह्मदत्त बोल उठा, "पूँजी-पूँजी-पूँजी! रुपए से आप आदमियों को खरीदें, उन्हें लड़ाने को तैयार करें! अगर कांग्रेस का ध्येय यही है तो मैं इसका विरोध करूँगा।"

रामकृष्ण ने झल्लाकर कहा, "तो फिर तुम्हीं मजदूरों को क्यों नहीं तैयार करते? क्या हम इस लड़ाई को बंद करके हार मान लें!"

ब्रह्मदत्त ने उत्तेजित होकर कहा, "आप लोग इन पूँजीपतियों को, सेठों को, रईसों को, दुकानदारों को, मिलमालिकों को तैयार करें! ये खून चूसनेवाले लोग मौज करें और कटें-मरें मजदूर–यह नहीं हो सकता!"

रामकिशोर ने घंटी दबाते हुए कहा! "श्री ब्रह्मदत्तजी, इन बातों की यह जगह नहीं है। हमारे सामने एक सवाल है और उसे हल करने का उपाय श्रीयुत मार्कण्डेय जी ने बतलाया है। इस उपाय से जो लोग सहमत हों वे हाथ उठावें।"

आठ आदमियों ने हाथ उठा दिए।

4

मीटिंग समाप्त हो गई और दयानाथ अपने कमरे में अकेला रह गया।

दयानाथ के पास अब केवल बीस घंटे थे–दूसरे दिन शाम को छै बजे तक उसे अपना निर्णय देना था। वह अपने पिता को अच्छी तरह जानता था–उनके हठ को, उनकी दृढ़ता को, उनके स्वभाव को! दयानाथ के सामने एक महान समस्या उपस्थित थी–ऐसी समस्या जिस पर उसका सारा जीवन, सारा भविष्य अवलम्बित था। यह उनकी साधना, नैतिकता, और आत्मिक बल की परीक्षा का समय था। उसके सामने एक ओर तो सुख, वैभव, निश्चिन्तता, घर की शांति और सम्भवतः मन की भी शांति और दूसरी ओर था–एक अनन्त द्वन्द्व, परिस्थितियों से अनवरत युद्ध, हलचल, सत्य के मार्ग में अगणित बाधाओं का मुकाबिला! लेकिन एक दूसरा पहलू भी था। पहले मार्ग में था निस्पन्द जीवन जहाँ एक प्रकार का भयानक सूनापन था, जहाँ पशुता और पाप मानवता को निर्जीव बनाकर छोड़ देते थे और दूसरे मार्ग में गरीबी और त्याग के साथ था एक मानसिक संतोष–अपनी आत्मा की शांति। दयानाथ को इन दोनों के

बीच में बीस घंटे के अंदर ही एक को चुनना था, अपना अन्तिम निर्णय देना था। वह बहुत अधिक उद्विग्न हो उठा था। बीस घंटे का समय–और इतना महत्त्वपूर्ण निर्णय ! दयानाथ निश्चेष्ट बैठा हुआ सोच रहा था।

उसके ध्यान को राजेश्वरी ने भंग किया। ''क्यों जी, इस सड़न की गर्मी में बैठे-बैठे क्या कर रहे हो ? उफ् ! तुम भी कैसे आदमी हो, चलो, खाना खाकर लेटो चलकर !'' और राजेश्वरी ने दयानाथ का हाथ पकड़कर उसे कुरसी से उठाया। दयानाथ उठ खड़ा हुआ। चुपचाप राजेश्वरी के पीछे-पीछे अपने बंगले के ऊपरवाली छत पर गया। उस समय भी गरम हवा चल रही थी। दयानाथ पलंग पर लेट गया–थका सा ! राजेश्वरी देवी ने पास बैठते हुए कहा, ''खाना ले आऊँ ! तुम्हें क्या हो गया है ?''

''कुछ भी तो नहीं !'' मुस्कुराने का प्रयत्न करते हुए दयानाथ ने कहा, ''चा इतनी पी ली है कि अब भूख नहीं रही !''

''तुम्हें खानी ही पड़ेगी !'' राजेश्वरी के स्वर में ममता से भरा आग्रह था।

''अच्छी बात है, ले आओ जाकर !''

राजेश्वरी देवी चली गईं, दयानाथ फिर सोचने लगा। उसके पलंग के बगल में ही उसके दोनों लड़के राजेश और ब्रजेश सो रहे थे। दयानाथ ने उन्हें देखा, और उसने मन ही मन कहा, ''मैं खुद तो इस वैभव को छोड़ रहा हूँ, पर क्या इन दोनों लड़कों को कंगाल बना देना उचित होगा ? माना कि यह सुख-वैभव, या ताल्लुका–इन्हें मेरे जरिए मिल सकता है। पर ये उत्तराधिकारी तो अवश्य हैं। और राजेश्वरी !–राजेश्वरी भी निर्धनता से, कंगाली से, त्याग से घबराती है–राजेश्वरी भी !''

दयानाथ अपनी दृष्टि उन लड़कों से न हटा सका। चाँदनी छिटकी हुई थी, वे दोनों लड़के सपना देख रहे थे। दयानाथ एकटक उन दो लड़कों को देख रहा था, और मानो उसके अंदर से ही किसी ने उससे कहा, ''लेकिन राजेश्वरी इन लड़कों के कारण ही तो इस निर्धनता से, इस त्याग से घबराती है। इनके भाग्य को, इनके अधिकार को, इनके वैभव को, तुम कुचल रहे हो–तुम इन लड़कों के शत्रु हो ! और राजेश्वरी इन लड़कों की जननी है। माता बच्चों की रक्षा करना चाहती है, उन्हें एक लुटेरे से बचाना चाहती है।''

दयानाथ मुस्कुराया। उसका शोक दूर हो गया था, मनोविज्ञान की एक दिलचस्प समस्या ने उसे उलझा दिया था-थोड़े से समय के लिए उसके अंदर वाला तार्किक जाग उठा था।

''और मैं ?'' दयानाथ की विचारधारा पलटी, ''क्या मैं राजेश्वरी का पति नहीं हूँ ? क्या मेरे ऊपर उसकी ममता नहीं है ? इन बच्चों को उसकी गोद में मैंने ही तो

दिया–उसका जीवन मेरे जीवन से बिलकुल घुल-मिल गया है। अच्छा–किस पर उसकी ममता अधिक है, मुझ पर या इन बच्चों पर ? राजेश्वरी किसका साथ देगी–मेरा या इन बच्चों का ?"

बिजली के पंखे से जो हवा निकल रही थी वह भी गरम थी। दयानाथ ने पंखे को बंद कर दिया। लौटकर वह लेटा नहीं, छत पर टहलने लगा। 'लेकिन यह प्रश्न क्यों ? क्या मैं वास्तव में इन बच्चों का शत्रु हूँ ? पिता होने के नाते क्या यह मेरा उत्तरदायित्व नहीं है कि मैं इन बच्चों के लिए उचित मार्ग निर्धारित करूँ ? मैं उन्हें इस वैभव से दूर कर रहा हूँ, उन्हें मनुष्य बना रहा हूँ, मैं इन्हें विलासिता और पशुता से छुड़ाना चाहता हूँ, क्या इसमें किसी को आपत्ति हो सकती है ?'

दयानाथ के इस तर्क पर किसी ने उसी के अंदर से फिर प्रहार किया, 'तुम इन्हें विलासिता और पशुता से छुड़ाना चाहते हो–तुम झूठ बोल रहे हो ! क्या इस वैभव को छोड़ने की बात तुमने स्वयं कभी सोची है ? अब जब तुम मजबूर हो रहे हो, तुम आत्मछलना का सहारा ले रहे हो ! तुम्हारे बच्चे कार पर चढ़ते हैं, बँगले में रहते हैं, अच्छा पहनते हैं और अच्छा खाते हैं। वे कुँवर कहलाते हैं। अपने को साधारण जनसमुदाय से पृथक् समझते हैं। फिर तुम किस बल पर कहते हो कि तुम उनको उचित मार्ग पर ले जा रहे हो ?...'

इसी समय राजेश्वरी देवी थाली लेकर छत पर आ गईं। दयानाथ ने मन ही मन राजेश्वरी को इस समय आ जाने पर धन्यवाद दिया क्योंकि उसकी विचारधारा उसे अब असह्य लगने लगी थी।

दयानाथ ने खाना खाया, इसके बाद वह फिर टहलने लगा। पर उसके विचारों ने उसका साथ न छोड़ा–ग्यारह बज गए थे। अब केवल उन्नीस घंटे बाकी थे।

दयानाथ ने एक महीना पहले वकालत छोड़ दी थी। बैंक में उसकी कमाई के पाँच हजार रुपए जमा थे। दयानाथ का मासिक खर्च पाँच सौ रुपया महीना था। इस हालत में पाँच हजार रुपए से वह उसी हालत में दस महीने तक काम चला सकता था। इसके बाद क्या होगा ? दयानाथ की समझ में न आ रहा था। उसे बँगला छोड़ देना चाहिए, उसे कार हटा देनी चाहिए, उसे एक साधारण हैसियत के मनुष्य की तरह रहना चाहिए ! इसी शहर में ऐसे भी मनुष्य हैं जो बारह रुपया महीने में अपने बीवी-बच्चों के साथ जिन्दगी बिताते हैं। पर नहीं ! बारह रुपया महीने पर जीवित रहना !–उफ् ! वह तो पशु का जीवन है–नहीं पचास रुपए में ! यह भी असम्भव है। सौ रुपया महीने ?

हाँ, सौ रुपए महीने में वह आराम के साथ रह सकता था। पचीस रुपए महीने का मकान, पचीस रुपए महीने का घर का खर्च, पन्द्रह रुपए महीने में लड़कों की

पढ़ाई, पन्द्रह रुपए महीने में कपड़े और मुतफर्रिक खर्च, और बीस रुपए महीने जेब खर्च। और नौकर ? पत्नी को जेब खर्च ? मेहमानदारी ? सवारी का किराया ?–सौ रुपए महीने भी काफी नहीं हैं। मकान पचीस का नहीं बीस का, मुतफर्रिक में पन्द्रह नहीं दस; और जेब खर्च में बीस नहीं, दस। बीस रुपए महीने की बचत...

राजेश्वरी भोजन करके आ गईं। उन्होंने दयानाथ के पास जाकर कहा, "कब तक इस तरह टहलते रहोगे ? चलो, सोओ भी ! चिन्ता करने की क्या बात है ?"

दयानाथ ने चौंककर राजेश्वरी की ओर देखा। राजेश्वरी ने फिर कहा, "भला यह भी कोई बात है ? तुम अपनी तन्दुरुस्ती बरबाद किए देते हो।"

दयानाथ ने करुण स्वर में कहा, "देखो–मैं जो कुछ करनेवाला हूँ उससे तुम्हें तकलीफ होगी। शायद हम लोगों को यह बँगला भी छोड़ना पड़े, कार बेचना पड़े !"

दयानाथ का हाथ पकड़कर खींचते हुए कहा, "मुझे जरा भी तकलीफ न होगी। मुझको उसी में सुख है जिसमें तुमको है। अरे सुख-दुख दोनों ही सहने के लिए तो आदमी पैदा हुआ है।"

दयानाथ ने संतोष की साँस ली, "राजो, जो कुछ कर रहा हूँ, उसको करने के लिए मैं विवश हूँ।"

सुबह जब दयानाथ सोकर उठा, वह अपने में एक विचित्र प्रकार की स्फूर्ति का, साहस का अनुभव कर रहा था। दिन भर कांग्रेस का कामकाज करता रहा, शाम के समय करीब पाँच बजे वह मोटर पर बैठकर उन्नाव की ओर चल पड़ा।

5

जिस समय दयानाथ उन्नाव में अपने पिता के बँगले में पहुँचा, उस समय रामनाथ अदालत में बैठे हुए मुकदमा कर रहे थे। प्रभानाथ ने उनका स्वागत किया। ड्राइंगरूम में पहुँचकर प्रभानाथ ने दयानाथ से पूछा, "बड़के भइया। कल ददुआ बड़े नाराज थे। रात में उन्होंने खाना भी नहीं खाया। क्या बात थी ?"

दयानाथ गम्भीर हो गया। "प्रभा, ददुआ ने रात खाना नहीं खाया, इसका मुझे दुःख है। लेकिन वे बेकार ही मेरे ऊपर नाराज हो गए हैं। अगर मैं अपने विश्वासों पर अमल करूँ तो इसमें मेरा क्या दोष ?"

प्रभानाथ ने उत्तर नहीं दिया; शायद दयानाथ ने प्रभानाथ से उत्तर की आशा भी नहीं की थी क्योंकि वह लगातार कहता गया, "मैंने माना कि ताल्लुकेदार का सबसे बड़ा लड़का और इस प्रकार ताल्लुका का उत्तराधिकारी होने के कारण सरकार यह नहीं चाहती कि मैं इस मूवमेंट में भाग लूँ ; मैं यह नहीं मानता हूँ कि जमींदारों का हित

ब्रिटिश गवर्नमेंट का साथ देने में है, जनता का साथ देने में नहीं क्योंकि सरकार जमींदारों की पीठ पर हाथ रखे हुए है, उनके अधिकारों की रक्षा करती है, उनकी ज्यादतियों की उपेक्षा करती है, उनकी पशुता पर आँखें बंद कर लेती है। लेकिन प्रभा ! सोचो तो, हम जमींदार यह सब सुविधा, यह सब सुख कितनी बड़ी कीमत देकर खरीद रहे हैं ! क्या हमने अपनी आत्मा को शैतान के हाथों नहीं बेच दिया ? क्या हमारे हृदयों में वह भावना बाकी रही है जिससे हम मनुष्य होने का दावा कर सकें ? क्या हममें वह ज्ञान है जो हमें पशुता से ऊपर उठाता है ?"

प्रभानाथ कुरसी पर बैठा था और दयानाथ सोफा पर। प्रभानाथ कुरसी से उठकर दयानाथ के पास सोफा पर बैठ गया। "मैं समझ रहा हूँ बड़के भइया, सबकुछ समझ रहा हूँ। लेकिन सवाल यह है कि आप क्या करेंगे ?"

दयानाथ मुस्कुराया, "करूँगा क्या ? प्रभा ! यह प्रश्न ही बेकार है। तुम देख रहे हो कि मैं क्या काम कर रहा हूँ। मैंने वकालत छोड़ दी है, कांग्रेस का काम मैंने पूरी तौर से अपने हाथ में ले लिया है। शायद कुछ दिन और मैं जेल के बाहर हूँ। मैं बहुत आगे बढ़ आया हूँ प्रभा !"

प्रभानाथ ने कुछ सोचकर कहा, "बड़के भइया ! जरा सोच लीजिए। क्षणिक आवेश में किसी भी काम को कर डालना उचित नहीं। आप इस ताल्लुका को ठुकराकर बहुत बड़ा त्याग करेंगे–मैं मानता हूँ, पर आप इस ताल्लुका के स्वामी रहकर इससे भी अधिक त्याग तथा उपयोगी काम कर सकते हैं–क्या आपने इस पर भी सोचा है ? क्या आप उचित अवसर की प्रतीक्षा नहीं कर सकते ?"

दयानाथ ने सिर हिलाते हुए कहा, "नहीं प्रभा ! मैं बहुत आगे बढ़ आया हूँ। पीछे हटना कायरता होगी..."

दयानाथ ने अपनी बात पूरी भी न की थी कि रामनाथ ने कमरे में प्रवेश किया। रामनाथ के आते ही दयानाथ और प्रभानाथ दोनों ही उठ खड़े हुए। दयानाथ ने पिता के चरण छुए; आशीर्वाद देकर रामनाथ सोफा पर बैठ गए और दयानाथ तथा प्रभानाथ सामने कुर्सियों पर।

थोड़ी देर तक मौन छाया रहा। रामनाथ गौर से दयानाथ के चेहरे को देख रहे थे, मानो वे बिना दयानाथ से सुने हुए ही अपने प्रश्न का उत्तर उसके हृदय से निकाल लेना चाहते हों। दयानाथ सिर झुकाए हुए जमीन पर देख रहा था, मानो वह अपने को कुछ क्षणों के बाद ही आनेवाले तूफान का मुकाबला करने के लिए तैयार कर रहा हो। प्रभानाथ उत्सुकता के साथ कभी अपने पिता को और कभी बड़े भाई को देख लेता

था। रामनाथ ने इस मौन से ऊबकर बात आरम्भ की, "हाँ, तो तुम मेरी बात का जवाब देने आए हो। तुमने क्या तै किया ?"

"मैं अन्तिम बार इस घर में अपना पैर रखने और अपने पिता की चरणों की धूल लेने आया हूँ !" दयानाथ ने सिर झुकाए ही उत्तर दिया।

"क्या कहा ?" जैसे रामनाथ को, जो कुछ उन्होंने सुना, उस पर विश्वास ही नहीं हुआ।

"मैंने तै कर लिया–पीछे फिरना कायरता है और मैं कायर नहीं हूँ।"

रामनाथ स्तब्ध-से अपने पुत्र को देखते रहे। थोड़ी देर बाद उन्होंने कहा, "हूँ ! तुम कायर नहीं हो–यह जानकर मुझे प्रसन्नता हुई। मेरा पुत्र कायर नहीं है, मुझे इस पर गर्व है। और मेरा यह वीर पुत्र अपने पिता से ही लड़ने पर तुला है, उस पर प्रहार करने को आमादा है ! ठीक ही है ! दुनिया में सबकुछ सम्भव है !"

बड़े करुण स्वर में दयानाथ ने कहा, "ददुआ, आप मेरी बात को गलत ढंग से समझ रहे हैं ! एक बार मैंने एक संस्था को अपना लिया है, उसमें बहुत आगे बढ़ गया हूँ। अब उससे हट जाना, अपने साथियों को इस मौके पर छोड़ देना कायरता का ही काम होगा। फिर मेरे साथी, साथी ही क्यों सारी दुनिया मुझे धिक्कारेगी, वह यही कहेगी कि मैं डरकर इस लड़ाई से भाग रहा हूँ !"

रामनाथ मानो तैयार बैठे थे, "लेकिन तुम्हारी यह लड़ाई है किसके साथ ? ब्रिटिश सरकार के साथ न ! और यह ब्रिटिश सरकार ही क्या है अगर हम जमींदार उसके साथ न हों। हम लोग इस गवर्नमेंट के अंग हैं। इस ब्रिटिश गवर्नमेंट पर प्रहार करने के माने होते हैं जमींदारों पर प्रहार करना–मेरे ऊपर प्रहार करना !"

दयानाथ ने केवल इतना कहा, "आप जो चाहें समझ सकते हैं लेकिन मेरा ख्याल तो ऐसा नहीं है।"

रामनाथ ने कुछ सोचकर कहा, "तो फिर तुमने अपना अन्तिम निर्णय दे दिया है ? भविष्य पर और परिणाम पर अच्छी तरह सोच-समझकर !"

"जी हाँ !"

"नहीं, मैं तुम्हें अड़तालीस घंटे का समय और दे रहा हूँ, इतना महत्त्वपूर्ण निर्णय करने के लिए चौबीस घंटे काफी नहीं हैं, और खास तौर से उस समय जब तुम्हारा वह निर्णय मेरे साथ हो। तुम मुझे अच्छी तरह जानते हो !" रामनाथ तनकर खड़े हो गए।

दयानाथ ने बैठे ही बैठे उत्तर दिया, "जी हाँ, मैं आपको अच्छी तरह से जानता हूँ। इतनी अच्छी तरह कि आप अपने को उतना न जानते होंगे। और मुझे समय की कोई आवश्यकता नहीं; मैंने अपना निर्णय दे दिया और मैं मनुष्य हूँ। बात से फिरना,

पीछे लौटना मैं नहीं जानता।''

रामनाथ घूम पड़े, ''तो फिर अब मेरा निर्णय भी सुन लो। आज से जब तक मैं जीवित हूँ, तुम इस घर में अपना पैर भी न रख सकोगे। तुम्हारी बीवी और बच्चे जब चाहे आ सकते हैं, लेकिन तुम नहीं। रही तुम्हारे अधिकार की बात–उस पर मैं विचार करूँगा। लेकिन इतना तै है कि मेरी जिन्दगी भर तुम्हें पाँच सौ रुपया गुजारा मिलता रहेगा। हर महीने यह रुपया तुम्हारे घर पहुँच जाया करेगा। तुम्हें यहाँ आने की कोई जरूरत नहीं। और जब यह रुपया पहुँचना बंद हो जाए तब तुम समझ लेना कि मैं मर गया। तब तुम आ सकते हो !''

दयानाथ उठ खड़ा हुआ, ''आपकी आज्ञा शिरोधार्य ! लेकिन यह पाँच सौ रुपया महीना गुजारे की बात–इसमें से एक पैसे की भी मुझे जरूरत नहीं। आप समझते हैं कि आप स्वामी हैं, आप दाता हैं, आप समर्थ हैं, और मैं हीन हूँ, गुलाम हूँ, असमर्थ हूँ ! आप गलती करते हैं। मैं गरीबी में रह सकता हूँ बिना उफ् किए। मुझे आपके रुपए की कोई आवश्यकता नहीं, वह आप अपने पास रक्खें !'' यह कहकर उसने रामनाथ के पैर छुए और तेजी के साथ कमरे के बाहर चला गया।

तीसरा परिच्छेद

1

रामनाथ जिस तरह खड़े थे, उसी तरह खड़े रह गए। उनकी समझ में नहीं आ रहा था कि यह सब क्या हो गया–उनकी आँखों के आगे शून्य था। उनकी विचारधारा अचानक अस्पष्ट, धुँधली और स्तब्ध हो गई थी–वे पत्थर की मूर्ति की भाँति निश्चेष्ट खड़े थे।

और उनकी यह दशा उस समय तक रही जब तक उन्हें दयानाथ की मोटर की आवाज नहीं सुनाई दी। दयानाथ की मोटर की आवाज सुनकर वह एकदम चौंक उठे; उन्होंने प्रभानाथ से कहा, "प्रभा, देखो वह जा रहा है। उसे बुलाओ, जल्दी बुलाओ !"

प्रभानाथ कमरे के बाहर दौड़ा। थोड़ी देर बाद वह लौट आया। उसने कहा, "ददुआ, मैं जब तक पहुँचा बड़के भइया की कार फाटक के बाहर निकल गई थी। मैंने बहुत पुकारा लेकिन शायद उन्हें मेरी आवाज सुनाई नहीं दी।"

रामनाथ ने अधीरता से कहा," प्रभा, बड़ी मोटर निकालकर ले जाओ और उसे रास्ते से वापस ले आओ ! मुझे उससे अभी कुछ और जरूरी बातें करनी हैं ! जल्दी करो !"

प्रभानाथ तेजी के साथ कमरे के बाहर निकला।

रामनाथ ने तनिक जोर से कहा, स्वयं अपने से, 'दया, मुझे छोड़कर, घर को छोड़कर, रुपया-पैसा-जमीन-जायदाद–सबकुछ छोड़कर ! सिर्फ एक हठ–एक पागलपन ! उफ् ! मेरा लड़का मुझसे ही लड़ने जा रहा है।' और वे कमरे में टहलने लगे।

उन्होंने फिर कहा, अबकी बार अधिक जोर से, एक-एक शब्द पर जोर देते हुए, 'सिर उठाकर, गर्व के साथ, रुपयों को ठुकराकर, ममता को तोड़कर। मुझसे लड़ने, मुझे मिटाने चल दिया ! इतना घमंड, इतनी अहम्मन्यता–इतनी अहम्मन्यता, इतना घमंड !'

रामनाथ कमरे के बाहर निकल आए। प्रभानाथ कार को गैरेज से निकालकर ला रहा था। रामनाथ ने आवाज दी, "प्रभा !"

प्रभा चौंक उठा। रामनाथ का स्वर, जो दो मिनट पहले करुण था और विवश था, वह एकाएक इतना कठोर कैसे हो गया? उसने मोटर पर बैठे ही बैठे कहा, "कहिए !"

"मोटर रख दो, तुम्हारे जाने की कोई आवश्यकता नहीं।" इसके बाद रामनाथ ने धीरे से गुरुता के भार से लदे हुए शब्दों में कहा, "इतना घमंड ! तो फिर भुगते–अच्छी तरह से भुगते। वह समझता है कि मैं झुकूँगा !" और वे जोर से हँस पड़े। पर उनकी उस हँसी में एक अप्राकृतिक कर्कशता थी, दबे हुए रुदन की अहम्मन्यता और अभिमान मिश्रित प्रतिक्रिया थी।

प्रभा ने मोटर गैरेज में रख दी, इसके बाद वह टहलने के लिए चला गया। रामनाथ बाहर मैदान में बैठ गए। उनके ताल्लुका के कर्मचारी उस दिन अपने कागजात लेकर आए थे। रामनाथ को घेरे हुए उनके सरवराकार और जिलेदार बैठे थे–मैनेजर उनसे कागजों पर दस्तखत करा रहा था। एक कागज को देखकर रामनाथ ने कहा, "इस आदमी ने लगान क्यों नहीं अदा किया ?"

मैनेजर ने कहा, "यह आदमी जेल चला गया, लगान किससे वसूल करूँ ?"

"जेल चला गया ? इसी कांग्रेस में ?" रामनाथ ने पूछा।

"जी हाँ ! और भी कई काश्तकार गए हैं, लेकिन उनके बीवी-बच्चों ने लगान अदा कर दिया है !"

"तो फिर इस पर बेदखली का मुकदमा क्यों नहीं दायर करते ?"

"जी, इसलिए कि यह आदमी बराबर अपना लगान अदा करता रहा है। इस पर कभी बाकी नहीं हुई है–यह पहला ही मौका है ! इसके बीवी-बच्चे भी गाँव में नहीं हैं, नहीं तो वही लगान अदा कर देते। आदमी हैसियत का है !"

"हूँ !" रामनाथ ने उस पर हुक्म लिखते हुए कहा, "इस आदमी पर बेदखली का मुकदमा दायर कर दो। मैं नहीं चाहता कि मेरे इलाके में ऐसे आदमी रहें जो बागी हों, जो लड़नेवाले हों ! समझे ! और इस तरह के जितने आदमी तुम्हें मिलें, मौका पाते ही बेदखल कर दो !"

सरवराकार ने हाथ जोड़कर कहा, "सरकार ! इस तरह के आदमी करीब-करीब सब के सब सरकश हैं। उन्हें दबाने में मुसीबत पड़ेगी–फौजदारी का अन्देशा है !"

"पुलिस की मदद लो, मैं कलक्टर से और कप्तान से कह दूँगा ! जब चाहो तब तुम्हें पुलिस की मदद मिल सकती है। बाकी कागजों को ठीक करके सुबह मेरे सामने पेश करना !" यह कहकर रामनाथ उठ खड़े हुए।

2

दूसरे दिन शाम के समय प्रभानाथ को तार से सूचना मिली की वह फर्स्ट डिवीजन में एम. ए. पास हो गया। तार लेकर सीधे अपने पिता के पास पहुँचा, तार उनके सामने रखते हुए उसने पिता के पैर छुए। प्रसन्न होकर रामनाथ ने प्रभानाथ को आशीर्वाद दिया। इसके बाद बैठने का इशारा करते हुए उन्होंने कहा, "अब इसके बाद तुम्हारा क्या इरादा है ?"

"अभी कुछ सोचा नहीं ! चाचाजी से बात करके तै करूँगा !"

"चाचा ! चाचाजी !–श्यामू के पास दिमाग भी है जो सोचे-समझे ! तुम क्या करना चाहते हो, मुझसे कहो !"

"चाचाजी का कहना है कि मैं कम्पटीशन इक्जामिनेशन में बैठूँ ! इम्पीरियल पुलिस में बैठने की तैयारी करने के लिए उन्होंने मुझसे कहा है।"

"और तुम क्या करना चाहते हो ?"

"मैं तो युनिवर्सिटी की सर्विस ज्यादा पसन्द करता हूँ। फर्स्ट डिवीजन पाने के कारण सर्विस पाने में ज्यादा मुसीबत न पड़ेगी और मेरे प्रोफेसर ने यह वादा भी किया है कि जब तक कोई जगह खाली नहीं होती तब तक वे मुझे रिसर्च-स्कालर की तरह युनीवर्सिटी में रक्खेंगे।"

कुछ सोचकर रामनाथ ने कहा, "मैं यह नहीं कह सकता कि तुम नौकरी कर सकोगे या नहीं; मुझे तो उम्मीद कम ही मालूम होती है। अपने लड़कों को मैं जानता हूँ–सभी स्वामी हैं; गुलामी करने को कोई भी तैयार नहीं और सर्विस !–वह कहीं की भी हो, गुलामी ही है ! लेकिन बहुत सम्भव है कि तुम्हारे चाचाजी का असर तुम पर पड़ा हो !"

प्रभानाथ ने उत्तर दिया, "यह तो समय बतलाएगा ! और रही गुलामी की बात–यहाँ गुलामी करने से कोई बचा नहीं है। फिर चिन्ता किस बात की है !"

रामनाथ मुस्कुराए। "देख रहा हूँ मेरे सभी लड़के विद्वान हो गए हैं..." और एकाएक उनकी मुस्कुराहट गायब हो गई। उन्हें दयानाथ की याद हो आई–कुछ रुककर उन्होंने कहा, "प्रभा ! यह विद्वत्ता–ये सिद्धान्त ! ये सबकी सब धोखे की चीजें हैं–यह याद रखना ! इनके फेर में पड़कर मनुष्य अपनी वास्तविकता, जीवन की वास्तविकता–सभी कुछ खो बैठता है। ये सारे सिद्धान्त–यह सारी बुद्धि ! यही हमारे विनाश के कारण हैं। प्रभा–इनसे डरना–इनसे दूर भागना !" और यह कहकर रामनाथ उठ खड़े हुए।

प्रभानाथ ने कहा, "ददुआ ! चाचाजी ने बुलाया है–आज ही सुबह उनकी चिट्ठी

मिली है !"

"हूँ !" रामनाथ फिर बैठ गए, "तो फिर तुम कब जाना चाहते हो ?"

"जब आप आज्ञा दें !"

रामनाथ थोड़ी देर तक मौन बैठे रहे, फिर एकाएक वे उठ खड़े हुए, "जरा ठहरो–मैं अभी आता हूँ–तुमसे एक जरूरी काम है !" यह कहकर वे अंदर चले गए। उमानाथ का पत्र लिये हुए वे लौटे। पत्र प्रभानाथ को देते हुए उन्होंने कहा, "इसे पढ़ डालो !"

प्रभानाथ ने आदि से अंत तक पढ़ लिया। उसने कहा, "जी हाँ !–क्या आज्ञा है ?"

"उमानाथ को लेने के लिए किसी आदमी का जाना जरूरी है। तुम देख ही रहे हो कि मैं नहीं जा सकता, और दया–खैर छोड़ो उसकी बात ! उसी के कारण तो मेरी ये हालत है। श्यामू को शायद छुट्टी न मिले, अब रहे तुम !"

"तो क्या मुझे कलकत्ता जाना है ?"

"हाँ, तुम्हीं को जाना पड़ेगा। उमा को आने में अभी करीब पन्द्रह दिन का समय है। तुम कल फतेहपुर अपने चाचा के यहाँ चले जाओ, वहाँ दो दिन ठहरकर कलकत्ता चले जाना। कलकत्ता में इतनी गर्मी भी न होगी और इसलिए तुम वहाँ पन्द्रह-बीस दिन मजे में घूम सकते हो।" रामनाथ मुस्कुराए, "एम.ए. पास कर लेने पर घूम लेना, सैर कर लेना बेजा न होगा।"

प्रभानाथ ने अपनी प्रसन्नता को दबाते हुए कहा, "जैसी आज्ञा !"

"और कलकत्ते जाना है मेरी बुइक कार पर। नई कार खरीदने की बात कर ली है, बदले में पुरानी कार देनी है–इसे दे देना। और नई कार लेकर उस पर चले आना। कार के कागज-पत्र और रुपया तुम साथ लेते जाना।"

प्रभानाथ ने कुछ हिचकिचाते हुए कहा, "भौजीजी से भी पूछ लूँ, शायद वह कलकत्ते जाना चाहें।"

"हाँ, तुमने ठीक कहा–पूछ लो !" पर एकाएक उन्होंने फिर कहा, "नहीं, अपनी भौजी को मत ले जाओ, उसका जाना ठीक न होगा।"

"क्यों ?" प्रभानाथ ने आश्चर्य से पूछा।

"इसलिए कि उमा अभी विलायत से लौट रहा है। बिना प्रायश्चित करवाए उसे घर में ले लेने के मानी होंगे सामाजिक बहिष्कार ! समझ गए !"

"जी हाँ।"

"और देखो, उमा के आने के साथ ही मुझको तार कर देना। इसके बाद कलकत्ता में एक हफ्ता और ठहरकर यहाँ के लिए रवाना होना। साथ ही जब वहाँ से

चलो तब इत्तिला कर देना। इस बीच मैं प्रायश्चित का इन्तजाम कर रखूँगा।"

प्रभानाथ को दूसरे दिन सुबह उठकर चलने की तैयारियाँ करनी थीं। वह सीधा अपनी भावज–उमानाथ की पत्नी महालक्ष्मी के पास गया। महालक्ष्मी अपने लड़के अवधेश को सुलाकर अपने ससुर के लिए गिलौरीदान में पान लगाकर रख रही थी। प्रभानाथ ने पहुँचते ही कहा, "भौजी, मिठाई खिलाओ, मिठाई !"

"वाह, मिठाई मैं क्यों खिलाऊँ। तुम पास हुए हो, तुम खिलाओ। लेकिन बाबूजी–अकेले मिठाई खिलाकर ही नहीं छूटोगे–कुछ उपहार भी देना होगा !"

महालक्ष्मी के सामने पड़ी हुई कुरसी पर बैठते हुए प्रभानाथ ने कहा, "अच्छी बात है भौजी, मैं तुम्हें उपहार दूँगा, ऐसा उपहार जिससे अधिक कीमती चीज तुम न पा सकोगी !"

"उँह–बड़े आए उपहार देनेवाले !" मुस्कुराते हुए महालक्ष्मी ने कहा, और अपने देवर की तरफ तश्तरी बढ़ा दी। "बाबूजी, आजकल मेरे साथ तुम खाना नहीं खाते, कुछ नाराज हो ?"

"बहुत ज्यादा, इसीलिए तो तुम्हारे लिए उपहार लेने कलकत्ता जा रहा हूँ !" प्रभानाथ हँस पड़ा, "सच भौजी सिर्फ तुम्हारे लिए उपहार लेने कलकत्ता जा रहा हूँ !"

"सच बाबूजी–कलकत्ता जा रहे हो ?" महालक्ष्मी ने पूछा, "कब ?"

"कल फतेहपुर जाऊँगा–दो दिन रुककर कार से सीधा कलकत्ता के लिए रवाना ! समझीं ! मझले भइया आ रहे हैं, उन्हें लेने के लिए ! अब तो खिलाओ मिठाई !"

महालक्ष्मी उठ खड़ी हुई; व्यग्रता से उसने कहा, "आ रहे हैं ?–कब आ रहे हैं–बोलो बाबूजी–ददुआ ने मुझे तो बताया नहीं ! सच कह रहे हो ? बोलो बाबूजी, तुम्हें मेरी सौगंध है–सच कहो !"

प्रभानाथ ने कुरसी पर पैर फैलाकर कहा, "तो तुमसे झूठ कहूँगा। कह दिया न कि अपने पास होने की खुशी में मैं तुम्हारे लिए सबसे बड़ी सौगात लाऊँगा। भौजी–अब मिठाई की बात न टालो, निकालो रुपए !"

महालक्ष्मी ने अलमारी खोली और पाँच गिन्नियाँ निकालीं। अपने देवर के हाथ में गिन्नियाँ रखते हुए उसने कहा, "बाबूजी–मुँह मीठा कर लेना !" और प्रभानाथ ने देखा कि उसकी भावज की आँखों में आँसू भरे हैं।

प्रभानाथ ने उठते हुए कहा, "भौजी, तो मेरा सामान ठीक कर दो, कल शाम को चार बजे मैं यहाँ से चल दूँगा !"

महालक्ष्मी ने जरा संकोच के साथ कहा, "बाबूजी, अगर मैं आपके साथ कलकत्ता चलूँ तो कोई हर्ज होगा ?"

"हाँ !" शांतभाव से प्रभानाथ ने उत्तर दिया, "मैंने ददुआ से कहा था, और पहले

तो वे राजी भी हो गए थे–लेकिन फिर एकाएक उन्होंने मना कर दिया। मझले भइया विलायत से आ रहे हैं न !"

महालक्ष्मी ने निराशा की एक ठंडी साँस ली, "जैसी आप लोगों की मर्जी !"

3

सुबह सात बजे पंडित रामनाथ तिवारी उन्नाव के डिप्टी कमिश्नर मिस्टर डाबसन के बँगले में पहुँचे। मिस्टर डाबसन तिवारीजी को बहुत मानते थे और इसका कारण था कि उन्नाव नगर के प्रमुख नागरिक होने के साथ-साथ पंडित रामनाथ तिवारी के चरित्रबल था, व्यक्तित्व था। तिवारीजी की अवस्था पैंसठ वर्ष की थी और उनके बाल सन की तरह सफेद थे। वे इकहरे बदन के लम्बे और हृष्ट-पुष्ट आदमी थे–गोरे और खूबसूरत ! सिवा उनके सफेद बालों के, उनके शरीर पर बुढ़ापे का और कोई चिह्न न था। उनके बत्तीस दाँत मौजूद थे, उनकी चाल में अकड़ थी, उनके मुख पर सौम्य और गुरुता का विचित्र सम्मिश्रण था। तिवारीजी की आँखों में अहम्मन्यता की चमक थी, और शिक्षित से कहीं अधिक सुसंस्कृत।

मिस्टर डाबसन जब कलक्टर होकर उन्नाव आए थे, उनसे नगर के प्रमुख रईस और जिले के प्रमुख ताल्लुकेदार तथा जमींदार मिलने गए थे। सबों ने उन्हें झुककर सलाम किया था, सबों ने उन्हें हुजूर और अन्नदाता कहा था, सबों ने उनकी खुशामद की थी। एक तिवारीजी ही ऐसे थे जिन्होंने उनके साथ बराबरी का बर्ताव किया था। मिस्टर डाबसन को तिवारीजी का यह बराबरीवाला व्यवहार पसन्द नहीं आया था, और अपनी नाराजगी जाहिर करते हुए उन्होंने तिवारीजी पर उसी समय यह कहकर प्रकट कर दिया था, "पंडित रामनाथ ! जमींदारों की जो ज्यादतियाँ किसानों पर हो रही हैं, मेरा काम उन्हें रोकना है। तुम ताल्लुकेदारों ओर जमींदारों को मेरे शासन-काल में सम्हलकर रहना होगा।"

और तिवारीजी ने मिस्टर डाबसन को उसी समय उत्तर दिया था, "मिस्टर डाबसन ! आप डिप्टी कमिश्नर होकर आए हैं–लेकिन इसके ये माने नहीं कि आप हम लोगों से इस तरह की बातें करें। यह याद रखियेगा कि आप एक सरकार की नौकरी कर रहे हैं जो जमींदारों के बल पर कायम है। यह एक विडम्बना है कि हम जमींदार और ताल्लुकेदार अपढ़ और कायर होने के कारण अपने स्थान से अपनी महत्ता को गवाँ बैठे हैं, नहीं तो आप हम लोगों के साथ किसी हालत में इस तरह से पेश न आ सकते जिस तरह पेश आ रहे हैं। आप यह समझ लें कि जमींदारों और ताल्लुकेदारों को अपना शत्रु बना लेना, सरकार के लिए आत्महत्या कर लेना होगा।"

उस डाँट का असर मिस्टर डाबसन पर पड़ा, उन्होंने देखा कि उनके सामने वाला आदमी शरीफ है, स्वाभिमानी है। उस दिन से मिस्टर डाबसन तिवारीजी का आदर करने लग गए। जिस समय चपरासी ने तिवारीजी का कार्ड मिस्टर डाबसन को दिया, वे चा पी रहे थे। उन्होंने चपरासी से तिवारीजी को डाइनिंग-रूम में ही बुलवा लिया।

मुस्कुराते हुए मिस्टर डाबसन ने तिवारीजी से कहा, "गुडमार्निंग राजा साहेब ! आज बहुत सवेरे आ गए !"

"गुडमार्निंग सर !" कहते हुए तिवारीजी एक खाली कुरसी पर बैठ गए।

"आप मेरे यहाँ की चा तो पीजिएगा नहीं–लीजिए, ये फल खाइए !" कहते हुए मिस्टर डाबसन ने फलों की तश्तरी तिवारीजी के सामने बढ़ा दी, "क्यों, क्या बात है जो आप इतने गम्भीर हैं ?"

"कुछ खास महत्त्वपूर्ण बात करने आया हूँ !" तिवारीजी ने कहा।

"कहिए !"

"मेरे पास परसों एक पत्र गया था जिसमें मेरे लड़के दयानाथ के कांग्रेस ज्वाइन कर लेने की बात लिखी थी।"

"अरे हाँ...मुझे याद आ गया। कमिश्नर के डी.ओ. के आधार पर ही मैंने वह पत्र भिजवाया था। फिर ?...क्या दयानाथ ने वाकई कांग्रेस ज्वाइन कर लिया है ?"

"ज्वाइन ही नहीं कर लिया है, वह इस वक्त कांग्रेस का सेक्रेटरी भी है। वह इस मामले में बहुत आगे बढ़ गया है !"

"ऐसी बात है। फिर ?" उत्सुकता से मिस्टर डाबसन ने पूछा।

"मैं परसों शाम को उसके यहाँ गया था। मैंने उसको बहुत समझाया-बुझाया, लेकिन सब बेकार ! कल उसने मुझसे साफ-साफ कह दिया कि वह कांग्रेस किसी हालत में नहीं छोड़ सकता, चाहे उसे घर-बार भले ही छोड़ना पड़े।"

"क्या आपने उसे कोई ऐसी धमकी दी थी ?" मिस्टर डाबसन ने गम्भीर होकर पूछा।

"मैंने उसे धमकी नहीं दी थी, मैंने उससे तथ्य की और वास्तविकता की बात कही थी। देखिए, अगर यह कांग्रेस का मूवमेंट केवल गवर्नमेंट के ही खिलाफ होता तो मैं चुप रहता, लेकिन मैं देखता हूँ कि हम जमींदारों का स्वार्थ गवर्नमेंट के साथ कुछ इस बुरी तरह बँध गया है कि गवर्नमेंट के खिलाफ कोई भी मूवमेंट जमींदारों के खिलाफ पड़ जाता है। ऐसी हालत में जब मेरा बड़ा लड़का रियासत का उत्तराधिकारी इस मूवमेंट में हिस्सा ले रहा है तब इसके माने ये हुए कि वह रियासत को, रियासत को ही नहीं, मुझको नष्ट करने पर तुला हुआ है। ऐसी हालत में उसे कोई अधिकार नहीं कि वह मेरे–अपने शत्रु के साथ रहे।"

मिस्टर डाबसन ने आश्चर्य के साथ अपने सामने बैठे हुए बूढ़े को देखा, फिर धीरे से उन्होंने कहा, "और अगर आज ब्रिटिश गवर्नमेंट आप जमींदारों का साथ छोड़कर जनता का हित करने पर तुल जाए ?"

तिवारीजी ने तनकर उत्तर दिया, "तब मैं समझ लूँगा कि ब्रिटिश सरकार अपने पैरों पर कुल्हाड़ी मार रही है। मैं जानता हूँ कि हम जमींदार मिट जाएँगे, लेकिन हमारे पहले ब्रिटिश गवर्नमेंट मिट जाएगी।"

मिस्टर डाबसन मुस्कुराए, "आप शायद ठीक कहते हैं। लेकिन मैं व्यक्तिगत रूप से इतना जरूर कहूँगा कि यह अवस्था बहुत दिनों तक नहीं रह सकती। राजा साहेब, कांग्रेस का इतना बड़ा मूवमेंट यह साबित कर रहा है कि जनता जाग रही है। यह साफ है कि लोग भूखों मर रहे हैं, लोग कंगाल हैं। यह सब किसलिए ? इन लोगों को कौन भूखा मार रहा है ? इन लोगों को कौन कंगाल बनाए है ? हमें इस सवाल पर गौर करना ही पड़ेगा। और मैं समझता हूँ कि इनको भूखों मारने में और कंगाल बनाने में आप जमींदारों का बहुत बड़ा हाथ है !"

तिवारीजी तिलमिला उठे, "और जमींदारों से ज्यादा उन सरकारी अफसरों का हाथ है जो दो हजार रुपया महीना तनख्वाह पाते हैं, लम्बा भत्ता वसूल करते हैं; बीस साल की नौकरी के बाद जो नकद दस-पाँच लाख रुपया हिन्दुस्तान के बाहर विदेश में ले जाते हैं। मिस्टर डाबसन ! जो रुपया जमींदारों को मिलता है वह हिन्दुस्तान में ही तो रहता है, घूम-फिरकर वह जनता को ही तो मिलता है, लेकिन विदेश में जानेवाला रुपया हिन्दुस्तान की तबाही का कारण होता है।"

मिस्टर डाबसन ने अपने सामने खड़े हुए चपरासी से कहा, "पेशकार से बोलो कि कागजों पर दस्तखत मैं कचहरी में करूँगा। और जो मिलने आवे उससे कह दो कि साहेब को फुरसत नहीं है–शाम के वक्त मुलाकात होगी।"

इतना कहकर मिस्टर डाबसन सम्हलकर बैठ गए, "क्या कहा आपने ? जमींदारों को जो रुपया मिलता है वह हिन्दुस्तान में रहता है ? आप कितनी बड़ी गलती कर रहे हैं ? कुछ थोड़े से इने-गिने अंग्रेज अफसर हैं–ये कितना रुपया बाहर ले जा सकते हैं ? ज्यादा नहीं–राजा साहेब, मैं आपको यकीन दिलाता हूँ ! और ये जमींदार ! अधिकांश रुपया विलायत में जाता है, मोटरों की कीमतों में, सिगरेट में, शराब में, विलायती कपड़ों में और न जाने भोग-विलास की कितनी चीजों में। आप जरा गौर करें–जितने राजे-महाराजे, ताल्लुकेदार-रईस विलायत जाते हैं, वहाँ कितना खर्च करके लौटते हैं ! दो लाख-चार लाख रुपया प्रति वर्ष पैदा करनेवाले, और इसमें से आधे से अधिक विलायत में भेज देनेवाले को हमारे दो हजार रुपए पर आपत्ति क्यों हो रही है ? और राजा साहेब, आप यह भी याद रक्खें कि हम शासक हैं; हमने अपनी ताकत

से, अनेक कष्ट सहकर, अपना खून बहाकर, हिन्दुस्तान को जीता है, उसे बर्बरता से ऊपर उठाया है; हम हिन्दुस्तान का प्रबन्ध कर रहे हैं।"

तिवारीजी चुप थे। मिस्टर डाबसन ने जो बात कह दी थी उसमें सत्य था। उस सत्य की उपेक्षा तिवारीजी न कर सकते थे।

मिस्टर डाबसन रुके नहीं, वे बातें करने ही बैठे थे। "राजा साहेब ! यह ब्रिटिश गवर्नमेंट इस गरीब हिन्दुस्तान से अधिक लाभ कर भी नहीं सकती। बहुत थोड़े-से अंग्रेज सरकारी नौकरियों में हैं और केवल उन्हीं की आजीविका चल रही है। और ये अंग्रेज संख्या में इतने कम हैं कि अगर हिन्दुस्तान में इनकी आजीविका चलना बंद हो जाए तो इंग्लैण्डवासियों को मालूम तक न होगा। फिर एक बात और याद रक्खें। हिन्दुस्तान के स्वाधीनता पा जाने के बाद अभी बहुत दिनों तक हिन्दुस्तान को विदेशी विद्वानों की आवश्यकता पड़ेगी। यह तनख्वाह जो हिन्दुस्तान हम लोगों को दे रहा है, अभी कई साल तक हम विदेशियों को मिलती रहेगी।

"अब आती है व्यापार की बात ! मैंने माना कि हिन्दुस्तान के साथ व्यापार से इंग्लैंड को बहुत फायदा हुआ है, लेकिन यह फायदा किसी भी दूसरे देश को होता जो हिन्दुस्तान के साथ व्यापार करता; और अब यह फायदा दूसरे देशवालों को हो रहा है। जापान, जर्मनी, अमेरिका ! ये देश अधिक लाभ उठा रहे हैं। यहाँ भी हमारा लाभ अधिक नहीं है। हिन्दुस्तान इतना गरीब है कि वह महँगा ब्रिटिश माल खरीद ही नहीं सकता, उसे सस्ता जापानी माल चाहिए। मैं आपसे फिर कहता हूँ कि हिन्दुस्तान से इंग्लैंड को कोई व्यापारिक लाभ भी नहीं है। फिर यह सब क्यों ? हम लोग जो अपने सिर पर यह मुसीबत उठाए हुए पशुता के पाप के भागीदार बन रहे हैं, यह सब क्यों ?"

तिवारीजी मानो सपना देख रहे हों। उन्हें यकीन न हो रहा था कि एक अंग्रेज डिप्टी कमिश्नर उनसे यह बातें कर सकता है ! वे अवाक् बैठे हुए थे।

मिस्टर डाबसन ने चा का दूसरा प्याला बनाया; इसके बाद उन्होंने अपनी बात फिर आरम्भ की, "हिन्दुस्तान में अंग्रेजों को केवल एक मोह है, वह है साम्राज्य का। इतना बड़ा मुल्क जिसकी जनसंख्या तैंतीस करोड़ के ऊपर; लोग बहादुर और समझदार ! इतना बड़ा मुल्क किसी भी साम्राज्य की बहुत बड़ी ताकत बन सकता है। आज संसार के अन्य राष्ट्र जो ब्रिटिश साम्राज्य से दबते हैं, उसके सामने सिर नहीं उठा सकते, उसका प्रमुख कारण यह है कि ब्रिटिश गवर्नमेंट के पास हिन्दुस्तान ऐसा मुल्क है। लेकिन यह भूखा-कंगाल और अपाहिज हिन्दुस्तान कब तक हमारी ताकत बना रह सकेगा ? ब्रिटिश सरकार यह अनुभव करने लग गई है कि अगर हालात अधिक दिनों तक ऐसे रहे तो हमें हिन्दुस्तान से हाथ धोना पड़ेगा। हरेक चीज की हद

होती है, निर्दयता की, उत्पीड़न की, कुशासन की ! और हिन्दुस्तान की हालत अब अन्तिम पराकाष्ठा पर पहुँच चुकी है। इस अन्तिम पराकाष्ठा तक हिन्दुस्तान की हालत पहुँचाने के लिए हम लोग विवश किए गए हैं, और हमें विवश करनेवाले जमींदार ही हैं। शायद भविष्य में ब्रिटिश सरकार जमींदारों का साथ न दे सकेगी।"

तिवारीजी सुन रहे थे, समझ रहे थे। उन्होंने अपना सिर उठाया, सामने बैठे हुए मिस्टर डाबसन मुस्कुरा रहे थे। गला साफ करते हुए तिवारीजी बोले, "आपने जो कुछ कहा मिस्टर डाबसन, मैं मानता हूँ कि उसमें सत्य है; लेकिन केवल अर्धसत्य है। हिन्दुस्तान से इंग्लैंड को और भी फायदे हैं जिन्हें आपने नहीं कहा। आप यह मानेंगे कि हिन्दुस्तान के धन का बहुत बड़ा भाग इंग्लैंड उस रुपए के सूद में ले लिया करता है जो उसने जबर्दस्ती हिन्दुस्तान को कर्ज दिया है। यह रकम अरबों तक पहुँच गई है मिस्टर डाबसन ! इंग्लैंड यह जानता है कि यह आर्थिक गुलामी हिन्दुस्तान के लिए राजनीतिक गुलामी से कहीं अधिक घातक है। फिर आप कहते हैं कि हिन्दुस्तान से इंग्लैंड को कोई व्यापारिक लाभ नहीं हो रहा है। यहाँ भी केवल आपने अर्धसत्य कहा है। इंग्लैंड के जहाज माल लाते हैं, ले जाते हैं। इंग्लैंड से काफी अधिक माल आता भी है। और सबसे बड़ी बात तो यह है कि हिन्दुस्तान की व्यापारिक नीति इंग्लैंड ही निर्धारित करता है। अगर इंग्लैंड को हिन्दुस्तान से कोई व्यापारिक लाभ नहीं है तो इंग्लैंड हिन्दुस्तान के उद्योग-धन्धों को क्यों नहीं पनपने देता ? हिन्दुस्तान के माल का मुकाबिला कीमत में इंग्लैंड का माल नहीं कर सकता। इंग्लैंड के मुकाबिले में हिन्दुस्तानी व्यवसाय तेजी के साथ उन्नति करता जा रहा है। और यहाँ इंग्लैंड ने हिन्दुस्तान के मुकाबिले जापान को सुविधाएँ देकर हिन्दुस्तानी व्यवसाय को तोड़ने का प्रयत्न किया है। जापान को इंग्लैंड जब चाहे रोक सकता है, उसके व्यापार को जब चाहे तोड़ सकता है; लेकिन हिन्दुस्तान अगर एक दफे जम गया तब इंग्लैंड के लिए उसे तोड़ना असम्भव हो जाएगा। इसीलिए इंग्लैंड हिन्दुस्तान को लुटवा रहा है ताकि यह देश हरदम अपाहिज ही बना रहे। और आपने ठीक कहा कि इंग्लैंड को हिन्दुस्तान से मोह साम्राज्य के मामले में ही है, पर हिन्दुस्तान को जन्म-जन्मान्तर तक गुलाम बनाए रखने के लिए यह जरूरी है कि हिन्दुस्तान के सामने हरदम ऐसी समस्याएँ रहें जिनके ऊपर उठकर या जिनसे अलग होकर उसे अपनी गुलामी पर ध्यान देने की फुरसत ही न मिले। सम्पन्न हिन्दुस्तान अपनी सारी शक्तियाँ गुलामी से लड़ने में लगा सकता है लेकिन गरीब हिन्दुस्तान को पहले भूख से, गरीबी से लड़ना है; पीछे गुलामी की बात आती है मिस्टर डाबसन !"

मिस्टर डाबसन इस बात का उत्तर देना चाहते थे लेकिन रामनाथ ने उन्हें इशारे से रोक दिया, "और मैं आपकी बात का भी तथ्य जानता हूँ। जिस समय लोगों में

भूख और गरीबी तथा गुलामी को एक रूप में देखने की क्षमता आ गई उसी समय आप लोगों ने एक दूसरा रुख ले लिया। जिन साधनों से आपने लोगों को गरीब और अपाहिज बनाया उनसे लोगों का ध्यान हटाने के लिए आप बेवकूफ अपढ़ तथा मूर्ख जमींदारों को सामने लाकर उन्हें महत्त्व देकर हिन्दुस्तान में गृहकलह मचवा सकते हैं। नए-नए सवाल उठा लेना, हिन्दू-मुसलमान; वर्णाश्रम-अछूत, किसान-जमींदार–ये सब छोटे-छोटे बिना महत्त्व के प्रश्न हैं। इनको महत्त्व देकर और लोगों की शक्तियों का इन बेकार की बातों पर अपव्यय करा के आप इस गुलामी की अवधि को लम्बा बनाना चाहते हैं। मैं मानता हूँ आपकी सूझ को–आपके दिमाग को। इसी से आप थोड़े से आदमी इतने बड़े हिन्दुस्तान पर निरंकुश शासन कर रहे हैं।" इतना कहकर पंडित रामनाथ तिवारी उठ खड़े हुए।

मिस्टर डाबसन मुस्कुराए, "आप हमें गलत समझ रहे हैं। अच्छा जाने दीजिए इस बात को। आपने बताया नहीं कि किस प्रकार मैं आपकी सहायता कर सकता है ?"

"इस बातचीत के बाद आपसे सहायता की कोई आवश्यकता नहीं मालूम होती," रामनाथ ने भी मुस्कुराने का प्रयत्न करते हुए कहा, "एक बहुत बड़ा सत्य जानकर यहाँ से जा रहा हूँ। मैं आया था आपसे यह पूछने कि दयानाथ की विरासत किस तरह कटवाई जा सकती है; लेकिन मैं समझता हूँ कि मैंने गलती की !"

"शायद आपने गलती ही की क्योंकि विरासत का मामला डिप्टी कमिश्नर के हाथ में न होकर चीफ कोर्ट के हाथ में होता है !" और मिस्टर डाबसन जोर से हँस पड़े।

4

पंडित रामनाथ तिवारी जिस समय कलक्टर के यहाँ से लौटे, बहुत उद्विग्न थे। उन्होंने दयानाथ के साथ अन्याय किया, वे यह मानने को किसी भी हालत में तैयार न थे, लेकिन फिर भी उनका मन भारी था। उनकी समझ में न आ रहा था कि यह सब क्या हो रहा है। दुनिया एकाएक बदल गई थी–वे अपने सामने एक अजीब तरह का अन्धकार देख रहे थे। एक बहुत बड़ी रियासत का भार उनके कंधे पर लदा था, और वे अकेले थे। उनकी अहम्मन्यता, उनकी गुरुता, उनका स्वामित्व !–इन सबों को एक धक्का लगा, और इस धक्के से वे स्तब्ध हो गए। आज के पहले उन्होंने दूसरे पहलू पर विचार ही न किया था।

वे अपने बँगले तक न पहुँच पाए थे कि एक बहुत बड़ा जुलूस उन्हें दिखाई दिया। रास्ता भीड़ से रुक गया था इसलिए ड्राइवर को कार सड़क के एक किनारे रोक देनी पड़ी। वह कांग्रेस का जुलूस था। लोग तिरंगे झंडे लिये और तरह-तरह के नारे लगाते

हुए चल रहे थे। कोई 'इन्किलाब जिन्दाबाद' चिल्ला रहा था, कोई 'झंडा ऊँचा रहे हमारा' गा रहा था।

साधारण परिस्थिति में तिवारीजी को अपनी कार रुकना बुरा लगता पर उस दिन उन्हें बुरा न लगा। अपने अंदरवाले द्वंद्व से वे इतने स्तब्ध और विचलित थे कि उस जुलूस का निकलना उन्हें बुरा लगने के स्थान पर अच्छा ही लगा। वे जुलूस देखने लगे। उन्होंने मन ही मन कहा, 'ये निहत्थे आदमी ब्रिटिश सरकार से लड़ रहे हैं ! क्या यही लड़ाई है ? एक मशीनगन ! और ये सब कहाँ होंगे ? कोई भी तो नजर न आएगा ! आखिर ब्रिटिश सरकार बल का प्रयोग क्यों नहीं करती ? इस पागलपन को क्यों नहीं रोकती ?'

कुछ लोगों ने रामनाथ की ओर उँगली उठाकर कहा, "टोडी बच्चा हाय-हाय !"

रामनाथ चुप रहे। उनको यह नहीं मालूम था कि टोडी बच्चा के अर्थ क्या होते हैं, पर वे जानते थे कि जो कुछ उनके सम्बन्ध में कहा गया है वह उनके स्वाभिमान के विरुद्ध है, शायद उनको गाली भी दी गई हो। पर पंडित रामनाथ को उस समय गाली नहीं अखरी, वे एकटक जुलूस को देख रहे थे और सोच रहे थे, 'इतने अधिक आदमी ! अगर इनके हाथ में शस्त्र होते तो ! उन्नाव ऐसे छोटे कस्बे में इतने अधिक आदमी कांग्रेस के जुलूस में साथ हैं। तो क्या कांग्रेस पर लोगों की श्रद्धा वास्तव में इतनी अधिक हो गई है ? ये लोग–ये गँवार–जिन्हें बोलने और बात करने की तमीज नहीं है, जो सोच नहीं सकते, समझ नहीं सकते; जिनमें नैतिकता और चरित्र का सर्वथा अभाव है। ये किसान और मजदूर–ये लोग इस जुलूस के साथ क्यों हैं ? क्या ये जानते हैं कि स्वाधीनता किसे कहते हैं ? क्या ये जानते हैं कि अधिकार और स्वत्व के अर्थ क्या होते हैं ?'

रामनाथ ने देखा कि छोटे-छोटे बच्चे गाना गाते चले जा रहे हैं। उन्होंने फिर सोचा, 'और ये बच्चे !'

वे मुस्कुराए, 'ये बच्चे भी तो जुलूस के साथ हैं। भला ये बच्चे क्या समझ सकते हैं ? ये जो मस्तक ऊँचा किए हुए नारे लगाते चले जा रहे हैं–ये सुकुमार और भोले बच्चे ! ये क्या जानें कि लड़ाई क्या है ! इनमें कौन-सा जोश भर गया है ? कौन-सा उन्माद इनकी नस-नस में समा गया है ? यह लोग कहाँ जा रहे हैं ? इस जुलूस को बनाकर कौन-सी लड़ाई लड़ने की तैयारी कर रहे हैं ? लड़ाई ?'

रामनाथ हँस पड़े, 'लड़ाई ! ब्रिटिश गवर्नमेंट से लड़ाई ? एक मशीनगन–सिर्फ एक मशीनगन ! हॉविट्ज़र, गैस, टैंक, तारपीडो, हवाई जहाज। जर्मनी के पास यह सबकुछ था। और इन हिन्दुस्तानियों के पास क्या है ? बाँस में लगा हुआ एक झंडा, एक झंडा 'झंडा ऊँचा रहे हमारा' वाला गाना, एक धरना ! और इसके अलावा–कड़ाह

में मिट्टी डालकर नमक बनाओ ! बस इसी बिरते पर ये लोग ब्रिटिश गवर्नमेंट से लड़ रहे हैं। आखिर इस सबसे क्या होता है ? ठीक ही है ! अगर ब्रिटिश गवर्नमेंट बल का प्रयोग नहीं करती तो इसमें बेजा ही क्या है ? ये निहत्थे अपाहिज हिन्दुस्तानी उसका बिगाड़ ही क्या सकते हैं ? ये किसका क्या बिगाड़ सकते हैं ? कुछ नहीं–किसी का कुछ नहीं–बेकार की बात है !'

अब जुलूस का सबसे महत्त्वपूर्ण भाग रामनाथ के सामने आ गया था। कस्बे के प्रमुख व्यापारी, वकील, डाक्टर आदि संभ्रान्त आदमी पैदल खद्दर के कपड़े पहने चले आ रहे थे। रामनाथ ने उन्हें देखा–उनमें से कुछ लोगों को पहचाना भी, और एक क्षण के लिए वे अपनी आँखों पर विश्वास न कर सके। उन्होंने मन ही मन कहा, 'ये भी ! ये अमीर लखपति आदमी ! ये भी कांग्रेस के साथ शामिल हैं–शरीक हैं ! ये क्यों ? इन्हें कौन-सा कष्ट है, कौन-सा दुख है ? ये लोग अपने पैरों पर कुल्हाड़ी मार रहे हैं ! तो फिर दयानाथ ही अकेला मूर्ख नहीं है; मूर्खों का एक बहुत बड़ा दल है जो स्वयं नष्ट होने के लिए तेजी के साथ बढ़ा चला जा रहा है। आखिर ये सब के सब चाहते क्या हैं ? स्वराज्य ? यह स्वराज्य है क्या चीज ? जनता के प्रतिनिधियों के द्वारा जनता का शासन ! और जनता ? यह अपढ़, मूर्ख और कंगाल जनता ? किसी के भी बरगलाने में यह जनता आ सकती है। इसके माने यह हैं कि जो जितना ही मक्कार, चालाक और बेईमान होगा वही इनका प्रतिनिधि बन सकेगा और इनका प्रतिनिधि बनकर शासन कर सकेगा ! इस स्वराज्य के यही अर्थ होंगे ! रूस, जर्मनी, इटली ! इन देशों में भी वहाँ की जनता शिक्षित है, अपना हित-अनहित समझ सकती है, वहाँ भी तो यही हो रहा है !'

जुलूस निकल गया था और रास्ता साफ हो रहा था। ड्राइवर ने कार स्टार्ट की; रामनाथ ने अपने सामने देखा–वही सन्नाटा, वही निस्तब्धता। उन्होंने फिर सोचा, "लेकिन यह सब–यह सब ! इसमें कुछ है जरूर ! इस उन्माद में, इस पागलपन में, ऐसी कोई बात जरूर है जिसकी उपेक्षा नहीं की जा सकती, जो अमीर-गरीब, बच्चे-बूढ़े, सभी पर अपना अधिकार जमाए हुए है, जिससे मैं डर रहा हूँ, डिप्टी कमिश्नर डर रहा है, यह विश्वविजयी और शक्तिशाली ब्रिटिश सरकार डर रही है ! आखिर यह क्या है ?–क्यों है ?'

5

शाम को चार बजे प्रभानाथ ने रामनाथ के पास जाकर कहा, "ददुआ ! अब आज्ञा दीजिए !"

रामनाथ उस समय अपने कमरे में लेटे थे। उनकी उद्विग्नता वैसी की वैसी ही थी–वे सोच रहे थे, दयानाथ के सम्बन्ध में। सुबह से जो कुछ हुआ, जो कुछ उन्होंने देखा उससे उन्हें कुछ लगने लगा था मानो उन्होंने दयानाथ के सम्बन्ध में तनिक कड़ाई से काम लिया है। लेकिन फिर वही उनके अंदरवाला हठी स्वामी और शासक बराबर उनके अंदर वाले पिता से लड़ रहा था। वह दयानाथ को दोषी घोषित कर रहा था, और वह अपने अंदरवाला द्वंद्व उन्हें किसी हद तक अखर रहा था। प्रभानाथ की आवाज सुनकर वे चौंक उठे। उन्होंने पूछा, ''क्या कहा ?'' और वे उठकर बैठ गए।

''मैं फतेहपुर जा रहा हूँ !'' प्रभानाथ ने कहा।

''अरे हाँ !'' यह कहकर उन्होंने कमरे के बाहर देखा, ''अभी ! अभी तो बहुत तेज गरमी है...''

रामनाथ की बात काटते हुए प्रभानाथ ने कहा, ''कोई बात नहीं ! अगर अभी चलूँगा तो आठ बजे तक फतेहपुर पहुँचूँगा।''

''अच्छी बात है !'' कहकर रामनाथ ने उसी समय श्यामनाथ के नाम एक पत्र लिखा। पत्र प्रभानाथ को देते हुए उन्होंने कहा, ''देखो, यह पत्र श्यामू को दे देना, और फतेहपुर में दो दिनों से अधिक मत रुकना। समझे !''

प्रभानाथ ने पत्र ले लिया, लेकिन वह चला नहीं। सिर झुकाए वह खड़ा रहा। रामनाथ ने पूछा, ''क्या बात है–कुछ कहना है ?''

''जी !'' प्रभानाथ ने कुछ हिचकिचाते हुए कहा, ''मैं कानपुर में बड़के भइया के यहाँ दो घंटे के लिए जाना चाहता हूँ।''

''दया के यहाँ ? कुछ काम है ?''

प्रभानाथ ने कोई उत्तर नहीं दिया।

रामनाथ ने कुछ देर चुप रहकर कहा, ''नहीं, तुम उसके यहाँ नहीं जा सकोगे !''

प्रभानाथ ने अपना स्वर दृढ़ करते हुए कहा, ''ददुआ, आप बड़के भइया के साथ ही नहीं, मेरे साथ भी अन्याय कर रहे हैं !''

रामनाथ ने चौंककर सिर उठाया, ''क्या कहा ? मैं क्या कर रहा हूँ ?'' उनका स्वर कर्कश था।

''अन्याय ! आपने बड़के भइया को बहुत बड़ा दंड दिया, एक बहुत छोटे से अपराध पर–यदि उसे अपराध कहा जा सकता है। और आप मुझे दंड दे रहे हैं बिना अपराध के। यह अन्याय नहीं तो क्या है ?''

''मैं तुम्हें किस प्रकार दंड दे रहा हूँ ?'' कड़ी निगाह से प्रभानाथ को देखते हुए रामनाथ ने पूछा।

प्रभानाथ ने अविचलित भाव से कहा, ''आप मुझे बड़के भइया के यहाँ जाने से

रोकते हैं। आप मेरी भावना पर, मेरे सुख पर, मेरी इच्छा पर अकारण ही नियन्त्रण लगा रहे हैं। हम लोगों को बड़के भइया के यहाँ जाने से रोककर आप बड़के भइया को कष्ट पहुँचाना चाहते हैं, लेकिन आप इस बात पर ध्यान नहीं देते कि उनके यहाँ न जाकर, उनसे न मिलकर मुझे भी कष्ट होगा।"

रामनाथ उठ खड़े हुए, "तुम वहाँ नहीं जाओगे–समझे ! दया को मैंने–रामनाथ तिवारी ने दंड नहीं दिया है, दयानाथ को दंड दिया है इस कुल के कर्ता ने, इस कुल की ओर से ! जब तक मैं इस कुल का कर्ता हूँ, संचालक हूँ तब तक मेरी प्रत्येक बात, मेरा प्रत्येक निर्णय, कुल का निर्णय है, उसके प्रत्येक सदस्य का निर्णय है। यह याद रखना कि आज वाला तुम्हारे पिता का अधिकार कल तुम्हारे बच्चों के साथ तुम्हारा अधिकार होगा।"

प्रभानाथ सिर झुकाए चल दिया। मोटर पर सामान रक्खा जा चुका था।

कानपुर पहुँचकर प्रभा ने घड़ी देखी, उस समय कुल पाँच बजे थे। लू उस समय भी तेजी के साथ चल रही थी। गंगा के पुल को पार करके दयानाथ ने कार रोक दी। थरमस से उसने पानी पिया, उसके बाद एक ठंडी साँस लेकर उसने चारों तरफ देखा। गहरा सन्नाटा था, इधर-उधर कोई आदमी नजर न आता था। प्रभानाथ ने कार दयानाथ के बँगले की तरफ मोड़ दी।

दयानाथ उस समय अपने बँगले में ही था। दयानाथ के कमरे में बैठा हुआ मार्कण्डेय उससे उसके पिता के साथवाले निर्णय पर तथा उसके भावी जीवन के सम्बन्ध में बातचीत कर रहा था। प्रभानाथ ने दयानाथ के पैर छुए और मार्कण्डेय को प्रणाम करके बैठ गया।

दयानाथ ने बातें बंद कर दीं। प्रभानाथ से उसने कहा, "कहो प्रभा ! कैसे आ गए ?"

"फतेहपुर जा रहा हूँ ! वहाँ से दो दिन के बाद कलकत्ता जाना है।"

"कलकत्ता जाना है ! क्यों ?"

"मझले भइया आ रहे हैं !"

"उमा आ रहा है ! कब ?"

"आज के बीस दिन बाद ! ददुआ ने मुझे रिसीव करने के लिए भेजा है !"

"तुम्हें भेजा है !" दयानाथ कुछ रुका, "ठीक है ! वे जा नहीं सकते, काकाजी को फुरसत नहीं है ! और मैं !–मैं त्याज्य हूँ। कुल का शत्रु हूँ !" दयानाथ हँस पड़ा–पर उसकी हँसी में एक तरह का रूखापन था, "प्रभा, ददुआ ने तुम्हें मेरे यहाँ आने की आज्ञा दे दी ?"

"जी नहीं ! उन्होंने मुझे आपके यहाँ आने से रोक दिया था।"

दयानाथ ने प्रभानाथ को गौर से देखा ! "और तुम उनकी बात काटकर चले आए ! शायद तुमने अच्छा नहीं किया। तुम उन्हें अच्छी तरह जानते हो, फिर भी तुमने यह किया !"

प्रभा मुस्कुराया, "जी हाँ, मैं उन्हें अच्छी तरह जानता हूँ ! लेकिन मैं यह भी जानता हूँ कि वे मेरी इच्छाओं पर, मेरी भावनाओं पर मनमाना नियन्त्रण नहीं लगा सकते ! उनको कोई अधिकार नहीं कि वे मेरे बड़े भाई को मुझसे छुड़वा दें !"

मार्कण्डेय अभी तक चुप बैठा था। इस बार उसने कहा, "प्रभा ! तुम गलती करते हो। जब तक तुम उनके साथ हो, जब तक उनके और तुम्हारे हित-अहित एक हैं। तब तक उन्हें पूरा अधिकार है !"

दयानाथ ने मार्कण्डेय को उत्तर दिया, "क्या कहा ? तुम इस गुलामी के समर्थक हो ? क्या तुम चाहते हो कि एक आदमी के पागलपन को दस आदमी अपनाकर अपना व्यक्तित्व नष्ट कर दें, उस एक आदमी के गुलाम बन जाएँ ?"

मार्कण्डेय मानो इस तर्क के लिए तैयार बैठा था, "हाँ, एक आदमी के पागलपन को दस आदमियों को अपना लेना, और शान्तिपूर्वक उसी एक पागलपन को सत्य मानकर रहना अधिक श्रेयस्कर होगा बनिस्बत इसके कि दस आदमी अपना-अपना पागलपन लेकर लड़ें-झगड़ें और अपनी जिन्दगी कलहपूर्ण बना लें।"

दयानाथ ने जरा गर्म होकर कहा, "मार्कण्डेय ! अगर सत्य और औचित्य की कीमत अशान्ति है तो मैं उस अशान्ति को उस शांति से कहीं अधिक समझूँगा जो अपने विश्वास की, भावना की हत्या करके खरीदी जाती है।"

मार्कण्डेय ने कहा, "दयानाथ ! तुम क्या कह रहे हो ? तुम्हारा विश्वास तुम्हारा है ! दुनिया का नहीं है। तुम्हारी भावना भी तुम्हारी है। दुनिया की नहीं है। तुम्हें यह स्मरण रखना पड़ेगा कि दुनिया में तुम्हारी ही भाँति हर एक आदमी का अपना निजी विश्वास है, अपनी निजी भावना है। और यही तुम्हारा निजी विश्वास और निजी भावना दूसरों की नजर में पागलपन है क्योंकि दूसरों के विश्वास और दूसरों की भावनाएँ बिलकुल दूसरे हैं। और इसलिए तुम्हारी बात ही बेकार हो जाती है, क्योंकि जिस अधिकार को तुम माँग रहे हो, वही अधिकार तुम्हें दूसरों को भी देना पड़ेगा !"

यह तर्क-वितर्क प्रभानाथ को अखर रहा था। एक तो उसे जाने की जल्दी थी, दूसरे यह तर्क उस पर ही केन्द्रित था। उसने घड़ी देखते हुए कहा, "बड़के भइया, आप मुझे तो आज्ञा दें क्योंकि मुझे फतेहपुर जाना है। भौजी से मिलकर वहीं से चला जाऊँगा !"

दयानाथ हँस पड़ा, "कैसे पागलों के बीच में आ पड़े हो ! अरे हाँ, मैं तुम्हारे पास होने पर तुम्हें बधाई देना तो भूल ही गया था।"

प्रभानाथ उठ खड़ा हुआ। दयानाथ ने फिर कहा, "कलकत्ता जा रहे हो–अच्छा शहर है। जरा घूम ही आओगे। और चाचाजी से मेरा प्रणाम कह देना।"

"बहुत अच्छा।" कहकर प्रभानाथ अंदर जाने लगा। दयानाथ ने प्रभा के निकट आकर कहा, "देखो, उमा से मेरी स्थिति समझा देना। बानापुर जाते समय, अगर वह अनुचित न समझे तो मुझसे मिल ले–अगर मैं उस समय तक जेल के बाहर रहा।"

प्रभा ने दयानाथ के चरण छुए और मार्कण्डेय को प्रणाम किया। इसके बाद वह अंदर चला गया। उसके जाते ही मार्कण्डेय और दयानाथ फिर बातें करने लगे!

6

जिस समय प्रभानाथ फतेहपुर पहुँचा, पंडित श्यामनाथ तिवारी अपने बँगले में नहीं थे। वे क्लब में बैठे ब्रिज खेल रहे थे। नौकर से प्रभानाथ ने श्यामनाथ को अपने आने की सूचना दिलवाई। श्यामनाथ वैसे ही क्लब से उठकर घर चले आए।

पंडित श्यामनाथ तिवारी की अवस्था पचपन वर्ष की थी, पर वे पैंतालीस वर्ष से अधिक के न दिखते थे। वे फतेहपुर में सुपरिंटेंडेंट पुलिस थे। अपने बड़े भाई के समान ही लम्बे और स्वस्थ, पंडित श्यामनाथ तिवारी अपनी वीरता के लिए प्रान्त भर में प्रसिद्ध थे। बड़े-बड़े डाकू उनके नाम से थर-थर काँपते थे। पुलिस के कर्मचारी उनसे डरते थे।

श्यामनाथ तिवारी की पत्नी का स्वर्गवास उस समय हुआ जिस समय उनकी अवस्था चालीस वर्ष की थी। दूसरा विवाह करने के लिए उन पर बहुत जोर डाले गए, पर उन्होंने दूसरा विवाह नहीं किया। उस समय श्यामनाथ को देखकर कोई भी उनकी अवस्था तीस वर्ष से अधिक न कह सकता था; लेकिन वे चालीस वर्ष के हैं–इसे वे अच्छी तरह जानते थे। इसके अलावा एक तर्क उनके पास और था–वह यह कि पुलिस की नौकरी खतरे से खाली नहीं है, और एक नवयुवती को विधवा बनने के लिए अपने गले में मढ़ लेना वे अनुचित समझते थे। पर असली कारण दूसरा ही था–श्यामनाथ भावनाप्रधान आदमी थे, और उनका अपनी स्वर्गीया पत्नी के प्रति असीमित प्रेम था।

श्यामनाथ तिवारी के कोई सन्तान न थी; पर रामनाथ तिवारी के तीन लड़के थे। रामनाथ के सबसे छोटे लड़के प्रभानाथ को ही श्यामनाथ ने अपना लड़का मान लिया था, बिना गोद लिये हुए। श्यामनाथ अपने बड़े भाई को देवता की तरह मानते थे; रामनाथ का कथन श्यामनाथ के लाख विरोध करने पर भी उनके लिए वेदवाक्य के समान था। रामनाथ की भी श्यामनाथ के प्रति अगाध ममता थी।

श्यामनाथ के हाथ में प्रभानाथ ने रामनाथ का पत्र रख दिया। पत्र को आदि से

अंत तक पढ़कर श्यामनाथ के मुख पर एक विषाद की छाया घिर आई, "दया ने कांग्रेस ज्वाइन कर लिया ! यह तो अच्छी बात नहीं।"

प्रभानाथ ने इस बात का उत्तर देना बेकार समझा।

श्यामनाथ कुछ देर तक सोचते रहे, फिर उन्होंने कहा, "फतेहपुर आते हुए तुम दया से मिले हो ?"

"जी हाँ ! यद्यपि ददुआ ने मुझे वहाँ जाने से रोक दिया था !"

"भइया ने तुम्हें भी दया के यहाँ जाने से रोक दिया था !–यह क्यों ?" कहते हुए श्यामनाथ ने अपना हाथ मेज पर पटक दिया, "भइया को यह कौन-सा पागलपन सूझा ! क्या हम लोग दया को छोड़ दें ? मैं कभी भइया का यह अन्याय नहीं बर्दाश्त कर सकता !"

प्रभानाथ ने मुस्कुराते हुए कहा, "यह सब ददुआ से तै कर लीजिएगा लेकिन आप उनसे यह न कह दीजिएगा कि मैं बड़के भइया के यहाँ गया था !"

"उनसे क्या तै कर लूँ–खाक ! अपनी जिद ने छोड़ेंगे नहीं। दया को घर से निकाल दिया। निकाल ही नहीं दिया, एक लाटसाहबी हुक्म जारी कर दिया कि हम लोग सब के सब उससे अपना सम्बन्ध तोड़ लें ! कल ही मैं उन्नाव जाकर उनसे बातचीत करूँगा। इस तरह से कब तक चलता रहेगा।"

प्रभानाथ श्यामनाथ की कमजोरी को अच्छी तरह जानता था, उसने कहा, "बेकार आप गरम हो रहे हैं ! ददुआ के सामने तो आपके होश-हवास सब गायब हो जाते हैं !"

"चुप बदतमीज ! देखना–देख लेना–कल इतवार है। कल ही।"

"लेकिन मुझे तो कल रात ही कलकत्ता के लिए रवाना हो जाना है !"

"अरे हाँ !–क्यों, दो-चार दिन बाद चले जाना ! कोई हेर्ज है !"

"नहीं काकाजी, ददुआ ने क्या लिखा है। आप तो अपनी सफाई देकर अलग हो जाएँगे, बीतेगी मेरे सिर पर !"

श्यामनाथ ने पत्र एक बार फिर पढ़ा। मत्थे पर लगाते हुए उन्होंने कुछ सोचा, फिर धीरे से बोले, "अच्छी बात है। भइया का तो लाटसाहबी हुक्म चलता है। तो फिर कल ही सही, मैं परसों जाऊँगा !"

चौथा परिच्छेद

1

हुगली नदी के किनारे कलकत्ता नगर अपने वैभव पर उन्नत-मस्तक खड़ा है। हुगली नदी को कलकत्ता के हिन्दू गंगा कह उसमें भक्ति के साथ स्नान करते हैं और अंग्रेज उसे समुद्र का हिस्सा मानकर उसमें छोटे-बड़े जहाज तक ले आते हैं।

जनसंख्या के अनुसार कलकत्ता ब्रिटिश-साम्राज्य का द्वितीय नगर है। और सन् 1910 तक उसे समस्त भारतवर्ष की राजधानी होने का श्रेय प्राप्त था। इसके साथ ही कलकत्ता का एक और भी ऐतिहासिक महत्त्व है जिसे अधिकांश लोग उस नगर की चहल-पहल में तथा उसके वैभव के आगे भुला देते हैं। कलकत्ता ही हिन्दुस्तान की गुलामी की पहली सीढ़ी है–अंग्रेजों ने कलकत्ता से ही हिन्दुस्तान को विजय किया है।

और शायद इसीलिए इस नगर में दानवता के साक्षात दर्शन होते हैं। एक अनियन्त्रित हाहाकार उस नगर में प्रत्येक क्षण सुन पड़ेगा, करोड़पति व्यापारियों के अंदरवाली पशुता के दर्शन यहाँ की वेश्याओं में, कंगाली में और परदेस से पैसा कमाने के लिए आए हुए नित्य ही आत्महत्या करनेवाले या विवश भूखों मर जानेवाले बेकारों में हो सकते हैं। ऐश के सभी सामान इस नगर में मौजूद हैं, और ऐश मनुष्य की मानवता का गला घोंट रहा है। इस नगर में शांति नहीं है, इस नगर में सहानुभूति नहीं है। यहाँ जो कुछ है वह आज का पिशाच है और उस पिशाच में गुलाम बनने की प्रबल अभिलाषा है।

यह धन पाने की अभिलाषा।

यह इस नगर का ही नहीं, यह आज की दुनिया का, आज की संस्कृति का, आज की सभ्यता का सबसे बड़ा अभिशाप है। यह अभिशाप इस नगर में अपने महान वीभत्स और नग्न रूप में प्रदर्शित है। कोई इस बात को नहीं सोचता कि किस उपाय से यह धन प्राप्त किया जाता है, इस बात पर सोचने का किसी के पास समय भी तो नहीं है। हर समय एक आवाज–"पैसा !" चोरी, डकैती, झूठ, दगाबाजी, हत्या। अपना शरीर बेचकर, अपनी आत्मा बेचकर, अपनी मनुष्यता बेचकर। धन ही अस्तित्व है,

धन ही स्वामी है, धन ही परमेश्वर है।

यह धन की नृशंसता इस नगर को एक भयानक अभिशाप बनकर घेरे है। रोज सुबह कंगालों का झुंड उस दिन जीवित रहने की चिन्ता को लेकर निकलता है; दर-दर की ठोकरें खाते हुए, आशीर्वाद बाँटते हुए वह उस नगर के चक्कर लगाता है। उसके सामने सम्पन्न आदमी हँसते हुए और अठखेलियाँ करते हुए निकलते हैं, और वह उन लोगों को देखता है। पर वह उन पर ईर्ष्या नहीं करता; वह उनकी जय मनाता है, उनके सामने नाक रगड़ता है। उसे अपने जीवित रहने का अधिकार पता नहीं–वह लुटेरों की कृपा पर ही अपने जीवन को निर्भर समझता है। और रात के समय मैदानों में, सड़कों पर, नालियों पर, जहाँ भी जगह मिल जाए, पड़ रहता है–सुबह जीवित उठकर कुत्तों की जिन्दगी बिताने के लिए, या रात में ही भूख और ठंड से मर जाने के लिए।

रोज सुबह कुलियों का झुंड अपने काम पर जाता है, दिन भर वह मशीनों के नीचे पिसता है भावनाहीन, चेतनाहीन ! और रोज शाम को वह लौटता है, थका-माँदा, टूटा हुआ ! इसके बाद रात ! थकावट से चूर आदमी का या तो ताड़ी अथवा सड़ी शराब पीकर बीवी-बच्चों को उत्पीड़ित करना; या फिर सड़ा-बासी, रूखा-सूखा खाकर पेट भरना और मुरदे की तरह एक सँकरी और गंदी कोठरी में, जिसमें चार या पाँच आदमी रहते हैं, एक कोने में लुढ़क जाना ! यही उसका नित्य का जीवन है।

रोज सुबह क्लर्कों का झुंड बच्चों के रुदन के बीच में उठता है, अपने सिर पर दिन भर की गुलामी के कार्यक्रम को लिये हुए। दफ्तर जाना है, साहेब का मुकाबिला करना है, उसकी गालियाँ सुननी हैं, ठोकरें खानी हैं। और रोज शाम के समय वह चिन्तित और अशान्त लौटता है। लम्बी गृहस्थी के भार से उसका मस्तक झुका हुआ है, बच्चों को गुलामी के लिए तैयार करने के लिए उसे शिक्षा देनी है। माता, विधवा दादी, बहिन और न जाने कितने आश्रित उसकी प्रतीक्षा कर रहे हैं–उसकी नौकरी की, उसकी कमाई की खैर मना रहे हैं।

और इसके बाद ! इसके बाद आते हैं छोटे-मोटे दुकानदार जो सुबह से शाम तक पशु की तरह अपनी दुकान के खूँटे में बँधकर पैसा पैदा करते हैं। और पैसा पैदा करने के लिए मानो उनकी यह मेहनत अकेले काफी नहीं होती; उन्हें झूठ, फरेब, दगाबाजी का सहारा लेना होता है।

और फिर इसके बाद ! लम्बे-लम्बे व्यापारी और पूँजीपति, जिनका एकमात्र उद्देश्य है पैसा पैदा करना, दुनिया को लूटना, मनुष्यों को भूखों मारना। रुपया पैदा करने के लिए ये सबकुछ कर सकते हैं, इनके पास न धर्म है, न ईमान है। इनकी शक्ति है इनका साहस–खुलकर खेलना। इन पर कोई बन्धन नहीं है, इनके लिए कोई नियम नहीं है।

ये वेश्याएँ, ये शराबखाने, ये थियेटर, ये सिनेमा, ये घुड़दौड़ और कितने ही ऐसे सामान इन्हीं लोगों की कृपा के फल हैं, इन्हीं लोगों को प्रसन्न करने के लिए कलकत्ता का जन-समुदाय नरक का जीवन व्यतीत कर रहा है, इन्हीं लोगों की दानवता को तुष्ट करने के लिए मनुष्य ने अपने को पशु से भी गया-बीता बना लिया है।

2

युक्त-प्रान्त से कलकत्ता जानेवाले रईस और ताल्लुकेदार अक्सर चौरंगी के मशहूर प्रिंसेज होटल में ठहरा करते थे। प्रभानाथ ने उन्नाव से ही उस होटल में दो कमरों का सूट रिजर्व करा लिया था। अपनी पुरानी कार देकर उसने नई कार खरीद ली थी। अब उसके सामने चहल-पहल से भरा विराट कलकत्ता नगर था और उसके सामने उसकी छै सिलिण्डर की नई बुइक कार थी।

चौथे दिन प्रभानाथ लैंसडाउन रोड पर अपनी कार लिए जा रहा था, लेक पर घूमने के लिए। गाड़ी की स्पीड काफी धीमी थी, प्रभानाथ अपने विचारों में मग्न था। प्रभानाथ को कलकत्ता अच्छा नहीं लगा था, कृत्रिमता के उस विशाल नगर में स्वच्छन्द वातावरण में पले हुए नवयुवक का मानो दम घुट रहा था। जिस उल्लास और उत्साह को लेकर वह चला था, चार दिन में ही वह ठंडा पड़ गया था। कलकत्ता की दानवता ने उस भोले नवयुवक की आत्मा पर एक प्रहार-सा किया। उसे कलकत्ता के अनियंत्रित हाहाकार से अरुचि हो रही थी–वह सोच रहा था।

उसने कार एक सूनी गली में मोड़ दी। भवानीपुर के उस हिस्से में उसे एक प्रकार की शान्ति-सी मिली। वह कुछ थोड़ी दूर ही गया होगा कि उसे पिस्तौल की एक आवाज सुनाई पड़ी। एक के बाद दूसरी और दूसरी के बाद तीसरी। प्रभानाथ अपने विचारों से चौंक उठा। जिस ओर से ये आवाजें आईं, उसने उस ओर देखा। वह एक मकान का पिछवाड़ा था जिसका सामना लैंसडाउन रोड पर था।

और उसने देखा कि उसकी मोटर के सामने करीब पाँच गज की दूरी पर एक युवती पिस्तौल ताने खड़ी है। कार की स्पीड वैसे भी तेज न थी–प्रभानाथ ने कार रोक दी। युवती ने झपटकर कार की बाईं ओरवाला दरवाजा खोला और वह प्रभानाथ के बगल में बैठ गई। उसके दाहिने हाथवाली पिस्तौल की नली प्रभानाथ की पसलियों से लगी थी।

"तेजी के साथ चलो–एकदम ! पुलिस पीछे है।" भर्राए हुए गले से युवती ने कहा।

पिस्तौल की आवाजें फिर हुईं, प्रभानाथ ने कार तेज कर दी। कार तेजी के साथ

चली जा रही थी और युवती का पिस्तौल प्रभानाथ की पसलियों में चुभ रहा था। प्रभानाथ ने कनखियों से उस युवती की ओर देखा। वह करीब बीस या बाईस वर्ष की बंगाली युवती थी और उसके मुख पर कठोरता थी। उसकी आँखें नीले चश्मे से ढँकी थीं, और ढलती हुई संध्या के अन्धकार में प्रभानाथ उन आँखों को न देख पा रहा था। पर उसे यह विश्वास हो गया था कि वे आँखें बड़ी-बड़ी हैं और प्रकाशवान हैं। युवती मझोले कद की और दुबली थी; उसका रंग गेहुँआ था और यदि वह कुरूप न थी तो वह सुन्दर भी न थी। प्रभानाथ तेजी से गाड़ी चलाए जा रहा था; अब वह बालीगंज लेक के करीब पहुँच गया था। धीरे-धीरे उसे अनुभव हो रहा था कि युवती का हाथ कुछ शिथिल होने लगा है। स्टियरिंग व्हील उसके दाहिने हाथ में था, एक झटके के साथ उसने अपने बाएँ हाथ से युवती का हाथ पकड़कर ऐंठ दिया। पिस्तौल युवती के हाथ से छूट पड़ी। पिस्तौल उठाकर प्रभानाथ ने अपनी जेब में रख ली, मुस्कुराते हुए उसने युवती से कहा, "कहिए ! अब आप क्या चाहती हैं ?"

युवती अपने विचारों में मग्न थी; सम्भवतः वह उस कांड पर सोच रही थी जिससे वह बचकर आई थी। इसी कारण उसका हाथ ढीला पड़ गया था। प्रभानाथ के इस साहस के काम की उसने कल्पना न की थी और इसलिए तैयार भी न थी। और प्रभानाथ ने इतनी शीघ्रता से यह सब किया था कि वह स्तब्ध तथा विमूढ़ रह गई। उसने प्रभानाथ की ओर आश्चर्य से देखा, पर प्रभानाथ की बात का कोई उत्तर न दिया।

इस बार प्रभानाथ ने अंग्रेजी में कहा, "मैंने आपसे पूछा कि अब क्या इरादे हैं ! आप शायद क्रान्तिकारी हैं !"

युवती ने अंग्रेजी में उत्तर दिया, "आप जो चाहें अनुमान कर सकते हैं !"

प्रभानाथ मुस्कुराया, "एक तो क्रान्तिकारी होना ही बहुत बड़ा अपराध है, फिर क्रान्तिकारी होकर असावधानी करना ! यह उससे भी बड़ा अपराध है !"

युवती चुपचाप होकर प्रभानाथ को एकटक देख रही थी। प्रभानाथ ने फिर कहा, "और हर एक शान्तिप्रिय, राजभक्त और नेक नागरिक का यह कर्तव्य है कि वह अपराधी को पुलिस के हवाले कर दे !"

युवती ने प्रभानाथ की ओर से मुँह फेर लिया। उसने केवल इतना कहा, "हाँ, हर एक शांतिप्रिय राजभक्त कायर गुलाम का यह कर्तव्य है कि वह विदेशी सरकार की सहायता करे !"

प्रभानाथ हँस पड़ा ! "खूब कहा, शाबाश ! लेकिन इससे मेरे प्रश्न का उत्तर तो नहीं मिला। मैंने आपसे पूछा कि आपके क्या इरादे हैं ? मेरी कार में इतना पेट्रोल नहीं कि मैं इस कलकत्ता नगर का चक्कर लगाता फिरूँ और फिर इस नगर से मैं भलीभाँति

परिचित भी नहीं हूँ !"

युवती ने कोई उत्तर नहीं दिया, वह चुपचाप बैठी थी।

प्रभानाथ ने फिर कहा, "बोलिए न ! आप कहाँ चलेंगी ?"

"आप मुझे पुलिस-स्टेशन ले चलना चाहते हैं न ! वहीं चलिए !" युवती ने कहा।

प्रभानाथ मुस्कुराया, "जाने भी दीजिए–सरकार को एहसानमन्द बनाने की अभी मुझे कोई जरूरत नहीं ! घर में एक नहीं, दो-दो आदमी यह काम बड़ी खूबी से कर रहे हैं।"

युवती ने आश्चर्य से प्रभानाथ को देखा,"क्या कहा ? मैं समझी नहीं !"

"यही कि मेरे पिता और मेरे काका यह काम कर रहे हैं। घर में दो राजभक्त जरूरत से ज्यादा हैं !"

इस बार युवती ने गौर से प्रभानाथ को देखा। लम्बा और गोरा-सा खूबसूरत नवयुवक–मुख पर तेज। आँखों में चमक, चौड़ा सीना और बातचीत में एक लापरवाही की अजीब मस्ती ! युवती कुछ क्षणों के लिए अपनी बगल में बैठे हुए नवयुवक को देखती रही।

प्रभानाथ युवती को न देख रहा था, फिर भी उसे उसकी दृष्टि का पता था। कार उस समय तक लेक का एक चक्कर लगा चुकी थी। उसने फिर कहा, "तो फिर आपने बतलाया नहीं कि मैं आपको कहाँ पहुँचा दूँ। जिस काम को मुझे जबरदस्ती अपने ऊपर लेना पड़ा है, अब उसे प्रसन्नतापूर्वक पूरा भी कर देना चाहता हूँ !"

युवती एकाएक काँप उठी। अभी तक वह शांत थी, अब एकाएक उसे उस खतरे की याद हो आई जिससे वह निकलकर आई थी। उसने लड़खड़ाते हुए स्वर में कहा, "मुझे...मुझे श्याम बाजार...नहीं-नहीं श्याम बाजार में ही ले चलिए !"

प्रभानाथ ने अपनी कार रसा रोड से श्याम बाजार की तरफ मोड़ दी। उसने फिर पूछा, "क्या उस घर में और भी लोग थे ?"

"हाँ, दो और ! लेकिन पुलिस के आते ही एक निकल भागा था, और दूसरे के मत्थे पर दो गोलियाँ लगीं। उफ् !..." युवती काँप रही थी।

प्रभानाथ ने फिर कोई बात न की, वह कुछ सोचने लगा। धरमतल्ला के पास पहुँचकर उसने फिर कहा, "क्या पुलिस आपको पहचानती है ?"

"शायद नहीं !"

"फिर उसने उस मकान पर छापा क्यों मारा ?"

"मैं ठीक नहीं कह सकती। शायद उस मकान पर उनका शक था।"

"क्यों ? वह मकान किसका है ?"

"किराये का ! हम लोगों की वहाँ बैठक भर हुआ करती थी ? हाँ, हमारे हथियार

भी वहीं रहते थे लेकिन वहाँ रहता कोई नहीं था।"

"यह बात है !" कहकर प्रभानाथ मौन हो गया।

श्याम बाजार के पास पहुँचकर प्रभानाथ ने गाड़ी धीमी करते हुए कहा, "देखिए, आप यहीं कहीं उतर जाइए–शायद मेरा आपका मकान देखना उचित न होगा।"

"क्यों ?"

"इसलिए कि आपको बचानेवाला अभी तक आपका पूरा पता नहीं जानता।" यह कहकर प्रभानाथ ने कार रोक दी। युवती कार से उतरी नहीं कि प्रभानाथ ने फिर कहा, "देखिए मैं आपका नाम नहीं जानता, आपका पता नहीं जानता; और मैं आपका नाम पता पूछूँगा भी नहीं। मुझे आपके साहस पर आश्चर्य है, आपके प्रति मुझमें एक प्रकार का आदर का भाव जग उठा है। लेकिन अगर आपको मेरी किसी प्रकार की सहायता की आवश्यकता पड़े, ऐसी सहायता जो मैं बिना जोखिम में पड़े कर सकता हूँ तो आप मुझसे सहर्ष ले सकती हैं !" यह कहकर प्रभानाथ ने अपने पर्स से अपना कार्ड निकालकर युवती को दे दिया। उसके कार्ड पर उसका कलकत्ता वाला पता लिखा था।

युवती ने कार्ड ले लिया और प्रभानाथ की ओर कृतज्ञता से देखा। वह कार से उतर पड़ी, उसने प्रभानाथ को आदरपूर्वक नमस्कार किया और वह चल दी।

एकाएक प्रभानाथ को युवती के पिस्तौल की याद हो आई। उसने युवती को बुलाकर अपनी जेब की तरफ इशारा किया, "और यह ! क्या इसकी आपको कोई आवश्यकता पड़ेगी ?"

"इस भीड़ में इसे किस तरह ले जाऊँगी ?" युवती के स्वर में एक प्रकार की अनिश्चितता थी।

"और शायद अभी इसका आपके पास होना खतरनाक साबित हो सकता हो ! खैर मेरे पास यह आपकी अमानत है, जब जी चाहे ले लीजिएगा।"

3

युवती को श्याम बाजार में उतारकर प्रभानाथ अपने होटल में लौट आया। होटल में पहुँचकर उसने देखा कि अभी केवल साढ़े आठ बजे हैं। बिजली का पंखा खोलकर वह एक आरामकुर्सी पर बैठ गया, और सोचने लगा। वह धीरे-धीरे उस नाटक की महत्ता का अनुभव करने लगा जिसका अभिनय एक आकस्मिक परन्तु प्रमुख अभिनय करके वह लौटा था। उसने मन ही मन पूछा, "लेकिन क्या यही अंत है ?"

और एकाएक उस युवती की शक्ल जिसे उसने पूरी तरह देखा भी न था, उसकी आँखों के आगे नाच उठी। वह दुबला-पतला शरीर, लम्बा और निस्तेज मुख,

बड़ी-बड़ी चमकती हुई आँखें ! वह युवती सुन्दरी न थी, प्रभानाथ ने इस विषय में अपना निर्णय मन ही मन दे दिया था; पर वह कुरूप है–यह वह किसी हालत में स्वीकार न कर सकता था। और उस युवती का स्वर ! अजीब तरह का, कुछ फटा हुआ, कुछ दृढ़ और कुछ मीठा ! आखिर वह युवती कौन थी ? प्रभानाथ ने सुन रक्खा था कि बंगाल में क्रान्तिकारियों का एक बहुत बड़ा दल है, और उस दल में स्त्रियाँ भी हैं। उसने पढ़ा था कि वे स्त्रियाँ भी अपने प्राणों की बाजी लगाकर काम कर रही हैं। पर उसने कभी गम्भीरतापूर्वक इस बात पर न सोचा, सोचने की शायद उसे जरूरत भी नहीं पड़ी थी। उसके कुल और समाज में स्त्रियाँ कोमल, परतन्त्र तथा विवश होती थीं; वे ममता की मूर्ति थीं, उनकी मुस्कुराहट में करुणा थी, उनके जीवन में त्याग था। और प्रयाग के सभ्य समाज के अंग में उसने देखा था कि स्त्री विलासिता और वासना की प्रतिमूर्ति है। वह नाचती है, गाती है, लुभाती है और अपने इस कृत्रिम स्वर्ग में लोगों को डुबाकर वह नरक दिखला देती है। स्त्री के उस रूप को, जिसे उसने उस दिन देखा था, उसने पहले कभी न जाना था।

प्रभानाथ ने पढ़ा था कि स्त्री शक्ति है, वह दुर्गा है, वह काली है। पर उसने केवल पढ़ा भर था, उस दिन उसने काली के साक्षात् दर्शन भी किए। यह करुणा और विलासिता की मूर्ति नारी–यह प्राणों पर खेलने कैसे निकल आई ?

और किसी ने प्रभानाथ के अंदर से कहा, 'इसमें आश्चर्य ही क्या है ? नारी मिटना जानती है, मरना जानती है !'

प्रभानाथ मुस्कुराया, 'नारी मिटना जानती है, मरना जानती है; पर वह मारना कब से जान गई है ? दूसरे के खून से हाथ रँगना, पिस्तौल लेकर बाहर निकल आना–उफ् !'

एकाएक प्रभानाथ को युवती के पिस्तौल की याद हो आई जो उसकी जेब में पड़ा था। वह उठा, खूँटी में टँगे कोट की जेब से उसने पिस्तौल निकाली, पिस्तौल को उसने गौर से देखा। वह एक सस्ते मेल की जापानी पिस्तौल थी, छै कारतूस उसमें मौजूद थे।

प्रभानाथ ने अभी तक कीमती और अच्छे पिस्तौल ही देखे थे। उसके पिता के पास तीन पिस्तौलें थीं–ताल्लुकेदार होने के कारण पंडित रामनाथ तिवारी को लाइसेंस की जरूरत नहीं थी। उसके पास भी एक पिस्तौल थी, लेकिन उसको लाइसेंस लेना पड़ा था। उसकी पिस्तौल कोल्ट थी–कीमती और निशाने की पक्की ! प्रभानाथ ने उलट-पुलटकर उस पिस्तौल को देखा, फिर धीरे से उसने उस पिस्तौल को ड्रार में बंद कर दिया। उसके पास जो लाइसेंस था उसके अनुसार वह बंगाल में पिस्तौल नहीं ला सकता था।

उस रात प्रभानाथ का सिनेमा जाने का प्रोग्राम था, उसने टिकट मँगवा लिया था। वह उठा, लेकिन उसे ऐसा मालूम हुआ कि उसके पैरों में बल नहीं है, उसके शरीर में बल नहीं, उसके प्राणों में बल नहीं। एक अजीब तरह की थकावट उसमें भर गई है।

4

दूसरे दिन प्रभानाथ देर से सोकर उठा; रात भर वह सपने देखता रहा और वे सुखद न थे।

सुबह की चा उसने कमरे में ही मँगा ली। नौकर जिस समय चा की ट्रे लाया, उसके हाथ में कागज का एक टुकड़ा था जिस पर अंग्रेजी में लिखा था, "वीणा मुकर्जी।"

प्रभानाथ के सामने रातवाली बंगाली युवती की तस्वीर आ गई। तो उस स्त्री का नाम वीणा मुकर्जी था। नौकर ने कहा, "सरकार ! क्या हुक्म है ?"

"यहीं भेज दो, और साथ में एक ट्रे चा और !"

नौकर चला गया। थोड़ी देर बाद वीणा ने प्रभानाथ के कमरे में प्रवेश किया, पर वह अकेली न थी। उसके साथ एक और स्त्री थी। इन दोनों के कमरे में प्रवेश करते ही प्रभानाथ उठ खड़ा हुआ, "आइए नमस्कार !" कहकर उन दोनों का उसने स्वागत किया।

"नमस्कार !" कहकर दोनों युवतियाँ कुरसियों पर बैठ गईं।

वीणा ने अपने साथवाली युवती की ओर इशारा करते हुए, "ये मेरी सखी श्री प्रतिभा दे हैं। और ये मिस्टर प्रभानाथ, जिनकी बातें हम कर रही थीं !"

"आपसे मिलकर प्रसन्नता हुई !" प्रतिभा ने कहा।

"मुझे भी आपसे मिलकर प्रसन्नता हुई !" प्रभानाथ ने उत्तर दिया, इसके बाद उसने गौर से प्रतिभा को देखा। साँवला-सा लम्बा मुख, गाल पिचके हुए, आँखें धँसी हुईं और उन आँखों पर मोटे-मोटे काँचोंवाला चश्मा। मझोले कद की दुबली-सी स्त्री थी। उसके मुख पर कठोरता थी, उसकी आँखों में कठोरता थी, उसके शरीर में कठोरता थी, उसके स्वर में कठोरता थी, उसके व्यक्तित्व में कठोरता थी।

प्रभानाथ ने प्रतिभा से अपनी आँखें हटाकर वीणा को देखा–दोनों में कोई विशेष अंतर न था। दोनों में ही कठोरता थी, दोनों में ही पुरुषत्व था। अन्तर केवल इतना था कि वीणा इन दोनों में अधिक अच्छी दिखती थी, वीणा की आँखों में कठोरता होते हुए भी चमक थी, तरलता थी। वीणा के मुखवाली कठोरता में निहित एक कोमलता

थी जो कभी-कभी उभर आती है, उसमें एक विशेष प्रकार का आकर्षण था जिसे प्रभानाथ समझ न पा रहा था। वीणा के स्वर में भी कृत्रिम कठोरता के अंदर सरसता थी–भावना थी।

नौकर चा की एक और ट्रे लाकर रख गया। प्रभानाथ ने मुस्कुराने का प्रयत्न करते हुए कहा, मैं अभी चा पीने बैठा था कि आप लोग आ गईं ! आप लोग भी चा पीजिएगा न !'' कुछ रुककर उसने फिर कहा, ''और आप लोगों के मौजूद रहते मैं अपने हाथ से चा तैयार करूँ, यह तो ठीक न होगा !''

प्रतिभा ने उत्तर दिया, ''क्यों ?–इसलिए कि यह सब काम अभी तक स्त्री करती आई है; आप लोगों के लिए स्त्री सुख का सामान जुटाने की साधन है !'' और मानो अपनी इस कटुता पर वह स्वयं जोर से हँस पड़ी।

लेकिन वीणा ने चा तैयार कर दी। उसने एक प्याला प्रभानाथ को दिया।

वीणा के हाथ से चा का प्याला लेते हुए प्रभानाथ ने कहा, ''आपने गलत नहीं कहा; स्त्री सुख का सामान जुटाने की साधन ही नहीं है, वह स्वयं सुख है !''

''स्त्री सुख है या उसका शरीर सुख है, उसकी सुन्दरता सुख है ? स्त्री का रूप उससे छीन लो, उसकी मोहिनी उससे हटा लो, और फिर ? फिर वही स्त्री तुम्हारे वास्ते नरक हो जाएगी !'' प्रतिभा के स्वर में एक अजीब तरह की कर्कशता थी।

प्रतिभा के इस कथन से, उसके स्वर की कर्कशता से प्रभानाथ सहम-सा गया। उसने एक बार फिर गौर से प्रतिभा को देखा और घबरा गया। अचानक उसका ध्यान प्रतिभा की उम्र पर गया, उसकी अवस्था करीब पच्चीस वर्ष की थी। एकाएक उसके मन में यह प्रश्न उठा, ''क्या ये दोनों युवतियाँ अभी तक अविवाहित हैं और अगर अविवाहित हैं तो क्यों ? और अगर नहीं तो ये इतनी स्वतंत्र किस प्रकार हैं ?''

प्रभानाथ ने प्रतिभा की बात का कोई उत्तर नहीं दिया, शायद उसके पास कोई अच्छा उत्तर था भी नहीं। वह चुपचाप चा पीने लगा। प्रतिभा भी चुपचाप चा पी रही थी। यह मौन वीणा को किसी हद तक अप्रिय लग रहा था; पर वह भी मौन रहने को विवश थी। चा समाप्त हो गई। प्रभानाथ ने अपना प्याला रखते हुए कहा, ''तो फिर !''

इस ''तो फिर !'' के अंदरवाले प्रश्न को प्रतिभा समझी, वीणा नहीं। प्रतिभा ने कहा, ''हम लोग अपना पिस्तौल वापस लेने आई हैं और साथ ही आपको साहस के लिए बधाई देने आई हैं।''

प्रभानाथ मुस्कुराया, ''मेरे साहस पर आप लोग मुझे बधाई देने आई हैं ! धन्यवाद ! पर मैं समझता हूँ कि बधाई मुझे देनी चाहिए, आपको नहीं ! आप लोग स्त्री होकर प्राणों का खेल खेल रही हैं !''

प्रतिभा पर प्रभानाथ की मुस्कुराहट का कोई असर नहीं पड़ा, उसी गम्भीरता और

शुष्कता के साथ उसने कहा, "यह इसलिए कि हमारे देश के नवयुवक नपुंसक और कायर हैं; न उनमें साहस है और न उनमें स्वाभिमान है !"

"शायद आप ठीक कहती हैं !" प्रभानाथ इस सम्बन्ध में अधिक तर्क नहीं करना चाहता था।

थोड़ी देर तक फिर मौन छाया रहा। प्रभानाथ ने कुछ देर पहले तर्क-वितर्क को बचा दिया था, लेकिन उससे रहा न गया, उसके अन्दर की उत्कंठा, उसके अंदर वाला कौतूहल और उसके अंदर वाला मानव क्या जानना चाहता था कि क्या हो रहा है और क्यों हो रहा है। उस मौन को प्रभानाथ ने तोड़ा, "आखिर यह सब क्यों ? आप लोगों ने जो मार्ग अपनाया है उससे होगा क्या ? क्या वास्तव में आप समझती हैं कि इस मार्ग पर चलकर आप लोग कुछ कर सकेंगी–आप लोगों को कोई सफलता मिलेगी ?"

इस बार वीणा के बोलने की बारी थी, "हम लोग कुछ कर सकेंगे या नहीं, इसको जानने की मुझे तो कोई आवश्यकता नहीं। अन्त को किसने जाना है-कोई बतला सकता है ? फिर उस अंत की चिन्ता ही क्यों की जाए !"

इस उत्तर से प्रभानाथ सकपका गया। अजीब तरह की स्त्री थी वह जिसने यह उत्तर दिया था, और अजीब तरह का उसका तर्क था। फिर भी उसने कहा, "मैं मानता हूँ कि अंत को कोई नहीं जान सका है, पर उसकी कल्पना तो की जा सकती है ! कल्पना करने के लिए ही तो यह बुद्धि हमें मिली है !"

"लेकिन तुम्हारी यह कल्पना सही है या गलत है–इसका निर्णय कौन करेगा ? तुम जिस वातावरण में रह रहे हो, जिस तरह की शिक्षा तुम पा रहे हो, जिस दृष्टिकोण को तुम्हारे सामने पेश किया जा रहा है उस सबका असर तुम्हारी कल्पना पर पड़ता है या नहीं ?" वीणा ने पूछा।

प्रभानाथ ने देखा कि वे स्त्रियाँ जिनसे बह बातें कर रहा है, काफी आगे बढ़ी हुई हैं; फिर भी पराजय, और खास तौर से स्त्रियों के हाथ से, उसे स्वीकार न थी। उसने कहा, "पर वास्तविकता के प्रति अंधे होना भी तो अच्छा नहीं है ! हमें वास्तविकता को देखना ही पड़ेगा। यह इतनी बड़ी ब्रिटिश सरकार जिसके पास बड़े से बड़े विनाशकारी अस्त्र-शस्त्र मौजूद हैं, इसको थोड़े से नौजवान जिनके पास निशाने के पक्के हथियार तक नहीं हैं, किस प्रकार के बल से हरा सकेंगे ? आप एक आदमी को मार देंगे, लेकिन इससे क्या ? और जिस आदमी को आप मार देंगे, बहुत सम्भव है वह बेचारा इतने बड़े दंड का भागी भी न हो जो आप उसे देंगी। फिर यह सरकार एक आदमी की जान का बदला दस आदमियों की जान से लेगी महज अपनी शान, अपना गौरव कायम रखने के लिए।"

वीणा हँस पड़ी, "हाँ, आप ठीक कहते हैं। वास्तविकता को भुलाना ठीक नहीं।

और मैं तो केवल एक वास्तविकता जानती हूँ; वह यह कि हम सब गुलाम हैं–पशुओं से गए-बीते हैं। गुलाम को अपने ऊपर कोई अधिकार नहीं, उसकी जिन्दगी दूसरों के वास्ते है। उस जिन्दगी से फायदा क्या ? दस नहीं; अगर सौ बल्कि हजार आदमी मारे जाएँ तो मुझे खुशी होगी। मैं समझूँगी कि दुनिया में हजार गुलामों की कमी हुई !"

प्रभानाथ ने आश्चर्य से वीणा को देखा। भावना के आवेश में उसने बहुत भयानक बात कह डाली थी, लेकिन उस बात में रक्त को जमा देनेवाली भयानकता के साथ उससे अधिक ठंडा और कुरूप सत्य था। वह एकटक वीणा को देखता रहा।

प्रतिभा प्रभानाथ की यह मुद्रा देखकर मुस्कुराई, "बहुत सम्भव है कि आपको हमारी बातें कुछ विचित्र-सी लगें, आप हमारी बातों से सहमत न हों। आपको बहलाने के लिए दुनिया में बहुत कुछ है। सुख-वैभव, उल्लास, विलास, सभी कुछ ! लेकिन हमारे सामने सत्य है, महा कुरूप सत्य ! हमारे सामने भूख, बेकारी, और पशुता का जीवन है। हम लोग लाख कोशिश करने पर भी अंधे नहीं बन सकते !"

प्रभानाथ कह उठा, "मैं समझ नहीं पा रहा हूँ, जरा भी नहीं समझ पा रहा हूँ ! मैंने कभी इस पहलू पर सोचा ही नहीं !" और वह उठ खड़ा हुआ। ड्रार से पिस्तौल निकालकर उसने सामने मेज पर रख दी, और कहा, "लीजिए !"

वीणा ने पिस्तौल उठाकर अपने झोले में डाल ली। और एकाएक उसे खयाल हो आया कि जो कुछ बातें अभी हुईं उनसे बहुत सम्भव है प्रभानाथ के दिल को आघात पहुँचा हो। उसने मुस्कुराते हुए कहा, "हम लोगों की बात का बुरा न मानिएगा–जो कुछ हमने कहा, आवेश में आकर कहा; आपको दुखाने के लिए जरा भी नहीं !"

प्रभानाथ को मुस्कुराना पड़ा, "नहीं-नहीं–मैंने एक नया दृष्टिकोण देखा जो शायद ठीक हो। आप निःसंकोच रहें, मुझे बुरा लगने के स्थान पर यह बातचीत अच्छी ही लगी।"

प्रतिभा और वीणा उठ खड़ी हुईं। वीणा ने चलते हुए कहा, "क्या फिर कभी हम लोग आपके यहाँ आ सकती हैं ? आप अभी कितने दिन और कलकत्ता रहिएगा ?"

"मैं कह नहीं सकता, लेकिन अभी कम से कम पन्द्रह दिन तो यहाँ रहना ही होगा; और रही आप लोगों के आने की बात, वहाँ मैं आपसे कभी-कभी आ जाने के लिए कहना ही चाहता था, लेकिन संकोचवश कह नहीं सका।"

5

वे दोनों युवतियाँ चली गईं और प्रभानाथ अकेला रह गया। अब उसका मन भारी न था, उसके शरीर में स्फूर्ति थी, उसकी विचारधारा में हलचल थी। उसने एक नई दुनिया

देखी, एक नया दृष्टिकोण देखा। वह उठ खड़ा हुआ।

फोन करने के लिए नीचे उतरा। फोन करनेवाले कमरे में पहुँचकर उसने देखा कि एक दुबला-सा बंगाली युवक वहाँ के बंगाली क्लर्क से बात कर रहा है। बंगाली क्लर्क ने कहा, ''नहीं, अब मेरे पास रुपया नहीं है। अभी दस दिन पहले तुम पाँच रुपए ले गए थे, वही वापस नहीं मिले। मैं कहाँ से दूँ ?''

उस युवक ने कहा, ''सिर्फ दो रुपए ! माँ की हालत बहुत खराब है ! सवा रुपए दवा के लिए और बारह आने पथ्य के लिए। बड़ी दया होगी। मैं आपके सब रुपए अदा कर दूँगा।''

उस बंगाली क्लर्क ने उस युवक की ओर बड़ी विवशता की दृष्टि से देखते हुए कहा, ''नहीं सोमेन, मेरे पास कुल बारह आने पैसे हैं। भला चालीस रुपए महीने की नौकरी करके और कलकत्ता में रहकर मैं बचा ही क्या सकता हूँ ?''

प्रभानाथ ने उस युवक को देखा, एक मोटी और मैली धोती, और एक कुरता। उसके पैरों के चप्पल जवाब देने लगे थे। पर शक्ल से वह पढ़ा-लिखा मालूम होता था। प्रभानाथ ने क्लर्क के पास जाकर कहा, ''माफ कीजिएगा, क्या बात है ?''

प्रभानाथ की इस दखलन्दाजी पर उस बंगाली क्लर्क ने बुरा नहीं माना, उसने एक ठंडी साँस लेते हुए कहा, ''क्या बतलाऊँ, यह मेरा दूर का भतीजा है, एम.ए. पास है। लेकिन इससे क्या ? एक पैसा नहीं पैदा करता, दर-दर की ठोकरें खा रहा है।''

उस नवयुवक की आँखों में आँसू थे। उसने कहा, ''इसमें मेरा क्या दोष है ? मेरे भाग्य का दोष है ! कहीं भी तो नौकरी नहीं मिलती, बीस-पचीस की भी नहीं–'' प्रभानाथ की ओर देखते हुए उसने कहा, ''आप ही बतलाइए, नौकरी के लिए मैं तैयार हूँ, दिन भर इस शहर की धूल फाँकता हूँ, चक्कर लगाता हूँ, लेकिन नौकरी नहीं मिलती !''

''फिर ?'' प्रभानाथ ने पूछा।

क्लर्क ने कहा, ''और मैं चालीस रुपए महीना पा रहा हूँ, पत्नी, चार बच्चे और एक विधवा बहिन ! भला बतलाइए ! मैं किस तरह जिन्दा हूँ–यह मैं ही जानता हूँ। और इसकी माँ बीमार है–यह भूखों मर रहा है। माँ के लिए दवा नहीं है। हे भगवान !'' यह कहकर उसने अपनी जेब से बारह आने निकालकर सोमेन के सामने रख दिए, ''ले जाओ, केवल इतना ही है।''

सोमेन ने बारह आने पैसों को एक बार देखा, ऐसा मालूम होता था कि वह उन्हीं बारह आने पैसों को ले लेगा। पर एकाएक उसने अपने को रोका–उसने एक ठंडी साँस ली और वहाँ से चल दिया।

प्रभानाथ ने टेलीफोन नहीं किया, लपककर उसने दरवाजे से निकलते हुए सोमेन को पकड़ लिया। उसने कहा, "देखो, एक परदेसी की थोड़ी-सी सहायता पर बुरा न मानना !" यह कहकर उसने पाँच रुपए का एक नोट सोमेन के हाथ में रख दिया। और उसने देखा कि सोमेन की आँखों में आँसू भरे हैं।

प्रभानाथ तेजी से अपने कमरे में लौट आया, उसने कपड़े पहने और वह निकल पड़ा। उसने अपनी कार नहीं ली, अभी तक उसने कलकत्ता को एक दूसरी नजर से देखा था। अभी तक वह विलासी की हैसियत से घूमा था; ऊँची इमारतें उसने देखी थीं, थियेटर उसने देखे थे, सिनेमा उसने देखे थे। बड़े-बड़े होटल में उसने खाना खाया था, गाना सुनते हुए, नाच देखते हुए। और उसने समझा था कि वह कलकत्ता अच्छी तरह देख रहा है। आज वह पैदल निकल पड़ा, कलकत्ता का शरीर देखने के लिए नहीं, कलकत्ता की आत्मा देखने के लिए। वह धरमतल्ला पहुँचा। दफ्तरों का समय हो चुका था, इसलिए वहाँ उतनी भीड़ न थी जितनी वह शाम के समय देखा करता था। और उसने वहाँ भिखमंगों का जमाव देखा। एक-दो-तीन-चार ! अरे इन भिखमंगों की संख्या की कोई सीमा नहीं ! एक ओर से आते हैं, दूसरी ओर चले जाते हैं–बूढ़े, अपाहिज, कोढ़ी !

धरमतल्ला से वह चला चितपुर रोड की ओर। और उसने तंग गलियों को देखा जिसमें से सड़ी बदबू आ रही थी। करोड़पति व्यापारी की दुकान के सामने बैठा कराह रहा था कौड़ियों का मुहताज जन-समुदाय। वह और आगे बढ़ा।

अब वह बड़ा बाजार पहुँच गया था–कलकत्ता के लखपतियों और करोड़पतियों के मुहल्ले में। एकाएक वह चौंक उठा; उसने मुड़कर देखा, दाहिनी ओर हैरीसन रोड पर रिक्शावाला चिल्ला रहा था, "दो सवारियाँ और चार पैसे डेढ़ मील रिक्शा खींचनी पड़ी है।" और प्रभानाथ ने देखा कि वह रिक्शावाला दुबला-सा अधेड़ आदमी है जिसके शरीर पर मांस नहीं है। उसके सामने दो मारवाड़ी खड़े थे–हरेक का वजन ढाई मन से कम न होगा। एक ने कहा, "चार पैसे दे दिए हैं–ठीक है। जाओ–मुकदमा दायर करो जाकर !"

लोग एक तरफ से आते थे और दूसरी तरफ चले जाते थे। रिक्शावाला रो रहा था और गालियाँ दे रहा था। किसी को फुरसत नहीं थी कि वह उस रिक्शावाले की फरियाद सुने। दोनों मारवाड़ी चल पड़े। तब तक प्रभानाथ ने बढ़कर एक का हाथ पकड़ा, 'क्यों जी, तुम्हें शरम नहीं आती !" उसने दृढ़ता के साथ कहा।

जिस मारवाड़ी का हाथ पकड़ा गया था, उसने हाथ छुड़ाने की कोशिश करते हुए कहा, "तुम कौन हो ? छोड़ो मेरा हाथ !" और उसने झटका दिया। लेकिन उसको ऐसा मालूम हुआ कि उसका हाथ फौलाद के शिकंजे में जकड़ा है।

प्रभानाथ ने कहा, "मैं कोई भी हूँ, इससे तुम्हें मतलब नहीं। मैं सिर्फ यह कहता हूँ कि क्या इस रिक्शेवाले की मेहनत सिर्फ एक आना ही है ?"

दूसरे मारवाड़ी ने कहा, "जाओ बाबू, अपना काम देखो जाकर !"

जिस ढंग से और जिस स्वर में यह बात कही गई थी उससे प्रभानाथ को बुरा लगना स्वाभाविक ही था। प्रभानाथ ने उससे डाँटकर कहा, "चुप रहो !" और फिर वह रिक्शावाले की ओर मुड़ा, "क्यों जी, तुम्हारी मजदूरी कितनी होती है ?"

"सरकार ! मिलना तो मुझे चार पैसे चाहिए, लेकिन दो आने दो पैसे भी मिल जाएँ तो ले लेता हूँ। आखिर पेट तो भरना ही पड़ता है !"

प्रभानाथ ने उस मारवाड़ी से, जिसका हाथ वह पकड़े हुए था, कहा, "एक आना और इस रिक्शेवाले को देना होगा।"

भीड़ इकट्ठा हो रही थी और लोग आपस में टीका-टिप्पणी कर रहे थे। उस मारवाड़ी ने जो मुक्त था आँखें तरेरते हुए कहा, "अगर हम न दें तो !"

प्रभानाथ ने हाथ को कसते हुए कहा, "तो का सवाल ही नहीं उठता। एक आना देना ही पड़ेगा।"

मारवाड़ी दर्द से कराह उठा, उसने अपने साथी से कहा, "अरे दो भी एक आना पैसा।"

लोगों की सहानुभूति उस समय तक रिक्शेवाले की तरफ नहीं जो कि वास्तव में पीड़ित और गरीब था बल्कि प्रभानाथ की तरफ हो गई थी क्योंकि प्रभानाथ उस दृश्य का प्रमुख अभिनेता था। कुछ लोग कह उठे, "अब मिला सेर को सवा सेर ! बच्चू की अकल दुरुस्त हो गई !"

उस समय तक दूसरे मारवाड़ी ने जेब से इकन्नी निकालकर रिक्शावाले के सामने फेंक दी थी।

प्रभानाथ वहाँ से चल दिया।

अब प्रभानाथ बाग बाजार की ओर बढ़ा, नगर की गन्दगी को पार करते हुए। उस समय दोपहर के बारह बज रहे थे पर प्रभानाथ को भूख न मालूम हो रही थी। धूप काफी तेज थी, पर प्रभानाथ को गरमी भी न मालूम हो रही थी। वह चल रहा था, सबकुछ देखता हुआ, सबकुछ सुनता हुआ ! उसके मन में कोई विचार न था, वह कोई तर्क न कर रहा था। यही देखना-सुनना उसका सारा विचार था, उसका सारा तर्क था !

जिस समय प्रभानाथ होटल लौटा, चार बज चुके थे। वह बुरी तरह थका हुआ था ?

6

उस दिन के बाद तीन दिन तक प्रभानाथ होटल के बाहर न निकला। दिन भर वह अपने कमरे में लेटा रहता। एकाएक उसकी विचारधारा पर, उसके दृष्टिकोण पर, उसके अस्तित्व पर एक भयानक प्रहार हुआ था–ऐसा प्रहार जिसके लिए वह जरा भी तैयार न था। वह विश्वास न कर सकता था उन घटनाओं पर जो चार दिन के अंदर ही जाड़े की बरफ से लदी हुई उत्तरीय हवा की भाँति उसके अंदरवाली हरीतिमा को झुलसाती हुई; उजाड़ती हुई निकल गईं।

वीणा, प्रतिभा, वह बंगाली युवक जिसका नाम सोमेन था–और वह रिक्शावाला। इनमें से हर एक व्यक्ति अपना व्यक्तित्व लिए हुए था, हर एक व्यक्ति हिन्दुस्तान की ही नहीं, मानवता की दुरवस्था पर प्रकाश डाल रहा था, हर एक व्यक्ति प्रभानाथ की सोई हुई चेतना पर प्रहार कर रहा था। होटल का खाना, होटल का सुख ! ये सब पाशविक हँसी हँस रहे थे, मानवता का उपहास कर रहे थे। और इसी पाशविकता के वातावरण में प्रभानाथ की आत्मा मनुष्यता का मनन कर रही थी, उसको समझाने की कोशिश कर रही थी, उसको अपनाने का संकल्प कर रही थी।

चौथे दिन सुबह के समय जब प्रभानाथ चा पीने के लिए खानेवाले कमरे में गया, वहाँ के बंगाली क्लर्क ने उसके पास आकर दबी जुबान में कहा, ''कुंवर साहेब ! उस दिन आपने जो मेरे भतीजे को देखा था न ! कल रात गले में फाँसी लगाकर आत्महत्या कर ली !''

प्रभानाथ के हाथवाला चा का प्याला छूट गया, ''क्या कहा ? आत्महत्या कर ली ?''

''जी हाँ !'' अपनी आँखों में उमड़ते हुए आँसुओं को हाथ से पोंछते हुए उसने कहा, ''उसकी माँ का परसों देहान्त हो गया ! अंत्येष्टि-क्रिया से लिए प्रबन्ध करने को उसके पास पैसा न था। हम लोगों ने किसी प्रकार सबकुछ किया। और कल ! कल सुबह न जाने क्यों वह अजीब तरह की बातें करने लगा था। कहता था कि माँ को एक दिन को भी सुख-शान्ति वह नहीं दे सका ! माँ ने उसे पढ़ाने-लिखाने में अपना गहना-कपड़ा सब बेच दिया था और उसका लड़का उसकी दवा-इलाज तक न कर सका !''

प्रभानाथ ने ठंडी साँस भरकर कहा, ''फिर !''

''हम लोगों ने उसे बहुत समझाया-बुझाया, सब बेकार ! मुझे तो यहाँ हाजिरी बजानी थी; और आज सुबह मालूम हुआ कि उसने आत्महत्या कर ली ! हे भगवान !''

प्रभानाथ उठ खड़ा हुआ, उससे चा नहीं पी गई। वह अपने कमरे में लौट आया

और लेटे भी न रहा गया–उसकी आत्मा छटपटा रही थी। क्या यह सबकुछ सच था–या एक भयानक दर्दनाक सपना ? वह उठ पड़ा; उसने घड़ी देखी थी–ग्यारह बजे थे।

कपड़े पहनकर वह पैदल ही घूमने निकल पड़ा। अभी वह बहुत दूर भी न गया था कि उसने देखा–सामने एक बहुत बड़ी भीड़ खड़ी है। वह भीड़ की ओर बढ़ा–कौतूहलवश ! भीड़ चीरता हुआ वह आगे पहुँचा और उसने देखा कि एक रिक्शावाला जमीन पर पड़ा है और उसके मुँह से खून निकल रहा था। लोग आते हैं-उसे देखते हैं–और चले जाते हैं। कोई कुछ कहता नहीं, करता नहीं। प्रभानाथ ने और बढ़कर रिक्शावाले की शक्ल देखी और वह चीख उठा–"अरे !" यह वही रिक्शावाला था जिसे प्रभानाथ ने कुछ दिन पहले मारवाड़ी से इकन्नी दिलवाई थी। प्रभानाथ वहाँ खड़ा न रह सका–वह एकदम वहाँ से चल पड़ा।

उसे एक टैक्सी दिखाई दी–वह उसी में बैठ गया। टैक्सीवाले ने पूछा–"कहाँ ?"

"जहाँ जी चाहे !" प्रभानाथ ने अन्यमनस्क भाव से कहा।

टैक्सीवाले ने एक बार प्रभानाथ को गौर से देखा, यह अन्दाजाने की कोशिश करते हुए कि बाबूजी कितनी पिये हुए हैं और बाबूजी की हैसियत क्या है। पर उसका शक जाता रहा। न बाबू पिये हुए थे और न बाबू की हैसियत कम थी। उसने कार चौरंगी रोड पर मोड़ दी। रास्ते में उसने कहा, "बाबू ! क्या कलकत्ता पहली मरतबा आए हैं ?"

"हाँ !" प्रभानाथ ने मानो उस प्रश्न पर ध्यान ही नहीं दिया।

"तभी ! अच्छा तो कलकत्ता की खास-खास जगहें देखेंगे ?" यह कहते हुए कार म्यूजियम के सामने रोक दी, "बाबूजी ! यह म्यूजियम है !"

"देख चुका हूँ ! बढ़े चलो !"

टैक्सी आगे बढ़ी। विक्टोरिया मेमोरियल के पास पहुँचकर टैक्सीवाले ने टैक्सी धीमे करते हुए कहा, "बाबूजी, यह विक्टोरिया मेमोरियल है।"

"बढ़े चलो, देख चुका हूँ !"

टैक्सी अब अलीपुर में चली जा रही थी। ड्राइवर ने पूछा, "चिड़ियाघर देख चुके हैं बाबू साहेब ?"

टैक्सीवाला झल्लाया। उसने कहा, "और बाबू साहेब, टैक्सी का मीटर देख रहे हैं ?"

मीटर पर पाँच रुपए आठ आने आ गए थे। प्रभानाथ ने मुस्कुराते हुए कहा, "हाँ, मीटर देख रहा हूँ ! अच्छा मोड़ दो !"

होटल पहुँच के उसे सूचना मिली कि एक स्त्री उसका एक घंटे से इंतजार कर

रही है। प्रभानाथ ने कमरे में पहुँचकर वीणा को बुलवाया। वीणा आज बहुत उदास थी। वीणा को बिठलाते हुए प्रभानाथ ने कहा, "कहिए ! मेरे बड़े भाग। मैं तो समझता था कि शायद अब आपके दर्शन न होंगे !...आज आप इतनी उदास क्यों हैं ? अरे, आप तो रो रही हैं।"

वीणा ने धीमे स्वर में कहा, "मिस्टर प्रभानाथ ! प्रतिभा मुझसे बिछुड़ गई !"

"प्रतिभा आपसे बिछुड़ गई ?–मैं समझा नहीं !"

"एक मकान में, जहाँ हम तीस आदमी थे, पुलिस ने छापा मारा। उस समय प्रतिभा अपना पिस्तौल लिये हुए पुलिसवालों को रोके रही और बाकी आदमी निकल गए। इसके बाद प्रतिभा गिरफ्तार हो गई !"

"गिरफ्तार हो गई–यह तो बुरा हुआ !"

"नहीं मिस्टर प्रभानाथ–अभी कुछ आगे और है। पुलिस के हाथ में पड़ना, अपनी इज्जत खोना, मुखबिर बनाए जाने के लिए असह्य यातनाएँ सहना ! मिस्टर प्रभानाथ–आप नहीं जानते यह कितना भयानक है। प्रतिभा इसके लिए तैयार थी।"

प्रभा एकटक वीणा को देख रहा था, "फिर ?"

"फिर प्रतिभा ने वही किया जो उसकी परिस्थिति में पड़े हुए किसी भी समझदार आदमी को करना चाहिए था। उसके पास पोटेशियम साइनाइड था। उस भयानक विष की एक खुराक ने ही प्रतिभा को इस सबसे मुक्त कर दिया।"

प्रभानाथ चुपचाप बैठा था; वीणा की आँखों से आँसुओं की धारा बह रही थी। कुछ देर तक दोनों मौन बैठे रहे। प्रभानाथ के लिए यह मौन असह्य हो गया। उसने उठते हुए कहा, "यह सब हो गया ! उफ् !"

"क्या कहा ?" वीणा ने पूछा।

"कुछ नहीं ! सोच रहा था कि एक दिन का भी ठिकाना नहीं ! चारों तरफ देखता हूँ और मालूम होता है कि हर चीज अनिश्चित है।"

वीणा मुस्कुराई–एक अजीब करुण और विषादमय मुस्कुराहट थी उसकी, "इतना सोचने से फायदा ही क्या ? हमारा सोचना हमारी सहायता कब कर सकता है ?"

और वीणा की मुस्कुराहट एक तरह से प्रभानाथ के हृदय में चुभ गई। उसने कहा, "एक बात पूछूँगा, सही-सही उत्तर दीजिएगा !"

"पूछिए !"

"आपने खाना खाया है या नहीं ?"

कुछ सोचकर वीणा ने उत्तर दिया, "खाना तो मैंने नहीं खाया, भूख नहीं लगी। सुबह चा पी ली थी।"

"और मैंने भी नहीं खाया। मैं आपके खाने का भी आर्डर दिए देता हूँ।"

खाना खा चुकने के बाद प्रभानाथ ने वीणा से कहा, ''चलिए, थोड़ा-सा घूम आवें। फिर आप जहाँ कहिएगा वहाँ आपको उतार दूँगा।''

आज कई दिन बाद प्रभानाथ ने कार निकाली। उस समय न जाने क्यों उसके हृदय में एक नई उमंग आ गई थी। वह प्रसन्न था। उसकी बगल में वीणा बैठी थी, ठीक उसी तरह जिस तरह उस दिन बैठी थी जिस दिन उसने वीणा को बचाया था। उसने वीणा से पूछा, ''क्या आप कलकत्ता की रहनेवाली हैं ?''

''जी नहीं—मैं चटगाँव की हूँ। कलकत्ता में मैं पढ़ रही हूँ।''

प्रभा मुस्कुराया, ''किस क्लास में ?''

''इस वर्ष एम. ए. पास किया है। आगे क्या करूँगी—मैं नहीं जानती।''

''और मैंने भी इस वर्ष एम.एस.सी. पास किया है। और आगे क्या करूँगा, मैं भी नहीं जानता,'' यह कहकर प्रभानाथ अपनी ही बात पर हँस पड़ा।

''जानने से न कोई लाभ है, न जानने की कोई आवश्यकता है। क्या प्रतिभा जानती थी कि आगे उसे क्या करना पड़ेगा !'' वीणा ने करुण स्वर में कहा।

''क्या प्रतिभा आपकी रिश्तेदार थी ?''

''नहीं, वह कायस्थ थी, मैं ब्राह्मण हूँ। लेकिन इससे क्या ? वह मेरी अभिन्न साथी थी, मेरी बहिन की तरह थी।'' वीणा ने कुछ रुककर फिर कहा, ''हम लोग साथ रही हैं, साथ पढ़ी हैं और साथ ही हम लोगों ने काम आरम्भ किया। पर अब !—अब वह मेरा साथ छोड़ गई ! हे भगवान ! मुझे अकेली छोड़ गई, एकदम अकेली छोड़ गई !''

प्रभानाथ चुपचाप वीणा की बात सुन रहा था; अंदर ही अंदर वह सोच रहा था, बड़ी तेजी के साथ ! वह एक विचित्र दुनिया में आ पड़ा था—उस दुनिया के अस्तित्व पर उसका विश्वास करने का जी न चाहता था, लेकिन वह विश्वास करने पर मजबूर था। उसने कहा, ''कौन किसके साथ रहा है ? प्रतिभा ने अपना काम किया और उसने अपना जीवन सार्थक कर लिया। शायद वह उन अनगिनत लोगों से कहीं ऊँची थी, कहीं भाग्यवान थी जो सुख-वैभव का अकर्मण्यतामय जीवन बिताकर पशु की मौत मर जाते हैं।''

प्रभानाथ ने यह बात वीणा को सान्त्वना देने के लिए कही थी, पर बात समाप्त होने पर उसने यह अनुभव किया कि उसने अपने अंदर निहित एक बहुत बड़े सत्य को ढूँढ़ निकाला था। जो बात उसने कह दी थी, वह उसकी थी, उसके अंदरवाली मानवता का वह एक महत्त्वपूर्ण निर्णय था। और प्रभानाथ को इस पर आश्चर्य हुआ।

''शायद आप ठीक कहते हैं। पर मैं इस समय कुछ समझ नहीं पा रही हूँ, कुछ भी नहीं !''

थोड़ी देर तक दोनों मौन रहे। प्रभानाथ ड्राइव कर रहा था, और उसके मुख पर एक दृढ़ता थी–एक अजीब तरह की चमक उसकी आँखों में थी। एकाएक वह अपनी इस अस्पष्ट और धुँधली विचारधारा से जाग पड़ा, उसने चौंककर वीणा की ओर देखा। और वीणा बैठी थी, शान्त-करुण-दयनीय !

प्रभानाथ ने वीणा से कहा, "क्या मैं जान सकता हूँ आप कहाँ रहती हैं ? चलिए, आपके घर पर चलूँ !"

कुछ सोचकर वीणा ने कहा, "शायद आपका मेरे मकान में जाना उचित न होगा। बहुत सम्भव है वहाँ हमारे दल के कुछ लोग इकट्ठा हों और आप उनसे मिलना चाहें !"

"बहुत सम्भव है वे मुझसे न मिलना चाहें !" प्रभानाथ ने मुस्कुराते हुए कहा, "एक अजनबी आदमी-उसका आप लोगों का समुदाय किस प्रकार भरोसा कर सकता है !"

वीणा ने तनिक जोर देकर कहा, "चलिए, आप जरूर चलिए ! वे लोग आप पर भरोसा करें या न करें, पर मैं आप पर भरोसा कर सकती हूँ, कर ही नहीं सकती, करती हूँ। मैं जानती हूँ कि आप मनुष्य हैं, और जब मैं भरोसा करती हूँ तब उन्हें भी भरोसा करना होगा।"

"आपको अपने ऊपर बहुत बड़ा विश्वास है !" हँसते हुए प्रभानाथ ने कहा।

"आप गलत कहते हैं; मुझे आपके ऊपर बहुत बड़ा विश्वास है !" वीणा ने गम्भीरतापूर्वक उत्तर दिया।

प्रभानाथ ने इस बार वीणा को गौर से देखा; नारी–असहाय और निर्बल ! दूसरों पर भरोसा करनेवाली और विश्वास करनेवाली नारी ! वीणा सिर झुकाए बैठी थी; उसके मुख पर वही दृढ़ता थी, वही कठोरता थी ! पर उस कठोरता और उस दृढ़ता के भीतर छिपी हुई नारी ने ही कहा था, "मुझे आपके ऊपर बहुत बड़ा विश्वास है।"

प्रभानाथ ने कहा, "तो फिर चलिए–मैं चलता हूँ !"

7

जिस मकान में वीणा रहती थी वह एक गली में था। मकान छोटा-सा और गंदा-सा था। सड़क पर ही प्रभानाथ को रोककर वीणा ने कहा, "आप थोड़ी देर ठहरिए, मैं आती हूँ !"

करीब पाँच मिनट बाद वीणा लौटी, उसने कहा, "आइए !"

जिस कमरे में वीणा प्रभानाथ को ले गई वह दुमंजिले पर था। उस समय उस कमरे में तीन युवक बैठे थे। वीणा के साथ प्रभानाथ के कमरे में प्रवेश करते ही वे

तीनों युवक उठ खड़े हुए। उनमें से एक ने अंग्रेजी में कहा, "आपका स्वागत है!"

प्रभानाथ ने कमरे को अच्छी तरह देखा। वह काफी बड़ा कमरा था, लेकिन उसमें थोड़ा-सा सामान था। दो टीन के छोटे-छोटे ट्रंक, दो खूँटियाँ जिन पर दो धोतियाँ लटक रही थीं, कुछ किताबें जो उन ट्रंकों पर रक्खी थीं या बिस्तरों पर बिखरी पड़ी थीं, और दो बिस्तरे जो फर्श पर अगल-बगल बिछे थे और जिन पर वे तीनों युवक बैठे थे। इसके बाद प्रभानाथ ने उन तीनों युवकों को देखा। प्रभानाथ को खड़ा देखकर वीणा ने कहा, "मेरे यहाँ कुरसी तो कोई नहीं है, आप जमीन पर ही बैठने का कष्ट करें।"

प्रभानाथ लज्जित-सा जमीन पर बैठ गया।

प्रभानाथ जिस युवक के सामने बैठा था वह लम्बा-सा और गठे-से बदन का था। उसका रंग किसी हद तक साँवला कहा जा सकता था, लेकिन वह कुरूप न था। उसकी अवस्था लगभग तीस वर्ष रही होगी। उसका नाम अपूर्व गंगोली था, पर उसके साथी उसे 'बड़दा' कहते थे। अपूर्व ने एम.एस.सी. पास किया था और कलकत्ता विश्वविद्यालय में स्कालर रह चुका था। उसका प्रमुख विषय केमिस्ट्री था, और वह उन दिनों एक केमिकल फर्म में नौकरी कर रहा था।

बड़दा की दाहिनी तरफ दूसरा युवक था। वह भी लम्बा था, पर वह दुबला और गोरा था। उसकी आँखों में चश्मा लगा था और उसके कपड़ों से मालूम होता था कि उसके सम्बन्धियों की आर्थिक अवस्था अच्छी है। वह विश्वविद्यालय में एम.ए. का विद्यार्थी था और उसकी अवस्था लगभग इक्कीस वर्ष की रही होगी। उसका नाम अविनाश घोष था।

बड़दा की बाईं ओरवाला युवक काला था और किसी हद तक कुरूप कहा जा सकता है। उसके कपड़े मैले और मोटे थे। उसकी अवस्था लगभग चौबीस वर्ष की रही होगी और उसका नाम हरिपद मलिक था। पर उसके साथी उसे 'महाजन' कहते थे। हरिपद को देखनेवाला इस बात की कल्पना भी न कर सकता था कि इस युवक ने अपने दल के संचालन में करीब दस हजार रुपए अपने घर से दिए हैं।

वीणा भी एक कोने में बैठ गई। बड़दा से उसने कहा, "यही श्रीयुत प्रभानाथ हैं जिनका जिक्र अभी मैंने आपसे किया था।"

बड़दा ने प्रभानाथ को गौर से देखा, मानो वह प्रभानाथ के हृदय की तह तक पहुँचने का प्रयत्न कर रहा हो। थोड़ी देर तक वह इस प्रकार प्रभानाथ को एकटक देखता रहा, इसके बाद मानो उसने कहा, "आपने हमारे एक सदस्य की जो सहायता की उसके लिए हम लोग आपको धन्यवाद देते हैं!" इसके बाद उसने वीणा से कहा, "वीणा! तुम्हें यह मकान छोड़ना पड़ेगा। इस मकान में तुम्हारा रहना खतरनाक

है–समझीं !"

"और अगर मैं यह मकान न छोड़ूँ ?" वीणा ने पूछा।

"इसका सवाल ही नहीं उठता। प्रतिभा के मकान का पता पुलिस लगा रही है।" प्रभानाथ के मन में एकाएक प्रश्न उठा, "क्या यह दूसरा बिछौना प्रतिभा का है ? क्या प्रतिभा वीणा के साथ ही रहती थी ?"

और उसके इस प्रश्न का उत्तर, अविनाश के उस प्रश्न से जो वीणा से किया गया था, दे दिया, "हमने प्रतिभा के पहचान की सब चीजें नष्ट कर दीं ?"

"नहीं। थोड़ी-सी नष्ट की हैं, लेकिन कुछ थोड़ी-सी नहीं कीं !"

"कुछ थोड़ी-सी क्यों नहीं नष्ट कीं ? क्या तुम लोगों का विनाश चाहती हो ?" अविनाश ने तेजी के साथ पूछा।

"मैं तुम लोगों पर आँच न आने दूँगी–इतना विश्वास रखो ! पर वे चीजें–नहीं, मैं अपनी सखी की यादगार को कभी भी नष्ट न करूँगी। तुम लोगों के सम्बन्ध की कोई चीज इस कमरे में नहीं है !" वीणा ने करुण भाव से कहा।

थोड़ी देर तक मौन छाया रहा। जिस स्वर में वीणा ने यह बात कही थी, उससे स्पष्ट हो गया था कि उन चीजों को नष्ट करने में वीणा की भावना को गहरी ठेस लगेगी, उसके मन को महान पीड़ा होगी।

अपूर्व मुस्कुराया, प्रभानाथ की ओर देखते हुए उसने कहा, "हरि इच्छा ! स्त्री-हठ ही है, रहेगा, और उसे रहना पड़ेगा।"

हरिपद बोल उठा, "हाँ, इसमें क्या शक है, स्त्री-हठ रखना ही पड़ेगा। फिर अपनों के स्मृति-चिन्ह को पूर्णतया नष्ट कर डालना असम्भव है !"

"और अपनों के स्मृति-चिन्ह को रखने के लिए अपना हृदय ही सबसे उपयुक्त स्थान है।" अपूर्व ने प्रभानाथ से कहा, "क्यों न मिस्टर प्रभानाथ, आपका हृदय ही ऐसी चीज है जिसकी अन्त तक रक्षा की जा सकती है। बाकी चीजें चोर चुरा ले जाते हैं, डाकू छीन सकता है, जरा-सी भी लापरवाही से वे दूसरों के हाथ में पड़ सकती हैं, और फिर वही स्मृति-चिन्ह अपना काल बन सकती है ?"

"आपका कहना बिलकुल ठीक है !" प्रभानाथ को उस तर्क की सार्थकता को स्वीकार करना पड़ा।

"आप भी ऐसा कहते हैं, आप भी मुझे यह हृदयहीन काम करने को प्रेरित करते हैं !" बड़े करुण और विवश स्वर में वीणा ने प्रभानाथ की ओर देखते हुए कहा, "प्रतिभा ठीक ही कहती थी कि पुरुष कठोर होते हैं; उनके पास हृदय नहीं है, उनके पास भावना नहीं है।" यह कहकर वीणा उठ खड़ी हुई और एक टीन का ट्रंक उठाकर उसने अपूर्व के सामने रख दिया, "यह ट्रंक है जिसमें कुछ कपड़े हैं और कुछ पत्र

हैं ? ये पत्र प्रतिभा की माँ के हैं। इसके अलावा यह बिस्तर है, जिस पर आप बैठे हैं। केवल इतनी चीजें हैं, और इन्हें आप ले जा सकते हैं, इन्हें भी आप नष्ट कर सकते हैं।''

हरिपद ने कहा, ''तुम्हारे पास और कोई चीज है जो प्रतिभा ने तुम्हें दी हो ?''

''हाँ, एक धोती जो उसने मुझे दुर्गापूजा के अवसर पर ले दी थी, और एक पुस्तक–रवि बाबू की 'चयनिका'। कहिए तो उन्हें भी दे दूँ !''

''नहीं, उन्हें नष्ट करने की कोई आवश्यकता नहीं। पर एक काम करना होगा।'' अपूर्व ने कहा।

''वह क्या ?''

''इस मकान को कल तक छोड़ देना पड़ेगा। इसमें रहना तुम्हारे लिए निरापद नहीं है। मकान मैंने देख लिया है, कल सुबह उसका पेशगी किराया देकर उसकी चाभी ले लूँगा।''

''कल क्यों, मैं आज, इसी समय इस मकान को छोड़ने के लिए तैयार हूँ। यह मकान मुझे काटने लगा है !'' वीणा ने कहा।

''और यह प्रतिभा का ट्रंक तथा उसका बिस्तर ! इन्हें नष्ट कर डालना उचित है। मुझे दे दो, मैं इन्हें गंगा के सुपुर्द कर दूँ, जहाँ उसकी अस्थियाँ गई हैं, वहीं यह चीजें भी मिल जाएँ !'' हरिपद ने मुस्कुराते हुए कहा।

वीणा सिहर उठी। उसने केवल इतना कहा, ''आप जो जी चाहे करें, पर यह न उपहास का विषय है, न अवसर है।'' यह कहकर वह उठी। उसने प्रतिभा का ट्रंक प्रतिभा के बिस्तर में लपेटकर हरिपद के हवाले किया। उस समय उसकी आँखें तरल थीं, बड़ी कोशिश से वह अपने फूट पड़नेवाले रुदन को सम्हाले थी।

इतने ही में एक और युवक ने कमरे में प्रवेश किया। वह युवक विचलित था। आते ही उसने कहा, ''पुलिस को प्रतिभा के मकान का शायद पता लग गया है–मुझे अभी-अभी यह सूचना मिली है। बहुत सम्भव है आज ही इस मकान पर पुलिस का धावा हो !'' इतना कहकर वह तेजी से चला गया।

इतना सुनते ही वे तीनों युवक भी उठ खड़े हुए। हरिपद ने पुलिन्दा बगल में दबाया; उसने कहा, ''वीणा, अपना सामान सम्हालो; और यहाँ से अभी, इसी समय चल दो। मैं तो रवाना हुआ।''

''लेकिन मैं जाऊँ कहाँ ? इस समय रात में ?''

अपूर्व ने उन दोनों युवकों से कहा, ''आप लोग चलें, मुझे वीणा का तो प्रबन्ध करना ही होगा !'' यह कहकर वह कमरे में बिखरे हुए सामान को बटोरने लगा। सब लोग चले गए, अपूर्व, वीणा और प्रभा रह गए। अपूर्व ने कहा, ''वीणा, तुम मेरे

यहाँ चल सकती हो, लेकिन तुम जानती ही हो, मेरे पास सिर्फ एक कमरा है ! खैर, रात मैं किसी मित्र के यहाँ काट लूँगा !"

वीणा ने प्रभानाथ की ओर देखा।

प्रभानाथ अभी तक मौन यह सब देख रहा था, अब उसने कहा, "नहीं, आपका रात के समय किसी होटल में रहना ठीक होगा। आप मेरे होटल में चलकर रह सकती हैं, मैंने दो कमरे ले रक्खे हैं !"

अपूर्व ने संतोष की एक गहरी साँस ली, "इससे अच्छा और क्या होगा ! केवल एक प्रश्न है मिस्टर प्रभानाथ ! हम लोगों के सम्पर्क में इतना अधिक आकर आप अपने को खतरे में डाल रहे हैं !"

वीणा का सामान उस समय तक अपूर्व ने लपेट लिया था। उस सामान को उठाते हुए प्रभानाथ ने कहा, "इस खतरे पर विचार करने का अभी मेरे पास समय नहीं है !"

8

प्रभानाथ के साथ वीणा प्रिंसेज होटल में आ गई। होटल के दरबान को प्रभानाथ के साथ एक स्त्री को देखकर आश्चर्य हुआ, लेकिन उसने कुछ कहा नहीं। रईसों और ताल्लुकेदारों का रात के समय किसी स्त्री के साथ होटल में वापस लौटना दरबान के लिए बड़ी साधारण-सी बात थी। वह केवल मुस्कुरा दिया। लेकिन प्रभा की तीव्र दृष्टि और गम्भीर मुद्रा देखकर वह सहम गया और उसके सामने से हट गया।

वीणा जिस कमरे में ठहरी थी उसका रास्ता प्रभानाथ के कमरे में से होकर था। वीणा ने कमरे में पलंग के नीचे अपना असबाब रख दिया, स्तम्भित-सी उसने अपने चारों ओर देखा।

वह कमरा काफी बड़ा था, और अच्छी तरह से सजा हुआ था। वीणा कुछ देर तक मौन खड़ी रही, इसके बाद वह पलंग पर निर्जीव की तरह गिर पड़ी। प्रभानाथ के और वीणा के बीच का दरवाजा बंद था, लेकिन वीणा प्रभानाथ के पैरों की चाप साफ-साफ सुन रही थी। प्रभानाथ बड़ी व्यग्रता के साथ अपने कमरे में टहल रहा था।

वीणा कुछ देर तक मौन लेटी रही, वह अपने हृदय की धड़कन को शान्त कर रही थी। करीब दस मिनट तक वह न कुछ सोच सकी, न समझ सकी; वह केवल इतना अनुभव कर सकी कि वह एक अजीब दुनिया में आ पड़ी है–एकदम अनोखी, एकदम अज्ञान ! उसने एक बार फिर उस कमरे को गौर से देखा और वह सिर से पैर तक सिहर उठी। उसने अपने को उस कमरे में, जहाँ का प्रत्येक कण उसके लिए

अनजान, अपरिचित और नया था, अकेला–एकदम अकेला पाया। वह चौंककर उठ खड़ी हुई। उसने दरवाजा खोला और उसने देखा कि वह प्रभानाथ के कमरे में प्रभानाथ के सामने खड़ी हुई है।

दरवाजा खुलने की आवाज सुनकर प्रभानाथ टहलते-टहलते रुक गया था। वीणा को अपने सामने खड़ी देखकर उसने मुस्कुराने का प्रयत्न किया, ''क्यों क्या बात है ?''

वीणा ने प्रभानाथ के प्रश्न का कोई उत्तर नहीं दिया, एकटक वह प्रभानाथ को देख रही थी, चित्रलिखित-सी और भूली-सी ! एक नए और अनजाने वातावरण में वह अचानक आ पड़ी थी–उस वातावरण को वह समझ न पा रही थी, अपना नहीं पा रही थी।

वीणा को इस प्रकार अपनी ओर एकटक देखते देखकर प्रभानाथ हँस पड़ा, उसने कहा, ''क्या बात है ? आप इस प्रकार मुझे देख क्यों रही हैं ?''

वीणा प्रभानाथ के निकट जाकर खड़ी हो गई। उसने कुछ रुककर बहुत धीमे स्वर में कहा, ''आप मनुष्य हैं या देवता ?'' और उसकी आँखों में आँसू भरे थे।

प्रभानाथ का हाथ वीणा के मस्तक पर चला गया। उसने कहा, ''न मैं देवता हूँ, न मनुष्य ! मैं केवल पशु हूँ; और सोच रहा हूँ कि क्या आप लोगों के सम्पर्क में आकर मानवता का रूप देख सकूँगा।''

''और मैं कहती हूँ कि हम लोगों के सम्पर्क में आकर आप अपने को बहुत बड़े खतरे में डाल रहे हैं। हम लोग प्राणों का खेल खेल रहे हैं; किसी भी समय हमारा शरीर गोलियों से छलनी हो सकता है, हमारा गला फाँसी के फंदे में फँस सकता है, किसी भी समय हमारा टिमटिमाता हुआ जीवन-प्रदीप बुझ सकता है !'' वीणा ने प्रभानाथ की आँखों से अपनी आँखें मिलाते हुए कहा।

प्रभानाथ का स्वर गम्भीर हो गया, ''हाँ, मैं जानता हूँ ! और मैं यह भी जानता हूँ कि कोई भी मनुष्य अमर नहीं है; मृत्यु का कोई विधान नहीं, नियम नहीं और अवधि नहीं। वह कभी भी आ सकती है, उस पर मनुष्य का कोई वश नहीं ! फिर भय कैसा ?''

कुछ देर तक दोनों एकटक एक-दूसरे को देखते रहे। दोनों एक-दूसरे के पास खड़े हुए थे, इतने पास कि एक-दूसरे की साँस एक-दूसरे को लग रही थी। वीणा प्रभानाथ के और पास आ गई, इतने पास कि दोनों का शरीर स्पर्श कर गया। उसने कहा, ''क्या आप सच कह रहे हैं ?–कहिए–बतलाइए–यह सब आप क्यों कर रहे हैं ? आप हम लोगों के सम्पर्क में न आइए–आप अपने को खतरे में न डालिए !''

प्रभानाथ मुस्कुराया, ''क्यों नहीं ? अगर मैं तुम्हारे दल में शामिल भी हो जाऊँ तो इसमें तुम्हें क्या आपत्ति हो सकती है !''

वीणा ने बहुत धीमे से कहा, "आप नहीं समझ पा रहे ! नहीं, आप न आइए–आप न आइए ! मैं आपसे प्रार्थना करती हूँ !"

प्रभानाथ ने आश्चर्य से वीणा को देखा।

और वीणा अब पागल की तरह कह रही थी, "नहीं, मरने के लिए मैं हूँ–और सब हैं। लेकिन आप ! आपके मरने का अभी समय नहीं है। आप अगर विपत्ति में पड़ जाएँगे तो मैं नहीं रह सकूँगी–नहीं रह सकूँगी !..."

एकाएक वीणा चौंक उठी। वह क्या कह रही है, क्यों कह रही है ? लज्जा से उसका मुख लाल हो गया। वह घूम पड़ी, तेजी के साथ वह अपने कमरे में भाग गई और उसने भीतर से दरवाजा बंद कर लिया !

दूसरे दिन प्रभानाथ देर से सोकर उठा। उसी दिन उमानाथ को कलकत्ता आना था। पिछले दिन उसे सूचना मिल चुकी थी।

वीणा अंदरवाले कमरे में ही थी। वह रातवाली घटना से लज्जित थी। प्रभानाथ ने द्वार खटखटाया और वीणा ने द्वार खोल दिया। उस समय आठ बजे थे। दोनों ने साथ बैठकर चा पी। चा पीते हुए प्रभानाथ ने कहा, "आज मेरे भाई आनेवाले हैं !"

"आज ही !" वीणा ने पूछा।

"हाँ, दस बजे के करीब उनका जहाज आ जाएगा।"

"अच्छी बात है। मैं अभी जा रही हूँ, कोई मकान अपने लिए ठीक कर लूँगी।"

चा पीकर प्रभानाथ डाक्स की तरफ उमानाथ को रिसीव करने के लिए रवाना हुआ और वीणा मकान ढूँढ़ने के लिए शहर की ओर।

पाँचवाँ परिच्छेद

1

"हलो प्रभा !" उमानाथ ने प्रभानाथ से हाथ मिलाते हुए कहा, "कौन-कौन मुझे रिसीव करने आया है ?"

"अकेला मैं !"

"अकेले तुम ! चलो अच्छा हुआ !" उमानाथ ने कुछ रुककर कहा, "बात यह है कि मेरी बीवी भी साथ में आई है–वह अभी स्टीमर में ही है। मैं साथ इसलिए नहीं लाया कि कहीं ददुआ, काकाजी या बड़के भइया न आए हों !" उमानाथ के मुख पर अब मुस्कुराहट आ गई थी, "खैर, अब चिन्ता की कोई बात नहीं–उसे भी साथ ही लिए आता हूँ !" यह कहकर उमानाथ फिर से जहाज के अंदर चला गया और प्रभानाथ उमानाथ को आश्चर्य से देखता रहा।

करीब पन्द्रह मिनट बाद उमानाथ एक स्त्री के साथ वापस आया। वह स्त्री यूरोपियन थी और उसकी अवस्था लगभग तीस वर्ष की रही होगी। वह सुन्दरी कही जा सकती थी; उसकी आँखें गहरी नीली और उनमें चमक थी, उसका चेहरा लम्बा और कठोर और बाल छोटे-छोटे तथा अस्तव्यस्त। उमानाथ उस स्त्री के साथ आकर प्रभानाथ के सामने खड़ा हो गया, "प्रभा, यह मेरी पत्नी हिल्डा है–और हिल्डा–ये मेरे भाई प्रभानाथ !"

हिल्डा ने अपना हाथ बढ़ाया, लेकिन प्रभानाथ वैसा ही खड़ा रहा। उसका सारा शरीर सुन्न-सा पड़ गया था; उसका जी न हो रहा था कि वह अपनी आँखों और अपने कान पर विश्वास करे। उसने कहा, "तो क्या आपने जर्मनी में एक विवाह और कर लिया ?"

उमानाथ हँस पड़ा, "देख तो रहे ही हो–मेरी पत्नी मेरे साथ है। लेकिन प्रभा, तुम एकदम सन्नाटे में कैसे आ गए ?"

प्रभानाथ ने अपने अंदरवाले उमड़ते हुए रुदन को दबाते हुए कहा, "और क्या यह जानती हैं कि आप विवाहित हैं ?"

"हाँ! और यह भी जानती हैं कि मैंने अपनी पहली पत्नी से अपनी इच्छा के अनुसार विवाह नहीं किया, वह मेरे गले में जबर्दस्ती मढ़ दी गई है। मैं उससे प्रेम नहीं करता, कर भी नहीं सकता; वह मेरे लिए त्याज्य है!" और यह कहकर उसने हिल्डा से अंग्रेजी में पूछा, "हिल्डा-मेरा भाई जानना चाहता है कि क्या तुम्हें मालूम था कि हिन्दुस्तान में मेरा विवाह हो चुका है और मेरी पत्नी वहाँ मौजूद है!"

हिल्डा ने प्रभानाथ से अंग्रेजी में कहा, "हाँ-हाँ, उमा ने सब बातें मुझे बतला दी थीं–कितना भला आदमी है यह तुम्हारा भाई!" और यह कहकर उसने वहीं उमानाथ को चूम लिया।

प्रभानाथ ने अपनी आँखें फेर लीं–उमानाथ हँस पड़ा। उसने प्रभानाथ से कहा, "अच्छा चलो, यह न तो बात करने की जगह है और न समय है!"

प्रभानाथ स्टियरिंग व्हील पर बैठा और उमानाथ की बगल में हिल्डा पीछे की सीट पर बैठी थी।

उमानाथ ने पूछा, "क्यों प्रभा, ददुआ के न आने का कारण तो मैं समझ सकता हूँ कि वह कहीं आते-जाते नहीं, और काकाजी के भी न आने का, क्योंकि उन्हें छुट्टी न मिली होगी। लेकिन बड़के भइया क्यों नहीं आए, यह ताज्जुब की बात है!"

प्रभानाथ ने अनमने भाव से कहा, "बड़के भइया को ददुआ ने घर से अलग कर दिया है।"

"क्या कहा?" उमानाथ चौंक उठा, "बड़के भइया को ददुआ ने घर से अलग कर दिया! यह क्यों?"

"बड़के भइया कांग्रेसमैन हो गए हैं!"

"तो इसमें बुरा ही क्या है!"

"बुरा-भला तो ददुआ जानें!"

"समझा!" उमानाथ मुस्कुराया, "तो फिर मैं अकेला नहीं हूँ, बड़के भइया भी मेरे साथ हैं।"

"क्या कहा आपने?–क्या आप भी कांग्रेसमैन हैं?"

"नहीं, इतना बड़ा बेवकूफ नहीं हूँ कि कांग्रेस-वांग्रेस के चक्कर में पड़ूँ।" उमानाथ हँस पड़ा, फिर कुछ गम्भीर होकर उसने कहा, "देखो प्रभा, किसी को बतलाना नहीं! मैं बड़के भइया से कहीं अधिक महत्त्वपूर्ण, कहीं अधिक उपयोगी, कहीं अधिक सार्थक काम कर रहा हूँ। मैं समाजवादी हूँ!"

प्रभानाथ ने उमानाथ की बात ध्यान से सुनी, लेकिन उसने उस पर कुछ कहा नहीं। उसने केवल एक बार अपने भाई की ओर गौर से देखा।

"क्यों? इस तरह मुझे क्यों देख रहे हो? जानते हो, मेरी पत्नी भी समाजवादी

है ! प्रभा, इस युग की उलझनों की एकमात्र सुलझन है समाजवाद। मैं जहाँ से आ रहा हूँ, जिस वातावरण में रहा हूँ, वहाँ मैंने जीवन का संघर्ष देखा है और मैंने उस पर मनन किया है।"

कार इस समय तक होटल के सामने पहुँच गई थी। प्रभानाथ ने कार रोकते हुए कहा, "लीजिए हम लोग पहुँच गए।"

सब लोग कार से उतरकर ऊपर गए। प्रभानाथ ने खाना आर्डर किया। फिर वह अपने भाई के पास आकर बैठ गया। हिल्डा ने अपना सिगरेटकेस निकालकर एक सिगरेट उमानाथ को दी, फिर उसने सिगरेट-केस प्रभानाथ की तरफ बढ़ाया।

प्रभानाथ ने ग्लानि से अपना मुँह फेरते हुए कहा, "धन्यवाद ! मैं सिगरेट नहीं पीता।"

"अच्छा करते हो !" उमानाथ ने सिगरेट सुलगाते हुए कहा, "क्या बतलाऊँ यार प्रभा ! मैं इन लोगों के चक्कर में पड़कर न जाने क्या-क्या पीना सीख गया हूँ, और पीना इतना बुरा भी नहीं है जितना कुछ लोगों ने समझ रक्खा है। फिर भी मैं तुम्हें पीने की सलाह न दूँगा, अगर बिना पिये मस्त रह सको तो इससे बढ़कर कोई बात नहीं।"

प्रभानाथ चुप बैठा सोच रहा था। उसके सामने बैठा था उसका बड़ा भाई उमानाथ जिसे वह लड़कपन से बहुत अधिक मानता रहा था, जिससे उसके पिता को और उसके परिवार को बड़ी-बड़ी आशाएँ थीं, जिसकी देवी के तुल्य भाभी घर में उत्कंडा के साथ प्रतीक्षा कर रही थी। और उस भाई के बगल में बैठी थी एक जर्मन-स्त्री जो उमानाथ की पत्नी बनकर उसके घर में भयानक अभिशाप के रूप में उसकी भाभी के लिए साकार वैधव्य बनकर आई थी। और यह स्त्री उमानाथ से उम्र में बड़ी थी।

इतने में वीणा ने कमरे में प्रवेश किया। वीणा के कमरे में आते ही सब लोग चौंक पड़े। प्रभानाथ ने खड़े होकर वीणा से कहा, "वीणा ! ये मेरे भाई मिस्टर उमानाथ हैं और–ये मेरे भाई की दूसरी पत्नी श्रीमती हिल्डा तिवारी हैं।..." इस बार उसने उमानाथ की ओर घूमकर कहा, "ये मेरी मित्र श्री वीणा मुकर्जी हैं।"

वीणा ने नमस्कार किया और उमानाथ और हिल्डा ने नमस्कार का उत्तर दिया। हिल्डा कुर्सी पर बैठ गई।

थोड़ी देर ठहरकर वीणा ने प्रभानाथ से कहा, "मैंने अपने वास्ते मकान ले लिया है। अपना सामान लेने आई हूँ, नीचे रिक्शा खड़ा है !"

"अरे ! रिक्शा क्यों लेती आईं ? मैं अपनी कार पर आपको पहुँचा दूँगा। और अब आप खाना खाकर ही यहाँ से जा पाइएगा !" प्रभानाथ ने दरवाजे की ओर बढ़ते

हुए कहा, "रिक्शा मैं विदा करके अभी आता हूँ !"

प्रभानाथ बाहर चला गया। थोड़ी देर तक उमानाथ वीणा को ध्यानपूर्वक देखता रहा, फिर इसके बाद उसने मुस्कुराते हुए वीणा से पूछा, "आपसे प्रभानाथ की कितने दिनों की दोस्ती है ?"

उमानाथ के इस प्रश्न से, और उससे भी अधिक उमानाथ की मुस्कुराहट से वीणा तिलमिला उठी। शुष्क स्वर में उसने कहा, "पता नहीं कि मुझसे यह प्रश्न करने का आपको कितना अधिकार है ! आप सभ्य समाज के आदमी हैं, देश-विदेश घूमे हैं, आपको साधारण शिष्टाचार का तो पता होना चाहिए !"

"अरे, आप तो नाराज हो गईं," उमानाथ को अपनी गलती महसूस हुई या नहीं यह नहीं कहा जा सकता क्योंकि वह कहता गया, "देखिए, मेरी बातों पर बुरा मानकर आप गलती करेंगी क्योंकि जिसे आप सब लोग शिष्टाचार कहते हैं उस पर मैं जरा भी विश्वास नहीं करता–मैं–क्यों हम आजकल के प्रगतिशील लोग, जरा भी विश्वास नहीं करते। दुनिया के आदमियों ने अपना जीवन कितना कृत्रिम बना लिया है, इसी शिष्टाचार, इन्हीं झूठे और आडम्बरपूर्ण आचार और विचार के कारण !" उमानाथ ने हिल्डा की ओर संकेत किया, "देखिए, ये हैं मेरी पत्नी हिल्डा ! आप कोई भी बात इनसे पूछिए, यह आपको बिना हिचकिचाहट के स्पष्ट उत्तर देंगी। और फिर मैंने तो आपसे एक बहुत सादा-सा प्रश्न किया था, मेरी मंशा जरा भी आपके हृदय को दुखाने की न थी।

उस उत्तर से वीणा हतप्रभ-सी हो गई, उसे अपने अकारण क्रोध पर क्रोध आ रहा था। उसने उमानाथ से कहा, "प्रभानाथजी से मेरा करीब पन्द्रह-सोलह दिन का परिचय है।"

"इतने दिनों में इतना घनिष्ट परिचय हो गया। देख रहा हूँ हिन्दुस्तान बड़ी तेजी के साथ तरक्की कर रहा है, मुझे यह जानकर बड़ी प्रसन्नता हुई।" इस बार वह अपनी पत्नी की ओर घूमा, "हिल्डा, सुना तुमने। यहाँ की हालत इतनी बुरी नहीं है जितनी मैं समझे हुए था।"

और उसी समय प्रभानाथ कमरे में आ गया। वीणा से उसने कहा, "रिक्शावाले को मैंने विदा कर दिया !"

2

जिस समय प्रभानाथ वीणा को उसके नए मकान में पहुँचाकर लौटा, वह उदास था। वह स्वयं इस बात को न जानता था कि वह क्यों उदास है। उस समय वह अपने कमरे

में अकेला था; हिल्डा और उमानाथ कलकत्ता घूमने के लिए निकल पड़े थे।

वह आकर कुर्सी पर बैठ गया और उसने चारों ओर देखा; एक भयानक सूनापन उसके कमरे में व्याप्त था, और कमरे का वह भयानक सन्नाटा मानो बरबस उसके प्राणों में भरा जा रहा था।

उसका भाई ! कितनी आशा और उत्साह के साथ वह उसका स्वागत करने आया था ! और सारा उत्साह ठंडा पड़ गया था। लेकिन उसके सूनेपन का कारण शायद कुछ दूसरा ही था।

एक रात–केवल एक रात उसके आश्रय में रहकर वीणा चली गई थी। और उस रात में उसने अपनी जिन्दगी को पूरी तरह से भरा-पूरा देखा था। केवल एक रात–विश्वास, प्रेम और श्रद्धा से (वह भी एक अनजान, असुन्दर, विजातीय लड़की की) भरी हुई एक रात ! बस वही उसके सामने थी–वह सपनेवाली रात ! और वह लड़की चली गई–हठात् !

न जाने कितनी देर तक मौन, विचारमग्न, अस्थिर और चंचल, प्रभानाथ बैठा रहा। एकाएक उसका ध्यान टूटा; उसकी तन्मयता भंग हुई एक तेज सुरीली आवाज से तथा उसके साथ ही उठनेवाले एक हँसी के ठहाके से। हिल्डा और उमानाथ घूमकर आ गए थे। हिल्डा ने अंग्रेजी में कहा, "अरे ! यह तो बिलकुल दार्शनिक की तरह ध्यानमग्न है !" और उमानाथ ने हँसकर जवाब दिया, "प्रेम की गम्भीरता और दार्शनिक की विचारशीलता के ऊपरी लक्षणों में अधिक भेद नहीं है।"

प्रभानाथ चौंककर उठ खड़ा हुआ–आँख मलते हुए, मानो वह नींद से जागा हो; कमरे में बिजली का प्रकाश फैला हुआ था, और उसी समय घड़ी ने 'टन-टन' करके आठ बजाए। उसने कहा, "आप लोग आ गए। न जाने कब से मैं आप लोगों का इंतजार कर रहा हूँ !"

उमानाथ ने बैठते हुए कहा, "हाँ, जरा देर हो गई। क्यों, प्रभा, तुम आज इतने उदास क्यों हो ?"

प्रभानाथ ने बात टालते हुए कहा, "कहाँ उदास हूँ, ऐसे ही थोड़ा-सा थक गया हूँ।"

उमानाथ ने भाँप लिया कि प्रभानाथ उसकी बात टाल रहा है; कुछ रुककर उसने कहा, "वह लड़की जो तुम्हारे साथ ठहरी थी, मैं उसका परिचय नहीं जानना चाहता; लेकिन इतना कह सकता हूँ कि वह काफी तेज और समझदार है; बहुत सम्भव है वह नेक भी हो; लेकिन उसमें मैंने कोई और ऐसी बात नहीं देखी जो तुम्हारे हृदय में भावुकता उत्पन्न कर सके, तुम्हें इतना अस्थिर और चंचल बना सके !"

"मैं उसके कारण इतना अस्थिर और चंचल नहीं हूँ मझले भइया, आप इतना

विश्वास रखें !"

"तो फिर क्यों ?"

"मैं आपके कारण इतना अस्थिर और चंचल हूँ–केवल आपके कारण !" प्रभानाथ ने हिल्डा की ओर देखते हुए कहा।

"मेरे कारण तुम्हें तनिक भी चिन्तित नहीं होना चाहिए–न तो इसकी कोई जरूरत है और न इसका तुम्हें कोई अधिकार है–समझे ! मेरे साथ सत्य है, तर्क है, सिद्धान्त है !" उमानाथ हिल्डा की ओर देखकर मुस्कुराया।

"पता नहीं आपके इस सत्य, तर्क और सिद्धान्त को स्वीकार करने के लिए ददुआ कहाँ तक तैयार होंगे ?–मैं यही सोच रहा था।" इस बार प्रभानाथ के मुस्कुराने की बारी थी।

"ददुआ ! अरे हाँ," उमानाथ ने अपना सिर खुजाते हुए कहा, "उनका तो विरोध होगा, मैं यह जानता हूँ ! पर अभी फिलहाल विरोध की गुंजाइश नहीं है। अभी तो मुझे यहाँ पैर जमाना है, काम करने के लिए !"

"विरोध की गुंजाइश नहीं है ? आप क्या कह रहे हैं ? आपकी नई पत्नी आपके साथ है, और फिर भी आप इस तरह की बातें कर रहे हैं !"

उमानाथ हँस पड़ा, "ओह–अब समझा ! तो तुम्हें यहाँ हिल्डा की मौजूदगी के कारण चिन्ता हो रही है। तो फिर एक बात मैं तुम्हें और बतला दूँ–हिल्डा हिन्दुस्तान में रहेगी नहीं; वह केवल एक सप्ताह के लिए मेरे साथ आई है। असल में वह दुनिया का एक चक्कर लगाने निकली है; इसके बाद वह जर्मनी वापस चली जाएगी।"

प्रभानाथ ने संतोष की एक गहरी साँस लेते हुए कहा, "तो फिर ठीक है। लेकिन क्या आप अभी यहाँ एक सप्ताह रुकिएगा ?"

"रुकना पड़ेगा, बिना रुके काम भी तो नहीं चलता ! हिल्डा अकेली कलकत्ता कैसे देखेगी ? इसके अलावा एक लम्बे समय के लिए उसे मुझसे अलग होना है–ऐसी हालत में हम दोनों अधिक से अधिक एक साथ ही रहना चाहेंगे।"

इसी होटल के नौकर ने कमरे में आकर प्रभानाथ को एक कार्ड दिया। उस पर लिखा था "टी मारीसन–उमानाथ से मिलने के लिए !" कार्ड प्रभानाथ ने उमानाथ को दे दिया।

कार्ड देखकर उमानाथ नौकर के साथ कमरे के बाहर चला गया।

करीब पाँच मिनट बाद उमानाथ एक अंग्रेज युवक के साथ अन्दर आया। वह अंग्रेज एक लम्बा-सा आदमी था, गठे बदन का हँसमुख। उसके कपड़े अस्त-व्यस्त, मैले और पुराने थे। कमरे में आते ही उसने कहा, "नमस्कार कामरेड्स !" और बिना किसी शिष्टाचार के वह कुरसी पर बैठ गया। उमानाथ ने उससे प्रभानाथ का और

हिल्डा का परिचय कराया।

"हिल्डा क्रेमर तो नहीं, जिनका नाम बर्लिन कम्युनिस्ट पार्टी की सेक्रेटरी की हैसियत से अकसर सुना है ?" मारीसन ने हिल्डा के सामने झुकते हुए कहा।

मुस्कुराते हुए हिल्डा ने उत्तर दिया, "हाँ, वही हिल्डा क्रेमर और अब हिल्डा तिवारी !"

प्रभानाथ ने इस बार बड़े आश्चर्य से हिल्डा को देखा। वह स्वल्पभाषी स्त्री जो उसके सामने इतनी शान्त और गम्भीर बैठी थी, क्या वह कभी एक जबरदस्त संस्था की सेक्रेटरी रही होगी ? और एकाएक उसे वीणा की याद हो आई, पिछली रातवाली वीणा की, जिसने भावावेश में प्रभानाथ से न जाने क्या-क्या कह डाला था। वह वीणा भी कितनी शान्त, कितनी सौम्य और कितनी सरल है ! पर वह भी तो खुलकर प्राणों से खेल रही है।

प्रभानाथ और अधिक वीणा के सम्बन्ध में न सोच सका, मारीसन एक मजेदार कहानी सुना रहा था, "तो कामरेड उमानाथ, मुझे परसों ही इत्तिला मिल गई थी कि तुम्हारा जहाज कब आ रहा है, और सुबह के वक्त ही तुम्हें रिसीव करने के लिए जाने का प्रोग्राम बना लिया था। लेकिन, तुम्हें पता नहीं कि यहाँ की सी.आई.डी. बुरी तरह मेरे पीछे पड़ी है–कामरेड, क्या बतलाऊँ, दम मारने की फुरसत नहीं मिलती। तो बड़ी मुश्किल से कहीं दोपहर को उन्हें चकमा दे सका। सीधे डाक्स पहुँचा। मालूम हुआ तुम होटल चले गए। वहाँ से तुम्हारे होटल का पता लिया। इधर आ रहा था कि फिर वही इंस्पेक्टर जिसे मैं चकमा देकर आया था, मिल गया। अब फिर मुसीबत पड़ी। तो शाम को पिक्चर्स की तरफ ठानी। ग्लोब का टिकट खरीदा। खेल शुरू होने के पाँच मिनट बाद ही मैं बाहर निकला। देखा कि हजरत एक पान की दुकान पर खड़े बीड़ी-सिगरेट सुलगा रहे हैं। बस एक टैक्सी पर बैठकर मैं वहाँ से गायब हुआ..."

"और वह ?" हिल्डा ने हँसते हुए पूछा।

"मुझे ढूँढ़ रहा होगा। लेकिन ढूँढ़ने दो, जब लौटूँगा तक मेरे मकान के बाहर चहलकदमी करता हुआ मिलेगा।" कुछ रुककर उसने कहा, "कामरेड तिवारी, मैं तुम्हारे वास्ते ही अभी तक यहाँ रुका हूँ। कहा न पुलिस की नजरों में मैं बेतरह चढ़ गया हूँ और इसलिए मेरा यहाँ रहना असम्भव हो गया है। हिन्दुस्तान का चार्ज तुम्हें देना है !"

"हाँ-हाँ ! अब तो मैं आ ही गया हूँ ! लेकिन यहाँ की हालत मुझे समझनी होगी। और एक बात मुझे और स्पष्ट कर देनी होगी–मैं पार्टी का हेडक्वार्टर यहाँ से यू.पी. की तरफ ले जाना पसन्द करूँगा !"

"जैसी आपकी मर्जी हो, करें। इसमें न मुझे कोई एतराज हो सकता है और न इन्टरनेशनल को ही हो सकता है।"

हिल्डा ने सिगरेट-केस निकालकर एक सिगरेट उमानाथ को दी, फिर उसने सिगरेट-केस मारीसन की तरफ बढ़ाया। मारीसन ने मुस्कुराते हुए कहा, "धन्यवाद कामरेड ! मैं सिगरेट नहीं पीता, पी भी नहीं सकता। सिगरेट के लिए रुपया चाहिए न ! और जब इतने लोग भूखों मर रहे हैं-" प्रभानाथ की ओर देखते हुए उसने कहा, "तब भला मैं किस तरह रुपया ऐश-आराम पर खर्च कर सकता हूँ। देख रहा हूँ आप भी सिगरेट नहीं पीते," प्रभानाथ ने भी सिगरेट के लिए सधन्यवाद इनकार कर दिया, "और आप अच्छा करते हैं। आखिर यह ऐश-आराम ही तो है-और बकौल गांधी हमें इस ऐश-आराम से दूर रहना चाहिए। सुना कामरेड उमानाथ-यह गांधी भी मजेदार आदमी है, जरा थोड़ा-सा बहका हुआ और खब्ती तो जरूर है लेकिन आदमी मजे का है। कभी-कभी बड़े पते की कह देता है। कहता है कि शराब मत पियो, सिगरेट मत पियो ! और उसका कहना गलत भी नहीं है। दुनिया के सामने तो पेट भरने का सवाल इस बुरी तरह से है, और हम लोग इन छोटी-छोटी बातों पर बेरहमी के साथ पैसा खर्च कर रहे हैं। इस पैसे पर हमारा क्या अधिकार ? यह पैसा नियमानुसार जाना चाहिए सड़कों पर भूख और ठंड से ठिठुरकर मर जानेवाले भिखारियों के पास !"

उमानाथ शायद मारीसन की इस स्पीच से कुछ आवश्यकता से अधिक प्रभावित हो गया था। ताली पीटते हुए उसने कहा, "वेल सेड कामरेड ! वाकई सिगरेट पीना बहुत बुरा है। हरेक आदमी को सिगरेट पीना छोड़ देना चाहिए। और जल्दी ही मैं भी सिगरेट पीना छोड़नेवाला हूँ !" यह कहकर उसने चाँदी का सिगरेट-केस हिल्डा के हाथ से ले लिया। उसमें पाँच सिगरेटें बाकी थीं। उन पाँचों सिगरेटों को निकालकर उसने दो सिगरेटें हिल्डा को दीं, दो अपनी जेब में रख लीं और एक को सुलगाते हुए उसने खाली सिगरेट-केस कामरेड मारीसन की ओर बढ़ाते हुए कहा, "कामरेड, यह सिगरेट-केस आपकी नजर है। आज ही से हम लोगों ने सिगरेट पीना बंद कर दिया। और यह सिगरेट केस करीब चार पाउंड में खरीदा गया था। कामरेड मारीसन, आप इस सिगरेट-केस को बेच दें और जो रुपया मिले, आप भिखारियों को बाँट दें। मैं आपको अधिकार देता हूँ।"

उसी समय हिल्डा ने, जो अपने पति की दरियादिली और क्षणिक आवेश से आजिज थी, कहा, "कामरेड मारीसन ! यह सिगरेट-केस मेरा है, आप मुझे वापिस कर दीजिए !"

कामरेड मारीसन ने सिगरेट-केस अपनी जेब में रखते हुए कहा, "नहीं कामरेड, यह सिगरेट-केस तो प्रोलेटेरिएट (जनसाधारण) की सम्पत्ति हो चुका। और कामरेड तिवारी ने बड़ी कृपा करके मुझे जनसाधारण के पास पहुँचा देने का आदेश दिया है, यह आदेश मुझे पूरा करना होगा।"

उस हिल्डा ने जो अभी तक सौम्य और शान्त बैठी थी, एकाएक उग्र रूप धारण कर लिया। वह तड़पकर उठी और कामरेड मारीसन की जेब में उसने सिगरेट-केस निकालने के लिए अपना हाथ डाल दिया।

लेकिन ऐसा मालूम होता है कि मारीसन हिल्डा का इरादा भाँपे हुए थे। उन्होंने वैसे ही हिल्डा का हाथ पकड़ लिया, "नहीं कामरेड, इस तरह से सिगरेट-केस वापस नहीं लिया जा सकता। सबसे पहले मैं पुरुष हूँ, ताकत में तुमसे अधिक, फिर मैं जनता का प्रतिनिधि हूँ। इसके बाद सत्य और न्याय मेरी तरफ है। जनसाधारण की सम्पत्ति पर आप हाथ नहीं लगा सकतीं।"

"यह सम्पत्ति मेरी है–मेरी !" हिल्डा जोर से चिल्ला उठी, "तुम डाकू हो, लुटेरे हो, लुच्चे हो !"

"चुप रह कुतिया कहीं की !" कामरेड मारीसन के मत्थे पर बल पड़ गए।

"क्या कहा, कुतिया !" और हिल्डा ने अपने दूसरे हाथ से कामरेड मारीसन का मुँह नोच लिया। हिल्डा के नाखून काफी बड़े थे और पैने थे। कामरेड मारीसन के मुँह पर खून छलछला आया।

बड़ी मुश्किल से कामरेड मारीसन ने हिल्डा के दोनों हाथों को पकड़ा और जोर से ऐंठना शुरू किया। हिल्डा दर्द से चिल्ला उठी। उमानाथ ने शान्त भाव से कहा, "कामरेड मारीसन, छोड़ दीजिए–बहुत हो चुका।"

कामरेड मारीसन ने हाथ छोड़ दिए, हिल्डा चुपचाप अपनी कुर्सी पर बैठ गई। उमानाथ ने मारीसन का मुँह देखते हुए कहा, "अरे कामरेड, आपके मुँह पर तो खून आ गया। हिल्डा ! कामरेड मारीसन का मुँह तो देखो–तुमने क्या कर दिया !"

हिल्डा चुपचाप उठ खड़ी हुई। बाथरूम से वह एक बरतन में पानी ले आई और साथ में तौलिया तथा टिंक्चर आयोडिन की एक शीशी।

मुँह धुल जाने तथा मुँह पर टिंक्चर आयोडिन लग जाने के बाद कामरेड मारीसन ने कहा, "अच्छा कामरेड तिवारी, अब मैं जा रहा हूँ। कल शाम को इसी समय फिर मिलूँगा।"

"नहीं कामरेड, बिना खाना खाए आप यहाँ से नहीं जा सकते !"

कामरेड मारीसन के जाते ही हिल्डा उमानाथ पर टूट पड़ी, "कायर कहीं के ! तुम्हारे सामने ही एक आदमी मेरा अपमान कर गया और तुम चुपचाप देखते रहे !"

शान्त भाव से उमानाथ ने कहा, "तो इससे क्या ! तुम्हारा मैं स्वामी नहीं हूँ, तुम्हारा रक्षक नहीं; मेरा तुम पर कोई अधिकार नहीं। वास्तविकता तो यह कि तुम मेरी बराबरी की हो; अपने मानापमान का उत्तरदायित्व तुम पर है; तुम स्वयं उसका बदला ले सकती थीं, और तुमने बदला लिया भी।"

हिल्डा तड़प उठी, "फिर तुमने मुझसे विवाह क्यों किया–तुम मेरे पति क्यों हुए कायर कहीं के ! मैंने अभी तक सुना भर था कि हिन्दुस्तानी कायर और गुलाम हैं; आज मैंने अपनी आँखों देखा भी !"

उमानाथ मुस्कुराया, "देखो हिल्डा, क्रोध करने की कोई आवश्यकता नहीं। इसके पहले हम लोगों को अपने अधिकारों को समझ लेना पड़ेगा। समाजवाद के मत में स्त्री-पुरुष सम हैं, किसी का किसी के ऊपर अधिकार नहीं, कोई किसी का स्वामी नहीं है। पत्नी पति की संगिनी भर है, वह पति की नहीं है, ठीक उसी प्रकार जैसे कोई व्यक्ति मेरा मित्र हो सकता है। पति और पत्नी का विवाह-विच्छेद किसी भी समय किसी की इच्छा से हो सकता है, ठीक उसी तरह जैसे दो मित्र कभी भी अपनी मित्रता तोड़ सकते हैं। ऐसी हालत में तुम्हारा अपमान, तुम्हारा सुख-दुःख मेरा नहीं है और मेरा सुख-दुःख तुम्हारा नहीं है। हमारा और तुम्हारा केवल एक आर्थिक सम्बन्ध है और केवल उस आर्थिक सम्बन्ध को ही मैं ठीक मानता हूँ !"

हिल्डा इस तर्क को समझने के लिए तैयार नहीं थी–उमानाथ कह रहा था और वह ग्लानि के साथ यह सब सुन रही थी। उमानाथ के तर्कों का वह खंडन नहीं कर सकती थी, लेकिन उसके अंदरवाला समाजवादी जिसने कार्ल मार्क्स का अध्ययन किया था, जिसने लेनिनवाद को इस दुनिया का ध्रुव सत्य मान लिया था, जो पुरुषों की ही भाँति गलत और दूषित मार्ग पर जाते हुए समाज का उद्धार करने के लिए कार्य-क्षेत्र में कूद पड़ी थी; जिसने दुनिया के भोग-विलास को ठुकरा दिया था, जो सिद्धान्तों के नशे में सराबोर थी, वह समाजवादी हिल्डा इस तर्क का विरोध नहीं कर सकती थी; लेकिन उसके अंदरवाली नारी–वह नारी जो पुरुष का अवलम्ब चाहती है, जो उससे रक्षा चाहती है, जो पुरुष की छाया में रहकर उसकी गुलामी करना चाहती है, जिसका जीवन सेवा-मार्ग में अर्पित है, वह नारी विवाह और प्रेम के इस विकृत रूप को सहन न कर सकी। उसने कहा, "उमा, ऐसी बातें मत कहो। मैंने विवाह के इस रूप को स्वीकार करके तुमसे विवाह नहीं किया है–तुम जानते हो !" और यह कहकर उसने दोनों हाथ उमानाथ के गले में डाल दिए, "उमा, तुम जानते हो कि मैं तुम्हारी हूँ। हर तरह से तुम्हारी हूँ।"

जिस समय भावुकता का यह दृश्य हो रहा था, प्रभानाथ ने अपनी आँखें फेर ली थीं।

3

कामरेड मारीसन जब अपने फ्लैट में पहुँचे, उस समय रात के ग्यारह बज चुके थे।

उनका फ्लैट एक बहुत बड़ी कोठी में था, जिसमें वह एक कमरा, उसके साथ बाथरूम भी था, किराए पर लिए हुये थे। उनके कमरावाले फ्लैट से मिले हुए फ्लैट में एक अंग्रेज महिला रहती थीं, और उनका नाम था मिसेज सिम, मिसेज सिम विधवा थीं और काफी अमीर थीं क्योंकि वे अकेली तीन कमरों का फ्लैट लिये थीं। उनके चार नौकर थे, और तीन मोटरें थीं।

मिसेज सिम के पास प्राणों से भी अधिक प्यारी दो बिल्लियाँ थीं जो उन्होंने फारस से मँगाई थीं। सुबह पाँच बजे जब कामरेड मारीसन की नींद टूटी, और उन्होंने अपने कमरे का दरवाजा खोला तो उन्होंने देखा कि एक बिल्ली उनके कमरे के सामने बरामदे में घूम रही है। कामरेड मारीसन को देखते ही बिल्ली ने कहा, "म्याउँ" और उनके सामने खड़ी होकर दुम हिलाने लगी।

कामरेड मारीसन बिल्ली से खेलने लगे; और एकाएक उनका हाथ उसके मुख पर पड़ा। मुँह पर हाथ पड़ते ही बिल्ली की तरह एक विचार उनके हृदय में चमक उठा, और वैसे ही उनके मुख पर एक मुस्कुराहट खिल उठी। उन्होंने बिल्ली को पकड़ लिया और अपने कमरे में दाखिल हो गए। कमरा उन्होंने भीतर से बंद कर लिया। कपड़े पहनकर वे कमरे के बाहर निकले और बिल्ली को कमरे में ही बंद करके वे बाहर चल दिए।

जिस समय मिसेज सिम सोकर उठीं, उन्हें एक बिल्ली नजर आई। बिल्ली की ढुँढ़वाई शुरू हुई और थोड़ी देर बाद बिल्ली की आवाज कामरेड मारीसन के कमरे के अंदर से सुनाई पड़ी। मिसेज सिम नौकर के साथ कामरेड मारीसन के दरवाजे पर पहुँचीं; बाहर से ताला बंद था और अंदर से बिल्ली की आवाज आ रही थी। जैसे-जैसे समय बीतता जाता था वैसे-वैसे बिल्ली की आवाज बढ़ती जाती थी और करुण होती जाती थी। जिस समय कामरेड मारीसन वापस लौटे, उन्होंने देखा कि मिसेज सिम अपने चार नौकर तथा एक बिल्ली के साथ दरवाजे पर खड़ी चिल्ला रही हैं, "देखो किसी आदमी को बुलवाकर कमरे का ताला तुड़वाओ ! मेरी बिल्ली रो रही है, बिचारी तड़प रही है, बिना मुझे देखे तड़प रही है।"

कामरेड मारीसन ने आगे बढ़कर बड़े शांत भाव से कहा, "क्यों, क्या बात है, इतनी भीड़ क्यों इकट्ठा है ?"

मिसेज सिम ने क्रोध में आकर कहा, "आपने मेरी बिल्ली क्यों बंद कर दी ?"

"क्योंकि मैं उसे फाँसी पर लटकानेवाला हूँ", अपनी जेब से एक रस्सी का टुकड़ा निकालकर मिसेज सिम को दिखलाते हुए कामरेड मारीसन ने कहा।

"फाँसी पर लटकानेवाले हैं ? क्यों–क्या हुआ !" मिसेज सिम ने जरा घबराकर पूछा।

कामरेड मारीसन ने अपने चेहरे की ओर इशारा करते हुए कहा, "जिसने मेरे चेहरे की यह हालत बना दी हो उसे भला मैं जिन्दा कैसे छोड़ सकता हूँ ? अभी-अभी मैं डाक्टर के यहाँ से आ रहा हूँ, वह कहता है कि मुझे रैबीज हो जाने का डर है। अट्ठारह इंजेक्शन लगाने को कहता है; और अट्ठारह इंजेक्शन के माने नब्बे रुपए अकेले फीस के। दस रुपए वसूल कर लिये–हुए सौ। दवा के दाम अलग, और टैक्सी पर चढ़कर उसके यहाँ आने-जाने का खर्च। अब भला बतलाइए कि इस बिल्ली को मैं फाँसी पर क्यों न लटकाऊँ–करीब दो सौ रुपए का खर्च इसने मेरे मत्थे डाल दिया–और भय, चिन्ता, मानसिक कष्ट ऊपर से !"

यह सुनके मिसेज सिम के होश-हवास गायब हो गए ! "यह रुपया आप मुझसे ले लीजिए, लेकिन उसे छोड़ दीजिए–मैं आपसे प्रार्थना करती हूँ।" मिसेज सिम ने रुआँसी होकर कहा।

"रुपए की मुझे जरूरत नहीं, मैं तो इस बिल्ली को फाँसी पर लटकवाने पर तुला हुआ हूँ। आप लोग अमीर हैं; रुपए से हम लोगों को खरीदना चाहती हैं। यह दो सौ रुपया किसी तरह इंतजाम करूँगा, लेकिन इस बिल्ली की हत्या जरूर करूँगा, आप लोगों को सबक देने के लिए !"

मिसेज सिम को लेने के देने पड़ गए। उनका चेहरा पीला पड़ गया था, उनका दिल धड़क रहा था। बड़े करुण स्वर में उन्होंने कहा, "मिस्टर मारीसन, इस बिल्ली को छोड़कर आप मेरा बड़ा उपकार करेंगे ! अगर आप इस बिल्ली को मार डालेंगे तो मैं जिन्दा न रहूँगीं।" यह कहते-कहते मिसेज सिम बेहोश हो गईं। उनके नौकरों ने उन्हें सम्हाला।

नौकर मिसेज सिम को उनके कमरे में ले गए। मारीसन ने कमरा खोलकर बिल्ली को बाँध दिया, इसके बाद मिसेज सिम के नाम एक पत्र लिखा–

"इस खयाल से कि आपकी बिल्ली मरेगी, आप बेहोश हो गईं ! इससे मुझे बड़ा दुःख हुआ, और इससे भी अधिक दुःख मुझे इस बात से हुआ कि आपकी नजर के सामने ही हजारों आदमी अधमरे, भूखे, प्यासे, तड़पते हैं और आप उस पर ध्यान तक नहीं देतीं; जब कि एक जानवर पर आपकी इतनी ममता है कि उसके मरने के खयाल से आप बेहोश हो सकती हैं। बिल्ली मैं छोड़े देता हूँ, इसलिए नहीं कि मैं इस बिल्ली पर रहम कर रहा हूँ, बल्कि इसलिए कि मैं आप पर रहम कर रहा हूँ, इंसान पर रहम कर रहा हूँ, उसके दुखों को मैं देख नहीं सकता। रही मेरे खर्च की बात, उसकी आप चिन्ता मत कीजिएगा–उसका मैं किसी न किसी तरह इंतजाम कर लूँगा।"

यह पत्र कामरेड मारीसन ने बिल्ली के गले में बाँधकर बिल्ली को छोड़ दिया। बिल्ली सीधी अपनी मालकिन के कमरे में तीर की भाँति गई, और अपनी प्यारी

मालकिन के पास दुबककर बैठ गई। बिल्ली को देखते ही नौकरों ने शोर मचाया, ''बिल्ली आ गई–बिल्ली आ गई।''

मिसेज सिम, जो अभी तक यूडीक्लोन की पट्टियों तक से होश में नहीं आई थीं, इस आवाज को सुनते ही आँखें खोलकर उठ बैठीं।

जिस समय कामरेड मारीसन लंच खाकर अपने कमरे में लौटे, उन्हें कमरे में पड़ा हुआ एक लिफाफा मिला। लिफाफे में धन्यवाद के पत्र के साथ पाँच सौ रुपए का एक चेक था। पत्र कामरेड मारीसन ने फाड़कर फेंक दिया, चेक उन्होंने अपनी जेब के हवाले किया।

4

उमानाथ को कलकत्ता आए एक सप्ताह से अधिक हो गया था। हिल्डा को स्टीमर पर चढ़ाकर जब उमानाथ प्रभानाथ के साथ लौटा, उस समय दोपहर हो गई थी। रास्ते में प्रभानाथ ने उमानाथ से पूछा, ''अब घर कब चलिएगा ?''

''कल सुबह चार बजे। मुझे अब कलकत्ता में रुकने की कोई जरूरत नहीं; सिर्फ कामरेड मारीसन से मिल लेना है। बहुत सम्भव है वह भी हमारे साथ चलें।''

''कामरेड मारीसन ! क्या वे उन्नाव चलेंगे ?''

''नहीं जी, कामरेड मारीसन को मैं कानपुर में छोड़ दूँगा। मुझे अपना हेडक्वार्टर कानपुर बनाना है–वे कुछ थोड़ी-सी मेरी मदद करेंगे।''

शाम के समय उमानाथ मारीसन से मिलने चला गया।

प्रभानाथ अकेला रह गया। इधर तीन-चार दिनों से वह वीणा से न मिला था। सुबह उसे कानपुर के लिए रवाना होना था–वीणा से उसका मिल लेना जरूरी था। वह वीणा के मकान की ओर चल पड़ा।

उस समय दिन ढल चुका था और सड़कों पर बिजली का प्रकाश आरम्भ हो चुका था। प्रभानाथ ने कोई सवारी नहीं ली, पैदल वह चल रहा था। वीणा के मकान के सामने वह रुका। उसे साहस न हो रहा था कि वह मकान के अंदर प्रवेश करे–वह जानता था कि उसका कलकत्ता से जाना वीणा को अच्छा न लगेगा। उसे भी तो अपना जाना खुद अच्छा न लग रहा था। उसी समय उसे सुनाई पड़ा, ''प्रभा बाबू !''

प्रभानाथ ने देखा कि वीणा मुस्कुराते हुए उसकी ओर बढ़ रही है। वीणा ने उसके पास आकर कहा, ''मैं अभी आपके ही यहाँ जाने को निकली हूँ, यह देखने के लिए कि आप अभी कलकत्ता में हैं या नहीं। देखिए इधर कई दिनों से आपके दर्शन नहीं हुए !''

"और अगर मैं कलकत्ता से चला गया होता ?" प्रभानाथ ने न जाने क्यों यह प्रश्न पूछ लिया।

वीणा ने वैसे ही उत्तर दिया, "तो मैं समझती कि मेरी साधना में बल नहीं है !" और खिलखिलाकर हँस पड़ी, "आप चले कैसे जाते बिना मुझसे मिले हुए और मुझे आशीर्वाद दिए हुए !"

इस बार वीणा की आँखें प्रभानाथ की आँखों से मिल गईं, वीणा का स्वर कुछ करुण हो गया, उसने कहा, "आप आए क्यों नहीं ? मैंने आपकी कितनी प्रतीक्षा की ! तीन दिन मैं घर के बाहर नहीं निकली हूँ–इसलिए कि कहीं आप आकर निराश न चले जाएँ। और आज !–आज मुझसे न रहा गया, आज मैं अपने से विवश हो गई और आपको ढूँढ़ने के लिए निकल पड़ी। मैं जानना चाहती थी कि मेरी भावना, मेरी तपस्या–यह सब झूठ तो नहीं है !"

प्रभानाथ के सारे शरीर में पुलक का प्रकम्प भर गया, वीणा से यह सब सुनकर–अपनी विजय पर ! वीणा का हाथ अपने हाथ में लेकर उसने कहा, "चलो, कुछ घूम आवें ! कल सुबह जा रहा हूँ; आज विदा की रात है। चलो, थोड़ा-सा हँस-बोल लें, फिर न जाने कब मिलना हो !"

"क्या कहा ? कल आप जा रहे हैं ?" वीणा को जैसे काठ मार गया, "इतनी जल्दी !"

प्रभानाथ ने एक टैक्सीवाले को, जो पास ही खड़ा था, इशारा किया। टैक्सी आ गई। वीणा को टैक्सी पर बिठलाकर उसकी बगल में बैठते हुए प्रभानाथ ने कहा, "कलकत्ता आए हुए काफी दिन हो गए, अब तो लौटना ही है। और फिर यहाँ मेरी क्या आवश्यकता ? मुझे वहाँ जाकर काम आरंभ कर देना है !"

टैक्सी चली जा रही थी और वीणा कह रही थी, "मैं आपसे प्रार्थना करती हूँ, आपके हाथ जोड़ती हूँ, आप इस काम में न पड़ें। आप नहीं जानते कि आप मृत्यु के साथ खेलने को अग्रसर हो रहे हैं !"

"मैं जानता हूँ ! तुम भी तो मृत्यु के साथ खेल रही हो !" प्रभानाथ मुस्कुराया।

"मुझे खेलने दीजिए, मुझे मरने दीजिए ! लेकिन आप"–वीणा की आँखों में आँसू आ गए थे, उसकी आवाज काँप रही थी, "लेकिन आप इधर मत बढ़िए। मैं जानती हूँ आप वीर हैं, साहसी हैं, लेकिन फिर भी–आप नहीं समझ रहे हैं।"

"मैं सब समझ रहा हूँ, सब जानता हूँ, वीणा !" प्रभानाथ कुछ रुका, "जीवन की न जाने कितनी धाराएँ हैं, न जाने कितनी गतियाँ हैं। जिस धारा में मैं बह रहा हूँ, जिस गति को मैंने अपनाया है, वह खतरे से खाली नहीं है–मैंने माना, लेकिन खतरे से खाली है क्या ? मृत्यु को कोई रोक नहीं सकता, कितनी ही सावधानी के साथ कोई

क्यों न रहे ! पैदल चलते हुए हम मोटर से कुचल सकते हैं, रेल में सफर करते हुए रेल लड़ सकती है। हम मकान की सीढ़ी से फिसल सकते हैं, घर में आग लग सकती है, भूकम्प के धक्के से मकान गिर सकता है और हम दब सकते हैं ! कौन-सी ऐसी जगह है जहाँ मृत्यु न हो ? तो फिर इस मृत्यु से भय कैसा ? और फिर जिस धारा को मैंने अपनाया है उसमें अनिश्चितता है, हलचल है, स्पन्दन है और साथ ही कर्तव्यपालन करने का संतोष भी है !"

वीणा प्रभानाथ की बात में निहित अहम्मन्यता को नहीं देख सकी, प्रभानाथ के आग के साथ खेलने के शौक को नहीं पहचान सकी; वह देख सकी केवल अपना आदर्श; और उसने प्रभानाथ के कंधे पर अपना सिर रख दिया। प्रभानाथ का हाथ वीणा की ग्रीवा पर पड़ा, इसके बाद वीणा ने अनुभव किया कि एक पुष्ट और शक्तिशाली हाथ ने उसके सिर को तनिक ऊँचा किया। और फिर एक सुन्दर मुख उसके मुख से मिलने को झुका। इसके आगे वीणा कुछ न देख सकी, उसकी आँखें बंद थीं। हाँ, उसने अधरों के पराग का अधरों पर और श्वासों के सौरभ का श्वासों में अनुभव अवश्य किया, विसुध-सी, अर्ध-चेतन की अवस्था में !

जिस समय वीणा घर लौटी, बारह बज चुके थे। एक विचित्र मादकता और पुलक का आलस्य उसके नेत्रों में, उसके सारे शरीर में, उसके प्राणों में भरा हुआ था। उसके कान में प्रभानाथ के अन्तिम शब्द गूँज रहे थे, "वीणा ! तुम्हें मेरे साथ काम करने के लिए आना पड़ेगा। एक महीने के अंदर ही मैं तुम्हें बुला लूँगा !"

छठा परिच्छेद

1

प्रभानाथ के साथ मारीसन और उमानाथ कानपुर पहुँच गए। ग्रान्ड ट्रंक रोड से कानपुर नगर में प्रवेश करते हुए उमानाथ ने कहा, "प्रभा! सीधे बड़के भइया के यहाँ चलो। कामरेड मारीसन जब तक कानपुर में हैं। तब तक बड़के भइया के मेहमान बनकर रहेंगे। तुम्हारा क्या खयाल है?"

दयानाथ के बँगले की तरफ कार मोड़ते हुए प्रभानाथ ने कहा, "वहीं चल रहा हूँ। लेकिन जहाँ तक बड़के भइया के घर पर मिलने की बात है, वहाँ मैं अभी कुछ कह नहीं सकता।"

"क्यों, क्या बात है?" उमानाथ ने पूछा।

"जब मैं कलकत्ता जा रहा था तब उन्होंने मुझसे कहा था कि वे कभी भी जेल जा सकते हैं।" कुछ रुककर प्रभानाथ ने फिर कहा, "अगर बड़के भइया अभी तक जेल न गए हों तो बड़ा अच्छा हो! आपसे मिलने के लिए वे कितने उत्सुक थे!" कार इस समय मेस्टन रोड पर आ गई थी।

मेस्टन पर बड़ी भीड़ थी, कार को रुक जाना पड़ा। सामने से कांग्रेस का एक जुलूस आ रहा था, और जुलूस में सबसे आगे था दयानाथ। दयानाथ के गले में गजरे लटक रहे थे, उनके मस्तक पर तिलक लगा था, और उनके हाथ में था तिरंगा झंडा। पीछे-पीछे जनसमुदाय महात्मा गांधी की जय, भारतमाता की जय, कांग्रेस की जय तथा दयानाथ की जय के नारे लगाता हुआ चल रहा था। अगल-बगल की पटरियों पर लोग खड़े तमाशा देख रहे थे।

उमानाथ ने कहा, "अरे, ये तो बड़के भइया हैं। इसके माने हैं कि अभी तक जेल के अंदर नहीं पहुँचे!"

"अंदर पहुँचने की तैयारी है!" किसी ने मुस्कुराते हुए कहा। उमानाथ और प्रभानाथ ने देखा कि मार्कण्डेय कार के पास खड़ा हुआ मुस्कुरा रहा है। मार्कण्डेय ने फिर कहा, "स्वागत है उमानाथ! मजे में तो रहे? और देख रहे हो न! ठीक

बलि-वेदी के बकरे की तरह दयानाथ को लोग लिए चल रहे हैं ब्रिटिश सरकार की भेंट चढ़ाने के लिए ! गजरों से लादकर, उनकी आरती उतारकर, उनकी जय-जयकार करके यह जन-समुदाय दयानाथ को जेल की तरफ लिए जा रहा है !"

"मैं समझा नहीं मार्कण्डेय भइया ! यह जुलूस तो जेल की तरफ नहीं जा रहा है।" उमानाथ ने कहा।

"हाँ, यह जुलूस जेल की तरफ नहीं जा रहा है, लेकिन दयानाथ जेल की तरफ जा रहे हैं। जानते हो ? दयानाथ कानपुर के डिक्टेटर बनाये गए हैं, और डिक्टेटर के माने होते हैं दूसरे ही दिन जेल में ठूँस दिए जाना। कल या परसों दयानाथ गिरफ्तार कर लिए जाएँगे, और उसके बाद कोई दूसरा डिक्टेटर नियुक्त होगा। शायद वे लोग मुझको ही नियुक्त करें। और इस प्रकार लड़ाई चल रही है।" मार्कण्डेय हँस पड़ा।

उमानाथ भी हँस पड़ा, "लड़ाई तो दिलचस्प मालूम होती है। लेकिन मैं यह जरूर कह सकता हूँ कि यह लड़ाई हिन्दुस्तान को ही शोभा दे सकती है। लड़ते जाइए यह लड़ाई, देखें, आप लोग कब तक लड़ते हैं।"

जुलूस इस समय तक निकल गया था। प्रभानाथ ने कार स्टार्ट करते हुए कहा, "मार्कण्डेय भइया, चलिए हमारे यहाँ चल रहे हैं न।"

मार्कण्डेय ने जाते हुए जुलूस पर एक नजर डाली, "नहीं, जुलूस के साथ चला हूँ तो उसके साथ अन्त तक रहना चाहिए। अभी एक घंटे में मैं दयानाथ के साथ तुम्हारे यहाँ आता हूँ।" यह कहकर मार्कण्डेय चला गया।

जिस समय मोटर ने दयानाथ के बँगले के कम्पाउण्ड में प्रवेश किया, राजेश्वरी देवी बरामदे में चिन्ताग्रस्त बैठी कुछ सोच रही थीं। दयानाथ सज-धजकर जुलूस के साथ गए थे। दयानाथ को पहिला तिलक उन्होंने लगाया था, पहिली आरती उन्होंने उतारी थी, पहली माला उन्होंने पहनाई थी और हँसते हुए दयानाथ को राजेश्वरी देवी ने विदा दी थी; लेकिन इस आदर, सम्मान और साथ-साथ अपनी उस वीरता के अंदर निहित व्यंग्य भलीभाँति समझती थीं। यह माला पहनाना, तिलक लगाना, आरती उतारना और फिर हँसते हुए विदा देना–यह सब का सब ऊपरी दिखावा था, केवल आत्मछलना थी। अंदर ही अंदर राजेश्वरी के प्राण रो रहे थे। जो कुछ उन्होंने किया वह लोकाचार को निभाने के लिए, और शायद इससे भी अधिक इसलिए कि दयानाथ को इसमें प्रसन्नता हो, दयानाथ उन्हें कायर या निर्बल न समझ बैठें; और यह सब कर लेने के बाद वह जुलूस उसके बँगले के बाहर हो गया तो राजेश्वरी ने एक भयानक सूनेपन का अनुभव किया। एक ठंडी साँस लेकर उन्होंने राजेश और ब्रजेश को देखा ! दोनों बच्चे कितने प्रसन्न थे। वे बाग में खेल रहे थे। राजेश–आठ साल का राजेश–गा रहा था "झंडा ऊँचा रहे हमारा !" और छै साल का ब्रजेश बीच-बीच में चिल्ला उठता

था–"इन्कलाब जिन्दाबाद !–महात्मा गांधी की जय !–भारतमाता की जय !"

उन बच्चों को क्या मालूम कि उनके पिता जेलखाने के लिए इतना सज-धजकर उस लम्बे जुलूस के साथ गए हैं। वे प्रसन्न थे–एक मेला देखकर और राजेश्वरी बरामदे में बैठी हुई उन भोले बच्चों को देख रही थीं, उनके तथा अपने भविष्य पर सोच रही थीं।

पति की अनुपस्थिति में ये बच्चे ही उनके साथ रहेंगे। और ये बच्चे पूछेंगे कि बाबूजी कहाँ हैं ? ये बच्चे रोयेंगे ! और राजेश्वरी ने फिर से उन दोनों बच्चों की ओर देखा। बँगले में अकेले इन बच्चों के साथ रहना ठीक होगा ? उसके परिवार की देखभाल कौन करेगा ? और एकाएक उसे घर की याद हो आई–अपने घर की ! उन्नाव में उसके ससुर, उसके देवर, उसकी देवरानी–सभी कोई हैं; और वे सब चाहते हैं कि वह अपने बच्चों के साथ उन्नाव जाकर रहें। "लेकिन मेरा वहाँ जाना असम्भव है ! बात यहाँ तक पहुँच गई है, इनको त्याग दिया और मुझे वे बुलाते हैं।" राजेश्वरी मुस्कुराईं, "मानो मैं इनसे अलग हूँ। मानो वे बच्चे इनके नहीं हैं !" नहीं, इस बँगले को छोड़कर वह नहीं जाएगी। अकेली रहेगी–वह एक वीर की पत्नी है, वह भी वीर बनेगी। यह उसकी तपस्या का काल है !

एकाएक राजेश्वरी की विचारधारा टूट गई, कार की आवाज सुनकर। राजेश्वरी बँगले की अंदर चली गईं, सुखिया महरी से उन्होंने कहा, "देखो, कौन आया है !"

सुखिया घर के बाहर निकलने भी न पाई थी कि प्रभानाथ और उमानाथ ने घर में प्रवेश किया। प्रभानाथ ने अपनी भावज के पैर छुए और उमानाथ ने अपना हाथ बढ़ाते हुए कहा, "हलो भौजी–हाऊ डू यू डू–अरे, भूल गया–नमस्कार ! अच्छी तरह तो रहीं !"

"अरे उमा बाबू !" आश्चर्य से राजेश्वरी ने कहा, "कब आए ! आइए, बैठिए।"

"अभी-अभी कलकत्ता से कार में चला आ रहा हूँ !" राजेश्वरी देवी के साथ कमरे में चलते हुए उमानाथ ने कहा, "रास्ते में बड़के भइया को भी देखा ! बड़े ठाठ से जा रहे थे। उन्होंने मेरी तरफ नजर भी न डाली, अपनी जय-जयकार के नारे सुनने में मग्न थे। बड़े आदमी हो गए हैं न !" उमानाथ खिलखिलाकर हँस पड़ा, "भौजी, यह क्या स्वाँग बना रखा है उन्होंने–आपने उन्हें रोका क्यों नहीं ?"

राजेश्वरी अपने देवर के हँसमुख स्वभाव को भलीभाँति जानती थी। उसने कहा, "बाबू, यह स्वाँग है, या क्या है। यह मैं क्या जानूँ ? मैं तो स्त्री ठहरी, बिना पढ़ी-लिखी मूरख ! और तुम्हारे भइया काफी समझदार हैं। जो कुछ करते हैं सोच-विचारकर करते हैं और गलत नहीं करते। आखिर देश का काम है ! मैं क्यों उन्हें रोककर पाप की भागी बनती !"

उमानाथ मुस्कुराया, "आप भी पूरी तौर से बड़के भइया के रंग में रँग गई हैं, भौजी ! लेकिन यह सब निरा पागलपन है–मैं कहता हूँ कि कांग्रेस गलत रास्ते पर है !"

"अच्छा-अच्छा ! पहले मुँह-हाथ धो लो और कपड़े बदल डालो–एकदम भूत बने हो !" हँसते हुए राजेश्वरी देवी ने कहा, "फिर जितना तर्क-वितर्क करना हो वह अपने बड़े भइया से कर लेना-वह आते ही होंगे !" यह कहकर राजेश्वरी देवी ने सुखिया को सब इंतजाम कर देने का आदेश दिया और खुद रसोईघर में नाश्ता बनाने चली गईं।

2

प्रभानाथ और उमानाथ जिस समय मुँह-हाथ धोकर बाथरूम से बाहर निकले, नाश्ता हो गया था। उमानाथ ने कहा, "भौजी, मेरे साथ मेरे एक दोस्त भी हैं–नाश्ता आप बाहर भिजवा दें। और चलिए, मैं अपने दोस्त से आपको इंट्रोड्यूस भी करवा दूँ। बड़े मजेदार आदमी हैं !"

राजेश्वरी ने आश्चर्य से उमानाथ को देखा। राजेश्वरी की इस मुद्रा पर प्रभानाथ हँस पड़ा, उसने उमानाथ से कहा, "मझले भइया, अब आप यूरोप में नहीं हैं, हिन्दुस्तान में हैं। यह आप मत भूल जाया करिए।"

"अरे हाँ।" अपनी गलती महसूस करते हुए उमानाथ ने कहा, "मैं भूल ही गया था कि मैं इस वहशी मुल्क में आ गया हूँ। अच्छा तो भौजी, प्रभा को आप यहीं नाश्ता करा दीजिए और मेरा तथा मेरे दोस्त का नाश्ता बाहर भिजवा दीजिए।" यह कहकर उमानाथ बाहरवाले कमरे की ओर चल दिया।

जिस समय उमानाथ ड्राइंग-रूम में पहुँचा, कामरेड मारीसन सोफा पर लेटे हुए एक गाना गा रहे थे। उमानाथ के पहुँचते ही उन्होंने कहा, "कामरेड उमानाथ, बड़ी देर लगा दी। अब बतलाओ कि मेरे ठहरने का इंतजाम कहाँ होगा ?"

"पहले चा तो पी लो, फिर बात होगी।" उमानाथ ने उत्तर दिया, "उस समय तक मेरे बड़े भाई भी लौट आवेंगे।"

दोनों कामरेड चा पर जुट गए। चा समाप्त कर लेने के बाद उमानाथ ने मारीसन से कहा, "कामरेड, तुम्हारी उम्र क्या होगी ?"

कुछ सोचकर और कुछ हिसाब लगाकर कामरेड मारीसन ने बतलाया, "अट्ठाईस वर्ष, सात महीने, उन्नीस दिन !"

थोड़ी देर चुप रहकर उमानाथ ने फिर पूछा, "कामरेड, अगर बुरा न मानो तो मैं पूछूँगा कि तुम्हारा विवाह हुआ है कि नहीं !"

“इसमें बुरा मानने की क्या बात है !” मारीसन ने जम्हुआई लेते हुए कहा, “नहीं कामरेड, विवाह करने की बात कभी सोची ही नहीं; और सोचता भी कैसे ? यहाँ तो हर समय इस बात की चिन्ता रही कि जिन्दा रहने के लिए रुपया कहाँ से पैदा करूँ ! और फिर इस पवित्र सिद्धान्त की सेवा में लग गया।”

उमानाथ मुस्कुराया, “हाँ कामरेड ! मैं समझता हूँ कि तुम्हारी ऐसी परिस्थिति में पड़े हुए आदमी के लिए विवाह करना उचित न था। लेकिन अब तो परिस्थिति बदल गई है, अब तुम विवाह कर सकते हो !”

“शादी तो कर सकता हूँ कामरेड,” कुछ खिन्न-सा होकर मारीसन ने कहा, “लेकिन क्या बताऊँ, हिम्मत नहीं पड़ती। न जाने बीवी के साथ कैसी निपटे। और तुम जानते ही हो कि आजकल की औरतें काफी बढ़ी-चढ़ी होती हैं। बजाए इसके कि वे पुरुष की सेवा करें, वे पुरुषों से सेवा कराना चाहती हैं।”

“और अगर तुम्हें ऐसी बीवी मिल जाए जो तुम्हारी सेवा करे, सेवा ही नहीं, बल्कि तुम्हारी दिन-रात पूजा करे, और इसके साथ जो कुछ भी रूखा-सूखा मिल जाए, पेट भर ले तो ?”

कामरेड मारीसन ने कामरेड उमानाथ को विस्फारित नयनों से देखा, “कामरेड उमानाथ ! क्यों बेकार की बातें करते हो ! मेरा वक्त ज्यादा कीमती है और मजाक करने के मूड में मैं कतई नहीं हूँ !”

“नहीं कामरेड ! यह बेकार की बात नहीं है, और न मैं मजाक ही कर रहा हूँ। मैं सचमुच पूछ रहा हूँ कि अगर तुम्हें ऐसी स्त्री मिल जाए तो ?”

“तो ऐसी स्त्री या तो बूढ़ी और गर्जमंद होगी, या फिर महाकुरूप होगी। और मैं बूढ़ी या कुरूप स्त्री से कभी भी शादी नहीं कर सकता।”

“अरे न बूढ़ी और न कुरूप बल्कि जवान और बला की खूबसूरत !”

“सच !” कामरेड मारीसन ने अब उठकर बैठते हुए उत्सुकता के साथ पूछा, “क्या वास्तव में ऐसी स्त्री मिल सकती है ? मुझे विश्वास नहीं होता ! कामरेड उमानाथ, क्या तुम सच कह रहे हो ?”

“हाँ कामरेड मारीसन, अगर शादी करना चाहते हो तो तुम्हें ऐसी स्त्री मिल सकती है !”

“और तुम्हारा कहना है कि वह देवता की तरह मुझे पूजेगी !”

“हाँ !”

“और रूखा-सूखा जो कुछ मिल जाए उसे खाकर खुश रहेगी !”

“हाँ !”

“और शराब तो पीती नहीं, सिगरेट भी नहीं पीती, डांस की शौकीन तो नहीं है,

खेल-तमाशों में ज्यादा दिलचस्पी तो नहीं लेती ?"

"बिलकुल नहीं !"

"और तुम्हारा कहना है कि खूबसूरत है !"

"बिलकुल परी की तरह !"

कामरेड मारीसन अब उठ खड़े हुए; लपककर उन्होंने कामरेड उमानाथ से हाथ मिलाया, "अच्छा कामरेड उमानाथ, ऐसी स्त्री से मैं शादी करने को तैयार हूँ ! लेकिन एक सवाल मैं करूँगा–वह स्त्री कौन है ?"

उमानाथ ने थोड़ी देर तक यह सोचा कि कामरेड मारीसन से सारी स्थिति स्पष्ट कर दी जाए या नहीं; और उन्होंने तै कर लिया कि आखिर स्थिति तो स्पष्ट करनी ही पड़ेगी, आज नहीं तो कल, कल नहीं तो परसों; लिहाजा जल्दी से जल्दी स्थिति क्यों न स्पष्ट कर दी जाए। उन्होंने धीरे से कहा, "देखो कामरेड, अभी यह बात किसी से कहना मत। बात यह है कि मेरी पहली पत्नी में ये सब गुण मौजूद हैं। और चूँकि मैं उससे प्रेम नहीं करता–नहीं, ऐसी बात नहीं है, जब यहाँ से गया था तब तो प्रेम करता था, लेकिन बाद में हिल्डा से प्रेम करने लगा और उससे शादी भी कर ली; इसलिए मैं समझता हूँ कि मुझे अपनी पहली पत्नी को तलाक दे देना चाहिए। और वह औरत नेक है इसलिए मैं चाहता हूँ कि जब वह खाली हो जाए तो तुम उससे शादी कर लो !"

उमानाथ ने अपनी बात खत्म की ही थी कि उन्हें हँसी के ठहाके की एक आवाज सुनाई दी। उसने मुड़कर देखा कि मार्कण्डेय हँसता हुआ कमरे में प्रवेश कर रहा है। मार्कण्डेय ने उमानाथ के पास आकर कहा, "उमा, तुम शायद भूल गए हो इसलिए मैं तुम्हें याद दिलाए देता हूँ कि हिन्दुओं में तलाक नहीं होता; तलाक हिन्दू-लॉ के अनुसार निषिद्ध है।"

कामरेड मारीसन ने चौंककर कहा, "क्या कहते हो ? क्या हिन्दुओं में डाइवोर्स नहीं होता ? मैं किसी भी हालत में यह मानने को तैयार नहीं। मेरे बेहरा रामदीन की औरत ने एक दूसरे आदमी से शादी कर ली थी और वहाँ तलाक हो गया था।"

"अपने बेहरा की बात छोड़िए, वह शूद्र रहा होगा; और शूद्रों पर पूरी तौर से–खास तौर से शादी-विवाह के मामलों में हिन्दू-लॉ लागू नहीं होता। हिन्दू-लॉ सवर्ण हिन्दुओं पर ही लागू होता है।"

इस बार उमानाथ के बोलने की बारी थी। उसने कहा, "मार्कण्डेय भइया ! आपसे एक प्रार्थना है, आप मेरे विवाह की बात किसी पर प्रकट न कीजिएगा–इसका आप मुझे वचन दे दें। देखिए, अभी आते ही मैं यह सब झगड़ा-फसाद नहीं मचाना चाहता, आप बड़के भइया से भी यह सब मत कहिएगा। मैं खुद समय आने पर यह प्रकट कर दूँगा।"

मार्कण्डेय ने उमानाथ का हाथ अपने हाथ में लेते हुए कहा, "उमा, मैं वचन देता हूँ कि मैं यह बात किसी से न कहूँगा। मुझे अफसोस है कि यह बात मेरे कान में पड़ गई, और इससे भी अधिक अफसोस इस बात का है कि तुम, जितना मैंने समझा था, उससे अधिक मूर्ख निकले।" मार्कण्डेय मुस्कुरा पड़ा। मार्कण्डेय अब कुरसी पर बैठ गया था। उसने गौर से कामरेड मारीसन को देखते हुए उमानाथ से फिर कहा, "और अपने इस साथी का परिचय तुमने मुझसे अभी तक नहीं कराया, यद्यपि हम दोनों में बातचीत हो गई है।" मार्कण्डेय इस बार मारीसन से बोला, "मेरा नाम मार्कण्डेय मिश्र है, मैं आपका परिचय जानना चाहता हूँ !"

"मार्कण्डेय मिश्र ! अनुप्रास-युक्त नाम है मिस्टर मार्कण्डेय मिश्र ! और मेरा नाम है कामरेड मारीसन। मैं कम्युनिस्ट हूँ; कामरेड उमानाथ के साथ उत्तर भारत में घूमने का इरादा है !"

"कामरेड मारीसन ! ये मिस्टर मिश्र पक्के बुर्जुआ हैं–यह मैं आपको बतला दूँ, और बुर्जुआ होने के साथ किसी हद तक सिनिक भी हैं। आप जरा इनसे होशियार रहिएगा–ये कांग्रेसमैन हैं।" उमानाथ ने मुस्कुराते हुए कामरेड मारीसन को आगाह किया।

"ऐसी बात है !" मारीसन अब मार्कण्डेय की ओर घूमा, "हाँ, देख रहा हूँ आप खादी पहनते हैं, आप राष्ट्रीयता को माननेवाले हैं; और राष्ट्रीयता पर विश्वास करनेवाला आदमी मानव-समाज का घोर शत्रु होता है। मानवता में यह भेद, यह श्रेणी-विभाजन, यह विषमता ! तुम हिन्दुस्तानी हो, तुम हिन्दू हो, तुम ब्राह्मण हो ! और इन बातों के फेर में पड़कर तुम यह भूल जाते हो कि तुम मनुष्य हो।"

मार्कण्डेय ने मारीसन को गौर से देखा, "आप जो कुछ कह रहे हैं वह नई बात नहीं है। मैंने बहुत सुना है, बहुत पढ़ा है और आप जानते हैं मैं इन बातों को क्या समझता हूँ ?–अन्तर्राष्ट्रीयता का प्रलाप !"

"आप इसे प्रलाप कह सकते हैं। आपके पास शब्द हैं, आपके पास जबान है। लेकिन यह अमिट और अक्षय सत्य है। तुम किस बात के लिए लड़ रहे हो ? तुम क्या चाहते हो ? तुम कहोगे–'स्वतंत्रता'। और मैं पूछता हूँ कि तुम्हारी स्वतंत्रता क्या बला है ? जिस स्वतंत्रता के लिए तुम लड़ रहे हो, क्या उसे पा जाने पर जनता के साथ होनेवाला यह उत्पीड़न बंद हो जाएगा ? आज करीब डेढ़ सौ वर्ष ही तो हुए हैं तुम हिन्दुस्तानियों को गुलाम हुए। उससे पहले क्या था ? मनुष्य का मनुष्य पर अत्याचार, रक्त-शोषण, निर्बल को गुलाम बनाना–गुलाम ही नहीं, उसे पशु बना देना। तुम कुछ थोड़े-से आदमी जो समाज के नेता हो, जो समाज के श्रेष्ठ अंग होने का दम भरते हो; तुम स्वतंत्रता पाना चाहते हो, निरीह और बेजुबान जनता को और भयानक गुलाम

बनाने के लिए ! तुम गुलामी से छूटना चाहते हो दूसरों को अपनी गुलामी की चक्की में पीसने के लिए !"

कुछ रुककर कामरेड मारीसन ने फिर कहा, "ब्रिटिश सरकार पूँजीवादी है–तुम पूँजीवादी हो। सरकार शक्तिशाली है। तुम शक्तिहीन हो ! अंग्रेज मौज करते हैं, मलाई और माल वे ले जाते हैं। तुम्हें बचा-खुचा मिलता है। और इसीलिए तुम लड़ते हो। यह मलाई और माल तुम पाना चाहते हो। लेकिन यह मूक और उत्पीड़ित जनसमुदाय जिसे भिखारी बनाकर यह माल मारा जा रहा है, कब तुमने इस पर ध्यान दिया ? नहीं मिस्टर मिश्र ! यह लड़ाई गलत है, बेकार है ! इस लड़ाई में मेरी कोई सहानुभूति नहीं है। मैं तो कहता हूँ कि जन-समुदाय को आगे आना चाहिए। उन्हें डटकर मोरचा लेना चाहिए तुम लोगों से–तुम शोषण करनेवालों से..."

मारीसन रुक गए, उसी समय दयानाथ ने कमरे में प्रवेश किया। उमानाथ की ओर बढ़ते हुए दयानाथ ने कहा, "तो तुम लौट आए ! तुम्हारा स्वागत ! ठीक मौके पर तुम आ गए हो उमा ! अगर दो-एक दिन की और देर हो जाती तो छै महीने के लिए मैं तुम्हें न देख पाता !"

"यह मेरे मित्र कामरेड मारीसन हैं–और ये मेरे बड़े भाई श्री दयानाथ तिवारी हैं !" उमानाथ ने अपने बड़े भाई और कामरेड मारीसन का परिचय कराते हुए कहा, "भइया, कामरेड मारीसन को मैं उत्तर भारत घुमाने लेते आया हूँ !"

पर मानो दयानाथ ने मारीसन पर कोई ध्यान ही नहीं दिया, उनकी विचारधारा किसी दूसरी ओर थी, "और प्रभा कहाँ है ?" दयानाथ ने पूछा।

"अरे हाँ ! प्रभा कहाँ है ?" उमानाथ ने कमरे में चारों ओर देखते हुए कहा, "वह तो अंदर से आया ही नहीं ! मालूम होता है कि उसने लम्बी तानी !" कुछ रुककर उमानाथ ने फिर कहा, "बैठिए न ! यह क्या स्वाँग आपने बना रखा है ! और ये फूलों के गजरे जो आपकी गर्दन पर झूल रहे हैं, निकालिए इन्हें और बाहर भिजवा दीजिए !"

"बाहर जाकर तुम्हारी शैतानी और भी बढ़ गई है !" दयानाथ हँस पड़ा। गजरों को मेज पर रखते हुए उसने कहा, "देख रहा हूँ, तुम ददुआ से बढ़कर ही निकलोगे !"

उमानाथ भी हँस पड़ा, "मेरे घर में कम किसी से कोई नहीं है। बड़के भइया, आप अपने को ही क्या समझते हैं ? जो कुछ मैंने आपके सम्बन्ध में सुना है, जो कुछ मैं देख रहा हूँ उससे मैं कह सकता हूँ कि आप बहुत आगे बढ़े हुए हैं।" फिर धीरे से उसने कहा, "बड़के भइया, ददुआ को अभी पता नहीं कि मैं क्या हूँ, आपको भी पता नहीं ! लेकिन इतना मैं विश्वास दिलाता हूँ कि मुझे तुम लोग अपने से पीछे न पाइएगा !"

दयानाथ ने मुस्कुराते हुए कहा, "देख रहा हूँ, विलायत से तुम विलायत की सभ्यता, संस्कृति और विचारधारा भी साथ लेते आए हो। तीन साल के अंदर ही तुमने अपनी सारी हिन्दुस्तानियत अपने से निकाल फेंकी। इस परिवर्तन पर मैं तुम्हें बधाई नहीं दे सकता !"

इसी समय बाहर कुछ हलचल-सी मालूम हुई। नौकर ने आकर इत्तिला दी कि पुलिस इंस्पेक्टर कुछ सिपाहियों के साथ बाहर खड़े हैं।

3

दयानाथ उठ खड़े हुए, "देख रहा हूँ, हम लोगों का अनुमान गलत था। गिरफ्तारी कल न होकर आज ही होगी। अच्छा तो मैं भीतर हो लूँ।" और उन्होंने नौकर से कहा, "थानेदार साहब को यहाँ बुलाकर बिठलाओ, मैं अभी आता हूँ।"

राजेश्वरी देवी राजेश और ब्रजेश को खाना खिला रही थीं। दयानाथ को देखते ही वे उठ खड़ी हुईं। बाहर कोलाहल बढ़ता ही जाता था; पुलिसवालों को देखकर जनता की भीड़ बँगले के बाहर एकत्रित हो रही थी। राजेश्वरी ने दयानाथ से पूछा, "यह शोर कैसा है ?"

"शायद मेरी गिरफ्तारी का वारंट आया है; इसी समय जाना पड़ेगा।" मुस्कुराते हुए दयानाथ ने कहा।

राजेश्वरी सुन्न-सी रह गईं। उनके मुँह से शब्द न निकला, एकटक वह दयानाथ को देख रही थीं।

बाहर के कोलाहल से प्रभानाथ की नींद टूट गई, "क्या बात है ?" कहते हुए वह कमरे के बाहर निकला और उसने देखा कि उसकी भावज राजेश्वरी रुआँसी-सी खड़ी है और उसके सामने ही खड़ा हुआ दयानाथ मुस्कुरा रहा है।

"आप आ गए, बड़के भइया। लेकिन यह शोर कैसा ?" प्रभानाथ ने दयानाथ से पूछा।

"हाँ, मैं आ गया, और मुझे लेने के लिए पुलिस भी आ गई है–बाहर खड़ी है। उमा, तुम अपनी भावज को सम्हालो"–उससे कहा, 'वीर बनो, यह कायरता का समय नहीं है' !"

राजेश्वरी ने साहस किया, "मैं कायर नहीं हूँ। लेकिन-लेकिन !..."

राजेश और ब्रजेश खाना छोड़कर उठ आए थे और अपने पिता के आस-पास खड़े थे। दयानाथ ने दोनों बच्चों को प्यार किया, फिर पत्नी के मस्तक पर हाथ रखकर उन्होंने कुछ ममता भरे, कुछ स्नेहयुक्त और कुछ गम्भीर स्वर में कहा, "राजेश्वरी !

यह मेरी तीर्थयात्रा है। अविचलित भाव से, अपनी शुभकामनाओं के साथ मुझे विदा दो। साहस करो और धैर्य धारण करो।''

राजेश्वरी ने अपने पति को इस बार पूरी नजर से देखा, वह उसके सामने खड़ा था लम्बा हृष्ट-पुष्ट, गौर वर्ण का एक वीर, हिमालय की भाँति अचल, मेघ-माला की भाँति गम्भीर ! कितना तेजवान, सुन्दर, साहसी और श्रेष्ठ था उसका पति ! उसका अन्तर प्रसन्नता से भर गया, उसकी छाती अभिमान से फूल उठी। दौड़कर रसोई से दही-अक्षत ले आई। उसने अपने पति का तिलक किया और फिर बड़ी भक्ति के साथ उसने अपने पति के चरण छुए।

प्रभानाथ के साथ दयानाथ बाहर निकला। थानेदार भूपसिंह दयानाथ के इंतजार में ड्राइंग-रूम में बैठे हुए उमानाथ से बातें कर रहे थे। जिस समय दयानाथ ड्राइंग-रूम में आया; उमानाथ भूपसिंह की बातों का समर्थन कर रहा था, ''जी हाँ, यह तो आपका फर्ज है। भला हिन्दुस्तानी कहीं नमकहरामी कर सकते हैं ? हिन्दुस्तानी सिपाहियों ने लार्ड क्लाइव और उनके साथियों को चावल खिलाया और खुद माड़ पीकर लड़े–हिन्दुस्तान में अंग्रेजों का राज्य कायम कराने के लिए; सन् 57 के स्वतन्त्रता संग्राम के समय सिखों ने न जाने कितने हिन्दुस्तानी बागियों को पेड़ों पर लटका दिया। सबसे बड़ा पाप है नमकहरामी !''

थानेदार भूपसिंह की समझ में न आ रहा था कि उनकी तारीफ की जा रही है या उनका मजाक उड़ाया जा रहा है; लेकिन अपनी नेकनीयती और भलाई का सबूत देने की गरज से उन्होंने कहा, ''क्या बताऊँ कुँवर साहेब ! दिल से मैं महात्मा गांधी का बड़ा भारी भक्त हूँ। लेकिन नौकरी कर रहा हूँ ! लम्बी गृहस्थी है।''

भूपसिंह की बात बीच में काटकर उमानाथ ने कहा, ''और आप अपने बीवी-बच्चों को फाँसी पर लटकाने को कतई तैयार नहीं। और एक दफे आप उन्हें फाँसी पर लटकाने को तुल भी जाएँ तो भला वे कब मानने लगे। लम्बी गृहस्थी चलाने के लिए लम्बा खर्चा भी चाहिए, और यह लम्बा खर्च निकालने के लिए लम्बी रकम की भी जरूरत होती है और इस लम्बी रकम के लिए लम्बा झूठ, लम्बी दगाबाजी, लम्बी रिश्वत–इन सबों का सहारा लेना होता है !''

थानेदार भूपसिंह मुँह बाए हुए उमानाथ की बात सुन रहे थे। ऐसे मुँहफट, मुँह पर गाली सुनानेवाले आदमी से उन्हें अभी तक वास्ता न पड़ा था; लेकिन साथ ही उमानाथ भूपसिंह पर पूरी तरह हावी हो गया। दयानाथ यह बातचीत सुनकर मुस्कुराया, उसने भूपसिंह के पास आकर कहा, ''थानेदार साहब ! मैं आपकी सेवा में उपस्थित हूँ !''

दयानाथ को सामने देखकर भूपसिंह की जान में जान आई। उठकर उन्होंने

दयानाथ को सलाम किया, "मुझे अफसोस है कि आपकी गिरफ्तारी का वारंट मुझे सौंपा गया है।"

"इसमें अफसोस की क्या बात है ? मैं तैयार हूँ, आप अपना फर्ज अदा कीजिए !"

"नहीं पंडितजी, इसमें जल्दी की कोई जरूरत नहीं। आपको जो-जो काम करना हो, कर लें। और अगर आप कहें, तो मैं कल आऊँ।" भूपसिंह ने कहा।

दयानाथ ने उत्तर दिया, "नहीं, थानेदार साहेब, इतनी तकलीफ करने की कोई जरूरत नहीं। जैसा कल वैसा आज ! चलिए, मैं तैयार हूँ।"

दयानाथ को विदा करके प्रभानाथ और उमानाथ अपनी भावज के पास अंदर चले गए। जब तक दयानाथ नहीं गए, राजेश्वरी साहसपूर्वक खड़ी रही; पर उनके जाते ही वह एकाएक फूट पड़ी। राजेश और ब्रजेश भी रो रहे थे, अपने पिता के जाने पर नहीं–उन्हें शायद यह पता भी न था कि उनके पिता जेल गए हैं–बल्कि अपनी माता के रोने पर। उमानाथ ने कहा, "भौजी ! यह क्या हो रहा है ? छी ! छी ! कहीं इस तरह से धीरज खोया जाता है ! बड़के भइया अगर यह जान गए तो उन्हें कितना दुःख होगा।"

राजेश्वरी ने आँखें पोंछकर सामने देखा, उनके दोनों देवर आगे खड़े थे। सबसे नजदीकी, उसके निजी। उसके कुछ ढाँढस हुआ। उसने कहा, "बाबूजी ! अकेली हूँ, क्या करूँगी ! कुछ समझ में नहीं आता।"

"क्यों अकेली हो ? हम लोग तो हैं ! कल सुबह हम लोग उन्नाव जा रहे हैं। तैयारी कीजिए। आपका घर-द्वार सभी कुछ तो है !" उमानाथ ने कहा।

"नहीं बाबूजी ! मेरा घर-द्वार कुछ नहीं है ! वह सब तो उसी दिन छूट गया जिस दिन उन्होंने इस रास्ते पर कदम रक्खा। मैं और ये दोनों बच्चे। बस हम लोग अकेले सारी दुनिया ! ददुआ ने तो हम लोगों को अलग कर दिया है !"

इस बार प्रभानाथ के बोलने की बारी थी, 'भौजीजी ! ददुआ ने आप लोगों को कब अलग किया है ! बड़के भइया से उन्होंने मेरे सामने ही साफ-साफ शब्दों में कहा था कि आप लोग, आप और राजेश-ब्रजेश जब चाहें घर में आ सकती हैं। आपको हमारे साथ चलना पड़ेगा; यहाँ अकेली कैसे रहिएगा ?"

एकाएक राजेश्वरी देवी तनकर खड़ी हो गईं, "इन्हें अलग कर दिया और हम लोग सिर आँखों पर ! प्रभा बाबू ! आप क्या समझकर यह कह रहे हैं ? आप समझते हैं कि जिस घर में ये कलंकित, अपमानित और निरादृत हैं, जहाँ त्याज्य हैं, उस घर में मैं पैर रक्खूँगी ! भूखों मर जाऊँगी, भीख माँग लूँगी, मजूरी कर लूँगी, लेकिन उन्नाव में पैर न रक्खूँगी ! इतना आप समझ लीजिए !"

उमानाथ ने ताली पीटते हुए कहा, "वेल सेड, भौजीजी ! चाहिए भी यही। ददुआ को जरा पता लग जाए कि उनकी अहम्मन्यता को एक स्त्री कुचल सकती है। लेकिन भौजीजी, आपका खर्च कैसे चलेगा, हमारे सामने यह सवाल है। और अगर आप मानें तो एक बात मैं आपसे कहूँ।"

"बाबूजी, मानने लायक बात होगी तो जरूर मानूँगी।"

उमानाथ ने अपना पर्स निकाला, "अगर हम लोग आपको आपके खर्च के लिए इस समय कुछ रुपया दें तो आप उसे स्वीकार करने से इन्कार न कीजिए। और हम आपको विश्वास दिलाते हैं कि यह रुपया हम लोग अपनी जेब-खर्च से देंगे, ददुआ से न माँगेंगे।"

और इसके पहिले कि राजेश्वरी कुछ कहे, उमानाथ ने अपना पर्स खाली कर दिया। लेकिन उसके पर्स में सिर्फ दस-दस रुपए के सोलह नोट निकले। "अरे ! मैं भूल गया था; कलकत्ता में बहुत अधिक खर्च हो गया था। प्रभा, देखो, तुम्हारे पास कितना रुपया है ?"

प्रभानाथ ने भी अपना पर्स खाली किया, और उसके पास पाँच सौ रुपए थे।

राजेश्वरी ने कहा, "बाबूजी, रहने दीजिए। अभी तो मेरे पास रुपया है। जब जरूरत होगी, माँग लूँगी।"

"अरे ! जब आपको जरूरत पड़े तब हमारे पास रुपया निकले या न निकले, कौन जानता है। रखिए भी इसे।"

दूसरे दिन सुबह मारीसन को एक होटल में टिकाकर प्रभानाथ के साथ उमानाथ ने अपने घर को प्रस्थान किया।

सातवाँ परिच्छेद

1

तमाकू फाँकते हुए पंडित परमानन्द सुकुल ने आवाज लगाई, "का हो बाजपेयी जी, कितना विलम्ब है?"

पंडित बैजनाथ बाजपेयी ने अपना हाथ रोका। सामने सिल पर भाँग के गोले को, जिसे वे एक घंटे से पीस रहे थे, देखकर उनके मुख पर संतोष की मुस्कुराहट आई। उन्होंने उत्तर दिया, "बस सुकुलजी, तैयारे है।"

परमानन्द सुकुल ने अपने सामने बैठे हुए नीलकंठ अवस्थी से कहा, "सो महाराज कबौं बिलहितियनों का प्रायश्चित भा है कि आजै होई?"

बात यद्यपि नीलकंठ अवस्थी से कही गई थी पर उत्तर मन्नू दुबे ने दिया, "न कबौं भा है और न आज होई। हम लोग आन कनौजिया और ऊमा बटकुल। ई भ्रष्टाचार हमरी यहाँ नाहीं चल सकत है, यू विश्वास राखौ !"

गणपति अग्निहोत्री से, जो अभी तक बैजनाथ बाजपेयी के सिल-लोढ़े को देख रहे थे, अब न रहा गया; खखारकर बोले, "ई आय बैसवाड़ा, कनौजियन का गढ़ ! हम लोग जो कर देब वह शास्त्र-सम्मत। हाँ, पंचन की राय अलबत्ता चाही !"

अलगू दीक्षित ने गर्व से अपना मस्तक ऊँचा करके कहा, "इ मा कौनौ सक है ! हम जो कर देई ऊ का कौनो काट नहीं सकत है। तौन महाराज इसै लिए हम कहा कि जो कुछ कीन जाए तो जरा सोच-समझ के कीन जाए !"

तब तक बैजनाथ बाजपेयी ने आवाज लगाई, "अच्छा ! एक दफा बोलौ विजया-भवानी की जै ! तौन पहिले छानि लेव तब सास्त्रार्थ कीन्हेव !"

ये प्रमुख सभ्य-गण बानापुर में पंडित रामनाथ तिवारी के अतिथि होकर आए थे। सुबह दस बजे के करीब उमानाथ मोटर से आनेवाला था; और तिवारीजी ने अपने लड़के के प्रायश्चित का विधान करवाया था। इस प्रायश्चित में योग देने के लिए आस-पास के कनौजिया जाति के सरपंच आमंत्रित किए गए थे।

जिस समय भाँग छन रही थी, झगड़ू मिश्र भी आ पहुँचे। भाँग छानकर सरपंच

फिर बैठे, अभी केवल आठ बजे थे।

पंडित परमानन्द सुकुल ने पंडित झगडू मिश्र के सामने चूना-तमाकू से भरी अपनी गदेली फैलाते हुए कहा, "लेव मिसिरजी सुरती ! हाँ, तौन तिवारीजी केर बिटवा जर्मनी माँ पढ़ि के लौट रहा है—है न ऐस बात !"

झगडू मिश्र ने एक चुटकी तमाकू लेते हुए उत्तर दिया, "हाँ-हाँ ! तमाम दुनिया छान के आवा है, तीन साल विलायत में रहा है—मजाक है !"

"तो फिर तुरुकनौ के देस माँ गा होई ?" मन्नू दुबे ने एक कुटिल मुस्कुराहट के साथ पूछा।

मन्नू दुबे की मुस्कुराहट की कुटिलता को झगडू मिश्र नहीं समझ सके, सीधे-सादे उन्होंने उत्तर दिया, "हाँ, काहे नाही। तुरुकनौ के देस माँ घूमा है। हम कहा नाहीं कि दुनिया घूम के आय रहा है !"

परमानन्द सुकुल ने बम का गोला फेंका, "तो काहे हो मिसिरजी, तुरकन के देस माँ तुरकन के हाथ का भोजनौ कीन्हिस होई ! और फिर तुरकन के देस माँ खाद्य-अखाद्य सबै चलत है।"

पंडित परमानन्द के इस प्रश्न से पंडित झगडू मिश्र भड़क उठे। अब उनकी समझ में आया कि मन्नू दुबे और परमानन्द सुकुल का मतलब क्या है। पंडित मन्नू दुबे और परमानन्द सुकुल अपनी कुलीनता, अपने अभिमान और अपने कटु स्वभाव के लिए बैसवाड़े में प्रसिद्ध थे। अगर ये दोनों कुलीन कनौजिया किसी से दबते थे तो पंडित रामनाथ तिवारी या पंडित झगडू मिश्र से। पंडित रामनाथ तिवारी से इसलिए कि वे ताल्लुकेदार थे, शिक्षित थे और चरित्रवान थे; और पंडित झगडू मिश्र से इसलिए कि वे सेर के सवा सेर थे। अब उन्हें मौका मिला था कि वे पंडित रामनाथ तिवारी पर हावी हो सकें; और झगडू ने इन दोनों के दृष्टिकोण को अच्छी तरह समझ लिया। झगडू ने एक बार दोनों को कड़ी नजर से देखा, फिर उन्होंने अपने स्वर को और भी कठोर बनाते हुए कहा, "खटकुल के लिए कौनो चीज अखाद्य नाहीं—यू समझ रख्यौ !"

बैजनाथ बाजपेयी, जो छटाक भर भाँग का गोला चढ़ाकर आँख मूँदें गड़गप्प कर बैठे थे, झगडू के इस कड़े स्वर से चौंक उठे। आँखें खोलकर उन्होंने कहा, "ठीक है मिसिरजी ! हम लोग स्पर्श-मात्र से अखाद्य का खाद्य अशुद्ध का शुद्ध बनाय सकित हैं ! कृपा बनी रहे मरघट-निवासी बम भोलानाथ की। तो भाई एक दफे फिर बोलो विजया भवानी की जै !"

लेकिन बैजनाथ तिवारी का यह वाक्य फीका रहा। यह अवसर हँसी का नहीं था, बातों ने उग्र रूप धारण करना आरम्भ कर दिया था।

नीलकंठ अवस्थी इन उपस्थित सज्जनों में सबसे अधिक विद्वान समझे जाते थे

क्योंकि काशी में उन्होंने पाँच वर्ष तक वैद्यक पढ़ी थी और वहाँ से यह कहते हुए लौटे थे कि परीक्षाफल को योग्यता की कसौटी बनाना सबसे बड़ी मूर्खता है। एक बार खखारकर और अति-गम्भीर मुद्रा बनाकर अवस्थीजी ने कहा, "शास्त्र का विधान जो है सो तोड़ना मनुष्य के लिए वर्जित है। बाजपेयी जी, हम जो कुछ कर सकते हैं वह शास्त्र के विधान से और जो है सो जो कुछ नहीं कर सकते वह भी शास्त्र के विधान से !"

गजपति अग्निहोत्री और नीलकंठ अवस्थी में एक जमीन के पीछे पुरानी अदावत चली आती थी। अभी तक तो वे मौन दर्शक की भाँति बैठे बातचीत का रस ले रहे थे, पर अब उनसे न रहा गया। उन्होंने कुछ अजीब तरह से मुँह बनाकर कहा, "अवस्थी जी, तुम्हें यह सास्तर की बात करब सोभा नहीं देत। पाँच बरस कासी माँ रहिकै भाड़ै तो झोंकत रहेव–नापास हुई के आएव !"

परमानन्द सुकुल नीलकंठ अवस्थी के बहनोई थे। साले का यह अपमान उन्हें अखर गया। कड़ककर उन्होंने कहा, "गजपति पंडित, जरा जबान सम्हाल के बात कीन्हेव नाहीं तो जीभ काढ़ लेब !"

गजपति सकपकाए, लेकिन गजपति को झगडू ने सहारा दिया क्योंकि गजपति का अपमान परमानन्द सुकुल के द्वारा हुआ था। उन्होंने तनकर कहा, "कौन-सारा ऐस है जो गजपत पर हाथ लगावे–जरा देखी तो ! और गजपत कहीं, फिर कहीं, एक माँ नाहीं, हजार माँ कही !"

मन्नू दुबे ने अपनी लाठी सम्हालते हुए कहा, "मिसिरजी, तिवारीजी की कोठी माँ बैठि के ई बातें भले करि लेव, बाहर निकिस के करौ तो हम बताई !" यह कहकर मन्नू ने परमानन्द को गर्व से देखा। परमानन्द को सहारा मिला। लाठी लेकर वे खड़े हो गए, "तो फिर मिसिरजी, हम तुम्हार और गजपत की मर्दानगी–। एक दफा ई फिर वही बात निकारै जबान से; और अगर इहाँ खून-खराबा न हुई गा तो हम बाभन नाहीं चमार !"

झगडू मिश्र के लिए यह बड़ी चुनौती थी, उन्होंने भी अपनी लाठी सम्हालते हुए गजपति से कहा, "गजपति पंडित ! फिर से कहो, और फिर जिहका हमार मर्दानगी देखै का होय, आवै हमारे सामने !"

गजपति को इसमें तो कोई आपत्ति नहीं थी कि झगडू मिश्र में तथा परमानन्द सुकुल एवं मन्नू दुबे में चले; उन्हें इनकी लड़ाई देखने की इच्छा भी थी; पर इस मामले में उन्हें शक था कि पहला वार झगडू पर होगा या उन पर होगा; सम्भावना यही थी कि पहला वार उन्हीं पर हो, और अपने ऊपर पहला हाथ पड़ने पर उन्हें आपत्ति थी। इसलिए उन्होंने झगडू का आश्वासन होते हुए भी मौन रहना उचित समझा।

कुछ देर तक गजपति का इंतजार करने के बाद झगडू ने जरा जोर से कहा, "काहे हो गजपति पंडित ! गूँगे हुई गए हौ का ? कहौ ना–देखी ई लोग का बिगाड़ लेत हैं !"

लेकिन गजपति लड़ाई-झगड़े के बीच में पड़ने को जरा भी तैयार नहीं नजर आए।

झुँझलाकर झगडू ने कहा, "कायर कहूँ का सार ! अच्छा तो सुनौ परमानन्द और मन्नू ! हम कहित हैं नीलकंठ से कि पाँच बरस तक उइ कासी में भाड़ झोंकिन ! शास्त्र की बात चलवाब उन्हें सोभा नाहीं देत है ! अब जेहिकी इच्छा होय वह बाहर निकल आवे और निपट लेय !"

लाठी उठाकर मन्नू दुबे और परमानन्द सुकुल दोनों उठ खड़े हुए। झगडू के साथ दोनों बाहर निकले। और उनके पीछे अन्य अतिथिगण दर्शक की हैसियत से उन लोगों को भड़काते हुए, या बीच-बचाव कराने की कोशिश करते हुए चले।

लेकिन उस दिन वाली फौजदारी शायद भगवान को मंजूर न थी क्योंकि जैसे ही इन सज्जनों ने दालान पार की वैसे ही पंडित रामनाथ तिवारी अपनी कोठी के बाहर निकले। इन लोगों को शोर मचाते हुए और लाठी लिये हुए निकलते देखकर रामनाथ तिवारी को शक हुआ। आगे बढ़कर उन्होंने पूछा, "क्यों क्या मामला है?"

झगडू ने रामनाथ से कहा, "बैठो हो तिवारीजी, हम लोग अबहीं आवह हन ! जरा हम लोगन माँ कुछ विवाद उठ खड़ा रहै सो उइका निर्णय करें का है।"

रामनाथ तिवारी ने गम्भीरतापूर्वक कहा, "इस विवाद पर आप लोग फिर कभी निर्णय कर लीजिएगा, अभी इसका अवसर नहीं है।"

परमानन्द ने कहा, "तिवारीजी, आप न बोलैं ! जरा हम देख लेई कि इ कहाँ के धन्नासाह हैं !"

"अच्छा–बहुत हो चुका। चलिए, बैठिए चलकर !" कुछ आज्ञा के स्वर में पंडित रामनाथ तिवारी ने कहा।

पंडित रामनाथ तिवारी के इस स्वर से सब लोग भलीभाँति परिचित थे, चुपचाप सब लोग घूम पड़े। दालान में पहुँचकर फिर सब पंच लोग बैठ गए; रामनाथ भी उस समुदाय में शामिल हो गए थे। इसी समय मोटर का हार्न सुनाई पड़ा। रामनाथ तिवारी उत्सुकता के साथ बाहर निकले, झगडू मिश्र भी उनके साथ थे।

2

कार रोकते हुए प्रभानाथ ने उमानाथ से कहा, "मझले भइया, आपको याद है न कि

हिन्दुस्तान में, और खास तौर से बानापुर में पिता के चरण छूने की प्रथा है।"

"हाँ प्रभा ! तुम निश्चिंत रहो। मैं जानता हूँ कि यह जंगली प्रथा हम लोगों में प्रचलित है !" उमानाथ ने मुस्कुराते हुए उत्तर दिया।

"जी हाँ, लेकिन कहीं यह न भूल जाइएगा कि ददुआ इस जंगली प्रथा के बहुत बड़े हिमायती हैं !" यह कहकर प्रभानाथ कार से उतर पड़ा। उसने बढ़कर पिता के चरण छुए।

उमानाथ को भी अपने पिता के चरण छूने पड़े। फिर झगडू की ओर देखकर उसने कहा, "हलो झगडू काका ! प्रणाम ! आप अच्छी तरह तो हैं !"

इस 'हलो' तथा कुशल-क्षेम के प्रश्न को सुनकर झगडू गद्गद हो गए। "आशीर्वाद मझले कुँवर। बहुत दिनन बाद आए हो ! तौन दुनिया घूम के अब ई दिहात माँ आय रहे हो..." और यह न समझ पाकर कि अब आगे क्या कहा जाए, झगडू चुप हो गए।

रामनाथ ने कहा, "उमा ! घर के अंदर प्रवेश करने के पहले तुम्हें मेरे साथ चलना पड़ेगा !" यह कहकर वे घूम पड़े।

झगडू के साथ उमानाथ ने रामनाथ का अनुसरण किया; प्रभानाथ कार से असबाब उतरवाने में लग गया।

जिस समय ये लोग प्रायश्चित में सम्मिलित होने के लिए आमन्त्रित सभ्यगणों के सामने पहुँचे, सभ्यगण विवाद में व्यस्त थे। विवाद का विषय यह था कि क्या उमानाथ के प्रायश्चित करने से रामनाथ तिवारी का कुल अपनी मर्यादा कायम रख सकेगा या नहीं। पर इन लोगों के पहुँचते ही विवाद बंद हो गया। रामनाथ तिवारी ने बैठते हुए कहा, "तो मिश्रजी, फिर प्रायश्चित के लिए सब तैयारी पूरी है न !"

झगडू ने एक बार सभ्यगणों पर निगाह डाली, फिर वे बोले, "हाँ तिवारीजी, सबकुछ तैयार है !"

मन्नू दुबे ने, जो प्रायश्चित-विरोधी दल के नेता थे, साहस किया, "तिवारीजी, हम कनौजियन माँ बिलइतिहन का न कबौं प्रायश्चित भा है, और न आज होई ! हम सब पंचन की राय कुछ ऐसी है।"

रामनाथ तिवारी ने अपने सम्मुख बैठे हुए लोगों को एक बार आश्चर्यपूर्वक ध्यान से देखकर कहा, "दुबेजी, आपके साथ जो-जो पंच शामिल हों वे स्वयं यह बात कहें मौन का अर्थ स्वीकृति समझा जाएगा !"

अब परमानन्द सुकुल ने कहा, "हम लोग सबहीं अपन कुल और समाज की मर्यादा भला इहाँ छोड़ सकत हैं ?"

"हाँ ठीकै तो है !" पंडित नीलकंठ अवस्थी ने परमानन्द का साथ दिया, "भला

हम लोग कबौं शास्त्र के बाहर जाए सकित हैं? कुल और समाज की मर्यादा सबके ऊपर है !"

झगडू मिश्र से अब न रहा गया, उन्होंने नीलकंठ की आँख से आँख मिलाकर कहा, "काहे हो अवस्थीजी जब तुम्हारी राँड़ भौजाई घर से निकसि गई, तब कुल की मर्यादा कहाँ गई रहै ?"

"कहा कहेव मिसिरजी !" परमानन्द ने लाठी उठाते हुए कहा, "जरा एक दफा फिर तो ई बात बोलो !"

झगडू के हाथ में भी लाठी तन गई थी, वे बोलना ही चाहते थे, कि रामनाथ तिवारी ने उनका हाथ पकड़कर उन्हें रोका, "इस बात से यहाँ कोई मतलब नहीं। सवाल यह है कि प्रायश्चित में कौन-कौन शरीक हैं ?"

"हम तैयार !" बैजनाथ बाजपेयी ने कहा।

"हम तैयार !" अलगू दीक्षित ने कहा।

"हम तैयार !" गजपति अग्निहोत्री ने कहा।

"लेकिन मैं नहीं तैयार !" उमानाथ जो मौन खड़ा यह कांड देख रहा था, बोल उठा, "यह सब स्वाँग आप ही को मुबारक रहे ददुआ। ये कुत्तों से भी गए-बीते आदमी हमारे घर में आकर हमारा ही अपमान करें और आप सबकुछ चुपचाप देखते रहें, चुपचाप सुनते रहें। मुझे आप पर आश्चर्य हो रहा है !"

झगडू मिश्र ने गर्व से उमानाथ की ओर देखा, "शाबाश–मझले कुँवर–ठीक कहेव ! चलौ तिवारीजी, प्रायश्चित की कौनो आवश्यकता नहीं, आगे चल के दीख जाई !"

लेकिन कुत्ते से अपनी तुलना परमानन्द सुकुल और मन्नू दुबे को बहुत अखरी ! मन्नू दुबे ने उठते हुए कहा, "लड़कऊ-यू याद राखेव ! घर माँ अतिथि बुलाय के उनका अपमान करब सबसे बड़ा पाप आय ! तुम्हार कुल का कुल नष्ट हुइ जाई–आज ब्राह्मण के मुख से यू वाक्य निकसा है, और ई का फल मिली।"

3

महालक्ष्मी ने प्रभानाथ के उतरे हुए चेहरे को देखकर पूछा, "क्यों, क्या बात है बाबूजी ! कुशल तो है ? वह कहाँ हैं ?"

अपनी गम्भीरता और उदासी को छिपाने का विफल प्रयत्न करते हुए प्रभानाथ ने कहा, "यों ही, रास्ते की थकावट है भौजीजी ! मझले भइया को ददुआ प्रायश्चित कराने ले गए हैं, अभी आते ही होंगे।"

प्रभानाथ के इस उत्तर से महालक्ष्मी को संतोष नहीं हुआ। वह अपने देवर के स्वभाव को अच्छी तरह जानती थी। एक भावी आशंका उसके हृदय में समा गई, उसका मन बैठ-सा गया। प्रभानाथ अपनी भौजीजी के पास ठहरा नहीं, सीधे अपने कमरे में चला गया।

थोड़ी देर तक महालक्ष्मी उदास खड़ी दरवाजे की ओर देखती रहीं, इसके बाद उसे पैरों की आहट सुनाई दी। उसने देखा कि उसके ससुर के साथ उसके पति आ रहे हैं; उसने घूँघट काढ़ लिया और वह कमरे के अंदर चली गई।

उमानाथ को कमरे के द्वार पर छोड़ते हुए रामनाथ ने कहा, "अच्छा, तुम थके होगे, जाओ आराम करो जाकर।" और रामनाथ तिवारी चले गए।

उमानाथ ने अपने कमरे में प्रवेश किया। एक बार उसने अपने चारों तरफ देखा; धुँधला अतीत उसकी दृष्टि के सामने स्पष्ट होने लगा। महालक्ष्मी एक कोने में मौन खड़ी प्रतीक्षा कर रही थी कि उसके स्वामी आगे बढ़कर आवें–उसको अपने भुजा-पाश में आबद्ध कर लें। वह करीब बीस सेकेण्ड इसी तरह खड़ी रही, पर उमानाथ आगे नहीं बढ़ा। ये बीस सेकेण्ड लक्ष्मी को बीस मिनट, बीस घंटे, बीस वर्ष–नहीं बीस युग से भी अधिक लगे।

अब उससे अधिक प्रतीक्षा न की गई; विकल, अस्त-व्यस्त वह बढ़ी और अपने स्वामी, अपने देवता के चरणों पर रोती हुई गिर पड़ी।

लेकिन उसका यह सुख भी अधिक देर तक न रह सका; उमानाथ ने हँसते हुए कहा, "यह क्या मजाक हो रहा है ? उठो भी, आखिर यह सब जंगलीपन क्या तुम लोग छोड़ नहीं सकतीं ?" और यह कहकर उमानाथ दो कदम पीछे हट गया।

महालक्ष्मी के हृदय में धक्का-सा लगा। दो वर्ष तक वह जिसकी माला जपती रही, जिस देवता की प्रतिमा को अपने हृदय-मंदिर में स्थापित करके आँसुओं से नहलाती रही, जिसे श्वासों का संगीत सुनाती रही, वही देवता उसकी पूजा का, उसकी भावना का निरादर कर रहा था, तिरस्कार कर रहा था। मर्माहत नत-मस्तक उपेक्षिता-सी वह उठ खड़ी हुई। उसने एक बार उमानाथ को ध्यान से देखा, उसने पहचानने की कोशिश की कि उसके सामने उसके स्वामी ही हैं या और कोई है! और उसने देखा कि उसको धोखा नहीं हुआ। वही उमानाथ–सुन्दर, स्वस्थ, लापरवाही की मस्ती से भरा हुआ–उसके सामने खड़ा था, वह उमानाथ जिस पर उसे गर्व था, जिसको पति-रूप में पाकर उसने अपना जीवन धन्य समझा था।

और एकाएक महालक्ष्मी की दृष्टि उमानाथ के शरीर को चीरती हुई उसकी आत्मा तक पहुँच गई। उसने उमानाथ की आत्मा में एक अजीब तरह का धुँधलापन देखा; उसने देखा कि उसके स्वामी के हृदय का स्पन्दन मन्द तथा शिथिल पड़ गया है–वह

सिहर उठी।

उमानाथ एक कुरसी पर बैठ गया और कुतूहल के साथ महालक्ष्मी को देखने लगा। वह महालक्ष्मी की उस करुणा से भरी हुई तेज दृष्टि को न समझ सका, उसने मुस्कुराते हुए कहा, "कहो ! तुम अच्छी तरह तो रहीं ?"

"जी हाँ, आपके आशीर्वाद से !" महालक्ष्मी ने धीरे से कहा।

"लेकिन तुमने मुझसे कुछ नहीं पूछा। खैर, मैं स्वयं बतलाए देता हूँ कि मैं अच्छी तरह रहा। देवी, मैंने दुनिया देखी है; बड़ी मजेदार जगह है। मुझे अफसोस है कि तुम मेरे साथ नहीं चलीं !... "

उमानाथ और कुछ कहता, लेकिन महालक्ष्मी को अपनी तरफ एक विचित्र प्रकार से देखते देखकर वह रुक गया। और उमानाथ महालक्ष्मी की उस दृष्टि को तो नहीं समझ सका, उस दृष्टि में तीव्र करुणा से भरी हुई ममता को तो वह नहीं पहचान सका, लेकिन इतना उसने अवश्य अनुभव किया कि उस दृष्टि में कुछ अनोखापन है, ऐसी कोई चीज है जिससे वह परिचित नहीं है, जो उसके लिए नई है, एक पहेली के रूप में है।

उमानाथ ने बात बदली, "अच्छा, जानती हो कि मैं थका हुआ हूँ। नहाने का इंतजाम करवा दो, कपड़े बदल डालूँ !"

4

शाम को चार बजे श्यामनाथ की कार रामनाथ की कोठी के सामने रुकी। रामनाथ तिवारी उस समय सो रहे थे। प्रभानाथ ने उनका स्वागत किया ! "अरे प्रभा ! तो तुम आ गए ?–उमा भी साथ आया है न !" श्यामनाथ ने पूछा।

"जी हाँ !" प्रभानाथ ने उत्तर दिया।

"लेकिन तुम फतेहपुर क्यों नहीं ठहरे ?" श्यामनाथ ने जरा कड़े स्वर में पूछा।

"मुझे यहाँ आने की जल्दी थी और ददुआ ने सीधे यहाँ आने को कहा था।"

"ददुआ ने कहा था ! तो ददुआ सबकुछ हैं और मैं कुछ भी नहीं; जो कुछ वह कहें वही हो ! मैं कभी यह बरदाश्त नहीं कर सकता !" श्यामनाथ ने मेज पर हाथ पटकते हुए कहा।

श्यामनाथ ने इतनी जोर से हाथ पटका था कि उसकी आवाज से पंडित रामनाथ तिवारी की, जो बगलवाले कमरे में ही लेटे थे, नींद टूट गई। उन्होंने वहीं से आवाज दी, "अबे ओ लखना के बच्चे ! देख तो यह शोर कौन कर रहा है ?"

"सरकार, छुटके राजा आए हैं !" लखना ने उत्तर दिया।

"श्यामू आया है ? कब ?" पलंग पर उठकर बैठते हुए रामनाथ ने कहा, "उसे यहाँ भेज दो !"

श्यामनाथ ने जाकर अपने बड़े भाई के चरण छुए।

"आशीर्वाद !" रामनाथ ने कहा, "कहो, इतनी धूप में कैसे आए ? कोई खास बात है ?"

"जी हाँ !" दबी जुबान श्यामनाथ ने कहा।

थोड़ी देर तक रामनाथ श्यामनाथ के बात की प्रतीक्षा करते रहे; पर श्यामनाथ को साहस न हो रहा था कि वे अपनी बात कहें। कुछ झुँझलाकर रामनाथ ने कहा, "कहो न ! क्या कहना है ?"

"कल दया गिरफ्तार हो गया।"

"दया गिरफ्तार हो गया ?" रामनाथ चौंक उठे, पर उन्होंने वैसे ही अपने को सम्हाल लिया। कुछ देर वे सोचते रहे, इसके बाद उन्होंने कहा, "तो फिर मैं क्या करूँ ? जो जैसा करेगा वैसा भोगेगा भी ! जानते हो श्यामू, कलक्टर ने मुझे पहले ही आगाह किया था, और उनके पत्र को पाकर मैंने दया से कांग्रेस छोड़ देने को भी कहा था। लेकिन उसने घर से अलग होना–हम लोगों से छूट जाना पसन्द किया, लेकिन कांग्रेस छोड़ना उसे मंजूर न था।"

"वह तो जो कुछ होना था हो गया। अब सवाल हमारे सामने यह है कि उसकी पैरवी करके किस प्रकार उसे जेल जाने से बचाया जाए !" श्यामनाथ ने कहा।

"उसकी पैरवी करने की, उसे बचाने की सोचने की कोई आवश्यकता नहीं ?" रूखे स्वर में रामनाथ ने कहा, "मैंने उसे घर से अलग कर दिया है ? मेरे लिए वह मर चुका है–उसका कोई अस्तित्व नहीं !"

"उसका कोई अस्तित्व न सही, लेकिन उसके बीवी-बच्चे तो हैं। वे लोग हमारे ही कुल के हैं। दुनिया क्या कहेगी ?"

"दुनिया की मुझे कोई परवाह नहीं; दुनिया को खुश करने के लिए अपने विश्वास को तोड़ा जाए, अपने सिद्धान्त से गिरा जाए, कमजोरी दिखाई जाए ! श्यामू, मैं इस पर विश्वास नहीं करता, मुझे ताज्जुब तो यह है कि मुझे अच्छी तरह जानते हुए तुमने मुझसे यह बात कही।"

श्यामनाथ निरुत्तर रह गए। घर से वे न जाने क्या-क्या सोचकर चले थे, लेकिन रामनाथ के सामने पहुँचते ही उनके सारे मंसूबे, सब विचार प्रखर सूर्य के सामने बरफ की तरह गलकर बह गए। कुछ देर तक वे मौन और उदास बैठे रहे फिर उन्होंने एक ठंडी साँस लेकर कहा, "जैसी आपकी इच्छा ! लेकिन बड़ी बहू और राजेश-ब्रजेश का तो प्रबन्ध करना ही पड़ेगा।"

"हाँ !" कुछ सोचकर रामनाथ ने कहा, "उनका प्रबन्ध करना ही पड़ेगा। कल ही मैं उमा या प्रभा को कानपुर भेजूँगा उन्हें यहाँ ले आने के लिए।"

"कल क्यों, आज क्यों नहीं ? आप जानते ही हैं कि वे लोग वहाँ अकेले हैं।"

"ठीक कहते हो !" रामनाथ ने आवाज दी, "अबे ओ लखना–छुटके भइया को यहाँ भेज दे !"

प्रभानाथ अभी तक बगल के कमरे में ही बैठा था। लखना के कहने की बिना प्रतीक्षा किए हुए ही वह रामनाथ के कमरे में दाखिल हुआ।

"तुम्हें मालूम है कि दया गिरफ्तार हो गया !" रामनाथ ने पूछा।

"जी हाँ !" प्रभानाथ ने उत्तर दिया।

"तो फिर तुम्हें अभी कानपुर जाकर अपनी भावज तथा राजेश-ब्रजेश को साथ लाना पड़ेगा ! समझे।"

"मेरा वहाँ जाना बेकार है क्योंकि भौजीजी यहाँ आने को बिल्कुल तैयार नहीं हैं। मैंने आज सुबह ही उनसे चलने के लिए कहा था।"

"क्या तुम दया के यहाँ गए थे ?"

"जी हाँ ! मझले भइया से वे मिलना चाहते थे। कल उनकी गिरफ्तारी के समय हम लोग वहीं मौजूद थे।" प्रभानाथ ने साहस करके कहा, "और जब हम लोगों ने भौजीजी से यहाँ आने को कहा तो उन्होंने यह कहकर कि वे भीख माँगकर, गुलामी करके वहीं रहेंगी, लेकिन यहाँ पैर न रखेंगी, इनकार कर दिया।"

"बात यहाँ तक पहुँच गई है !" रामनाथ ने श्यामनाथ की ओर देखा।

"यह तो आप ही समझिए। जहाँ तक मेरी समझ है, मैं तो यही कहूँगा कि बड़ी बहू ने जो कुछ कहा वह उचित ही है। स्त्री की महत्ता इसी में है कि वह अपने पति के अस्तित्व में अपना अस्तित्व मिला दे, सुख-दुख में वह पति का साथ दे।"

"लेकिन वह मेरे घर की बहू है–मेरे घर की !" दाँत पीसते हुए रामनाथ ने कहा, "मेरे घर की बहू इस तंगी की हालत में रहकर मेरे कुल को कलंकित नहीं कर सकती–कभी नहीं कर सकती !"

"तो फिर आप ही को कानपुर जाना पड़ेगा ददुआ !" प्रभानाथ ने कहा।

"हाँ, मैं कानपुर जाऊँगा–अभी चल रहा हूँ। प्रभा, मोटर तैयार करवाओ। और तुम्हें भी मेरे साथ चलना पड़ेगा।"

"चलना तो मैं भी चाहता हूँ !" दबी जबान से श्यामनाथ ने कहा, "और अगर आप अनुचित न समझें तो एक बार दया से जेल में मिलकर कोशिश करूँ !"

"किस बात की कोशिश ?" रामनाथ ने पूछा।

"कि वह कांग्रेस से अलग हो जाए !"

"लेकिन इससे फायदा ?"

"इससे फायदा यह होगा कि उसके इस आश्वासन से मैं दया को जेल जाने से बचा सकता हूँ !" श्यामनाथ ने उत्तर दिया।

"तो इसके माने ये हुए कि वह सरकार से माफी माँगें !" रामनाथ ने श्यामनाथ को देखा, "नहीं श्यामू !" एक रूखी मुस्कुराहट रामनाथ के चेहरे पर आ गई, "माफी माँगे–इतना ऊपर चढ़कर अब वह अपने को एकदम गिरावे ! दया इसके लिए कभी तैयार नहीं होगा ! और अगर वह एक बार माफी माँगना स्वीकार कर भी ले तो मैं उसे कायर समझूँगा। नहीं–श्यामू, यह बेकार की बात है। हाँ, अगर तुम कानपुर चलना चाहते हो, तो चलो। लेकिन तुम उमा से नहीं मिले हो–तुम यहीं रुको।

5

जिस समय रामनाथ तिवारी की कार दयानाथ के बँगले में पहुँची, सूर्यास्त हो रहा था। राजेश और ब्रजेश बरामदे में बैठे हुए मार्कण्डेय के साथ खेल रहे थे। रामनाथ को देखते ही दोनों लड़के, "ददुआ आए ! ददुआ आए !" कहते हुए अपने बाबा के पास दौड़े; मार्कण्डेय ने उठकर रामनाथ को प्रणाम किया।

आशीर्वाद देकर रामनाथ बरामदे में ही बैठ गए। प्रभानाथ से उन्होंने कहा, "अपनी भावज से जाकर कहो कि मैं उसे बानापुर ले चलने आया हूँ। वह चलने की तैयारी कर ले–अभी एक घंटे में उसे चलना है।"

प्रभानाथ अंदर चला गया।

मार्कण्डेय के कपड़ों पर नजर डालते हुए रामनाथ ने कहा, "तो तुम भी खद्दर-पोश हो गए हो !"

"जी हाँ !" मार्कण्डेय ने गम्भीरतापूर्वक उत्तर दिया।

"और दया के क्या हाल हैं ?"

"उन्हें आज छै महीने की सजा हो गई।"

"इतनी जल्दी ! कल रात को तो गिरफ्तारी और आज सुबह सजा !"

"जी हाँ ! इसमें ताज्जुब की बात ही क्या है ?" मार्कण्डेय ने कहा, "गवर्नमेंट जानती है कि हम लोग जेल जाने के लिए ही गिरफ्तार होते हैं, और हम जानते हैं कि हमें जेल जाना ही है। इन मुकदमों को आपने देखा नहीं–बड़े दिलचस्प होते हैं। न कोई नियम, न कोई विधान ! सीधा-सादा कार्यक्रम ! उन्हें सजा देनी है और हमें पैरवी नहीं करनी है। पाँच मिनट में पूरी कार्यवाई खत्म हो जाती है।"

रामनाथ ने एक तीव्र नजर मार्कण्डेय पर डाली, पर मार्कण्डेय पर उसका कोई

असर नहीं पड़ा। अपनी गम्भीरता वह अधिक देर तक न बनाए रख सका, खिलखिलाकर वह हँस पड़ा, ''ददुआ, आप आश्चर्य न करें ! हम लोग इसी तरह लड़ते हैं। यह एक अनोखे किस्म की लड़ाई है जिसे दुनिया नहीं समझ पाती, ब्रिटिश गवर्नमेंट नहीं समझ पाती, हम स्वयं नहीं समझ पाते। पर इतना मैं जानता हूँ कि सारी दुनिया इस लड़ाई पर हैरान है। दुनिया के लोग लड़ते है मारने के लिए, हत्या करने के लिए, और हम लड़ते हैं मरने के लिए, तकलीफ उठाने के लिए ! हमारे पास ऐसा अस्त्र है जिसे साम्राज्यवाद की बड़ी से बड़ी हिंसा भी नहीं काट सकती।''

मार्कण्डेय की बातों में रामनाथ तिवारी को दिलचस्पी आने लगी थी, उन्होंने पूछा, ''और वह अस्त्र क्या है ?''

''अहिंसा !'' मार्कण्डेय ने कहा, और कुछ रुककर उसने फिर आरम्भ किया, ''और ददुआ, अहिंसा माने है मानवता। बली वह है जो बड़ा से बड़ा कष्ट उठा सके, बिना उफ् किए, हँसते हुए; जिसके पास आत्मा का बल है। और आप शायद पूछें कि यह आत्मा का बल क्या है ? आत्मा का बल है–प्रेम, दया, त्याग ! दूसरों को उत्पीड़ित तो सभी करते हैं, लेकिन आदमी वह है जो दूसरों को सुख दे सके और दूसरों को दुखी बनाने के बजाए दूसरों के दुख को बँटा सके।''

अब रामनाथ के अपना दृष्टिकोण पेश करने की बारी थी, उन्होंने कहा, ''मार्कण्डेय, तुमने जो कुछ कहा उसमें एक बहुत बड़ी गलती कर गए। तुम्हें यह मानना पड़ेगा कि जीवन में सुख प्रधान है, प्रत्येक मनुष्य अपने लिए, अपने सुख के लिए जीवित रहता है। जिस समय हम खुद-ब-खुद दुख को अपनाते हैं, हम प्राकृतिक नियम की अवहेलना करते हैं। और प्राकृतिक नियम की अवहेलना वर्जित है। जीवन का नियम क्या है ? समर्थ की असमर्थ पर विजय। अनादि काल से समर्थ असमर्थ पर शासन करता आया है और अनन्त काल तक करता रहेगा। इसको तुम रोक कब सकते हो ? भगवान ने दुनिया में दो चीजें सम नहीं बनाईं; सभी जगह विषमता है ! सभी जगह अच्छे-बुरे, ऊँचे-नीचे, सबल-निर्बल का भेद है ! और यही भेद प्राकृतिक है। याद रखना, निर्बल सबल का आहार रहा है। तुम अहिंसा की दुहाई देते हो, लेकिन यह अहिंसा है क्या ? यह अहिंसा निर्बल को अपने को धोखा देने की प्रवृत्ति है ! तुम हिंसा इसलिए नहीं करते कि तुम हिंसा करने के काबिल नहीं, तुम स्वयं हिंसा के शिकार हो और कमजोर हो। पर तुम सबल को अहिंसा पर विश्वास नहीं दिला सकते ! यह अहिंसा आत्म-छलना से भरा सिद्धान्त है जो तुम्हें जरा भी ऊँचे नहीं उठा सकता, जो तुम्हारी नपुंसकता का द्योतक है !''

मार्कण्डेय मुस्कुराया, ''ददुआ, आपने जो कुछ कहा वह बहुत पुराना सिद्धान्त है। पर हम लोग बहुत आगे बढ़ चुके हैं। हम लोगों का कहना है कि हिंसा पशुता की

प्रवृत्ति है, मानवता की नहीं; और मनुष्य पशुता को छोड़कर मानवता का पूर्ण विकास कर रहा है। मैं मानता हूँ कि हममें अभी पशुता बाकी है, लेकिन क्या हम उस पशुता को अपनाए ही रहें या उसे छोड़कर मानव बनें ? पशु असमर्थ है और इसलिए वह हिंसा की शरण लेता है, पर मनुष्य समर्थ है। उसके पास बुद्धि नाम का अमोघ अस्त्र है, और इस बुद्धि के बल पर मनुष्य सारे प्रकृति का स्वामी है। मनुष्य खेती करता है, उपजाता है। जहाँ पानी नहीं है वहाँ कुआँ खोदकर पानी निकालता है, जहाँ नदिया नहीं हैं वहाँ वह नहर काटकर सिंचाई करता है। उसने प्रकृति पर विजय पा ली है, और धीरे-धीरे वह प्रकृति के अनन्त रहस्यों को सुलझाता चला जा रहा है। पर उसके विकास में एक बात बाकी है, वह अपनी पाशविक हिंसा को अभी तक नहीं छोड़ सका है। अपने हित को वह अपना सत्य तो मानता है, लेकिन दूसरों के हित की, जो मानवता का सत्य है, वह अभी तक उपेक्षा करता रहा है। हममें दया, प्रेम, त्याग ये सब प्रवृत्तियाँ मौजूद हैं, इन प्रवृतियों को विकसित करके अपने सत्य को और मानवता के सत्य को एक रूप कर देना–यही अहिंसा है !''

रामनाथ तिवारी हँस पड़े; उनकी उस कटु हँसी में उपेक्षा थी, व्यंग्य था। उन्होंने कहा, ''अपने हित को मानवता का हित बना देना, अपने सत्य को और मानवता के सत्य को एक-रूप कर देना ! बातें बड़ी सुन्दर हैं और मजेदार हैं। लेकिन सबसे बड़ा सवाल यह है कि क्या तुम यह सब करते हो ? एक बात याद रखना, तुम बने हो अपनी प्रवृत्तियों से, तुम शासित हो अपनी भावनाओं से ! तुम्हारी ये प्रवृत्तियाँ और ये भावनाएँ तुम्हें कर्म करने को प्रेरित करती हैं, अन्यथा कर्म असम्भव है। प्रत्येक कर्म के पीछे एक प्रेरणा है, और वह प्रेरणा तुम्हारी भावना की है। मार्कण्डेय, भावना ही मनुष्य का जीवन है, भावना ही प्राकृतिक है, भावना ही सत्य है और नित्य है ! भावनाओं के मामले में मनुष्य विवश है। और यही विवशता तथा इस विवशता के कारण प्राणि-मात्र में विषमता संसृति है। तुम सब एक-सा बनने की कोशिश करो, एक ही ढंग से सोचना चाहो; लेकिन यह कभी भी संभव नहीं। मैं कहता हूँ कि तुम लाख प्रयत्न करने पर भी ऐसा नहीं कर सकते...''

रामनाथ तिवारी ने अपनी बात समाप्त भी नहीं की कि प्रभानाथ आ पहुँचा। रामनाथ ने अपनी बात वहीं रोक दी, प्रभानाथ से उन्होंने पूछा, ''कहो !''

धीमे स्वर में प्रभानाथ ने कहा, ''भौजीजी वहाँ जाने को राजी नहीं हैं।''

''तुमने उनसे यह बतलाया कि मैं स्वयं आया हूँ, और यह मेरी आज्ञा है !''

''जी हाँ। और उनका कहना है कि उनको आज्ञा देनेवाला केवल एक व्यक्ति है–बड़के भइया !''

पंडित रामनाथ तिवारी ने अपना होंठ चबाते हुए मार्कण्डेय की ओर देखा, वह

गम्भीर बैठा था। "ठीक है ! उसके पतिव्रत धर्म पर मैं बहुत प्रसन्न हूँ। चलो, जरा मैं भी उस देवी की बातें सुनकर अपना जीवन सार्थक और सुफल कर लूँ !"

रामनाथ तिवारी प्रभानाथ के साथ अंदर के आँगन में पहुँचे। उन्होंने जोर से कहा, "प्रभा ! बहू से कहो कि उसे अभी-अभी कानपुर से चलना है। यहाँ अकेली कैसे रहेगी—यहाँ कौन है ? वह किस पर अवलम्बित रहेगी ?"

और राजेश्वरी ने इतनी जोर से कहा कि रामनाथ तिवारी सुन लें, "बाबूजी ! ददुआ से कह दीजिए कि बानापुर में भी तो मेरा कोई नहीं है !"

"और हम लोग क्या मर गए ?" रामनाथ चिल्ला उठे।

"नहीं ! लेकिन आप लोगों ने उन्हें घर से तो अलग कर दिया है, उनको बानापुर जाने तक का अधिकार नहीं है। मैं उन्हीं की तो पत्नी हूँ ! मैं आप सब लोगों की जो कुछ होती हूँ, उन्हीं के कारण तो होती हूँ। जब वे आप द्वारा त्याज्य हैं तब भला मैं कैसे आपकी हो सकती हूँ या आपके साथ चल सकती हूँ। जिस घर में मेरे स्वामी का अपमान और निरादर हो वहाँ मैं आदर पाऊँ, वहाँ मैं सुख से रहूँ, यह मेरे लिए लज्जा की बात होगी !" राजेश्वरी ने दृढ़ता के साथ कहा।

राजेश्वरी का एक-एक शब्द रामनाथ के हृदय में शूल की भाँति चुभ रहा था। राजेश्वरी के कथन के सार की वे उपेक्षा नहीं कर सकते थे। फिर भी एक बार उन्होंने प्रयत्न किया, "अच्छी बात है। लेकिन राजेश और ब्रजेश मेरे साथ जाएँगे—समझीं !"

पर उनका यह वार भी खाली गया, "अगर आप चाहते हैं तो इन्हें ले जा सकते हैं। मैं जानती हूँ कि इन पर आपका पूरा अधिकार है। पर माता की ममता को इन बच्चों से छीनकर आप इनका उपकार करने के स्थान पर अपकार ही करेंगे !" शान्त भाव से राजेश्वरी ने कहा।

रामनाथ तिवारी अपनी इस पराजय से तिलमिला उठे। उन्होंने कहा, "मैंने समझा था कि सद्गृहिणी और उच्चकुल की लड़की अपने पति को सुबुद्धि देने में सहायक होती है, अपना, अपने पति का, अपने बच्चों का हिताहित पहिचानती है !"

और मानो राजेश्वरी के पास उत्तर तैयार था, "मैं तो यह जानती हूँ कि स्त्री मूक तथा निरीह होती है। उसके पास निजी इच्छा नाम की कोई वस्तु नहीं !" और इतना कहकर वह चुप हो गई।

6

घर से निकलकर रामनाथ तिवारी सीधे अपनी कार में बैठ गए, उन्होंने मार्कण्डेय की ओर देखा तक नहीं। प्रभानाथ से उन्होंने कहा, "एकदम चलो ! ये लोग भुगतने पर

तुले हैं, तो फिर भुगतें ! विनाशकाले विपरीत बुद्धि !"

रामनाथ का हृदय कह रहा था कि वे पराजित हुए और बुरी तरह पराजित हुए। पर उनकी अहम्मन्यता उस पराजय को स्वीकार करने के लिए जरा भी तैयार न थी। उनकी इस अहम्मन्यता के क्रोध ने उनके हृदय की करुणा को दबा अवश्य दिया था, लेकिन उस करुणा को मिटा न सका था। रामनाथ का हृदय भारी था; उनके अन्दर एक अशान्ति की ज्वाला जल रही थी। उन्होंने दयानाथ को घर से निकाल दिया था, उन्होंने दयानाथ का अपमान किया था केवल अपनी अहम्मन्यता को तुष्ट करने के लिए–बिना भविष्य पर सोचे-समझे !

और आज उन्होंने अपने उस कार्य का परिणाम देखा जिसे क्षणिक आवेश में आकर उन्होंने कर दिया था। उन्हें अपने ही ऊपर क्रोध आ रहा था, लेकिन उनकी अहम्मन्यता उनके उस क्रोध को अपने ऊपर से हटाकर दूसरों को उसका लक्ष्य बना रही थी। उन्होंने मन ही मन कहा, "उस औरत की इतनी हिम्मत कि वह मुझसे जबान लड़ावे, मुझसे ! अपने पति के पिता से !"

कार चली जा रही थी। रामनाथ ने प्रभानाथ से कहा, "प्रभा ! तुमने सबकुछ देखा है, सबकुछ सुना है ! दया एक बार मेरा अपमान करके मुझसे क्षमा पा सकता है–वह मेरा लड़का है ! लेकिन यह औरत ! यह मेरा अपमान करके कभी भी क्षमा नहीं पा सकती–यह याद रखना !"

"लेकिन भौजीजी ने तो आपका कोई अपमान नहीं किया ददुआ !" प्रभानाथ ने कहा, "उन्होंने जो कुछ किया वह अपना कर्तव्य समझकर किया।" फिर उसने कुछ रुककर कहा, "और ददुआ, एक बात मैं भी कह दूँ। अगर वे आपके साथ चली आतीं तो वे मेरी नजर में गिर जातीं !"

"चुप रहो !" रामनाथ चिल्ला उठे ! "तुम भी ! तुम सब मेरी उपेक्षा करने पर, मेरा विरोध करने पर तुल गए हो !"

कुछ रुककर उन्होंने फिर कहा, "मालूम होता है कि सबकुछ एकदम बदल गया !"

बानापुर पहुँचने पर उन्हें मालूम हुआ कि श्यामनाथ और उमानाथ शाम के समय शिकार पर चले गए थे और अभी तक वापस नहीं आए।

तिवारीजी बैठकर सोचने लगे। उन्हें ऐसा मालूम हो रहा था कि वे एक नई दुनिया में आ पड़े हैं, ऐसी दुनिया में जिसकी उन्होंने कल्पना तक न की थी। 'पुराना युग बदल रहा है, तेजी के साथ !' उन्होंने सुना था; उन्होंने कभी इस बात की कल्पना की थी उस पुराने युग के बदलने के बाद आनेवाला नया युग कैसा होगा ! उनके सामने उनकी रियासत थी, उनकी बेजुबान, पशु से भी बीती रियाआ थी और उनकी अहम्मन्यता से

मुक्त उनका विशाल वैभव था। उनका मस्तक गर्व से ऊँचा था, स्वामित्व की गुरुता से इस बात का अभिमान था कि उनमें झूठ, बेईमानी आदि अवगुण न थे, और ज़ब वे दुनिया की इन छोटी-छोटी कमजोरियों को देखते थे, उनकी छाती गर्व से फूल उठती थी। उन्हें धर्म पर विश्वास था, उन्हें ईश्वर पर विश्वास था। लोग तिवारीजी को मानते थे, उनका आदर करते थे। 'तिवारीजी की बात में तथ्य है, तिवारीजी के निर्णय में न्याय है !' चारों तरफ इस बात की चर्चा थी।

तिवारीजी जोर से कह उठे, "लोग कहते हैं कि मेरे निर्णय में न्याय है ! क्या इस बार मेरा निर्णय गलत हुआ ?"

और तिवारीजी अभी तक जो कुछ हुआ था उस पर बड़ी तेजी के साथ अवलोकन कर गए। उसके बाद उनकी अहम्मन्यता ने दृढ़ता के साथ कहा, "कभी नहीं, मेरा निर्णय गलत हो ही नहीं सकता !"

"फिर यह सब क्यों ? मेरे निर्णय का विरोध मेरे घर में ही हो रहा है–मेरे लड़के ही मेरे निर्णय का विरोध करने पर तुल गए हैं। आखिर यह सब क्यों ?" रामनाथ के अंदरवाले बुद्धिवादी तार्किक ने उनकी अहम्मन्यता पर शंका की।

तिवारीजी ने फिर कहा, "यह क्यों ? यह सबकुछ बदल कैसे गया ? एकदम बदल गया, मैं पहचान नहीं पा रहा हूँ ! दया कांग्रेस में शामिल हो गया, अपने पैरों पर ही कुल्हाड़ी मारने को वह तैयार है। और बड़ी बहू ! मेरे सामने उसकी बोलने की हिम्मत कैसे हो गई ? बोलने की ही नहीं, जबान लड़ाने की ! और प्रभा ! वह भी मुझसे कहता है कि मैं गलती कर रहा हूँ ! क्या वास्तव में मैं गलती कर रहा हूँ ?"

"शायद !" तिवारीजी ने उत्तर दिया। उन्हें सुबह की घटना याद हो आई जब एकत्रित कनौजिया मण्डल ने प्रायश्चित के विरुद्ध अपना निर्णय दिया था। "सुबह मैंने ही तो प्रायश्चित का विधान रचाया था। यह प्रायश्चित क्यों ? क्योंकि हमारे समाज में प्रायश्चित की प्रथा प्रचलित है। समाज की रूढ़ियाँ बुरी तरह से हमारे ऊपर लदी हैं–मुझ पर भी ! और अगर उन लोगों ने प्रायश्चित का विरोध किया तो उसमें भी उनका कोई दोष न था। वे सबके सब पुराने रूढ़िवादी युग के हैं। और उनके साथ उमानाथ ने भी उस प्रायश्चित का विरोध किया ! क्यों? इसलिए कि वह नए युग का है ! नए युग की विचारधारा को अपनाकर वह आ रहा है !"

"और मैं?" तिवारीजी ने अपने से पूछा, "मैं भी नए युग का हूँ ! जिसे लोग पढ़कर, सीखकर अपनाने की कोशिश कर रहे हैं उसे मैं स्वयं अपने-आप, अपनी प्रेरणा द्वारा, अपने अनुभवों द्वारा अपना चुका हूँ, लोग चाहे मानें या न मानें ! फिर यह सब जो देख-सुन रहा हूँ, यह सब क्या है ? क्या यही नया युग है ?" तिवारीजी को उस कांग्रेस के जुलूस की याद हो आई जो उन्होंने करीब एक महीना पहले देखा

था; दयानाथ और उसकी पत्नी ! प्रभानाथ, मार्कण्डेय, लाला रामकिशोर !

"ये लोग भी तो अपने को नए युग का प्रतिनिधि कहते हैं ! तो फिर यह नया युग है क्या ? आत्म-छलना, बेवकूफी, हिताहित के प्रति घोर अज्ञानमयी उपेक्षा !"

और एकाएक तिवारीजी की विचारधारा टूट गई उमानाथ की आवाज से। वह श्यामनाथ से कह रहा था, "और काका ! जिसे आप शिष्टता कहते हैं वह ढोंग है, जिसे आप सभ्यता या तहजीब कहते हैं वह मनुष्य की पराजय का खोखलापन है, जिसे आप धर्म और विश्वास कहते हैं वह आपके अंदरवाली गुलामी की प्रवृत्ति है !"

"बात यहाँ तक पहुँच चुकी है ! युग की नवीनता, देख रहा हूँ, सीमाओं को एक बार तोड़ डालने पर तुल गई है।" रामनाथ तिवारी ने मुस्कुराते हुए मन ही मन कहा और वे उठ खड़े हुए।

उन्होंने देखा कि बरामदे में चचा-भतीजे आमने-सामने बैठे बातचीत कर रहे हैं और उनके सामने शर्बत के गिलास हैं।

7

पंडित श्यामनाथ तिवारी अपने भतीजे के ज्ञान के भंडार को देखकर अवाक् बैठे थे और उमानाथ कहता जा रहा था, "काका ! मैं तो यह मानता हूँ कि जितने धर्म हैं, जितने नियम हैं, जितने देवी-देवता हैं, जितने परमेश्वर हैं, उनका सबका निर्माण हमने किया है, हमने, यानी मनुष्य ने ! और अब हम खुद अपनी बनाई चीजों के गुलाम बन गए हैं, सब समझते हुए, सब जानते हुए हम इस बुरी तरह अपने बिछाए हुए जाल में क्यों फँस गए ? आप जानते हैं काकाजी ?"

मुँह बाए हुए पंडित श्यामनाथ तिवारी यह सब सुन रहे थे और न समझते हुए भी समझने की कोशिश कर रहे थे तथा बीच-बीच में सिर हिला देते थे। उमानाथ का यह प्रश्न सुनकर चौंक उठे; फिर भी अपने को सम्हालते हुए उन्होंने कहा, "इसलिए कि कहीं कोई जाल ही नहीं था, और अगर था भी तो हमने उसे देखा ही नहीं और साथ ही हमने उस जाल को बिछाया भी नहीं था !"

उमानाथ हँस पड़ा, "मैं तो आपकी शक्ल देखकर ही जान गया था कि जो कुछ मैंने कहा है उसे आप जरा भी नहीं समझे ! काकाजी, एक बात मैं आपको बतला दूँ ! हम सब आदमी हैं, सबमें एक ही तरह का खून बह रहा है, सबको एक ही तरह की भूख लगती है, एक ही तरह की प्यास लगती है। सभी हँसते हैं, सभी रोते हैं। फिर मनुष्य-मनुष्य में यह भेद-भाव क्यों ? आपने कभी इसे समझने की कोशिश की है ?"

सिर हिलाते हुए श्यामनाथ ने कहा, "इसे समझने की तो कोशिश कभी नहीं की; और सबसे बड़ी बात तो यह है कि यह सवाल ही मेरे सामने कभी नहीं उठा। पता नहीं क्यों ! देखो उमा, मैं अपने काम-काज में इतना फँसा रहता हूँ कि मुझे सोचने-विचारने की फुर्सत ही नहीं मिलती। हाँ, बड़के भइया शायद इस मामले में कुछ बता सकें !"

उमानाथ हँस पड़ा, "ददुआ की बात छोड़िए ! देखिए काकाजी, आपको मैं एक बात बतलाता हूँ लेकिन अपने तक ही रखियेगा, किसी से कहिएगा नहीं। वह यह कि आप ठीक तरह से सोच सकते हैं लेकिन आपको सोचने की फुर्सत ही नहीं मिलती, या फिर आप इतने ज्यादा आलसी हैं कि सोचना ही नहीं चाहते। और ददुआ के पास सोचने की फुर्सत है, और वे सोचते भी हैं, लेकिन वे ठीक तौर से सोच नहीं सकते !"

अपनी तारीफ सुनकर श्यामनाथ का मुख प्रसन्नता से खिल गया। मुस्कुराते हुए उन्होंने कहा, "क्या बताऊँ उमा...अब आगे..."

लेकिन श्यामनाथ कहते-कहते रुक गए और उनकी मुस्कुराहट गायब हो गई। सामने पंडित रामनाथ तिवारी खड़े हुए दोनों को गौर से देख रहे थे। श्यामनाथ हड़बड़ाकर उठ खड़े हुए और श्यामनाथ को उठते हुए देखकर उमानाथ भी खड़ा हो गया। रामनाथ ने दोनों को बैठने का इशारा करते हुए उमानाथ से कहा, "हाँ, तो तुम अभी कह रहे थे कि मैं ठीक तरह से सोच नहीं सकता ! है न ऐसी बात ?"

श्यामनाथ ने उमानाथ को बचाने की कोशिश की, "नहीं बड़के भइया ! बात यह थी..."

बीच में ही श्यामनाथ की बात काटते हुए रामनाथ ने कहा, "चुप रहो श्यामू, झूठ बोलने की कोशिश मत करो ! जब तुमसे कुछ पूछूँ तब बात करना ! हाँ, तो उमा तुम कह रहे थे कि मैं ठीक तरह से सोच नहीं सकता। ताज्जुब की बात यह है कि अभी-अभी कुछ देर पहले मैं भी अपने से यही सवाल कर रहा था कि मैं ठीक तौर से सोच रहा हूँ ! जानते हो ! दया की दुलहिन ने यहाँ आने से इनकार कर दिया है !"

श्यामनाथ और उमानाथ दोनों ही मौन रहे। कुछ रुककर रामनाथ ने फिर कहा, "उसने इनकार कर दिया यह कहकर कि उस पर मेरा कोई अधिकार नहीं। उसने मेरी उपेक्षा ही नहीं की, उसने मुझे अपना शत्रु समझ लिया है। और मैं सोच रहा हूँ कि क्या कभी उस औरत से मेरी शत्रुता की बात तक उठ सकती है ! फिर भी मैं देख रहा हूँ कि वह मुझे अपना दुश्मन समझ बैठी है। यही नहीं; उसने, उस औरत ने मेरे कुल से, मेरे घर से अपना सम्बन्ध तोड़ लिया है। देखते हो श्यामू ! दुनिया कितनी बदल गई है।"

"तो फिर अब क्या करना होगा ?" दबी जबान से श्यामनाथ ने पूछा।

"अब क्या करना होगा ! सवाल मेरे सामने है। लेकिन कुछ समझ में नहीं आता ! मैं जानता हूँ कि दया के पास अधिक रुपए नहीं थे। अगर वह जेल के बाहर होता और वकालत करता तो मुझे चिन्ता नहीं थी, लेकिन वह जेल में है; उसे छै महीने की सजा हो गई है। मुझे उसकी बीवी की चिन्ता है, उसकी बीवी से बढ़कर राजेश-ब्रजेश की चिन्ता है ? उनका लम्बा खर्च कैसे चलेगा ? जब दया यहाँ से गया था तब मैंने कहा था कि मैं पाँच सौ रुपया महीना बराबर उसके गुजारे के लिए भेजता रहूँगा। लेकिन अपनी अकड़ में उसने यह पाँच सौ रुपया महीना लेने से भी इनकार कर दिया।"

"तो अब आप यह पाँच सौ रुपया महीना उसके घर में भिजवा दें; दया की अनुपस्थिति में आपका कर्तव्य है कि आप उसके कुल का भरण-पोषण करें ! क्यों उमा, ठीक है न !" श्यामनाथ तिवारी ने अपनी बातों के समर्थन के लिए उमानाथ की तरफ देखा।

पर उमानाथ से समर्थन पाने के स्थान पर उसके मुख पर एक हलकी-सी व्यंग्यात्मक मुस्कुराहट को देखकर श्यामनाथ तिवारी को क्रोध आ गया। इस क्रोध के आवेश में वे आगे कह गए, "और अगर आप नहीं भेजना चाहते तो मैं अपने पास से उसके घर में यह रुपया भेज दिया करूँगा।"

"तुम निरे बेवकूफ ही रहे !" रामनाथ ने गम्भीरतापूर्वक अपने छोटे भाई को देखते हुए कहा।

8

दूसरे दिन सुबह चार बजे पंडित श्यामनाथ तिवारी ने बन्दूक उठाई। उमानाथ को जगाकर उन्होंने कहा, "अगर शिकार पाना चाहते हो तो अभी निकल चलो, आठ बजे तक लौट आवेंगे।"

श्यामनाथ के साथ उमानाथ शिकार के लिए चल दिया। मैदानों को पार करते हुए दोनों चले जा रहे थे और उमानाथ श्यामनाथ से कह रहा था, "काकाजी ! मैं आपसे पूछता हूँ, आखिर मनुष्य मनुष्य पर अत्याचार क्यों करता है ? दुनिया में वस्त्र की कमी नहीं, अन्न की कमी नहीं; करोड़ों मन अनाज प्रति वर्ष सड़ जाता है, करोड़ों गज कपड़ा प्रतिवर्ष गल जाता है; और इतना सब होते हुए भी करोड़ों आदमी प्रति वर्ष भूख से या ठंड से मर जाते हैं। आखिर यह क्यों ?"

सिर खुजलाते हुए पंडित श्यामनाथ तिवारी ने उत्तर दिया, "शायद ये करोड़ों

आदमी अपने पूर्व जन्म तथा इस जन्म के पापों का फल भोग रहे हैं। यह तो भगवान का विधान है, और इसलिए मैं इस पर चिन्ता नहीं करता !" यह कहते-कहते श्यामनाथ ने अपनी बन्दूक सम्हाली। सामने करीब पचास गज की दूरी पर हिरनों का एक झुंड जा रहा था। काले हिरन को चुन करके उन्होंने अपना निशाना साधा और बन्दूक का घोड़ा दबा दिया। लेकिन निशाना चूक गया और काला हिरन छलाँगें मारता हुआ अपने झुंड के साथ आँख से ओझल हो गया था। एक हिरनी गिर पड़ी। श्यामनाथ तिवारी का चेहरा उतर गया।

उमानाथ हँस पड़ा, "खैर काका, अफसोस की कोई बात नहीं। कुछ न कुछ तो हाथ लगा ही !"

श्यामनाथ तिवारी ने एक ठंडी साँस लेकर कहा, "देखा उमा ! मौत हिरनी की, नर की नहीं थी ! और यद्यपि मैंने निशाना नर पर लगाया था, और तुम जानते ही हो कि मेरा निशाना अचूक है, मेरे मुकाबिले का निशानेबाज पुलिस-फोर्स में भी नहीं है। लेकिन न जाने कैसे नर बच गया, और हिरनी मर गई। यह सब ईश्वर की इच्छा थी। भगवान को नर का मरना मंजूर न था।"

उमानाथ बड़ी दिलचस्पी के साथ श्यामनाथ की बात सुन रहा था। उसने उत्तर दिया, "हाँ काका, अभी-अभी जो कुछ आपने कहा वह अकसर कहा जा चुका है, कोई नई बात नहीं है। वह एक बहाना है, अपनी पराजय स्वीकार करने का। अपनी असफलता की, अपनी पराजय की जिम्मेदारी आप अपनी कमजोरी पर न रखकर अपनी कल्पना द्वारा एक अज्ञात को पैदा करके उस पर लाद देते हैं और इस तरह आप दुनिया को ही नहीं, अपने को भी धोखा देने का प्रयत्न कर रहे हैं।... काका–"

श्यामनाथ तिवारी को उमानाथ की यह बात बहुत बुरी लगी। उन्होंने कड़े स्वर में कहा, "देखो जी उमा ! विलायत-इलायत तुम चाहे जितना घूम आए हो लेकिन तुम्हें यह समझ लेना चाहिए कि मैं तुमसे बड़ा हूँ और मुझसे जबान लड़ाना तुम्हें शोभा नहीं देता।"

श्यामनाथ के इस उत्तर से उमानाथ चुप हो गया। और थोड़ी देर तक चचा-भतीजे में कोई बात नहीं हुई। इस बीच में श्यामनाथ को अपने क्रोध पर पश्चात्ताप हुआ। उस मौन के खिंचाव को वे सहन न कर सके; उन्होंने मुस्कुराने का प्रयत्न करते हुए कहा, "अच्छा उमा ! अबकी तुम्हारी गोली चलाने की बारी है; देखें कितने बड़े शिकारी हो !"

उमानाथ खिलखिलाकर हँस पड़ा, "मैं जानता हूँ काका कि आप अधिक देर तक गुस्सा नहीं कर सकते। आदमी आप खूब हैं; सीधे-सादे ! लेकिन आप सोचते क्यों

नहीं ? मशीन की तरह आप काम करते हैं, और इसका नतीजा यह होता है कि दूसरे लोग आपकी नेकी और भलाई का दुरुपयोग करते हैं ! इससे आप दुनिया का भला नहीं कर पाते। काका, अगर आप मेरी सलाह मानें तो मैं आपसे कहूँगा कि आप जरा थोड़ा-सा पढ़ा करें, और पढ़ने के बाद उस पर सोचा करें। मैं आपको यकीन दिलाता हूँ कि आप वास्तव में दुनिया का भला कर सकेंगे। जो जीवन आजकल अपनाए हुएँ हैं उससे न आप अपना भला कर पाते हैं और न दूसरों का।''

''तो क्या पढ़ने से सोचने-विचारने में तबीयत लग जाएगी ?'' गंभीरतापूर्वक श्यामनाथ ने पूछा।

''जी हाँ, जरूर लगेगी। और आपको पता लग जाएगा कि जिस रास्ते पर आप चल रहे हैं वह सही है या गलत। दुनिया में अनेक विचार हैं, अनेक मत हैं; इन सबको आप देखें, इन पर आप मनन करें। इसमें हर्ज ही क्या है? और इसके बाद आप खुद निर्णय कर लें। काका, हम हिन्दुस्तानियों की हालत इसलिए खराब है कि हम सोचना-समझना जरा भी नहीं चाहते, बराबर पुरानी लकीर के फकीर बने रहते हैं। और इसीलिए कहता हूँ कि हमें सोचने-समझने की आदत डालनी चाहिए !''

उमानाथ के इस लम्बे व्याख्यान ने पंडित श्यामनाथ तिवारी पर असर जरूर किया। उन्होंने कहा, ''ठीक कहते हो उमा, मैं अवश्य पढ़ा करूँगा, पढ़ने के लिए फुर्सत निकालूँगा। लेकिन मेरे सामने एक मुसीबत है; मुझे यह नहीं मालूम कि पढ़ा क्या जाए ! रामायण और गीता–ये तो अपने यहाँ की खास-खास किताबें हैं और इन्हें मैं पढ़ चुका हूँ। और अँगरेजी की किताबों में दो-एक उपन्यास पढ़े हैं। रोज 'लीडर' पढ़ लेता हूँ और कभी-कभी 'इलस्ट्रेटेड-वीकली' भी देख लेता हूँ। इसके अलावा और क्या पढ़ा जाए, यह तुम्हें बताना होगा। और बतलाना ही नहीं तुम्हें वे किताबें भी मेरे लिए मँगवा देनी होंगी।''

''यह मंजूर !'' उमानाथ ने उत्तर दिया।

आठ बजे दोनों शिकारी वापस लौटे, थके हुए। पंडित रामनाथ तिवारी दोनों का इंतजार कर रहे थे। पंडित रामनाथ तिवारी उदास थे, रात भर उन्हें नींद न आई थी। अपने अंदरवाले द्वंद्व से पीड़ित और मर्माहत वे रात भर करवट बदलते रहे। सुबह जब उन्होंने उमानाथ को बुलवाया तब उन्हें मालूम हुआ कि उमानाथ श्यामनाथ के साथ शिक़ार खेलने निकल गया है। इसी बीच में पंडित झगडू मिश्र श्यामनाथ के आने की खबर पाकर उनसे मिलने के लिए आ गए थे। तिवारीजी और झगडू मिश्र–दोनों एक-दूसरे से दस कदम की दूरी पर चुपचाप बैठे थे; दोनों में से कोई भी एक-दूसरे से बात आरम्भ करने को तैयार न था।

श्यामनाथ को देखते ही झगडू ने आवाज लगाई, ''कहो हो श्यामू ! न जाने कब

से हम तुम्हार इंतजार कर रहे हन ! अच्छी तरह तो रह्यो !"

श्यामनाथ तिवारी और झगड़ू मिश्र लड़कपन के दोस्त थे। दोनों ही मस्त, दोनों ही खेल-कूद और लड़ाई-झगड़े में तत्पर ! परिस्थितियों की अनुकूलता तथा प्रतिकूलता से श्यामनाथ तिवारी सुपरिंटेंडेंट पुलिस हो गए थे और झगड़ू को अपनी जमींदारी का भी कुछ हिस्सा बेचना पड़ा था।

श्यामनाथ तिवारी झगड़ू की आवाज सुनते ही प्रसन्नता से खिल गए। वे झगड़ू से मिलने के लिए बढ़े ही थे कि उनकी नजर पंडित रामनाथ पर पड़ी और वैसे ही रुक गए। रामनाथ तिवारी ने श्यामनाथ को अपनी ओर आते देखकर मुस्कुराते हुए कहा, "श्यामू ! झगड़ू तुम्हारा बहुत देर से इंतजार कर रहे हैं, उनसे मिलकर मेरे पास आना। मुझे आज शाम को ही उन्नाव जाना है।"

9

"बात मझले कुँवर कड़ी कहि दीन्हिन, इतना तो मानैं का पड़ी," झगड़ू मिश्र ने तमाकू फाँकते हुए प्रायश्चितवाले दिन के प्रसंग पर कहा, "मुदा जो कुछ कहिन उहिमाँ फरक रत्ती भर नाहीं।"

जरा चिन्तित होकर पंडित श्यामनाथ तिवारी ने कहा, "खैर वह तो ठीक है, लेकिन मैं जानता हूँ परमानन्द सुकुल और मन्नू दुबे को ! हम लोगों से बदला लेने की वे पूरी कोशिश करेंगे। बहुत सम्भव है वे हमें जाति से बाहर करने में सफल हो जाएँ !"

"अरे जो तुम लोगन का जात से बाहर करि सके उहिका देखन का है। हम आज कहे देत हन कि अगर तुम लोग जात माँ न चलो तो हमार नाम झगड़ू मिसर नाहीं। का बताई श्यामू ! हमारे पास तो रुपया नाहीं, नहीं तो हमहूँ मारकण्डे का विलायत भेजित ! हाँ सुन्यो ! मारकण्डे भी सुराजी बन गए, गांधी बाबा के भगत !" झगड़ू ने मुस्कुराते हुए कहा। "क्या कहा ?" चौंककर श्यामनाथ ने पूछा, "और तुमने मना नहीं किया?"

"का बताई श्यामू ! वहौ बड़ा हुइगा, पढ़-लिखके वकालत कर रहा है, समझदार है। हम भला उहिका का मना करित !" कुछ रुककर झगड़ू ने फिर कहा, "और श्यामू–एक बात और है। हमरी समझ माँ गांधी बाबा गलत भी नाहीं कहत हैं। कांग्रेस हम पंचन की भलाई के लिए तो बनी है।"

पंडित श्यामनाथ तिवारी ने आश्चर्य से झगड़ू मिश्र की ओर देखा और उन्हें याद हो आया कि वे सुपरिंटेंडेंट पुलिस हैं। उन्होंने जरा तनकर कहा, "झगड़ू, मेरा अनुभव

तो यह है कि कांग्रेस में ज्यादातर शोहदे और लफंगे ही हैं, और मुझे ताज्जुब हो रहा है कि तुम्हारी सहानुभूति कांग्रेस के साथ है।"

झगडू मुस्कुराए, "ईमा ताज्जुब की कौन बात है ? इतना तो निश्चय है कि किसान लोग भूखन मरत हैं, और हम ही लोग जो छुटकवा जमींदार कहावत हन, हमरी दसा कौन अच्छी है।"

इसी समय उमानाथ इन लोगों के बीच में आ गया। झगडू से उमानाथ ने मुस्कुराते हुए कहा, "प्रणाम झगडू काका ! कल तो आपसे बातचीत ही नहीं हो सकी।"

झगडू ने प्रसन्न मन कहा, "आशीर्वाद मझले कुँवर ! अब ही हम तुम्हरे विसै माँ श्यामू से बतियाते रहन ! तौन कल तुम सुनायव तो बड़ी खरी-खरी !"

उमानाथ को 'कल की बात' से कोई दिलचस्पी नहीं थी। उन्होंने कहा, "झगडू काका, परसों मार्कण्डेय भइया से कानपुर में मुलाकात हुई थी। पूरी तरह कांग्रेस के रंग में रँगे हुए थे। कह रहे थे कि जल्दी ही जेल जानेवाले हैं।"

झगडू चौंक उठे। मार्कण्डेय के कांग्रेसमैन बन जाने पर तो उन्हें आपत्ति नहीं थी, लेकिन मार्कण्डेय के जेल जाने पर उन्हें आपत्ति जरूर थी। उन्होंने चिन्तित होकर पूछा, "का कह्यो ? जेल जाएँ वाला है ! देखी कैसे जात है जेल ! यू कबौं न होई! जो बात हमरे कुल माँ कबहू नाहीं भई ऊ भला अब कैसे हुइ सकत है ?"

उमानाथ हँस पड़ा, "और हमारे कुल में भी तो कोई कभी जेल नहीं गया। लेकिन बड़के भइया को कल सजा हो गई !"

"का कह्यो ?" झगडू चौंक उठे, "बड़के कुँवर गिरफ्तार हुइ गए। और तिवारीजी चुप बैठे रहे ?"

"नहीं, चुप तो नहीं रहे ! उन्होंने बड़के भइया को सीधे अपने घर से निकाल बाहर किया।" उमानाथ ने कहा, "लेकिन झगडू काका, ददुआ की बात छोड़िए। उन्होंने बड़के भइया को घर से अलग कर दिया तो इससे क्या ! हम लोग थोड़े ही बड़के भइया को छोड़ देंगे ! क्यों न काका, क्या राय है आपकी !" उमानाथ ने श्यामनाथ से पूछा।

कुछ सोचकर पंडित श्यामनाथ तिवारी ने कहा, "काम तो दया ने ऐसा किया है कि हम लोग उसका मुँह न देखें, लेकिन घर का ही लड़का है। शरीर का कोई अंग बेकार हो जाए तो उसे काट तो नहीं दिया जाता !"

झगडू मिश्र ने कहा, "का बात कह्यो श्यामू ! जितनी तुम माँ अकल है अगर उसकी आधी हूँ अकल तिवारीजी माँ होत तो उइ आदमी नाहीं हीरा हुई जाते !" और कहकर झगडू अपनी बात पर जोर से हँस पड़े, और तब तक हँसते रहे जब तक

अचानक उन्हें मार्कण्डेय की याद नहीं हो आई। मार्कण्डेय की याद आते ही झगडू एकाएक गम्भीर हो गए। कुछ चुप रहकर उन्होंने श्यामनाथ से कहा, ''श्यामू ! मार्कण्डेय का कौनो तरा से जेल जाएँ से रोका चाही !''

''आप लोग क्यों पत्थर से सर पटकना चाहते हैं !'' उमानाथ ने कहा, ''झगडू काका ! अगर आप समझते हैं कि आप मार्कण्डेय भइया को जेल जाने से रोक सकेंगे तो आप गलती करते हैं।''

उमानाथ की बात झगडू को अच्छी नहीं लगी, उन्होंने खँखारकर कहा, ''का कह्यो मझले कुँवर? मार्कण्डेय हमार बात न मानी ? तो फिर तुम हमका अबहीं तक चीन्हेव नाहीं !''

''तो फिर आपको जल्दी करनी चाहिए ! कोई ठिकाना नहीं कि मार्कण्डेय भइया कब गिरफ्तार हो जाएँ ? कौन जाने कि वे अभी जेल के बाहर हैं या नहीं।''

''ऐस बात है ?'' झगडू चौंककर उठकर खड़े हुए, ''तो फिर आजै जाए का पड़ी।''

''मैं भी आज शाम को चल रहा हूँ ! मेरे साथ मोटर पर चले चलना !'' श्यामनाथ तिवारी ने झगडू से कहा।

आठवाँ परिच्छेद

1

श्यामनाथ ने अपने बड़े भाई से कहा, "अगर आप कहें तो एक दफे मैं भी कानपुर जाकर दया की दुलहिन को समझाने की कोशिश करूँ। आखिर इस हालत में उसका वहाँ रहना तो ठीक नहीं !"

रामनाथ ने अन्यमनस्क भाव से उत्तर दिया, "तो तुम समझ रहे हो कि तुम्हारे समझाने का उस पर कोई असर पड़ेगा ?-ऐसी हालत में तुम गलती कर रहे हो !" कुछ रुककर उन्होंने फिर कहा, "लेकिन मैं तुम्हें रोकूँगा नहीं, कुल की प्रतिष्ठा और मान के लिए कोई भी प्रयत्न अनुचित नहीं है। तुम जा सकते हो और अगर चाहो तो उमा को भी लेते जाओ, एक से दो अच्छे होते हैं।"

सब लोग दोपहर को ही कानपुर से उन्नाव पहुँच गए थे। यह बातचीत उन्नाव में शाम के समय हुई थी। उस समय झगडू मिश्र भाँग पीस रहे थे और अपने सामने बैठे हुए उमानाथ से विजयाभवानी का गुनगान कर रहे थे। "सो मझले कुँवर ! एक दिना बमभोलानाथ शंकर जी को विजया नाहीं मिलीं, सो हुइ गे उदास। कहूँ उनकेर जी न लाग, और समाधौ माँ उनकेर जी न लाग। सो माता पारबती जब देखिन बमभोलानाथ के ई हाल, तो उन्हें भई चिन्ता। चारों तरफ गन दौड़े, दूत दौड़े, कार्तिक दौड़े, गनेस दौड़े, ब्रह्मण्ड का कोना-कोना छान डाला गा। लेकिन विजयाभवानी का तो सूझा मजाक, ऐसी गायब भईं कि उनकेर पता जो न लाग सो न लाग। अब खुद रवाना भईं माता पारबती विजयाभवानी का ढूँढ़न। बिचारी बिना खाए-पिए, मारी-मारी फिरीं, सात लोक, चौदह भुवन, आकाश-पाताल सब जगह गईं लेकिन जो विजयाभवानी न मिलीं सो न मिलीं। अब सुनौ शंकरजी का हाल ! हाल-बेहाल ! अबहीं तक तो शंकर जी दुखी, और अब चढ़ा उन्हें क्रोध ! तो मझले कुँवर ! महादेवजी के हाथ फड़के, पैर फड़के, त्रिशूल फड़का ! और ब्रह्मण्ड माँ मच गई त्राहि-त्राहि। सुर दौड़े, असुर दौड़े, ब्रह्म दौड़े, विष्णु दौड़े; लेकिन विजयाभवानी जो न पसीजीं सो न पसीजीं।"

उमानाथ ने अपनी हँसी को दबाते हुए कहा, "तो झगडू काका, प्रलय क्यों नहीं

हुआ ?"

झुँझलाकर झगड़ू बोले, "बात न काटौ मझले कुँवर–पहिले पूरी कथा सुनि लेव ! तौन तब चला नादिया। बड़े-बड़े सींग, लम्बी पूँछ, लाल-लाल आँखी। अपने स्वामी का दुखी देखि के चढ़ि आवा वह का क्रोध। तौन नादिया शुरू कर दीन्हिस चरब घास-पात। उजड़ गए बन-उपबन, नन्दनकानन। अब देखौ तौन एक जंगल के एक घूरा माँ विजया भवानी छिपी मुस्क्राय रही रहैं। ई जितने गन, दूत, कार्तिक, गनेस, ब्रह्म, विष्णु–भला ई बिचारे कब सोच सकत रहैं कि विजयाभवानी के परान सूख गए। हाथ जोड़ सन्मुख उपस्थित भईं। बस नादिया विजया का पूँछ माँ लपेट के उठाय लीन्हिस सींग पै और ले आवा महादेव बाबा के पास !"

"तब तो महादेव जी नादिया से बड़े प्रसन्न हुए होंगे !" उमानाथ ने कहा।

"अरे कुछ न पूछौ मझले कुँवर ! शंकरजी वैसे ही वरदान दीन्हिन कि जो नर विजया का सेवन करी वह का नादिया की गति प्राप्त होई !"

"तो इसके माने हैं कि भाँग पीनेवाले बैल होते हैं !" और उमानाथ जोर से हँस पड़ा।

लेकिन दुर्भाग्यवश यह मजाक झगड़ू की समझ में तब आया जब वे लोटे की भाँग का आधा हिस्सा गले के नीचे उतार चुके थे, और शेष भाँग को गले के नीचे उतारने के क्रम में थे। यह निश्चय करके कि उमानाथ को इस बदतमीजी का जवाब पूरी तरह से विजया को गले के नीचे उतारकर दिया जाएगा, झगड़ू ने भाँग पीने की रफ्तार में तेजी कर दी। और जब खाली लोटा उन्होंने अपनी आँखों के आगे से हटाया तब उन्हें अपने सामने पंडित श्यामनाथ तिवारी दिखाई पड़े।

श्यामनाथ उमानाथ से कह रहे थे, "एक घंटे के अंदर ही कानपुर चलना है, और तुम्हें साथ लेकर। एक दफे मैं भी दया की दुलहिन को समझाना चाहता हूँ। और सुनो झगड़ू , तुम मार्कण्डेय के यहाँ चलना चाहते हो न ! तो मेरे साथ मोटर पर चले चलो !"

दूसरे लोटे की ओर, जिसमें भाँग रक्खी थी, इशारा करते हुए झगड़ू ने कहा, "यह ठीक कह्यो ! अच्छा, तो विजया तैयार है, छान लेव न !"

श्यामनाथ तिवारी ने एक बार लोटे में रक्खी भाँग के गहरे रंग को देखा, फिर उन्होंने उमानाथ की तरफ नजर डाली। उमानाथ ने बढ़ावा दिया, "हाँ काका, छान लीजिए न ! संकोच की क्या बात ?"

"तो फिर लाओ, थोड़ी-सी पी ही लूँ !" और पौन लोटा भाँग आँख बंद करके एक साँस में चढ़ा गए।

श्यामनाथ के जाने के बाद झगड़ू उमानाथ की ओर घूमे। उमानाथ ने जो उनका

मजाक उड़ाया था, वह इस समय तक वे भूल गए थे; उन्होंने लोटे में बची हुई भाँग की ओर इशारा करते हुए कहा, "मझले कुँवर ! तो फिर तुमहू शंकरजी का परसाद स्वीकार करौ !"

"नहीं झगडू काका ! यह भाँग का नशा सबसे खराब। नशा ही करना है तो नशों का राजा मौजूद है–शराब।"

"का कह्यो–शराब !" झगडू ने आश्चर्य से उमानाथ को देखा, "काहे हो मझले कुँवर ! का तुम विलायत माँ जायके सराबौ पियन लागेव?"

"हाँ काका, लेकिन इसमें हर्ज ही क्या है ? नशा है, चाहे वह भाँग हो चाहे अफीम हो, चाहे शराब हो ! अगर शराब का भोग देवी पर लग सकता है, तो मनुष्य भी शराब पी सकता है। इसमें आपको क्या आपत्ति ?"

"अरे देवी-देवता की बात न चलाओ ! ऊ समर्थ हैं। सबकुछ कर सकत हैं; और हम ठहरेन मनई। तौन वेद-शास्त्र माँ शराब निषिद्ध है। मझले कुँवर–हमरी एक बात मानो–तुम शराब छोड़ देव !"

उमानाथ झगडू की बात का उत्तर देने ही वाला था कि नौकर ने आकर कहा, "सरकार, मोटर तैयार है। छोटे राजा आप लोंग का बुलाय रहे हैं।"

2

जिस समय श्यामनाथ की कार मार्कण्डेय के मकान के सामने रुकी, मार्कण्डेय श्रद्धानन्द पार्क में कांग्रेस की सार्वजनिक सभा का सभापतित्व कर रहा था। यह सूचना मार्कण्डेय के नौकर ने झगडू को दी। झगडू कार से उतरने लगे लेकिन उमानाथ ने उन्हें यह कहकर कार पर फिर बिठला लिया, "चलिए झगडू काका, हम आपको श्रद्धानन्द पार्क में उतार दें, है ही कितनी दूर ! मैं भी चलता हूँ। काका ! आप न चलिएगा लेकिन हम लोगों को फाटक पर उतार दीजिएगा !"

श्यामनाथ तिवारी ने हिचकिचाते हुए कहा, "वहाँ जाकर क्या करोगे ?"

"देखिए काका ! मैंने आज तक कांग्रेस की कोई भी मीटिंग नहीं देखी; और फिर इस मीटिंग के सभापति मार्कण्डेय भइया हैं। साथ ही झगडू काका भी देख लेंगे कि मार्कण्डेय भइया कितने बड़े आदमी हो गए हैं !"

श्यामनाथ निरुत्तर हो गए। श्रद्धानन्द पार्क के पास झगडू और उमानाथ कार से उतर गए। श्यामनाथ के जाने के बाद इन दोनों ने श्रद्धानन्द पार्क में प्रवेश किया। श्रद्धानन्द पार्क ठसाठस भरा था, लोगों में अजीब उत्साह था। जिस समय ये लोग पार्क के अंदर पहुँचे, मार्कण्डेय व्याख्यान दे रहे थे। मार्कण्डेय क्या कह रहा था, यह तो ये

लोग नहीं सुन सकते थे क्योंकि ये लोग बहुत पीछे खड़े थे, पर जनता के उत्साह, बीच-बीच में उठनेवाली तालियों की गड़गड़ाहट पर सर्वत्र फैली हुई शांति से उमानाथ और झगडू दोनों ही समझ गए कि मार्कण्डेय की वक्तृता का असर जनता पर पूरी तरह से पड़ रहा है।

सभा समाप्त हो गई। झगडू के साथ उमानाथ मार्कण्डेय की ओर बढ़ा। कांग्रेस के स्वयंसेवकों का समूह मार्कण्डेय को घेरे खड़ा था। उमानाथ कोट-पैंट और टाई पहने था, उसका हैट उसके हाथ में था। एक स्वयंसेवक ने उमानाथ को देखकर कहा, "यह बंदर कहाँ से छूट आया है?"

दूसरे स्वयंसेवक ने उमानाथ से ही कहा, "आपको शर्म नहीं आती कि आप यह हैट-टाई पहने हुए हैं !"

तीसरे स्वयंसेवक ने उमानाथ के हाथ से हैट छीन लिया और चौथे ने अपने सर की टोपी उमानाथ के सर पर रख दी।

मार्कण्डेय मुस्कुराता हुआ यह सब देख रहा था। उमानाथ ने गांधी टोपी अपने सर से उतारकर जमीन पर फेंकते हुए कहा, "अगर तुम इस टोपी से ही स्वराज्य लेना चाहते हो तो तुम लोग बहुत बड़े बेवकूफ हो !" और यह कहकर उसने गांधी टोपी अपने पैरों के नीचे कुचल दी।

गांधी टोपी का यह अपमान उन स्वयंसेवकों को बहुत बुरा लगा। उन लोगों ने उमानाथ को चारों तरफ से घेर लिया, और हिंसा की भावना उनके मुखों पर आ गई। मार्कण्डेय ने देखा कि मामला अब बढ़नेवाला है; उस घेरे को चीरकर वह आगे बढ़ा, "कहो जी उमा ! कब आए !" यह कहकर जमीन पर पड़ी हुई गांधी टोपी उसने उठा ली।

यह देखकर कि उमानाथ मार्कण्डेय का परिचित है, स्वयंसेवकगण वहाँ से हट गए। स्वयंसेवकों के हटते ही मार्कण्डेय की नजर झगडू पर पड़ी जो एक कोने में खड़े आश्चर्य के साथ यह तमाशा देख रहे थे। वैसे ही मार्कण्डेय ने कहा, "अरे बप्पा ! आपौ ?"

झगडू ने मार्कण्डेय की ओर घूमकर कहा, "हाँ, अब ही मझले कुँवर और श्यामू के साथ मोटर पर आय रहे हन ! तुम्हार गुन सुन के चले आएन !"

3

मार्कण्डेय का मकान मेस्टन रोड पर श्रद्धानन्द पार्क से करीब सौ गज की दूरी पर था। मकान पर पहुँचकर झगडू ने आश्चर्य से कहा, "तुम कुल माँ कलंक लगावन पर तुले

भए हौ !"

"कुल में कैसा कलंक ?" मार्कण्डेय ने आश्चर्य से अपने पिता की ओर देखा।

"हम सुन रहे हन कि तुम जेल जाए वाले हौ ! तौन यह न हमरे कुल माँ कबहू भा है और न अब होई ! इतना नीक करिके समझ राखेव !"

अपने पिता की बात पर मार्कण्डेय को हँसी आ गई। वह अपने पिता को बहुत अच्छी तरह जानता था। उसने कहा, "बप्पा ! यह तो ठीक है कि यह हमारे कुल में कभी नहीं हुआ; लेकिन जो बात पहले कभी कुल में नहीं हुई, वह आगे क्यों न हो, यह मेरी समझ में नहीं आता !"

"तुम्हारी समझ में नाहीं आवत है तो न आवे, कुल की मर्जादा हम नीक करिके समझित हैं, ई पर हमें तुम्हार सलाह की जरूरत नाहीं है !" झगडू ने जरा कड़े होकर कहा।

मार्कण्डेय अपने पिता के थोड़ा निकट आ गया, "बप्पा ! तो फिर आपने मुझे वकालत क्यों पढ़ाई ? हमारे कुल में कभी किसी ने अंग्रेजी नहीं पढ़ी थी और वकालत नहीं पढ़ी थी ! मुझे भी आप देहात में रखते, अज्ञान का जीवन व्यतीत करने देते, पशु की मौत मर जाने देते ! अगर मैं जेल जाना चाहता हूँ तो चोरी करके नहीं, डाका डाल के नहीं, बल्कि अपनी आत्मा से प्रेरित होकर, देश और समाज के हित के लिए।"

मार्कण्डेय के इस तर्क ने झगडू पर असर किया, मार्कण्डेय यह बात झगडू की मुद्रा देखकर समझ गया था। वह कहता ही गया, "बप्पा ! हम लोग ऋषियों की सन्तान हैं, उन ऋषियों की जिनका काम था पाप को निर्मूल करने के लिए अथक परिश्रम करना, इस प्रयत्न में घोर यातनाएँ सहना, अपने को मिटाकर विश्व का कल्याण करना ! लेकिन आगे चलकर हम ब्राह्मण अपना धर्म भूल गए। और ब्राह्मणों की इस भूल का दंड भोगना पड़ रहा है सारे देश को। हम हिन्दुस्तानी गुलाम हैं, हम हिन्दुस्तानी भूखों मर रहे हैं। बप्पा ! मैं जो कुछ कर रहा हूँ वह ब्राह्मण का कर्तव्य है, वह दूसरों की भलाई के लिए है, वह पुण्य-काम है !"

झगडू निरुत्तर हो गए थे, लड़खड़ाती आवाज में उन्होंने कहा, "नाहीं, हम तुमसे कांग्रेस छोड़न के लिए थोड़ो ही कह रहे हन ! हम तो केवल इतना कहा कि तुम जेल न जाओ। उहाँ जात-कुजात सबै के हाथ का अन्न खाय का पड़त है। उहाँ ब्राह्मणत्व नाहीं रह सकत।"

मार्कण्डेय हँस पड़ा। अपने पिता के साथ कौन-सा तर्क चलेगा वह यह जानता था। बजाए इसके कि वह अपने पिता को ब्राह्मणत्व का असली रूप बतलाने का प्रयत्न करता, उसने कहा, "किसका ब्राह्मणत्व बचा हुआ है बप्पा ! पम्प का पानी पीनेवाला क्या यह कह सकता है कि उसने विधर्मियों के हाथ का जल नहीं पिया ? इस अँगरेजी

राज्य में जहाँ दवा विलायत से बनकर आती है, जहाँ पानी का प्रबन्ध विलायती कम्पनियों के हाथ में है, किसका ब्राह्मणत्व बचा है ? मैं बड़े-बड़े कुलीन और धर्म-ध्वज ब्राह्मणों को जानता हूँ और यह भी जानता हूँ कि विलायत में बने हुए केक और बिस्कुट वह बड़े शौक से खाते हैं। और साथ ही बप्पा, अगर जेल में मुझे दूसरी जातवालों के हाथ का अन्न खाना पड़ेगा तो वह आपद्धर्म होगा। आपद्धर्म शास्त्रोक्त है !''

उमानाथ मार्कण्डेय के समझाने की विधि तथा झगडू के समझने की विधि पर दंग रह गया। उसने कहा, ''हाँ झगडू काका ! मार्कण्डेय भइया कहते तो ठीक हैं !'' झगडू ने ठंडी साँस भरकर कहा, ''कहत तो ठीक हैं–लेकिन का बताईं मझले कुँवर, हमार मन नाहीं गवाही देत है। तौन मारकण्डे, तुम अब बड़े हुइ गए हो, पढ़े-लिखे हौ, समझदार हौ–जैस तुम ठीक समझौ करौ।''

यह बात हो रही थी कि बाहर से आवाज सुनाई पड़ी, ''मिस्टर मार्कण्डेय मिश्र हैं ?''

नौकर सबइंस्पेक्टर गंगाराम को अपने साथ उसी कमरे में ले आया। सब-इंस्पेक्टर ने आते ही मार्कण्डेय के हाथ में एक लिफाफा दिया। मार्कण्डेय ने लिफाफा खोलकर पढ़ा, वह पत्र मार्कण्डेय को चौबीस घंटे के अंदर कानपुर छोड़ देने का नोटिस था। मार्कण्डेय ने गंगाराम से कहा, ''तो कल इसी वक्त आ जाइएगा, मैं तैयार रहूँगा।''

''आप तैयार रहेंगे ?-मैं समझा नहीं !'' गंगाराम ने पूछा।

''यही कि गवर्नमेंट मुझे गिरफ्तार करना चाहती है, और मैं गिरफ्तार होने के लिए तैयार हूँ। क्या आप समझते हैं कि मैं कानपुर छोड़कर चला जाऊँगा।''

सर झुकाकर सबइंस्पेक्टर ने कहा, ''समझ गया ! अच्छा, अब इजाजत दीजिए !''

गंगाराम के जाने के बाद मार्कण्डेय ने झगडू से कहा, ''आप आ गए बप्पा ! यह अच्छा हुआ। कल शाम के समय मेरी गिरफ्तारी होगी; आप कल तक यहीं रहिएगा !''

झगडू ने आश्चर्य से मार्कण्डेय को देखा, ''और ई चौबीस घंटा पहिले बताय गय कि तुम्हार गिरफ्तारी होई। काहे हो मारकण्डे, अगर ई बीच माँ तुम कानपुर से चले जाव तो ई तुम्हें कैसे गिरफ्तार करिहें ?''

उमानाथ हँस पड़ा, ''वाह झगडू काका ! आप इतना भी नहीं समझे ! पुलिस तो चाहती ही है कि मार्कण्डेय भइया शहर छोड़कर चले जाएँ। अगर ये कानपुर छोड़कर चले जाँए तो पुलिस इन्हें हर्गिज गिरफ्तार न करेगी।''

''काहे हो मारकण्डे ?'' झगडू ने पूछा।

''हाँ बप्पा ! यह लिफाफा जो मुझे अभी मिला है, इसमें लिखा है कि मैं चौबीस घंटे के अंदर शहर छोड़ दूँ, नहीं तो सरकार मुझे गिरफ्तार कर लेगी।''

"तो काहे नाहीं गाँव चलत हौ ?" झगडू ने कहा।

"और दुनिया यह कहे कि मैं कायर हूँ–सरकार यह कहे कि कांग्रेस में डरपोक आदमी भरे हैं !"

झगडू की समझ में यह सब न आ रहा था। उन्होंने कुछ झल्लाकर कहा, "तो फिर जो तुम्हरे जी माँ आवै वह करौ; हम तुमका रोक थोड़ौ रहे हन !"

"मैं जानता हूँ बप्पा ! आप मुझसे कभी भी गलत बात करने को न कहेंगे। अभी तक जो कुछ आपने किया है या मुझसे करने के लिए कहा है, वह मेरे हित के लिए !" मार्कण्डेय ने अपने बूढ़े पिता की ओर प्रेमपूर्वक देखते हुए कहा।

उमानाथ आश्चर्य के साथ इन पिता-पुत्र को देख रहा था; वह समझ नहीं पा रहा था कि यह सब क्या हो रहा है ! जो कुछ उसे झगडू के सम्बन्ध में ज्ञात था उससे वह उस दृश्य पर विश्वास नहीं कर पा रहा था। उसने अपने सामने बैठे हुए ठेठ गँवार को देखा, झुर्रियों से भरा हुआ कठोर मुख, और उस मुख पर जीवन का भयानक संघर्ष तथा चिन्ताओं का और पग-पग पर सामने आनेवाली असफलताओं तथा विवशताओं का लम्बा इतिहास ! और इन सबों की तह में एक सहृदय मानव जिसका भलाई पर विश्वास, दूसरों के हित के प्रति आन्तरिक इच्छा; जिसमें स्वार्थ-परार्थ, अच्छा-बुरा, सही-गलत इन सब का विवेचन ! और उस बूढ़े के सामने बैठा हुआ था उसका तेज और जवान पुत्र जिसके मुख पर दृढ़ता, होंठों पर मुस्कुराहट, आँखों में तेज और वाणी में विश्वास ! और उसने देखा कि पुत्र पिता पर शासन कर रहा है, बुद्धि भावना को संचालित कर रही है, विद्या अविद्या पर विजय पा रही है। थोड़ी देर तक उमानाथ चित्रलिखित-सा इन दोनों को देखता रहा। उसने एक ठंडी साँस ली, "अच्छा झगडू काका, तो मैं चलता हूँ।"

उमानाथ जब दयानाथ के बँगले में पहुँचा, पंडित श्यामनाथ तिवारी मुँह-हाथ धोकर ड्राइंगरूम में डटे हुए जलपान कर रहे थे। उनके सामने उस दिन का दैनिक पत्र 'लीडर' रक्खा था और वे उसे भी साथ-साथ पढ़ते जाते थे। श्यामनाथ के पास बैठते हुए उमानाथ ने कहा, "वाह काका, मेरा तो इंतजार कर लिया होता !" और उमानाथ श्यामनाथ के नाश्ते पर जुट गया।

नाश्ता कर लेने के बाद श्यामनाथ उमानाथ की ओर मुखातिब हुए, "उमा ! अब अपनी भावज से बात करो जाकर ! मेरी तरफ से उसे समझा देना कि ददुआ की बात भूल जाए और अपनी जिद पर न अड़कर हमारे साथ घर चले।"

उमानाथ अपनी भावज के पास पहुँचा, "भौजीजी, काका आपको मनाने आए हैं और मध्यस्थ बनने के लिए मैं आया हूँ। इसीलिए मैं आपके सम्मुख उपस्थित हुआ हूँ।"

राजेश्वरी ने मुस्कुराते हुए कहा, "अच्छा, पहिले नहा-धोकर कपड़े बदलो, फिर चाय पियो और फिर जो कहना हो वह कहना।"

"आप इसकी चिन्ता न करें–नहा-धोकर और कपड़े बदलकर मैं उन्नाव से चला हूँ, नाश्ता मैं काका के साथ कर चुका हूँ; अब बातचीत करना बाकी है !"

"अच्छी बात है बाबूजी ! तो कह डालिए क्या कहना है !"

"काका का कहना है कि आपको जिद न करना चाहिए और घर चलना चाहिए।"

"इसमें जिद की क्या बात है बाबूजी, अगर मेरा घर होता तो मैं जरूर चलती। आप काकाजी से कह दीजिए जाकर।" राजेश्वरी ने कहा।

उमानाथ ने दूसरी बात नहीं की, वह सीधे श्यामनाथ के पास पहुँचा, "भौजीजी कहती हैं कि उनका घर ही नहीं है और आप याने हम लोग उनके कोई नहीं हैं।"

श्यामनाथ ने कहा, "हूँ !" और वे उठ खड़े हुए। उमानाथ का हाथ पकड़कर आँगन में पहुँचे और उन्होंने जोर से उमानाथ से कहा, "उमा ! दुलहिन से कह दो कि बड़के भइया ने गलती की। दया को घर से निकल जाने की बात क्रोध के आवेश में कही थी और उसके लिए मैं बड़के भइया की तरफ से माफी माँग रहा हूँ। अब उससे कहो कि वह चले।"

लेकिन श्यामनाथ ने जो कुछ कहा, उसे चौपट कर दिया उमानाथ ने, "काका ! मुझे पता नहीं कि ददुआ माफी माँगने के लिए या अपनी गलती मंजूर करने को तैयार हैं या नहीं, लेकिन जहाँ तक मैं समझता हूँ, वे नहीं हैं।"

और उसी समय राजेश्वरी की आवाज सुनाई दी, "बाबूजी ! बाजी से कह दीजिए कि जो कुछ कर सकते हैं वह वे कर सकते हैं जो कृष्ण-मंदिर में हैं, एक उन्हीं की बात मैं मान सकती हूँ।"

श्यामनाथ सर झुकाए हुए वापस चले आए। उन्हें उमानाथ पर क्रोध आ रहा था; ड्राइंगरूम में आकर उन्होंने कहा, "तुम्हें वह सब कहने की क्या जरूरत थी ?"

"इसलिए कि मैं किसी को धोखा देना ठीक नहीं समझता !"

"तो अब क्या किया जाए ?" बेवसी से श्यामनाथ ने पूछा। उमानाथ ने उनकी बात का कोई जवाब न दिया। और थोड़ी देर सोचने के बाद मानो उन्हें प्रकाश की एक रेखा दिखाई दी; वे कह उठे, "आ गया समझ में ! कल मैं जेल में दया से मिलूँगा !"

4

दूसरे दिन पंडित श्यामनाथ को दयानाथ से इंटरव्यू करने के लिए रवाना करके

उमानाथ कामरेड मारीसन की तलाश में निकला। कामरेड मारीसन उस समय अपने होटल में ही थे। उमानाथ ने कामरेड मारीसन का दरवाजा खटखटाया क्योंकि अंदर से बंद था। भीतर से आवाज आई, "मुझे अभी फुरसत नहीं है, फिर आना।"

इस बार उमानाथ ने दरवाजा खटखटाने के साथ अपने गले का भी प्रयोग किया, "कामरेड, मैं हूँ उमानाथ, दरवाजा खोलो।"

उसकी आवाज ने जादू का असर किया। "ओह, कामरेड तिवारी !" कहते हुए मारीसन ने दरवाजा खोला, "माफ करना ! मैं समझा था कि कोई और होगा। भला मुझे क्या मालूम था कि इतनी जल्दी चले आओगे।"

उमानाथ कामरेड मारीसन के साथ कमरे में घुसा। उसने देखा कि कमरे के अंदर एक आदमी सर से पैर तक खद्दर के कपड़े पहने बैठा है। सामने मेज पर कानपुर शहर का एक नक्शा फैला हुआ है। कामरेड मारीसन ने परिचय कराया, "कानपुर शहर के सबसे बड़े लेबर लीडर कामरेड ब्रह्मदत्त ! और इन्टरनेशनल के हिन्दुस्तानी प्रतिनिधि कामरेड तिवारी ! कामरेड ब्रह्मदत्त ! हिन्दुस्तान का आरगनाइजेशन अब कामरेड तिवारी करेंगे क्योंकि मैं इंग्लैंड वापस जा रहा हूँ।"

कामरेड ब्रह्मदत्त ने कामरेड तिवारी को हाथ जोड़कर हिन्दुस्तानी ढंग से अभिवादन किया।

"अभी हम लोग कानपुर के मिल-एरिया पर बातचीत कर रहे थे ! कामरेड तिवारी, तुम्हारी क्या राय है ? इस वक्त जबकि सत्याग्रह जोरों के साथ चल रहा है, कामरेड ब्रह्मदत्त का कहना है कि मिलों में हड़तालें करा दी जाएँ; और जो कुछ कारण इन्होंने दिए हैं वे बेजा भी नहीं हैं।"

"वे कारण क्या हैं ?" उमानाथ ने बैठते हुए पूछा।

"बतलाइए कामरेड ब्रह्मदत्त !" कामरेड मारीसन ने कहा।

ब्रह्मदत्त ने गला साफ करके कहना आरम्भ किया, "पहला कारण यह है कि विदेशी बहिष्कार के कारण स्वदेशी मिलों को बहुत ज्यादा फायदा हो रहा है। ये मिल-मालिक हड़ताल के कारण मिलों का बंद होना गवारा नहीं कर सकते क्योंकि इसमें इन लोगों का बहुत बड़ा नुकसान हो जाएगा। इसके अलावा बहुत से मिल-मालिक खुद कांग्रेस का साथ दे रहे हैं। हम दुनिया को बतला सकेंगे कि ये मिल-मालिक कितने पानी में हैं–ये अव्वल नम्बर के स्वार्थी हैं !"

उमानाथ ने गौर से ब्रह्मदत्त को देखा, उसकी तेज नजर के आगे ब्रह्मदत्त थोड़ा निष्प्रभ हो गया।

उमानाथ ने कहा, "मौका तो अच्छा है, लेकिन हमारे सामने सवाल यह है कि इस समय हड़ताल का असर इस मूवमेंट पर कैसा पड़ेगा ?"

ब्रह्मदत्त ने कुछ हिचकिचाते हुए कहा, "जी...मेरा ख्याल तो यह है कि जो कुछ भी असर हो, हमारे लिए यानी मजदूरों के लिए वह असर अच्छा ही होगा। और हमें तो देखना यह है कि हमारा–यानी मजदूरों का और हमारी पार्टी का फायदा किस बात में है।"

"आप ठीक कहते हैं !" उमानाथ ने बात को वहीं रोकते हुए कहा, "लेकिन इस बात पर अच्छी तरह गौर कर लेना पड़ेगा। हाँ, मुझे एक बात और पूछनी है, कानपुर में आपके अलावा और कितने लेबर-लीडर हैं ? मैं उन लोगों से मिलकर उन लोगों की भी राय ले लेना उचित समझूँगा।"

उमानाथ का यह रुख ब्रह्मदत्त को अच्छा नहीं लगा। कामरेड मारीसन को वह इस समय तक बहुत कुछ समझा चुका था और कामरेड मारीसन समझ भी चुके थे; इसलिए कामरेड तिवारी का बीच में फट पड़ना उसे अखर गया। उसने कहा, "जी...मेरे अलावा दो-चार आदमी और हैं लेकिन उन पर सब मजदूरों का पूरा विश्वास नहीं है और इसलिए उनकी राय का कोई मूल्य नहीं।"

"समझ गया। तो आपसे मैं फुरसत में बात करूँगा; अभी इस समय मुझे कामरेड मारीसन से कुछ खास बातें करनी हैं। आप शाम को सात बजे यहीं मिलिएगा !" उमानाथ ने शुष्क भाव से ब्रह्मदत्त से कहा।

ब्रह्मदत्त के जाने के बाद उमानाथ ने कामरेड मारीसन से कहा, "तुम्हारा ये लेबर-लीडर काफी बड़ा बदमाश मालूम होता है। अगर ऐसे लोगों के हाथ में हमारा आरगनाइजेशन है तो खैरियत नहीं !"

"क्यों ? इस आदमी में खराबी क्या है ? अच्छा काम करनेवाला, दौड़-धूप के लिए हरदम तैयार और उस पर मजदूरों पर इसका पूरी तौर से प्रभाव। अगर आप यह भी मान लें कि यह अक्ल में आपके मुकाबिले का नहीं है तो इसमें उसका क्या कसूर?"

उमानाथ हँस पड़ा, "तुम गलती करते हो कामरेड मारीसन ! यह आदमी अक्ल में तुमसे या मुझसे कहीं ज्यादा है, लेकिन इसके साथ मुसीबत यह है कि इसकी बुद्धि रचनात्मक न बनकर विनाशात्मक ढंग पर विश्वास करती है और इस तरह से हमारे सिद्धान्त को और हमारे ध्येय को मिट्टी में मिला सकती है। मुझे अपने विरोधियों से डर नहीं है, मुझे डर है इस तरह के कार्यकर्ताओं से। खैर छोड़ो भी इन बातों को; इन लोगों के साथ मैं निपट लूँगा। हाँ, तुम्हारे साथ कैसी बीती?"

"क्या बतलाऊँ कामरेड तिवारी ! तुम तो मुझे छोड़कर चल दिए और मैं अकेला रह गया। अब कामरेड, एक तो मेरा गोरा चमड़ा और दूसरे यहाँ की भाषा हिन्दुस्तानी का बहुत थोड़ा-सा ज्ञान। फिर देश में अंग्रेजों के प्रति घृणा का भाव ! शहर में जो

निकला तो लोग मेरे पीछे हो लिए। मेरा तमाशा बना डाला उन लोगों ने। जैसे-तैसे कांग्रेस कमेटी के दफ्तर में पहुँचा और मुझे ब्रह्मदत्त मिल गया। फिर क्या मौज से दिन-रात इसके साथ घूमा करता हूँ !''

''अर्दली तुमने बेजा नहीं चुना, है भी इसी काबिल कि गाइड का काम करे, इससे ज्यादा इसकी वकत नहीं। खैर, वह तो टला, अब चलो मेरे यहाँ; अपने चचा से मिलाऊँ। लेकिन एक बात बतला दूँ, तुम उन पर कहीं यह न जाहिर कर देना कि तुम कम्युनिस्ट हो। वे सुपरिंटेंडेंट पुलिस हैं।''

''ऐसी बात है ! तुम्हारा खानदान तो बड़ा दिलचस्प मालूम होता है,'' कामरेड मारीसन ने कहा, ''तुम्हारे यहाँ जरा सम्हलकर रहना होगा।''

''इसमें क्या शक है ! अभी तुम मेरे पिता से नहीं मिले। अजीब तरह के आदमी हैं। अगर उनका बस चले तो हर एक समाजवादी की खाल खिंचवाकर भुस भरवा दें।''

''तो मैं बड़े खतरनाक आदमियों के बीच में आ पड़ा हूँ !'' कामरेड मारीसन ने गम्भीर मुद्रा बनाते हुए कहा।

उमानाथ हँस पड़ा, ''डर गए ! अरे एक बात और बतला दूँ ! ये जितने आदमी हैं–हम लोग शुरू से लेकर आखिर तक–सब के सब बहुत बड़े कायर हैं। अगर कायर न होते तो भला ये लोग गुलामी करते होते ? और इतने बड़े कायर होते हुए भी यह लोग जरा-जरा सी बात पर लड़ पड़ते हैं, हत्या कर डालते हैं, फाँसी चढ़ जाते हैं।''

''यह तो ताज्जुब की बात है कामरेड तिवारी !''

''हाँ ! और इसका कारण सुनकर तुम्हारा ताज्जुब दूर हो जाएगा। हम हिन्दुस्तानियों में पशुता पूरी तरह भरी हुई है। इसी पशुता से प्रेरित होकर हम सब यह कर डालते हैं। लेकिन जब मनुष्यता प्रदर्शित करनी होती है, जब साहस की आवश्यकता होती है तभी हम हिन्दुस्तानी अपने को बहुत गिरा हुआ पाते हैं।''

कामरेड मारीसन उठ खड़े हुए, ''अच्छा चलो, तुम्हारे ही यहाँ चलता हूँ। लेकिन कामरेड ! लोगों को मैंने देखा है, उनके सम्पर्क में आया हूँ; और मैं जरा भी विश्वास करने को तैयार नहीं हूँ कि हिन्दुस्तानी इतने खूँख्वार हैं।''

''यह इसलिए कामरेड कि तुमने हिन्दुस्तान में शहर ही देखे हैं और शहरों में रहनेवाले जानवर पालतू हो गए हैं; उनके दाँत और नाखून हमारी सभ्यता ने तोड़ दिए हैं !'' उमानाथ ने कामरेड मारीसन के साथ चलते हुए कहा।

5

पंडित श्यामनाथ तिवारी को दयानाथ से मुलाकात करने के लिए जरा भी तकलीफ नहीं

उठानी पड़ी। जेल के अधिकारी दयानाथ को और उसके कुल को जानते थे। दयानाथ को 'ए' क्लास मिला था; और जेलर ने दयानाथ को जेल का सबसे अच्छा कमरा और उसके साथ ही विशेष फर्नीचर तथा अन्य सुविधाएँ दे रक्खी थीं। श्यामनाथ तिवारी दयानाथ के कमरे में पहुँचा दिए गए।

श्यामनाथ को देखते ही दयानाथ ने उनके चरण छुए। "अरे काका आप !"

"हाँ, तुमसे मिलने चला आया !"

"आपको मेरे कारण यहाँ आने का कष्ट उठाना पड़ा, इसके लिए मैं क्षमा माँगता हूँ। वैसे आपको यहाँ आने की कोई आवश्यकता तो नहीं थी।"

श्यामनाथ ने दयानाथ को देखा, मुख पर मुस्कुराहट और नेत्रों में चमक। वह अपने घर के ही कपड़े पहने था। श्यामनाथ ने धीमे स्वर में कहा, "दया ! मुझे तुमसे कुछ जरूरी बातें करनी थीं। इसलिए आया हूँ। मेरी तुमसे प्रार्थना है कि तुम..."

श्यामनाथ की बात बीच में ही काटकर दयानाथ ने कहा, "बेकार है काका ! यहाँ आकर अब मैं मानूँगा, या कांग्रेस से अलग हो जाने का वादा करूँगा, इसकी कल्पना ही मेरे साथ, मेरी आत्मा के साथ, मेरी मनुष्यता के साथ अन्याय करना है।"

"नहीं दया, मैं इसके लिए नहीं आया हूँ। मुझे तुम्हारे घर की बाबत कुछ बात करनी है !"

"कहिए !"

"देखो, बात यह है कि बड़ी बहू कानपुर में अकेली है।"

"अकेली तो नहीं काका, राजेश और ब्रजेश उसके साथ हैं।"

"अरे मेरा मतलब उससे है जो उसकी देखभाल कर सके।"

"इसकी आप चिन्ता न करें काका; वह स्वयं अपनी देखभाल करने के काबिल है। फिर उसके साथ भगवान हैं।"

"दया ! इस तरह की ऊटपटाँग बातें करने से क्या फायदा ? मेरे कहने का मतलब यह है कि बड़ी बहू कानपुर में बिल्कुल अकेली है। बड़के भइया उसे बानापुर ले चलने के लिए तुम्हारे यहाँ गए थे लेकिन बड़ी बहू ने बानापुर जाने से इनकार कर दिया !"

"ददुआ खुद आए थे और उसने इनकार कर दिया !" आश्चर्य से दयानाथ ने कहा। कुछ देर तक वह चुपचाप सोचता रहा, फिर उसके होंठों पर एक हलकी मुस्कुराहट आई, "मुझे इसकी उम्मीद न थी ! भगवान को धन्यवाद कि उसमें इतनी बुद्धि तो आ गई !" अब वह श्यामनाथ से बोला, "काका, देखिए, मैं कुल का त्याज्य हूँ; मुझे बानापुर जाने का अधिकार नहीं। अब मैं आपसे पूछ रहा हूँ कि आप लोगों को मेरे घर से, मेरे बीवी-बच्चों में इतनी दिलचस्पी क्यों ?"

श्यामनाथ सन्नाटे में आ गए। दयानाथ में, उस दयानाथ में जिसमें इतना संयम था, इतनी शिष्टता थी, जो इतना शान्त था, इतना गम्भीर था; उसमें इतनी कटुता कहाँ से आ गई ? उन्होंने कहा, ''दया ! तुम कैसी बातें कर रहे हो ?''

''बिलकुल ठीक कह रहा हूँ, काका ! मैं गिरफ्तार हुआ, मुझे सजा हुई; लेकिन आप लोगों को मुझमें कोई दिलचस्पी नहीं थी। ददुआ चाहते हैं कि मैं उनका गुलाम बनकर रहूँ ! आखिर यह क्यों? वे हर एक आदमी को अपना गुलाम बनाकर रखना चाहते हैं, और मैं ! मैं गुलामी के खिलाफ लड़ रहा हूँ ! कहीं भी तो दोनों में समानता नहीं है; न हम दोनों एक दृष्टिकोण से देख सकते हैं, न हम दोनों एक तरह से समझ सकते हैं। फिर मैं पूछ रहा हूँ कि उन्हें मेरी पत्नी में और बच्चों में इतनी दिलचस्पी क्यों? आप लोग अमीर हैं, आप लोग दूसरों को उत्पीड़ित करके, दूसरों को मिटा करके खुद मौज करने में विश्वास करते हैं। और मैं !–मैं उन लोगों में हूँ जो स्वयं मिटने में विश्वास करते हैं।''

श्यामनाथ को अनुभव हो रहा था कि दयानाथ का दिमाग कुछ खराब हो गया है; घबराए हुए वे अपने भतीजे को देख रहे थे, ''दया ! मैं तुमसे प्रार्थना करता हूँ, तुम इस तरह की बातें मत करो।''

''तो आप क्या कहना चाहते हैं ?''

''मैं बड़ी बहू के विषय में कहना चाहता हूँ कि वह कानपुर में कैसे रहेगी, बिल्कुल अकेली ! राजेश और ब्रजेश का भी तो खयाल करना पड़ेगा।''

''तो आप बतलाइए मैं क्या करूँ ? दुनिया में मेरे भी तो कोई नहीं है, और इसका मुझे दुःख नहीं, जरा भी दुःख नहीं। पशुता के बंधन से छूटकर मुझे प्रसन्नता ही हुई।''

श्यामनाथ तिवारी तिलमिला उठे। उन्हें विश्वास नहीं हो रहा था कि उनका सगा भतीजा दयानाथ उनके मुँह पर ही उन्हें पशु बना रहा है। पर श्यामनाथ तिवारी जानते थे कि दयानाथ के साथ रामनाथ तिवारी ने बहुत बड़ा अन्याय किया है; और इसलिए वे अनुभव करते थे कि दयानाथ की कटुता स्वाभाविक है। श्यामनाथ की मनुष्यता ने उनके क्रोध पर विजय पाई, उन्होंने बहुत करुण स्वर में कहा, ''दया ! जितना भला-बुरा कहना चाहो कह लो, बड़ी से बड़ी गाली मैं सुनने को तैयार हूँ! इसलिए कि तुम मेरे भतीजे हो, मेरे खानदान के हो। तुम जानते हो मुझे और मेरे स्वभाव को, लेकिन क्या करूँ, मैं विवश हूँ। मैं जानता हूँ कि तुम्हारे साथ अन्याय हुआ है, और इसलिए मैं तुम्हारे पास आया हूँ। मुझे उस अन्याय पर दुःख है और मैं तुमसे माफी माँगता हूँ।''

अपने काका की बात से दयानाथ लज्जित हो गया, उसका क्रोध गल गया, ''नहीं

काका, ऐसी बात आप न कहें, इसमें आपका कोई दोष नहीं। लेकिन आप ही बतलाइए मैं क्या करूँ ? आपकी क्या आज्ञा है ?"

"बहू का कहना है कि वह बिना तुम्हारी आज्ञा के बानापुर नहीं जा सकती। मैं चाहता हूँ कि तुम उसे बानापुर जाने की इजाजत दे दो।"

"काका ! एक बात मैं आपसे कहूँगा। फिर इस विश्वास के साथ कि आप मुझे अनुचित बात करने को न कहेंगे, आप जो कुछ कहिएगा वही मैं करूँगा। ददुआ ने मुझसे कहा है कि उनके जीवित रहते मैं बानापुर में पैर नहीं रख सकता। आप ददुआ को जानते हैं, उनके हठ को जानते हैं, उनके निर्णय को जानते हैं। अब सवाल यह उठता है कि जब मैं एकदम त्याज्य हूँ तो मेरी पत्नी किसी प्रकार स्वीकृत हो सकेगी ?"

श्यामनाथ निरुत्तर हो गए, "ठीक कहते हो ! लेकिन हो क्या ?"

"कुछ नहीं, जैसे चल रहा है, चलता रहेगा !"

श्यामनाथ निराश लौट आए।

जिस समय श्यामनाथ घर लौटे, बारह बज चुके थे। उनके मन की थकावट उनके शरीर में व्याप्त हो गई थी, वे बहुत अधिक चिन्तित थे। ड्राइंगरूम में बिजली का पंखा खोलकर बैठ गए, उन्हें कुछ अच्छा न लग रहा था। बात इतनी बढ़ सकती है, उन्होंने यह न सोचा था। आज जेल में दयानाथ से बात करके, उसकी कटुता को देखकर उनकी समझ में आया कि जो कुछ हुआ वह बहुत असाधारण-सी बात थी। राजेश और ब्रजेश उसी कमरे में खेल रहे थे। राजेश को उन्होंने अपनी गोद में बिठलाकर पूछा, "राजेश ! तुम्हारे पिताजी कहाँ हैं ?"

"किशन-मंदिल में !" गर्व के साथ ब्रजेश ने जो थोड़ी दूर पर बैठा एक किताब के पन्ने को फाड़कर नाव बना रहा था, जवाब दिया !

"मेरे साथ चलोगे ?" श्यामनाथ ने फिर पूछा।

"हाँ बाबा ! आपकी मोटर पर चलेंगे !" राजेश ने कहा, "जब से बाबूजी किशन-मन्दिर में गए तब से माँ ने मोटर बंद करवा दी। कहती हैं कि पैसा नहीं है और मोटर चलती है पेट्रोल से, और पेट्रोल खरीदने के लिए पैसा चाहिए। बाबा ! माँ झूठ-मूठ कहती हैं। उनके पास रुपया है लेकिन कहती हैं कि रुपया नहीं है। जब पिताजी थे तब रोज घुमाने ले जाते थे। और अब..." राजेश कहते-कहते रुक गया।

श्यामनाथ राजेश की बातें ध्यान से सुन रहे थे। राजेश की भोली बातों में कितनी करुणा थी, कितनी विवशता थी ! राजेश को अपनी गोद से उतारते हुए श्यामनाथ ने कहा, "अच्छा तो राजेश, आज तुम मेरी मोटर पर घूमने चलना !"

"औल बाबा मैं-मैं भी चलूँदा ! ऊ-ऊ !" ब्रजेश ने वहीं से अवाज लगाई।

श्यामनाथ ने बढ़कर ब्रजेश को गोद में उठा लिया, "हाँ, तुम भी ! तुम भी

चलोगे !"

"औल माँ !–माँ भी चलेंदी न !" खुश होकर ब्रजेश न पूछा।

इसी समय उमानाथ ने कामरेड मारीसन के साथ कमरे में प्रवेश किया।

6

कामरेड मारीसन की शक्ल देखते ही राजेश और ब्रजेश कमरे से रवाना हो गए। उमानाथ ने बढ़कर श्यामनाथ से कहा, "काका ! ये मेरे दोस्त मिस्टर मारीसन हैं, बड़े विद्वान आदमी। हमारे महान ग्रंथ वेदों का अध्ययन करने के लिए ये हिन्दुस्तान आए हुए हैं–हिन्दू धर्म के बहुत बड़े भक्त हैं।"

श्यामनाथ ने उठकर बहुत आदरपूर्वक मारीसन से हाथ मिलाया, "मुझे आपसे मिलकर बड़ी खुशी हुई। कहिए हिन्दुस्तान में आपने क्या-क्या देखा ?"

कामरेड मारीसन ने एक बार आश्चर्य के साथ उमानाथ के मुख को गौर से देखा यह जानने के लिए कि उसके इस झूठ का मतलब क्या है, लेकिन उमानाथ शान्त था। कामरेड मारीसन ने जरा-सा बचते हुए कहा, "हिन्दुस्तान मैं अच्छी तरह से घूमा हूँ; और देखा भी मैंने बहुत कुछ है। लेकिन एक खास बात मैंने देखी वह यह है कि यहाँ के आदमी नेक होते हुए भी बेवकूफ हैं।"

"इसमें क्या शक है !" श्यामनाथ तिवारी ने मारीसन की बात की ताईद की, "बेवकूफ तो ये लोग अव्वल नम्बर के हैं। तभी तो देखिए आप लोग वेदों के पीछे दीवाने घूम रहे हैं, इतनी दूर विलायत से वेदों का पता लगाने यहाँ आए हैं और हम लोग अपने ही महान ग्रंथ की परवाह नहीं करते ! तो वेदों को आपने खूब अच्छी तरह पढ़ा होगा !"

"जी...अभी पढ़ ही रहा हूँ। बड़ी अच्छी किताब है ! आपकी क्या राय है ?"

श्यामनाथ तिवारी जरा संकट में पड़ गए। अपना अज्ञान वे प्रकट नहीं करना चाहते थे, पर वेद के धुरंधर विद्वान के सामने वे दूर की भी नहीं हाँक सकते थे। उन्होंने कुछ सोचकर कहा, "मैं क्या बतलाऊँ ! वेद तो हमारा ही ग्रंथ है न ! लेकिन इतना तो मानना पड़ेगा कि वेद में पूर्ण ज्ञान भरा है। वह महान ग्रंथ है, और हम हिन्दुओं का विश्वास है कि स्वयं ब्रह्मा ने उसे लिखा है।"

"जी हाँ ! चीज तो वह ऐसी ही है ! हिन्दुस्तानियों में किसी समय–इन हिन्दुस्तानियों में जो आज परले सिरे के बेवकूफ समझे जाते हैं, किसी समय इतना अथाह ज्ञान था–यह देखके मुझे दंग रह जाना पड़ता है !"

उमानाथ इन दोनों की बातचीत पर मन ही मन हँस रहा था। उसने कामरेड

मारीसन से कहा, ''मिस्टर मारीसन ! आज जिसे हम सोशलिज्म कहते हैं, उस पर वेद में कितना अच्छा प्रकाश डाला गया है ! मनुष्य सम है, उसने स्वयं विषमता उत्पन्न कर ली है। उस विषमता को दूर करना ही मनुष्य का परम कर्तव्य है !''

''बिलकुल ठीक कहा मिस्टर उमानाथ ! मुझे बड़ा ताज्जुब है कि हिन्दुस्तानी उन दिनों आज की दुनिया की रफ्तार से किस तरह वाकिफ हो गए थे !''

''और वेद में जो कहा है कि राजाओं को मार डालो, अमीरों को लूट लो, अमीरी को मिटा दो। जो कुछ अन्न पैदा हो बराबर-बराबर बाँट लो !'' उमानाथ ने फिर कहा।

पंडित श्यामनाथ का माथा ठनका। यद्यपि उन्होंने वेद पढ़ा नहीं था, पढ़ना तो दूर रहा, देखा तक नहीं था पर उन्होंने वेद के विषय में सही-गलत सुना बहुत कुछ था। आर्यसमाजी और सनातन धर्मी सभी वेद की दुहाई देते हैं। पर किसी आदमी ने कभी यह नहीं कहा था कि वेदों में राजाओं और अमीरों को लूटने-पाटने के लिए लोगों को उकसाया गया है। वह आश्चर्य से उमानाथ को देख रहे थे। वे अच्छी तरह जानते थे कि उमानाथ ने कभी वेद नहीं पढ़ा है।

और वेद का प्रकांड पंडित बड़े जोश के साथ कह रहा था, ''ठीक कहते हो उमानाथ, वेदों में ही कहा गया है कि मिल के मजदूरों को मिल की आमदनी पर पूरा अधिकार होना चाहिए। पूँजीपतियों को यह कभी भी अधिकार नहीं है कि वह गरीब मजदूर की खून की कमाई पर गुलछर्रे उड़ावें !''

श्यामनाथ तिवारी कह उठे, ''क्या कहा ?''

और श्यामनाथ के चेहरे के भाव को देखकर कामरेड मारीसन को पता लग गया कि कहीं गलती हो गई। उस समय उमानाथ ने उसकी बड़ी सहायता की। उमानाथ ने कहा, ''मिस्टर मारीसन ! पंडित बद्रीनाथ शास्त्री से आप आज शाम को ही मिलिएगा न !''

''यह तो तुम जानो–जैसा तै किया हो !'' मारीसन समझ गया कि वेदों का किस्सा अब खत्म होना चाहिए।

पंडित बद्रीनाथ शास्त्री कानपुर नगर के बहुत प्रसिद्ध ज्योतिषी थे। लोगों का ख्याल था, और स्वयं बद्रीनाथ शास्त्री का कहना था कि उनके पास भृगु-संहिता है, और इसी सिलसिले में एक-आध बार पंडित श्यामनाथ तिवारी शास्त्रीजी से मिले थे। पंडित बद्रीनाथ शास्त्री ने जो बातें बतलाई थीं उनमें पचीस प्रतिशत उनके ज्ञान को साबित करती हुई ठीक निकलीं और पचहत्तर फीसदी कलजुग तथा अधर्म के कारण ग्रहों के फलाफल में भेद पड़ जाने को साबित करती हुई झूठी निकलीं।

अपने काका को थोड़ा-सा और आश्वासन दिलाने के लिए उमानाथ ने कामरेड मारीसन से कहा, ''मिस्टर मारीसन ! हिन्दुस्तान में मजाक सिर्फ बराबरीवालों से और

बराबरीवालों के सामने ही किया जाता है !"

मारीसन ने भी अपनी सफाई देना उचित समझा, मुझे माफ कीजिएगा। बात यह हुई कि कलकत्ता से आने के वक्त ट्रेन में एक करोड़पति मारवाड़ी से मुलाकात हो गई। बड़ा बना हुआ आदमी था–जब बात करता था तब गीता और वेद का हवाला देता था। मुझसे टूटी-फूटी अंग्रेजी में दूर की हाँकने लगा। उसे क्या मालूम कि मैं संस्कृत का पंडित ! फिर उसने वेदों पर बातचीत शुरू की। अब मैंने सोचा कि उसे बनाया जाए। तो मैंने जो इस तरह की बातें उसे सुनाईं तो लगा बगलें झाँकने, सारी सिट्टी-पिट्टी भूल गई।"

इस पर श्यामनाथ खूब हँसे। जो कुछ शक उन्हें हुआ था वह पंडित बद्रीनाथ शास्त्री का नाम और इस मजेदार किस्से को सुनकर दूर हो गया।

श्यामनाथ ने हिन्दी में उमानाथ से वे सब बातें बतला दीं जो उनमें और दयानाथ में हुई थीं। "अब क्या हो", उमानाथ ने पूछा।

"क्या बतलाऊँ ? कुछ समझ में नहीं आता !"

"मैं एक बात कहूँ ! अगर आप ठीक समझें तो मैं यहाँ कानपुर में उस समय तक यहीं रहूँ जब तक बड़के भइया जेल में हैं। अगर भौजीजी हमारे यहाँ नहीं जातीं तो हम लोग तो यहाँ आ सकते हैं। इससे हमारा मतलब पूरा हो जाएगा और बड़के भइया की जिद भी रह जाएगी।"

श्यामनाथ कुर्सी से उछल पड़े। "ठीक उमा ! यह बात तो हम लोगों को सूझी तक नहीं थी ! मैं जान गया कि विलायत में रहने से आदमी की अक्ल जरूर बढ़ जाती है। तो तुम यहाँ रहने को तैयार हो न !"

"काका, मेरा बानापुर जाना बेकार है, आप खुद ददुआ से सबकुछ ठीक कर लीजिएगा। हाँ, आप वहाँ से मेरा असबाब भिजवा दीजिएगा। आप जानते ही हैं कि मेरे जाने से भौजीजी कितनी अकेली हो जाएँगी !"

"हाँ उमा, यह तुमने ठीक कहा। अच्छा, तो मैं कल सुबह बानापुर जाऊँगा। अभी मैं फतेहपुर जा रहा हूँ। रात के समय लौट आऊँगा।"

शाम के समय उमानाथ मार्कण्डेय के मकान पर पहुँचा। पंडित झगडू मिश्र बरामदे में बैठे पुलिस की प्रतीक्षा कर रहे थे और भीतर कमरे में मार्कण्डेय कांग्रेसवालों के साथ बातचीत कर रहा था। मार्कण्डेय की बातचीत में बाधा डालना उमानाथ ने ठीक नहीं समझा, वह सीधे झगडू के पास पहुँचा। झगडू उमानाथ को देखते ही उठ खड़े हुए–"तुम अच्छे आय गए मझले कुँवर ! पुलिस तो अबहीं तक नाहीं आई; बैठो, आवतै होई।"

उमानाथ मुस्कुराया। सड़क पर एकत्रित भीड़ को, जो मार्कण्डेय की गिरफ्तारी पर

उसे विदा देने के लिए एकत्रित हो रही थी, देखते हुए उसने कहा, "झगडू काका! अगर पुलिस इस समय मार्कण्डेय भइया को गिरफ्तार करने आती है तो मैं समझूँगा कि पुलिसवाले बहुत बड़े मूर्ख हैं। और इसलिए मैं तो चलूँगा क्योंकि मुझे जरूरी काम है। वापसी में अगर मैं आ सका तो आऊँगा।"

ठीक सात बजे कामरेड मारीसन के होटल में पहुँचा। ब्रह्मदत्त और कामरेड मारीसन दोनों चुपचाप बैठे उमानाथ का इंतजार कर रहे थे। कामरेड मारीसन ने उमानाथ के कान में कहा, "कामरेड उमानाथ, मैं तो उस आदमी के साथ बैठने से घबराता हूँ, तुम्हीं इसे सम्हालो !"

उमानाथ हँस पड़ा, "मैं अभी निपटाता हूँ !" और यह कहकर वह ब्रह्मदत्त की तरफ घूमा।

उसने बातें आरम्भ कीं, "कहिए श्रीयुत ब्रह्मदत्त ! आप यहाँ क्या कर रहे हैं ?"

"मैं मजदूर सभा का सेक्रेटरी हूँ। कांग्रेस की बार-काउंसिल का मेम्बर भी हूँ।"

"मुझे ताज्जुब हो रहा है कि मजदूरों ने आपको अपना सेक्रेटरी क्यों बना लिया और कांग्रेसवालों ने आपको बार-काउंसिल में क्यों शामिल कर लिया। खैर, जाने दीजिए इस बात को। अब आप बतलाइए कि अगर आप इस समय मजदूरों से हड़ताल करने को कहेंगे तो क्या वे राजी हो जाएँगे ?"

"इसमें क्या शक है !" ब्रह्मदत्त ने तपाक के साथ कहा, "जहाँ उन्हें यह समझाया गया कि हड़ताल करने से उनकी तनख्वाहें बढ़ जाएँगी, वहीं वे राजी हो जाएँगे।"

"और मान लीजिए कि मजदूरों ने हड़ताल कर दी, और मिल-मालिकों ने भी उनसे लड़ने की ठान ली तो मजदूर कितने दिन तक बेकार बैठे रह सकेंगे?"

इस पहलू पर ब्रह्मदत्त ने विचार न किया था क्योंकि विचार करने की उसने जरूरत न समझी थी। प्रत्येक हिन्दुस्तानी की भाँति वह भविष्य को भगवान के हाथ में छोड़ देने पर विश्वास करता था। इस प्रश्न को सुनकर वह सकपकाया, "इसका जवाब तो मैं अभी नहीं दे सकता। दो-एक दिन में सब बातें दरियाफ्त करके और हिसाब लगाकर बतला सकूँगा।"

"खैर, जाने दीजिए इस बात कों ! हाँ, अब दूसरा सवाल यह है कि क्या मजदूर सभा का कोई फंड है और अगर है तो उसमें कितना रुपया है ?"

"जी...फंड तो है, लेकिन उसमें रुपया नहीं के बराबर है। देखिए, मजदूर बिचारे दे ही क्या सकते हैं, जो कुछ हम इकट्ठा कर पाते हैं वह कार्यकर्ताओं के वेतन, मार्ग-व्यय तथा अन्य ऐसी ही चीजों पर खर्च हो जाया करता है।"

उमानाथ का स्वर कड़ा हो गया, "फिर आप हड़ताल किस बिरते पर चलाना चाहते हैं ?"

"जी...पब्लिक से चंदा माँगकर हम मजदूरों को महीना-पन्द्रह दिन खिला सकते हैं।"

"और इस पब्लिक के चंदे में से आपको कितना हिस्सा मिलेगा?" उमानाथ ने बड़ी गम्भीरतापूर्वक प्रश्न किया।

"मैं समझा नहीं ! क्या आपका मतलब है कि मजदूरों के चंदे में से रुपया हड़प कर जाता हूँ ?" ब्रह्मदत्त ने तनिक उत्तेजित होकर कहा।

"आप बिल्कुल ठीक समझे ! और इसमें मुझे तब तक कोई एतराज नहीं जब तक आप यह चंदा अमीरों से वसूल करते हैं और अपना हिस्सा खर्च कर डालते हैं, यानी उस रुपए से जमीन-जायदाद खरीदकर खुद पूँजीपति नहीं बनते। लेकिन ब्रह्मदत्तजी, इस समय जब कि कांग्रेस की लड़ाई जोरों के साथ चल रही है, लोगों की आँखें इस लड़ाई की ओर लगी हुई हैं। इस समय आपकी ओर कोई मुखातिब न होगा, आपको कोई रुपया न देगा—इतना आप यकीन रक्खें। ये चंदा देनेवाले इस समय कांग्रेस को चंदा दे रहे हैं। आपने गलत मौका चुना है।"

"क्या आपने मेरा अपमान करने के लिए मुझे यहाँ बुलाया है?" ब्रह्मदत्त ने कामरेड मारीसन की ओर मुड़कर कहा।

कामरेड मारीसन शान्त-भाव से बैठे हुए इन दोनों को देख रहे थे और मजा ले रहे थे। उन्होंने कोई उत्तर देना उचित न समझा।

कामरेड मारीसन के उस मौन से उत्तेजित होकर ब्रह्मदत्त ने फिर कहा, "आप लोग परले सिरे के धूर्त और स्वार्थी हैं। एक भले आदमी को अपने घर में बुलाकर आप उसका अपमान करते हैं।" और वह उठ खड़ा हुआ।

उमानाथ ने ब्रह्मदत्त का हाथ पकड़कर उसे बिठलाते हुए कहा, "कामरेड ब्रह्मदत्त ! इस तरह नाराज नहीं हुआ जाता; काम की बातचीत में सभी कुछ सुनना पड़ता है। और जिन बातों के सच होते हुए भी आप उन पर बुरा मान रहे हैं, मैं उन्हें ऐसी कोई बुरी भी नहीं समझता। फर्क इतना है कि कुछ चुराता-छिपाता नहीं क्योंकि मैं जो कुछ करता हूँ वह विश्वास के साथ, और साथ ही साफ और खरी कहता हूँ।"

ब्रह्मदत्त ने इसका कोई उत्तर नहीं दिया। थोड़ी देर तक कोई बात नहीं हुई। उमानाथ ने उठते हुए कामरेड मारीसन से कहा, "कामरेड, अब कल मिलूँगा; अभी मैं मिस्टर ब्रह्मदत्त के साथ जरा शहर घूमने जा रहा हूँ। रास्ते में और भी बातें होंगी।"

आठ बज चुके थे। ब्रह्मदत्त के साथ उमानाथ एक अंग्रेजी होटल में पहुँचा। उमानाथ ने दो पेग व्हिस्की का आर्डर दिया। ब्रह्मदत्त ने कहा, "मैं तो नहीं पीता !"

"अकेले या सबके सामने ?"

"जी...वैसे तो इसमें कोई बुराई नहीं, लेकिन महात्मा गांधी ने इस पर धरना बैठा दिया है और मैं उन लोगों में हूँ जो शराब पर धरने को चला रहे हैं।"

"छोड़ो भी, यहाँ तो आपको देखनेवाला कोई नहीं है, हाँ अपनी गांधी टोपी उतार डालिए !" और उमानाथ ने स्वयं अपने हाथ से ब्रह्मदत्त की टोपी उतारकर अपनी जेब में रख ली।

ब्वाय दो गिलासों में सोडा और व्हिस्की दे गया। पीते हुए उमानाथ ने पूछा, "अच्छा ब्रह्मदत्तजी, एक बात बतलाइए। अगर ये मजदूर हड़ताल करने के साथ सत्याग्रह भी आरम्भ कर दें तो कैसा रहे ?"

"किसके खिलाफ ? सरकार के खिलाफ या मिल-मालिकों के खिलाफ ?" ब्रह्मदत्त ने पूछा।

"आप किसके खिलाफ चाहते हैं ? दोनों ही बदमाश हैं, किस बदमाश को आप पछाड़ना चाहेंगे ?" उमानाथ ने कहा।

ब्रह्मदत्त थोड़ी देर तक चुपचाप उमानाथ की बात को समझने की कोशिश करता रहा, पर बात उसकी समझ में नहीं आई, "लेकिन हड़ताल तो मिल-मालिकों के खिलाफ होगी; ऐसी हालत में सत्याग्रह किस तरह सरकार के खिलाफ चल सकता है। अगर सत्याग्रह हो सकता है तो मिल-मालिकों के खिलाफ !"

"हाँ, यह तो आपने ठीक कहा। लेकिन मान लीजिए कि इस वक्त मिल-मालिक सरकार के साथ मिल जाएँ और कांग्रेस का साथ छोड़ दें तो क्या होगा? बीच में मजदूरों का सवाल उठाकर क्या हम इस स्वाधीनता की लड़ाई में बाधा नहीं डालेंगे? इसके अलावा मजदूर एक तरफ से सरकार की हमदर्दी खो देंगे, दूसरी तरफ जनता की।"

ब्रह्मदत्त हँस पड़ा, "आप अभी-अभी बाहर से लौटे हैं और चीजों को ठीक तौर से नहीं समझ पा रहे हैं। आप जरा गौर करें कि यह कांग्रेस का मूवमेंट है क्या? आप कहेंगे कि यह कांग्रेस और सरकार के बीच एक लड़ाई है। फिर एक सवाल और उठेगा, यह कांग्रेस क्या बला है ? आप कहेंगे कि कांग्रेस हिन्दुस्तान की स्वतंत्रता के लिए लड़नेवाली एक संस्था है। मैं मान गया ! लेकिन मैं पूछता हूँ कि देश की स्वतंत्रता के लिए लड़ कौन रहा है ? ये किसान-निरक्षर और मूर्ख ! भला ये क्या लड़ सकते हैं ? ये तो जरा भी नहीं जानते कि स्वाधीनता है क्या चीज। फिर जहाँ तक जमींदारों का सवाल है, यह लड़ाई उनके खिलाफ जान पड़ती है क्योंकि हिन्दुस्तान की आजादी के अर्थ होंगे जमींदारी प्रथा का अंत हो जाना। तो बाकी रह गए हमारे देश के व्यापारी। यहाँ यह समझ लेना पड़ेगा कि इंग्लैंड एक व्यापारिक देश है, और हिन्दुस्तान की गुलामी बहुत बड़े अंश में मुख्यतः व्यापारिक तथा आर्थिक गुलामी है। इंग्लैंड की

व्यापारिक नीति के कारण हिन्दुस्तान के व्यापार को तथा व्यापारियों को बहुत बड़ा धक्का लगता है। तो कामरेड, हमारे देश के व्यापारी ही अपने हित के लिए स्वतंत्रता पाना चाहते हैं और इसलिए ब्रिटिश सरकार से लड़ रहे हैं। यह व्यापारी कभी भी सरकार का साथ न देंगे। यह याद रखिएगा कि कांग्रेस व्यापारियों की, पूँजीपतियों की संस्था है। इस समय ये पूँजीपति बड़ी आसानी से दबाए जा सकते हैं।"

उमानाथ ने दूसरा पैग मँगवाया, ब्रह्मदत्त ने दूसरा पैग लेने से इनकार कर दिया। थोड़ी देर तक उमानाथ आश्चर्य से ब्रह्मदत्त को देखता रहा, इसके बाद उसने ब्रह्मदत्त के कंधे पर हाथ रखकर कहा, "यार, आदमी तुम इतने गावदी नहीं हो जितना मैंने तुम्हें समझ रक्खा था। लेकिन तुम्हारे लाख समझाने पर भी मेरी तबियत नहीं होती कि मैं हड़ताल करवाऊँ। बुरा न मानना, मैं समझता हूँ कि जब दो बदमाशों में लड़ाई हो रही हो तब छोटे बदमाश के साथ मिलकर बड़े बदमाश को खत्म कर दिया जाना चाहिए। छोटे बदमाश को तो किसी भी समय आसानी से खत्म किया जा सकता है।"

"जी ! मैंने तो एक सलाह भर दी, जरूरी नहीं कि आप उसे मान ही लें।"

इस समय उमानाथ ने दूसरा पैग भी खत्म कर दिया। उठते हुए उसने कहा, "तो फिर अब घर चला जाए कामरेड ! तुम अच्छे मिल गए। और अब मैं तुम्हें अपना परिचय भी दे दूँ ! तुम दयानाथ तिवारी को तो अच्छी तरह जानते होंगे ?"

"अरे ! तो आप उनके भाई तो नहीं हैं ?" ब्रह्मदत्त ने आश्चर्य से उमानाथ को देखा।

"हाँ, मैं उनका भाई हूँ, अभी दो-चार दिन हुए, विलायत से वापस आया हूँ। उन्हीं के बँगले में ठहरा हूँ और रहूँगा भी यहीं। तो कल सुबह आना, जलपान मेरे यहाँ आकर करना।"

7

उमानाथ अपनी भावज के पास सुबह पहुँचा, "तो भौजीजी ! मैंने यह तै किया है कि जब तक बड़के भइया जेल में हैं तब तक मैं यहाँ कानपुर में और इसी मकान में ही रहूँ। आपकी क्या राय है ?"

राजेश्वरी ने उत्सुकता से उमानाथ को देखा, "इसकी क्या जरूरत थी मझले बाबू ! खैर आपकी जैसी मर्जी। लेकिन आप अभी-अभी विलायत से आए हैं; मझली दुलहिन को भी लेते आइए न !"

उमानाथ ने बात टालते हुए कहा, "खैर इस पर फिर सोचूँगा, अभी तो मैं सिर्फ आपसे यह बात कहने आया था।" और इस खयाल से कि कहीं बात अधिक न बढ़े,

उमानाथ बाहर चला गया।

ठीक सात बजे पंडित ब्रह्मदत्त दयानाथ के बँगले में दाखिल हुए। उमानाथ ने उटकर ब्रह्मदत्त का स्वागत किया, और फिर दोनों कामरेड चा और नाश्ते पर जुट गए। चा समाप्त करके ब्रह्मदत्त ने संतोष की गहरी डकार ली। उन्होंने कहा, "कामरेड ! आज सुबह चार बजे कानपुर के पाँचवें डिक्टेटर श्रीयुत मार्कण्डेय मिश्र गिरफ्तार हो गए। नगर में इस समय..." उमानाथ ने ब्रह्मदत्त की बात बीच में काटते हुए कहा, "क्या कहा, मार्कण्डेय भइया गिरफ्तार हो गए–चार बजे सुबह !"

"जी हाँ ! आप शायद उन्हें जानते होंगे। दयानाथ जी के घनिष्ट मित्र थे; शायद एक ही गाँव के रहनेवाले हैं। तो छठे डिक्टेटर की नियुक्ति का सवाल है !"

"हूँ !" उमानाथ ने केवल इतना कहा; वह उस समय झगडू के सम्बन्ध में सोच रहा था।

"कामरेड–सुन रहे हो, छठा डिक्टेटर बनने को मुझसे कहा जा रहा है !"

"तो तुमने क्या तै किया ?" उमानाथ ब्रह्मदत्त की तरफ मुखातिब हुआ।

"जाना तो पड़ेगा ही; यह सम्भव नहीं कि मैं इनकार कर दूँ, यद्यपि जाने की इच्छा तो नहीं है क्योंकि मैं जानता हूँ कि मैं पूँजीपतियों की तरफ से लड़ रहा हूँ। देखिए, मैं समाजवादी पहले हूँ, कांग्रेसमैन बाद में हूँ। ऐसी हालत में मैं तुम्हारी सलाह ले लेना चाहता हूँ।"

उमानाथ थोड़ी देर तक कुछ सोचता रहा, फिर उसने कहा, "मेरा ऐसा खयाल है कि तुम्हें जाना ही चाहिए। लेकिन इतना जरूर कहूँगा कि अपना नम्बर छठे से सातवाँ करा लो।"

"यह तो मुश्किल काम है। एक दिन के लिए भी टलने से लोग मुझे कायर समझने लगेंगे, और बेकार ही कायर समझा जाना मुझे अच्छा नहीं लगता। अगर एकदम कांग्रेस की नीति को ही छोड़ देना पड़े तो मैं इसे उचित समझूँगा, लेकिन ऐसी हालत में मुझे कोई जबर्दस्त लेबर मूवमेंट अपने हाथ में उठा लेना पड़ेगा। अगर यों ही टालता हूँ तो यह बेजा बात होगी।"

"हाँ, यह तो ठीक है लेकिन, अभी कोई लेबर मूवमेंट उठाना मैं उचित नहीं समझता, साथ ही मैं इस बात पर भी जोर दूँगा कि इतना आगे बढ़कर पीछे हटने से तुम्हारी और हमारे दल की बदनामी होगी। लेकिन मैं चाहता हूँ कि अभी दो-चार दिन तुम जेल न जाओ। अच्छा, एक काम करो !"

"वह क्या ?"

"आज तुम्हें एक सौ पाँच डिग्री बुखार आना चाहिए क्योंकि डिक्टेटर की नियुक्ति आज ही हो जाएगी न ! और कल सुबह अच्छे होकर तुम मुझे मिल एरिया में घुमाना

शुरू कर दो। मेरा खयाल है कि तीन-चार दिन में यह काम हो जाएगा, फिर तुम बड़े मजे में जेल जा सकते हो।"

"लेकिन अगर कांग्रेसवाले जान गए कि मैंने सिर्फ बहाना किया है ?" ब्रह्मदत्त ने पूछा।

"इसकी जिम्मेदारी मुझ पर ! मजाल है कि उन्हें शक होने पाए !"

"जैसा तुम ठीक समझो कामरेड, मैं तुम्हारे ही ऊपर सबकुछ छोड़े देता हूँ।"

उमानाथ ने उसी समय टेलीफोन उठाया। उसने स्थानीय दैनिक पत्र 'प्रताप' और 'वर्तमान' में सूचनाएँ भेज दीं। ब्रह्मदत्त जी को 105 डिग्री बुखार आ गया।

दोनों पत्रों के प्रतिनिधि यह सूचना मिलते ही दयानाथ के बँगले में आ गए। इस बीच उमानाथ ने ब्रह्मदत्त को सोफे पर लिटा दिया था। संवाददाताओं के आने की सूचना मिलते ही उमानाथ ने ब्रह्मदत्त पर एक कम्बल डाल दिया और बिजली का पंखा बंद कर दिया। दोनों संवाददाता कमरे में आ गए और आते ही ब्रह्मदत्त की खैर-कुशल की पूछताछ आरंभ कर दी।

प्रतिनिधि प्रताप–"बुखार कब चढ़ा?"

प्रतिनिधि वर्तमान–"बुखार कैसे चढ़ा?"

प्रतिनिधि प्रताप–"बुखार क्यों चढ़ा?"

प्रतिनिधि वर्तमान–"बुखार कहाँ चढ़ा?"

दोनों संवाददाता कागज-पेंसिल लिये तैयार बैठे थे, कम्बल के नीचे से पंडित ब्रह्मदत्त कराह रहे थे और उमानाथ चिंतित तथा मौन कमरे में टहल रहा था। उमानाथ ने ब्रह्मदत्त के पास जाकर उसे थोड़ा-सा पानी पिलाया, फिर वह इन संवाददाताओं की ओर मुखातिब हुआ, "बुखार आज अभी एक घंटा पहले चढ़ा, जाड़ा देकर चढ़ा, मलेरिया के जर्म्स इनके शरीर में प्रवेश कर गए थे इसलिए चढ़ा और मेरे इसी कमरे में चढ़ा।"

दोनों रिपोर्टरों ने उमानाथ का बयान दर्ज कर लिया।

उमानाथ ने फिर कहा, "पंडित मार्कण्डेय मिश्र की गिरफ्तारी के बाद डिक्टेटरशिप के लिए ब्रह्मदत्तजी का नम्बर आना चाहिए। जब से इनको बुखार चढ़ा है तब से बहुत चिंतित और उद्विग्न हो गए हैं। बीच-बीच में चिल्ला उठते हैं कि मुझे कांग्रेस कमेटी के दफ्तर ले चलो, मुझे चार्ज लेना है !"

और उसी समय ब्रह्मदत्त चिल्लाया, "मुझे कांग्रेस कमेटी के दफ्तर ले चलो !"

"देखा आपने !" इस प्रत्यक्ष प्रमाण का उल्लेख करते हुए उमानाथ ने कहा, "और मैं इस बात पर जोर दूँगा कि जब तक ये अच्छे न हो जाएँ तब तक इन्हें जरा भी काम न करना चाहिए। मैंने यह तै कर रखा है कि तीन दिन तक मैं इन्हें इसी

मकान में जबर्दस्ती रक्खूँगा और इन्हें किसी से मिलने न दूँगा। इनकी हालत इतनी खराब है कि जरा-सी हलचल से भी इनका प्राणान्त हो सकता है ! एक सौ पाँच डिग्री बुखार कम नहीं होता, और जब आदमी बकने लगे जैसा ब्रह्मदत्तजी कर रहे हैं तब तो हालत और भी खराब समझिए !"

उमानाथ वक्तव्य दे रहा था, दोनों रिपोर्टर तेजी से लिख रहे थे, और ब्रह्मदत्त पसीने से लथपथ था। सबकुछ लिखकर रिपोर्टरों ने कहा, "अच्छा तो अब आप हमें आज्ञा दीजिए ! आपने कांग्रेस कमेटी को इत्तिला कर ही दी होगी।"

"अरे ! यह तो मैं भूल ही गया। अगर आप लोगों को कोई विशेष कष्ट न हो तो आप लोग स्वयं इत्तिला कर दें। इनकी हालत तो आप लोगों ने देख ही ली है। हाँ ! आप लोगों ने जलपान तो न किया होगा !"

"ही ! ही ! आपकी कृपा बनी रहे, जलपान की ऐसी कोई बात नहीं। हम लोग इत्तिला कर देंगे !" दोनों रिपोर्टरों ने एकसाथ उठते हुए कहा।

"अजी वाह ! अतिथि बिना जलपान किए चला जाए-भला यह कहीं हो सकता है !" हाथ पकड़कर उमानाथ ने दोनों रिपोर्टरों को बिठला लिया। नौकर कोई पास न था इसलिए वह स्वयं जलपान का प्रबन्ध करवाने भीतर चला गया।

दोनों रिपोर्टरों ने आपस में बातचीत शुरू की।

प्रतिनिधि प्रताप-"यही दयानाथ जी के छोटे भाई उमानाथ जी हैं, जर्मनी से पढ़कर लौटे हैं।"

प्रतिनिधि वर्तमान-"बड़े सीधे आदमी मालूम होते हैं और साथ ही बड़े खातिरदार।"

प्रतिनिधि प्रताप-"दुनिया घूमे हैं, घाट-घाट का पानी पिये हैं। जानते हैं कि आदमी की किस तरह से इज्जत की जाए; कोई बनिया-बक्काल थोड़े ही हैं !"

प्रतिनिधि वर्तमान-"इसमें क्या शक है ! ताल्लुकेदार के लड़के हैं, दिल और हिम्मत है ! देखा, पंडित ब्रह्मदत्त की कैसी सेवा-सुश्रूषा कर रहे हैं !"

इधर यह संवाददातागण उमानाथ तिवारी का गुणगान कर रहे थे, उधर पंडित ब्रह्मदत्त के बुरे हाल थे। "गरमी में कम्बल ओढ़कर लेटना आसान काम नहीं है !" इस विषय पर वे उमानाथ से विवाद करने को छटपटा रहे थे। सारा शरीर पसीने से भीगा हुआ था।

उमानाथ के पीछे-पीछे नौकर दो तश्तरियों में मिठाई और नमकीन लिये हुए आया। दोनों संवाददाता जलपान पर जुट गए। उमानाथ अपनी सफलता पर मुस्कुरा रहा था। जलपान करके दोनों संवाददाता ने संतोष की डकार ली। इसके बाद दोनों ने उमानाथ की खुशामद करना प्रारंभ कर दिया।

ब्रह्मदत्त अब निराश हो गया। अभी तक तो समझे था कि ये दोनों महानुभाव काम हो जाने पर चले जाएँगे और इसी आशा से वह करीब एक घंटा उसी सड़ी गरमी में कम्बल ओढ़े लेटा रहा, लेकिन अब उसका धैर्य जाता रहा। उसकी झुँझलाहट क्रोध में बदल गई, और ऊपर से कम्बल फेंककर वह उठ बैठा। चिल्लाकर उसने कहा, "ये दोनों बदमाश अभी कितनी देर यहाँ बैठेंगे, ये जाते हैं या मुझे उठकर इन्हें निकालना पड़ेगा।"

उमानाथ हड़बड़ाकर उठ खड़ा हुआ, दोनों रिपोर्टर उसके साथ हो लिए। जरा गम्भीर मुख बनाकर और आँख मारकर ब्रह्मदत्त को मौन रहने का आदेश देते हुए उमानाथ ने ब्रह्मदत्त का हाथ पकड़ा और उन दोनों रिपोर्टरों ने भी उनका हाथ पकड़ा। हाथ एकदम ठंडा था।

प्रताप के संवाददाता ने कहा, "बुखार अब जरा भी नहीं है, भगवान को धन्यवाद !"

वर्तमान के संवाददाता ने कहा, "देखते नहीं कितना पसीना आया है–बुखार उतर गया। अब ब्रह्मदत्त जी डिक्टेटर बन सकेंगे।"

लेकिन उमानाथ जोर से चिल्ला उठा, "अरे बुखार एकबारगी उतर गया, पसीना छूट रहा है। इस पर ये प्रलाप कर रहे हैं। सन्निपात की हालत मालूम होती है।" सन्निपात का नाम सुनते ही दोनों रिपोर्टरों की सिट्टी-पिट्टी गुम हो गई। उन दोनों में कोई भी ब्रह्मदत्त की अर्थी के साथ जाने को तैयार होकर नहीं आया था। प्रताप के संवाददाता ने कहा, "आप फोन करके जल्दी ही किसी डाक्टर को बुलाइए। मैं अभी प्रताप जाकर ये सूचना दिए देता हूँ !"

"और मैं कांग्रेस कमेटी में यह सूचना दे दूँगा, आप निश्िंचत रहिएगा !" वर्तमान के संवाददाता ने कहा।

दोनों प्रतिनिधिगण ब्रह्मदत्त पर दूसरी नजर डाले बिना ही वहाँ से रवाना हो गए।

नवाँ परिच्छेद

1

शाम के समय पंडित श्यामनाथ तिवारी के साथ उमानाथ का सामान ही नहीं आया, बल्कि उसकी पत्नी महालक्ष्मी भी अपने तीन वर्ष के सुपुत्र सुरेश के साथ आ गईं। राजेश्वरी देवी ने अपनी देवरानी का स्वागत किया और राजेश-ब्रजेश ने सुरेश का। जिस समय महालक्ष्मी कानपुर आईं, उमानाथ कामरेड मारीसन के साथ शहर में चक्कर लगा रहा था।

सब लोगों को घर के अंदर पहुँचाकर तथा असबाब को ठीक तरह से रखवाकर पंडित श्यामनाथ तिवारी ने संतोष की एक गहरी साँस ली। बाहर ही लान में कुरसी निकलवाकर वे बैठ गए और उमानाथ का इंतजार करने लगे। नौकर से उन्होंने कह दिया कि वे चा उमानाथ के साथ पियेंगे।

इधर दोपहर भर बिजली के पंखे की हवा के नीचे आराम से सोने के बाद शाम के समय ब्रह्मदत्त की आँख खुली। उसने अपने चारों तरफ देखा; कमरे में अँधेरा हो गया था। वह बाहर निकला और उमानाथ की प्रतीक्षा में लान में टहलने लगा।

पंडित श्यामनाथ तिवारी गौर से ब्रह्मदत्त को देख रहे थे। अब उनसे न रहा गया, ब्रह्मदत्त को बुलाकर उन्होंने पूछा, "कहिए, किसकी तलाश में आप हैं ?"

"जी ! मैं पंडित उमानाथ तिवारी का इंतजार कर रहा हूँ !"

"आपका नाम ?" श्यामनाथ ने ब्रह्मदत्त के खद्दर के कपड़ों को देखते हुए फिर पूछा।

"मेरा नाम ब्रह्मदत्त है और मैं लेबर लीडर हूँ !"

"हूँ !" श्यामनाथ ने कहा, "तो आपकी उमानाथ से दोस्ती है और आप उसका इंतजार कर रहे हैं ! कब से ?"

"मैं यहाँ सुबह से ही हूँ ! आप जानते ही हैं, गरमी के दिन हैं। मैं जरा लेटा तो मेरी आँख लग गई, और इस बीच में मुझे सोता छोड़कर वे कहीं चल दिए।"

इतने में एक कार पोर्टिको के नीचे रुकी। उस कार से कामरेड मारीसन के साथ

उमानाथ उतरा। श्यामनाथ के पास ब्रह्मदत्त को बैठा देखकर उमानाथ को कुछ घबराहट हुई; वह सीधे ब्रह्मदत्त के पास पहुँचा, कामरेड मारीसन उसके पीछे-पीछे थे। बात बनाते हुए उमानाथ ने ब्रह्मदत्त से कहा, "तो ब्रह्मदत्तजी, आपको बड़ी तकलीफ हुई। अब हम लोग आ गए हैं; बड़के भइया ने इस घर की देखभाल करने का जो भार आपको सौंपा था उससे आप मुक्त हो गए। हाँ, आपने चा तो पी ली ?"

ब्रह्मदत्त की समझ में उमानाथ की बात आ गई थी; उसने भी तपाक के साथ कहा, "कोई बात नहीं उमानाथ जी-तकलीफ क्या, अपने मित्र की थोड़ी-सी सेवा तो मेरे लिए गौरव की बात थी। रही चा की बात, सो मैंने नहीं पी; मैं आपका इंतजार कर रहा था। लेकिन चा पीने की ऐसी कोई खास इच्छा नहीं है, आप मुझे आज्ञा दीजिए !"

"वाह, बिना चा पिये आप कैसे जा सकते हैं ! ये मेरे काका पंडित श्यामनाथ तिवारी-फतेहपुर के सुपरिंटेंडेंट हैं, और आप श्री ब्रह्मदत्तजी कांग्रेस के बहुत बड़े नेता हैं, साथ ही बड़के भइया के खास दोस्त !"

चा का हुक्म देकर उमानाथ श्यामनाथ की ओर घूमा, "तो काका, आप बड़ी जल्दी लौट आए ! मेरा सामान तो आ गया होगा !"

"हाँ, सब सामान आ गया !" मुस्कुराते हुए श्यामनाथ ने कहा; और इसी समय राजेश और ब्रजेश के साथ सुरेश भी घर के बाहर खेलते हुए निकल आया। सुरेश को देखते ही उमानाथ चौंक उठा, "अरे ! सुरेश यहाँ कैसे ?" क्या आप इन लोगों को भी लेते आए हैं ?"

"क्या करता ? तुम्हीं बतलाओ ! मझली बहू बुरी तरह मेरे पीछे पड़ गई। बड़के भइया तो भेजने को तैयार न थे, लेकिन उमा !" श्यामनाथ तिवारी ने आँख दबाकर और मुस्कुराकर इस प्रकार कहा मानो उन्होंने कोई बहुत बड़ी शाबाशी का काम किया हो, "मैं तो जानता हूँ कि तुम दो साल बाद विलायत से लौटे हो; तो मैं बड़के भइया से जरा भी नहीं दबा-बल्कि यों कहो कि लड़ गया। ऐसी-ऐसी सुनाईं कि उन्हें भी याद होगा। जबरदस्ती मैं मझली बहू को लिवा लाया।"

लेकिन उमानाथ के मुख पर प्रसन्नता आने के स्थान पर विषाद की एक रेखा घिर आई।

"क्यों क्या बात है ? तुम एकाएक उदास क्यों हो गए ?" श्यामनाथ ने पूछा।

"यों ही, कोई खास बात नहीं है। काका असल में मेरा यहाँ पर मन नहीं लगता, लाख कोशिश करने पर भी ! विलायत की स्वच्छन्द और चहल-पहल से भरी जिंदगी के बाद हिन्दुस्तान कुछ अजीब तरह से सूना लगने लगा है !"

श्यामनाथ जोर से हँस पड़े, "ओह ! समझ गया ! लेकिन उमा, तुम यह क्यों

भूल जाते हो कि तुम हिन्दुस्तानी हो, और साथ ही हिन्दुस्तान की एक सभ्यता है, एक संस्कृति है जो निजी विशेषता रखती है।"

उमानाथ ने श्यामनाथ की बात का कोई उत्तर नहीं दिया; उसका मन भारी था। श्यामनाथ बातें करने के मूड में थे, वे कामरेड मारीसन की ओर घूम पड़े, "कहिए, पंडित बद्रीनाथ शास्त्री से आपकी बातचीत हुई ?"

लेकिन कामरेड मारीसन बद्रीनाथ शास्त्री को न जाने कब के भूल चुके थे। आश्चर्य से उन्होंने कहा, "कौन बद्रीनाथ शास्त्री ? इस नाम के तो किसी भी आदमी को मैं नहीं जानता।"

इस बार श्यामनाथ तिवारी की कामरेड मारीसन को आश्चर्य से देखने की बारी थी। उमानाथ ने अब हस्तक्षेप करना अपना कर्तव्य समझा, "मिस्टर मारीसन ! इतनी जल्दी आप भूल गए ! अरे वही पंडित जिससे आपने वेदों पर बातचीत की थी !"

"वेद !" कामरेड मारीसन अजीब उलझन में थे, लेकिन एकाएक उन्हें उस दिन की बातचीत याद हो आई, "ओह ! याद आ गया। जी हाँ, उन्होंने मुझे कई खास बातें बतलाईं और मैंने उन्हें दर्ज कर लीं !"

2

चा पीकर पंडित ब्रह्मदत्त दूसरे दिन सुबह का वादा करके चले गए। पंडित श्यामनाथ तिवारी को फतेहपुर जाना था; उनका काम पूरा हो गया था।

श्यामनाथ के जाने के बाद दोनों कामरेड रह गए। तब तक राजेश ने आकर उमानाथ से कहा, "काका ! आपको अम्मा ने बुलाया है !"

उमानाथ उठ खड़ा हुआ। वह अनुमान कर सकता था कि उसे क्यों बुलाया गया है। उसने कामरेड मारीसन से कहा, "अभी आता हूँ।" और वह अन्दर चला गया।

उमानाथ को देखते ही राजेश्वरी देवी ने व्यंग्य कसा, "क्यों बाबूजी ! बिचारी दुलहिन कब से तुम्हारी प्रतीक्षा कर रही है, और तुम्हें जरा भी चिन्ता नहीं। जाओ, मिल तो लो !"

उमानाथ कमरे में गया; महालक्ष्मी सर झुकाए हुए बैठी थी। वह उस समय शायद रो रही थी। उमानाथ के पैरों की आहट पाते ही उसने अपने आँचल से आँखें पोंछ डालीं और दरवाजे की ओर देखा। वह उठ खड़ी हुई; पर आगे नहीं बढ़ी–वह प्रतीक्षा कर रही थी कि उसके स्वामी उसके पास आवें, उसे आलिंगन-पाश में कस लें, उसका चुम्बन करें; और वह अपने आराध्य देव के कंधे पर अपना सर रखकर रोवे–खूब जी भरकर रोवे !

लेकिन उमानाथ ने यह सबकुछ न किया, वह एक खाली कुर्सी पर बैठ गया। उसने कुछ मुलायम स्वर में कहा, "तुम्हारे यहाँ आने की कोई खास जरूरत तो नहीं थी; लेकिन आ गईं तो अच्छा ही किया।"

महालक्ष्मी अपने स्वामी का स्वर पहचान नहीं सकी। जो बात उसने सुनी वह काँप उठी; भरे हुए गले से उसने कहा, "नाथ, मुझसे कौन-सा अपराध हो गया ?" और वह अपने को रोक न सकी। बेतहाशा दौड़कर वह गिर पड़ी और उमानाथ के पैरों से लिपट गई।

महालक्ष्मी के इस व्यवहार के लिए उमानाथ तैयार न था, वह सकपका गया। उसने बड़ी मुश्किल से महालक्ष्मी को अपने पैरों से छुड़ाया। उसने केवल इतना ही कहा, "बैठो और अपना यह वहशियाना ढंग छोड़ो। तुम मेरी बराबरी की हो, मेरी गुलाम नहीं हो, जो यह सब करो।"

महालक्ष्मी की समझ में न आ रहा था कि यह सब क्या हो रहा है। साथ ही उमानाथ का जी भी घबरा रहा था। उमानाथ उठ खड़ा हुआ, "मेरे दोस्त बाहर बैठे हैं, मुझे उनके पास जाना है। और हाँ, वे तुमसे परिचित होना चाहते हैं।"

"मुझसे," आश्चर्यचकित होकर महालक्ष्मी ने पूछा।

"हाँ, मेरे दोस्त अंग्रेज हैं और तुम जानती हो कि अंग्रेजों में पर्दा प्रथा नहीं है। यह पर्दा प्रथा जंगलीपन है। तो तुम चल सकती हो ?" उमानाथ ने कहा।

महालक्ष्मी ने दबे स्वर में उत्तर दिया, "आपकी आज्ञा न मानना मेरे लिए सबसे बड़ा पाप है। लेकिन बाहरी आदमी से मैं कभी भी नहीं मिली-और आपके दोस्त अंग्रेज हैं, उनके सामने जाने की मुझे हिम्मत नहीं पड़ती। मेरे होशोहवास सब जाते रहेंगे।"

"तुम कुछ बोलना नहीं, जल्दी ही चली आना।"

महालक्ष्मी उमानाथ के साथ चल दी। राजेश्वरी देवी उस समय स्नान कर रही थीं। कामरेड मारीसन महालक्ष्मी को देखते ही उठ खड़े हुए। उमानाथ ने उनसे महालक्ष्मी का परिचय कराया।

कामरेड मारीसन ने हाथ बढ़ाते हुए अंग्रेजी में कहा, "आपसे मिलकर बड़ी खुशी हुई।"

महालक्ष्मी कामरेड मारीसन की बात को नहीं समझी, उसने नमस्कार करके उधर से आँखें फेर लीं।

कामरेड ने अंग्रेजी में, फिर टूटी-फूटी हिन्दी में लगातार चार-छै प्रश्न करके महालक्ष्मी को बुलवाना चाहा, लेकिन महालक्ष्मी मौन रही। महालक्ष्मी का संकट देखकर उमानाथ ने उससे हिन्दी में कहा, "अच्छा, अब तुम जा सकती हो !"

महालक्ष्मी के प्राण में प्राण आए; तेजी के साथ वह अंदर चली गई।

महालक्ष्मी के जाने के बाद कुछ देर तक दोनों दोस्त मौन रहे। उस मौन को कामरेड मारीसन ने तोड़ा, "ऐसी नेक, खूबसूरत और भोली औरत को छोड़कर तुमने हिल्डा से विवाह किया? मुझे ताज्जुब होता है कामरेड !"

उमानाथ मुस्कुराया, "हाँ कामरेड, खुद मुझे भी कभी-कभी ताज्जुब होने लगता है, लेकिन फिर भी यह सत्य है कि इसके रहते हुए भी मैंने हिल्डा से विवाह किया। तुम कारण जानना चाहोगे ! तो सुनो ! पहले हमें विवाह का मतलब समझ लेना पड़ेगा। मेरे मत के अनुसार विवाह केवल संतानोत्पत्ति के लिए नहीं है, विवाह स्त्री से गुलामी करवाने के लिए तथा उसकी सेवा के बदले में उसका भरण-पोषण करने के लिए भी नहीं है; विवाह की मंशा दो प्राणियों में अर्थात् स्त्री-पुरुष में, एक-दूसरे के प्रति पूर्ण सहानुभूति, पूर्ण सामंजस्य, पूर्ण सहयोग है। और ये चीजें तभी संभव हैं जब स्त्री और पुरुष दोनों ही पूर्ण रूप से विवाहित और सुसंस्कृत हों।

"अब हमें महालक्ष्मी और हिल्डा की एक-दूसरे से तुलना करनी पड़ेगी। महालक्ष्मी में सौंदर्य है, पर वह सौंदर्य एक मोम की मूर्तिवाला सौन्दर्य है–स्पन्दनरहित, निष्प्राण ! मैं मानता हूँ कि इसमें महालक्ष्मी का कोई दोष नहीं, हमारी सामाजिक परिपाटी उसके लिए उत्तरदायी है; पर यह मौजूद तो है, अपनी तमाम भयानकता के साथ। वह अभी तुम्हारे सामने आई, लेकिन वह एक शब्द भी नहीं बोली। उसके सौन्दर्य पर मुझे गर्व नहीं हो सकता, उस निष्प्राण सौन्दर्य से मुझे कुरुचि है। आजा वाला मेरा जीवन मुझ तक या मेरे बीवी-बच्चों तक ही सीमित नहीं है–वह सामाजिक जीवन है।

"और वही हिल्डा, उसमें लोग शारीरिक सौन्दर्य का कुछ अभाव पा सकते हैं, पर वह मेरे मित्रों को प्रसन्न कर सकती है, उनका स्वागत कर सकती है, उन्हें बातों में लुभा सकती है। वह अपने चारों ओर एक सजीव उल्लास का वातावरण बना सकती है, जो महालक्ष्मी नहीं कर सकती। महालक्ष्मी का अस्तित्व मेरे लिए–सिर्फ उस मेरे लिए है जो समाज से बहिष्कृत, अपनेपन में डूबा हुआ हो। आप इतना तो मानेंगे ही !"

मारीसन मुस्कुराया–"कहे जाओ, मैं समझ रहा हूँ !"

"अब महालक्ष्मी के मेरे प्रति प्रेम की विवेचना करता हूँ। मेरे प्रति उसका प्रेम ठीक वैसा ही है जैसा एक कुत्ते का प्रेम अपने स्वामी के प्रति हो सकता है। उस प्रेम में पूर्ण आत्मसमर्पण है और आत्मसमर्पण को मैं जीवन की हीनता समझता हूँ। मुझे चाहिए अपनी पत्नी में एक व्यक्तित्व, उसके स्वतंत्र विचार; मेरे व्यक्तित्व का उसके व्यक्तित्व से तथा मेरे विचारों से उसके विचारों का अनवरत संघर्ष ! संघर्ष ही जीवन

है कामरेड !"

मारीसन ने बातें तो गौर से सुनीं, लेकिन शायद समझीं उन्होंने कुछ नहीं। उसने उठते हुए कहा, "कामरेड उमानाथ, तुमने जो कुछ कहा उसमें कहीं जबरदस्त गलती है–अपने तजुर्बे से मैं इतना कह सकता हूँ, यद्यपि वह गलती मैं नहीं पकड़ सकता। लेकिन करोगे क्या?"

"यही तो मेरी समझ में भी नहीं आता। हिन्दू-लॉ में तलाक है नहीं, यह एक और मुसीबत की बात है। कामरेड, मैं सच कहता हूँ कि महालक्ष्मी के सामने जाने की मेरी हिम्मत नहीं पड़ती। इतनी नेक, इतनी निरीह, इतनी भोली ! मुझे उस पर दुःख होता है। वह अभी तक कुछ नहीं जानती–यह सब बात उससे कहूँ ! लेकिन उसे बतलाना तो पड़ेगा ही !" और उमानाथ ने एक ठंडी साँस भरी।

3

रात में जब उमानाथ महालक्ष्मी के पास गया उसका मन भारी था। आज उसे उस परिस्थिति का सामना करना था जिसकी उसने एक हल्की-सी कल्पना तो कभी की थी, लेकिन जिसके असली रूप के प्रति उसने जबरदस्ती अपनी आँखें बंद कर रक्खी थीं। बौद्धिक प्राणी का उसके भावनावाले प्राणी के साथ संघर्ष चल रहा था।

उमानाथ और महालक्ष्मी के पलंग अगल-बगल पड़े थे। महालक्ष्मी के पलंग पर सुरेश सो रहा था। उमानाथ चुप अपने पलंग पर लेट रहा। और उस समय महालक्ष्मी ने कमरे में प्रवेश किया। वह उमानाथ के पलंग पर उसके पैताने बैठ गई शायद उमानाथ के पैर दबाने के लिए। उमानाथ ने अपने पैर हटा लिए और वह उठकर महालक्ष्मी के सामने बैठ गया। उसने आरम्भ किया, "मुझे तुमसे एक खास बात कहनी है !"

जिस स्वर में उमानाथ ने यह बात कही थी, वह काँप रहा था, उसमें एक प्रकार का खोखलापन था, और महालक्ष्मी अपने पति के उस स्वर से परिचित न थी। महालक्ष्मी के दिल के एक ठेस-सी लगी। थोड़ी देर तक मौन अपने स्वामी की ओर देखकर उसने कहा, "कहिए !"

उमानाथ की समझ में न आ रहा था कि किस प्रकार वह बात आरम्भ करे, "लेकिन तुम मुझे वचन दो कि यह बात तुम अपने तक ही रक्खोगी, किसी से इसका जिक्र न करोगी।"

"आप मेरी तरफ से निश्चिंत रहें ! जो कुछ कहना हो, कहिए !"

थोड़ी देर और चुप रहकर उमानाथ ने कहा, "देखो, मैंने जर्मनी में दूसरा विवाह

कर लिया है।" और जैसे वह महालक्ष्मी के मुख पर अंकित भावों को पढ़ने के लिए रुक गया।

महालक्ष्मी की नजर उमानाथ के मुख पर गड़ी थी। इस बात को सुनकर वह चौंकी नहीं, उसके मुख पर कोई शिकन नहीं आई–हाँ, उसका मुख थोड़ा-सा पीला अवश्य पड़ गया।

पर उमानाथ महालक्ष्मी के अन्तर को न पढ़ सका। जो कुछ उमानाथ ने कहा था वह इतनी भयानक बात थी कि उससे एकबारगी ही महालक्ष्मी के सारे अस्तित्व में निर्जीवता की जड़ता व्याप्त हो गई। ऊपर से सबकुछ वैसा का वैसा बना रहा, पर उसके अंतर में एक भयानक सूनेपन की निर्जीवता ने अधिकार जमा लिया; और उमानाथ के अन्तर में, जो कुछ हुआ, वह नहीं देख सका। उसने मन ही मन सोचा, 'कैसी स्त्री है यह जिसे मेरी इस बात से जरा भी सदमा नहीं हुआ।'

उमानाथ ने फिर कहा, "और जिस स्त्री से मैंने विवाह किया है उससे मैं प्रेम करता हूँ। ऐसी हालत में मैं तुम्हें धोखे में रखना उचित नहीं समझता।"

महालक्ष्मी उठ खड़ी हुईं, मौन और आहत। उसके शरीर में मानो रक्त नहीं था, उसके प्राणों में चेतना नहीं थी; उसके पैर लड़खड़ा रहे थे। बड़ी मुश्किल से अपने पलंग तक गई, और वहाँ गिर पड़ी–बेहोश !

उमानाथ डर गया। महालक्ष्मी की इस मुद्रा को देखकर उसकी समझ में आया कि महालक्ष्मी को कितना बड़ा सदमा पहुँचा है। उसने उठकर महालक्ष्मी को देखा, उसके शरीर को हिलाया-डुलाया। महालक्ष्मी ने आँखें खोल दीं और अपनी पथराई आँखों से उमानाथ को देखा। उमानाथ उसके सामने अपराधी की भाँति मौन खड़ा था। महालक्ष्मी ने उठने की कोशिश की, पर उससे उठा न गया। पट्टी पकड़ने के लिए उसने हाथ बढ़ाया ताकि उसके सहारे उठ सके और उसका हाथ सोते हुए सुरेश पर पड़ा। एकाएक उसकी चेतना लौट आई; सुरेश को उसने जोर से अपने हृदय से लगा लिया। उमानाथ से उसने कहा, "आप अब सोइए, मैं अच्छी हूँ ! और मैं किसी से कुछ न कहूँगी !" और उसने जोर से अपनी आँखें बंद कर लीं।

4

दूसरे दिन सुबह होते ही उमानाथ ब्रह्मदत्त और कामरेड मारीसन के साथ कानपुर के मिल-एरिया की तरफ निकल गया। वहाँ से वह कामरेड मारीसन के होटल गया।

ब्रह्मदत्त से उसने कहा, "कामरेड ब्रह्मदत्त ! बस इतना ही ! मैं तो कानपुर का मिल-एरिया बहुत बड़ा समझे था। मुझे अफसोस है कि मैंने तुम्हें जेल जाने से बेकार

ही रोका।" और फिर कुछ रुककर उसने कहा, "यहाँ तो ज्यादा काम करने की जरूरत है !"

"जो कुछ है मैंने आपको दिखला दिया। कहिए तो अन्य मजदूर नेताओं से परिचय करा दूँ।" ब्रह्मदत्त ने मुस्कुराते हुए कहा।

"नहीं-नहीं। इसकी कोई जरूरत नहीं। बात यह है कि मैं अभी कुछ दिन प्रकाश में नहीं आना चाहता। जब आप जेल से लौटिएगा तभी मैं कानपुर में कामकाज आरम्भ करूँगा। तब तक मैं जरा बाहर का भी दौरा कर आऊँ ! क्यों कामरेड मारीसन ?"

"हाँ, मैं भी यही ठीक समझता हूँ।"

कुछ सोचकर उमानाथ ने फिर कहा, "मैं समझता हूँ कि मेरा कांग्रेस के नेताओं से मिल लेना उचित होगा। जो कुछ हिन्दुस्तान में मैं देख रहा हूँ उससे मैं इस निर्णय पर पहुँचा हूँ कि हिन्दुस्तान की सबसे जबरदस्त संस्था कांग्रेस है। और ऐसी हालत में मुझे इस बात का पता लगा लेना बहुत जरूरी है कि हम दोनों के कार्यक्रम में कहाँ तक समानता है और कहाँ विषमता है; और कहाँ तक हम अपने कार्यक्रम में कांग्रेस के सहयोग का फायदा उठा सकते हैं।"

"इसमें क्या शक है ! और मैं तो यहाँ तक कहने को तैयार हूँ कि अगर हम लोग कांग्रेस के अन्दर रहकर काम करें तो ज्यादा अच्छा होगा। हम लोग कांग्रेस की एकत्रित शक्ति को धीरे-धीरे अपनी निजी शक्ति बना सकते हैं, बड़ी आसानी के साथ। इसके अलावा असलियत तो यह है कि कांग्रेस-ऐसी जबर्दस्त और सुसंगठित संस्था से अलग होकर काम करना कांग्रेस का विरोध करना समझा जाएगा, और इसमें हमारी शक्तियों का अपव्यय होगा, साथ ही सफलता मिलने में देर होगी !" ब्रह्मदत्त ने विश्वास के साथ कहा।

उमानाथ ने गौर से ब्रह्मदत्त को देखा। उसके सामने बैठा हुआ अपढ़ और असंस्कृत ब्रह्मदत्त राजनीति को बड़ी खूबी के साथ अच्छी तरह समझ सकता है—उसने यह अनुभव किया।

ब्रह्मदत्त को न उमानाथ की नजर का पता था और न उमानाथ की आन्तरिक भावनाओं का। वह कहता जा रहा था, "कांग्रेस के अन्दर रहकर हमें जितनी सुविधाएँ मिल सकती हैं बाहर रहकर उतनी सुविधाओं का मिलना असम्भव है। यही नहीं, असुविधाओं के मिलने की सम्भावना अधिक है। ब्रिटिश सरकार की दमन-नीति के खिलाफ सारा देश हमारा साथ देगा सिर्फ उसी समय हम कांग्रेसमैन हैं, वरना अगर हम सिर्फ कम्युनिस्ट हैं तब हमारा साथ देनेवाला कोई न मिलेगा। और अभी हम अपना पैर इस तरह नहीं जमा पाए हैं कि हम सामूहिक विरोध का सामना कर सकें।"

कामरेड मारीसन से अब न रहा गया। वे कांग्रेस का साथ देने से सहमत नहीं

थे। उन्होंने कहा, ''नहीं कामरेड ब्रह्मदत्त ! मैं आपकी बात मानने को तैयार नहीं। आपने अभी जो बातें कही हैं सुविधा-धर्म की वकालत की बातें हैं। लेकिन सुविधा-धर्म बहुत खतरनाक है। हम कम्युनिस्टों के कांग्रेस ज्वाइन करने में एक बहुत बड़ा खतरा है; हम लोग आसानी से अपने लक्ष्य से गिर जाएँगे, अपने ध्येय को भूल जाएँगे। कांग्रेस राष्ट्रीय संस्था है, और राष्ट्रीयता और अन्तर्राष्ट्रीयता में उतना ही विरोध है जितना फासिज्म और कम्युनिज्म में है। राष्ट्रीयता के संकुचित दायरे में अन्तर्राष्ट्रीयता कभी नहीं पनप सकती–मैं इसका विश्वास दिलाता हूँ। विश्वास और सिद्धान्त–इनके निर्माण और विकास में परिस्थितियों का बहुत बड़ा हाथ है। सुविधा के लिए अपनाया जानेवाला कोई भी रूपक धीरे-धीरे अपना अस्तित्व बन सकता है; और इसलिए हमें सुविधा-धर्म से बचना पड़ेगा। हमारा अस्तित्व सचाई, ईमानदारी और साहस पर निर्भर है। इनसे दूर हटना ही हमारा सर्वनाश है। एक समय का कम्युनिस्ट मुसोलिनी इसी रूपक के कारण आज भयानक फासिस्ट बन गया है।''

लेकिन इस वाद-विवाद में उमानाथ को दिलचस्पी न थी। वह यह सब सुन रहा था, लेकिन समझ कुछ न रहा था। एक अजीब-सी परिस्थित पैदा हो गई थी। वह यह न जानता था कि वह क्या करे। उसकी तबीयत हो रही थी कि कहीं एकान्त में बैठकर सोचे। यह सब क्या हो गया? यह सब क्या हो रहा है? उसका अस्तित्व ही उसके लिए भयानक भार बन रहा था। वह उठ खड़ा हुआ। कामरेड मारीसन से उसने कहा, ''कामरेड ! इलाहाबाद चलकर जरा कांग्रेसवालों से मिलना चाहता हूँ। फिर साथ ही इलाहाबाद भारतवर्ष का सांस्कृतिक और साहित्यिक केन्द्र है–वहाँ प्रगतिशील लेखक संघ भी कायम हो सकता है।''

''हाँ कामरेड ! मैं भी यह सोच रहा हूँ कि बिना साहित्यिकों को अपने साथ लिए हुए हम अधिक काम नहीं कर सकते। पहले हमें अपने सिद्धान्तों और आदर्शों का प्रचार करना चाहिए, इस प्रचार के बिना सफलता कठिन है।''

''तो फिर कल ही चलें, देर करने से कोई फायदा नहीं !'' उमानाथ ने उठते हुए कहा।

5

उमानाथ काफी रात गए घर लौटा, उसे घर जाने की हिम्मत न हो रही थी। किस प्रकार वह महालक्ष्मी का सामना करेगा, किस प्रकार वह इस विपत्ति को कुछ दिन के लिए टालेगा ?

भोजन करके जब वह अपने पलंग पर सोने के लिए पहुँचा उस समय बारह बज

चुके थे। लेकिन महालक्ष्मी उस समय भी जाग रही थी, वह उमानाथ की प्रतीक्षा कर रही थी। उमानाथ चुपचाप, बिना महालक्ष्मी से कुछ बोले, अपने पलंग पर लेट गया। महालक्ष्मी अपने पलंग से उतरी, उमानाथ के पैताने बैठते हुए उसने कहा, ''नाथ, क्या आप कल मुझसे नाराज हो गए ?''

महालक्ष्मी के इस प्रश्न से उमानाथ चौंक उठा। वह उठकर बैठ गया, ''क्या कह रही हो ? मैं नाराज किस बात पर होता ? नाराज तो एक तरह से तुम हो सकती थीं।''

''फिर आप मुझसे बोलते क्यों नहीं ? दिन भर आप घर के बाहर रहे–यह क्यों ?''

''देखो, मैंने तुमसे कह दिया न कि मैंने दूसरा विवाह कर लिया है।''

''तो इससे क्या ? कर लिया तो अच्छा किया। लेकिन आप बहिन को साथ क्यों नहीं लाए ? मैं बहिन का स्वागत करती, उसकी सेवा करती।''

''क्यों व्यंग्य कर रही हो ?''

''मैं व्यंग्य करूँगी नाथ, आप पर ! मुझ पर यह पाप न लगाइए। हम हिन्दू स्त्रियों के लिए सौत कोई नई चीज तो नहीं है, अपना दुर्भाग्य मुझे वहन करना होगा।''

उमानाथ थोड़ी देर तक महालक्ष्मी को देखता रहा। उसके सामने एक अजीब और दिलचस्प परिस्थिति पैदा हो गई थी। पाश्चात्य विचारों को वह इतनी पूर्णता के साथ अपना चुका था कि उसने इस सौत के मसले पर पहले कभी सोचा ही न था। अब उसे एक हल्का-सा प्रकाश दिखलाई दिया। लेकिन अपनी स्थिति उसके सामने स्वयं ही साफ न थी; उसने कहा, ''लेकिन महालक्ष्मी ! मेरी दूसरी पत्नी हिन्दू नहीं है और उसे सौत पर विश्वास नहीं।''

महालक्ष्मी सुन्न रह गई, ''तो क्या आप मुझे त्याग देंगे ?'' करुण स्वर में उसने पूछा।

उमानाथ ने कोई उत्तर नहीं दिया, शायद वह कोई उत्तर दे भी नहीं सकता था। थोड़ी देर तक उत्तर की प्रतीक्षा करने के बाद महालक्ष्मी ने फिर कहा, ''बोलिए ! नहीं, आप सच नहीं कहना चाहते ! आप मुझे दुखाना नहीं चाहते, लेकिन आप मुझसे घृणा करते हैं। आप मुझे त्याग चुके–बहुत पहले त्याग चुके ! है न ऐसी बात ! मैं आपकी पत्नी नहीं रही। ठीक है, लेकिन आप तो मेरे पति हैं, स्वामी हैं, सबकुछ हैं !'' महालक्ष्मी पागल की तरह कह रही थी और उमानाथ सबकुछ समझते हुए साथ ही कुछ न समझते हुए सुन रहा था, ''मुझे उसमें सुख है जिसमें आपको सुख है। आप सुखी रहें, आप अच्छे रहें, आप हँसें-बोलें। आप अपने घर में रहें, मैं तो आपकी दासी हूँ। आप उन्हें बुला लें। जब वह पूछे कि कौन हूँ तब आप कह दें कि नौकरानी हूँ। और

मैं आपको विश्वास दिलाती हूँ कि मैं उनकी सेवा करूँगी, उनकी पूजा करूँगी।" यह कहते-कहते महालक्ष्मी ने उमानाथ के पैर पकड़ लिए।

उमानाथ नें बड़ी मुश्किल से महालक्ष्मी से अपने पैर छुड़ाए। जो कुछ महालक्ष्मी ने उससे कहा उससे उमानाथ की सारी मानवता हिल उठी। उसने कहा, "महालक्ष्मी, मुझे क्षमा करो, मैं पापी हूँ ! लेकिन अभी सोओ, मुझे सोचने-विचारने का समय दो। मेरी समझ में नहीं आ रहा है कि मैं क्या करूँ।"

दूसरे दिन सुबह उमानाथ कामरेड मारीसन के साथ इलाहाबाद के लिए रवाना हो गया।

दसवाँ परिच्छेद

1

अपनी भावज और भाई के कानपुर चले जाने के बाद प्रभानाथ अपने पिता के साथ अकेला रह गया। गिरफ्तारियाँ अब जोरों के साथ हो रही थीं, और पंडित रामनाथ तिवारी कांग्रेसवालों का मुकदमा करने के लिए स्पेशल मजिस्ट्रेट बना दिए गए थे। वे लोगों को सजाएँ दे रहे थे–काफी कड़ी। उन्नाव के नागरिक पंडित रामनाथ तिवारी के मुँह पर ही उनका अपमान करने लगे थे, उन्हें विश्वासघाती और देशद्रोही पुकारते थे। अपने पिता के सम्बन्ध में अपमानजनक बातें प्रभानाथ को सुननी पड़ती थीं, और वह जानता था कि यह अपमान लोग उसके पिता का नहीं कर रहे हैं, उसका भी कर रहे हैं केवल इस कारण कि वह रामनाथ का पुत्र है।

और उस दिन एक ऐसी घटना हो गई जिससे प्रभानाथ का सारा अन्तर हिल उठा। कांग्रेस का जुलूस निकल रहा था और सरकार ने नगर में 144 धारा लगा दी थी। इसका परिणाम यह हुआ कि पुलिस ने जुलूस को रोका, उसे तितर-बितर हो जाने का हुक्म दिया। कांग्रेस के वालंटियर ने पुलिस का हुक्म मानने से इनकार कर दिया। वे जमीन पर बैठ गए और अधिकारियों ने लाठी चार्ज करवाया।

प्रभानाथ उस समय क्लब जा रहा था। लाठीचार्ज देखने के लिए उसने कुछ दूर पर अपनी कार रोक ली। उस जुलूस में स्त्रियाँ भी थीं। लाठीचार्ज पुरुषों और स्त्रियों पर समान भाव से हुआ। जिस समय प्रभानाथ ने स्त्रियों को पिटते देखा, उसका खून खौल उठा।

प्रभानाथ कार से उतरकर सुपरिंटेंडेंट पुलिस के पास गया, "आपके सामने स्त्रियाँ पिट रही हैं और आप खड़े देख रहे हैं, अपने आदमियों को रोकते तक नहीं।" सुपरिंटेंडेंट पुलिस प्रभानाथ को अच्छी तरह जानता था। मुस्कुराते हुए उसने कहा, "ये स्त्री-पुरुष सबके सब पशु हैं–और पशुओं में कोई भेदभाव नहीं होता। अगर आपको विश्वास न हो तो आप अपने पिता से पूछ सकते हैं।" और वह हँस पड़ा।

इस उत्तर से प्रभानाथ तिलमिला उठा ! पर वह कुछ बोला नहीं; तेजी से लौटकर

वह कार पर बैठा और क्लब न जाकर अपने घर लौट आया।

रामनाथ तिवारी बरामदे में बैठे कागज-पत्र उलट रहे थे। उन्होंने प्रभानाथ को देखते ही बुलाया, "क्यों तुम तो क्लब गए थे, इतनी जल्दी कैसे लौट आए ?"

अन्यमनस्क भाव से प्रभानाथ ने कहा, "जी, कुछ तबीयत ठीक नहीं !" और वह पिता के सामने से हटने लगा।

"जरा ठहरो ! सुना है तुमने, कौशल्या गर्ल्स स्कूल (कौशल्या प्रभानाथ की स्वर्गीय माता का नाम था) की हेड मिस्ट्रेस सावित्री गर्ग ने इस्तीफा दे दिया है। जानते हो क्यों ? उसे सूझा कि वह नेता बने, कांग्रेस की लड़ाई लड़े। और अभी-अभी खबर मिली है कि आजवाले जुलूस में वह सबसे आगे है।"

"जी हाँ ! और मैंने उसे जुलूस के साथ लाठियों से पिटते भी देखा है।" प्रभानाथ ने रूखे स्वर में कहा।

"क्या कहा ? स्त्रियों पर भी लाठियाँ पड़ रही हैं ? यह तो बेजा बात है !" रामनाथ कहते-कहते रुक गए। कुछ सोचकर उन्होंने फिर कहा, "ठीक ही है। जो जैसा करेगा, भोगेगा। नियम और कानून में कोई भेदभाव नहीं होता।"

"पर स्त्रियों पर लाठी चलाना ददुआ ! यह तो मानवता का उपहास है। हमारे लिए शर्म की बात है।" प्रभानाथ ने कहा।

"चुप रहो ! जो कुछ हो रहा है ठीक हो रहा है। साँपिन स्त्री ही होती है, पर केवल स्त्री होने के कारण उसे छोड़ न देना चाहिए। अपराधी–चाहे वह स्त्री हो या पुरुष–अपराधी ही है और दंड-व्यवस्था स्वीकार करनी पड़ेगी।"

"पर यह तो दंड-व्यवस्था नहीं है, यह सरासर अत्याचार है। निहत्थे आदमियों पर लाठी चलाना, यह घोर बर्बरता है। अगर वे आज्ञा नहीं मानते तो उन्हें पकड़ो, सजा दो, जेल भेज दो। लेकिन लाठी से उनको मारना, उनके हाथ-पैर तोड़ देना, उन्हें अपाहिज बना देना–यह भयानक बर्बरता है !" प्रभानाथ यह कहते-कहते उत्तेजित हो उठा।

रामनाथ ने कोई उत्तर नहीं दिया, उन्होंने केवल प्रभानाथ को गौर से देखा। कुछ देर तक एकटक वह उसी प्रकार प्रभानाथ को देखते रहे, फिर धीरे से उन्होंने कुछ गम्भीरता के साथ कहा, "हाँ प्रभा ! यह बर्बरता है, मैं इस बात से इनकार नहीं करता। लेकिन यह भी याद रखना कि शक्ति बर्बर होती है। कोमलता स्त्री के हिस्से की चीज है, पुरुष के हिस्से की नहीं। बर्बरता के अभाव ने ही हिन्दुस्तान को गुलाम बनाया है–बर्बरता पुरुष का जन्मसिद्ध अधिकार है !"

कुछ रुककर रामनाथ ने फिर कहा, "ये युद्ध, यह रक्तपात ! यह सब बर्बरता की चीजें हैं, और यही प्राकृतिक है। अनादि काल से ये होते रहे हैं, अनन्त काल तक ये होते रहेंगे। और यही अहिंसा की लड़ाई–यही हमारी–हम हिन्दुस्तानियों की कायरता

और नपुंसकता का ढोंग है–यह सब एक स्वाँग है। याद रखना, लोहे को लोहा ही काट सकता है !''

रामनाथ मुस्कुराए, ''खैर, छोड़ो इस बात को ! सवाल मेरे सामने यह है कि स्कूल में नई हेड मिस्ट्रेस की जरूरत होगी।''

''तो फिर एक विज्ञापन निकलवा दूँ ?'' प्रभानाथ ने पूछा।

''हाँ, और एक हफ्ते के अंदर ही नई हेड मिस्ट्रेस आ जानी चाहिए।''

2

प्रभानाथ जब अपने पिता के पास से अपने कमरे में गया, उसके मस्तिष्क में पिता का केवल एक वाक्य था, ''लोहे को लोहा ही काट सकता है !''

उसी दिन सुबह उसे वीणा का पत्र मिला था कि वह युक्त प्रान्त में आकर कुछ काम करना चाहती है। वीणा के मतानुसार क्रान्तिकारी मूवमेंट को देश के कोने-कोने में फैलना चाहिए। उसने भी अहिंसा के संग्राम के प्रति कांग्रेस से अपना मतभेद प्रकट किया था।

एकाएक प्रभानाथ के मन में प्रश्न उठा, 'अगर स्कूल की हेड मिस्ट्रेस होकर वीणा यहाँ आ जाए तो कैसी रहे ?'

उसी समय प्रभानाथ ने वीणा को पत्र का उत्तर लिखा। उसने उन्नाव के स्कूल की स्थिति समझाते हुए वीणा को अपनी अर्जी भेजने का आदेश दिया। उसी दिन शाम के समय उसने हेड मिस्ट्रेस के लिए देश के विभिन्न पत्रों में विज्ञापन भेज दिया।

चौथे दिन वीणा की अर्जी आ गई और आठवें दिन वीणा कौशल्या गर्ल्स स्कूल की प्रधानाध्यापिका होकर उन्नाव पहुँच गई।

वीणा को रिसीव करने प्रभानाथ स्टेशन गया। ट्रेन से उतरते ही वीणा ने प्रभानाथ को आदर के साथ प्रणाम किया और मुस्कुराते हुए कहा, ''मेरी साधना सफल हुई, मेरे आराध्य ने मुझे याद तो किया !''

रास्ते में प्रभानाथ ने वीणा से कहा, ''तुम मेरे पिता से जरा सतर्क रहना। वे कुछ थोड़े सख्त आदमी हैं, अपना विरोध उन्हें सह्य नहीं। फिर भी वे नेक हैं और अच्छे हैं। उनके व्यवहार से तुम प्रसन्न होगी।''

''मैं भी उनको प्रसन्न रखने का प्रयत्न करूँगी क्योंकि वे आपके पिता हैं।'' वीणा ने उत्तर दिया।

जिस समय वीणा घर पहुँची, रामनाथ तिवारी भोजन करके सोनेवाले कमरे में लेट चुके थे। वीणा का आगमन सुनकर वे पलंग से उठ आए। उन्हें आशा थी कि वीणा

एक फैशनेबिल और सुन्दर स्त्री होगी, पर अपने सामने एक दुबली-पतली, अति साधारण लड़की को देखकर उन्हें आश्चर्य हुआ। लेकिन अपने मनोभावों को दबाते हुए उन्होंने कहा, "इन्हें रास्ते में कोई तकलीफ तो नहीं हुई। इन्हें मेहमानवाले घर में ठहरा दो और जब तक इन्हें मकान न मिल जाए तब तक ये वहीं रहें। और देखो, इनके भोजन इत्यादि का भी प्रबन्ध करा देना।" यह कहकर रामनाथ वापस चले गए।

"यदि आप न भी बताते तो उन्हें देखकर मैं बता देती कि ये आपके पिता हैं," वीणा ने हँसते हुए कहा, "शिष्ट, गम्भीर और शान्त !"

शाम के समय वीणा रामनाथ तिवारी के सामने उपस्थित हुई, प्रभानाथ भी वहाँ मौजूद था। रामनाथ ने पूछा, "क्या तुम्हें राजनीति में कोई रुचि है ?"

प्रभानाथ ने अपना सर हिलाया और वीणा समझ गई। उसने कहा, "जी नहीं।"

"यह तो बुरी बात है ! समय की हलचल के प्रति अरुचि होना मनुष्य में विकास की कमी का द्योतक हुआ करता है। फिर भी तुम स्त्री हो और स्त्री का क्षेत्र राजनीति नहीं है–होना भी नहीं चाहिए।" कुछ रुककर रामनाथ ने फिर कहा, "तुम्हारे पहले जो हेड मिस्ट्रेस थीं वह जेल में हैं–कांग्रेस की लड़ाई में उन्होंने सहयोग किया था और मैंने स्वयं उन्हें तीन महीने की सजा दी। मैं कहता हूँ कि उन्होंने बेवकूफी की। राजनीति और खास तौर से कांग्रेस की राजनीति शोहदों की चीज है। तुम सावधान रहना–भावना में बह जाना स्त्री के लिए बड़ा आसान होता है। तुम्हें कांग्रेस के प्रति कोई सहानुभूति तो नहीं है ?"

"जी नहीं ! मुझे कांग्रेस पर विश्वास ही नहीं और न अहिंसा पर ! अहिंसा अप्राकृतिक सिद्धान्त है।"

रामनाथ ने विजय की मुस्कुराहट के साथ प्रभानाथ को देखा, "सुना प्रभा ! यह भी कह रही हैं कि अहिंसा गलत सिद्धान्त है–पागलपन का सपना है !"

प्रभानाथ मन ही मन घबरा रहा था कि कहीं यह बातचीत अधिक न बढ़े, लेकिन उसी समय मुख्तार आ गया और रामनाथ ने वीणा और प्रभानाथ को विदा किया। प्रभानाथ ने वहाँ से हटकर वीणा से कहा, "वीणा ! ददुआ से बातें करते समय तुम यह न भूल जाना कि तुम एक बहुत ही बुद्धिमान और सूक्ष्म दृष्टिवाले आदमी से बातें कर रही हो। हमारे प्रान्त में अभी क्रान्तिकारी दल ज़ोर पर नहीं है, नहीं तो तुम इस बात से पकड़ जातीं।"

3

वीणा ने स्कूल का चार्ज ले लिया। चौथे दिन दो नवयुवक वीणा से मिलने आए। इन

दोनों को कलकत्ता से वीणा के उन्नाव में आ जाने की सूचना मिल गई थी। जिस समय ये दोनों नवयुवक आए, वीणा अपने कमरे में बैठी चा पी रही थी। उस दिन जोर की वर्षा हो गई थी और रामनाथ तिवारी घर से बाहर नहीं निकले थे। बरामदे में आरामकुर्सी पर लेटे हुए वे गीता पढ़ रहे थे। इन दोनों युवकों को देखकर उन्होंने पूछा, ''आप लोग किसे ढूँढ़ रहे हैं ?''

''हम लोग वीणा मुकर्जी से मिलने आए हैं।'' एक ने उत्तर दिया।

''कलकत्ता से आए अभी चार दिन भी नहीं हुए और लोगों ने चक्कर लगाना शुरू कर दिया,'' रामनाथ ने व्यंग्यात्मक मुस्कुराहट के साथ कहा। फिर वे जरा सम्हल कर बैठ गए। उन दोनों को गौर से देखकर उन्होंने पूछा, ''आप लोग वीणा के कौन हैं ?''

वे दोनों रामनाथ के इस प्रश्न के लिए तैयार न थे। उनमें से एक ने झल्लाकर कहा, ''हम लोग कोई भी हों, लेकिन आपको ऐसे प्रश्न करने का क्या अधिकार है ?''

रामनाथ इस बात को सुनते ही तनकर खड़े हो गए। ''मेरा अधिकार जानना चाहते हो, बदन सिंह !''

''सरकार !'' कहता हुआ एक लम्बा-चौड़ा आदमी वहाँ हाजिर हो गया।

''इन दोनों को फाटक के बाहर निकालकर यह बतला दो कि यह बँगला मेरा है, और मैं कौन हूँ !'' और रामनाथ तिवारी ने उन दोनों युवकों की ओर मुखातिब होकर कहा, ''आप लोग इस आदमी से सबकुछ समझ लीजिएगा।''

वे दोनों नवयुवक इसके पहले कि बदन सिंह कोई कार्रवाई करे, वहाँ से खुद चल दिए। फाटक पर उनकी प्रभानाथ से मुलाकात हो गई, प्रभानाथ घूमकर लौट रहा था। उन नवयुवकों में से एक ने बढ़कर प्रभानाथ से कहा, ''आप भी शायद वीणा मुकर्जी से मिलने जा रहे हैं ?''

''जी हाँ !'' प्रभानाथ ने कहा।

''जरा सावधान रहिएगा। एक खबीस बूढ़ा वहाँ बैठा है। हम लोगों को तो उसने निकाल बाहर किया, अब आपकी बारी है। तो हम लोग पहले ही से आपको होशियार किए देते हैं !'' मुस्कुराते हुए दूसरे ने कहा।

''जी, वह मेरे पिता हैं।'' हँसते हुए प्रभानाथ ने उत्तर दिया, ''और उन्होंने जो आपका अपमान किया है उसके लिए मैं आप लोगों से माफी माँगे लेता हूँ। तो वीणा देवी से आप लोगों की मुलाकात हुई ?''

''नहीं ! आपके पिता अनाप-शनाप सवाल करने लगे, जिन्हें करने का उन्हें कोई अधिकार न था। और हमने जब उनको उनका अधिकार समझाने की कोशिश की तो वे बिगड़ खड़े हुए।''

"अच्छा, तो अगले रविवार को आप लोग कानपुर में दयानाथ जी के बँगले पर शाम को छै बजे वीणा मुकर्जी से मिल सकते हैं।" और यह कहकर प्रभानाथ फाटक के अंदर चला गया।

जिस समय प्रभानाथ बँगले में पहुँचा, वीणा चा समाप्त करके रमानाथ तिवारी से बात कर रही थी। रामनाथ कह रहे थे, "आखिर ये लोग कौन थे ? मैंने उनका नाम नहीं पूछा, और नाम पूछने की मैंने कोई जरूरत नहीं समझी। पर वे लोग तुमसे परिचित जरूर थे। लेकिन उनमें से कोई भी बंगाली न था।"

वीणा ने बात बनाई, "जी, मेरे भाई के कुछ दोस्त कानपुर में रहते हैं। बहुत सम्भव है कि उन्हें मुझसे मिल लेने को लिख दिया हो !"

"हो सकता है ! तो वे मुझे बतला देते !" रामनाथ मुस्कुराए, "देखो, मैं पुराने युग का आदमी हूँ, कम से कम लोग तो मुझे पुराने युग का ही समझते हैं। ऐसी हालत में यह स्वाभाविक ही था कि मैं उनसे पूछताछ करता। पर वे लोग इतना अधिक अशिष्ट क्यों हो गए ? उन्हें यह समझ लेना चाहिए था कि जिस आदमी से वे बात कर रहे हैं वह स्वामी है–कर्ता है। मेरे ही मकान में कोई आदमी आकर मेरा अपमान करे, इसको मैं किसी भी हालत में बर्दाश्त नहीं कर सकता।"

प्रभानाथ को देखकर रामनाथ ने बात का रुख बदला, "क्यों प्रभा ! इनके मकान का कोई इंतजाम हुआ ?"

"अभी तो नहीं हुआ। कोई अच्छा मकान मिल ही नहीं रहा है।"

"तो फिर रहने दो। अभी ये यहाँ हैं, क्यों तुम्हें यहाँ कोई कष्ट तो नहीं है !" रामनाथ ने वीणा की ओर देखकर कहा।

"जी नहीं ! केवल भोजन मैं बनाना चाहती हूँ; यहाँ का भोजन मुझे रुचता नहीं।"

"हाँ-हाँ, पहले ही कह दिया होता। इसका प्रबन्ध हो जाएगा। देखो प्रभा ! यह इतनी बड़ी कोठी पड़ी है, ये यहीं रह सकती हैं, मकान ढूँढ़ने की कोई आवश्यकता नहीं !" इस बार रामनाथ ने वीणा से कहा, "लेकिन एक शर्त है ! तुम मुझे रोज अखबार पढ़कर सुनाया करोगी। मेरी आँखें कमजोर हो गई हैं, पढ़ने में तकलीफ होती है। बूढ़ा हो गया हूँ न।" और रामनाथ मुस्कुराए।

"जी हाँ, आपकी सेवा करना मैं अपना सौभाग्य समझूँगी !" वीणा ने कहा।

रामनाथ उठ खड़े हुए, "तुम्हारे स्कूल का समय हो रहा है, चलूँ, मैं भी स्नान करूँ चलकर।"

रामनाथ के जाने के बाद थोड़ी देर तक प्रभानाथ और वीणा मौन बैठे रहे। इस मौन को प्रभानाथ ने तोड़ा, "वीणा, इस मकान में तुम्हारा रहना ठीक न होगा–तुम्हारे मिलने वालों से ददुआ का साक्षात्कार होना स्वाभाविक ही है।"

"लेकिन मेरा यहाँ मिलनेवाला कोई नहीं है।"

"तुम गलत समझती हो–आज दो आदमी आए थे–और लोग भी आ सकते हैं!"

वीणा प्रभानाथ का मुँह एकटक देख रही थी, "मैं उन लोगों से नहीं मिलना चाहती–लेकिन–लेकिन–" उसने एक ठंडी साँस ली, "वे मेरे मिलनेवाले जरूर हैं; और मेरे मिलनेवालों की संख्या घटने की जगह बढ़ेगी ही। आप ही बतलाइए मैं क्या करूँ ?"

प्रभानाथ ने कुछ सोचकर कहा, "यह तो वास्तव में बढ़ी टेढ़ी समस्या है। इसका एक उपाय समझ में आता है–वे आपसे यहाँ न मिलने आवें बल्कि आप कानपुर में उनसे मिलें। फिर कार्यक्षेत्र कानपुर ही है।"

"और कानपुर यहाँ से दूर भी नहीं है।" वीणा ने कहा।

"हाँ। उन दोनों सज्जनों से मैंने कह दिया है कि रविवार के दिन वे आपसे कानपुर में मिल सकते हैं। बड़के भइया वहीं रहते हैं; वे तो जेल में हैं, लेकिन बड़की भौजी, मझले भइया और मझली भौजी वे सब वहाँ हैं। उनसे मिलने के लिए रविवार के दिन आप मेरे साथ चलें। वहाँ तै किया जाएगा कि कैसे काम आगे बढ़े।"

4

प्रभानाथ ने बाकायदे दीक्षा ले ली। जिस समय उसने दीक्षा ली थी, वीणा वहीं मौजूद थी। दीक्षा लेने के बाद जब प्रभानाथ वीणा के साथ कानपुर से वापस लौट रहा था, वीणा ने कहा, "आपकी हठ पूरी हुई, लेकिन न जाने क्यों मैं प्रसन्न नहीं हूँ ! मैं जानती हूँ कि मेरे ही कारण आपने यह काँटोंवाला मार्ग अपनाया है ?"

शाम को प्रभानाथ क्लब चला गया, वीणा रामनाथ तिवारी को उस दिन का लीडर अखबार सुनाने लगी। अखबार समाप्त हो जाने पर रामनाथ ने वीणा से पूछा, "तो तुम कलकत्ता से आ रही हो। वहाँ कांग्रेस का कैसा जोर है ?"

"अधिक नहीं !" दबी जुबान से उसने कहा।

"क्यों ? बड़े ताज्जुब की बात है। जिस प्रान्त ने राजनीति को जन्म दिया, जिस प्रान्त ने आन्दोलनों को देश में आरम्भ किया, उस प्रान्त में आज इतनी शिथिलता क्यों ?"

"मैं नहीं जानती।" वीणा ने इस विषय को टालने की कोशिश की।

लेकिन पंडित रामनाथ तिवारी ने यह बात आरम्भ की थी वीणा की बात सुनने के लिए नहीं, वरन् अपनी बात कहने के लिए, "तो सुनो ! भूख और बेकारी बंगाल

में भी उतनी ही है, जितनी यहाँ पर, लेकिन एक बात वहाँ पर नहीं है–वह है चरित्र ! और चरित्र के अभाव के कारण वहाँ साहस का अभाव है। बंगाली रो सकते हैं, चिल्ला सकते हैं, कह सकते हैं पर कर नहीं सकते। त्याग और आत्मबलिदान–शायद इन बातों का उनमें अभाव है।"

वीणा को बंगालियों पर यह प्रहार बहुत बुरा लगा। वह तिलमिला उठी ? "वह कर सकते हैं, इतना कर सकते हैं जितना किसी भी प्रान्त का आदमी नहीं कर सकता। नवयुवकों के कारनामे देखकर आप दंग रह जाएँगे। उनमें क्रान्ति की एक भावना भर गई है। गोलियाँ चलती हैं, कितने ही आदमी रोज मरते हैं। ब्रिटिश सत्ता का अगर कोई मुकाबिला कर रहा है तो वह हैं बंगाल के क्रान्तिकारी। अखबारों में इसका जिक्र नहीं होता इसलिए आप यह सब जान नहीं पाते।"

रामनाथ ने हँसते हुए कहा, "शाबाश ! लेकिन इन क्रान्तिकारियों के प्रति तुम्हारी सहानुभूति देखकर मुझे डर लगता है।" फिर थोड़ा-सा गम्भीर होकर उन्होंने पूछा, "हाँ, मैंने बहुत कुछ पढ़ा है, उससे भी अधिक सुना है। पर इस तरह आदमी का मरना आत्महत्या का दूसरा रूप ही है न ! बेकार और निराश आदमी आत्महत्या करना चाहता है; रेल से कटकर, गले में फाँसी न लगाकर, नदी में डूबकर वह पुलिस की गोली का शिकार बनता है। यहाँ भी चरित्र का अभाव ही है ! इसके अलावा, क्रान्तिकारी युद्ध नहीं करता वह हत्या करता है !"

वीणा ने जबरदस्ती अपने को इस बात का उत्तर देने से रोका। रामनाथ ने कुछ रुककर फिर कहा, "और क्रान्तिकारियों की जितनी गिरफ्तारियाँ बंगाल में होती हैं उतनी और कहीं भी नहीं होतीं। यहाँ भी चरित्र का ही अभाव है। गिरफ्तारियाँ होने के माने हैं भेद का खुलना। अब सवाल यह है कि यह भेद क्यों और कैसे खुलते हैं ? उत्तर स्पष्ट है; उन लोगों में चरित्रहीन और बेईमान लोग घुसे हुए हैं जो पैसे के लिए सबकुछ कर सकते हैं। पैसे के लिए वे अपने को बेच सकते हैं, अपने मित्रों की हत्या करवा सकते हैं। नहीं, यह सब बड़ा गलत है, बड़ा दयनीय है !"

"फिर ठीक क्या है ?" वीणा ने पूछा।

"मैं क्या बतलाऊँ ? शायद वही ठीक होगा जो कुछ हो रहा है। मैं यह कह सकता हूँ कि गलती कहाँ है, पर ठीक क्या है, यह मैं नहीं बतला सकता। अगर यही बतला सकता तो कृष्ण, बुद्ध, ईसा–इन सबों से ऊपर न उठ जाता ? आखिर ये कृष्ण, बुद्ध, ईसा–यही कब बतला सके कि ठीक क्या है ? इन्होंने किया क्या ? सिवा इसके कि दुनिया की उलझनों पर अपना मत प्रकट करके, अपना एक नया रास्ता और बतलाकर एक उलझन और बढ़ा दी। कार्ल मार्क्स ने लिखा और लेनिन ने किया–परिणाम ? रूस में भयानक रक्तपात ! और यहाँ गांधी ने एक मत बतलाया–और

परिणाम ? जेल-गिरफ्तारियाँ ! पर वास्तव में क्या होना चाहिए जिससे सब सुखी हो सकें, जो सबों की उलझनों का हल हो ? कोई नहीं बतला सका ! आखिर होगा क्या ?''

वीणा तिवारीजी की बातों को गौर से सुन रही थी। उसे यह खयाल न था कि देहात में रहनेवाला आदमी इतना सोच सकता है, इतना समझ सकता है। और तिवारीजी के तर्क ? उनमें गम्भीरता थी, उनमें ईमानदारी थी, उनमें सार था।

रामनाथ कहते ही गए, रुके नहीं; मानो वे अरसे से किसी सुननेवाले को ढूँढ़ रहे थे और उस दिन उन्हें अनायास ही एक सुननेवाला मिल गया, ''होगा क्या ? और इसके पहले हमें यह तै कर लेना पड़ेगा कि होना क्या चाहिए ! हम असन्तुष्ट हैं ! क्यों ? क्योंकि हमें रोटी नहीं मिलती; हमें कपड़ा नहीं मिलता, हमारे पास रहने को जगह नहीं है। हममें से हरेक अभाव से पीड़ित है ! और यह अभाव क्यों ? दुनिया में इतना अन्न पैदा होता है कि दुनिया की जितनी आबादी है उससे चौगुनी आबादी भरपेट भोजन कर सकती है। इतना वस्त्र दुनिया में बनता है कि सब आदमी बड़े मजे में अपना तन ढँक सकते हैं। और यह सारा धरातल हमारे रहने के लिए मौजूद है। फिर यह अभाव क्यों ?'' तिवारीजी ने वीणा की ओर देखा।

पर वीणा ने कोई उत्तर नहीं दिया, और उत्तर न देकर वीणा ने ठीक ही किया क्योंकि तिवारीजी ने यह प्रश्न वीणा से पूछा नहीं था, यह प्रश्न अपने से पूछा था। तिवारीजी ने उत्तर भी दिया, ''यह केवल इसलिए कि विषमता ही प्रकृति का नियम है। हम सब एक प्रकार की पाशविकता लिये हुए हैं, हम सबों में दूसरे को उत्पीड़ित करने की दबी हुई मनोवृत्ति है, जो समय-समय पर प्रकट होकर मानवता के विकास में भयानक बाधा बनकर खड़ी हो जाती है। हममें हिंसा है, और इस हिंसा को हम अभी तक नहीं छोड़ सके। और क्या हम इस हिंसा को छोड़ भी सकते हैं ? हमारी हिंसावाली मनोवृत्ति हमें दूसरों की हिंसा से बचने को प्रेरित करती रहती है। और इसीलिए हम धन इकट्ठा करते हैं, सम्पत्ति बढ़ाते हैं और इस धन-सम्पत्ति के रूप में दुनिया की सारी वस्तुओं को बाँधकर हम दूसरों को उन वस्तुओं का उपभोग नहीं करने देते ! है न ऐसा ?''

''तो हो क्या ?'' वीणा ने पूछा।

तिवारी जी हँस पड़े, ''तो हो क्या ? यही प्रश्न मेरे सामने भी है। और सबकुछ सोच-समझकर मैं इस नतीजे पर पहुँचा कि कुछ भी न हो। दुनिया जिस रफ्तार से चलती है, चले। लोग भूखों मरते हैं—मरें ! तुम सोशलिज्म सोशलिज्म चिल्लाते हो; पर वहाँ भी तो तुम लोग जान ही लेते हो ! मनुष्य के प्राणों का मूल्य ही क्या है ? एक महायुद्ध—यह महामारी ! लाखों-करोड़ों आदमी मर जाते हैं। और उन मरनेवालों में

कुछ ऐसे भी हो सकते हैं जो अपने को दुनिया का कर्ता-विधाता समझते रहे हों। आखिर उनके प्राणों का मूल्य ही क्या है ? तुम सुधार करनेवालों से पूछो तो कि क्या वे इतने रक्तपात, इतनी हत्या, इतने परिश्रम के बाद भी इस विषमता को, इस उत्पीड़न को नष्ट कर सकेंगे ?"

"वे तो ऐसा ही समझते हैं !" वीणा ने कहा।

"हाँ, वे ऐसा ही समझते हैं, लेकिन वे गलत समझते हैं ! यह उत्पीड़न तब तक कायम रहेगा जब तक लोग उत्पीड़ित होने के लिए तैयार रहेंगे, और जन-समुदाय उत्पीड़ित होने के लिए तैयार अवश्य रहेगा। भेड़-बकरियों की तरह पीछे चलनेवाले आदमी जब तक दुनिया में मौजूद हैं तब तक उत्पीड़न होता ही रहेगा, वह रुकेगा नहीं।"

5

वीणा के उन्नाव में आ जाने के बाद कानपुर क्रान्तिकारियों का प्रधान केन्द्र बन गया। साहसी नवयुवक एक दल में बँधकर देश की स्वाधीनता के लिए युद्ध करने को तैयार होने लगे। इस दल का संचालन करने के लिए बाहर से लोग आ जाया करते थे।

और प्रभानाथ ने देखा कि उसके दल के सब सदस्य अजीब तरह के आदमी हैं—अपनी-अपनी विशेषता लिये हुए। उनमें से कुछ तो ऐसे थे जो अन्धकार के गर्भ से निकलकर आते थे और फिर वहीं लोप हो जाते थे। न उनका पता था, न ठिकाना। प्रभानाथ ने उस दल में एक और खास बात देखी—उस दल का न कोई खास ध्येय था और न कोई खास कार्यक्रम।

उस दिन एक बैठक हुई। कार्यक्रम का अभाव वहाँ एकत्रित प्रत्येक व्यक्ति को लग रहा था। प्रभानाथ ने कहा, "मेरी समझ में नहीं आता कि हम लोग क्या करने को इकट्ठा होते हैं। हमें ब्रिटिश-साम्राज्य से लड़ना है, हमें देश को गुलामी से मुक्त कराना है, हमें अंग्रेजों को हिन्दुस्तान से निकाल बाहर करना है—लेकिन किस तरह ? हमारे सामने कोई कार्यक्रम ही नहीं है। आखिर हमें करना क्या होगा ?"

सामने बैठे हुए एक युवक ने जिसे वह केवल सरदार के नाम से जानता था, और जो उन लोगों में एक था जो अन्धकार में रहते थे, लेकिन फिर भी जो कानपुर की पार्टी का मुखिया माना जाता था, कहा, "अभी जल्दी क्या है ? हमें तो अभी बहुत बड़ी तैयारी करनी है। हमें चाहिए कि हम अपनी ताकत बढ़ाते जाएँ। फिर एक दिन ऐसा आ जाएगा जब हम अंग्रेजों का हिन्दुस्तान में रहना असम्भव कर देंगे—जब अंग्रेज लोग विलायत से हिन्दुस्तान आने के नाम पर थर-थर काँपेंगे।"

"लेकिन यह अँगरेजी फौज ! यह आपको यह सब करने देगी ?" प्रभानाथ ने पूछा।

मुस्कुराते हुए उस युवक ने उत्तर दिया, "अँगरेजी फौज का सवाल ही नहीं उठता! अकेले फौज के बल पर तो ब्रिटिश-साम्राज्य हिन्दुस्तान में कायम नहीं रह सकता। फौजी शासन दो-चार दिन तक हिन्दुस्तान के दो-चार स्थानों में भले ही कायम रह जाए, लेकिन अनन्त काल के लिए समस्त हिन्दुस्तान पर फौजी शासन करना असम्भव है। ब्रिटिश-साम्राज्य को हिन्दुस्तान के साथ समझौता करना पड़ेगा जैसा आयरलैंड में हुआ है।"

"मैं यह मानता हूँ !" एक दूसरे युवक ने कहा, "लेकिन मेरा कहना है कि सब्र की एक हद होती है। वह जोश, वह भावना, वह बलिदान जिसे लेकर हम लोग इस मार्ग पर अग्रसर हुए हैं–वह सब अनन्त और अक्षय तो नहीं है। मैं समझता हूँ कि हमारे लिए यही उपयुक्त समय है जब हम अपना काम आरम्भ करें। इतना बड़ा मूवमेंट चल रहा है, जनता की सहानुभूति हमें मिल जाएगी। लेकिन मैं देखता हूँ कि हमारी तैयारी नहीं के बराबर है, हम अपना काम ही नहीं आरम्भ कर सकते।"

"हाँ, हम अपना काम ही आरम्भ नहीं कर सकते !" सरदार ने युवक की बात दुहराई, "और यह इसलिए कि हम तैयार नहीं हैं। लेकिन तैयारी के लिए आवश्यकता है धन की !"

"यह धन आवे कहाँ से ?" वीणा ने पूछा, "दूसरी संस्थाओं को लाखों रुपयों का चंदा मिल जाया करता है लेकिन हम तो चंदा भी नहीं माँग सकते ! फिर इस दल के प्रायः सभी लोग मध्य वर्ग के हैं–वे जितना रुपया दे सकते हैं, देते हैं। पर उतना रुपया तो हमारी जरूरतों का हजारवाँ हिस्सा भी नहीं पूरा कर सकता ! सबकुछ करने और सोचने के बाद यही सवाल हमारे सामने रह जाता है–"यह धन आवे कहाँ से और कैसे ?"

"डाका डालकर।" गम्भीरतापूर्वक सरदार ने कहा, "हमारे दल की सारी बुनियाद हिंसा और बल पर है, उसी हिंसा और बल का हमें सहारा लेना होगा। हमें जर्मनी और जापान से शस्त्रास्त्र मँगाने हैं, उनके दाम तो हमें देने ही होंगे। इसके अलावा हमारे दल के कितने ही लोग बम बनाने का काम जानते हैं। और हमें बम बनाने की सामग्री खरीदना है !"

"लेकिन यह डाका किस पर डाला जाए ?" एक और युवक ने पूछा।

"कानपुर के धनी व्यापारियों पर !" और मैं तो इन्हें डाका भी नहीं कहूँगा ! यह तो जबरदस्ती चंदा वसूल करना है। दिनदहाड़े अपनी पिस्तौल के बल पर हमें यह चंदा वसूल करना होगा। और इस काम के लिए हमें जरूरत होगी एक अच्छी कार की, एक

अच्छे ड्राइवर की, चार आदमियों की जिनके चेहरों पर नकाबें होंगी, और चार पिस्तौलों की।''

थोड़ी देर रुककर सरदार ने फिर कहा, ''जहाँ तक कार का सवाल है वह हम रास्ते में किसी की अच्छी कार को हथिया सकते हैं; नकाबें मैं साथ लेता आया हूँ, पिस्तौलें हमारे पास हैं। अब चार आदमियों की और एक अच्छे ड्राइवर की आवश्यकता है।''

''हम तीस आदमी हैं, आप चार को चुन सकते हैं'' एक युवक ने कहा।

''आप लोगों में से मुझे सिर्फ तीन आदमी चाहिए, चौथा मैं हूँ।'' सरदार ने उत्तर दिया।

तीस आदमियों के नाम की चिट्ठी डाली गई, तीन आदमियों के नाम निकल आने पर सरदार ने कहा, ''और ड्राइवर–यह टेढ़ा सवाल है।''

''मैं हूँ।'' प्रभानाथ ने उत्तर दिया।

इस ''मैं हूँ'' को सुनकर वीणा चौंक उठी। उसने कहा, ''मिस्टर प्रभानाथ! यह बहुत खतरे का काम है। बीच शहर में, भरे हुए रास्तों पर अधिक से अधिक स्पीड से आपको कार चलानी पड़ेगी। शायद यह आपसे न हो सकेगा।''

''जरूर हो सकेगा ! और इसका प्रमाण मैं सफलतापूर्वक इस काम को करके दूँगा !'' प्रभानाथ ने मुस्कुराते हुए उत्तर दिंया।

6

कानपुर के एलफिन्स्टन सिनेमा के सामने जब प्रभानाथ पहुँचा उस समय सात बज चुके थे। सिनेमा हो रहा था और बाहर माल रोड पर इक्का-दुक्का आदमी चल रहे थे। प्रभानाथ ने मोटरकारों के झुंड के पास जाकर इधर-उधर देखा, कहीं कोई न था। मोटरों के ड्राइवर या तो मोटरों में पड़े सो रहे थे या टिकट लेकर वे भी सिनेमा में बैठे थे।

उन मोटरों में प्रभानाथ ने एक चुनी, वह एक बड़ी-सी स्टूडीबेकर कार थी। प्रभानाथ ने फिर एक बार अपने चारों ओर देखा, कहीं कोई न था। वह कार पर बैठ गया। सौभाग्यवश कार में चाभी नहीं लगी थी, उसने कार स्टार्ट की और चल दिया। नहर के पुल के पास उसके चारों साथी एक पेड़ के नीचे खड़े उसका इंतजार कर रहे थे। उन दोनों को उसने कार पर बिठलाया और फिर जनरलगंज पहुँचा। कार के अंदर ही उन लोगों ने अपनी नकाबें पहन लीं।

लाला नैनसुखदास की फर्म थोक कपड़े के व्यापार की प्रमुख फर्म थी और उनकी

हैसियत लाखों की समझी जाती थी। उस दुकान के सामने कार रुकी। चारों आदमी कार से उतरकर दुकान में घुस गए, किसी ने इस पर ध्यान भी नहीं दिया।

दो आदमी दरवाजे पर पिस्तौल निकालकर खड़े हो गए और दो मुनीम के पास पहुँचे। सरदार ने पिस्तौल तानकर मुनीम से कहा, "पाँच हजार रुपए चाहिए–एकदम !" मुनीम उस समय रोकड़ लिख रहा था–रोकड़िया भी वहीं बैठा था। उसने सिर उठाकर देखा–पिस्तौल देखकर वह सहम गया, उसकी घिग्घी बँध गई।

"जल्दी करो ! नहीं तो..." सरदार ने पिस्तौल की नली मुनीम के मत्थे से लगा दी।

मुनीम ने रोकड़िये की तरफ देखा, वह काँप रहा था। रोकड़िये ने चाभी निकालकर तिजोरी के पास रख दी। सरदार ने अपने साथी से कहा, "तिजोरी से पाँच हजार रुपए निकालो–मैं इन लोगों को सम्हाले हुए हूँ।" और उसी समय उसने मुनीम और रोकड़िये से मुखातिब होकर कहा, "अगर एक आवाज भी निकाली, तो गोली मत्थे के अंदर घुस जाएगी।"

तिजोरी खोलकर सरदार के साथी ने पाँच हजार रुपए निकाल लिए। रुपया ले चुकने के बाद सरदार ने अपने साथी से कहा, "तुम कार पर चलो और इंजन स्टार्ट कर दो–मैं पीछे-पीछे आ रहा हूँ। कार स्टार्ट करके हार्न देना, तब तक मैं इन लोगों को सम्हाले हूँ कि शोरगुल न करें।"

तीनों युवक कार पर बैठ गए और प्रभानाथ ने कार स्टार्ट कर दी। हार्न सुनते ही सरदार तेजी के साथ दुकान से निकलकर बैठ गया और उसके बैठते ही कार चल दी।

कार के चलते ही मुनीम और रोकड़िया "हाय लुट गए–डाका पड़ गया–पकड़ो !" चिल्लाते हुए दुकान के बाहर निकले। इस शोरगुल से भीड़ इकट्ठा होने लगी। जब तक लोग सुनें कि क्या हुआ, पूरी बात समझें और सोचें कि क्या किया जाए तब तक कार मेस्टन रोड पार करके माल रोड पर घूम पड़ी।

क्वीन्स पार्क के पीछे किले की तरफ कार रोक दी गई। पाँचों आदमी कार से उतर पड़े–माल रोड की एक गली में घुसकर वे तितर-बितर हो गए। रुपया सरदार के पास रहा।

उसी दिन शाम को उन लोगों की फिर एक बैठक हुई। इस डाके से कानपुर नगर में बड़ी सनसनी फैल गई थी, लेकिन यह निश्चय हो गया था कि उन लोगों में से एक भी आदमी नहीं पहचाना गया है। इतनी आसानी से डाका डाला जा सकता है–प्रभानाथ ने यह पहले कभी नहीं सोचा था।

ग्यारहवाँ परिच्छेद

1

राजेन्द्र कुमार वर्मा इलाहाबाद यूनिवर्सिटी में हिस्ट्री के लेक्चरर थे। वे नवयुवक थे, खेलकूद और खेल-तमाशों के शौकीन थे। यूनिवर्सिटी का कोई भी उत्सव ऐसा न होता था जिसमें मिस्टर राजेन्द्र कुमार का सहयोग न हो। और इसीलिए वे लोकप्रिय भी थे।

राजेन्द्र कुमार वर्मा और उमानाथ तिवारी यूनिवर्सिटी में एक साथ ही पढ़े थे और एक ही हास्टल में रहे थे। एक तरह से दोनों अभिन्न मित्र थे। उमानाथ का राजेन्द्र कुमार के साथ जर्मनी से पत्र-व्यवहार भी होता रहा था। इलाहाबाद पहुँचकर उमानाथ ने ताँगा राजेन्द्र कुमार के बँगले की ओर मुड़वा दिया।

उमानाथ जब कामरेड मारीसन के साथ राजेन्द्र कुमार के बँगले पर पहुँचा, राजेन्द्र कुमार यूनिवर्सिटी में था। राजेन्द्र अविवाहित था, इसलिए उसके नौकर बचई ने इन दोनों सज्जनों से फाटक पर यह कहकर, "साहेब तो मरसिटी माँ अहैं–आप लोग फिर आवैं !" अपनी फर्ज अदाई की।

लेकिन उमानाथ ने उससे डाँटकर कहा, "असबाब उतारो जी और कमरा खोलो !" तब बचई की समझ में यह बात आई कि ये दोनों मेहमान बाहर से आए हैं और उसके साहेब के साथ ही ठहरने पर तुले हुए हैं।

चार बजे शाम को जब राजेन्द्र यूनिवर्सिटी से वापस लौटा, उसे ड्राइंगरूम खुला हुआ मिला। ड्राइंगरूम में उमानाथ बैठा हुआ एक किताब पढ़ रहा था। उमानाथ को देखते ही वह कह उठा, "अरे ! तुम कब आए–मुझे पहले इत्तिला क्यों नहीं दी ?"

"करीब दो घंटे हुए आया हूँ, और आना इतनी जल्दी में हुआ कि तुम्हें इत्तिला देने का वक्त ही न था !" उमानाथ ने हँसते हुए कहा।

"और चा-वा तो कुछ मिली न होगी ! बचई !"

"चा की फिक्र करने की जरूरत नहीं–बैठो। मेरे दोस्त चा तैयार कर रहे हैं !"

"तुम्हारे दोस्त ! ये कौन हैं ?" राजेन्द्र कुमार ने पूछा।

"अभी मिलाता हूँ उनसे। मिलकर खुश हो जाओगे–नायाब आदमी हैं। चलो,

किचन में ही उनसे मुलाकात करवा दूँ !" उमानाथ ने उठते हुए कहा।

किचन में कामरेड मारीसन पावरोटी काटकर टोस्टर में लगा रहे थे। उस समय वे आधी आस्तीन की कमीज और हाफ पैंट पहने थे। चा तैयार करके वे टी-पाट में रख चुके थे।

उमानाथ ने कहा, "ये हैं मेरे दोस्त कामरेड मारीसन, और ये हमारे मेजबान मिस्टर राजेन्द्र कुमार वर्मा।"

दोनों ने तपाक के साथ एक-दूसरे से हाथ मिलाए और मिलने पर खुशी जाहिर की।

"लेकिन बचई कहाँ है ?" राजेन्द्र कुमार ने पूछा।

"कामरेड मारीसन के किचन में घुसते ही वह यहाँ से चल दिया–पता नहीं कहाँ !" उमानाथ ने बतलाया।

राजेन्द्र बचई को ढूँढ़ने निकला। बँगले के पिछवाड़े बरगद के पेड़ के नीचे बचई टाँगें फैलाकर तुलसीदास के पद गा रहा था। राजेन्द्र कुमार को देखते ही वह उठ खड़ा हुआ।

"तुम घर से क्यों चले आए ?" राजेन्द्र कुमार ने डाँटकर पूछा।

"अब न होई सरकार ! ई किरिस्तानी व्यौपार हमसे न चली। तौन अँगरेज रसोईघर माँ घुस जाए–सरकार हमार हिसाब-किताब कर दें।"

"हिसाब-किताब तो पीछे होगा, पहले पुलिस में चलना पड़ेगा क्योंकि तुम अनजाने आदमियों को मकान में छोड़कर घर से चल दिए !" राजेन्द्र कुमार ने गरम होते हुए कहा।

बचई को लेने के देने पड़े–"पुलिस माँ न देयँ सरकार–गलती भई।"

"तो चलो काम करो चलकर !"

"लेकिन ऊ अँगरेज जो रसोई माँ घुस गया–नाहीं सरकार हम अँगरेज का जूठा न छूवब !"

"तो फिर पुलिस में जाना पड़ेगा !"

"हम हिसाब-किताब न लेब–लेकिन सरकार हमें जाएँ देंय !"

"नहीं–घर में चलकर काम करने से ही पुलिस से बच सकते हो–वैसे गंगा नहा लेना !"

बचई को घर आना पड़ा। किचन में पहुँचकर राजेन्द्र कुमार ने बचई से कहा, "तुम चा तैयार करके ड्राइंगरूम में लाओ !" और कामरेड मारीसन तथा उमानाथ के साथ वह ड्राइंगरूम की तरफ रवाना हुआ।

"आदाब अर्ज प्रोफेसर साहेब ! मेरा खयाल है कि मैंने मदाखिलत बेजा नहीं

की!" इन तीनों के ड्राइंगरूम में पहुँचते ही वहाँ बैठे एक सज्जन ने उठकर कहा।

जिन सज्जन ने उठकर अभिवादन किया था वे नाटे कद के एक दुबले-पतले युवक थे। उनके बाल बड़े-बड़े और रूखे थे, दाढ़ी-मूँछ छै सात दिन से न बनी थी, चूड़ीदार पैजामा-कुरता और चप्पल पहने था। बातचीत में एक अजीब तरह की नफासत से भरी लापरवाही और धजा पूरी मजनू की।

राजेन्द्र कुमार ने उनसे हाथ मिलाते हुए कहा, "आप बड़े मौके से आ गए मिस्टर रामेश्वर प्रसाद ! ये हैं मेरे दोस्त मिस्टर उमानाथ तिवारी, और ये हैं कामरेड मारीसन ! और आप हैं मिस्टर रामेश्वर प्रसाद–मुझ पर अकसर मेहरबानी कर दिया करते हैं।"

उमानाथ ने रामेश्वर प्रसाद को एक बार बड़ी गौर से देखा, फिर वह मुस्कुराया। उसने कहा, "आप तो शायर मालूम होते हैं !"

यद्यपि उमानाथ ने बात हिन्दी में कही थी, रामेश्वर प्रसाद ने जवाब अंग्रेजी में दिया, "जी हाँ, ऐसे ही कभी-कभी कुछ तुकें जोड़ लिया करता हूँ वैसे तो मैं प्लेराइटर (नाटककार) हूँ।"

"क्या आप अंग्रेजी में लिखते हैं ?" कामरेड मारीसन ने पूछा।

"जी हाँ ! अंग्रेजी में भी लिखता हूँ और मेरे एक प्ले की तो जार्ज बर्नार्ड शा ने बड़ी तारीफ की। मैंने अभी हाल में ही लिखना आरम्भ किया है !" रामेश्वर प्रसाद ने बड़े शांत भाव से कहा।

लेकिन रामेश्वर प्रसाद ने बर्नार्ड शा का जो हवाला दिया उसका असर कामरेड मारीसन पर बिल्कुल नहीं पड़ा। उन्होंने पूछा, "आप अपनी भाषा में क्यों नहीं लिखते ?"

"बात यह है कि मेरे विचारों को समझनेवाले लोग मेरी भाषा हिन्दी में हैं ही नहीं। फिर भी इधर मैंने दो-एक प्लेज हिन्दी में भी लिखे हैं। मेरे पहिले हिन्दी में किसी ने प्लेज नहीं लिखे !" एक मीठी मुस्कान मुँह पर लाने का प्रयत्न करते हुए रामेश्वर प्रसाद ने कहा, "और आपको यह मालूम होना चाहिए कि हिन्दी साहित्य का अभी निर्माण हो रहा है; हमीं लोग तो साहित्य के निर्माता हैं। हिन्दी साहित्य पोस्टवार क्रियेशन (1914-18 के युद्ध के बाद का निर्माण) है।"

उमानाथ बड़े ध्यान से रामेश्वर प्रसाद की बात सुन रहा था और मन ही मन आश्चर्य कर रहा था। जर्मनी जाने के पहिले उमानाथ को हिन्दी साहित्य में कुछ दिलचस्पी थी, और उसे याद था कि उन दिनों जो कुछ लिखा जा रहा था वह बहुत ही पुराने ढंग का था। नई धारा आने जरूर लगी थी, लेकिन उसका पूर्ण विकास न हो पाया था।

इस बार उमानाथ के बोलने की बारी थी, "आपसे मिलकर बड़ी प्रसन्नता हुई मिस्टर रामेश्वर प्रसाद। मैं आपसे पूछ सकता हूँ कि आपके लिखने का थीम (विषय) क्या होता है ?"

"थीम !" रामेश्वर प्रसाद ने एक व्यंग्यात्मक शुष्क हँसी के साथ कहा, "थीम पर मुझे विश्वास नहीं। दुनिया में कोई एक थीम थोड़े ही है। हमारे समाज के सामने कितने ही प्राब्लम्स (समस्याएँ) हैं, और प्रत्येक प्राब्लेम एक थीम है। मेरा काम है दुनिया के सामने उन प्राब्लम्स को पेश करना, ताकि दुनिया सोचे और समझे !"

चा आ गई थी। रामेश्वर प्रसाद इस प्रकार चा तैयार कर रहा था मानो वह राजेन्द्र कुमार का कोई आत्मीय था और इस आत्मीयता के नाते वह मेजबान का कर्तव्य अपने ऊपर ले रहा है। "कहिए मिस्टर उमानाथ, कितने चम्मच चीनी ?...आप कामरेड मारीसन ?...आप तो डेढ़ चम्मच लेते हैं मिस्टर राजेन्द्र कुमार ! जी...तो मैं कह रहा था कि मेरे पास प्राब्लेम्स हैं, और आज का साहित्य प्राब्लेम्स का साहित्य है ! शा इतना पापुलर (लोकप्रिय) क्यों है ? क्योंकि दुनिया के सामने वह दुनिया की समस्याएँ पेश करता है; सोनेवालों को हंटर मारकर उठाता है, देखो तुम कहाँ हो ! सोचो और समझो ! और इसलिए शा दुनिया का सबसे बड़ा कलाकार है !"

"लेकिन शा तो डिस्ट्रक्टिव (विनाशात्मक) है !" दबी जुबान राजेन्द्र ने कहा।

"डिस्ट्रक्शन !" चा का घूँट पीकर रामेश्वर प्रसाद ने उन तीनों को देखा। उसकी आँखें छोटी-छोटी और चमकीली थीं, उन आँखों में कुछ ऐसी बात थी जिसे वहाँ उपस्थित लोगों ने पसन्द नहीं किया। "लेकिन जब तक डिस्ट्रक्शन नहीं होता तब तक कांस्ट्रक्शन (निर्माण) नहीं हो सकता। डिस्ट्रक्शन में ही जिन्दगी का डाइनेमिक फोर्स है, डिस्ट्रक्शन ही सत्य है और नित्य है। मनुष्य परफेक्ट (पूर्ण) बनना चाहता है, परफेक्ट बनने के लिए इम्परफेक्शंस (अपूर्णताओं) को डिस्ट्राय ही करना होगा। शा वही कर रहा है। वह क्रिटिक है; हमारे कर्मों को वह देखता है। हमारी अपूर्णताओं पर वह हँसता है, उनका मखौल उड़ाता है। और इस प्रकार वह हमें अपना रास्ता खुद निकालने को प्रेरित करता है।"

जिस समय रामेश्वर प्रसाद यह कह रहा था राजेन्द्र कुमार को जम्हुआई आ रही थी और कामरेड मारीसन बीच-बीच के अंग्रेजी शब्दों को समझ सकने के कारण रामेश्वर प्रसाद की खिचड़ी भाषा को समझने का विफल प्रयत्न कर रहे थे; लेकिन उमानाथ बड़े गौर से सुन रहा था। उसने पूछा, "आपने गोर्की पढ़ा है ?"

"हाँ, गोर्की मैंने पढ़ा है, और एप्रीशिएट भी किया है; लेकिन गोर्की के आर्ट में और मेरे आर्ट में विभिन्नता है, इसीलिए गोर्की को मैं महत्त्व नहीं देता।"

राजेन्द्र कुमार शायद इस बातचीत से आजिज आ गया था, उसने बात बदलने की कोशिश की, "मिस्टर रामेश्वर प्रसाद, आज प्रोफेसर किशोर के यहाँ साहित्य गोष्ठी है–चलिएगा न ! मुझे भी उन्होंने न जाने क्यों निमन्त्रण भेज दिया है।"

"अरे हाँ ! मैं तो भूल ही गया था।" रामेश्वर उमानाथ की ओर घूमा, "और आप लोग भी चलिएगा–प्राफेसर किशोर अपने ही आदमी हैं। आप लोगों से मिलकर उन्हें बड़ी प्रसन्नता होगी।"

राजेन्द्र कुमार ने उमानाथ की ओर देखा, "प्रोफेसर किशोर हिन्दी के सुविख्यात कवि हैं, यूनिवर्सिटी में लेक्चरर हैं। अगर अनइनवाइटेड चलने में अपमान न समझो, तो चलो।"

"क्या हम कम्युनिस्टों के लिए दुनिया में मान-अपमान नाम की कोई भी चीज नहीं; हम तो वह कि 'सौ सौ जूते खाएँ, तमाशा घुस के देखें !' और हाँ, मेरे साथ कामरेड मारीसन भी हैं; गोकि हिन्दी यह नहीं समझते लेकिन लोगों से तो मिल सकते हैं !" उमानाथ ने उठते हुए कहा।

2

प्रोफेसर किशोर–महज इसलिए कि लेक्चरर होते हुए भी वे अपने को प्रोफेसर लिखते थे, और दूसरों से आशा करते थे कि वे उन्हें प्रोफेसर ही कहेंगे, यहाँ भी वे प्रोफेसर किशोर के नाम से ही परिचित कराए जाते हैं–बरामदे में खड़े अतिथियों का स्वागत कर रहे थे। वे पीले रंग के पापलेन का सूट पहने थे और उनका खयाल था कि लोगों को उस सूट के सिल्क का सूट होने का धोखा हो सकता है; और वह सूट किसी साधारण दुकान में सिला था क्योंकि उनके शरीर पर अच्छी तरह फिट न हो रहा था। उस सूट पर वे लाल टाई बाँधे थे जो काफी भड़कीली थी। बटन होल में गुलाब का फूल लगा था। उनकी मूँछ आधी थी। सर के बाल किसी कदर घुँघराले। गाल भरे हुए और होंठों पर एक हल्की और सलोनी-सी मुस्कुराहट।

प्रोफेसर किशोर के साथ दो सज्जन और थे जो उनके विशेष कृपा-पात्र थे। ये दोनों सज्जन अपनी-अपनी विशेषता रखते थे और काफी दिलचस्प थे। इसलिए इनका परिचय दे देना आवश्यक है। एक सज्जन मझोले कद के गोल-मटोल आदमी थे, काले और भद्दे। उनकी तुलना अकसर लोग तम्बाकू के पिण्डे से किया करते थे। शक्ल से बनिया दिखते थे और थे भी बनिया। उनके पिता की परचून की दुकान थी लेकिन कुछ पढ़-लिख जाने के कारण इन्हें अपने पुश्तैनी धंधों से अरुचि हो गई थी, साथ ही तबीयत भी किसी कदर रंगीन पाई थी इसलिए वे कवि बन गए थे। और हिन्दी का

प्रत्येक कवि हिन्दी का धुरंधर विद्वान समझा जाता है। इसीलिए इन्हें कुछ ट्यूशन भी मिल गए थे। ये ट्यूशन अधिकांश स्त्रियों के थे क्योंकि स्त्रियों के पिता-पतियों को उनकी शक्ल-सूरत पर पूरा भरोसा था। पर स्त्रियों का ट्यूशन तो वे करते थे, और शायद इसी कारण इन्होंने अपना उपनाम विलासी रख लिया था और समय-समय पर अपनी विलासिता की ये चर्चा भी कर दिया करते थे। लेकिन ट्यूशनों से तो काम चलता नहीं था इसलिए ये किशोर जी की खुशामद किया करते थे कि कहीं इन्हें स्कूल में मास्टरी की नौकरी दिलवा दें।

दूसरे सज्जन नाटे कद के दुबले-पतले आदमी थे, अगर उनको नर कंकाल कहा जाए तो अनुचित न होगा। इनके गाल पिचके हुए थे, आँखों पर चश्मा चढ़ा था और बाल कंधों पर लहरा रहे थे। ये कवि थे और साथ ही आलोचक ! इनका नाम था परमसुख चौबे। एक दैनिक-पत्र में ये प्रूफरीडर थे, लेकिन लोगों से वे कहते थे कि वे सम्पादक हैं। इन्होंने आलोचना की दो-एक किताबें लिखीं थीं जिसमें इन्होंने घोषित किया था कि प्रोफेसर किशोर हिन्दी के युग निर्माताओं में से एक हैं। प्रोफेसर किशोर ने इस उपकार का बदला अपने प्रभाव से इनकी किताबें छपवाकर तथा उन्हें स्कूल-कालेजों में टेक्स्ट-बुक बनवाकर दिया था।

राजेन्द्र कुमार अपने दोस्तों के साथ जब प्रोफेसर किशोर के यहाँ पहुँचे उस समय प्रोफेसर किशोर एक महिला से, जो शायद उसी समय ताँगे से उतरी थीं, बातचीत कर रहे थे, ''आपने यहाँ आकर मुझ पर बड़ी कृपा की, यह मेरा सौभाग्य है।'' प्रोफेसर किशोर के होंठों की मंद मुस्कान कुछ अधिक प्रस्फुटित हो गई, ''जिस सभा में स्त्रियाँ नहीं रहतीं वहाँ प्रकाश का अभाव रहता है, वहाँ एक प्रकार की जीवनहीनता का अनुभव किया जा सकता है !''

विलासीजी जो प्रोफेसर किशोर के दाहिनी तरफ खड़े थे, आगे बढ़कर बोले, ''जी हाँ, मृणालिनी जी के आ जाने से साहित्य गोष्ठी की रौनक दूनी हो गई !''

और पंडित परमसुख को भी अपना पार्ट अदा करना था, वे मृणालिनी जी के सामने आकर बोले, ''अहाह ! सौन्दर्य ! सौन्दर्य ही कला है–शारीरिक, मानसिक और आत्मिक ! मृणालिनी जी में सौन्दर्य की पूर्णता है !''

मृणालिनी जी को ये बातें काफी अच्छी लग रही थीं क्योंकि उनके मुख पर संतोष और प्रसन्नता की एक हलकी मुस्कुराहट आकर रुक गई थी और साथ ही वे स्वयं भीतर जाने से रुक गई थीं। यहाँ मृणालिनी जी का थोड़ा-सा परिचय दे देना आवश्यक है। मृणालिनी जी की उम्र करीब चालीस वर्ष की थी यद्यपि परिचितों से वे अपनी अवस्था पचीस वर्ष और पैंतीस वर्ष के बीच बताया करती थीं। नवयुवकों के समुदाय में वह पचीस वर्ष की थीं, वयस्कों के समुदाय में वे तीस वर्ष की थीं और उन लोगों

के बीच में जिन्हें पुराने इतिहास का थोड़ा बहुत ज्ञान था, वे पैंतीस वर्ष की थीं। उनके बाल सफेद होने लगे थे और वे अब खिजाब लगाती थीं। एकहरे बदन की तन्दुरुस्त स्त्री थीं, थोड़ा-सा साँवला रंग और दाँत बड़े-बड़े। वे अध्यापिका थीं और हिन्दी साहित्य में उन्हें काफी दिलचस्पी थी।

मृणालिनी जी ने कुछ सकुचाते हुए, कुछ शरमाते हुए, कुछ सिकुड़ते हुए कहा, "आप लोग क्यों इतनी अतिशयोक्ति से काम ले रहे हैं।"

इतने में राजेन्द्र कुमार और उनके साथी बरामदे में आ गए। आगे-आगे श्री रामेश्वर प्रसाद और कामरेड मारीसन थे और पीछे-पीछे राजेन्द्र कुमार और उमानाथ। रामेश्वर प्रसाद गलत-सलत अंग्रेजी में तेजी के साथ कामरेड मारीसन को हिन्दी साहित्य की प्रगति और उस प्रगति में अपनी प्रमुखता बता रहे थे।

"नमस्कार प्रोफेसर किशोर !" अपना हाथ बढ़ाते हुए रामेश्वर प्रसाद ने कहा। प्रोफेसर किशोर को जबरदस्ती रामेश्वर प्रसाद से, जिसे उन्होंने साहित्य गोष्ठी में सम्मिलित करने से बराबर इनकार किया था, और जो आज बिना बुलाए चला आया था, हाथ मिलाना पड़ा। तब तक राजेन्द्र कुमार ने आगे बढ़कर कहा, "हलो किशोर ! भाई मेरे दो मेहमान आ गए हैं, इन्हें भी लेता आया हूँ। यह हैं मिस्टर उमानाथ तिवारी—तुमसे दो साल सीनियर थे—यूनिवर्सिटी में बड़े मशहूर आदमी थे—तुमने इन्हें देखा तो होगा।"

"भला आपको उन दिनों कौन नहीं जानता था !"

"हाँ, तो ये अभी हाल में जर्मनी से लौटे हैं। आज ही इलाहाबाद आए। मैंने सोचा साथ लेता चलूँ। और ये हैं कामरेड मारीसन, मिस्टर उमानाथ के मित्र। और ये प्रोफेसर किशोर हैं जिनका जिक्र मैं आप लोगों से कर चुका हूँ।"

"आप लोगों का मैं हृदय से स्वागत करता हूँ !" सर झुकाकर और अपना हाथ अपनी छाती पर रखकर प्रोफेसर किशोर ने कहा, "देखिए परमसुख जी, और विलासी जी यहीं रहें, मैं आप लोगों को भीतर लिवा चलता हूँ।"

इतना कहकर प्रोफेसर किशोर वहाँ से चलने लगे, लेकिन एकाएक उनके कदम रुक गए। किसी ने जरा तेजी से कहा, "मेरा स्वागत इन लौण्डों पर छोड़कर आप बड़े आदमियों की खातिरदारी में चल दिए, जरा तमीज सीखिए।" और जब किशोरजी ने मुड़कर देखा, तो उन्हें अपने सामने दीवानाजी की भव्य मूर्ति नजर आई।

श्रीमान दीवानाजी कुरता पहने थे और तहमत बाँधे थे, नंगे सर और नंगे पैर। बाल बड़े-बड़े, दाढ़ी-मूँछ साफ। छै फुट का कसरती और सुडौल शरीर, मुख सुन्दर, चेहरे पर तेज और आँखों में चमक। स्वर में एक मीठी गम्भीरता।

"क्षमा कीजिएगा दीवानाजी, मैंने आपको देखा नहीं था। आइए, आप भी

चलिए !" किशोरजी ने कहा।

"मुझे नहीं देखा ! आपका दिमाग तो ठीक है ? जो मुझे नहीं देख सका वह कुछ नहीं देख सका, वह अंधा है।" और दीवानाजी अपनी बात पर खुद खिलखिलाकर हँस पड़े, "अच्छा मैंने आपको माफ किया; चलिए, लेकिन इस बदमाश को"–परमसुख की तरफ इशारा करते हुए उन्होंने कहा, "आप मेरे सामने न आने दीजिएगा, वरना मैं इसे मार बैठूँगा।"

3

प्रोफेसर किशोर के ड्राइंगरूम में साहित्यिकों की भीड़ एकत्रित थी, और साहित्यिक लोग दलों में विभाजित होकर बातचीत कर रहे थे।

एक कोने में श्री विश्वम्भर कुछ सज्जनों से घिरे बैठे थे। श्री विश्वम्भर को देखने पर पहले लोगों को शक होता था कि वे स्त्री हैं और आधे सज्जन तो इस बात पर शर्त बदकर बाजी तक हार चुके थे। श्री विश्वम्भर मुक्तकण्ठ से हिन्दी के युग-प्रवर्तक कवि स्वीकार किए जाते थे। गोरे-से खूबसूरत आदमी, बाल कंधे तक लहराते हुए, फ्राकनुमा कोट और पतलून पहने हुए थे। व्यक्तित्व में एक प्रकार की मोहक कोमलता थी, वाणी में एक प्रकार का संगीत था। इनके साथ दो सज्जन थे, एक श्री रघुवंश लाल जो हिन्दी के प्रमुख आलोचक कहे जाते थे, यद्यपि स्वयं उन्हें इस बात पर शक होता था कि वे क्या हैं, और दूसरे श्री रमेन्द्र जो हिन्दी के उदीयमान कवियों में अपना ऊँचा स्थान रखते थे और श्री विश्वम्भर के खास शिष्य समझे जाते थे।

दूसरे कोने में श्रीमती करुणा देवी बैठी थीं और उन्हें घेरे हुए चार साहित्यिक बड़ी भक्ति के साथ उनके वचनों का सुधापान कर रहे थे। श्रीमती करुणा देवी हिन्दी की सुविख्यात कवयित्री थीं और लोग उनकी तुलना मीरा से करते थे। कुछ लोगों का ऐसा ख्याल था कि वे मीरा से अधिक बढ़ी हुई हैं और उन्हें घेरे चारों सज्जन इसी मत के थे। श्रीमती करुणा देवी एकहरे बदन की और मझोले कद की स्त्री थीं, रंग गोरा और मुख पर सदा खेलनेवाली हँसी जो किसी हद तक निरर्थक कही जा सकती थी। चेहरा तनिक रूखा और आभारहित पर आँखें बड़ी-बड़ी और उनमें आत्मविश्वास की चमक। तीसरे कोने में श्रीयुत प्राणनाथ श्री देवीप्रसाद से राजनीति पर बातें कर रहे थे। श्री प्राणनाथ कांग्रेस के बहुत बड़े नेता थे और कानपुर के रहनेवाले थे। पर राजनीति की अपेक्षा वे साहित्य के अधिक थे, जिसे शायद उन्होंने स्वयं कभी न महसूस किया था। वे सुविख्यात कवि थे।

श्री देवी प्रसाद नाटे से थे, इकहरे बदन के। इनकी गणना हिन्दी के सफल कवियों

तथा उपन्यासकारों में होती थी। पर हिन्दी के आलोचक न इन्हें कवि मानने को तैयार थे और न उपन्यासकार।

प्रोफेसर किशोर के अपने अतिथियों के साथ आते ही सब लोग उठ खड़े हुए। श्री दीवानाजी ने बीच कमरे में खड़े होकर कहा, ''मेरा स्वागत करने के लिए आप लोगों ने जो कष्ट उठाया मैं उससे बहुत खुश हूँ। मेरी आज्ञा है कि आप सब लोग बैठें।'' और यह कहकर वे श्री विश्वम्भर की बगल में डट गए।

सब लोगों के बैठ जाने पर साहित्य-गोष्ठी की कार्रवाई शुरू हुई। प्रोफेसर किशोर कुछ कहने को खड़े ही हुए थे कि दो और सज्जनों ने कमरे में प्रवेश किया। उनमें से एक ने, जिनका नाम ठाकुर मलकानसिंह था, कहा, ''हम लोगों को, याने मुझे और ठाकुर दिग्विजय सिंह को देर हो गई इसलिए हम लोग क्षमा माँगे लेते हैं।'' यह कहकर वे खाली कुर्सी पर बैठ गए।

पर ठाकुर दिग्विजय सिंह ने कहा, ''मेरे मित्र ने मेरी तरफ से माफी माँगकर गलती की, उनकी माफी सिर्फ उनके ही लिए समझी जाए ! मैं माफी माँगने से कतई इनकार करता हूँ क्योंकि देर करना हम हिन्दुस्तानियों का राष्ट्रीय अधिकार है।''

इन दोनों की बात समाप्त हो जाने पर प्रोफेसर किशोर ने अपना व्याख्यान अंग्रेजी में आरम्भ किया। वे करीब दो ही वाक्य बोले होंगे कि एक तरफ से आवाज आई, ''जब आप शुद्ध अंग्रेजी नहीं बोल सकते तब आप अंग्रेजी में व्याख्यान व्यर्थ देते हैं। यह हिन्दी-साहित्य गोष्ठी है और इसलिए आप हिन्दी में व्याख्यान दे सकते हैं।''

सभा में गहरा सन्नाटा छा गया। जब लोगों ने, जिस ओर से आवाज आई थी, उस ओर देखा तो मालूम हुआ कि ठाकुर मलकानसिंह ने वह बात कही थी; महज यह साबित करने के लिए कि वे अपने मित्र ठाकुर दिग्विजय सिंह से कहीं अधिक बदतमीज और कटु हो सकते हैं। ठाकुर मलकानसिंह वकील थे। यद्यपि शक्ल-सूरत से वे किसान मालूम होते थे। बात ठाकुर साहेब ने ठीक कही थी क्योंकि प्रोफेसर किशोर गलत अँगरेजी का प्रयोग कर गए थे, लेकिन बात अनुचित थी, सब लोगों ने यह अनुभव किया क्योंकि अंग्रेजी मातृभाषा न होने के कारण थोड़े से ही हिन्दुस्तानी ऐसे मिलेंगे जो पूर्णतः शुद्ध अंग्रेजी भाषा प्रयोग कर सकें।

प्रोफेसर किशोर को यह अपमान अखर गया। वैसे तो हिन्दी के साहित्यकारों में इस तरह की बदतमीजी की बातचीत हो जाना बड़ी साधारण-सी बात थी लेकिन उस दिन भरी सभा में बाहर से आए हुए अतिथियों के सामने यह अपमान हुआ था। उनका चेहरा क्रोध से लाल हो गया, उन्होंने अंग्रेजी में ही कहा, ''यदि ठाकुर मलकानसिंह अंग्रेजी नहीं समझ सकते तो यह उनका ही नहीं, मेरा भी दुर्भाग्य है !...''

पर ठाकुर मलकानसिंह बीच में ही बोल उठे, "मैं आपको अँगरेजी पढ़ा सकता हूँ, मैं ही क्यों, आठवें दर्जे का लड़का भी आपको अँगरेजी पढ़ा सकता है !"

ठाकुर मलकानसिंह के इस वाक्य ने आग में घृत का काम किया। प्रोफेसर किशोर ने कड़े स्वर में कहा, "मैं ठाकुर मलकानसिंह को यह ध्यान दिलाना चाहता हूँ कि मेरे घर में ही अकारण मेरा अपमान कर रहे हैं, और मैं आशा करता हूँ कि वे यहाँ से चले जाएँगे।"

लेकिन मालूम होता है कि ठाकुर मलकानसिंह लड़ने के लिए तुले हुए थे, उन्होंने जवाब दिया, "लेकिन यह साहित्य-गोष्ठी है जो चंदे के रुपयों से हो रही है। मैं साहित्य-गोष्ठी के सदस्य होने की हैसियत से यहाँ से उठने से कतई इनकार करता हूँ।"

असहायावस्था में प्रोफेसर किशोर ने अपने चारों ओर देखा, सब लोग शान्त बैठे थे। राजेन्द्र कुमार ने उठकर उस समय इज्जत बचाई। उन्होंने ठाकुर मलकानसिंह से कहा, "ठाकुर साहेब, मेरा खयाल है कि आपने पहले-पहल भरी सभा में कुछ ऐसे शब्दों का प्रयोग किया जो अनुचित थे। एक शरीफ आदमी की हैसियत से आपको उन शब्दों को वापस ले लेना चाहिए !"

ठाकुर मलकानसिंह ने कुछ तनकर कहा, "शरीफ तो मैंने न कभी अपने को समझा और न होने का दावा किया, लेकिन चूँकि आप मुझे शरीफ कहते हैं, लिहाजा मैं अपने शब्द को वापस लेता हूँ !"

प्रोफेसर किशोर ने अपना स्वागतवाला व्याख्यान नहीं दिया और चा आरम्भ हुई। जिस मेज पर उमानाथ और कामरेड मारीसन बैठे थे उसी पर श्री विश्वम्भर जी, श्री दीवानाजी, श्रीमती करुणा देवी, श्री प्राणनाथ जी और श्री देवीप्रसाद जी थे। करुणा देवी ने स्वयं अपने हाथों इन सज्जनों के लिए चा तैयार की और श्री प्राणनाथ ने कहा, "यदि नित्य ही इस प्रकार आपके हाथ की बनाई चा पी सकता तो कितना सुन्दर होता !" और श्री प्राणनाथ ने गहरी साँस ली।

उमानाथ ने श्री देवीप्रसाद से जो उसकी बगल में ही बैठे थे, पूछा, "ये सज्जन तो किसी कदर रसिक मालूम होते हैं !"

"रसिक क्या हैं खाक ! इतनी उम्र हो गई लेकिन शादी नहीं हुई या यों कहिए कि शादी नहीं की। शायद कभी किसी से प्रेम किया था, उसे अभी तक निभाते चले आ रहे हैं। लेकिन बीच-बीच में जब कभी स्त्री को देख लेते हैं तब इस प्रकार के वाक्यों में तथा इस प्रकार की ठंडी साँसों में संयम द्वारा कुचला पुरुष फूट पड़ता है।"

उमानाथ मुस्कुराया, इस बार वह दीवानाजी की ओर घूमा, "मैंने आपकी बड़ी तारीफ सुनी है। आपकी कविताएँ भी कुछ इधर-उधर पढ़ीं लेकिन आपकी कविताएँ

मेरी समझ में नहीं आई। कारण पूछ सकता हूँ ?"

"आपने पहली बार साहित्य को देखा है, बस यही कारण है !" दीवानाजी ने बहुत शांत भाव से उत्तर दिया।

श्री विश्वम्भरजी ने दीवानाजी की तरफ घूमकर कहा, "दीवानाजी, आपकी 'लोढ़ा' शीर्षक कविता बड़ी सुन्दर है; मुझे बड़ी अच्छी लगी।"

"आप लोग उस कविता का अर्थ भी समझे ?" देवीप्रसाद ने विश्वम्भर जी से पूछा।

दीवानाजी ने देवीप्रसाद को इस प्रकार देखा मानो वे उसे खा जाएँगे, फिर उन्होंने धीरे से कहा, "तुम लौण्डे हो, अभी कुछ दिन और पढ़ो, तब समझोगे !"

बात बदलते हुए देवीप्रसाद ने प्राणनाथ से कहा, "प्राणनाथ जी, आपने करुणा देवी की कविता के जवाब में जो कविता लिखी है उसकी इन दिनों बड़ी चर्चा हो रही है। करुणा देवी ने उस पर एक टिप्पणी भी लिखी है !"

प्राणनाथ चौंक उठे, "क्या कहा ? कौन-सी कविता और कैसी टिप्पणी ?"

अब करुणा देवी के बोलने की बारी थी, "प्राणनाथ जी ! यह बड़ी बेजा बात है कि लोग स्त्रियों की कविता पर अपनी कविताएँ जोड़ते हैं। शायद आप यह नहीं जानते कि इससे स्त्रियाँ कविता लिखने में, और अगर लिखने में नहीं तो प्रकाशित कराने में अवश्य निरुत्साहित होती हैं। आप अगर ध्यान से सोंचे तो आप स्वयं इस निर्णय पर पहुँचेंगे कि यह प्रवृत्ति किसी अंश में दूषित है !"

"मैं आपको विश्वास दिलाता हूँ कि मैंने आपकी किसी कविता पर अपनी कविता नहीं जोड़ी। अगर कहीं कोई भाव-सामंजस्य आ गया है तो यह अनजाने में हुआ है, और इसके लिए मैं क्षमाप्रार्थी हूँ।"

उमानाथ आश्चर्यचकित इन साहित्यिकों को देख रहा था और इनकी बातें सुन रहा था। उसने करुणा देवी से कहा, "लेकिन मेरी समझ में यह बात नहीं आई कि यदि एक अच्छा कवि किसी कवयित्री से प्रभावित होकर कोई कविता लिखे तो इसमें एक कवयित्री गौरवान्वित न होकर कुण्ठित क्यों होती है ?"

और छूटते ही करुणा देवी ने उत्तर दिया, "इसका उत्तरदायित्व हमारे समाज पर है। गुलामी के बंधनों में जकड़ी हुई स्त्री–उसके लिए यही बहुत है कि वह साहित्य क्षेत्र में आने का साहस करे ! इसी में उसे समाज की कटु आलोचना बर्दाश्त करनी पड़ती है। और इस हालत में कि जब पुरुष लोग उसकी कविताओं पर ऊटपटाँग जोड़ें, जब वे जनता को यह समझने को उत्साहित करें कि वे कवयित्री के पीछे दीवाने हो रहे हैं, तब कवयित्री किस लाँछना की भागी बन सकती है–इसको आप समझ सकते हैं !"

"लेकिन कविता प्रेम पर ही क्यों लिखी जाए ? क्या हमारा जीवन महज प्रेम और

शृंगार है ?" उमानाथ ने मानो अपने से कहा, और वह श्री विश्वम्भर की ओर मुड़ा, "जहाँ तक मैं समझता हूँ; हिन्दी कविता में प्रगति नहीं है। क्या आपने कभी इस बात पर ध्यान दिया है ?"

"मैं आपका मतलब नहीं समझा !" श्री विश्वम्भर ने पूछा।

"मेरा मतलब है कि हिन्दी कविता हमारे जीवन को छू नहीं रही है। जो कुछ लिखा जा रहा है वह हमारे जीवन से बहुत दूर की चीज है, उसमें खोखलापन है, अपने को और दूसरों को धोखा देने की प्रवृत्ति है !"

"मैं आपसे सहमत हूँ।" श्री विश्वम्भर ने कुछ सोचकर कहा, "हम लोगों ने अभी तक जो कुछ लिखा है, वह शब्दों का खेल है, वह बुर्जुआ मेन्टिलिटी की चीज है !"

कामरेड उमानाथ तिवारी के कान खड़े हुए; अपने काम को उन्होंने इतना आसान न समझा था जितना साबित हो रहा था। हिन्दी का एक महाकवि इस दिशा में विचार कर रहा है, यह जानकर उन्हें प्रसन्नता हुई।

श्री विश्वम्भर ने फिर कहा, "हममें वास्तव में प्रगति का अभाव है, और हम समय से बहुत पिछड़े हुए हैं। हममें परिवर्तन की आवश्यकता है, हमें जीवन पर अपने दृष्टिकोण को बदलना चाहिए और इसलिए मैं तो इस नतीजे पर पहुँचा हूँ कि हमारे साहित्यकारों को मार्क्स का अध्ययन करना चाहिए। हमें जीवन की समस्याओं पर प्रकाश डालना चाहिए। इसमें मार्क्स हमारी कितनी सहायता कर सकता है, यह मैंने मार्क्स का अध्ययन करके जाना है।"

"आपने इस प्रकार की कविताएँ लिखी हैं ?" उमानाथ ने पूछा।

"इधर जितनी कविताएँ मैंने लिखी हैं, वे सब ऐसी ही हैं !"

इसी समय प्रोफेसर किशोर ने घोषित किया, "देवियो और सज्जनो ! चा समाप्त हो गई ! अब कविता-पाठ आरम्भ होगा !"

दूसरे दिन सुबह के समय ही रामेश्वर प्रसाद प्रोफेसर राजेन्द्र कुमार के यहाँ हाजिर हो गया। उस समय राजेन्द्र कुमार उमानाथ और कामरेड मारीसन के साथ बैठा चा पी रहा था।

"लो, रामेश्वर प्रसाद अच्छे आ गए ! यह आप लोगों को यहाँ के साहित्यिकों से मिला देंगे।" रामेश्वर को देखते ही राजेन्द्र कुमार ने कहा, "देखो मिस्टर रामेश्वर, मिस्टर तिवारी का कुछ थोड़ा-सा काम कर दो।"

"मैं जी-जान से हाजिर हूँ ! कहिए, किन-किन साहित्यिकों से आप मिलना चाहते हैं ?"

"यही श्री विश्वम्भर, श्री दीवाना, प्रोफेसर किशोर वगैरह वगैरह !"

"ओह-इन लोगों से ! आपने हिन्दी के चोटीवाले साहित्यिकों को चुना है !"

रामेश्वर प्रसाद ने मुस्कुराते हुए कहा, "लेकिन यह जमाना चोटी कटवा देने का है। मिस्टर तिवारी-ये सब बड़े माने जानेवाले कवि हैं, यद्यपि इन लोगों में बड़ा एक भी नहीं है। कहिए, इन लोगों से क्या काम है ?"

"बात यह है मिस्टर रामेश्वर प्रसाद कि मैं देख रहा हूँ कि हिन्दी साहित्य बहुत पिछड़ा हुआ है, वह समय के साथ नहीं है। हमें अपने साहित्य में प्रगति की आवश्यकता है; पर जो कुछ मैंने देखा, सुना, उससे मैं इस नतीजे पर पहुँचा कि आजकल जो कुछ लिखा जा रहा है वह प्रतिक्रियात्मक है। मैं इन साहित्यिकों से इस सम्बन्ध में परामर्श करना चाहता हूँ !"

रामेश्वर हँस पड़ा, "इनमें से एक भी आदमी परामर्श के काबिल नहीं, इन लोगों से बात करना बेकार होगा। ये सबके सब घमण्डी, बदतमीज और बेवकूफ हैं; ये लोग तथ्य की बात सुनने को तैयार नहीं। आपको चाहिए कि आप नवयुवकों से बात करें। उन्हें संगठित करने की कोशिश करें, वे युग की पुकार को सुन सकते हैं, युग की माँग दे सकते हैं।"

"बहरहाल, एक दफे इन लोगों के साथ कोशिश कर ली जाए तो बेजा न होगा !" उमानाथ ने कहा, "और मिस्टर रामेश्वर, हमें एक बात और ध्यान में रखनी पड़ेगी। हिन्दी-साहित्य का क्षेत्र अभी इन्हीं लोगों के हाथ में है, ऐसी हालत में इन्हीं लोगों पर हमें पहले असर डालना चाहिए !"

राजेन्द्र कुमार के यूनिवर्सिटी जाने के बाद उमानाथ रामेश्वर प्रसाद के साथ निकल पड़ा। कामरेड मारीसन घर पर ही रहे।

ताँगा भी विश्वम्भर के दरवाजे पर रुका। ताँगे से उतरकर रामेश्वर प्रसाद ने श्री विश्वम्भर को इत्तिला करवाई। नौकर ने ड्राइंगरूम खोलकर अतिथियों को बिठलाया। उमानाथ ने एक बार ड्राइंगरूम को गौर से देखा; काफी सुरुचि के साथ सजा था। दीवारों पर अनगिनत चित्र लगे थे, एक से एक कलात्मक।

थोड़ी देर में श्री विश्वम्भर ने कमरे में प्रवेश किया। उस समय वे एक रेशमी किमोनो पहने हुए थे। उनके लम्बे बाल उनके कंधे पर झूल रहे थे, मुख पर एक हलकी मधुर मुस्कान थी। उनके पीछे-पीछे उनके परम भक्त और शिष्य श्री रमेन्द्र थे।

"नमस्कार मिस्टर तिवारी !" श्री विश्वम्भर ने मीठे स्वर में कहा, "हम लोग अभी चा पीकर उठे हैं। कहिए तो आप लोगों के लिए चा बनवाऊँ।"

"नहीं-हम लोग चा पीकर आ रहे हैं।" उमानाथ ने कहा।

कुछ देर तक श्री विश्वम्भर उमानाथ से उसके जर्मनी के अनुभव सुनते रहे, फिर उन्होंने पूछा, "आज के हिन्दुस्तान के बारे में आपकी क्या राय है ?"

"हिन्दुस्तान संसार की गतिविधि से बहुत पिछड़ा हुआ है, और मैं समझता हूँ कि

इस सबका उत्तरदायित्व आप लोगों पर–यानी हिन्दी के साहित्यकारों पर है !"

"आप शायद ठीक कहते हैं ! पर इस सबका उपाय क्या है ?" श्री विश्वम्भर ने पूछा।

"इसी सम्बन्ध में मैं आपसे बात करने आया हूँ !" उमानाथ ने कहा, "देखिए किसी भी देश का विकास उस देश के साहित्य पर निर्भर है; और ऐसी हालत में साहित्यिकों का एक संगठन होना चाहिए। आज दुनिया के हर देश में, समय और युग की माँग को ध्यान में रखकर, प्रगति की आवाज उठ रही है, और प्रगतिशील लेखक संघ कायम हो रहे हैं। मैं समझता हूँ कि हिन्दी में प्रगतिशील लेखक संघ कायम होना चाहिए !"

"मैं आपसे सहमत हूँ !" श्री विश्वम्भर ने कहा, "पर सवाल यह है कि प्रगतिशील लेखक संघ का उद्देश्य क्या होगा ?"'

"दुनिया के एकमात्र सत्य मार्क्सवाद का प्रचार ! यह निहायत जरूरी है कि मार्क्स और लेनिन का संदेश हिन्दुस्तान के प्रत्येक घर में पहुँचाया जाए, और यह सन्देश हमारे देश के साहित्यिक ही पहुँचा सकते हैं। क्यों रमेन्द्रजी, आपका क्या खयाल है ?"

रमेन्द्रजी ने उसी साल एम.ए. पास किया था, लेकिन पालिटिक्स पढ़ने का उन्हें कभी मौका न मिला था क्योंकि कवि होने के नाते उन्हें राजनीति में कोई रुचि न थी। और नवयुवक होने के कारण वे प्रेम के सौन्दर्य में पूर्ण रूप से डूबे हुए थे। पर दस-पाँच रोज से उनमें और उनके गुरुदेव श्री विश्वम्भर जी में समाजवाद पर बातें जरूर चल रही थीं और इन बातों के सिलसिले में कार्ल मार्क्स का भी जिक्र हुआ था जिन्हें श्री विश्वम्भर ने कुछ दिन पहले ही अपने गुरु की तरह अपनाया था। लिहाजा अपने गुरु के सम्बन्ध में अपना अज्ञान या यों कहा जाए कि अपना अल्पज्ञान प्रकट करना उन्होंने उचित न समझा। बड़े तपाक के साथ उन्होंने कहा, "इसमें क्या शक है ! मार्क्स ही हमारे देश और समाज का उद्धार कर सकता है !"

इसी समय दो सज्जनों ने कमरे में प्रवेश किया, एक थे पंडित परमसुख चौबे और दूसरे श्रीयुत कृष्ण चन्द्र। श्री कृष्ण चन्द्र हिन्दी के मशहूर आलोचक, उपन्यासकार तथा कवि थे और उनमें आत्मविश्वास यथेष्ट मात्रा में मौजूद था। ये दोनों श्री विश्वम्भर को भक्ति के साथ नमस्कार करके एक ओर बैठ गए।

उमानाथ ने कहा, "और इसीलिए मैं चाहता हूँ कि हमें अपने साहित्यिकों में संगठन करना चाहिए। ये लोग बुरी तरह से गलत मार्ग पर भटक रहे हैं, ये हमारे देश और समाज के पथ-प्रदर्शक बनकर देश और समाज को रसातल की ओर लिये जा रहे हैं !"

"क्या बात है ?" परमसुख ने पूछा।

उमानाथ ने परमसुख की ओर ध्यान नहीं दिया, वह कहता ही गया, "हम जिस साहित्य का सृजन कर रहे हैं वह प्रतिक्रियावादी है, उसमें गति नहीं, उसमें शक्ति नहीं। हम कुरूप, सड़े, बदबूदार मुर्दे बना पा रहे हैं जबकि हम स्रष्टा होने का दम भरते हैं। असीम और अनन्त! सुन्दर शब्दजाल के अंदर अर्थरहित कल्पना! यह सोने के प्याले में घोली हुई उस अफीम की तरह है जो हमें कल्पना के क्षणिक स्वर्ग में पहुँचाकर हमें वास्तविक कुरूपता के प्रति अंधा कर देती है। पर जीवन तो कल्पना नहीं है–वह वास्तविकता है!"

श्रीयुत कृष्णचन्द्र आँखें बंद किए हुए ध्यान से उमानाथ की बातें सुन रहे थे। उन्होंने अपनी आँखें खोलीं और फिर उन्होंने कहा, "जीवन स्वयं एक प्रकार की कल्पना है, मैं तो ऐसा समझता हूँ; हमारे सुख-दुख स्वयं काल्पनिक हैं। सुख-दुख के हमारे समस्त अनुभव जीवन के प्रति हमारे एटीट्यूड (रुख) पर अवलम्बित रहते हैं। फटे-चिथड़े पहने हुए और रूखा-सूखा खाकर जीवित रहनेवाला भिखारी जो भगवत-भजन में लीन है, उस करोड़पति से अधिक सुखी है जिसके अंदर रुपयों की हाय घुस गई है। और इसलिए मेरी समझ में यह कहना कि हम जो कुछ लिख रहे हैं वह प्रतिक्रियावादी है, सरासर गलत है।"

उमानाथ कृष्णचन्द्र की तरफ घूमा, "तो क्या समझते हैं कि भूखे रहकर भगवतभजन करने में मानवता का कल्याण है?"

कृष्णचन्द्र ने उत्तर दिया, "मेरा मतलब यह है कि भगवतभजन में मानवता का कल्याण है, भूखे रहना अथवा भर पेट भोजन करना, मुझे इससे कोई प्रयोजन नहीं।"

"क्योंकि आपका पेट भरा हुआ है!" मुस्कुराते हुए श्री विश्वम्भर ने कहा।

"पेट तो हम लोगों में सबका भरा हुआ है; मैं तो यहाँ पर किसी आदमी को भूखा नहीं देखता–यहाँ जितने आदमी बैठे हैं सभी अच्छा खानेवाले हैं, अच्छा पहननेवाले हैं। फिर हम लोगों को भूख की दुहाई देना शोभा नहीं देता!"

परमसुख ने कृष्णचन्द्र की बात काटी, "मुझे छोड़कर! मुझे तो कभी कभी खाने तक को पैसा नहीं मिलता। कल रात रसगुल्ला खाने की इच्छा हुई थी लेकिन पास में पैसा नहीं था और दुकानवाले ने उधार देने से इनकार कर दिया।"

"लेकिन रसगुल्ला खाने में और पेट भरने में अंतर है!" कृष्णचन्द्र ने कहा।

"बिलकुल नहीं!" परमसुख ने जरा गरम होकर कहा, "दुनिया मौज करती है और मैं दुनिया को मौज करते देखकर कुढ़ता हूँ। यह विषमता क्यों? उन बेवकूफ, उजड्ड, बदमाश लखपतियों को क्या अधिकार है कि वे मौज करें, गुलछर्रे उड़ावें, और मैं जरा-जरा-सी चीज के लिए तरसूँ।"

और कृष्णचन्द्र ने हँसते हुए उत्तर दिया, "आप जरूर रसगुल्ला खाइए

परमसुखजी; और अगर नहीं मिलता तो साम्यवाद की कविताएँ लिखिए, मजदूरों का गाना बनाइए।"

"क्या कहा, साम्यवाद की कविता–मजदूरों का गाना ! ना भाई–इतनी कुरूप चीज मैं न लिख सकूँगा। मैं तो सौन्दर्य का उपासक हूँ, सौन्दर्य ही सकल विश्व का एक मात्र सत्य है।"

उमानाथ ने एक बार परमसुख को गौर से देखा–एक भयानक कुरूपता उसके सामने बैठी हुई थी। परमसुख के पिचके हुए गाल जिन पर झुर्रियाँ पड़नी आरम्भ हो गई थीं, उसका नाटा शरीर जिसमें हाड़-मांस ही नजर आता था, उसकी गढ़े में धँसी हुई आँखें जिनसे कीचड़ निकल रहा था और जो चश्मे से ढँकी थीं, उसके लम्बे-लम्बे केश जो तेल से तर थे और चमक रहे थे तथा जो परमसुख की शारीरिक कुरूपता को दयनीय न बनाकर हास्यापद बना रहे थे। और इस शारीरिक कुरूपता के नीचे उमानाथ ने एक और वीभत्स कुरूपता देखी जो परमसुख के प्रति घृणा और तिरस्कार का भाव जागृत कर रही थी–और यह थी परमसुख की आत्मिक कुरूपता जो उसके मुख को एक अजीब तरह से विकृत बनाए हुए थी।

उमानाथ ने कृष्णचन्द्र से कहा, "परमसुख ने जो कुछ कहा आप उसकी अवहेलना नहीं कर सकते। यह विषमता क्यों ? अनादिकाल से आप लोग भगवतभजन करते आए हैं और भूखों मरते आए हैं; और यह भूखों मरना भी इस हालत में कि इतना अन्न इस दुनिया में पैदा होता है कि दुनिया के सब आदमियों का पेट भर जाए। नहीं कृष्णचन्द्रजी, हमें देखना पड़ेगा कि कला की कसौटी क्या है !"

"कला की कसौटी सौन्दर्य है; जो सुन्दर है वही कला है !"

और सुन्दरता की कसौटी ?" उमानाथ ने फिर पूछा।

"जो हमें प्रसन्न कर सके !" उत्तर रमेन्द्र ने दिया।

"ठीक ! आप भी शायद इसको मानते होंगे मिस्टर कृष्णचन्द्र ! अब आती है हमारी प्रसन्नता की बात ! शराब का नशा हमें प्रसन्न करता है, लेकिन उसकी प्रतिक्रिया बहुत अधिक भयानक होती है। ऐसी हालत में शराब के नशे को तो सुन्दर न कहेंगे !"

"नहीं !" कृष्णचन्द्र ने कहा।

"इसके माने हैं कि जो अहित करनेवाली चीज है वह थोड़ी देर के लिए सुखी बनाने पर भी वास्तव में असुन्दर है क्योंकि वह अकल्याणकारी है। सुन्दर वही हो सकता है जो कल्याणकारी है !"

श्री विश्वम्भर हँस पड़े, "आप बड़े अच्छे तार्किक हैं मिस्टर उमानाथ; मैं आपकी बात से पूरी तौर से सहमत हूँ और मैं समझता हूँ कि प्रगतिशील लेखक संघ कायम

होना चाहिए। क्यों रमेन्द्र !"

"तुम साहित्यिकों की एक मीटिंग बुला लो।"

"अच्छी बात है।"

5

रानी शशिप्रभा साहित्याकाश में एक नवीन ग्रह की तरह एक दिन अचानक ही उदय हो गई थीं। वे विधवा थीं, और अपना वैधव्यकाल त्रिवेणी-तट पर व्यतीत करने के लिए आई थीं। उस त्रिवेणी-तट पर उन्होंने यह तै किया था कि सब साधनाओं से उच्च साधना साहित्य की है।

और उस दिन से शशिप्रभा धाम हिन्दी के साहित्यकारों का एक प्रकार से तीर्थ बन गया था।

रानी शशिप्रभा की उम्र करीब चालीस वर्ष की थी, यद्यपि दिखती वे क़रीब तीस वर्ष की थीं। गोरी और खूबसूरत-सी स्त्री, उनकी बातचीत में एक प्रकार की मिठास थीं, और उनकी आँखों में एक प्रकार की मोहिनी। रानी शशिप्रभा की कविताओं की उन दिनों साहित्य में धूम थी और उनके भक्तगणों की संख्या तेजी के साथ बढ़ रही थी। रोज शाम को शशिप्रभा-धाम में रानी शशिप्रभा का दरबार लगता था और दरबारी होते थे ये साहित्यिक भक्तगण। इस दरबार की सफलता का एक और कारण था, दरबार में जलपान आदि का भी अच्छा-खासा प्रबन्ध रहता था।

रानी शशिप्रभा ने अपनी परिचारिका श्यामा देवी से कहा, "आज बारह-बारह तश्तरियाँ होनी चाहिए !"

उसी समय कमरे की घंटी बजी।

रानी शशिप्रभा ड्राइंगरूम में आ गईं। वहाँ परमसुख, कृष्णचन्द्र और यमुनाशंकर मौजूद थे। नमस्कार इत्यादि के बाद वहाँ सब लोग बैठ गए। फिर यमुनाशंकर ने कहा, "रानी साहेब ! सौरभ कहाँ है ?"

यमुनाशंकर प्रयाग विश्वविद्यालय के विद्यार्थी थे और एम. ए. में पढ़ते थे। उन्होंने अभी हाल में ही कविताएँ लिखनी आरम्भ की थीं और वे प्रकाश में आने का प्रयत्न कर रहे थे। वे किसी रईस के कृपा-पात्र थे और इसलिए उन्हें कार इत्यादि की सुविधाएँ प्राप्त थीं।

रानी शशिप्रभा ने कहा, "वह बड़ा तंग करता है, इसलिए उसे कमरे में बंद करवा दिया है।"

"उसे यहाँ बुलवा दीजिए, मैं उसे खेलाऊँगा !" यमुनाशंकर ने गिड़गिड़ाते हुए

कहा।

सौरभ रानी शशिप्रभा के कुत्ते का नाम था। रानी शशिप्रभा ने श्यामा देवी को हुक्म दिया कि सौरभ को कमरे में भेज दिया जाए।

इधर श्यामा देवी रानी साहेब का हुक्म पूरा करने अंदर गई और उधर श्री दीवानाजी तथा श्री देवीप्रसाद ड्राइंगरूम में दाखिल हुए। आज दीवानाजी अधिक सभ्य दिख रहे थे क्योंकि तहमत के स्थान पर धुली हुई धोती पहने थे और रेशमी चादर कंधे पर थी। श्री देवीप्रसाद भी शायद अपना एकमात्र अच्छा सूट पहनकर आए थे। रानी शशिप्रभा ने उठकर इन दोनों साहित्यिक महारथियों का स्वागत किया।

दोनों सज्जन बैठ गए। इसी समय सौरभ दौड़ता हुआ आया और देवीप्रसाद जी की गोद में चढ़ गया। सौरभ की इस हरकत से देवीप्रसाद का जर्क-वर्क रेशमी सूट जो उन्होंने उसी दिन बारह आने पैसे देकर धुलवाया था, मैला हो गया। एक बार उनकी इच्छा हुई कि कुत्ते को उठाकर वे जमीन पर पटक दें, लेकिन यह खयाल करके कि वह रानी साहेब का लाडला कुत्ता है, खून का घूँट पीकर रह गए।

लेकिन सौरभ को सूझा था खिलवाड़। अब वह कूदा दीवानाजी पर। उसी समय यमुनाशंकर ने आवाज लगाई–"सौरभ-सौरभ !"

और इस आवाज पर सौरभ दीवानाजी की रेशमी चादर मुँह में दबाकर जोर के साथ उछला। सौरभ की इस हरकत से चादर फट गई।

यह रेशमी चादर दीवानाजी की नहीं थी, अपने एक मित्र से उस दिन के लिए माँगकर ओढ़ लिए थे। चादर के फटने के साथ ही उन्होंने डाँटकर यमुनाशंकर से कहा, "तुम बड़े बदतमीज आदमी हो, मेरी चादर कुत्ते से फड़वा डाली। अगर तुम्हें कुत्ता खेलाना हो तो एक अपने घर में पाल लो, और अगर तुम्हें रानी साहेब का ही कुत्ता खेलाना हो तो तब खेलाया करो जब हम लोग यहाँ न हों !"

रानी शशिप्रभा एक अजीब संकट में पड़ गईं। श्यामा देवी को बुलाकर उन्होंने कहा, "सौरभ को यहाँ से ले जाओ, और भविष्य में जब सब लोग यहाँ हों, तो इसे कभी मत खोलना।"

श्री यमुनाशंकर दीवानाजी के रोब में आकर सुन्न-से रह गए थे। लेकिन रानी शशिप्रभा का यह मर्माहत स्वर सुनकर उनकी चेतना जागृत हुई और उनका पौरुष कुछ उत्तेजित हुआ; उन्होंने कहा, "आप अपनी चादर के दाम मुझसे ले सकते हैं !"

दीवानाजी के लिए यह बहुत कड़ी बात कह दी गई थी। उन्होंने तड़पकर उत्तर दिया, "आप क्या इस चादर के दाम देंगे। रईसों के कृपा-पात्र बनकर रहने में और भिक्षावृत्ति में कोई अंतर नहीं। पैसे का गर्व वह करे जिसका निजी हो !"

रानी शशिप्रभा ने देखा कि मामला बहुत बढ़ रहा है। बड़े करुण स्वर में उन्होंने

कहा, ''आप लोग शान्त हों; कसूर मेरा था, मैं माफी माँगे लेती हूँ !''

ठीक उसी समय रामेश्वर के साथ उमानाथ तिवारी ने रानी शशिप्रभा के ड्राइंगरूम में प्रवेश किया।

रानी शशिप्रभा की जान में जान आई, उठकर उन्होंने अतिथियों का स्वागत किया।

रामेश्वर प्रसाद ने रानी शशिप्रभा से उमानाथ तिवारी का परिचय कराया, ''कुँवर उमानाथ तिवारी–बानापुर के ताल्लुकेदार राजा रामनाथ तिवारी के सुपुत्र और रानी शशिप्रभा देवी !''

''आपका स्वागत है !'' रानी शशिप्रभा ने मुस्कुराते हुए कहा, ''आपके पिता के सम्बन्ध में मैंने बहुत कुछ सुना है–आज आपके भी दर्शन हो गए !''

उमानाथ ने बैठते हुए उत्तर दिया, ''और मैंने भी इलाहाबाद आकर आपके सम्बन्ध में बहुत कुछ सुना और आज जब रामेश्वर ने मुझसे यहाँ आने का प्रस्ताव किया तो मैं अपना लोभ न संवरण कर सका।'' इसके बाद उसने अन्य सज्जनों पर नजर डालते हुए कहा, ''देखता हूँ इस प्रयाग नाम के तीर्थ के अन्तर्गत साहित्यिकों का एक और तीर्थ है। यहाँ के सभी साहित्यिक आपके यहाँ जमा होते हैं।''

''यह मेरा सौभाग्य है कि यहाँ के साहित्यिक लोग मेरे ऊपर कृपा कर दिया करते हैं !'' यह कहकर रानी शशिप्रभा ने श्यामा देवी को बुलाकर चा और जलपान लाने का हुक्म दिया।

चा शुरू हुई। मिठाई, नमकीन, फलों की बारह-बारह तश्तरियाँ हर एक मेहमान के सामने आईं। उमानाथ ने आश्चर्य से रानी शशिप्रभा को देखा; उनके मुख पर एक गर्व भरा उल्लास था–उनकी आँखों में चमक थी, वे वास्तव में सुन्दर दिख रही थीं।

दीवानाजी ने कहा, ''आप वास्तव में अन्नपूर्णा हैं, करुणामयी हैं।''

परमसुख ने दीवानाजी की बात पर अपनी बात जोड़ी, ''आपकी बदौलत मुझे कभी-कभी अच्छा खाने को नसीब हो जाता है !''

देवीप्रसाद के क्रोध ने शान्त होकर व्यंग्य का रूप धारण कर लिया था, ''रानी साहेब ! आपकी इस चा और जलपान की खातिरदारी से लोग बुरी तरह से परच गए हैं।''

देवीप्रसाद के इस मजाक का कुछ लोगों ने बुरा माना लेकिन रानी शशिप्रभा ने बीच में ही कहा, ''तो इसमें हर्ज ही क्या है ! मेरे पास जो कुछ है वह आप लोगों की सेवा में है। आप लोगों के खाने-पीने से मुझे कितना संतोष होता है, कितनी प्रसन्नता होती है, यह मैं कह नहीं सकती।''

उमानाथ गौर से बातचीत सुन रहा था। उसने मौका अच्छा देखा और वह बोल

उठा, ''मैं आपकी प्रशंसा किए बिना नहीं रह सकता, रानी साहेब ! आप साक्षात वह बात कर रही हैं जो मानवता का चरम ध्येय है। हम लोग केवल साम्यवाद-साम्यवाद पुकारा करते हैं।''

पर मालूम होता है कि देवीप्रसाद जी पूरी तौर से अपने व्यंग्यात्मक मूड में आ गए थे, उन्होंने कहा, ''मैं तो इसे साम्यवाद के अन्तर्गत जरा भी नहीं समझता क्योंकि मेरा राय में यहाँ रुपए का अपव्यय हो रहा है। हमारी श्रेणीवाले लोगों को, जिनमें अधिकांश की मृत्यु तर माल खाने और ज्यादा खाने के कारण होती है, इतना खिला-खिला कर आप उनका हित नहीं बल्कि अहित कर रही हैं। और साथ ही इस रुपए का, जिसकी जरूरत बहुत से लोगों को रूखा-सूखा खाकर पेट भरकर मृत्यु से बचने के लिए है, अपव्यय करके आप उन भूखों मरनेवालों का अहित कर रही हैं।''

''देवीप्रसादजी, यहाँ सभी अमीर नहीं हैं !'' परमसुख ने कहा।

''हाँ, मैं मानता हूँ, और यह उससे भी बड़ा दुर्भाग्य है। आप अपने को कहेंगे, और परमसुख जी, मैं देखता रहा हूँ कि आपने बारह तश्तरियों की जगह चौबीस तश्तरियाँ साफ की हैं। आप ऐसे छोटे से दुबले आदमी का इतना अधिक खा लेना मुझे आश्चर्य में डाल देता है, क्योंकि मेरा पेट तो एक हिस्से से ही भर गया। मैं समझता हूँ कि आप असत्त करते हैं, इसी वजह से आपकी तन्दुरुस्ती खराब है। और साथ में आपकी आदत भी बिगड़ती है क्योंकि मिठाई न मिलने पर आप अमीरों को गालियाँ बकने लगते हैं।''

कृष्णचन्द्र ने महज इसलिए कि परमसुख उनके साथ आए थे, कहा, ''क्या यह नितान्त आवश्यक है कि आप इतनी कटु बात कहें ही ?''

''जी हाँ। बिना तेजी से कही हुई बात में असर ही नहीं पैदा होता फिर सत्य तो कटु हुआ ही करता है !''

''लेकिन सत्य कहने का अवसर भी हुआ करता है !'' दीवानाजी ने कहा।

''इससे अच्छा अवसर कब मिलेगा ? यहाँ खानेवाले और खिलानेवाले सभी मौजूद हैं !''

उमानाथ ने देखा कि अजीब तरह के लोगों का जमाव है, सबके सब अपने ढंग के अजीब-गरीब प्राणी, सब अपनी-अपनी कहने को उत्सुक और दूसरे की सुनने को कोई तैयार नहीं। उसने इस बार बात बदलने की कोशिश की, ''मिस्टर देवीप्रसाद ! आप तो साहित्यिक हैं। जो बात आपने कही वह कहीं लिखी भी है ?''

देवीप्रसाद जी सिटपिटाए, ''जी...लिखी तो नहीं; यह चीज लिखी भी जानी चाहिए, इस पर कभी ध्यान नहीं दिया।''

''यह क्यों ?'' उमानाथ ने फिर पूछा, ''यदि आपने जो कुछ कहा, उसे वास्तव

में आप महसूस करते हैं तो आपका उस पर लिखना, अपने अंदरवाली बात को जनता के सामने न पहुँचाना, अपने प्रति और अपनी कला के प्रति अपराध करना है। और यदि आप उसे नहीं महसूस करते तो इस स्थान पर उस बात को उठाना संस्कृति का अभाव प्रदर्शित करता है !"

उमानाथ ने काफी कड़ी बात कह दी थी, और इस बात को सुनकर देवीप्रसाद का मुँह तमतमा उठा। वे उस बात का कोई उचित उत्तर ढूँढ़ ही रहे थे कि रानी शशिप्रभा बोल उठीं, "कुँवर साहेब ! क्या यह आवश्यक है कि जो कुछ महसूस किया जाए वह लिखा भी जाए ? ऐसी हालत में तो साहित्य कुरूपता का भंडार बन जाएगा क्योंकि दुनिया में कुरूपता बहुत अधिक है–वह हर समय हमारे सामने रहती है।"

"हाँ, मैं तो ऐसा ही समझता हूँ। हमें जीवन की, समाज की, मनुष्य की कुरूपता को प्रदर्शित करके लोगों का उस ओर ध्यान आकर्षित करना चाहिए ताकि लोग उस कुरूपता को दूर करने का प्रयत्न करें।" उमानाथ ने कहा।

"लेकिन मैं आपसे असहमत हूँ !" रानी शशिप्रभा बोल उठीं, "कला को मैं सृजन समझती हूँ और कलाकार को सौन्दर्य का सृजन करना चाहिए। दुनिया कुरूपता से पीड़ित है, उसकी दुरवस्था उसके सामने है–नग्न और वीभत्स ! दुनिया उसे स्वयं देखती है; सुधारक का काम है वह लोगों को उकसावे, उन्हें नेक बनने को प्रेरित करे ! साहित्य का यह काम नहीं है कि वह कुरूपता के दलदल में फँसाकर दुनिया को उस दलदल में घसीटे। साहित्य का काम है मनुष्य को अपने ऊपरवाले असीम सौन्दर्य की ओर अग्रसर करना; यह याद रखिए कि इस वास्तविक कुरूप दुनिया से परे कल्पनामय सौन्दर्य की एक दूसरी दुनिया है जिसकी ओर पीड़ित मानव समाज को ले जाना ही साहित्य का कर्तव्य है।"

श्री यमुनाशंकर से न रहा गया, वे बोल उठे, "धन्य हैं रानी साहेब ! आपने जीवन के परम सत्य को कितनी सुन्दरता के साथ हम लोगों के सामने पेश किया !"

और परमसुख चौबे ने खींसें निपोरते हुए कहा, "सुन्दरता की देवी के मन्दिर में हम सुन्दरता के पुजारियों को इसी प्रकार की सुन्दरता मिलती रहे–मैं भगवान से प्रार्थना करता हूँ !"

इस बात पर दीवानाजी जोर से हँस पड़े। अपने हाथ के मसल्स को फुलाकर उनकी ओर गौर से देखते हुए उन्होंने कहा, "दुनिया का सारा सौन्दर्य एक स्वस्थ शरीर में है !"

उमानाथ ने पहले तो दोनों भक्तगणों को गौर से देखा और फिर वह दीवानाजी की ओर देखकर मुस्कुराया। लेकिन उमानाथ का मुस्कुराना दीवानाजी को अखर गया, "आप मेरी ओर इस प्रकार देखकर मुस्कुरा क्यों रहे हैं ? आप मेरी बात समझे ही

नहीं। ये लोग जो सुन्दरता-सुन्दरता चिल्लाते हैं, ये मरियल सौन्दर्य के रहस्य को ही नहीं समझ सके। जब तक मनुष्य का शरीर स्वस्थ नहीं है तब तक उसका मन भी स्वस्थ नहीं हो सकता; और सौन्दर्य एक मानसिक स्थिति-भर है !"

यह कहकर दीवानाजी उठ पड़े और उनके साथ ही श्री देवीप्रसादजी ! दीवानाजी ने कहा, "रात बहुत हो चुकी है, अब हम लोग विदा लेंगे।"

वास्तव में दस बज रहे थे। अन्य अतिथियों को भी उठना पड़ा। रानी शशिप्रभा के दूसरे दिन के लिए सार्वजनिक निमन्त्रण के साथ उनका दरबार खत्म हुआ।

6

श्री विश्वम्भर ने अपने वचनों का पालन किया, हिन्दी के साहित्यिकों की एक बैठक उन्होंने अपने यहाँ बुलाई। पर उस बैठक में बहुत थोड़े से चुने हुए आदमी ही बुलाए गए थे। आनेवालों में श्री दीवानाजी, श्रीमती करुणा देवी, श्रीमती मृणालिनी देवी, श्रीयुत प्राणनाथ, श्री देवीप्रसाद, श्री रघुवंशलाल, श्री श्याम सलोनेजी और प्रोफेसर किशोर थे। जिस समय उमानाथ ने लक्ष्मणनारायण के कमरे में प्रवेश किया, श्री श्याम सलोने और श्री रघुवंशलाल में रहस्यवाद पर बात हो रही थी और बाकी सब लोग बड़ी तन्मयता के साथ उस बातचीत को सुन रहे थे। श्री रघुवंशलाल गोरे-से और खूबसूरत-से आदमी थे, सभ्य और सुसंस्कृत। वे एक त्रैमासिक पत्रिका के संपादक थे और साहित्य से उन्हें अच्छी-खासी दिलचस्पी थी। साहित्य के अलावा उन्हें अन्य जितनी ललित-कलाएँ हैं उन सबों से प्रेम था, और इन कलाओं की समालोचना करने के कारण उन्हें प्राचीन हिन्दू कलाओं की कुछ जानकारी हासिल हो गई थी। साथ ही प्राचीन हिन्दू कलाओं को आधुनिकता का रूपक देनेवालों में कुछ न कुछ रहस्यवाद की जानकारी आवश्यक होती ही है। लिहाजा श्री रघुवंशलाल रहस्यवाद पर काफी अधिक और काफी देर तक बात कर सकते थे। रहस्यवाद के अलावा दुनिया के जितने भी वाद हैं उनमें भी उनका कुछ न कुछ दखल था।

श्री श्याम सलोने रहस्यवादी क्यों और कैसे बने, इस विषय पर लोगों में काफी अफवाहें फैली थीं, और चूँकि वे अफवाहें भर थीं इसलिए उन पर यहाँ लिखा जाना अनुचित होगा। लेकिन फिर भी उनके सम्बन्ध में वे सब बातें बतलाई जा सकती हैं जिनका सबूत लोगों के पास था। श्री श्याम सलोने हाईकोर्ट में वकील थे और उनके कथनानुसार उनका विवाह अभी तक न हुआ था। विवाह न करने का कारण वे अपना असफल प्रेम बतलाते थे। उनके असफल प्रेम की कहानी इतनी करुण हुआ करती थी कि सुननेवाले का मन सहज ही पसीज उठता था और उसकी आँखों में आँसू भर आते

थे। पर एक विचित्र बात यह थी कि अपने असफल प्रेम की कहानी वे केवल उसी समय सुनाते थे जब स्त्रियों का समूह उनके सामने हो और वे स्त्रियाँ युवतियाँ हों।

दुनिया में रहस्यवाद के विद्वानों की कमी नहीं क्योंकि रहस्यवाद की विद्वत्ता ऐसी विद्वत्ता है जिसकी अभी तक कोई कसौटी नहीं मिली है। इन रहस्यवादियों में हिन्दुस्तान ही नहीं बल्कि बड़े-बड़े अंग्रेज शामिल हैं; और रहस्यवादी बन जाने के नाते श्री श्याम सलोने ने विशेषकर विदेशी रहस्यवादियों का पत्र-व्यवहार द्वारा परिचय प्राप्त कर लिया था। उन्होंने उन अंग्रेजी रहस्यवादियों की लम्बी-चौड़ी आलोचनाएँ लिखीं, साथ ही उनके आधार पर अपनी भी एकाध किताब लिख डाली। इस प्रकार साहित्यिक न होते हुए भी वे रहस्यवाद की कृपा से हिन्दी के प्रमुख साहित्यिक बन बैठे थे।

उमानाथ के आते ही इन दोनों सज्जनों की बातचीत बंद हो गई थी। उमानाथ ने बैठते ही कहा, ''आप लोग बातचीत जारी रक्खें–किस विषय पर बातचीत हो रही थी ?''

श्री रघुवंशलाल ने उत्तर दिया, ''प्रश्न यह है कि अनुभूति का रंगों से कहाँ तक सम्बन्ध है ?''

''अनुभूति और रंग ?'' उमानाथ ने आश्चर्य से पूछा।

''जी हाँ ! हमें यह मानना पड़ेगा कि रंगों का जीवन पर एक मनोवैज्ञानिक प्रभाव पड़ा करता है। सफेद शान्ति का द्योतक है, लाल क्रान्ति का। हरा सम्पन्नता का द्योतक है, पीला ह्रास का और काला मृत्यु का !'' रघुवंशलाल ने कहा।

''हो सकता है, पर आप तो चित्रकला की बात कर रहे हैं, उसी प्रकार जैसे कविता में भिन्न प्रकार के छंद और शब्द-विन्यास एक भावना विशेष उत्पन्न करते हैं, अथवा संगीत में विशेष प्रकार के स्वरों का उतार-चढ़ाव एक भावना विशेष को जागृत करता है !'' उमानाथ ने कहा।

श्री श्याम सलोने ने, जो अब तक आँखें बंद किए बैठे थे, अपनी आँखें खोलीं, ''रंगों का अस्तित्व है, कला-विशेष के कहीं ऊपर, हमारे साधारण जीवन में। अभी मैं आँखें बन्द किए बैठा था और मेरी आँखों के आगे तरह-तरह के रंग आते थे और चले जाते थे, असीम में विचरण कर रहे थे !'' उमानाथ की ओर देखकर श्याम सलोने ने गहरी साँस ली, ''रंग और रंगों के अंदर निहित भावनाएँ ! हम उनका विश्लेषण नहीं कर सकते, हम केवल उन्हें अनुभव कर सकते हैं। हमारे ऊपर इन विविध प्रकार के रंगों से भरा हुआ एक भावनामय असीम है; बुद्धि के अन्तर्गत ये जितने वाद हैं, ये जितने मत हैं, ये जितनी कलाएँ हैं–यह सब मिथ्या हैं; सत्य है बुद्धि के ऊपरवाला–कहीं ऊपरवाला भावनामय सौन्दर्य से भरा हुआ असीम, जहाँ मैं विचरा करता हूँ। उठो, साधना करो ! ये सब रहस्य तुम्हारे सामने आवेंगे !''

अपनी मुस्कुराहट दबाते हुए श्री रघुवंशलाल ने कहा, ''मैं समझता हूँ, और मेरी यह समझ बुद्धि अथवा तर्क से प्रेरित है, कि आप ढोंगी हैं।''

श्याम सलोनेजी का मुख वैसे ही शांत रहा, उनकी मुद्रा वैसी ही गम्भीर रही; हाँ उनके होंठों पर एक हलकी-सी मुस्कुराहट अवश्य आ गई, ''आप मुझे गाली दे सकते हैं ! ईसा ने कहा था–'इन्हें क्षमा करो, ये जानते नहीं कि यह क्या कर रहे हैं'–और ईसा और बुद्ध दोनों ही महान थे !''

बात बदलने के लिए रमेन्द्र ने प्राणनाथ से कहा, ''प्राणनाथ जी, आपकी 'विरहगान' शीर्षक कविता बड़ी सुन्दर थी, मैंने उसे पाँच बार पढ़ा है !''

देवीप्रसाद ने इस प्रशंसा में रमेन्द्र का साथ दिया, ''इसमें क्या शक है। मुझे तो ऐसा लगा मानो उस कविता को आपने अपने आँसुओं से लिखा है।''

प्राणनाथ जी को रमेन्द्र की तारीफ पर विश्वास था, लेकिन देवीप्रसाद की बात पर उन्हें शक था कि वह वास्तव में तारीफ है या उन्हें बनाने की कोशिश है। लिहाजा उन्होंने भी उत्तर दिया, ''उसे आँसुओं से नहीं, अपने दिल के खून से लिखा है। समझे !''

करुणा देवी का खयाल था कि विरह इत्यादि पर यदि किसी को सफलतापूर्वक लिखने का अधिकार है तो स्त्रियों को, और स्त्रियों में खास तौर से उनको, लिहाजा वे बोल उठीं, ''तभी उसमें एक सिसकता हुआ रुदन है !''

''सिसकता आह्लाद है–रुदन सुख है !'' श्याम सलोने ने अपने आप ही कहा, ''अहा–प्रेम ! वासनारहित निश्छल प्रेम ! असीम का संगीत यहीं है–यहीं !'' और श्री श्याम सलोने ने करुणा देवी की ओर एक ऐसी नजर से देखा कि करुणा देवी के चेहरे पर एक हल्की-सी लाली दौड़ गई।'

इस बात पर दीवानाजी जोर से हँस पड़े, ''क्यों, प्रेम-प्रेम चिल्लाते हो ! तुमने वेदान्त पढ़ा है ?''

''वेदान्त ?'' चौंककर श्याम सलोने ने दीवानाजी की ओर देखा लेकिन दीवानाजी यह प्रश्न पूछकर तमाकू बनाने में व्यस्त हो चुके थे।

श्री विश्वम्भर ने, जो अभी तक मौन सबकुछ सुन रहे थे, अब बोलना अपना कर्तव्य समझा। उन्होंने आरम्भ किया–''मैं समझता हूँ कि अब हम लोगों में आपसी बातचीत और वाद-विवाद का अन्त होना चाहिए। हम लोग एक विशेष कार्य के लिए इकट्ठा हुए हैं, अब मेरा प्रस्ताव है कि उसकी कार्यवाही आरम्भ हो।''

''हाँ-हाँ ! जरूर ! हम लोग तो नए-नए कामों की तलाश में ही रहते हैं !'' देवीप्रसाद ने कहा।

श्री विश्वम्भर ने आरम्भ किया, ''श्री उमानाथ जी से तो आप लोग परिचित हैं

ही। आपका कहना है कि हिन्दी साहित्य में प्रगति नहीं है, हिन्दी साहित्य गलत धारा में बह रहा है। वे चाहते हैं कि हम साहित्यिक समाज और राष्ट्र के प्रति अपना कर्तव्य पालन करें। अब मैं श्री उमानाथ से प्रार्थना करूँगा कि वे साहित्य पर अपने विचार प्रकट करें, और यदि उनके पास कोई रचनात्मक कार्यक्रम है तो पेश करें। श्री उमानाथ अभी हाल में ही योरोप से लौटे हैं और उन्होंने अपने जीवन का एक बहुत बड़ा भाग पाश्चात्य साहित्य और संस्कृति के अध्ययन में व्यतीत किया है।"

सब लोग शान्त तथा सतर्क बैठ गए। उमानाथ ने अपने सामने बैठे हुए विचित्रताओं से भरे समुदाय को एक बार गौर से देखा, फिर उसने अपनी बात कहनी आरम्भ की, "मैंने हिन्दी के साहित्यिकों की बातें सुनीं, मैंने इन साहित्यिकों के विचारों पर–यदि उन्हें विचार कहा जा सकता है–गौर किया, और मैं इस नतीजे पर पहुँचा कि हिन्दी-साहित्यिकों का जमाव पागलों का जमाव है जिसमें हर एक आदमी अपनी कहता है, बेमतलब और असंगत कहता है, बिना सोचे-समझे कहता है और गलत कहता है। कला की पुरानी रूढ़ियों को हम प्राणों के समान अपनाए हुए हैं, उन्हीं पर चल रहे हैं, वही हमारे लिए सत्य है और नित्य है। हमने बुद्धि रखते हुए भी उस बुद्धि से काम लेने से इनकार कर दिया; हमने न सोचा, न समझा ! हम छलना के इन्द्रजाल में विचरण कर रहे हैं।" कुछ रुककर उसने फिर कहा, "आज तक हमारे देश में सत-साहित्य का सृजन नहीं हुआ, हो भी नहीं सकता था। हमारे यहाँ साहित्य की आवश्यकताओं को किसी ने समझा तक नहीं, हम लोग गलत आदर्श लेकर आगे बढ़े। जीवन के प्रमुख संघर्ष की ओर हमारी एक प्रकार की भयानक उपेक्षा रही, अस्तित्व की सार्थकता पर हमने ध्यान नहीं दिया। और इसका नतीजा यह हुआ कि हिन्दुस्तान एक भी वास्तविक कलाकार को जन्म नहीं दे सका।"

दीवानाजी ने टोका, "कालिदास ! पाश्चात्य देश के सर्वश्रेष्ठ कलाकारों ने कालिदास को माना है, गेटे ने उस पर कविता लिखी है। आप बिलकुल अनाप-शनाप बक रहे हैं।"

और प्रोफेसर किशोर ने कहा, "कबीर–उससे बड़ा कवि न कभी हुआ है न कभी होगा।"

प्राणनाथ ने कहा, "जीवन का आदर्श प्रेम है, और प्रेम शृंगार की भावना है। हमारा प्राचीन साहित्य शृंगार रस से ओत-प्रोत है !"

और देवीप्रसाद ने उठते हुए जरा तेज आवाज में कहा, "क्या आप हम साहित्यिकों से रूस और उसके समाजवाद का प्रोपेगण्डा करवाना चाहते हैं ? मिस्टर उमानाथ आप गलती करते हैं; हम साहित्यिक आपके चक्कर में जरा भी नहीं आने के।"

उमानाथ ने तिलमिलाकर कहा, "कौन कहता है कि हम समाजवाद का प्रचार करना चाहते हैं, मेरा केवल इतना कहना है कि हम साहित्यिकों में प्रगति की आवश्यकता है और इसीलिए मैं चाहता था कि हिन्दी साहित्यिकों को एक प्रगतिशील लेखक संघ बना कर युग की समस्याओं पर विचार करना चाहिए–उनको सुलझाने की कोशिश करनी चाहिए।"

प्राणनाथ जी की महात्मा गांधी के प्रति भक्ति उमड़ पड़ी; उन्होंने कहा, "युग की समस्याएँ ऐसी नहीं हैं मिस्टर उमानाथ, कि जिनको हम-आप ऐसे आदमी सुलझा सकें। महात्मा गांधी उसे सुलझा रहे हैं–हम केवल महात्मा गांधी के संदेश-वाहक बन सकते हैं।"

और दीवानाजी ने कहा, "लेकिन क्या हमने युग की समस्याओं को सुलझाने का ठेका ले रक्खा है; हम कलाकार हैं और हम युग के निर्माता हैं।" यह कहकर उन्होंने अपनी 'चमेली' शीर्षक कविता पढ़ना आरम्भ कर दिया।

7

उमानाथ वहाँ से निराश लौटा। उसने देखा कि हिन्दुस्तान की विचारधारा और संस्कृति समय की रफ्तार के मुकाबिले स्थगित-सी है, उसने महसूस किया कि हिन्दी के साहित्यिक अपनी खुदी और आत्मछलना से जनित कल्पना में अपने को इतना अधिक खो चुके हैं कि वे कुरूप सत्य को देखने के लिए किसी हालत में तैयार नहीं। और उसे आश्चर्य हो रहा था कि एक उगता हुआ राष्ट्र किस प्रकार जीवन की अवहेलना कर सकता है; किस प्रकार वह बिना साहित्य की सहायता के आगे बढ़ सकता है।

दूसरे दिन रामेश्वर प्रसाद ने उमानाथ से पूछा, "कहिए कामरेड तिवारी, आपका कुछ काम बना ?"

उमानाथ ने एक गहरी साँस ली, "नहीं ! तुम ठीक कहते थे मिस्टर रामेश्वर ! तुम्हारे हिन्दी के जितने साहित्यिक हैं वे सबके सब मूर्ख और घमण्डी हैं। उन लोगों से मेरा काम नहीं चल सकता।"

कुछ देर तक उमानाथ सोचता रहा, उसने फिर कहा, "लेकिन क्या यह सम्भव नहीं है कि हिन्दुस्तान में कुछ थोड़े से समझदार और ईमानदार लेखक मिल जाएँ ?"

"जरूर मिल सकते हैं, अगर आप उनसे मिलना चाहें। आप तो नाम और ख्याति के पीछे दौड़ते हैं। आप अगर कहें तो मैं उन्हें यहाँ लेता आऊँ। और मैं विश्वास दिलाता हूँ कि उन लोगों से मिलकर आप निराश न होंगे, बल्कि आपको प्रसन्नता ही होगी।"

"अच्छा ! तो आप उन्हें कब यहाँ ला सकते हैं ?"

“अगर आप चाहें तो आज शाम को ही।”

“हाँ, आज शाम को ही ठीक रहेगा। मैं आपका इंतजार करूँगा।”

रामेश्वर के जाने के बाद उमानाथ कामरेड मारीसन के साथ इलाहाबाद के साम्यवादियों से मिलने चला। कामरेड मारीसन ने इस सभा की आयोजना कामरेड अहमद द्वारा करवा ली थी।

कामरेड अहमद नवयुवक थे और इलाहाबाद के प्रमुख कांग्रेस कार्यकर्ता थे। कामरेड अहमद गोरे और खूबसूरत आदमी थे, बहुत ही आला खानदान के और कामरेड अहमद ने यूरोप में शिक्षा पाई थी। लेकिन दुर्भाग्यवश यूरोप में कोई भी परीक्षा न पास कर सके, और अन्त में समाजवादी बनकर हिन्दुस्तान लौट आए, या यों कहिए कि हिन्दुस्तान लौटकर समाजवादी बन गए।

डाक्टर अहमद के अभिन्न मित्र डाक्टर सिन्हा काले-से, बदशकल-से और नाटे-से आदमी थे। डाक्टर सिन्हा समाजवाद के आचार्य माने जाते थे। जिस समय कामरेड मारीसन और कामरेड तिवारी कामरेड अहमद के यहाँ पहुँचे, डाक्टर सिन्हा और डाक्टर भास्कर में ‘समाजवाद में स्त्रियों के स्थान’ पर बहस हो रही थी। डाक्टर भास्कर लम्बे-से और दुबले-से आदमी थे, और यूरोप घूमे हुए थे। कांग्रेस कमेटी के वे अधिकारी थे। उस बहस में डाक्टर सिन्हा की तेज आवाज से यह पता चलता था कि डाक्टर भास्कर का पलड़ा भारी पड़ रहा है। डाक्टर सिन्हा कह रहे थे, “कम्यूनिज्म में सेक्स मोराल्टी का कोई स्थान नहीं। आप जिस समय सेक्स मोराल्टी की दुहाई देते हैं उस समय आप कम्यूनिज्म के बुनियादी सिद्धान्तों पर ही प्रहार करते हैं। आपको यह याद रखना चाहिए कि रूस ने विवाह का अन्त कर दिया है।”

डाक्टर भास्कर ने उत्तर दिया, “आप कैसी बेसिर-पैर की बात कर रहे हैं डाक्टर सिन्हा। रूस में विवाह का अन्त कहाँ हुआ है ? केवल विवाह का रूप बदल गया है। विवाह का धार्मिक रूप खत्म कर दिया गया है क्योंकि वहाँ धर्म का खात्मा हो चुका है; अब विवाह का केवल सामाजिक रूप रह गया है, मनुष्यों की सुविधाओं पर अवलम्बित; क्योंकि तलाक के नियम बहुत ढीले कर दिए गए हैं। और आप यह क्यों भूल जाते हैं कि कम्यूनिज्म तो मोराल्टी का किला है, जहाँ स्वेच्छा नाम की किसी भी चीज का अस्तित्व नहीं है।”

विवाद को रोकने के लिए उमानाथ ने डाक्टर भास्कर का समर्थन किया, “हाँ, आप ठीक कहते हैं। सेक्स मोराल्टी भी सामाजिक मोराल्टी के अन्तर्गत ही आती है। पर-स्त्री-गमन करनेवाला व्यक्ति अपराधी है ठीक किसी चोर-डाकू की भाँति क्योंकि वह दूसरे की सम्पत्ति हरण करता है।”

“लेकिन स्त्री तो सम्पत्ति नहीं है !” डाक्टर सिन्हा ने कहा।

"हाँ, सम्पत्ति नहीं है, लेकिन वह समाज की एक इकाई तो अवश्य है जिसका समाज में एक स्थान है, जिसके जिम्मे कुछ कर्तव्य हैं।"

कामरेड अहमद इस बहस से ऊब गए थे क्योंकि यह बहस करीब एक घंटे से चल रही थी। उन्होंने झुँझलाकर कहा, "छोड़िए भी इस बात को; काम की बातें करनी हैं, और मेरे पास अधिक समय नहीं है।"

सब लोग शान्त बैठ गए। कामरेड मारीसन ने बात आरम्भ की, "कामरेड ! मैं आप लोगों से कामरेड तिवारी का परिचय कराता हूँ; ये अभी हाल में रूस से आए हैं। हिन्दुस्तान में जो हमारा कामकाज हो रहा है वह इनकी देखभाल में होगा।"

कामरेड अहमद ने उत्तर दिया, "हम लोग कामरेड तिवारी का स्वागत करते हैं।"

अब उमानाथ के बोलने की बारी थी, उमानाथ ने आरम्भ किया, कामरेड्स ! मुझे आए हुए अभी अधिक समय नहीं हुआ है, और मैं अभी ज्यादा घूम भी नहीं पाया हूँ। लेकिन इस बीच मैंने दो स्थान देखे–कलकत्ता और कानपुर। ये दोनों स्थान हमारे प्रमुख केन्द्र हैं। और इन स्थानों की हालत देखकर मुझे एक प्रकार की निराशा हुई। मैंने देखा कि हमारा कोई संगठन नहीं, उनमें हमारा कोई प्रोपेगण्डा नहीं। उनमें समाजवाद के सिद्धान्तों में कोई दिलचस्पी नहीं है, और उनमें दिलचस्पी हो भी कैसे सकती है, जब उनमें समाजवाद के सिद्धान्तों का प्रचार ही नहीं हुआ है। मैंने देखा कि हमारे देश के मजदूर भेड़-बकरियों से भी गए-बीते हैं। ऐसी हालत में यह लोग क्या क्रान्ति कर सकते हैं ? हिन्दुस्तान में हम लोगों का काम नहीं के बराबर हुआ है, मैं देखता हूँ कि इस शिथिलता का उत्तरदायित्व किस पर है ? उत्तर स्पष्ट है। इस शिथिलता का सारा उत्तरदायित्व हम समाजवादी नेताओं पर है, हमारे देश के कम्युनिस्ट नेता अकर्मण्य बैठे हैं, उनमें लगन नहीं, उनमें उत्साह नहीं।"

डाक्टर सिन्हा बोल उठे, "कामरेड तिवारी, जब तक आप हमारे काम को देखें और समझें न, तब तक आपका हम लोगों पर इस तरह के लाँछन लगाना उचित नहीं। अपने सम्बन्ध में मैं यह कह सकता हूँ कि मैंने समाजवाद पर एक दर्जन से अधिक महत्त्वपूर्ण लेख लिखे हैं और वे सबके सब भारतवर्ष के प्रमुख अँगरेजी पत्रों में प्रकाशित हो चुके हैं। उन लेखों ने देश में तहलका मचा दिया है।"

"और मैं हर दूसरे-तीसरे महीने मजदूरों की मीटिंग में तकरीर किया करता हूँ। साथ ही इलाहाबाद यूनिवर्सिटी के तुलना में कम्यूनिज्म का प्रचार कर रहा हूँ !" कामरेड अहमद ने अपनी सफाई दी।

"लेकिन जहाँ तक मैं समझता हूँ, ये दोनों बातें गलत हैं।" उमानाथ ने कहा, "हमारे सामने सवाल यह है कि उन अंग्रेजी के लेखों को कितने मजदूरों ने पढ़ा होगा ? जो लोग अंग्रेजी अखबार पढ़ते हैं वही लोग समाजवाद पर लिखी हुई अच्छी

से अच्छी किताबें पढ़ सकते हैं। इसके अलावा इन अंग्रेजी पढ़े-लिखे लोगों में अधिकांश बुर्जुआ मेन्टिलिटी के लोग हैं। हमें चाहिए कि हम जन-साधारण की भाषा में जन-साधारण के सामने अपना सन्देश ले जाएँ, हमें चाहिए कि हम अपनी बातें देश के मजदूरों से कहें, उन मजदूरों को उनके अधिकार समझावें, उनको क्रान्ति के लिए तैयार करें। और आपका भी कार्यक्रम गलत है, कामरेड अहमद ! ये यूनिवर्सिटी के विद्यार्थी जो ऊँची नौकरी पाने के लिए ऊँची शिक्षा पा रहे हैं, इनमें आपका समाजवाद तभी तक पनप सकता है जब तक ये विद्यार्थी हैं क्योंकि इनमें जवानी का जोश है, जीवन की कठिनाइयों से दूर होने के कारण इनमें अभी आदर्शवाद है, और इसी कारण इनके उत्साह को देखकर आप समझने लगते हैं कि आप बहुत बड़ा काम कर रहे हैं। लेकिन इतना याद रखिएगा कि इन विद्यार्थियों का प्रमुख लक्ष्य है गुलामी और लम्बी तनख्वाह ! जैसे ही ये जीवन के संघर्ष में पड़े, ये बड़ी आसानी से प्रलोभनों के शिकार बन जाएँगे। यही लोग जो आज समता-समता के नारे लगाते हैं, ये भयानक उत्पीड़क बन जाएँगे।''

''आप ठीक कहते हैं, कामरेड तिवारी !'' डाक्टर भास्कर ने कहा, ''हिन्दुस्तान में जो कुछ हो रहा है वह गलत हो रहा है। यहाँ तक कि यह मजदूरों का संगठन भी गलत है। हिन्दुस्तान में मजदूरों की समस्या है कहाँ ? हिन्दुस्तान इंडस्ट्रियल मुल्क है ही नहीं, यह तो कृषि-प्रधान देश है। और हिन्दुस्तान के किसानों की हालत इतनी गिरी हुई है कि यहाँ का हरेक किसान मजदूर बनने को तैयार है। जब कि मजदूर की तनख्वाह दस रुपए महीने से लेकर तीस रुपए महीने तक है, वहीं किसान की आय तो कहीं-कहीं दो रुपए प्रति मास भी नहीं पड़ती। हमें मजदूरों के संगठन की आवश्यकता नहीं है, कामरेड तिवारी, हमें किसानों का संगठन चाहिए !''

''क्या आप समाज-सुधारक हैं, कामरेड भास्कर !'' उमानाथ ने पूछा।

''मैं समझा नहीं !''

''आपने अभी जो बात कही उससे तो मैं इस नतीजे पर पहुँचा हूँ कि आप कोरी भावुकता के फेर में पड़कर बुनियादी चीजों की उपेक्षा कर रहे हैं। आप भूखों मरनेवाले किसानों की दशा देखकर उनकी हालत सम्हालने दौड़ पड़ते हैं और अपने आदर्श को, अपने कार्यक्रम को भुला देते हैं। आप भूखों मरनेवाले किसानों को समाजवादी नहीं बना सकते क्योंकि उनके पास जमीन है और जमीन सम्पत्ति है। वह मूर्ख किसान अपनी उस दो बीघे जमीन से चिपका हुआ भूखा मरेगा लेकिन आपका साथ न देगा। कामरेड भास्कर ! हम सुधारक बनकर हिन्दुस्तान में सर्व-कल्याणकारी क्रान्ति नहीं करा सकते, और इसलिए हमें इन किसानों को छोड़ देना पड़ेगा। हमें बिना सम्पत्ति वाले मजदूर का ही सहारा लेना पड़ेगा, वही इस क्रान्ति को सफल बना सकता है।''

डाक्टर भास्कर हँस पड़े, "कामरेड उमानाथ ! आप हिन्दुस्तान के बाहर रहकर अपने हिन्दुस्तान को एक तरह से भूल ही गए। आपसे किसने कह दिया कि जमीन किसानों की है ? यहाँ आपके पिता ताल्लुकेदार हैं, आप उनसे पूछिए। जमीन जमींदारों की है, किसान तो केवल उसे जोतता-बोता है। किसान मजदूर से भी गया-बीता है। हिन्दुस्तान की हालत में और रूस की हालत में बड़ा अन्तर है कामरेड उमानाथ !"

डाक्टर भास्कर की हँसी से उमानाथ को बुरा लगा, उसने कहा, "कामरेड भास्कर, मैं हिन्दुस्तान को भूला नहीं, भूले हैं आप ! यह जमींदारी प्रथा पूरे हिन्दुस्तान में नहीं है, यह तो आप जानते ही होंगे। और जमींदारी प्रथा के अन्तर्गत भी जमींदार को केवल इतना अधिकार है कि वह लगान न मिलने पर मजदूर को बेदखल कर सकता है..."

"ठीक उसी तरह जैसे मकान का किराया न मिलने पर मकान-मालिक किरायेदार को मकान के बाहर निकाल सकता है-यही आप कहना चाहते हैं न !" कामरेड भास्कर ने बीच में ही उमानाथ की बात काटी। "और कामरेड उमानाथ, जमींदारी प्रथा हिन्दुस्तान के अधिकांश भाग में है।"

डाक्टर सिन्हा ने इस विवाद का अन्त करने का प्रयत्न किया, "साधन भिन्न हो सकते हैं, लेकिन आदर्श हमारा एक ही है। बिना सम्पत्तिवाले लोगों को इकट्ठा करके एक क्रान्ति को संचालित करना और पूँजीवाद को नष्ट करना। अब सवाल यह है कि हम लोग किस प्रकार यह सब कर सकते हैं !"

"क्या आपको यह सवाल उठाने का कोई अधिकार है ? हमारा मार्ग निर्धारित हो चुका है, उसी मार्ग पर, बिना इधर-उधर देखे, बिना कुछ सोचे-समझे, हमें चलना है। इस प्रकार के सवाल उठाकर आप केवल विकास की गतिविधि में बाधक ही बन सकते हैं !" कामरेड मारीसन ने कहा।

"तो क्या आप लोग हमारी व्यक्तिगत स्वाधीनता का भी अपहरण करना चाहते हैं ?" डाक्टर सिन्हा ने पूछा।

"समाजवाद में व्यक्तिगत स्वाधीनता नाम की कोई चीज नहीं। व्यक्तिगत की भावना समाज से पार्थक्य की द्योतक है, और इसलिए इस व्यक्तित्वमय अहम् को नष्ट करना है !" कामरेड मारीसन ने उत्तर दिया।

"मैं मानता हूँ। लेकिन यह नियम हमारे कर्मों पर लागू होना चाहिए, हमारे विचारों पर नहीं। इस नियम को विचारों पर लागू करने से तो मनुष्यता का विकास ही रुक जाएगा !" डाक्टर भास्कर ने कहा।

"हाँ, आप ठीक कहते हैं, यह नियम कर्म पर ही लागू होना चाहिए। पर इस समय यह नियम अपने विचारों पर लागू करना पड़ेगा। यह संक्रान्ति का काल है, यह

असाधारण परिस्थिति का मुकाबिला है, यह हम लोगों के युद्ध का श्रीगणेश है। और युद्ध के समय हमें युद्ध के नियम भी मानने पड़ेंगे। सैनिक सोचता-विचारता नहीं, केवल आज्ञापालन करता है। कामरेड्स ! आज दुनिया में समाजवाद शिथिल पड़ रहा है, समाजवादी दबाए जा रहे हैं–यह क्यों ? यह इसलिए कि समाजवाद के सैनिक युद्ध के नियमों का पालन नहीं कर रहे हैं, वे सबके सब कार्यकर्ता न होकर विचारक हैं। और इसका नतीजा यह है कि हमारे समाजवादी साथी आपस में ही विचारों के युद्ध में संलग्न हैं; उनमें एका नहीं है। और वर्गवाद अथवा पूँजीवाद उन्हें नष्ट किए देता है।" उमानाथ ने फिर रुककर कहा, "आपस में इस तरह के बहस-मुबाहिसे हम लोगों को इस समय शोभा नहीं देते, हम केवल अपनी शक्तियों का अपव्यय कर रहे हैं। हमें काम करना है–काम !"

कामरेड अहमद ने कहा, "तो फिर आप ही बतलांइए कि काम करने का सही तरीका क्या है ?"

"हमारे नेताओं को मजदूरों के साथ रहना चाहिए, मजदूरों का जीवन व्यतीत करना चाहिए। हमें उनकी चेतना को जगाना होगा और उन पर यह स्पष्ट करना होगा कि वे पददलित हैं, पीड़ित हैं। उन्हें पशुता से ऊपर उठाकर ही आप इतना शक्तिशाली बना सकते हैं कि वे हमारी क्रान्ति के स्तम्भ बन सकें। मैं देश के साम्यवादी और समाजवादी नेताओं से मिला, वे सबके सब विचारक हैं, बातूनी हैं; लेकिन उनमें काम कोई नहीं करता। और जो लोग मजदूरों में काम कर रहे हैं वे इतने अधिक स्वार्थी हैं कि वे मजदूर का भला करने के स्थान पर अपना भला कर रहे हैं। हमें मजदूरों का विश्वासपात्र बनकर काम करना होगा।"

8

शाम के समय थोड़े से यूनिवर्सिटी के विद्यार्थी रामेश्वर प्रसाद के साथ राजेन्द्र कुमार के ड्राइंगरूम में एकत्रित हुए। इन लोगों में प्रमुख थे जीवनकृष्ण, उदयशंकर, नमाज अहमद और सादिक अली। जीवनकृष्ण और नमाज अहमद एम.ए. फाइनल के विद्यार्थी थे और अक्सर पत्र-पत्रिकाओं में लेख लिखकर दिया करते थे। उदयशंकर एम.ए. प्रीवियस में थे और कवि थे तथा सादिक अली बी.ए. में थे और उर्दू के अच्छे विद्यार्थी थे।

चा समाप्त हो जाने के बाद उमानाथ ने अतिथियों से बातचीत आरम्भ की, "आप लोगों से मिस्टर रामेश्वर प्रसाद ने तो बतला ही दिया होगा कि हम लोग किसलिए इकट्ठा हुए हैं।"

"जी हाँ !" जीवनकृष्ण ने कहा, "और आज से नहीं, मैं तो चार साल से कहता आ रहा हूँ कि हिन्दुस्तानी लिखी जानी चाहिए और हिन्दुस्तानी की लिपि रोमन हो सकती है।"

जीवनकृष्ण की बात काटते हुए उदयशंकर ने कहा, "मैं इसका विरोध करता हूँ। मैं यह मानता हूँ कि हिन्दुस्तानी अवश्य लिखी जानी चाहिए लेकिन हमारे सामने देवनागरी लिपि मौजूद है और वह परफेक्ट लिपि है। ऐसी हालत में देवनागरी लिपि का ही प्रयोग होना चाहिए, रोमन लिपि की कोई आवश्यकता नहीं।"

उमानाथ की समझ में यह बातचीत नहीं आई, उसने आश्चर्य से इन दोनों महानुभावों को देखा तब तक सादिक अली बोल उठे, "जनाब उदयशंकर साहेब, आपको यह वाजै हो कि हम मुसलमान नागरी की मुखालिफत करते हैं, और इस हिन्दुस्तानी जबान की स्क्रिप्ट नागरी किसी हालत में नहीं हो सकती। हम फारसी छोड़ें और आप संस्कृत छोड़िए, और हम दोनों अपनाएँ रोमन ! इसी तरह मेल कायम रह सकता है और यह मसला हल हो सकता है।"

"जी हाँ ! हम हिन्दू धर्म छोड़ें और आप मुसलमान धर्म छोड़ें। और हो जाएँ दोनों ईसाई। बस हिन्दू-मुस्लिम प्राब्लेम हल हो गया !" उदयशंकर ने तीखे स्वर में कहा। नमाज अहमद ने उत्तर दिया, "उदयशंकर साहेब, हम लोगों के सामने कौमियत का झगड़ा नहीं है और मैं भाई सादिक के वजूहात से मुत्तफिक नहीं। मेरा कहना तो महज इतना है कि रोमन स्क्रिप्ट नागरी स्क्रिप्ट से ज्यादा बेहतरीन है। वह जल्दी लिखी जाती है, आसानी से छप सकती है और चूँकि हम लोग दिनों दिन दुनिया की रफ्तार के साथ चलने की कोशिश कर रहे हैं, और दुनिया के ज्यादातर मुल्कों में रोमन स्क्रिप्ट का रिवाज है लिहाजा हमें भी रोमन स्क्रिप्ट अपना लेना चाहिए। क्यों मिस्टर जीवन किशन साहेब, गालिबन आप भी यही कहना चाहते थे न !"

इसके पहले कि जीवनकृष्ण और मैं अपने वजूहात के अपने विचार प्रकट करें, उमानाथ ने कहा, "मेरा खयाल है कि आप लोगों ने मेरी मंशा को किसी कदर गलत समझा है। हम लोग स्क्रिप्ट का झगड़ा सुलझाने नहीं इकट्ठा हुए हैं।"

अब रामेश्वर के बोलने की बारी थी, "नहीं मिस्टर उमानाथ, हम लोग आपकी मंशा बिलकुल ठीक समझे हैं और यहाँ आने से पहले ही मैंने अपने दोस्तों को आपका इरादा बतला दिया था। मेरे सब दोस्त इस बात से सहमत हैं, और इस बात को यहाँ उठाना बेकार है। असल सवाल हमारे सामने अपने विचारों को प्रकट करने के माध्यम का है !"

"जी हाँ !" जीवनकृष्ण ने कहा, "माध्यम का सवाल सबसे पहले उठता है। हम जो चीज मासेज के लिए लिखें वह हम मासेज की जुबान में भी लिखें, और मास न

संस्कृताइज्ड हिन्दी समझती है और न पर्शिनाइज्ड उर्दू समझती है। लोग समझते हैं हिन्दुस्तानी। अब सवाल यह आता है कि हिन्दुस्तानी किस स्क्रिप्ट में लिखी जाए। और हम अधिकांश लोगों का मत है कि इसके लिए रोमन लिपि ही सबसे अच्छी लिपि रहेगी।''

''मैं रोमन लिपि और हिन्दुस्तानी–इन दोनों का विरोध करता हूँ।'' उदयशंकर ने कहा। ''आपकी यह हिन्दुस्तानी है क्या बला ? जरा ग्रामों में जाइए और देखिए कि वहाँ के लोग किस भाषा का प्रयोग करते हैं ! उनकी भाषा हिन्दी है–विशुद्ध हिन्दी। यह उर्दू के शब्दों से लदी हुई हिन्दुस्तानी–इसे शहरों के अदालत-पेशावाले कुछ थोड़े से इने-गिने आदमी ही बोलते हैं और समझते हैं।''

''वल्लाह, आप कितने लोगों की बात कर रहे हैं उदयशंकर साहेब ! शहरों का हरेक इंसान उर्दू बोलता है–खालिस उर्दू ! चाहिए तो जबान उर्दू क्योंकि वह शुरफा की जुबान है, लेकिन मैं हिन्दुस्तानी पर समझौता करने को तैयार हूँ, इस शर्त पर कि वह रोमन स्क्रिप्ट में लिखी जाए। अगर यह नहीं होता तो मैं ही क्या, हम सबके सब मुल्क के मुसलमान आपका साथ नहीं देंगे।'' साहिद अली ने तैश में आकर कहा।

इस वाद-विवाद से उमानाथ आजिज आ गया था, उसने उठते हुए कहा, ''और मेरी समझ में यह आ गया है कि आप लोगों से मेरा काम न चलेगा। आप लोगों के सामने ऐसे मसले हैं जिसकी मैंने कल्पना न की थी।''

रामेश्वर प्रसाद सिटपिटाए, ''मिस्टर तिवारी, इस बात पर आप ध्यान न दें, हम लोग प्रोग्रेसिव राइटर्स एसोसिएशन बनाने के लिए आए हैं और हम सीधे उसी सब्जेक्ट पर बात करेंगे।''

''बहुत अच्छा, तो आप लोग ये एसोसिएशन बनाइए, मेरे सर में दर्द हो रहा है मैं जरा घूमने जा रहा हूँ।''

दूसरे दिन सुबह कामरेड मारीसन ने उठते ही उमानाथ से कहा, ''कामरेड उमानाथ ! अब मैं यहाँ से चलूँगा। आपने अपना काम-काज तो समझ ही लिया है, और जो कुछ नहीं समझा है उससे ज्यादा आप मेरे बिना समझ लेंगे। इसलिए बेकार यहाँ रुकना मुझे अखर रहा है। कल सुबह मेल से बम्बई जा रहा हूँ। वहाँ से बोट लूँगा।''

''अरे कामरेड, इतनी जल्दी !''

''हाँ कामरेड ! और इतनी जल्दी जाने का एक कारण और है। मैंने हिन्दुस्तान के इस रूप को पहले कभी न देखा था जो तुम्हारे साथ देख रहा हूँ। मेरा तो सर चक्कर खाने लगता है।'' और कामरेड मारीसन जोर से हँस पड़े।

भाग-2

पहला परिच्छेद

1

"कितनी तेज सरदी है–हाथ-पैर ठिठुरे जाते हैं ! प्रभानाथ, कितना बजा है ?"

"एक बजकर पन्द्रह मिनट !" टार्च के प्रकाश में हाथवाली घड़ी को देखते हुए प्रभानाथ ने कहा, "सिर्फ एक बजकर पन्द्रह मिनट, और गाड़ी आती है तीन बजे ! दानव-सी काली, डरावनी और लम्बी रात, और उस पर यह पाले की हवा !" प्रभानाथ हँस पड़ा, "लेकिन...लेकिन, शायद इस सबका भी जिन्दगी में एक विशेष स्थान है, एक विशेष महत्ता है !"

"हो सकता है, लेकिन मुझे अगर इस महत्ता की जगह इस वक्त एक प्याला गरम चा मिल सकती तो ज्यादा अच्छा होता। आखिर इन अकड़े हुए हाथ-पैरों को तो ठीक करना पड़ेगा !" सरदार ने मुस्कुराते हुए कहा।

"हाँ, और इस समय हम लोगों के हाथ-पैरों का काम है; विचारों का काम समाप्त हो चुका।" और इतना कहकर वीणा ने थरमस फ्लास्कवाली चा का आधा-आधा प्याला वहाँ एकत्रित पाँचों लोगों को दिया।

ये पाँचों व्यक्ति रायबरेली से चौदह मील की दूरी पर रेलवे लाइन के किनारे एक पेड़ के नीचे बैठे हुए थे। 21 दिसम्बर, 1930 की काली रात–चारों ओर गहरा अन्धकार छाया हुआ था। इन पाँचों के पास पिस्तौलें थीं और ये अपने मुँह पर नकाबें डाले हुए थे। कुछ दूर पर एक कार खड़ी थी जिस पर ये लोग आए थे।

इन पाँच आदमियों में प्रभानाथ और वीणा के अलावा तीन आदमी और थे जिनका थोड़ा-सा परिचय इस जगह देना आवश्यक है। पहले थे सरदार। सरदार का नाम था विजय सिंह और वह इस दल का मुखिया था। विजय सिंह की अवस्था लगभग तीस वर्ष की थी और वह कानपुर में मोटर इंजीनियर था।

चौथे का नाम था मार्तण्ड और वह लखनऊ यूनिवर्सिटी में डिमास्ट्रेटर था। उसकी अवस्था लगभग पच्चीस वर्ष की थी। पाँचवें का नाम था मनमोहन और मनमोहन के सम्बन्ध में सरदार को छोड़कर और किसी को कोई ज्ञान न था। मनमोहन कौन है,

कहाँ रहता है, क्या करता है–यह सबका सब उसके परिचितों के लिए एक रहस्य था। मार्तण्ड चा पी रहा था और कहता जा रहा था, "नहीं वीणाजी, विचारों का काम न कभी खत्म हुआ है और न कभी खत्म होगा। हमारे–याने हरेक मनुष्य के हर काम की तह में एक विचार है ?"

मनमोहन हँस पड़ा, "हाँ ! हरेक मनुष्य के हर काम की तह में एक विचार है; लेकिन हरेक आदमी मनुष्य है कहाँ ? फिर हम लोग जो कुछ कर रहे हैं, कभी-कभी उस पर गौर से सोचने पर यह मालूम होता है कि वह चीज मनुष्यता से परे है !"

प्रभानाथ ने ध्यान से मनमोहन को देखा, मनमोहन सर झुकाए बैठा था। लेकिन उसे शायद प्रभानाथ की उस कौतूहल से भरी दृष्टि का पता था। उसने कहा, "आप इस तरह मुझे क्यों देख रहे हैं ? मैंने तो नहीं कहा कि वह चीज मनुष्यता से गिरी हुई है, मैं शायद उसे मनुष्यता से ऊपर की चीज भी कहना चाहूँगा। आप ही सोचिए–हम जो कुछ कर रहे हैं क्या उसका श्रेय हमें कभी मिलेगा ? इतनी भयानक रात; हाथ-पैर ठिठुर रहे हैं; और हम यहाँ, इस एकान्त जंगल में बैठे हैं। हम लोग इस समय बड़े मजे में लिहाफ के भीतर पैर फैलाए मीठी नींद सो सकते थे। और मैं पूछना चाहता हूँ कि आखिर यह सब किसलिए ? ट्रेन को रोककर खजाना लूटने के लिए न ! उफ्, खजाने के साथ राइफलें लिये हुए पुलिसमैन होंगे। खजाना बचाने के लिए बहुत सम्भव है कि वे हमारा मुकाबिला करें और गोलियाँ चलावें। कौन जानता है कि हममें से किसको वह गोली लगे। और अब सवाल यह है कि हम यह खजाना क्यों लूट रहे हैं ? इसलिए न कि हमें अस्त्र-शस्त्र मँगाने के लिए रुपया चाहिए। यह रुपया हमारे निजी उपभोग में नहीं आएगा, यह रुपया हम देश के काम के लिए लूट रहे हैं। और इस सबके बदले हमें मिलता क्या है ? हम खुलेआम चलने से डरते हैं, हम अपना नाम नहीं जाहिर कर सकते, हम आपस में एक-दूसरे से खुलकर नहीं मिल सकते। हर समय हमें एक कृत्रिम जीवन बनाए रखना है; हमें एक आवरण के नीचे रहना है, और उस आवरण को हटाकर साँस लेने का भी तो हमारे पास समय नहीं।"

मनमोहन कहते-कहते अचानक रुक गया, विजय सिंह एक गाना गुनगुना रहा था।

"उर की लाली से मुख की कालिख धो लो
सर आज हथेली पर है बोली बोलो।"

मनमोहन गौर से इस गाने को सुनने लगा। कितना मीठा स्वर था। विजय सिंह की आवाज थोड़ी-सी काँप रही थी। मनमोहन ही नहीं, सभी लोग मन्त्र-मुग्ध की भाँति उस गाने को सुन रहे थे। विजय सिंह रुक गया, उसने एक ठंडी साँस ली फिर मनमोहन की ओर देखा, "क्यों, अपनी बात कहते-कहते रुक क्यों गए ?"

मनमोहन ने झुँझलाकर कहा, "बात किससे करूँ ? तुम लोग सबके सब एक अजीब तरह की मस्ती में गर्क हो; भगवान जाने इस मस्ती का अन्त क्या होगा ? लेकिन मैं कहता हूँ कि मैं इस कृत्रिम जीवन से आजिज आ गया हूँ। भेदों को छिपाते-छिपाते मैं आजिज आ गया हूँ। मैं किसी पर विश्वास नहीं कर सकता, किसी से खुलकर नहीं मिल सकता। और इस सबका असर यह हुआ कि मेरी आत्मा संकुचित हो गई है। और रही वीरता...वहाँ भी..." मनमोहन ने न जाने क्यों यह वाक्य अधूरा छोड़ दिया।

"वहाँ भी ?..." जरा कड़े स्वर में विजय सिंह ने पूछा।

"जाने भी दो, वह बात न कहूँगा। उसको सुनकर हममें से हरेक को धक्का-सा लगेगा।"

"नहीं मनमोहन, बात उठी है तो उसे कह ही डालो !" मार्तण्ड ने कहा।

"अच्छी बात है, अगर कुरूप सत्य सुनना ही चाहते हो तो कहता हूँ। हम सब समझते हैं कि हम सब वीर हैं–है न ? और मैं समझता हूँ कि हम सब कायर हैं। हम सब वीर थे, ऐसे वीर कि किसी भी देश को हमारी वीरता पर गर्व हो सकता था, और उसी वीरता के कारण हम सब प्राणों की बाजी लगा निकल पड़े हैं। लेकिन अब हम सब घोर कायर बन गए हैं। जिस तरह हम रहते हैं, जिस तरह हम काम करते हैं उससे हमारी वीरता तिल-तिल घुटकर मर गई। अब हमारे समान कोई कायर नहीं है !"

"मैं इसका सबूत चाहता हूँ !" खड़े होकर और छाती फुलाकर विजय सिंह ने कहा।

"सबूत !...हा-हा-हा !" एक व्यंग्यात्मक हँसी हँसते हुए मनमोहन ने कहा, "हमारी हर एक हरकत में इसका सबूत है। आखिर हमारी यह कृत्रिम जिन्दगी क्यों ? हम जो कुछ करते हैं वह चुरा-छिपाकर क्यों करते हैं ? यह सब केवल इसलिए कि हम डरते हैं, हममें एक प्रकार का भय भर गया है और यह भय ही कायरता है !"

विजय सिंह बैठ गया, "नहीं मनमोहन, यह भय नहीं है, यह बुद्धिमानी है। हम लोग जानते हैं कि जो कुछ हम करते हैं उसका दंड मृत्यु है, लेकिन फिर भी हम वही सब करते हैं। मृत्यु से हमें डर नहीं, लेकिन बेकार के लिए हम मृत्यु को अपनाना नहीं चाहते। आत्म-रक्षा को तुम भले ही कायरता कहो, मैं तो उसे सिर्फ बुद्धिमानी कहूँगा।" मनमोहन ने विजय सिंह को देखा–उसकी भौंहें सिकुड़ी हुई थीं, उसके मत्थे पर बल पड़े थे–ऐसा मालूम होता था कि विजय सिंह ने उसके मन की बात कह दी हो, उसने एक ठंडी साँस ली "यही उत्तर मैं भी अपने अंदरवाले तर्क को दिया करता हूँ, और इसी उत्तर से अपने कामों को ठीक साबित करने की कोशिश करता रहता हूँ। लेकिन

विजय सिंह, संतोष नहीं होता, जरा भी संतोष नहीं होता। पीछे से हमला करना, अँधेरे में काम करना, अज्ञात में रहना ! हमारी जिन्दगी सच्ची नहीं, सीधी नहीं। हमारा अस्तित्व एक भयानक झूठ है। माना कि एक बहुत बड़े काम के लिए हमें यह सब करना पड़ता है, लेकिन एक बड़े काम के लिए अपनी मनुष्यता को इतना गिरा लेना, जीवन के श्रेष्ठ आदर्शों से इतना अलग हो जाना–यह कहाँ तक उचित है ?''

मनमोहन चुप हो गया। गहरा सन्नाटा छाया था और हर एक आदमी सोच रहा था। मनमोहन ने जो बात कह दी थी वह ऐसी नहीं थी कि उसकी उपेक्षा की जा सके; उसकी बात उस पाले की रात से भी अधिक ठंडी थी–मनमोहन ने स्वयं इसका अनुभव किया, फिर उसने धीरे से कहा मानो वह यह बात अपने से ही कह रहा हो, ''बात कहाँ तक उचित है–यह प्रश्न ही क्यों ? हमारे आदर्श ही क्या हैं ? यही नहीं, हमारा जीवन ही क्या है ? हममें हर एक वह काम करता है जिसमें उसे सुख मिलता है; और वह अपने काम के औचित्य को सिद्ध करने के लिए एक आदर्श गढ़ लेता है। हममें हिंसा है, और हमें उस हिंसा को तुष्ट करना है। हम मरते हैं इसलिए कि हमें मरना है। रोग और बेकारी से न मरकर हम दूसरों का हित करने के लिए मरते हैं। हम मारते हैं-और जिसे हम मारते हैं वह आज नहीं तो कल जरूर मरेगा। लेकिन उसके आज मरने से देश का कल्याण है, उसके हमारे हाथ से मरने से देश का कल्याण है, और इसीलिए हम मारते हैं...'' मनमोहन कहते-कहते उठ खड़ा हुआ, ''और हम ठीक करते हैं। हम बचने की कोशिश करते हैं, हम छिपकर काम करते हैं, हम पीछे से प्रहार करते हैं–यह सब अपने लिए नहीं, अपने आदर्श के लिए। हममें से हर एक के जीवित रहने ही से हमारा आदर्श पनप सकता है, हमारा काम बन सकता है।''

विजय सिंह ने कड़े और गम्भीर स्वर में कहा, ''मनमोहन ! चुप रहो ! गाड़ी आने का वक्त हो रहा है।''

और दूर से ट्रेन की आवाज सुनाई पड़ी, रात के गहरे सन्नाटे को चीरती हुई। सब लोग उठ खड़े हुए। उस समय उन लोगों में एक अजीब तरह की स्फूर्ति आ गई थी। सब लोग रेलवे लाइन के आस-पास खड़े हो गए। इंजिन की सर्चलाइट उस अन्धकार के कुछ थोड़े से भाग को प्रकाशमय बनाकर अन्धकार की भयानकता को और भी भयानक बना रही थी। ये पाँचों आदमी दरख्तों की आड़ में छिपे खड़े थे। गाड़ी आई और तेजी से निकल गई–रुकी नहीं।

विजयसिंह ने कहा, ''अरे ! यह क्या हुआ ?''

''चुप रहो !'' मनमोहन बोल उठा, ''और सोचने दो। गाड़ी रुकी क्यों नहीं ? क्या वे लोग जगह भूल गए ? क्या वे लोग सो गए ? क्या वे लोग उस गाड़ी में थे भी ?

मामला क्या है ?" और वह प्रभानाथ की ओर घूमा, "प्रभानाथ, हमें रायबरेली चलना होगा !"

"हाँ ! हमें रायबरेली चलना होगा !" विजय सिंह ने समर्थन किया।

"लेकिन रायबरेली चलने से फायदा ?" मार्तण्ड ने पूछा, "इस रात के समय एक कार का स्टेशन पर रुकना और फिर वहाँ से चल देना ! लोगों में शक हो सकता है। नहीं, हमें लखनऊ चलना चाहिए; वहीं पता लग सकता है।"

सब लोग कार पर बैठ गए; प्रभानाथ ड्राइव कर रहा था। विजय सिंह, मार्तण्ड, मनमोहन–ये तीनों पीछे थे, वीणा और प्रभानाथ आगे। कार चल रही थी और मनमोहन बोल रहा था–अपने से, "गाड़ी निकल गई–और अच्छा ही हुआ। लेकिन मुझे ताज्जुब हो रहा है कि मुझमें यह भावना क्यों उठ रही है ! खतरे से यह झिझक, संघर्ष के प्रति यह उदासीनता–आखिर यह सब क्यों ? क्या हम सब लोगों में यही भावना थी–क्या हम सब लोगों को गाड़ी निकल जाने से खुशी-सी हुई ?"

"नहीं !" विजय सिंह ने कहा, "गाड़ी निकल जाने से मुझे अफसोस हुआ !"

"हूँ ! देखता हूँ कि मेरी नर्व्ज (Nerves) कुछ कमजोर हो रही है ! जाने भी दो। अब लखनऊ चलकर उन लोगों से दरियाफ्त करना है कि यह सब क्यों हुआ। प्रभानाथ, क्या हम लोग ट्रेन पहुँचने के पहले लखनऊ पहुँच जाएँगे ?"

"करीब एक घंटा पहिले !" प्रभानाथ ने उत्तर दिया।

"एक घंटा तो बहुत समय होता है ! यह एक घंटा प्रगाढ़ निद्रा में डूबे हुए लखनऊ शहर में न बिताकर अगर हम यहीं, इस सड़क पर बितावें तो ज्यादा अच्छा होगा। वीणाजी ! क्या कुछ थोड़ी-सी चा है ?"

"हाँ ! अभी थरमस की दूसरी बोतल भरी हुई है !" वीणा ने कहा।

"तो प्रभानाथ ! कार रोक दो। हम लोग चा का एक-एक प्याला और पी लें !"

प्रभानाथ ने कार रोक दी। वीणा ने थरमस से निकालकर सबको एक-एक प्याला चा दी।

इस समय कार के पास एक इक्का आकर रुका। थानेदार रामप्रकाश अपने इलाके के सबसे बड़े जमींदार की दावत खाकर इक्के में बैठे घर लौट रहे थे। सड़क के बगल में एक मोटरकार को खड़ी देखकर थानेदार साहेब को शक हुआ। कांस्टेबल भोला को उन्होंने यह पता लगाने को भेजा कि कार में बैठे हुए लोग कौन हैं और क्या कर रहे हैं।

भोला ने आकर प्रभानाथ से कहा, "क्या आप लोगों की मोटर खराब हो गई है ? थानेदार साहब का इक्का है वहाँ ! कहिए तो वह आप लोगों को रायबरेली तक पहुँचा दें।"

"नहीं, हमारी मोटर बिलकुल ठीक है। हम लोग जरा चा पी रहे हैं।"

भोला ने लौटकर रामप्रकाश से कहा, "दारोगा जी, मोटर तो ठीक है। चार-पाँच आदमी हैं और साथ में एक औरत भी है। और वे लोग कुछ पी रहे हैं।"

"समझ गया ! साले बदमाश हैं। मालूम होता है किसी औरत को कहीं से भगाए लिये जा रहे हैं !" यह कहकर रामप्रकाश इक्के से उतर पड़े और कार की तरफ बढ़े।

प्रभानाथ ने जरा घबराहट के साथ कहा, "यह पुलिस इंस्पेक्टर तो बुरा हमारे पीछे पड़ा। अब क्या करना चाहिए ?"

"आने भी दो, देखो क्या होता है !" मनमोहन ने अपना पिस्तौल सम्हालते हुए उत्तर दिया।

रामप्रकाश कार के नजदीक आ गए। उन्होंने प्रभानाथ से कहा, "क्या मैं जान सकता हूँ कि आप लोग कौन हैं, कहाँ से आ रहे हैं, कहाँ जा रहे हैं और यहाँ क्या कर रहे हैं ?"

उत्तर विजय सिंह ने दिया, "पहले हम यह जानना चाहते हैं कि आप कौन हैं और आपको क्या हक है कि आप हम लोगों से यह सवाल करें !"

"मैं सब-इंस्पेक्टर पुलिस हूँ, इस इलाके का इंचार्ज हूँ।"

"आप बहुरूपिए हैं !" मनमोहन ने कहा और हँस पड़ा, "जाइए थानेदार साहेब, अपना काम देखिए।"

"भोला !" रामप्रकाश ने आवाज दी, "जरा दियासलाई तो लाना, इन लोगों की शक्ल देखूँ।" और भोला ने जो वहीं खड़ा था, दियासलाई जलाई। थानेदार रामप्रकाश सहमकर दो कदम पीछे हटे, "अच्छा तो आप लोग नकाबपोश हैं यानी बदमाश हैं। आप लोगों को थाने पर चलना होगा !" अपना रिवाल्वर निकालते हुए उन्होंने कहा।

"बेवकूफ कहीं का। खामख्वाह जान देने आया है, तो ले !" और इसके पहले कि रामप्रकाश अपना सर्विस रिवाल्वर तानें, मनमोहन के पिस्तौल की गोली रामप्रकाश के मत्थे में घुस गई। "मारा डाला सालों ने !" कहते हुए रामप्रकाश वहीं गिर पड़े।

भोला रामप्रकाश की चीख सुनकर भागा, लेकिन विजयसिंह ने कड़ककर कहा, "खबरदार जो भागे–हम तुम्हें मारेंगे नहीं !" भोला रुक गया। सब लोगों ने उतरकर भोला को पेड़ से बाँध दिया। इसके बाद मनमोहन ने रामप्रकाश का रिवाल्वर अपने कब्जे में किया। इक्का वाला गुमशुम बेहोश-सा बैठा था। उन लोगों ने उसके हाथ-पैर बाँधकर उसे इक्के में ही डाल दिया। फिर कार लखनऊ की तरफ रवाना हो गई।

जैसे ही कार स्टेशन के पास रुकी वैसे ही इलाहाबाद वाली गाड़ी आ गई। दो क्रान्तिकारी गाड़ी से उतरे, इन लोगों के हाथ यह काम सुपुर्द किया गया था कि ये गाड़ी की जंजीर खींचकर निर्दिष्ट स्थान पर गाड़ी रोक दें।

मनमोहन ने एक से पूछा, "क्यों, क्या हुआ जो तुमने गाड़ी नहीं रोकी ?"

अगले डब्बे की ओर इशारा करते हुए उसने उत्तर दिया, "देखते हो ?"

मनमोहन ने देखा कि गोरी फौज की एक कम्पनी उस डब्बे से उतर रही है।

"हाँ, समझ गया। अच्छा, अब एक महीने के लिए हमें गायब होना है। हम लोगों को जरा सावधान रहना पड़ेगा।"

2

सब लोग चले गए; कार पर केवल तीन व्यक्ति रह गए, प्रभानाथ, वीणा और मनमोहन। मनमोहन आँखें बंद किए हुए पिछली सीट पर बैठा था। प्रभानाथ ने मनमोहन से कहा, "कहिए, अब आप कहाँ जाइएगा ?"

मनमोहन ने चौंककर आँखें खोल दीं। उसने अपने चारों ओर देखा, मानो वह उस जगह को पहचानने की कोशिश कर रहा हो जहाँ वह है। फिर उसने धीरे से कहा, "मैं खुद नहीं जानता कि मैं कहाँ जाऊँगा !" और वह मुस्कुरा दिया। गाड़ी से उतरते हुए उसने कहा, "मैंने सोचा नहीं था कि कहाँ जाना होगा। मेरा घर-बार कुछ भी नहीं है। सोचा था लखनऊ में कुछ दिन रहूँगा, लेकिन देखता हूँ कि मुझे यहाँ से चल ही देना चाहिए।"

प्रभानाथ आश्चर्यचकित मनमोहन को देख रहा था। उसकी बातें अजीब तरह की थीं–उसे कौतूहल हुआ। उसने कहा, "अगर आप इतने ही फालतू हैं जितना आपने अपने को इस समय प्रदर्शित किया है तब तो आपको मेरे यहाँ कुछ दिन रहने में आपत्ति नहीं होनी चाहिए !"

"मुझे तो कोई आपत्ति नहीं–आप ही ने मुझसे कार से उतरने को कहा था !" मनमोहन हँस पड़ा और वह कार में फिर से बैठ गया।

जिस समय वे लोग उन्नाव पहुँचे, पंडित रामनाथ तिवारी पूजा समाप्त करके उठे थे। वीणा अपने कमरे में चली गई, प्रभानाथ मनमोहन को साथ लेकर अपने पिता के पास गया। "यह मेरे मित्र मनमोहन हैं। मेरे क्लास-फेलो थे, आज सुबह आए हैं।" प्रभानाथ ने अपने पिता से मनमोहन का परिचय कराया।

"मिलकर बड़ी प्रसन्नता हुई !" मनमोहन के नमस्कार का उत्तर देते हुए रामनाथ ने कहा, "इनका असबाब वगैरह रखवाओ !"

प्रभानाथ ने कहा, "सिर्फ दिन भर के लिए ये कानपुर से आए हैं।"

रामनाथ तिवारी से कुछ थोड़ी-सी बातें करके दोनों अंदर गए। पीछेवाले बरामदे में वीणा चा और नाश्ता लिये बैठी इन दोनों का इंतजार कर रही थी। तीनों ने बैठकर

चा पी।

"अब क्या हो ?" नाश्ता समाप्त करके मनमोहन ने पूछा।

"अब सोया जाए !" प्रभानाथ ने उत्तर दिया।

"आप लोग सोइए, मुझे तो स्कूल जाना है। अगर सम्भव हुआ तो स्कूल में थोड़ा सो लूँगी।"

प्रभानाथ मनमोहन को अपने कमरे में ले गया। मनमोहन को लिटाकर प्रभानाथ जब लौटा, वीणा बरामदे में मौन बैठी कुछ सोच रही थी। वह अपने विचारों में इतनी खोई हुई थी कि प्रभानाथ के आने का पता तक न लगा।

प्रभानाथ वीणा की कुरसी के पीछे खड़ा हो गया। वीणा के कंधे पर हाथ रखते हुए उसने कहा, "कहो, क्या सोच रही हो ?"

वीणा वैसी ही बैठी रही, उसने केवल अपना सर उठा दिया। प्रभानाथ की आँखों से अपनी आँखें मिलाते हुए उसने कहा, "प्रभा ! मैं सोच रही थी कि जो कुछ हो रहा है, वह गलत हो रहा है। और मनमोहन को यहाँ ठहराकर तुमने अच्छा नहीं किया।"

"क्यों ?"

"मेरा खयाल है कि मनमोहन का नाम मनमोहन नहीं है–उसका नाम प्रभाकर है।"

प्रभानाथ चौंक उठा। 'प्रभाकर' नाम से वह परिचित था; वही नहीं, सारी दुनिया उस नाम से परिचित थी। प्रभाकर के नाम करीब पन्द्रह वारंट थे, और वह लापता था। प्रभानाथ कुछ सोचता रहा, फिर उसने कहा, "लेकिन वह प्रभाकर नहीं हो सकता। जिस तरह की बातें करता रहा है, उस तरह की बातें प्रभाकर के मुख से सुनने की मैं कल्पना तक नहीं कर सकता।"

वीणा उठ खड़ी हुई। प्रभानाथ के पास, बहुत पास आकर उसने कहा, "नहीं प्रभा ! जिस तरह की बातें मनमोहन ने कीं, उस तरह की बातें एक ऐसा ही आदमी कर सकता है जिसने सिद्धान्त और कर्म के साथ अपना जीवन तन्मय कर दिया हो। और तुमने देखा, उस सब-इंस्पेक्टर को गोली मारनेवाला आदमी कोई अनाड़ी नहीं हो सकता।"

दोनों एक-दूसरे को थोड़ी देर तक मौन देखते रहे। वीणा ने फिर कहा, "प्रभा ! क्या तुम पीछे नहीं लौट सकते ? यह सब गलत है–एकदम गलत है। न जाने क्यों मेरे अंदर एक भय समा गया है; ऐसा भय जिसका मैंने पहले कभी अनुभव न किया था।"

प्रभानाथ एकाएक जोर से हँस पड़ा, "नहीं, भय करने की कोई आवश्यकता नहीं। हमें मरना है–एक न एक दिन अवश्य, फिर चिन्ता क्यों ?" और प्रभानाथ ने वीणा को आलिंगनपाश में कस लिया।

उस समय वीणा का सारा शरीर पुलक से ढीला पड़ गया था। दोनों के अधर मिले और एकाएक उन्हें एक अजीब तरह की कराह सुनाई दी। दोनों ने चौंककर एक-दूसरे को छोड़ दिया।

प्रभानाथ ने अपने चारों ओर देखा, कहीं कोई न था। मनमोहन के कमरे का दरवाजा बंद था। प्रभानाथ ने कहा, ''यह कराह किसकी थी ?''

''मैं नहीं जानती, नहीं जानती !'' वीणा ने प्रभानाथ के कंधे पर अपना सर रख दिया। और प्रभानाथ ने देखा कि वीणा काँप रही है, उसकी आँखों में आँसू भर आए हैं।

3

शाम के समय जब प्रभानाथ मनमोहन के कमरे में गया, उसने देखा कि मनमोहन पलंग पर आँखें बंद किए लेटा है। प्रभानाथ के पैरों की आहट पाते ही उसने आँखें खोल दीं, और मुस्कुराते हुए उसने कहा, ''बड़ी अच्छी नींद आई। तबीयत एकदम हलकी हो गई। तुम भी सो लिए न !''

प्रभानाथ ने सामने का दरवाजा खोल दिया, उस समय आसमान में बादल घिरे हुए थे। उत्तरी हवा का एक ठंडा झोंका कमरे में आया, और मनमोहन उठ बैठा। प्रभानाथ ने कुरसी उठाकर पलंग के पास डाल ली और वह उस कुरसी पर बैठ गया। मनमोहन ने कहा, ''तुम्हारा बँगला कितना अच्छा है, कितना शान्त है। क्यों प्रभानाथ, इस सुख और वैभव को छोड़कर तुम हम लोगों के कीचड़ में कैसे फँस गए ?''

प्रभानाथ ने कुछ सोचकर जवाब दिया, ''मैं नहीं जानता। शायद अपने भीतर से मुझे एक प्रेरणा मिली !''

''अपने भीतर से एक प्रेरणा मिली !'' मनमोहन खिलखिलाकर हँस पड़ा, ''भीतर से प्रेरणा मिलती है, आज पहली बार ऐसी मजेदार बात सुन रहा हूँ। नहीं मिस्टर प्रभानाथ, इस तरह की बात से मुझे धोखा देने की कोशिश करना बेकार है !''

प्रभानाथ का चेहरा तमतमा उठा; उसने कहा, ''आप मुझे झूठा कहकर मेरा अपमान कर रहे हैं, मिस्टर मनमोहन !''

''देखो, नाराज होने की कोई बात नहीं; मैंने तुम्हें झूठा तो नहीं कहा, बहुत सम्भव है कि तुम सच कह रहे हो। ऐसी हालत में तुम खुद अपने को धोखा दे रहे हो। खैर जाने भी दो इस बात को। अब एक सवाल और है–वीणा और तुम्हारा क्या सम्बन्ध है ? क्या यह बात ठीक है कि तुम्हें इस दलदल में लाने का श्रेय वीणा मुकर्जी को है ?''

प्रभानाथ खड़ा हो गया, तनकर। "आप मेरे अतिथि हैं, मिस्टर मनमोहन, लेकिन इसके ये अर्थ नहीं कि आप इस तरह की अनाप-शनाप बातें करके मेरा और वीणा का अपमान करें। व्यक्तिगत मामलों में इस तरह दिलचस्पी लेना मनुष्य में संस्कृति का अभाव प्रदर्शित करता है। अगर आप अब आगे इस तरह की बातें करेंगे तो मुझे भी अशिष्ट होना पड़ेगा।"

मनमोहन ने प्रभानाथ का हाथ पकड़कर जबरदस्ती बिठाते हुए कहा, "यह व्यक्तिगत मामला नहीं है, मिस्टर प्रभानाथ; क्रान्तिकारी के पास व्यक्तिगत जीवन नाम की कोई चीज नहीं होती, यह आप हमेशा याद रखिएगा; इस तलवार की धारवाले रास्ते पर आने के बहुत पहिले ही आपको यह समझ लेना चाहिए था कि आप व्यक्तिगत रूप से मर चुके। आप एक संस्था के अंग-मात्र रह गए हैं जिस पर संस्था का पूर्ण अधिकार है। अगर आपको आज संस्था से यह आदेश मिले कि आप वीणा को गोली मार दें तो आपको वीणा के प्रति आपका प्रेम कभी भी उस आदेश का पालन करने से नहीं रोक सकता। और इसीलिए, इस संस्था के प्रमुख प्रतिनिधि होने के नाते मुझे आपसे यह सब पूछने का पूर्ण अधिकार है !"

प्रभानाथ निष्प्रभ हो गया और उसने अपना सर झुका लिया। इस हालत में वह कुछ देर तक बैठा रहा, फिर उसने धीरे से कहा, "शायद आप ठीक कहते हैं, मिस्टर मनमोहन, लेकिन इसके पहले कि मैं आपको अपनी कैफियत दूँ, मुझे यह जान लेना चाहिए कि आप कौन हैं।"

"मैं कौन हूँ ?" मनमोहन चौंक उठा, "क्यों, यह प्रश्न कैसे उठा ?"

"इस तरह कि आपका नाम मनमोहन नहीं है, और हम लोगों में से कोई भी, सरदार को छोड़कर, आपको जानता तक नहीं है। जब तक मैं यह न जान लूँ कि मुझसे इस प्रकार का प्रश्न करनेवाला कौन है तब तक..." प्रभानाथ कहते-कहते रुक गया। उसी समय वीणा ने कमरे में प्रवेश किया। वह स्कूल से पढ़ाकर लौटी थी।

वीणा ने आते ही कहा, "कहिए ! आप लोगों में क्या बातें चल रही थीं। जो आप लोग इतने गम्भीर हैं ?"

उत्तर मनमोहन ने दिया, "जो बातें हो चुकी हैं उन्हें दुहराना बेकार है; मिस्टर प्रभानाथ से आपको वह बातें मालूम हो जाएँगी। और इसीलिए वे बातें जारी भी रहेंगी, क्योंकि जो बातें प्रभानाथ से करूँगा वे आपसे छिपी न रहेंगी !"

इस बार मनमोहन प्रभानाथ की ओर मुड़ा, "हाँ ! तो आप जानना चाहते हैं कि मैं कौन हूँ ? और मैं आपको बतलाता हूँ, इसलिए कि मेरी वजह से आप लोग थोड़े से खतरे में हैं !" मनमोहन मुस्कुराया, "इसीलिए बतलाता हूँ ताकि आप उस खतरे से आगाह हो जाएँ और फिर आप निर्णय करें कि मैं आप लोगों का आतिथ्य स्वीकार

करूँ या नहीं। आप लोगों ने प्रभाकर का नाम तो सुना ही होगा, उसी प्रभाकर का नाम जिसके पीछे पुलिस बुरी तरह पड़ी है। तो मैं वही प्रभाकर हूँ, मिस्टर प्रभानाथ ! और जहाँ तक तुम्हारी बात है, उसे पूछकर मैंने गलती की, वह इतना स्पष्ट है कि उसके सम्बन्ध में तुमसे पूछना मुझमें कल्पना का अभाव ही प्रदर्शित करेगा !"

थोड़ी देर तक तीनों मौन रहे; मनमोहन ने फिर कहा, "मैंने तुम्हें अपना पूरा परिचय दे दिया; अब इस बात का निर्णय तुम्हारे हाथ में है कि मैं यहाँ अधिक ठहरूँ या नहीं। इतना मैं जानता हूँ कि लोग 'प्रभाकर' नाम को ही जानते हैं, प्रभाकर को नहीं जानते। प्रभाकर एक छाया-सा आता है और धुआँ-सा गायब हो जाता है, उसे सहज ही पकड़ना कठिन काम है। फिर भी एक सुरक्षित स्थान तो बेचारे के पास होना ही चाहिए। तुम्हारे पिता ताल्लुकेदार हैं, आनरेरी मजिस्ट्रेट हैं, सरकार के भक्त हैं; यहाँ, इस बँगले में प्रभाकर हो सकता है, इसकी कोई कल्पना तक नहीं करेगा, और इसी से मैं तुम्हारे साथ चला आया हूँ। इरादा था कि चार-छै दिन यहाँ रुकूँगा, पर अब वह इरादा भी बदल रहा है। लम्बी दुनिया मेरे सामने पड़ी है, और उस दुनिया में स्थान की कमी नहीं है–निरापद और निर्विघ्न; सिर्फ इंसान के पास दो आँखें होनी चाहिए !"

प्रभानाथ ने कहा, "लेकिन आपसे जाने को कौन कह रहा है, मैं तो यह कहता हूँ कि यहाँ जरूर ठहरें, दस दिन, पन्द्रह दिन–जब तक आपका जी चाहे।"

इसी समय बाहर से आवाज आई, "प्रभा !"

आवाज रामनाथ तिवारी की थी।

"जी, आया !" और प्रभानाथ चला गया। अब वीणा और मनमोहन रह गए !

थोड़ी देर तक दोनों मौन बैठे रहे, एक-दूसरे की ओर एकटक देखते हुए, अन्त में वीणा ने उस मौन को तोड़ा, "मिस्टर मनमोहन, आप कौन हैं इसका अनुमान तो मैंने पहले ही कर लिया था। अब एक सवाल मैं आपसे कर रही हूँ, ठीक-ठीक उत्तर दीजिएगा !"

मनमोहन हँस पड़ा, "मैं आपका सवाल जानता हूँ। आप यह पूछना चाहती हैं कि मैं यहाँ क्यों ठहर रहा हूँ; है न ऐसा ! और यहाँ पर मेरा रुकना आपको पसन्द नहीं।"

"आप शायद ठीक कहते हैं !" वीणा ने धीरे से कहा।

"और मैं यह भी बता दूँ कि मेरा यहाँ रुकना आपको क्यों पसन्द नहीं है। आपको प्रभानाथ के हिताहित का इतना खयाल नहीं है जितना कि अपने सुख और तुष्टि का खयाल है। आप प्रभानाथ से प्रेम करती हैं, और आप प्रभानाथ को लेकर सपनों की दुनिया में अकेले रहना चाहती हैं। उस दुनिया में दूसरों का आना आपको पसन्द नहीं !"

वीणा ने प्रखर स्वर में कहा, "आप चुप रहिए ! यह सब कहने का आपको कोई अधिकार नहीं !"

"मुझे पूरा अधिकार है, वीणाजी ! मुझे तो यहाँ तक अधिकार है कि मैं आप लोगों को प्रेम करने को मना कर दूँ। लेकिन नहीं–यह सब करने की मुझे कोई आवश्यकता नहीं !" एकाएक मनमोहन का स्वर जो शिशिर की ऋतु की उत्तरीय हवा की भाँति रूखा और कठोर था, मलय-समीर की भाँति कोमल हो गया। उसकी पथराई आँखों में एक अजीब तरह की चमक आ गई, "नहीं, वीणाजी–यह सब करना भयानक पाप होगा। मैं जानता हूँ कि वह आदमी जिसका सुख छिन चुका है, जिसके प्रेम की भावना तिल-तिल घुटकर मर चुकी है–वह अपनी प्रतिहिंसा में इतना नीचे गिर सकता है कि वह दूसरों के सुख, दूसरों के प्रेम को नष्ट करने में ही सुख समझे; और कभी-कभी मुझ पर भी यह कुत्सित भावना अपना प्रभुत्व जमाने का प्रयत्न करती है। लेकिन नहीं, मैं अपने को रोक सकता हूँ। आपका प्रेम फले-फूले, मुझे आपके प्रेम से ईर्ष्या नहीं होनी चाहिए बल्कि एक तरह का संतोष होना चाहिए। पर आप भी एक बात याद रखिए। अपने प्रेम में आप अपने को न खो दीजिएगा। आप यह न भूल जाइएगा कि दुनिया को सुखी बनाने के लिए आपने अपने को शैतान के हाथों बेच दिया है। दुनिया को आसमान पर उठाने के लिए आप स्वयं रसातल में पहुँच चुकी हैं, जहाँ मनुष्यता नाम की चीज का कोई अस्तित्व नहीं है। यह सारी भावनाएँ, यह ममता, यह प्रेम, यह सपने–ये सबके सब आपके साथ तभी तक हैं जब तक ये आपके एकमात्र सिद्धान्त के संघर्ष में नहीं आते। ये सबके सब जीवन में एक क्षण के लिए आकर निकल जानेवाले, झूठे हैं-सत्य है केवल एक सिद्धान्त, देश के हित के लिए अपने को मिटा देनेवाला एक सिद्धान्त !"

मनमोहन कह रहा था और वीणा का मुख पीला पड़ता जा रहा था, उसका सारा शरीर अवसन्न-सा पड़ गया था, उसकी आत्मा में एक भयानक असह्य अन्धकार भर उठा था। मनमोहन को सम्भवतः वीणा की इस मानसिक स्थिति का पता था। कुछ देर तक वह वीणा की तरफ कौतूहल के साथ देखता रहा, फिर एकाएक उठ खड़ा हुआ; "अब भी समय है, वीणाजी ! हमारा मार्ग निराशा का मार्ग है और निराशों का मार्ग है ! हम सब अन्दर से यह जानते हैं, खुलकर कहने की इच्छा नहीं होती और हमें उन लोगों से बहुत बड़ा खतरा है, जिनके अंदर जीवन की सुनहली किरणें खेल रही हैं। हम सब संयत आत्महत्या के पथ पर हैं। जिन्हें जीवन के प्रति मोह है, उनके लिए हमारे दल में कोई स्थान नहीं।" और मनमोहन जोर से हँस पड़ा।

मनमोहन की उस हँसी से वीणा सर से पैर तक सिहर उठी।

4

रात के समय रामनाथ तिवारी के पास प्रभानाथ, वीणा और मनमोहन बैठे। रामनाथ तिवारी कुछ थके हुए थे, उस दिन उन्होंने अदालत में कुछ कांग्रेसवालों को सजा दी थी। रामनाथ ने प्रभानाथ से कहा, "समझ में नहीं आता; ये सबके सब खुद आते हैं। गवर्नमेंट का कहना है कि समझा-बुझाकर इनसे माफी मँगवाकर इन्हें छोड़ दूँ। लेकिन माफी माँगना तो दूर रहा, ये मुकदमे की पैरवी तक नहीं करते और जेल चले जाते हैं। आखिर यह क्यों ?"

मनमोहन हँस पड़ा, "ये युद्ध कर रहे हैं और इनके युद्ध करने का यही तरीका है !"

रामनाथ ने कहा, "जानता हूँ, और हँसता हूँ इस तरीके पर। लेकिन न जाने क्यों, आज इस तरीके पर हँसने की तबीयत नहीं होती। इस युद्ध से ब्रिटिश सरकार हैरान है–इतना मैं जानता हूँ। और ये बदमाश ऐसी कोई हरकत भी तो नहीं करते जिससे इनकी अक्ल दुरुस्त की जा सके। मैं जानता हूँ कि एक दफे मशीनगन लगा दी जाए, एक दफे ये गोली से भून दिए जाएँ; और मामला एकदम खत्म हो जाए। लेकिन गोली चलाई किस पर जाए, मशीनगन से भूने कौन जाएँ ? ये अहिंसा पर चलनेवाले आदमी हिंसा का अवसर भी तो नहीं देते !"

रामनाथ कुछ थोड़ी देर तक मौन रहे और फिर बोले, "मैं देखता हूँ कि इस लड़ाई से अंग्रेज परेशान हैं। उनकी समझ में नहीं आ रहा है कि क्या किया जाए ! लोग हँसते हुए जेल जाते हैं, जेल की कठिनाइयाँ बर्दाश्त करते हैं। और अब तो इतने आदमी जेलों में भर गए हैं कि वहाँ भी जगह नहीं। यह अशान्ति जो खड़ी हो गई है उसको किस तरह दूर किया जाए ? मुख्य प्रश्न यह है !"

वीणा बोल उठी, "तो ददुआ, क्या आप समझते हैं कि यह अहिंसा की लड़ाई सफल हो सकती है !"

"लड़ाई-लड़ाई ! कैसी लड़ाई ? क्या इसी को लड़ाई कहते हैं ? लोग जेल जाते हैं, जाएँ ! इससे सरकार का क्या बिगड़ने का ? लेकिन इस सबके पहले एक सवाल और उठता है–यह अहिंसा कब तक कायम रह सकती है ? इतना जब्त–इतना त्याग जो कुछ महात्मा गांधी सिखलाते हैं, यह देवताओं की चीजें हैं; मनुष्य के बस की बात नहीं है। मैं जानता हूँ कि महात्मा गांधी महान हैं, तपस्वी हैं। कभी-कभी तो मुझे शक होने लगता है कि कहीं वे अवतार न हों। और मैं इतना भी मानता हूँ कि उनमें इतनी साधना है कि वे अहिंसा पर कायम रह सकें। लेकिन बाकी आदमी ? यह लोग अहिंसा पर कब तक कायम रहेंगे ?" रामनाथ मुस्कुराए, "और एक बार इन्हें हिंसा अपनाने

दो, फिर देखना ! वहीं कांग्रेस बुरी तरह कुचल दी जाएगी।''

मनमोहन बड़े गौर से रामनाथ की बातें सुन रहा था। उसने पूछा, ''और अगर लोग सामूहिक हिंसा पर आमादा हो जाएँ तो ये इतने थोड़े से अंग्रेज कितने दिन तक टिक सकेंगे ?''

''ये थोड़े से अंग्रेज ?'' रामनाथ ने मनमोहन को एक तीव्र दृष्टि से देखा, ''ये थोड़े से अंग्रेज–मैंने माना ! लेकिन इनके पास है भयानक पैशाचिक हिंसा ! एक से एक विनाशकारी अस्त्र-शस्त्र से यह सुसज्जित हैं। और हम कायर गुलाम की हिंसा नपुंसकत्व से भरी हुई है–हम हिन्दुस्तानी इनकी भयानक हिंसा का मुकाबला कैसे कर सकेंगे ? इसके सबूत के लिए तुम्हें दूर नहीं जाना है–सन् 1857 का गदर ले लो। उन दिनों लोग सशस्त्र थे और अंग्रेजों की फौज नहीं के बराबर थी। फिर उन दिनों न हवाई जहाज बने थे, न मशीनगनें बनी थीं। इतना सब होते हुए भी क्या हुआ ? हिन्दुस्तानियों ने हिन्दुस्तानियों को मारा, उन्होंने अकेले युद्ध ही नहीं किया, उन्होंने हत्याएँ भी कीं। हजारों आदमियों को जो बिल्कुल निर्दोष थे उन्होंने फाँसी पर लटकाया और हँसते हुए तमाशा देखा।''

कुछ रुककर रामनाथ ने फिर कहा, ''नहीं, हिंसा की बात ही नहीं उठती। असल में सवाल मेरे सामने यह है कि यह अहिंसा की लड़ाई है क्या बला ? इतने दिन हो गए और यह लड़ाई बराबर चलती जा रही है। हम हिंसा का जवाब उससे भी भयानक हिंसा से देकर उसे हरदम के लिए कुचल सकते हैं पर इस अहिंसा का जवाब ही हमारे पास नहीं है !''

रामनाथ ने पान खाया, इसके बाद वह मुस्कुराए, ''मैं सच कहता हूँ, प्रभा ! लाख सैद्धान्तिक विरोध होते हुए भी मुझे गांधी के व्यक्तित्व के आगे झुकना पड़ता है। इन अपाहिजों में, इन नपुंसकों में, इन अकर्मण्य कायरों में कौन-सी जान इसने फूँक दी है, कौन-सा जादू इसने भर दिया है ? समझ में नहीं आता !''

प्रभानाथ ने कहा, ''ददुआ ! तो क्या आप समझते हैं कि यह अहिंसा का सिद्धान्त सही है ?'' और उसने अपने पिता पर एक अर्थभरी दृष्टि डाली।

रामनाथ ने प्रभानाथ की दृष्टि का मतलब समझ लिया। उन्होंने बहुत गम्भीरतापूर्वक उत्तर दिया, ''प्रभा ! दया को घर से अलग कर देनेवाले में स्वराज्य, स्वतन्त्रता नाम की किसी भी चीज के प्रति कोई सहानुभूति नहीं है, इतना समझ लेना। न मैं कांग्रेस पर विश्वास करता हूँ, न अहिंसा पर। मैं जानता हूँ कि अहिंसा का सिद्धान्त गलत है क्योंकि वह असम्भव है, ठीक उसी तरह जैसे संसृति का एकमात्र नियम विषमता होने के कारण समता का सिद्धान्त असम्भव है। पर मैं इतना जरूर कह सकता हूँ कि सबकुछ देखते हुए भी मैं कभी-कभी सोचने लगता हूँ कि अगर

अहिंसा का सिद्धान्त सम्भव हो सकता है तो मानवता के लिए अवश्य हितकर होता। 'तुम जो कुछ बोओगे वही काटोगे !' अंग्रेजी की यह कहावत हमारे जीवन पर पूरी तौर से लागू होती है। हिंसा का उत्तर हिंसा है, और अहिंसा का उत्तर अहिंसा ही हो सकता है। मनुष्य में बुराई-भलाई दोनों ही हैं। तुम बुराई करके मनुष्य की बुराई को ही भड़का सकते हो और भलाई करके दूसरों की भलाई को विकसित कर सकते हो।"

मनमोहन एकाएक उठ खड़ा हुआ। उस समय उसका मुख अजीब तरह से विकृत हो गया था। उसने कड़े स्वर में कहा, "यह एकदम गलत बात है–एकदम गलत। मैं इस पर जरा भी विश्वास नहीं करता।" और वह वहाँ से उठकर चल दिया।

मनमोहन के इस बर्ताव से रामनाथ चौंक उठे। कुछ देर तक वह उस ओर जिधर मनमोहन गया था आश्चर्य से देखते रहे, फिर उन्होंने प्रभानाथ से कहा, "तुम्हारा साथी या तो बदतमीज है या पागल है। यह है कौन ?"

प्रभानाथ ने बात बनाई, "ददुआ, यह फिलासफर है और इसलिए यह सनकी है। इसकी बात का आप बुरा न मानिएगा।"

5

मनमोहन जब घूमकर लौटा, रात हो गई थी। मनमोहन की चारपाई प्रभानाथ की चारपाई के बगल में ही पड़ी थी, और प्रभानाथ उस समय कुछ थका-सा बिस्तर पर लेटा था। मनमोहन को देखते ही वह उठ बैठा, "क्यों, आप चले कहाँ गए थे ? आपका खाना रक्खा है !"

अपनी चारपाई पर बैठते हुए मनमोहन ने कहा, "मैं आज खाना नहीं खाऊँगा, मुझे भूख नहीं !" कुछ रुककर उसने फिर कहा, "प्रभा ! तुम्हारे पिता की बातें सुनकर मैं इस नतीजे पर पहुँचा कि वे इतने गिरे हुए नहीं हैं जितना तुम लोगों ने उन्हें समझ रखा है !"

प्रभानाथ मुस्कुराया, "और न इतने बेवकूफ हैं जितना तुमने उन्हें समझ रखा है। आज तुमने जो कुछ किया उसकी पुनरावृत्ति न होनी चाहिए। तुम उन्हें जानते नहीं ! आखिर तुम उस समय इस तरह चल क्यों दिए थे ?"

"चल क्यों दिया था ? प्रभा ! तुम विश्वास न करोगे, लेकिन मैं सच कहता हूँ कि मैं तुम्हारे पिता से डरने लगा हूँ ! उस आदमी ने यह सब कहाँ से सीखा, कब सोचा, कैसे समझा ? एक-एक बात जो उसने कही, कितनी तीव्र और अगर गलत भी थी तो ऐसी कि गलती आसानी से पकड़ी नहीं जा सकती। उस आदमी के सामने जाने में, उससे बात करने में मुझे भय लगता है !"

"लेकिन मुझ पर तो उनकी बातों का असर नहीं पड़ता !" प्रभानाथ ने कहा।

"इसलिए कि तुम उनकी बात सुनते ही नहीं। तुम उनके इतने निकट हो कि तुम्हारे अंदरवाले भय ने उपेक्षा का रूप धारण कर लिया है। प्रभा ! मैं कल सुबह यहाँ से चल दूँगा !"

"यह क्यों ?"

"मैं भाग रहा हूँ ! कायर की भाँति; पर भागने में ही मेरा कल्याण है। इस हालत में जबकि अपने सिद्धान्तों के प्रति मुझमें एक हलका-सा अविश्वास पैदा हो चुका है, मैं नहीं चाहता कि उन सिद्धान्तों पर कोई बाहरी गहरा धक्का लगे। अन्तर्द्वन्द्व की पीड़ा से बढ़कर और कोई पीड़ा नहीं, और इसीलिए अन्तर्द्वन्द्व से मैं बचना चाहता हूँ !"

प्रभानाथ ने आश्चर्य से मनमोहन की ओर देखा और मनमोहन हँस पड़ा, "यह सब मेरी नर्व्ज (Nerves) की वजह से है। तुम सोचते होगे कि मैं इस तरह की बहकी-बहकी बातें क्यों करता हूँ !" और मनमोहन एकदम गम्भीर हो गया, "सुनो प्रभानाथ ! मैं थक गया हूँ, बहुत अधिक थक गया हूँ। आखिर मैं मनुष्य हूँ; मेरी शक्तियाँ सीमित हैं। अपने को एक हद तक ही दबाया जा सकता है। मैं कहता हूँ कि मेरा अस्तित्व एक भयानक झूठ है। मेरे सिद्धान्त में सत्य है, इसका निर्णय भी तो मैं नहीं कर सकता ! मेरे सिद्धान्त पर लोग प्रहार करते हैं, मैं उस प्रहार का उत्तर भी तो नहीं दे सकता। और इस सबका परिणाम भयानक होता है। अपने सिद्धान्त पर वाद-विवाद करके, उसके पक्ष में बार-बार तर्क देकर मनुष्य को उस सिद्धान्त पर दृढ़ रहने का जो बल मिलता है, मुझे तो वह भी नसीब नहीं !"

प्रभानाथ ने दबी जुबान से कहा, "लेकिन मनमोहन ! हमें दूसरों से तर्क करने की क्या आवश्यकता ? हमारा कर्तव्य तो यह है कि अपने विश्वासों पर दृढ़ रहकर कर्म करें। तर्क विश्वास का विरोधी है, तर्क का अन्त है अविश्वास !"

मनमोहन मुस्कुराया, "यही तो मुसीबत है प्रभानाथ ! मैं जानता हूँ कि तर्क का अन्त है अविश्वास, केवल उस समय जब वह तर्क अपने अंदर उठ खड़ा हो। हम स्वयं अपने से जो तर्क करते हैं वह सत्य को ढूँढ़ने के लिए करते हैं, और सत्य है अविश्वास से भरा हुआ एक भयानक अन्धकार। विश्वास पर कायम रहने के लिए जरूरी है कि हम अपने से तर्क न करें बल्कि दूसरों से तर्क करें। दूसरे से हम तर्क करते हैं, सत्य को पाने के लिए नहीं, बल्कि दूसरे को अर्थात् अपने विपक्षी को तर्क में पराजित करके उस पर अपना व्यक्तित्व हावी करने के लिए, उसे अपना अनुयायी बनाने के लिए। दूसरे से तर्क करने के समय हममें अपने विश्वास की मादकता रहती है, हम अपने सिद्धान्त के अन्धविश्वासी पुजारी की कट्टरता को लेकर मैदान में आते हैं। नहीं प्रभानाथ ! मेरी मुसीबत यह है कि मुझे दूसरों से तर्क करने का मौका न

मिलने के कारण अपने से तर्क करना पड़ता है !"

मनमोहन बिस्तर पर लेट गया, उसने फिर कहा, "और प्रभानाथ, मैं एक बात तुमसे भी कहूँगा। तुमने इस मार्ग में आकर गलती की, इस जीवन को अपनाने में जल्दबाजी की। तुममें पुरुषत्व है–मैं मानता हूँ; तुम मृत्यु से खेल सकते हो। साथ ही यौवन की उमंग और विश्वास के पागलपन से तुम भरे हुए हो। लेकिन मैं पूछ रहा हूँ कि यह सब कब तक ? खेल एक खेल ही है–थोड़े से समय के लिए। खेल का कौतूहल तभी तक कायम रह सकता है जब तक उसे तुम केवल खेल समझो। पर जब वह जिन्दगी ही बन जाए तब उसका सारा कौतूहल जाता रहता है, तब उसमें एक प्रकार की भयानक मनोटनी (monotony) घुस आती है। मृत्यु जीवन का अंत है–यह स्पष्ट है, लेकिन उस मृत्यु से समस्त जीवन को विषाक्त बना लेना जीवन का उपहास है। जरा इस पर विचार कर लो प्रभानाथ–अपने अंदर इस पर अच्छी तरह तर्क कर लो और फिर आगे बढ़ो ! अभी समय है !"

और मनमोहन ने देखा कि प्रभानाथ सो रहा है। उसने जो कुछ कहा वह एक गाफिल आदमी से कहा। दाँत किटकिटाते हुए उसने कहा, "मूर्ख ! मूर्ख ! मूर्ख !" और उसने जबरदस्ती अपनी आँखें मूँद लीं।

6

सुबह जब प्रभानाथ की आँख खुली, मनमोहन सो रहा था। प्रभानाथ उठकर बाग में टहलने चला गया, वीणा वहाँ मौजूद थी। रोज सुबह रामनाथ की पूजा के लिए फूल तोड़ना उसका नियम-सा हो गया था। वीणा ने प्रभानाथ से पूछा, "मनमोहन कहाँ है ?"

"वह अभी सो रहा है !" प्रभानाथ मुस्कुराया, "और वीणा, मेरी समझ में नहीं आता कि उसके अंदर कौन-सी उथल-पुथल, कौन-सी हलचल भरी हुई है। कभी-कभी तो वह अजीब तरह की बातें करने लगता है। मुझे तो उससे डर लगता है !"

"तुमसे ज्यादा मुझे !" वीणा ने प्रभानाथ के निकट आते हुए कहा, "प्रभा ! एक बात मैं तुमसे कहूँ ? मनमोहन को यहाँ ठहराकर तुमने अच्छा नहीं किया। जानते हो, उसने जो बातें मुझसे कहीं, और जिस ढंग से कहीं वे बातें कहीं, वह सबका सब मुझे अच्छा नहीं लगा। वह कब तक रुकेगा ?"

"मैं क्या जानूँ ? उस आदमी का क्या ठिकाना ? और यह मुझसे होगा नहीं कि अपने अतिथि से मैं जाने को कहूँ। अभी जब मैं सोकर उठा तो मैंने देखा कि वह सो रहा है–शान्त और निश्चिन्त ! भगवान जाने कितने युग के बाद उसे ऐसी सुख की

नींद नसीब हुई। और–वीणा–यह आदमी मुझे तबीयत का बहुत नेक लगा। किस तरह से मैं उसे जाने को कहूँ !"

वीणा फूल तोड़ चुकी थी। उसने कहा, "मैंने यह कब कहा कि आप उन्हें यहाँ से चले जाने को कहें ? अच्छा ! ददुआ के पूजा-गृह में फूल रखकर आती हूँ तब चा वगैरह का इंतजाम करूँगी। तब तक तुम मनमोहन को जगा रक्खो !" और वह चली गई।

प्रभानाथ जब कमरे में वापस लौटा, मनमोहन लिहाफ के नीचे इधर-उधर करवटें बदल रहा था।

प्रभानाथ ने मनमोहन को हिलाया-डुलाया और फिर उसने मनमोहन के ऊपर से लिहाफ खींच लिया। एक जम्हुआई लेकर मनमोहन उठ बैठा, "कितनी अच्छी नींद आई ! आज बरसों बाद इतनी निश्चिन्तता के साथ सोया हूँ ! अरे ! अभी तो सात भी नहीं बजे !" मनमोहन ने दीवार पर लगी हुई घड़ी को देखते हुए कहा। कुछ रुककर वह फिर बोला, "तुम लोग बहुत जल्दी सोकर उठते हो ! तुम तो, मालूम होता हैं, नहा भी चुके !"

"जी हाँ ! तुमने मुझे और मेरे कुल को समझ क्या रक्खा है ? हम लोग ब्राह्मण हैं, उस पर कनौजिया, फिर उसके ऊपर बीस बिस्वा ! पूरे ऋषि संतान !" और प्रभानाथ जोर से हँस पड़ा, "ददुआ को तुमने देखा ही है, कितने बूढ़े हैं। और वे इस समय देव-गृह में नंगे बदन पूजा कर रहे हैं।"

"लेकिन मुझे तो गरम पानी की जरूरत पड़ेगी–समझे !" मनमोहन ने मुस्कुराते हुए उत्तर दिया, "और अगर इसका प्रबन्ध न हो सके तो मैं स्नान टाल भी सकता हूँ !"

पूजा समाप्त करके रामनाथ तिवारी बरामदे में बैठ गए। उस समय आसमान में कुहरा छाया हुआ था और हवा काटती हुई चल रही थी। वीणा ने चा तैयार करके रामनाथ के सामने रक्खी। रामनाथ ने पूछा, "प्रभा और उसके दोस्त कहाँ हैं ?"

"आ रहे हैं !" और वीणा ने चा का प्याला अपने होंठों से लगाया। चा का एक प्याला समाप्त करके वीणा ने कहा, "ददुआ ! यहाँ इतनी तेज सर्दी पड़ती होगी, मैंने इसकी कल्पना तक न की थी। और इतनी सर्दी में भी आप सबेरे उठकर ठंडे पानी से स्नान करते हैं !"

रामनाथ गर्व से तन गए, "हाँ बेटी, शुरू से ही हम लोगों में यह आदत डाली गई है। हम लोग ब्राह्मण हैं, व्रती हैं। अब तो हम ब्राह्मण अपने पथ से भ्रष्ट हो गए हैं, नहीं तो हम लोग अधिक वस्त्र भी नहीं पहनते थे। केवल एक धोती और कंधे पर एक दुपट्टा।"

रामनाथ ने थोड़ी देर तक अपने सामनेवाले बाग को देखा, फिर वे बोले, "आज बड़ा दिन है ! कई लोगों से मिलने जाना है !" और वे मुस्कुराए, "वीणा ! एक बात मेरी समझ में नहीं आती ! लोग बड़ा दिन का त्यौहार मनाकर क्या ईसा का उपहास नहीं करते ?"

"ईसा का उपहास ? मैं समझी नहीं," वीणा ने कहा।

उसी समय मनमोहन के साथ प्रभानाथ आ गया। वीणा ने इन दोनों के लिए चा बनाई। उसके बाद रामनाथ तिवारी प्रभानाथ की ओर घूमे, "प्रभा ! मैं इस समय सोच रहा था कि बड़े दिन का यह सारा हर्ष–सारा उत्सव क्या मानवता का उपहास नहीं है ?"

मनमोहन ने उत्तर दिया, "उपहास क्यों ? यह दुनिया की एक बहुत बड़ी आत्मा के जन्मदिन का उत्सव है–इतनी बड़ी आत्मा, आज की सारी सभ्य दुनिया जिसकी अनुयायी है !"

रामनाथ मुस्कुराए, "यही तो सारी मुसीबत है ! सवाल मेरे सामने यह है कि क्या ईसा एक भी अनुयायी बना सके ? जहाँ तक इतिहास बताता है, ईसा बुरी तरह असफल रहे। ईसा प्रेम का संदेश लाए थे, दया और त्याग का उन्होंने उपदेश दिया। और आज वे लोग जो अपने को ईसा का अनुयायी कहते हैं घृणा के उपासक हैं, क्रूरता और उत्पीड़न की सभ्यता को विकसित कर रहे हैं–सबसे बड़े हिंसावादी हैं।"

रामनाथ शायद आगे कुछ कहते, पर एकाएक उनकी नजर फाटक पर आते हुए इक्के पर पड़ी जिस पर झगड़ू मिश्र बैठे थे। बरसाती के नीचे इक्का रुका, और झगड़ू मिश्र इक्के से उतरकर बरामदे में चढ़ते हुए बोले, "नमस्कार, तिवारीजी !"

प्रभानाथ ने उठकर झगड़ू के पैर छुए और रामनाथ ने वैसे ही बैठे-बैठे कहा, "नमस्कार मिसिरजी ! कहो कहाँ से आ रहे हो ? अच्छी तरह तो रहे ?"

एक खाली कुरसी पर बैठते हुए झगड़ू ने कहा, "हाँ, बड़ी अच्छी तरह हन ! और अबहिनै कानपुर से आय रहे हन ! सो तिवारी जी गाँव जाए रहे हन। तौन सोचा कि आपका बतलावत चली कि बड़के कुँवर कानपुर जेल से छूट आए।" और इतना कहकर झगड़ू अपने बटुए से तमाकू निकालकर सुरती तैयार करने लगे।

रामनाथ कुछ देर तक मौन बैठे रहे। वे अपने सामने आकाश पर छाए हुए कुहासे को देख रहे थे जो धीरे-धीरे फट रहा था। फिर वे झगड़ू की ओर घूमे। उन्होंने धीरे से कहा, "और मार्कण्डेय ?"

तमाकू बनाकर फाँकते हुए झगड़ू ने उत्तर दिया, "अरे का बताई। मार्कण्डेय न जाने का कीन्हिन कि उन्हें पूरी सजा भुगतन का पड़ी। तौन उनके छूटै माँ अबहीं पन्द्रह दिन का विलम्ब है !" इसके बाद झगड़ू ने वहाँ बैठे लोगों पर एक नजर डाली।

वीणा की ओर झगडू को गौर से देखने पर रामनाथ को हँसी आ गई। "यह हमारे स्कूल की नई प्रधानाध्यापिका हैं, मिसिरजी !"

"काहे ?–का कौसल्या देवी छोड़ दीन्हिन ?"

"एक तरह से ! वे जेल चली गई थीं, और फिर उनके बाद उनके स्थान पर एक प्रधानाध्यापिका की तो जरूरत थी ही !"

"लेकिन उनके जेल से छूटै पर ?" झगडू ने जरा चिन्तित होकर पूछा। रामनाथ हँस पड़े, "उसके जेल से छूटने पर कांग्रेस उसे नौकरी देगी।"

झगडू ने थोड़ी देर तक रामनाथ को आश्चर्य से देखा, फिर उन्होंने बहुत शान्त भाव से कहा, "तिवारीजी, हम जानत हन कि आप बुद्धिमान आव ! लेकिन कबहूँ-कबहूँ हमरे मन मा संका होन लागत है कि आपकी बुद्धि दया और धर्म का तिलांजलि दै चुकी है, वह आपका मनुष्यता से नीचे गिराय दीन्हिस है !"

लेकिन झगडू के इस कहने का असर मानो तिवारीजी पर जरा भी नहीं पड़ा। उन्होंने उसी प्रकार शान्त भाव से मुस्कुराते हुए उत्तर दिया, "दया और धर्म मैं समझता नहीं मिसिरजी ! दया और धर्म आप ऐसे मनुष्यों के लिए हम ऐसे मनुष्यों ने बनाया है ! और रही मनुष्यता से नीचे गिरने की बात–वहाँ भी मैं मानता हूँ कि मैं आप लोगों की मनुष्यता को छोड़ चुका हूँ ! आप समझते हैं कि मैं नीचे गिरा हूँ, और मैं समझता हूँ कि मैं ऊपर उठा हूँ।"

झगडू एकाएक भड़क उठे, "सो आप अपने को देवता समझन लाग हौ, तिवारी जी ! और हम कहत हन कि आप सैतान आव–सैतान ! अपने लड़का का घर से निकाल दीन्हेव और चेहरे पर सिकन तक नहीं आई !...राम-राम !"

इस बात को मानो रामनाथ तिवारी ने सुना ही नहीं; उन्होंने झगडू से केवल इतना ही पूछा, "अच्छा मिसिरजी ! आपने मार्कण्डेय को जेल जाने से क्यों नहीं रोका ?"

"हम काहे का रोकित ? कौनो चोरी करके, डाका मार के, सेंध लगाय के तो जेल गा नाहीं–देस के काम के लिए जेल गा है। तौन भला हम ऊका रोक के काहे के लिए पाप के भागी बनित !"

मनमोहन ने इस बार झगडू को ध्यान से देखा–उसके सामने दो बूढ़े बैठे थे रामनाथ और झगडू। दोनों ही बीते हुए युग के आदमी–जीवन के संघर्षों से खेले हुए, और दोनों के ही अनुभव अलग-अलग, विचार अलग-अलग !

कुछ रुककर झगडू ने फिर कहा, मानो वे झगड़ा करने पर तुले हुए थे, "तौन तिवारी जी, एक बात हम तुमसे बहुत दिना से कहा चाहत रहेन, लेकिन औसर नाहीं मिला। सो हम सोच रहे हन कि आज कह देन ! भला यह सब तुम काहे का कर रहे हौ ? ई जमींदारी और धन का मोह का तुम्हें अपनी संतान से बढ़ के है ? अब बूढ़े

हुइ गए हौ, दुनिया की तृष्णा छोड़िकै भगवत-भजन करौ, और छोड़ देव सबकुछ दया पर। ऊ चाहे राखै, चाहे बहावै !"

रामनाथ तिवारी एकाएक उठ पड़े, वे तनकर खड़े हो गए। उनकी आँखों में एक अजीब प्रकार की चमक आ गई थी, उनके मुख पर एक प्रकार की आभा खेल रही थी। छाती फुलाए हुए और अपना मस्तक ऊँचा किए हुए वे कुछ देर तक खड़े रहे-एक पाषाण मूर्ति की भाँति, फिर उन्होंने बहुत गम्भीर स्वर में कहा, "मिसिरजी ! आप गलती करते हैं। मुझे केवल एक बात का मोह है, वह है अपना, अपनी आत्मा का, अपने सिद्धान्त का और अपने विश्वास का ! जो कुछ मैं करता हूँ वही ठीक है; जो कुछ मैं सोचता हूँ वही सत्य है ! जब तक मैं जीवित हूँ, मैं स्वामी हूँ उतना ही बड़ा जितना बड़ा वह जिसकी पूजा करने का आप मुझे आदेश दे रहे हैं। जो कुछ आपको कहना था वह कोई नई बात नहीं। अधिकांश लोग मुझसे यही बात कहना चाहेंगे, लेकिन कहने की हिम्मत नहीं पड़ती। लेकिन उसका असर न मुझ पर पड़ा है न कभी पड़ेगा। इसलिए आप स्नान आदि कीजिए, थके हुए आ रहे हैं !" और इतना कहकर रामनाथ वहाँ से चले गए।

थोड़ी देर तक वहाँ गहरा सन्नाटा छाया रहा। अपने पिता के उस रूप को प्रभानाथ ने पहले कभी नहीं देखा था। वीणा ने बहुत धीरे से कहा, "यह मनुष्य है या दानव !"

और मनमोहन बोल उठा, "काश कि हरेक आदमी ऐसा ही बन सकता !" और उसने एक ठंडी साँस ली।

7

चौके में खिचड़ी चढ़ाकर झगड़ू मिश्र फिर मनमोहन, प्रभानाथ और वीणा के पास आ बैठे। आते ही उन्होंने प्रभानाथ से कहा, "कहो हो, छोटे कुँवर ! अबकी दफा गाँव नाहीं गयेव ! सिकार-विकार का कुछ इरादा नाहीं है ?"

"क्या बताऊँ, झगडू काका ! शिकार की तो तबीयत थी, लेकिन ददुआ यहीं हैं और गाँव में कोई भी नहीं है। वहाँ जाकर क्या करूँगा ?"

"वाह हम तो चल रहे हन ! तौन आज कल सवन गिर रहे हैं।"

मनमोहन से न रहा गया, उसने कहा, "तो, मिश्रजी, क्या आप मांस खाते हैं ?"

"काहे नाहीं ! हम आन कनौजिया; सो भला हम काहे न मास खाई; लेकिन अपने हाथ से पकाय के खाइत है।" झगड़ू हँस पड़े, "आप नहीं जानत हौ, हम पियाज-लहसुन कुछ नाहीं खात हन; तबहूँ हम जो मास पकाय देई कि आप खाय के उँगली

चाटत रह जाव !"

मनमोहन ने प्रभानाथ की ओर देखा, "क्यों प्रभानाथ ! अगर अपने गाँव चलो तो थोड़े दिन शिकार-विकार हो रहे, कुछ गाँव की हवा खा लूँ !"

"हाँ-हाँ ! यह तो अच्छी सलाह दी ! क्यों झगडू काका ! अबकी गंगा में एकाध मगर दिखलाई दिया ?"

"नाहीं ! मगर तो नाहीं दिखाई दीन, लेकिन पता लगइबे ! आस-पास कहूँ, हुइहें जरूर !"

प्रभानाथ ने इस बार वीणा की ओर देखा, "क्यों वीणा ! तुम्हारी भी तो इन दिनों छुट्टी है ! तुमने कभी हमारा गाँव नहीं देखा–हमारे देहात बेजा नहीं होते ! चलो युक्त-प्रान्त के गाँवों की भी हवा खा लो !"

"लेकिन ददुआ ! ददुआ क्या अकेले रहेंगे ? मेरे बिना उन्हें तकलीफ न होगी ! न, प्रभा ! मैं न जा सकूँगी !" वीणा ने थोड़ा रुककर दबी जुबान से कहा, "और प्रभा, कल तुम्हारे काका आनेवाले हैं, तुम कैसे जा सकोगे ?"

"अरे हाँ ! मैं तो भूल ही गया था ! ना, झगडू काका ! मैं न जा सकूँगा !"

"लेकिन मैं चलूँगा, मिसिरजी ! आप मुझे अपने घर में ठहरा सकेंगे न ! मैं जरा गाँवों की सैर करना चाहता हूँ, शहरों से मेरी तबीयत ऊब गई है !"

प्रभानाथ बोल उठा, "मेरी कोठी तो है–वहीं ठहरना !"

लेकिन झगडू आतिथ्य-सत्कार के नियम जानते ही नहीं थे, उनका पालन करने में भी विश्वास करते थे, "वाह, ऐसनो कबहूँ हुई सकत है ! आप हमरे साथ ठहरो–जो रूखा-सूखा होय वह आपौ खाव–और हम आपका अपने साथ घुमाइब, सिकार कराइब !"

थोड़ी देर तक सब लोग चुप बैठे रहे, फिर मनमोहन ने कहा, "क्यों, मिश्र जी ! आपके गाँव में सत्याग्रह का कैसा जोर है ?"

"आपै चलि के देख लीन्हेव। हाँ, एक बात हम बताय देई, हम दिहाती सिद्धान्त-विद्धान्त तो कुछ जानित नाहीं और न हम यू जानित हन कि स्वराज कौन बलाय आय। लेकिन एक बात हम जानत हन कि हम सब जी तोड़ के मेहनत करत हन तबहूँ पेट भर के खाय के नाहीं मिलत है। तौन गांधी बाबा हमरे खाय-पियन का प्रबन्ध कराय सकिहैं ई बात पर बहुत लोगन का सहज माँ विश्वास नाहीं होत है। तौन ऐस जोश तो गाँव माँ न मिली जैस आप सहरन माँ देख रहे हौ !"

थोड़ी देर तक सन्नाटा छाया रहा; झगडू ने फिर कहा, "लेकिन एक बात आप निश्चय करि के समझ राखौ ! यू सहर का जोश देस की स्वाधीनता की लड़ाई माँ काम न देई। सहर वाले लोग देखत हैं तमाशा–देखतै नाहीं हैं, तमाश करत हैं। उनका

खाय-पियन क कमी तो आय नहीं, पेट भरा है, मौज की जिन्दगी बितावत हैं। आज एक खेल से तबियत ऊबी, काल दूसर खेल रच दीन्हिन। तौन ई सब जोश जो आप सहर माँ देख रहै हौ, ईका हम लोग एक खेल समझत आन जो जादा दिन नाहीं चलन का। वास्तविक काम तबही होई जब ई गाँववाले मनई अपने हाथ माँ ले हैं।''

मनमोहन ने झगडू को आश्चर्य से देखा। उसके सामने बैठा हुआ बूढ़ा और ठेठ दिहाती जिसे आधुनिक संस्कृति और विचारधारा छू तक नहीं गई थी, जिस अंग्रेजी पढ़े-लिखे, अंग्रेजी सभ्यता में रँगे हुए और हर एक अंग्रेजी चीज की छाया में ही देश का कल्याण देखनेवाले लोग गँवार और असभ्य तक कहेंगे, बात कुछ सुलझी हुई सी कह रहा था।

एकाएक झगडू को अपनी खिचड़ी की याद हो आई। मुस्कुराते हुए उन्होंने कहा, ''हम आप लोगन की बातन माँ अपनी खिचड़ी तो भूलै गएन ! तौ जो जीवन का प्रथम सिद्धान्त है–भोजन ! ऊकी उपेक्षा नाहीं कीन जाए सकत है !'' और झगडू चल दिए। शाम के समय मनमोहन झगडू के साथ बानापुर के लिए रवाना हो गया।

दूसरा परिच्छेद

1

जिस समय दयानाथ जेल से छूटा, उसका वजन करीब पन्द्रह पौण्ड कम हो गया था।, जेल के फाटक पर उमानाथ, राजेश्वरी और दयानाथ के दोनों लड़के मौजूद थे। इसके साथ-साथ कांग्रेसमैनों की भी एक भीड़ उसका स्वागत करने को इकट्ठा हो गई थी।

दयानाथ के मुख पर मुस्कुराहट थी, उसका मस्तक उन्नत था। जनता खड़ी हुई दयानाथ की जय-जयकार बोल रही थी। कानपुर के नागरिकों ने दयानाथ का जुलूस निकालने का प्रबन्ध कर रक्खा था। दयानाथ की आरती उतारी गई, उसको फूलों की मालाएँ पहनाई गईं।

दयानाथ उमानाथ और राजेश्वरी से बातें कर ही रहा था कि डाक्टर हीरालाल ने आकर कहा, ''चलिए, दयानाथ साहेब ! जुलूस का समय हो गया है। जुलूस से वापस आकर आप अपने घरवालों से अपने घर पर जितना चाहिए बातचीत कीजिएगा।

डाक्टर हीरालाल की यह बात उमानाथ को अच्छी नहीं लगी, वह कुछ कहना ही चाहता था कि दयानाथ ने उसके मुख पर अंकित भाव पढ़ लिए। मुस्कुराते हुए उसने उमानाथ का हाथ पकड़ते हुए कहा, ''उमा ! यह डाक्टर हीरालाल हैं, मेरे बहुत बड़े दोस्त ! अच्छा तुम अपनी भौजी के साथ घर चलो, मैं करीब दो घंटे में घर पहुँच ज़ाऊँगा।'' और डाक्टर हीरालाल ने खींसें निपोरते हुए कहा, ''आप लोग इत्मीनान रखिए। इनको घर पहुँचा देना–यह मेरी जिम्मेदारी है।''

डाक्टर हीरालाल की इस मुद्रा से उमानाथ भड़क उठा, उसने दयानाथ से कहा, ''भइया ! यह जुलूस–यह स्वागत–यह सब ढ़ोंग है। आपके घरवाले, आपकी पत्नी, आपके बच्चे–जिन्हें आपके जेल के जीवन का एक-एक दिन एक-एक वर्ष की भाँति बीता है, इन लोगों की ममता, इन लोगों की भावना से आपके लिए डाक्टर हीरालाल या इन कांग्रेस के नेताओं की भावना अधिक प्रिय हो गई जो जुलूस केवल इसलिए निकालते हैं कि एक प्रकार की सनसनी फैले और उन्हें इस सनसनी से एक प्रकार की तुष्टि मिले !''

उमानाथ की बात सुनते ही दयानाथ के मुखवाली मुस्कुराहट गायब हो गई। उसने देखा कि उसके दोनों बच्चे उसके पैरों से लिपटे खड़े हैं, उसने देखा कि उसकी पत्नी की आँखें तरल हैं, उसने देखा कि उसके भाई के मुख पर एक उल्लास का भाव है। और उसने उसी समय अपने पास खड़े हुए कांग्रेस नेताओं पर दृष्टि डाली, और उसने वहाँ देखा–कुछ नहीं–बिल्कुल कुछ नहीं। एक कृत्रिम मुस्कुराहट के साथ भावनारहित पथराए से चेहरे ! दयानाथ सिहर उठा। और उसी समय डाक्टर हीरालाल ने फिर कहा, ''चलिए दयानाथ साहेब ! इतने लोग आपका स्वागत करने आए हैं, इन्हें निराश मत कीजिए !'' दयानाथ ने फिर उस तरफ देखा, एक बहुत बड़ी भीड़ खड़ी थी। दयानाथ के उधर देखते ही एक जोर की आवाज उठी, ''दयानाथ की जय !''

और साथ ही राजेश्वरी ने भी उस भीड़ को देखा। गर्व से उसकी छाती फूल उठी। इतने आदमी उसके पति का स्वागत करने आए हैं, उसके पति की जय-जयकार कर रहे हैं। उसने कहा, ''जाइए, आपको साथ लिये बिना ये लोग मानेंगे नहीं। हम लोग भी जुलूस के साथ चलेंगे।''

जुलूस समाप्त हुआ दयानाथ के घर पर। लेकिन जुलूस के समाप्त होने पर भी दयानाथ घर पर अकेला न रह सका, कांग्रेस के प्रमुख नेता आवश्यक परामर्श के लिए रुक गए। दयानाथ को घेरकर सब लोग ड्राइंगरूम में बैठ गए और मूवमेंट पर बातें होने लगीं। जब एक घंटा भूमिका में ही समाप्त हो गया तब उमानाथ से न रहा गया। उसने झल्लाकर कहा, ''अगर आप लोग भाई साहेब के वास्तव में मित्र हैं तो आप लोग इन पर थोड़ी-सी दया करें। इतना कि वे स्नान-भोजन करके थोड़ी देर आराम कर लें।''

''ओहो ! मैं तो भूल ही गया था–भोजन तो मैंने भी नहीं किया है !'' डाक्टर हीरालाल ने कहा, ''क्या बतलाऊँ, रास्ता ही हम लोगों ने ऐसा अपनाया है कि एक मिनट की भी फुरसत नहीं मिलती। अच्छा हम लोग शाम के समय फिर इकट्ठा होंगे।'' और कांग्रेस-नेता उठ खड़े हुए।

दयानाथ ने अघाकर साँस ली। उस समय बारह बज रहे थे। राजेश्वरी ने अपने हाथों से रसोई तैयार की थी। वह बाहर आई–दयानाथ उस समय उमानाथ से बातें कर रहा था। राजेश्वरी के आते ही उमानाथ उठ खड़ा हुआ; मुस्कुराते हुए उसने कहा, ''भौजी ! मैं तो भइया को भीतर ला ही रहा था। बड़ी मुशकिल से उन कांग्रेस के नेताओं से भइया का पीछा छुड़ाया। क्या मजाक, कि आज ही जेल से बाहर आए और आज ही वे लोग इनकी जान खाने लगे, मानो सिवा इस स्वराज की लड़ाई के, भइया के लिए कोई दूसरा काम ही नहीं है।''

राजेश्वरी ने दयानाथ की कुरसी के हत्थे पर बैठते हुए कहा, ''मझले बाबूजी,

आप ही इन्हें समझाइए !"

दयानाथ हँस पड़ा, "यह उमा मुझे क्या समझाएगा ? देखो, मैंने जिस समय यह रास्ता अपनाया था, एक पवित्र सिद्धान्त पर, एक पवित्र कार्य के वास्ते मैंने अपना जीवन अर्पित कर दिया था। वही कार्य, वही सेवा, वही त्याग, वही सिद्धान्त मेरा एकमात्र अस्तित्व है। मैं जेल से छूटा हूँ, आराम करने नहीं, काम करने !"

"और हम लोग–मैं, तुम्हारे दोनों बच्चे–क्या हम लोगों का तुम पर कोई अधिकार नहीं ? हमारे लिए क्या तुम्हारे पास जरा-सा भी समय नहीं है ?" राजेश्वरी ने करुण स्वर में पूछा।

दयानाथ ने राजेश्वरी की पीठ पर हाथ रख दिया, "तुम ! क्या कहती हो ? मुझसे अलग तुम्हारा अस्तित्व ही कहाँ है ? तुम मुझसे अलग कब हो ? जिस समय मैंने तुम्हें अपना जीवन अर्पित किया था उस समय मैंने तुम्हारा भी जीवन अर्पित कर दिया था ! अच्छा ! तुमने कितना सूत काता है, इन छे महीनों में ?"

राजेश्वरी एकदम पिघल गई। उसने कहा, "बहुत-सा, बहुत-सा सूत काता है, मेरे देवता ! मैं जानती थी कि तुम मुझसे यह प्रश्न करोगे ! मैं जानती थी कि तुम अपना वह काम जो मैं कर सकती हूँ, मुझे सौंप गए हो। और मैंने उस काम को पूरा कर लिया है।"

उमानाथ ने आश्चर्य से अपने भाई और अपनी भावज को देखा। उसके सामने एक अजीब-सा मजाक हो रहा था। एकाएक वह जोर से हँस पड़ा, "वाह भौजी ! तुम तो बड़ी जल्दी पिघल गईं। भइया ने तुम्हें दो ही बातों में काबू में कर लिया !"

राजेश्वरी उठ खड़ी हुई–तनकर। उसने उमानाथ से कहा, "मझले बाबू, तुम्हारे भइया की एक नजर काफी है, दो बातें तो बहुत होती हैं !" और उसने दयानाथ को हाथ पकड़कर उठाते हुए कहा, "अच्छा, चलिए, स्नान कर लीजिए; भोजन तैयार हो गया है।"

2

दयानाथ के पुराने साथी सबके सब जेल में थे, एक डाक्टर हीरालाल को छोड़कर। इस बीच में नए काम करनेवालों का एक बहुत बड़ा दल तैयार हो गया था और काम तेजी के साथ चल रहा था। शाम के समय कांग्रेस के सब कार्यकर्ता दयानाथ के बँगले पर एकत्रित हुए। अनुभवहीन नवयुवकों का एक समूह अपने अनुभवी नेता से परामर्श करने को एकत्रित हुआ था। इन लोगों के आते ही उमानाथ शहर घूमने को निकल पड़ा। मूवमेंट इस समय तेजी के साथ चल रहा था; देश की सभी राष्ट्रीय संस्थाएँ

गैरकानूनी करार दे दी गई थीं। उस समय कानपुर नगर कांग्रेस कमेटी का काम कौन चलाता है, कैसे चलाता है–किसी को पता न था। अभी बातचीत शुरू ही हुई थी कि नौकर ने आकर इत्तिला दी कि लाला रामकिशोर की कार बाहर खड़ी है। दयानाथ उठकर बाहर गया और लाला रामकिशोर के साथ वापस लौटा।

सब लोग बैठ गए। दयानाथ ने कानपुर के वर्तमान डिक्टेटर श्री रामभरोसे से पूछा, "स्थिति मैंने, जहाँ तक हो सका है, समझ ली। अब सवाल आता है कल के जुलूस का। जहाँ तक मैं समझता हूँ, कल के जुलूस में लाठी-चार्ज होगा, और हमें इस बात का खयाल रखना पड़ेगा कि लाठी-चार्ज के समय हमारे आदमी साहस से काम लें।" कुछ रुककर दयानाथ ने फिर पूछा, "और रामभरोसे जी, आप बतला सकते हैं कि इस समय गिरफ्तार होने के लिए कितने आदमी आपके पास हैं ?"

गर्व से छाती फुलाकर रामभरोसे ने कहा, "गिरफ्तार होने के लिए आदमियों की कमी नहीं है, हजार-दो हजार जितने आदमी चाहें गिरफ्तार होने के लिए तैयार हैं। लेकिन गिरफ्तारियाँ आजकल बंद हैं।"

"इतने स्वयंसेवक आपको मिल गए, ताज्जुब की बात है !" आश्चर्य से दयानाथ ने कहा।

अब लाला रामकिशोर के बोलने की बारी थी, "इसमें ताज्जुब की क्या बात है ? हिन्दुस्तान में गरीबों और बेकारों की कमी नहीं, उनको रुपए दो और स्वयंसेवक बनाओ !"

"लेकिन रुपया ?" दयानाथ ने फिर पूछा।

"रुपए की कमी नहीं ! बाजार में आनेवाले माल की प्रति गाड़ी पर एक पैसा बँधा हुआ है, और यह धर्मखाते–कांग्रेस का काम धर्म का काम है न !" और लाला रामकिशोर हँस पड़े।

थोड़ी देर तक मौन छाया रहा, इसके बाद रामभरोसे ने फिर कहा, "लाठी-चार्ज होगा अवश्य–हर जगह से लाठी-चार्ज होने की खबरें आ रही हैं। अब हमारे स्वयंसेवकों को चाहिए कि लाठी खाएँ और हटें नहीं।"

"हूँ ! यह समस्या मेरी नजर में भी है !" दयानाथ ने कहा, "लेकिन नेताओं में कितने लोग लाठी खाने को सम्मिलित रहेंगे ?" दयानाथ ने अपने इई-गिर्द बैठे नेताओं पर नजर डाली।

और दयानाथ ने देखा कि सब लोग मौन हैं। थोड़ी देर तक उत्तर की प्रतीक्षा के बाद दयानाथ ने रामभरोसे से कहा, "क्यों रामभरोसे जी, स्वयंसेवक लोग यही कहेंगे न कि लाठी खाने के लिए स्वमंसेवक और यश लूटने के लिए नेता ! और मेरा कहना है कि अगर स्वयंसेवकों के साथ इस परीक्षा के समय उनके नेता नहीं रहते तो किस

प्रकार उनमें साहस आवेगा ? किस प्रकार वे अहिंसा पर कायम रहे सकेंगे ? बिना नायक के सेना किस प्रकार लड़ सकती है ? नहीं रामभरोसे जी, नेता का साथ में होना और साथ में ही नहीं बल्कि सबसे आगे होना बहुत जरूरी है !''

''आप शायद ठीक कहते हैं !'' दबी जबान रामभरोसे ने कहा।

''तो फिर आपको जुलूस के आगे रहना चाहिए ! आप डिक्टेटर हैं !''

दूसरे दिन शहर में सनसनी फैली थी। श्रद्धानन्द पार्क में कानपुर की जनता एकत्रित हो रही थी, वहीं से जुलूस निकलनेवाला था। लोगों में उत्साह था और उमंग थी।

दयानाथ भी जुलूस में शामिल होने को तैयार हुआ। राजेश्वरी ने कहा, ''मैं भी चलूँगी !''

उमानाथ दयानाथ के पास खड़ा था; उसने कहा, ''अगर आप गिरफ्तार हो गईं, भौजीजी, तो लड़कों को कौन सम्हालेगा ?'' और वह मुस्कुराया।

राजेश्वरी ने भी मुस्कुराते हुए उत्तर दिया, ''बहू तो है, बाबूजी !''

उमानाथ हँस पड़ा, ''अच्छा, भौजीजी, तो आपकी गिरफ्तारी देखने के लिए मैं भी चलूँगा !''

जिस समय वे तीनों श्रद्धानन्द पार्क में पहुँचे, तीन बज रहे थे। जुलूस साढ़े तीन बजे उठनेवाला था, और उस समय पार्क खचाखच भर गया था।

ठीक साढ़े तीन बजे जुलूस रवाना हुआ। सबसे आगे कानपुर के डिक्टेटर श्री रामभरोसे थे और उनके पीछे करीब सौ स्वयंसेवक। इन सबके हाथ में तिरंगा झंडा था। इसके पीछे महिलाएँ थीं, इनकी संख्या भी करीब पचास थी। इसके पीछे सैकड़ों लड़के और इसके पीछे कानपुर का जनसमुदाय !

3

मालरोड के चौराहे पर सुपरिंटेंडेंट पुलिस लट्ठबन्द पुलिस का दस्ता लिए खड़े थे। जिस समय जुलूस मेस्टन रोड से मालरोड पर पहुँचा, पुलिसवालों ने जुलूस रोक दिया। सुपरिंटेंडेंट पुलिस ने रामभरोसे से कहा, ''मेरी आज्ञा है कि जुलूस मालरोड पर नहीं जा सकता, उसे वापस ले जाइए नहीं तो मुझे इस जुलूस को जबरदस्ती भंग करना पड़ेगा।'' रामभरोसे ने उत्तर दिया, ''आपकी आज्ञा हम मानने को तैयार नहीं, आप जिस सरकार के प्रतिनिधि हैं हम उसे स्वीकार नहीं करते।''

सुपरिंटेंडेंट ने अबकी बार जोर से कहा, ''मैं इस जुलूस को गैरकानूनी करार देता हूँ। मैं दो मिनट का समय देता हूँ कि जुलूस तितर-बितर हो जाए नहीं तो वह

लाठी-चार्ज से तितर-बितर किया जाएगा।"

दोनों ओर गहरा सन्नाटा छाया था, दोनों दल मौन खड़े थे। और इसी समय रामभरोसे ने नारा लगाया, "बोलो महात्मा गांधी की जय! बोलो भारत माता की जय!" इन नारों को सारे जुलूस ने एक साथ दुहराया।

दो मिनट बीत गए और जुलूस वैसा का वैसा खड़ा रहा। पुलिस सुपरिंटेंडेंट ने रामभरोसे को गिरफ्तार कर लिया, इसके बाद उसने जुलूस पर लाठी-चार्ज की आज्ञा दी।

पुलिसवालों ने स्वयंसेवकों को लाठी से मारना शुरू कर दिया। पहले प्रहार के समय स्वयंसेवकों में कुछ शिथिलता-सी दिखाई दी, उनमें से दो-चार कदम पीछे हटे, लेकिन शीघ्र ही वह शिथिलता जाती रही और स्वयंसेवक जमीन पर बैठ गए। स्वयंसेवकों पर लाठियाँ बरस रही थीं, और वे 'भारतमाता की जय!' 'महात्मा गांधी की जय!' 'वन्देमातरम्!' के नारे लगा रहे थे। ज्यादा मार खाने पर वे बेहोश भी हो जाते थे।

इस समय कुछ स्त्रियाँ भी पीछे से आगे बढ़ीं और पुलिसवाले उन स्त्रियों को देखकर झिझके। सुपरिंटेंडेंट पुलिस ने उन स्त्रियों को तथा उन स्वयंसेवकों को जो अभी तक होश में थे, गिरफ्तार करने का आर्डर दिया। ये लोग गिरफ्तार करके पुलिस की लारियों में भर दिए गए।

दयानाथ, उमानाथ तथा दो-चार अन्य कांग्रेस कार्यकर्ताओं को छोड़कर जो दर्शक-रूप में जुलूस के साथ थे, बाकी सब लोग तितर-बितर हो गए थे। पुलिस के जाने के बाद इन लोगों ने घायल और बेहोश स्वयंसेवकों को उठाया तथा इनकी सेवा-सुश्रूषा का प्रबन्ध किया। इस सबमें इन लोगों को आठ बज गए।

जब दयानाथ और उमानाथ घर लौटे तो देखा कि महालक्ष्मी, राजेश, ब्रजेश, सुरेश और घर के नौकरों से घिरी हुई राजेश्वरी देवी बरामदे में बैठी हैं और व्याख्यान दे रही हैं। दयानाथ ने आश्चर्य से कहा, "अरे! मैं तो समझा था कि तुम जेल में होगी, लेकिन तुम यहाँ मौजूद हो!"

मुस्कुराने का प्रयत्न करते हुए राजेश्वरी ने कहा, "हाँ, अभी जाजमऊ से पैदल आ रही हूँ!"

"जाजमऊ से और पैदल!" उमानाथ ने आश्चर्य से कहा। जाजमऊ दयानाथ के बँगले से करीब पाँच मील की दूरी पर था।

"क्या बतलाऊँ बाबूजी! लारी पर बिठलाकर हम लोगों को पुलिसवालों ने जाजमऊ में छोड़ दिया। अरे बाप रे–कितनी दूर है। यह तो कहो कि हम लोग बीस थीं, नहीं तो डर के मारे प्राण निकल जाते। और फिर हम बीसों वहाँ से गाना गाते

हुए वापस लौटीं। रास्ते में दो औरतें बेहोश हो गईं। यह कहो कि एक इक्का मिल गया, उसी में उन दोनों को चढ़ाकर उनके घर पहुँचाया; नहीं तो भगवान जाने हम लोगों की क्या दुर्दशा होती !"

4

इसी समय तीन-चार आदमियों के साथ दो स्त्रियाँ रोती हुई, बँगले में आईं। उनमें से एक बुढ़िया थी और दूसरी यद्यपि जवान थी पर बुढ़िया ही लगती थी। दोनों औरतें बुरी तरह रो रही थीं और चिल्ला रही थीं। बुढ़िया बीच-बीच में बकने लगती थी, "आग लगे ई कांग्रेस माँ, मर जाएँ गांधी ! हमरे बिटवा का खाय लीन्हिस ! हाय राम ! हाय दई !"

दयानाथ ने आगे बढ़कर साथवाले आदमियों से पूछा, "क्या बात है ?"

दयानाथ को देखते ही बुढ़िया उनके पैरों पर गिर पड़ी, "मालिक ! हम लोग लुट गईं; हमार लाल हमसे छिन गा ! हाय राम हम का करब !" और बुढ़िया ने जमीन पर अपना सर पटक दिया।

उमानाथ ने, जो अलग खड़ा हुआ सबकुछ देख रहा था, देखा कि दूसरी औरत एक निर्जीव पेड़ की तरह गिरनेवाली है; बढ़कर उसने उस औरत को सम्हाला जो बेहोश हो गई थी।

जिस आदमी से दयानाथ ने सवाल किया था उसने कहा, "जीवन का अस्पताल में प्राणान्त हो गया !"

दयानाथ थोड़ी देर तक चुप खड़ा सोचता रहा। दूसरा आदमी कह रहा था, "यह बुढ़िया इसकी माँ है और यह औरत जो अभी बेहोश हो गई उसकी मेहरारू है। इसकी दो लड़कियाँ हैं। घर में कोई मर्द नहीं, जीवन अकेला था। अब इन लोगों का क्या होगा–भगवान जाने !"

दयानाथ ने अपना सर उठाया, उसने उमानाथ से कहा, "उमा ! तुम लोग बैठो ! मुझे जाना पड़ेगा। उसकी अन्त्येष्टि-क्रिया का प्रबन्ध करना है न !"

"मैं भी आपके साथ चलूँगा।" उमानाथ ने कहा।

इस समय जीवन की पत्नी जैदेई होश में आ गई थी। दयानाथ ने साथ के आदमियों से कहा, "एक आदमी मेरे साथ अस्पताल चले, बाकी लोग इन औरतों को लेकर घर चलें। मैं अस्पताल से लाश लेकर आता हूँ।"

उन सबको रवाना करके एक आदमी के साथ दयानाथ और उमानाथ अस्पताल पहुँचे। लाश बरामदे में रक्खी थी। डाक्टर ने दयानाथ से कहा, "मुझे बड़ा अफसोस

है मिस्टर दयानाथ, मैं इसे बचा नहीं सका। सर में फ्रैक्चर हो गया था। अच्छा ही हुआ कि यह मर गया; अगर बच जाता तो यह आदमी पागल हो जाता।"

लाश को गाड़ी में लादकर सब लोग जीवन के घर पहुँचे।

एक तंग गली के अन्दर एक टूटे-फूटे मकान का नीचे का हिस्सा जिसमें दो कोठरियाँ थीं और एक अँधेरा आँगन–यह जीवन का मकान था। जीवन एक प्रेस में कम्पोजीटर था और बाईस रुपया महीना पाता था। पाँच रुपया महीना घर का किराया था, बाकी सत्रह रुपए में वह अपनी गृहस्थी चलाता था।

एक कोठरी में तेल की एक कुप्पी टिमटिमा रही थी, और उसके अंदर चार प्राणी तड़प रहे थे। उनके पास-पड़ोस से हमदर्दी के लिए आई हुई स्त्रियाँ भी थीं। पड़ोस के लोग मकान के बाहर खड़े एक-दूसरे से कानाफूसी कर रहे थे।

जैसे ही जीवन की लाश मकान के सामने पहुँची लोगों की कानाफूसी बंद हो गई। जीवन की बुढ़िया माँ और उसकी पत्नी दोनों ही मकान के अंदर से दौड़कर आईं और जीवन की लाश से चिपट गईं। उमानाथ ने उधर से अपना मुँह फेर लिया–यह दृश्य उसकी बर्दाश्त के बाहर था।

लोग एकत्रित हो रहे थे। "एक स्वयंसेवक की लाठी-चार्ज से मृत्यु हो गई!" बिजली की तरह यह खबर शहर में फैल गई थी। दयानाथ ने कुछ स्वयंसेवकों को रुपए देकर अन्त्येष्टि-क्रिया का सामान लाने के लिए भेज दिया और वह आकर उमानाथ के पास खड़ा हो गया।

उस मकान के आगे एक नाला था, और उस नाले के किनारे लोग बैठे थे। उस नाले से सड़ी बदबू आ रही थी, लेकिन फिर भी लोग वहाँ बैठे जीवन के घरवालों के भविष्य पर इस प्रकार टीका-टिप्पणी कर रहे थे मानो उनके लिए उस नाले का कोई अस्तित्व ही नहीं है। उमानाथ ने यह सब देखा और वह सर से पैर तक सिहर उठा। "तो यह आदमी इस बदबू में ही रहने को विवश था! उसके घरवाले इस बदबू में ही पले हैं!" उसने अपने से कहा और अपने से ही उत्तर दिया, "चलो! अच्छा ही हुआ! इस जिन्दगी से तो मौत अच्छी है!"

घंटे भर के अंदर ही स्वयंसेवक सब सामान लेकर वापस आ गए। उस समय तक करीब एक हजार आदमियों की भीड़ गली में तथा सड़क पर एकत्रित हो गई थी। जीवन की अर्थी कांग्रेस के जय-जयकारों के साथ उठी–वह देश के एक शहीद की अर्थी थी। उन जय-जयकारों से जीवन की बुढ़िया माँ तथा जवान पत्नी तक प्रभावित थे, दोनों अर्थी के साथ श्मशान भूमि की ओर रवाना हुईं। उस समय वे रो न रही थीं, उनमें एकाएक न जाने क्यों अपने जीवन की इस गति पर एक प्रकार का गर्व भर गया था। करीब बारह बजे रात को लाश श्मशान में पहुँची।

चिता में आग लग जाने पर भीड़ तितर-बितर हो गई। दयानाथ, उमानाथ, बुढ़िया माँ और जीवन की पत्नी के अलावा दो-चार स्वयंसेवक और रह गए थे। उमानाथ ने उस समय मरघट का दृश्य देखा; एक भयानक मृत्यु का सन्नाटा चारों ओर छाया था। और फिर उसने अपने भाई की तरफ दृष्टि डाली–दयानाथ जलती हुई चिता के पास खड़ा हुआ कुछ सोच रहा था–और अपने सामनेवाले शून्य को चीरकर कुछ देखने का प्रयत्न कर रहा था। चिता की लपटों का प्रकाश दयानाथ के मुख पर पड़ रहा था और उमानाथ ने देखा कि दयानाथ के मुख पर कुछ अजीब-सी आभा से भरी गम्भीरता है–चिन्तन है। और फिर उसकी नजर उन दो औरतों पर पड़ी–जो पत्थर की मूर्ति की तरह अपने निजी को राख होता देख रही थीं।

एकाएक वह चौंक पड़ा, उसने देखा कि एक स्त्री उठी और वह जलती हुई चिता की ओर लपकी। वह चिल्ला उठा–"अरे !"

उसके चिल्लाते ही दयानाथ ने उधर देखा; उस समय तक जयदेवी (जीवन की पत्नी) चिता में फाँद पड़ी थी। दयानाथ ने दौड़कर जयदेवी को चिता से खींचा, वे चारों स्वयंसेवक भी वहाँ आ गए थे। जयदेवी के कपड़ों में आग लग गई थी, बड़ी मुश्किल से उन लोगों ने जयदेवी के कपड़ों की आग बुझाई। जयदेवी का शरीर कुछ झुलस ग था।

और बुढ़िया बड़बड़ा रही थी–"हाय राम ! तू हू हमें छोड़ के जाए रही है ! लड़कन का को सम्हाली ? हाय दई–यह क्या हुइ रहा है ?"

जयदेवी ज्यादा न जली थी। दयानाथ ने कहा, "बहिन, इस तरह नहीं करना चाहिए था ! धीरज रक्खो !"

लेकिन जयदेवी ने उत्तर दिया, "धीरज ? कैसा धीरज ? अब हमारे वास्ते है क्या ? कौन ममता और कौन मोह ? भूखन मरन का है, और लड़कन का भूखन मारन का। यही लिए जिन्दा रही ?"

दयानाथ ने इस बार गौर से जयदेवी को देखा। उसने देखा कि जयदेवी एकदम बूढ़ी हो गई है। कोई भी यह नहीं कह सकता था कि वह बाईस वर्ष की एक युवती है। उसके गाल गढ़े में धँस गए थे, उसकी आँखों की चमक मर चुकी थी, उसकी पीठ झुकने लगी थी। दरिद्रता और उत्पीड़न के अनवरत संघर्ष ने उसे बुरी तरह कुचल दिया था। और उसी समय जयदेवी ने फिर कहा, "जिन्दगी की एक आस–एक सहारा ! वही साथ छोड़िगा ! हाय राम हमें मौत देव !" और उसने अपनी आँखें बंद कर लीं।

"नहीं बहिन, हम लोग तुम्हारा प्रबन्ध कर देंगे, इतनी अधीर मत हो !" दयानाथ ने उसे ढाँढ़स बँधवाया।

जिस समय दोनों भाई घर लौटे, सुबह हो रही थी। रास्ते भर दोनों मौन रहे। घर पर सब लोग सो रहे थे। इन दोनों के आते ही राजेश्वरी और महालक्ष्मी दोनों जाग पड़ीं।

उमानाथ ने आते ही कहा, "भौजी ! एक प्याला गरम चा चाहिए, हाथ-पैर ठिठुर गए हैं।"

लेकिन दयानाथ मौन सोफे पर बैठ गया; उसने राजेश्वरी पर एक करुण दृष्टि डाली और फिर एक ठंडी साँस ली।

5

मार्कण्डेय जेल के फाटक के बाहर निकला; उस समय सुबह के नौ बज रहे थे। मार्कण्डेय को उसी समय बतलाया गया था कि उसकी सजा की अवधि पूरी हो गई है और वह मुक्त कर दिया गया है। जब वह बाहर आया, फाटक पर सन्नाटा छाया था। बाहर निकलकर मार्कण्डेय ने अघाकर एक साँस ली। उसने अपने चारों ओर देखा, इक्का-दुक्का लोग स्वच्छन्दतापूर्वक इधर-उधर जा रहे थे, लेकिन उसकी ओर किसी ने देखा तक नहीं। वह मुस्कुराया। जब लोग छूटते थे, जेल के फाटक पर लोगों की भीड़ लगी रहती थी। अपनी कोठरी से वह स्वागत करनेवालों के जय-जयकार के नारे सुना करता था। लेकिन उसका स्वागत करने कोई नहीं आया था—आता भी कैसे ? उसके छूटने का तो किसी को पता तक नहीं था।

वह पैदल ही अपने घर की तरफ चल पड़ा था। कचहरी पार करके जब वह शहर की ओर चला तो उसे उमानाथ दिखलाई पड़ा। उमानाथ शहर से लौट रहा था। मार्कण्डेय को देखते ही उसने अपनी कार रोक दी, "अरे मार्कण्डेय भइया ! आप कब छूटे ?"

"अभी सीधा जेल से चला आ रहा हूँ ! मुझ तक को पता न था कि मैं आज छूटूँगा !"

"चलिए, हमारे यहाँ ! झगडू काका तो यहाँ हैं नहीं, गाँव चले गए। बड़के भइया आपको देखते ही चौंक उठेंगे।" हाथ पकड़कर मार्कण्डेय को कार में बिठलाते हुए उमानाथ ने कहा।

जिस समय ये दोनों दयानाथ के यहाँ पहुँचे, दयानाथ के ड्राइंगरूम में कांग्रेस के कार्यकर्ता एकत्रित थे और वे दयानाथ से मूवमेंट पर परामर्श कर रहे थे। मार्कण्डेय को देखते ही सब लोग चौंककर उठ खड़े हुए; दयानाथ ने उठकर मार्कण्डेय को गले लगाते हुए कहा, "अरे मार्कण्डेय ! मालूम होता है सीधे छुटे हुए चले आ रहे हो !"

"हाँ, सीधा !" मार्कण्डेय ने गद्देदार कुर्सी पर बैठते हुए कहा, "उफ् ! आखिर मैं छूट ही गया। मैं तो समझता था कि अभी एक महीना और सरकार की मेहमानदारी करनी पड़ेगी, लेकिन न जाने क्यों बिना पूछे-बतलाए उन लोगों ने मुझे आज सुबह ही जेल से निकाल बाहर किया।"

इसके बाद मार्कण्डेय ने वहाँ पर एकत्रित अन्य लोगों पर नजर डाली, फिर उसने कहा, "अच्छा ! तो आप लोग वही पुराना चर्खा लिए बैठे हैं। क्या किया जाए, कैसे किया जाए ! ना बाबा ! मैं अभी इस पचड़े में नहीं पड़ने का !" वह उमानाथ की ओर घूमा, "कहो जी उमा, कहाँ घसीट लाए ! अपने घर पहुँचकर पैर फैलाकर आराम करता ! यहाँ तो वही मूवमेंट, वही गिरफ्तारी, वही जेल का किस्सा चल रहा है !" और मार्कण्डेय उठ खड़ा हुआ।

उमानाथ हँस पड़ा, "मैंने तो समझा था कि घर में अकेले आपका मन ऊबेगा, इसके अलावा यहाँ इतने कांग्रेसमैनों से मिलकर आपको परिस्थितियों की जानकारी हासिल हो जाएगी ! लेकिन देखता हूँ कि आप बड़के भइया के मुकाबिले किसी कदर ज्यादा सुलझे हुए हैं। अच्छा, दूसरे कमरे में चलिए; वहाँ स्नान करके सोइए !"

"अरे बैठो भी मार्कण्डेय !" दयानाथ ने कहा, "जरा काम की बातें हो रही हैं और हम लोग उलझन में पड़े हैं। मैंने तो सोचा कि तुम अच्छे आ गए, तुमसे इस उलझन को सुलझाने में कुछ मदद ही मिल जाएगी।"

"वह उलझन क्या है ?" बैठते हुए मार्कण्डेय ने पूछा।

"बात यह है कि विलायती कपड़ों की दुकानों पर धरना दिया जा रहा है, इतना तो तुम जानते ही हो। और शहर की करीब-करीब सब दुकानों के माल पर सील लगा दी गई है; इनी-गिनी कुछ थोड़ी-सी बची हैं। इन्हीं दुकानों पर धरने का जोर है। और धरना देनेवालों में स्त्रियाँ भी हैं। तो परसों एक बड़ी कुरूप घटना हो गई। एक स्त्री एक दुकान पर धरना दे रही थी। दुकानदार एक नौजवान लड़का है, लेकिन जरा बिगड़ा हुआ और शोहदे किस्म का। इसके अलावा वह धरना देनेवाली स्त्री सुन्दर थी। दुकानदार ने उस स्त्री के प्रति कुछ बड़े अपमानजनक और अश्लील शब्दों का प्रयोग किया। वह स्त्री उसी समय दुकान से चली आई, और उसने इस घटना का जिक्र अन्य स्वयंसेवकों से किया। परिणाम यह हुआ कि स्वयंसेवक उत्तेजित हो उठे और स्वयंसेवकों से यह चर्चा सुनकर जनता भी उत्तेजित हो गई। खैरियत यह हुई कि दुकानदार को कुछ आशंका हो गई और वह उसी समय दुकान बंद करके घर चला गया, नहीं तो वह जन-समुदाय जो एक घंटे बाद उस दुकान पर पहुँचा, न जाने क्या करता।"

"तो फिर इसमें उलझन क्या है ?" मार्कण्डेय ने पूछा।

"इसमें उलझन यह है कि कुछ लोग–उन लोगों में कुछ कांग्रेसमैन हैं बाकी सब कांग्रेस से सहानुभूति रखनेवाले हैं–लगातार उस दुकानदार के मकान के इर्द-गिर्द चक्कर लगा रहे हैं। उनका कहना है कि वे बिना दुकानदार की नाक काटे नहीं मानेंगे। वह बेचारा दुकानदार एक तरह से अपने घर में कैद है।"

"हाँ ! यह तो बेजा बात है !" मार्कण्डेय ने कहा, "मेरा ऐसा ख्याल है कि उस दुकानदार ने जो कुछ किया वह करने का उसे पूरा अधिकार था क्योंकि वह हिंसा का उपासक है। लेकिन हमारे स्वयंसेवक या कांग्रेस से सहानुभूति रखनेवाले लोग जो कुछ कर रहे हैं या करना चाहते हैं, वह गलत है क्योंकि वह हिंसा है, और हम हिंसा के विरोधी हैं।"

उमानाथ बोल उठा, "आप हिंसा के विरोधी हैं ! लेकिन यह आपका धरना ! क्या यह हिंसा नहीं है ? किसी को हानि पहुँचाना, यह कब से अहिंसा हुआ ? आप दुकानदार को अपना माल नहीं बेचने देते; यह किस तरह से अहिंसा है ?"

दयानाथ ने सर उठाया, "उमा ! एक बात समझ लो ! धरने का मतलब दुकानदार को माल न बेचने देने का नहीं है, वह खरीददार से माल न खरीदने का आग्रह है। हम दुकानदार को समझाते हैं, जब दुकानदार नहीं समझता तब हम ग्राहक को समझाते हैं। विलायती माल खरीदने से देश की हानि है, विलायती माल की खपत से देश अपनी स्वतंत्रता को न पा सकेगा। और इसलिए हम धरना देते हैं। इसमें हिंसा कहाँ से आई ? अगर हम मारने-पीटने पर आमादा हो जाएँ तब तुम कह सकते हो हम हिंसा के पाप के भागी हैं।"

"भइया ! तब आप हिंसा के केवल बहिर-रूप को देखते हैं। जिस समय आपका स्वयंसेवक जमीन पर लेटकर ग्राहक से कहता है कि उसकी छाती पर पैर रखकर जाए तब आपका वह स्वयंसेवक स्पष्ट रूप से दुराग्रह पर उतर आता है; आप उसे सत्याग्रह भले ही कहें।"

इस बार मार्कण्डेय की बारी थी, "उमा ! तुम उसे दुराग्रह कैसे कह सकते हो ? नैतिक बल किसमें है ? छाती खोलकर जमीन पर लेट जाने में या छाती पर पैर रखकर दुकान तक न पहुँचकर पीछे हट जानेवाले ग्राहक में ? और नैतिक बल सत्य में होता है, मिथ्या में नहीं। हमारा दुराग्रह तब होता जब ग्राहक से यह कहते कि अगर तुम विलायती कपड़ा खरीदोगे तो हम सर फोड़ देंगे !"

"मैं तो समझता हूँ कि किसी तरह का दबाव डालना, व्यक्तिगत स्वाधीनता में किसी तरह का बाधक होना, किसी को किसी तरह विवश करना–यह हिंसा है !" उमानाथ ने कहा।

मार्कण्डेय मुस्कुराया, "पर हम दबाव कहाँ डालते हैं ? हम तो मनुष्य की आत्मा

के सत्य तथा उसकी सुन्दरता को जाग्रत करके उनके द्वारा उसके भीतरवाले असत्य और कुरूपता को नष्ट करते हैं। हम सत्याग्रह द्वारा मनुष्य की कल्याणकारी और मानवीय भावनाओं से अपील करते हैं; और मनुष्य की कल्याणकारी तथा मानवीय भावना उस समय हमारी आत्मा के सत्य के बल की सहायता पाकर अपने अंदरवाली पशुता पर विजय पाती है।"

दयानाथ ने कहा, "अच्छा छोड़ो इस बात को ! अब सवाल यह उठता है कि क्या किया जाए !"

मार्कण्डेय ने कुछ सोचकर उत्तर दिया, "हम लोगों को उस दुकानदार के घर चलना चाहिए, उससे अपने आदमियों की हरकत पर क्षमा-प्रार्थना करनी चाहिए। अपनी संरक्षता में उसे लाकर उसको दुकान पर बिठलाना चाहिए और हमारे स्वयंसेवकों को जो उसकी दुकान पर धरना दें, उसकी रक्षा का भार अपने ऊपर लेना चाहिए।"

"बिल्कुल ठीक !" दयानाथ कह उठा, "अच्छा, अब तुम स्नान करो और भोजन करो। इसके बाद अगर चाहो तो कुछ विश्राम भी कर लो। शाम के समय हमें उस दुकानदार के यहाँ चलना है !"

6

शाम के समय दयानाथ, मार्कण्डेय, उमानाथ तथा कांग्रेस के अन्य नेतागण उस दुकानदार के यहाँ पहुँचे। उस दुकानदार का नाम पुरुषोत्तम था, गोरा और खूबसूरत-सा आदमी, कुछ थोड़ा-सा लापरवाह। पुरुषोत्तम साधारण हैसियत का आदमी था और उसका मकान एक गली के अंदर था। मकान भीतर से बंद था। इन लोगों के आवाज देने पर उसने भीतर से झाँका, और जब उसे विश्वास हो गया कि उसके दरवाजे पर आनेवाले आदमी उस पर प्रहार नहीं करेंगे तब उसने उतरकर दरवाजा खोला। सब लोगों के अंदर आ जाने पर जब वह फिर से दरवाजा बंद करने लगा तो दयानाथ ने कहा, "कोई जरूरत नहीं; हम लोग तुम्हारे साथ हैं–तुम्हें कोई कुछ भी नुकसान नहीं पहुँचा सकता। अपने भय को दूर करो !"

ऊपर कमरे में एक साफ-सुथरा फर्श बिछा था जिस पर सब लोग बैठ गए। बात दयानाथ ने आरम्भ की, "हम लोग जो कुछ कष्ट तुम्हें मिला है, उसके लिए क्षमा माँगने आए हैं। तुम अपनी दुकान पर चलकर बैठो, हम अपने ऊपर यह जिम्मेदारी लेते हैं कि तुम्हारा कोई भी अनिष्ट न होने पाएगा। और अभी तक जो कुछ भी हुआ है उसे भूल जाओ !"

पुरुषोत्तम सर झुकाए बैठा था। बिना अपना सर उठाए उसने उत्तर दिया, "हाँ, मुझसे गलती जरूर हो गई; लेकिन उस गलती के कारणों को मैं आप लोगों के सामने एक बार जाहिर कर दूँ, फिर आप लोग जो उचित समझें वह दंड मुझे दें और मैं स्वीकार करूँगा। देखिए, मेरी एक छोटी-सी दुकान है; मेरे घर में चार प्राणी हैं, उनका पेट मुझे भरना है। फिर मेरी सबकी सब पूँजी उस दुकान में लगी है। और उस दुकान में सब का सब विलायती कपड़ा है। अब जब आप लोग मेरी दुकान पर धरना देते हैं तब आप हमारी आजीविका हरण करते हैं। मैं सब कष्ट बरदाश्त करने को तैयार हूँ, लेकिन लड़के-बच्चों का कष्ट मुझसे नहीं देखा जाता! मेरे पास ज्यादा पूँजी नहीं जो मैं देसी कपड़ा खरीदकर दुकान में बेंच सकूँ। ऐसी हालत में अगर मेरा दिमाग बिगड़ गया और मैं कुछ अनुचित बात कह बैठा तो उसमें मेरा क्या दोष ?"

थोड़ी देर तक सब चुप बैठे रहे, फिर दयानाथ ने उत्तर दिया, "हाँ, हम लोग तुम्हारी मुसीबत समझते हैं, लेकिन तुम भी जरा हमारी मुसीबत समझो! देश के इतने आदमी भूखों मर रहे हैं–करोड़ों आदमियों को एक समय भोजन तक नहीं मिलता। हमारी यह स्वतंत्रता की लड़ाई उन भूखे और पददलित लोगों के उद्धार करने की लड़ाई है। और तुम! तुम भी तो उत्पीड़ित हो! आज तुम्हारी यह हालत विदेशी सरकार के कारण ही तो है। पुरुषोत्तम! यह युद्ध है; और इस युद्ध में प्रत्येक भारतवासी को अपना हिस्सा लेना है। थोड़ा-सा कष्ट तुम्हें भी बरदाश्त करना होगा। हम तुम्हें जेल जाने को नहीं कहते, लाठी खाने को नहीं कहते। तुम जानते ही हो कि अधिकांश जेल जानेवालों के घर की हालत कितनी खराब है! एकमात्र उपार्जन करनेवाले के जेल चले जाने से उन लोगों को भूखे रहना पड़ता है। लेकिन वे तो उफ् नहीं करते। मैंने देखा है लाठी खाकर मर जानेवाले के घर में न जाने कितने बच्चे अनाथ हो जाते हैं–निराश्रित विधवा और अन्य कुटुम्बी हाहाकार करते हैं। इतने बड़े महायज्ञ में अगर हमारा देश आहुति नहीं दे सकता तो हमारा त्राण नहीं। तुम समर्थ हो! तुम कोई दूसरा काम करो! बाजार में तुम्हारी साख है, देसी कपड़ा तुम उधार लेकर बेच सकते हो। खैर छोड़ो इस बात को! अब तुम दुकान पर चलकर बैठो। और तुम्हारे लोगों के सामने आ जाने के बाद फिर लोग तुम्हें कोई भी क्षति न पहुँचाएँगे। इसकी जिम्मेदारी मुझ पर!"

पुरुषोत्तम ने दयानाथ की ओर विनय से देखते हुए उत्तर दिया, "अच्छी बात है! मैं कल दुकान खोलूँगा! आप मुझे अपने साथ ले चलिएगा।"

सब लोग वहाँ से चले। वे लोग जनरलगंज से जा रहे थे कि एक आदमी ने खबर दी, "अनवरगंज की शराब की दुकान पर कुछ गुंडों ने कांग्रेस के स्वयंसेवकों को मारा-पीटा है। भीड़ उत्तेजित हो रही है!"

उसी समय सब लोग अनवरगंज की तरफ चल दिए।

शराब की दुकान के सामने जनता उत्तेजित खड़ी थी, और कुछ स्वयंसेवक जनता को शान्त कर रहे थे। बारह स्वयंसेवक दुकान के सामने जमीन बैठे थे, और दुकान के सामने एक आदमी जो नशे में धुत था, खड़ा हुआ चिल्ला रहा था, "ह-ट-जा-ओ ! आज खू-न-होगा-लाशें गिरेंगी-एक-एक-बल्लम-सबको...हम...समझ लेंगे !"

इतने में करीब चार आदमी हाथों में लट्ठ और जेबों में शराब की बोतलें लिये हुए दुकान के बाहर निकले। स्वयंसेवक छाती खोलकर जमीन पर लेट गए; एक स्वयंसेवक ने कहा, "हमारी छाती पर पैर रखकर ही तुम यहाँ से शराब की बोतलें ले जा सकते हो, ऐसे नहीं।"

आगेवाला आदमी ठिठककर खड़ा हो गया। उसके खड़े होते ही उसके अन्य साथी भी रुक गए। इतनें में दुकान का मालिक भीतर से निकला, उसने सबसे आगेवाले स्वयंसेवक का हाथ पकड़कर उठाना चाहा, लेकिन वह असफल रहा। झल्लाकर उसने अपने हाथवाली शराब की बोतल उस स्वयंसेवक के सिर पर पटक दी। बोतल फूटी और लाल शराब बह चली; स्वयंसेवक का सर फूटा और लाल खून बह चला। स्वयंसेवक ने जोर से कहा, "भारतमाता की जय !" और वह उसी समय बेहोश हो गया। खून देखकर दुकान के मालिक को होश आया, वह एक कदम पीछे हटा। पर उन चार आदमियों में सबसे आगेवाले आदमी ने उसे रोक लिया, "काहे हो ! चले कहाँ ?" और इस वाक्य के साथ उसका लठ दुकान के मालिक के सर पर पड़ा।

दयानाथ भीड़ को चीरकर आगे पहुँचा। दुकान का मालिक लठ के प्रहार से गिर पड़ा था और इस दफे चारों आदमियों ने अपने लठ तान लिए थे कि दयानाथ ने आगे वाले आदमी का हाथ पकड़ लिया, "यह क्या ? तुम अपने ही आदमी को मार रहे हो।"

उस आदमी ने कहा, "यह हमारा आदमी नहीं है, यह हमारा दुश्मन है। यह हमसे पाप कराने को हमें बहका रहा था ! हमें छोड़िए, हम इसे यहीं खत्म कर दें ! हत्यारा कहीं का !"

उसी समय पुलिस आ गई; दयानाथ ने कहा, "पुलिस आ गई है। तुमने जो कुछ किया वह बुरा किया, अब उसे यहीं खत्म करो ! भगवान तुमको सद्‌बुद्धि दे !"

उसने शान्तिपूर्वक दयानाथ को प्रणाम करके कहा, "मुझे आप लोग माफ करें। जो पाप मैंने किया था उसकी सजा मुझे मिल गई !" और फिर उसने जोर से आवाज लगाई, "भारतमाता की जय !" इसके बाद उसने पुलिस को आत्म-समर्पण कर दिया। पुलिस ने घायल स्वयंसेवक को और मालिक-दुकान को अस्पताल भिजवाया। नौकरों ने यह सब देखकर दुकान बंद कर दी। दुकान के बंद होते ही भीड़ तितर-बितर हो

गई। जिस समय दयानाथ, उमानाथ और मार्कण्डेय घर पहुँचे, रात हो गई थी। खाना खाकर तीनों ड्राइंगरूम में बैठे। बातचीत के सिलसिले में मार्कण्डेय ने उमानाथ से पूछा, "उमा! तुम्हारे वह दोस्त कामरेड मारीसन कहाँ हैं?"

"वह तो इंग्लैंड चले गए। क्या बतलाऊँ, अब अकेला ही रह गया हूँ, मन नहीं लगता! हाँ मार्कण्डेय भइया, कामरेड ब्रह्मदत्त के क्या हाल हैं? उनकी मुझे बड़ी जरूरत है!"

मार्कण्डेय हँस पड़ा, "कामरेड ब्रह्मदत्त आजकल सालीरेटी सेल में निवास कर रहे हैं! भाई आदमी जीवट का है–मैं मान गया!"

"क्यों क्या हुआ?" उमानाथ ने उत्सुकतापूर्वक पूछा।

"बात यों हुई कि ब्रह्मदत्त को 'बी' क्लास मिला और मुझे 'ए' क्लास मिला था। जब कानपुर के डिक्टेटर की हैसियत से मैं भी गया था और ब्रह्मदत्त भी गए थे। ऐसी हालत में यह भेदभाव उन्हें अखर गया। सुपरिंटेंडेंट जेल से उन्होंने लिखा-पढ़ी की। इसका नतीजा यह हुआ कि इनक्वाइरी हुई और यह समझा जाता है कि उन्हें भी 'ए' क्लास मिल जाएगा। लेकिन इस बीच में वे एक दिन सुपरिंटेंडेंट जेल से अनायास ही उलझ पड़े।"

"सो कैसे?"

"वह ऐसे कि ब्रह्मदत्त उलझने पर ही तुले बैठे थे। सुपरिंटेंडेंट उस दिन राउण्ड लगा रहा था; ब्रह्मदत्त उसके सामने पहुँचे; तेजी के साथ उन्होंने कहा, इतने दिन हो गए और आप लोगों ने अभी तक कुछ किया नहीं। याद रखना अगर मुझे 'ए' क्लास नहीं मिला तो कांग्रेस गवर्नमेन्ट होने पर मैं तुम्हें बर्खास्त कर दूँगा। ब्रह्मदत्त की बात सुनकर सुपरिंटेंडेंट जोर से हँस पड़ा, और अगर मैं तुम्हें 'सी' क्लास दे दूँ तो तुम मुझे फाँसी चढ़वा दोगे! और बर्खास्त होने से मैं मर जाना ज्यादा पसन्द करूँगा। इसलिए मैं तुम्हें 'सी' क्लास देता हूँ!"

उमानाथ खिलखिलाकर हँस पड़ा, "मजेदार बात कह गया–तारीफ करता हूँ उसकी! फिर क्या हुआ?"

"अब हमारे ब्रह्मदत्त साहेब को मिला 'सी' क्लास। उसी दिन उन्होंने जनेऊ हाथ में लेकर कसम खाई कि वे सुपरिंटेंडेंट को नाकों चने चबवा देंगे। फिर क्या था, उन्होंने 'सी' क्लास के कैदियों का एक यूनियन स्टार्ट किया। दो-चार दिन में ही वे जेल के एकछत्र शासक बन बैठे। अब किसी भी कैदी को कोई हुक्म मिले, मजाल है कि बिना पंडित ब्रह्मदत्त की मंजूरी के वह हुक्म पूरा हो जाए। नतीजा यह हुआ कि कामरेड ब्रह्मदत्त को डण्डा-बेड़ी मिली, उन पर मार पड़ी, तोबड़ा चढ़ाया गया। लेकिन हालत सुधरने की जगह दिनोंदिन बिगड़ती ही गई। जिस दिन मैं छूटा उसके दो दिन पहले

से वे सालीटरी सेल में भेज दिए गए थे। लेकिन 'सी' क्लास के कैदियों ने बाकायदा सत्याग्रह आरम्भ कर दिया था और यह सत्याग्रह था कि काम न करेंगे चाहे उनकी बोटी-बोटी काट डाली जाए।''

''तब तो शायद उनकी सजा बढ़ा दी जाए !'' उमानाथ ने चिन्तित भाव से कहा।

मार्कण्डेय ने मुस्कुराते हुए उत्तर दिया, ''मेरा खयाल है कि जितने तरह के रिमीशंस हो सकते हैं, वे सबके सब उनके हक में बरते जाएँगे और अगर दो-चार दिन के अंदर ही पंडित ब्रह्मदत्त तुम्हें आकर सलाम करें तो इसमें जरा भी आश्चर्य न होगा।'' इसके बाद मार्कण्डेय दयानाथ की ओर घूमा, ''दया ! कल मैं गाँव जाने की सोच रहा हूँ। दो-चार दिन गाँव में रहकर आराम कर लूँ तब फिर यहाँ का कामकाज देखूँ-भालूँगा !''

''मैं भी आपके साथ चलूँगा, मार्कण्डेय भइया !'' उमानाथ ने कहा।

दयानाथ ने दोनों को देखा, फिर उसने मार्कण्डेय से कहा, ''अच्छी बात है। लेकिन कल सुबह उस दुकानदार के मसले को हल करके जाना।''

सुबह दस बजे सब लोग पुरुषोत्तम के मकान पर पहुँचे। उसे साथ लेकर वे लोग दुकान पर आए-जनता की एक बड़ी भीड़ इकट्ठी हो गई थी, लेकिन सब लोग शांत थे। पुरुषोत्तम ने अपनी दुकान खोली और बैठ गया; उसके पास ही अन्य लोग भी बैठ गए। उसी समय एक स्वयंसेविका, जिसका उस दिन पुरुषोत्तम ने अपमान किया था, झंडा लेकर दुकान के सामने खड़ी हो गई। स्वयंसेविका के दुकान के सामने खड़े होते ही पुरुषोत्तम ने दुकान से उतरकर उस स्वयंसेविका के चरण छुए। जनता ने उस समय नारा लगाया, ''भारतमाता की जय !''

पुरुषोत्तम ने फिर दुकान पर खड़े होकर कहा, ''भाइयो और बहनो ! मैंने जो पाप किया था आज मैं उसका प्रायश्चित कर रहा हूँ ! आज ही मैं अपने माल पर कांग्रेस की सील लगाए देता हूँ। और आगे के लिए मैं अपने को कांग्रेस का एक तुच्छ कार्यकर्ता घोषित करता हूँ।''

चारों ओर एक हर्षध्वनि गूँज उठी।

जब सब लोग वापस हुए, उमानाथ ने मार्कण्डेय से कहा, ''मार्कण्डेय भइया ! आप लोग खूब तमाशा करत हैं-मैं मान गया ! लेकिन यह सब्र क्यों ? एक गलत सिद्धान्त पर लोगों को चलाकर आप उनका कितना अधिक अहित कर रहे हैं-यह आप नहीं जानते !''

मार्कण्डेय ने उमानाथ को आश्चर्य से देखा, ''क्या कहा गलत सिद्धान्त ? तुम्हारे पास क्या सबूत है कि यह गलत सिद्धान्त है ?''

''इसका सबूत यह है कि आपका सिद्धान्त प्रकृति के विरुद्ध है !''

"और मैं कहता हूँ कि यह प्राकृतिक है !" मार्कण्डेय ने कहा, "तुमने कल शराबखाने का दृश्य देखा और आज यह दृश्य देखा ! इस पर भी तुम कहते हो कि हमारा सिद्धान्त प्रकृति की अवहेलना करता है !"

एक व्यंग्यात्मक मुस्कुराहट के साथ उमानाथ ने कहा, "मार्कण्डेय भइया ! उस स्थिति में जहाँ भावना थोड़ी देर के लिए क्षणिक उन्माद का रूप धारण कर लेती है यह मास मूवमेंट (Maas movement) और 'मास-अपील' सत्य और नित्य नहीं है। आज और कल जो कुछ हुआ उसे हम भावना का पागलपन ही कह सकते हैं, स्वाभाविक और प्राकृतिक घटनाएँ नहीं कह सकते !"

उस समय तक दोनों मार्कण्डेय के मकान तक पहुँच चुके थे। मार्कण्डेय ने कहा, "उसका उत्तर मैं तुम्हें गाँव में चलकर दूँगा, अभी मुझे चलने का प्रबन्ध करना है !"

तीसरा परिच्छेद

1

रात के समय मनमोहन शाम को शिकार में मारे हुए दो संवनों को पका रहा था तो झगड़ू ने पूछा, "काहे हो मनमोहन! तुम कौन जात हो?"

मनमोहन चौंक पड़ा, फिर जरा-सा सम्हल के उसने उत्तर दिया, "शायद ब्राह्मण!"

इस बार झगड़ू के चौंकने की बारी थी, "यू 'सायद' काहे?"

मनमोहन ने बड़ी गम्भीरतापूर्वक कहा, " 'शायद' इसलिए कि मुझे किसी भी चीज पर विश्वास नहीं रह गया। ब्राह्मण के कुल में मैंने जन्म अवश्य पाया है, पर मेरे न कर्म ब्राह्मण के हैं, न मेरे संस्कार! मुझे ईश्वर पर विश्वास, मुझे अपने ऊपर तक विश्वास नहीं। ऐसी हालत में मैं अपने को निश्चयपूर्वक ब्राह्मण कैसे कह सकता हूँ।" कुछ रुककर मनमोहन ने फिर कहा, "लेकिन मिसिरजी! आपने इस समय मेरी जाति क्यों पूछी थी?"

"बात यू आय कि मांस तुम पकाय रहे हौ और खाँय की इच्छा हमरी हूँ हुई आई! तौन हम यू निश्चय कर लीन चाहा कि तुम ब्राह्मण आव कि नाहीं!"

"और अगर मैं ब्राह्मण न होता?" मनमोहन ने पूछा।

"तो फिर आज हम निरामिष भोजन करित!"

एकाएक मनमोहन उठ खड़ा हुआ, उसका स्वर तनिक कर्कश हो उठा, "तो मिसिरजी! आप वह नहीं हैं जो मैंने आपको समझ रखा था; आप भी समाज की रूढ़ियों से बँधे हुए उतने ही कायर आदमी हैं जितना आज का हर एक हिन्दुस्तानी है!"

"का कह्यो? हम कायर आन?" कड़े स्वर में झगड़ू ने पूछा।

"हाँ, आप कायर हैं!" मनमोहन का स्वर और भी उत्तेजित हो उठा। मनुष्यों में छुआछूत का इतना विचार रखनेवाले आप पशु-पक्षियों को छू ही नहीं सकते हैं वरन् उनका भक्षण कर सकते हैं! आपने कभी इस पर सोचा है? और सोचने की

आवश्यकता ही क्या है–यह बात इतनी स्पष्ट है ! नतीजा साफ है–आपके अंदरवाली कायरता आपको मजबूर करती है कि आप इन रूढ़ियों में बँधे रहें।''

झगड़ू कुछ देर तक मौन बैठे हुए मनमोहन की बात पर सोचते रहे, फिर उन्होंने सर उठाया, ''सायद तुम ठीकै कह्यो, मनमोहन ! हम अवस्य कायर आन्न ! लेकिन ई मानै का पड़ी कि कायरता कबौं-कबौं हितकारौ होत है। हम सब छुटकवा मनई कायर आन !''

''सो कैसे ?'' इस बार मनमोहन के प्रश्न करने की बारी थी।

''सो ई तरा कि दुनिया माँ सफल मनई वहै आय जो वीर आय। और वीरता का एक रूप आय अपराध, अपनपन के पीछे लोकमत की उपेक्षा। सो प्रत्येक लोकमत की उपेक्षा करै वाला मनई अपराधी आय ! है न !''

''लोक दृष्टि में–अपनी दृष्टि में नहीं।'' मनमोहन ने कहा।

''माना, किन्तु लोक से पृथक हमारा अस्तित्व कब आय ? अब जब हम अपनपन का लोकमत से ऊपर उठाय लेइत हन तब हम वीर बन जात हन काहे सेनी कि हम ऊ समय अपने अंदरवाली पुकार से प्रेरित हुइ के लोकमत का चुनौती देने पर तैयार हुइ जात हन !''

मनमोहन हँस पड़ा, ''मिसिरजी ! यह लोकमत बनता कैसे है ? हम सब लोक के एक भाग हैं कि नहीं ? जो बात ठीक है उसे करने में हिचक क्यों ? आज का लोकमत यदि गलत है तो उसे सुधारनेवाला कौन है ? हमीं लोग न ? हमीं लोगों के जिम्मे यह काम है कि हम लोकमत को बदलें ! बिना इस बलिदान के हमारा जीवन निरर्थक है, हमारा अस्तित्व शून्य है !''

झगड़ू उठ खड़े हुए। कुछ देर तक एकटक वे रात के गहरे अन्धकार को देखते रहे, फिर एक ठंडी साँस लेकर उन्होंने कहा, ''तुम ठीक कहि रहे हौ, मुला ई पै सोचन का पड़ी। तौन इतना तो हमहू कबौ-कबौं अनुभव करन लागत आन कि हमार जिन्दगी निरर्थक बीत रही है। अब सार्थक कैसे बने–यू हमका कबहूँ नाहीं सूझा !''

कुछ रुककर झगड़ू ने फिर कहा, ''और सूझतौ कैसे ? हम पंचे अपढ़ मनई, बैल की तरा कामकाज माँ जुते रहेन, कबौं दम मारन की फुरसत नाहीं मिली !''

उस रात झगड़ू और मनमोहन में कोई बात नहीं हुई। दूसरे दिन सुबह छै बजे ही दोनों शिकार पर निकल पड़े।

गंगा के किनारे-किनारे दोनों चले जा रहे थे, सूर्योदय हो रहा था। एकाएक झगड़ू रुक गए, उनके सामने करीब दो सौ गज की दूरी पर हिरनों का एक झुंड बैठा था। मनमोहन के कंधे पर हाथ रखकर उन्होंने कहा, ''देखत हौ ! बीच माँ वह काला बइठा है ! कैसे बड़े-बड़े सींग हैं !''

"तो उसी को लेता हूँ!" यह कहकर मनमोहन ने बन्दूक का निशाना लिया। मनमोहन बन्दूक का घोड़ा दबाने ही वाला था कि झगड़ू ने उसे रोक दिया, "नहीं मनमोहन, छोड़ौ! चलो आगे बढ़ी!"

"क्यों?" मनमोहन ने पूछा।

झगड़ू मुस्कुराए, "ऐसने! मजे माँ किलोले करत हैं–कैसे सुखी हैं! तौन उनकेर सुख हर लेन की तबीयत नाहीं होत है!"

उस समय तक सारा प्रान्त मधुर कलरव से भर गया था। मनमोहन ने झगड़ू की बात का कोई उत्तर नहीं दिया, वह गंगा कि किनारे खड़ा हुआ गंगा के प्रवाह को देख रहा था। उसके सामने गंगा की अथाह जल-राशि थी जिसके साथ सूर्य की सुनहली किरणें अठखेलियाँ कर रही थीं। वह प्राकृतिक सौन्दर्य उसने युगों के बाद देखा था, और वह सोच रहा था। उसने एक ठंडी साँस भरकर झगड़ू से कहा, "मिसिरजी! मैं इस सब से कितनी दूर हट गया हूँ! दुनिया में इतना अधिक सौन्दर्य है, इतना अधिक उल्लास है, इतना अधिक सुख है–पर इन सबों से मैं कितना दूर हो गया हूँ!"

पर झगड़ू की आँखों के आगे न सौन्दर्य था और न सुख था, उनकी आँखों के आगे एक भयानक सूनापन था, उनकी सारी जिन्दगी उनकी आँखों में अपना खोखलापन भर चुकी थी। एक निरर्थक-सी करुण मुस्कुराहट के साथ झगड़ू ने कहा, "हुइ सकत है! तुम अबहीं-अबहीं सहर से आय रहे हौ!"

मनमोहन ने एक ठंडी साँस भरी। बन्दूक उसने अपने कंधे पर लटका ली और दोनों चल पड़े।

दोनों चल रहे थे और दोनों सोच रहे थे। कुछ थोड़ी देर तक चलते रहने के बाद मनमोहन ने झगड़ू से पूछा, "मिसिरजी! आपने अभी मुझे हिरन पर गोली चलाने से रोका था, यह कहकर कि वे सुखी हैं–उनके सुख को न छीनना चाहिए। अब आप बतलाइए कि फिर हम लोग शिकार खेलना बन्द क्यों नहीं कर देते!"

झगड़ू ने कुछ सोचकर कहा, "लेकिन मनमोहन! ई हिरन खेती का कितना नुकसान करत हैं! ई जितने सिकार आँय उनकी तह माँ एक सिद्धान्त है। हम उनहीं जानवरन का मारत हन या सिकार करत हन जौन हमार नुकसान करत हैं!"

"हूँ!" मनमोहन ने सर हिलाया, "शायद आप ठीक कहते हैं!"

अब वे दोनों एक ऐसे ऊँचे टीले पर आ गए थे जहाँ से इर्द-गिर्द बहुत दूर का दृश्य दिखलाई देता था। दोनों उस टीले पर खड़े हो गए, और मनमोहन ने अपने चारों ओर देखा। उसकी दृष्टि दूर पर बानापुर के राजा साहेब के महल पर रुक गई; कुछ देर तक वह उस ओर देखता रहा। फिर उसने गम्भीरतापूर्वक झगड़ू से कहा, "मिसिरजी! क्या आपने कभी मनुष्य का शिकार किया है?"

इस प्रश्न से झगड़ू चौंक पड़े, उन्होंने मनमोहन को बड़े ध्यान से देखा, "मनई का सिकार ? काहे हो मनमोहन–तुम कबहूँ कीन्हे हौ का ?"

मनमोहन के मुख पर हलकी-सी मुस्कुराहट आई, "नहीं, मिसिरजी ! बात यह थी कि आपने अभी कहा था कि हम लोग उन्हीं जानवरों का शिकार करते हैं जो हमारा नुकसान करते हैं। शिकार की कसौटी पर कसने के बाद मुझे तो ऐसा लगता है कि यदि हम लोग मनुष्य का शिकार करने लगें तो मानव-समाज का बड़ा कल्याण हो। है न ऐसा !"

झगड़ू अजीब चक्कर में पड़ गए। उन्होंने अनेक प्रकार के विचित्र मनुष्य देखे थे, पर आज उनके सामने उन सबसे अधिक विचित्र मनुष्य खड़ा था। उसने बात ऐसी कही थी कि जो भयानक होते हुए भी सारहीन न थी। उन्होंने उत्तर दिया, "हाँ, मनई तो सबसे ज्यादा नुकसान करत है, और ऊके कर्मन का दंड भी मिल जात है। यह राजकाज, न्यायालय–सब यही तो कर रहे हैं–हमार काम यू थोड़ो आय !"

मनमोहन ने उसी तरह शान्त भाव से कहा, "लेकिन ये न्यायालय न्याय कब करते हैं ? न्याय का रूप समर्थ के वास्ते कुछ है और असमर्थ के वास्ते कुछ। धनी आदमी हत्या करके मजा करता है और उसके बदले में एक निर्धन निरपराध को दंड मिल सकता है !"

"ई तो ठीक है ! लेकिन ई सबका देखनवाला भगवानौ तो है। न्याय-अन्याय का लेखा-ड्योढ़ा जन्म-जन्मान्तर माँ बराबरै हुइ जात है !"

2

करीब ग्यारह बजे दोनों वापस लौटे, उस दिन उन्हें कोई शिकार नहीं मिला, या यों कहें कि उस दिन उन्होंने शिकार नहीं किया। जब वे लोग गाँव पहुँचे तो उन्होंने देखा कि झगड़ू के दरवाजे पर एक भीड़ खड़ी थी। झगड़ू ने आते ही पूछा, "कहो–क्या मामला है !"

एक नवयुवक ने बढ़कर कहा, "झगड़ू काका ! अब तो बड़ी ज्यादती हो रही है। आज मैनेजर साहब ने रामाधीन को बुरी तरह पिटवाया–बिचारे को अधमरा करके छोड़ा।"

"यू काहे ?" झगड़ू ने पूछा।

"बकाया लगान की चुकौती में जिलेदार साहेब रामाधीन के बैल छीने लिए जा रहे थे। सो रामाधीन से न रहा गया, उसने बढ़कर रोका। बस इसी पर बात बढ़ गई। इस पर मैनेजर साहेब खुद आए और उन्होंने यह सब कांड किया।"

"और तुम लोग सबके सब मरि गै रह्यो जौन खड़े-खड़े देखत रह्यो ?" झगड़ू ने गरजकर कहा, "ठाकुर रामसिंह रामाधीन का अधमरा करके जिन्दा चले गए। डूब मरौ चिल्लू भर पानी माँ !"

उस नवयुवक ने जिसका नाम सोहनलाल था, कहा, "झगड़ू काका, आप ही तो हम लोगों को अहिंसा पर चलने का उपदेश देते रहते हैं, और आज हम लोगों पर नाराज हो रहे हैं।"

पर झगड़ू का पारा चढ़ चुका था, इस समय वे हिंसा-अहिंसा के मसले पर वाद-विवाद करने को या सोचने-समझने को जरा भी तैयार न थे; उन्होंने कहा, "हम ई कुछ नहीं जानित ! तौन ठाकुर रामसिंह से यू सँदेशा कहाय देव कि अब उइ गाँव माँ पैर न रक्खैं नहीं तो उनकी वहै गति होई जो उइ रामाधीन की कीन्हिन हैं। अच्छा रामाधीन कहाँ है ?"

"घर में पड़े हैं, मरहम-पट्टी हो रही है।"

"हम चल के देखित हन !" झगड़ू मनमोहन की ओर घूमे, "तौन जरा तुम बैठो, हम रामाधीन का देख आई !"

रामाधीन की मरहम-पट्टी करके झगड़ू करीब दो बजे लौटे। मनमोहन तब तक पढ़ता रहा। झगड़ू के वापस आने पर दोनों ने भोजन किया। भोजन करके दोनों लेट गए।

शाम के समय अलाव के सामने झगड़ू के पड़ोसी इकट्ठा हो गए। झगड़ू और मनमोहन–दोनों वहाँ आकर बैठ गए और बातचीत रामाधीन पर उठ पड़ी। एक आदमी ने कहा, "मिसिरजी ! रामाधीन की जो हालत हुई है उससे गाँव भर में आतंक फैल गया है। जिलेदार कह रहे हैं कि जो आदमी मैनेजर साहब की हुक्म की उपेक्षा करेगा उसकी वही गति होगी।"

झगड़ू ने मनमोहन की ओर देखा, "सुनेव मनमोहन ! यू अत्याचार दिनोंदिन बढ़त जात है। अब हमरे सामने सवाल यू है कि ई सबका उत्तर कौनी तरह दीन जाए। तौन महात्मा गांधी 'अहिंसा-अहिंसा' चिल्लाय रहे हैं, और हम कहित हैं कि अहिंसा कायरता आय !"

मनमोहन ने कुछ सोचकर उत्तर दिया, "लेकिन मिसिरजी ! आप कर ही क्या सकते हैं ? इस अत्याचार को दो तरह से ही दबाया जा सकता है, या तो अत्याचारी को मिटाकर या स्वयं मिटकर। अभी तक आप मिटे हुए थे, आप गुलाम थे इसलिए आप पर अत्याचार कम होते थे, लेकिन जब आपने करवट ली तब आप पर अत्याचार बढ़े। अब, अगर इस अत्याचार को मिटाना चाहते हैं तो आपके लिए यह आवश्यक हो जाता है कि आप अत्याचारी को मिटावें। और इसलिए यह सवाल महत्त्व का है कि

क्या हिंसा द्वारा आप उस अत्याचारी को मिटा सकते हैं ?"

"काहे नाहीं !" झगड़ू ने तनकर कहा, "ई मैनेजर, सरवारकर, जिलादार, पियादा–इनकेर हस्ती का है ? हम कहित हैं कि ठाकुर रामसिंह जरा गाँव माँ पैर रखि के तो देख लेंय !" और इस बार वे अपने आस-पास बैठे लोगों की ओर मुड़े, "काहे हो भइया ! हम ठीक कहित हैं न !"

विश्वम्भर नाम के एक अधेड़ आदमी ने कहा, "नहीं मिसिरजी ! अभी दो-चार दिन तो वह नहीं आ सकते, लेकिन इसके बाद जब सब लोगों का जोश ठंडा पड़ जाएगा, तब की बात मैं नहीं कह सकता।"

अलाव जोरों के साथ सुलग रहा था और चारों ओर गहरा अन्धकार फैला था। लकड़ी के एक बड़े से कुन्दे की आग का लाल प्रकाश मनमोहन के चेहरे पर पड़ रहा था और झगड़ू ने मनमोहन के लम्बे से सुन्दर मुख पर एक हलकी-सी मुस्कुराहट देखी। और उन्होंने देखा कि उस मुस्कुराहट से मनमोहन का चेहरा एकाएक बहुत भयानक रूप से विकृत हो गया है; मनमोहन की उस महाकुरूप मुस्कुराहट से झगड़ू सिहर-से उठे। घबराकर उन्होंने उधर से आँखें फेर लीं। विश्वम्भर से उन्होंने कहा, "तो तुम्हार खयाल है कि ई गाँव के मनई दुइये-चार दिना माँ दबि जइहैं ?"

विश्वम्भर ने कुछ सकपकाते हुए कहा, "मिसिरजी, आप यह तो जानते ही हैं कि हम लोगों के बीच में एका नहीं है। आज जब आप रामधीन के यहाँ गए थे उस समय दो आदमी मैनेजर के यहाँ पहुँचे और मेरा ऐसा खयाल है उन्होंने एक-एक की पाँच-पाँच जड़ी होगी। जब तक हम लोगों में ऐसे विश्वासघाती मौजूद हैं तब तक कोई बात निश्चय रूप से कैसे कही जा सकती है !"

"उइ दुइ मनई कौन आँय–जरा हमहू तो जानी !" झगड़ू ने पूछा।

"नाम आप मुझसे न पूछें, मिसिरजी। मैंने आपको केवल आगाह भर किया था !"

झगड़ू चुपचाप सोचने लगे–आगे-पीछे पर; फिर उन्होंने कहा, "विसम्भर ! काल सुबा गाँव के सब मनई इहाँ इकट्ठा कीन जइहैं ! अब तो या झगड़ू मिसिर हैं या फिर ठाकुर रामसिंह हैं।" और झगड़ू उठ खड़े हुए, वे कुछ तन गए, "रामसिंह का अबहीं बम्हनन-ठाकुरन से पाला नाहीं पड़ा, अहिर-गड़रियन पर रोब दिखावत रहे हैं। यू याद राखैं कि अगर जिन्दा अपनी मरजी से उइ ई गाँव से नाहीं गए तो फिर हमरी मरजी से उनका मुरदा हुइ के जाए का पड़ी।"

मनमोहन ने हाथ पकड़कर झगड़ू को बिठला लिया, "मिसिरजी ! आप होश में नहीं है। बैठिए।"

झगड़ू बैठ गए, लेकिन वे आवेश से काँप रहे थे।

थोड़ी देर तक झगड़ू के शान्त हो जाने की प्रतीक्षा करने के बाद मनमोहन ने

पूछा, "मिसिरजी ! आप अकेले मैनेजर से मोरचा लेंगे या आपके साथ और भी आदमी होंगे ?"

"सारा गाँ हमार साथ देई !" सब लोगों की ओर देखते हुए झगडू ने कहा, "और अगर ई लोग साथ ने देंय तबहूँ हमें ई का चिन्ता नाहीं। हम अकेले काफी आन !"

"नहीं ! आप अकेले तो काफी नहीं हैं ! और गाँववाले आपका साथ देंगे-इस पर मुझे शक है। लेकिन अगर मैं यह मान भी लूँ कि वे लोग आपका साथ देंगे तो मेरे खयाल से वे गलती करेंगे।"

इसी समय एक आदमी ने कहा, "मालूम होता है बहुत-से आदमी आ रहे हैं मिसिरजी !" और बात बन्द हो गई। सामने कुछ आदमी आ रहे थे। आगे-आगे एक आदमी लालटेन लिये हुए था और उसके पीछे दस-बारह आदमी लठ लिये हुए थे। यह गिरोह झगडू के दरवाजे आकर रुका। उस गिरोह में से एक आदमी ने बढ़कर कहा, "मिसिरजी ! पाँव लागी !"

जिस आदमी ने यह कहा था उसके हाथ में लाठी के स्थान पर एक बन्दूक थी। वह ओवरकोट पहिने था और उसके चेहरे से रोब टपकता था। झगडू ने बैठे ही उत्तर दिया, "आसीर्वाद ठाकुर रामसिंह ! कहौ कैसे कष्ट किन्हेव ?"

मुस्कुराते हुए रामसिंह ने कहा, "मिसिरजी ! हमने आज सुना कि आप हम पर नाराज हो गए हैं ! इसीलिए हम आपकी सेवा में उपस्थित हुए हैं। हमने आपका ऐसा कौन-सा अपराध किया ?"

झगडू इस परिस्थिति के लिए तैयार न थे; उन्हें यह न सूझ पड़ रहा था कि किस तरह बातचीत की जाए; फिर भी उन्होंने कहा, "मनीजर साहेब ! रामाधीन के हाथ-पैर आपै की आज्ञा से तोड़े गए हैं न !"

रामसिंह ने उत्तर दिया, "हाँ मिसिरजी ! यह सब हमारे ही हुक्म से हुआ है। लेकिन इतना हम आपको बतला दें कि हम तो केवल एक माध्यम हैं जिसके द्वारा राजा साहेब का हुक्म चलता है। उनका हुक्म है कि राज्याज्ञा का विरोध करनेवाले को कड़ा दंड दिया जाए !"

"ऐस बात है !" झगडू ने केवल इतना कहा।

थोड़ी देर तक मौन छाया रहा, इसके बाद रामसिंह ने कहा, "और मिसिरजी, आपने हमें जो सन्देसा भिजवाया था हम गाँव में कदम न रक्खें, वह संदेसा हमें मिल गया। उसी संदेसे के उत्तर में हम यहाँ आए हैं-आप हमें देख रहे हैं न।"

रामसिंह के पहले उत्तर से झगडू कुछ शान्त हो गए थे, लेकिन उनकी दूसरी बात ने बुझती हुई आग पर घृत का काम किया, वे उठकर खड़े हो गए, "तो फिर ठाकुर रामसिंह, हम यू समझी कि तुम हमें चुनौती देन आए हौ !"

एक व्यंग्य की हँसी हँसते हुए रामसिंह ने कहा, ''चुनौती तो हमें आपने दी थी, हम उसे राजा साहब की तरफ से मंजूर करते हैं। आपने कहलवाया था कि हमारी वही गति होगी जो हमने रामाधीन की की थी। हम यहाँ खड़े हैं, अब जिसकी हिम्मत हो वह हमारी वह गति बनावे।''

''तो फिर लेव !'' झगड़ू ने अपने बगल में रक्खी हुई लाठी को तानते हुए कहा। पर झगड़ू के लाठी तानते ही मनमोहन ने उन्हें पकड़ लिया, ''नहीं मिसिरजी ! इस तरह आवेश में आकर काम नहीं किया जाता !'' और उस समय झगड़ू ने देखा कि रामसिंह के छै आदमी लट्ठ ताने हुए उन्हें घेरे खड़े हैं। मनमोहन इस बार रामसिंह की ओर घूमा, ''जाइए मैनेजर साहब ! आप समर्थ हैं। लेकिन यदि मिसिरजी के प्रति आप आदर दिखलाते तो अच्छा होता।''

मैनेजर साहेब हँस पड़े, ''आदर ! मिसिरजी का हम आदर करते हैं। राजा साहेब की बराबरीवाले हैं। हमने तो उनका न अपमान किया, न उन्हें बुरा-भला कहा। हम सिर्फ इतना कहने आए थे कि हम राजा साहेब के प्रतिनिधि हैं–राजा साहेब के मैनेजर को चुनौती असल में राजा साहेब को चुनौती है !'' और यह कहकर ठाकुर रामसिंह अपने साथियों के साथ चले गए।

3

रात भर झगड़ू को नींद नहीं आई। उनके घर के सामने बानापुर का मैनेजर उनका अपमान करके चला गया, आज तक झगड़ू को इस स्थिति का सामना न करना पड़ा था। घटनास्थल से मैनेजर के जाते ही वह वहाँ से उठ आए थे; चलते समय उन्होंने न किसी से एक शब्द कहा और न किसी ने उनसे कोई बात की। झगड़ू जानते थे कि वे पराजित हुए, गाँववाले यह जानते थे झगड़ू पराजित हुए। रात भर वे करवटें बदलते रहे, सुबह चार बजे के करीब उनकी आँख लगी, और जब वे सोकर उठे तब धूप काफी चढ़ आई थी।

मनमोहन सुबह तड़के ही घूमने चला गया था। झगड़ू जब घर के बाहर निकले, गाँव के आदमी वहाँ इकट्ठा थे। एक आदमी ने कहा, ''मिसिरजी ! रात में मुरली के मकान में आग लग गई। ऐसा खयाल किया जाता है कि यह करतूत रियासतवालों की है।'' झगड़ू ने चुपचाप यह खबर सुनी, वे कुछ बोले नहीं। उस समय वे तेजी के साथ सोच रहे थे। चीजें बहुत बड़ी रफ्तार से बढ़ रही थीं और झगड़ू को ऐसा लग रहा था कि जल्दी ही उन्हें कुछ न कुछ करना पड़ेगा। वे चुपचाप बैठ गए; गाँववाले अब भी इकट्ठा हो रहे थे। आज सारा वातावरण गम्भीर और आतंक से भरा था। लोग

निर्णय करने आए थे और उन्हें अपना निर्णय देना था जीवन-मरण के प्रश्न पर। लेकिन शायद झगडू के सामने उस समय गाँववालों का प्रश्न उतना न था जितना उनका व्यक्तिगत प्रश्न था। रात में कई आदमियों के सामने ठाकुर रामसिंह उनका अपमान कर गए थे–किस प्रकार उस अपमान का बदला लिया जाए–वे उस समय यही सोच रहे थे।

विश्वम्भर ने कहा, "मिसिरजी, हम लोगों ने कल रात की घटना की बाबत सुना। राम ! राम ! ठाकुर रामसिंह की अब यह हिम्मत हो गई है। अब आपका क्या विचार है ?" और विश्वम्भर ने वहाँ उपस्थित अन्य लोगों की ओर देखा, "सो मैं तो यह जानता हूँ कि मिसिरजी हमारे पूज्य हैं, उनका अपमान हम सब लोगों का अपमान है। अब यह मिसिरजी के ऊपर है कि वे किस प्रकार उस अपमान का बदला लेना चाहते हैं।"

झगडू अभी तक चुप थे, अब उन्होंने अपनी नजर उठाई। उन्होंने वहाँ उपस्थित लोगों को एक बार गौर से देखा, फिर उन्होंने शान्त और गम्भीर स्वर में कहा, "आप लोग इतना अधिक उद्विग्न न होंय ! यदि हमार अपमान भा है तो हम अपने अपमान का बदला लै सकत हन। सवाल आप लोगन के सामने यू आय कि यह अत्याचार कौनी तरह रोका जाए। हम अबही सोचत रहेन कि तिवारीजी से मिल के उन्हें सबकुछ बताय देन और अगर तिवारीजी हू कुछ न सुनें तो फिर हम सब काम करी। आप लोगन केर का विचार है ?"

"क्या आपका अनुमान है कि इस मामले में तिवारीजी हम लोगों का पक्ष लेंगे ?" एक नवयुवक ने कहा, "और मिसिरजी, आप तिवारी जी को इतना अधिक जानते हुए भी यह अनुमान कर लेते हैं, इस पर मुझे आश्चर्य होता है। फिर अपने अधिकारों की हम दूसरों से भिक्षा क्यों माँगें ? स्वयं अपने अधिकारों को अपने हाथ में लेकर हमें काम करना चाहिए। राज्य के नौकर-चाकर लोकमत की उपेक्षा नहीं कर सकते, समय पड़ने पर वे सब हमारा साथ देंगे, इतना मैं जानता हूँ। अब अगर हम लोग काम करने से डरते हैं तो यह हमारी कायरता है।"

झगडू ने उस नवयुवक से पूछा, "तो तुम काम करा चाहत हो ! अच्छा अब हमें बताओ कि का काम करा चाहत हौ ?"

नवयुवक निरुत्तर-सा हो गया। उसने केवल इतना कहा, "आप लोग सब इकट्ठा हुए हैं, इसका निर्णय तो आप ही लोग करेंगे।"

झगडू मुस्कुराए, "बात कहि देब आसान आय लेकिन काम करब बड़ा कठिन आय ! जोश माँ आय के कहि डालै माँ और उचित ढंग से काम करै माँ बड़ा अन्तर आय। अच्छा परमेसुर ! निर्णय तो हम सब लोग करबै, तुम उपाय तो बताओ।"

उस नवयुवक ने जिसका नाम परमेश्वर था जरा हिचकिचाते हुए कहा, "बता तो सकता हूँ, लेकिन आप सब लोग उसे मानेंगे नहीं।"

"नहीं कह डालो–मानें या न मानें–इसमें हर्ज ही क्या है।" विश्वम्भर ने कहा।

"तो कल रात मुरली की झोंपड़ी में आग लगी है, चोरी छिपे; आज रात मैनेजर साहेब के घर में आग लगे ऐलान करके।" परमेश्वर ने तनकर कहा।

सभा में एक गहरा सन्नाटा छा गया। जो कुछ परमेश्वर ने कहा वह उस सभा में बैठे कई आदमियों के मन में था, लेकिन कहने की हिम्मत किसी की नहीं हो रही थी। थोड़ी देर तक सब चुप बैठे रहे फिर उस मौन को झगडू ने तोड़ा, "आग लगावब अपराध आय, दंडनीय आय। मुरली की झोंपड़िया माँ आग लगावनवाले का पता नहीं है से ऊका दंड नाहीं मिल सकत। किन्तु मनीजर के मकान माँ आग लगावनवाले हम सब दंड के भागी बनब। ऐस कृत्य से हम आपन हित की अपेक्षा अहित कर लेब।" इस समय मनमोहन घूमकर लौट आया और वह चुपके से एक कोने में बैठ गया। झगडू मनमोहन की ओर घूमे, "तो और सुन्यो मनमोहन! कल रात कौनो मुरली की झोंपड़िया माँ आग लगाय दीन्हिस! मुरली और जिलेदार माँ इधर कुछ दिनन से तनातनी हुइ गई रहै, और जिलेदार मुरली का यू धमकी हू दीन्हिन रहैं कि उइ मुरली का तबाह कर देहैं। अब हम लोगन के सामने प्रश्न यू आय कि ई अत्याचार का मुकाबिला कैसे कीन जाए।" मनमोहन मुस्कुराया और झगडू को एकाएक मनमोहन की पिछली रातवाली मुस्कुराहट याद हो आई। ठीक वैसी ही कुरूप मुस्कुराहट थी, रात में अलाव के लाल प्रकाश में वह बहुत ही भयानक दिखी थी, इस समय उसकी भयानकता किसी हद तक दबी हुई थी। मनमोहन ने कहा, "मिसिरजी! मैंने कल रात आपसे कहा था न कि इस अत्याचार को स्वयं मिटाकर या अत्याचारी को मिटाकर ही दबाया जा सकता है। पर मुसीबत यह है कि आपके सामनेवाला अत्याचारी असली अत्याचारी नहीं है, वह तो अत्याचार की एक बहुत बड़ी मशीन का एक साधारण-सा पुर्जा है। इस अत्याचारी को मिटाने की कोशिश करके आप पूरी अत्याचार की मशीन को अपने खिलाफ चालू कर लेंगे। इस मैनेजर के ऊपर हैं ताल्लुकेदार, ताल्लुकेदार के ऊपर है ब्रिटिश सरकार जिसकी पुलिस हमेशा ताल्लुकेदार की रक्षा करती रहती है, और पुलिस की रक्षा करने के लिए एक बहुत बड़ी फौज। तो मिसिरजी इस लम्बे चक्कर में पड़कर आप बहुत बुरी तरह पिस जाइएगा। इस पर आप पहले सोच लीजिए!"

मनमोहन की बात का उस सभा में एकत्रित सब व्यक्तियों पर गहरा असर पड़ा, उसने ऐसी बात कही थी जिससे कोई इनकार न कर सकता था। परमेश्वर ने कुछ सोचकर दबी जबान कहा, "तो फिर इसके माने ये हैं कि हम मिटते रहें?"

"जरूर!" मनमोहन कह उठा, "इसलिए कि तुम निर्बल हो और वे लोग सबल

हैं। सबल और निर्बल की लड़ाई एक हास्यास्पद चीज है; सबल से निर्बल कभी भी पार न पा सकेगा। सबल और निर्बल की लड़ाई केवल एक तरह सम्भव है, निर्बल सबल पर जब वार करे तब पीछे से छिपकर। जब तक सबल निर्बल को देख नहीं सकता तब तक उसे नष्ट नहीं कर सकता। केवल इसी तरह यह लड़ाई सम्भव है।''

झगड़ू ने जरा सम्हलकर कहा, ''लेकिन मनमोहन, पीछे से चोरी-छिपे वार करना कायरता आय।''

मनमोहन हँस पड़ा, ''जहाँ वीरता अवश्यम्भावी मृत्यु है वहाँ वह आत्महत्या की मूर्खता है। कायरता उत्पीड़न को सहन करना है, उत्पीड़न का सही-सही उत्तर देते हुए सबल के वार को बचाते रहना कायरता नहीं, बुद्धिमानी है।''

''नाहीं–हमार जी तो नाहीं भरत है!'' झगड़ू ने कहा और वे अन्य लोगों की ओर घूमे, ''अच्छा हम जरा तिवारीजी से ई सम्बन्ध माँ बात कर लेई तब ऊके बाद 'का कीन जाए' ई पै निर्णय कीन जाई। आज सन्ध्या के समय हम उन्नाव जाब।''

4

उस दिन शाम के समय झगड़ू का उन्नाव जाना न हो सका। जैसे ही कपड़े पहिनकर वे उन्नाव चलने के लिए घर के बाहर निकले वैसे ही मार्कण्डेय ने उनके चरण छुए। मार्कण्डेय को अपने सामने देखकर झगड़ू को आश्चर्य हुआ, ''अरे! तुम छूटि आएव! हम तो समझा रहा कि अबहीं तुम्हरे छुटै माँ कुछ विलम्ब है।''

''जी हाँ, उन्होंने मुझे कल बिना कुछ कहे-सुने छोड़ दिया। सोचा, दो-चार दिन के लिए गाँव हो आऊँ, उसके बाद फिर से काम-काज शुरू करूँ।''

मार्कण्डेय ने कहा, ''और बप्पा, क्या आप कहीं जा रहे हैं?''

''हाँ, तिवारीजी से बातैं करैं का है। तौन गाँव माँ बड़ा अँधेर मचा भवा है, मनीजर और जिलेदार बुरी तरा से लोगन का सताय रहे हैं। अब उनकी ऐस हिम्मत बढ़ गई है कि सब मनइन के सामने मनीजर काल रात हमार अपमान कर गए।''

''तो फिर इसमें जल्दी क्या है, आज न जाकर कल चले जाइएगा। मेरे साथ उमानाथ भी आए हैं, मैं जरा इस सम्बन्ध में उनसे भी बात कर लूँ।'' मार्कण्डेय ने झगड़ू को मकान के अंदर ले चलते हुए कहा।

बाहरवाले कमरे में मनमोहन लेटा हुआ गीता पढ़ रहा था, झगड़ू और मार्कण्डेय को आते हुए देखकर वह उठ बैठा, ''क्यों मिसिरजी। आप गए नहीं?'' और मनमोहन उठ खड़ा हुआ।

''हाँ! जाएँ की पूरी तैयारी करि लीन रहै, मुला ई बीच माँ मारकण्डे आय

गए–कालै जेल से छूट के आए हैं।''

मनमोहन और मार्कण्डेय–दोनों ने एक-दूसरे को देखा, दोनों एक-दूसरे के सामने खड़े थे। मार्कण्डेय ने मनमोहन से कहा, ''आपका परिचय बप्पा ?''

''का तुम इन्हें नाहीं जानत हौ ? इनका नाम आय मनमोहन, प्रभा के मित्र आँय। तौन सिकार खेलैं के लिए गाँव माँ आए हैं। और मारकण्डे, हम इनसे बातचीत करके ई निर्णय पर पहुचेन कि ई बहुत विद्वान मनई आँय !'' झगडू ने सहज भाव से कहा, फिर उसने मनमोहन से कहा, ''और ई मारकण्डे कानपुर माँ वकालत करत रहैं तौन ई कांग्रेस के पीछे आपन वकालत-अकालत छोड़ि-छाड़ि के जेल चले गए। तौन अब छूट के अपने बप्पा के दरसन करन चले आए हैं।'' और झगडू खिलखिलाकर हँस पड़े।

मनमोहन ने मार्कण्डेय को नमस्कार किया और मार्कण्डेय ने नमस्कार का उत्तर दिया।

एक घंटे के बाद उमानाथ मार्कण्डेय से मिलने आया। उमानाथ की आवाज सुनते ही झगडू घर से बाहर निकल आए, ''गुड इवनिंग, झगडू काका !'' उमानाथ ने हँसते हुए कहा, ''कहिए कुछ शिकार-विकार हो रहा है ?''

''हाँ मझले कुँवर, सिकार-विकार तो अबहीं तक होत रहा मुला इधर दुइ-एक दिना से बंद है।''

''यह क्यों ?'' उमानाथ ने पूछा।

''पसु-पक्षी का सिकार करि के जी ऊबिगा–अब मनई के सिकार की तैयारी हुइ रही है !'' कुछ रुककर झगडू ने फिर कहा, ''तुम आय गयो तौन बड़ा नीक भा। बहुत सम्भव है ई व्यर्थ का खून-खराबा बच जाए।''

''क्या बात है, झगडू काका ! साफ-साफ कहिए।'' उमानाथ ने पूछा।

''तौन मार्कण्डेय से सुन लीन्हेव।'' झगडू ने उत्तर दिया, ''यही तुम्हें अच्छी तरा से समझाय सकत हैं। और ई मनमोहन–इहौ तुम्हारी हमजोली के आँय, सब बातैं देखिन-सुनिन हैं और साथ माँ छुटके कुँवर के मित्र आँय, तौन इनसे तुम्हें सब बातें ठीक-ठीक मालूम हुइ जइहैं !''

मार्कण्डेय कपड़े पहनकर बाहर आ गया था। उसने मनमोहन से कहा, ''चलिए, आप असल में तो उमानाथ के मेहमान हैं, इसलिए उन्हीं के यहाँ इस वक्त नाश्ता हो और गप-शप जमे। क्यों उमा !''

और मार्कण्डेय ने उमानाथ से मनमोहन का परिचय कराया।

जिस समय ये तीनों आदमी बानापुर के राजा साहेब के महल में पहुँचे, बानापुर राज्य के करीब-करीब सब कर्मचारी मझले कुँवर को सलाम करने के लिए एकत्रित हो

गए थे। इन तीनों के आते ही सब लोग उठ खड़े हुए, और इनके बैठने के बाद सब लोग फर्श पर बैठ गए। उमानाथ ने रामसिंह से पूछा, "कहिए मैनेजर साहेब ! सबकुछ कुशलपूर्वक तो चल रहा है।"

रामसिंह ने जरा मुँह बनाते हुए कहा, "कहाँ, मझले सरकार ! इस जमाने में कुशल कैसी ? एक ओर तो राजा साहेब का हुक्म कि सख्ती करो, और दूसरी तरफ कांग्रेस की बगावत। मैं तो अजीब परेशानी में हूँ। उधर अगर राजा साहेब की आज्ञा न मानूँ तो हुक्म अदूली और नमकहरामी होती है और इधर अगर सख्ती करता हूँ तो गाँव वालों से दुश्मनी बढ़ती है। अब तो मेरी जान भी खतरे में है।"

मार्कण्डेय चौंक उठा, "जान का खतरा ? कांग्रेस तो अहिंसा का सिद्धान्त लेकर चल रही है, मैनेजर साहेब ! यह जान का खतरा कैसा ?"

एक रूखी मुस्कुराहट के साथ रामसिंह ने उत्तर दिया, "सरकार ! हिंसा-अहिंसा-ये सब बड़े आदमियों की बातें हैं; यहाँ तो हमसे यह कहलाया गया है कि अगर मैं गाँव में पैर रक्खूँगा तो मेरी जान की खैर नहीं। और कहलानेवाले लोग बातूनी नहीं हैं, वे, जो कुछ कहते हैं उसे कर गुजरनेवाले लोग हैं।"

"जरा उनका नाम भी तो सुनूँ।" मार्कण्डेय ने कहा।

इस बार सरवराकार जैनारायण के बोलने की बारी थी, "सँदेसा कहलाया है आपके पिताजी ने, और दुनिया इस बात को जानती है कि आपके पिताजी अपने हठ के पक्के हैं। मैनेजर साहेब बिना दस-पाँच आदमी साथ लिये घर के बाहर कदम नहीं रख सकते।"

"लेकिन कल रात आप मेरे पिताजी के यहाँ गए थे न ?" मार्कण्डेय ने पूछा।

मैनेजर रामसिंह ने गम्भीरतापूर्वक कहा, "जी हाँ, मिसिरजी को सारी स्थिति स्पष्ट करने के लिए मुझे वहाँ जाने को मजबूर होना पड़ा था; लेकिन बात बनने की जगह बिगड़ ही गई। उनका क्रोध भयानक होता है-उसे मैं तो शान्त नहीं कर सकता।"

"और आप स्थिति स्पष्ट करने दल-बल के साथ गए थे, इस तरह तो समझौते की बातें नहीं हुआ करतीं।" मार्कण्डेय ने उत्तर दिया।

"अगर मैं अपने शरीर-रक्षकों के साथ न गया होता तो मैं न वापस आता, मेरी लाश वापस आती। इतने आदमियों के होते हुए भी उन्होंने लाठी तान ली थी।"

"और मैंने उनको रोका था, मैनेजर साहेब, इसलिए नहीं कि आपकी जान का खतरा था, बल्कि इसलिए कि उनकी जान को खतरा था। चारों तरफ अपने लट्ठबन्दों से उन्हें घिरवाकर आपने उनका अपमान किया था, उनके क्रोध को जानते हुए। उसका परिणाम प्राकृतिक रूप से यही होता कि वे आप पर प्रहार करते, और उनके प्रहार

करने के पहले आपके आदमी उन पर प्रहार करते। है न ऐसी बात ?" मनमोहन ने कहा। "अच्छा ! तो आपही ने उन्हें रोका था !" गौर से मनमोहन को देखते हुए रामसिंह ने कहा, "तो फिर आप सच्ची घटना के साक्षी-रूप यहाँ पर मौजूद ही हैं। आप ही बतलाइए कि मैंने उनका क्या अपमान किया था ? मैंने तो केवल इतना कहा था कि मैं राजा साहेब का प्रतिनिधि हूँ। राज्य के मैनेजर को जो चुनौती दी जाती है वह रामसिंह को नहीं दी जाती बल्कि राज्य के स्वामी राजा साहेब को दी जाती है ! है न ?"

"कहा तो आपने यही था," मनमोहन को स्वीकार करना पड़ा, "लेकिन कहने का ढंग गलत था।"

"हम लोग तो साहेब दिहाती आदमी हैं और हमें यही ढंग आता है।" रूखे स्वर में रामसिंह ने उत्तर दिया।

मैनेजर का रूखा जवाब मार्कण्डेय को अखर गया, उसने गौर से मैनेजर को देखा, फिर धीरे से कहा, "और शायद आप दूसरा ढंग समझने की जरूरत भी नहीं समझते। यही सारी मुसीबत है, मैनेजर साहेब ! फिर भी मैं बप्पा से बातें करके सबकुछ ठीक-ठाक करा देने की कोशिश करूँगा; चीजों को बहुत आगे नहीं बढ़ने देना चाहिए। इस समय जब हमें विदेशी सरकार से लड़ना है, आपस में इस तरह का कलह-विद्वेष हमें शोभा नहीं देता। और इसी समय क्यों ? मैं तो कहता हूँ कि हर समय, हर काल सदिच्छा और सद्भावना से हमें काम लेना चाहिए !"

"यही तो मैं भी चाहता हूँ, मिसिरजी !" रामसिंह ने कहा, "मुझे कब यह पसन्द है कि मुझे अशान्ति की शरण लेनी पड़े, आत्म-रक्षा के रूप में भी। अपने लिए तो मैं यह कह सकता हूँ कि मुझे जो कुछ करना पड़ता है वह मैं अपनी इच्छा से नहीं करता, वह मैं राजा साहेब की आज्ञा से करता हूँ। फिर अगर ऐसा न किया जाए तो काम भी तो न चले।"

5

मार्कण्डेय और मनमोहन के साथ उमानाथ लाइब्रेरी के कमरे में चला गया, हाल में राज्य के कर्मचारी रह गए। वहाँ का वातावरण एक अनिश्चित-सा, आशंका से भरा हुआ था। ठाकुर रामसिंह ने जिलेदार बिन्देश्वरी प्रसाद से कहा, "तो जिलेदार साहेब ! इस वक्त गाँववालों के क्या हाल हैं ?"

"सरकार ! लक्षण तो अच्छे नहीं दिख रहे, पूरी फौजदारी ठनी हुई है। आज सुबह यह भी सुझाव पेश किया गया था कि रात में सरकार के मकान में आग लगा

दी जाए, लेकिन पंडित झगडू मिश्र ने इसे रोक दिया।"

"इतनी हिम्मत !" रामसिंह ने कुछ सोचा, फिर वे सवराकार जयनारायण की ओर घूमे, "सुना सरवराकार साहेब ! अच्छा, अपने पास कुल कितने आदमी हैं ?"

"करीब बीस लठैत और छै बन्दूकें हैं–आप कोई चिन्ता न करें !" सरवराकार जयनारायण ने उत्तर दिया। फिर उन्होंने धीरे से कहा, "लेकिन मैनेजर साहेब, अगर आप इतनी सख्ती न करें तो कुछ हर्ज है ? जमाना बड़ा नाजुक है, और मुझे कभी-कभी अपने आदमियों पर ही शक होने लगता है।"

"मैं आपका मतलब नहीं समझा," रामसिंह ने कहा।

"मेरा मतलब यह है रियाआ के बागी होने से हमें फायदा नहीं होगा, नुकसान ही होगा। मान लीजिए कि हम लोग मजबूत हैं और हर तरह से रियाआ को कुचल सकते हैं; लेकिन अगर लड़ाई हुई तो हम लोगों पर बिना आँच आए रहेगी नहीं। और अगर यह बैर जड़ पकड़ गया तो फिर हम लोगों का यहाँ रहना असम्भव हो जाएगा।"

रामसिंह हँस पड़े, "आप आज कैसी बहकी-बहकी बातें कर रहे हैं, पंडित जयनारायण जी ! यह आप क्यों भूल जाते हैं कि हम रियाआ पर हुकूमत तभी कर सकते हैं जब रियाआ के दिल में हमारा खौफ समा जाए।"

"लेकिन मैं तो यह देख रहा हूँ कि रियाआ पर इस वक्त हुकूमत कर रहे हैं, झगडू मिश्र; और झगडू मिश्र की हुकूमत प्यार की हुकूमत है, जबरदस्ती की नहीं !"

कुछ चुप रहकर रामसिंह ने कहा, "हाँ, इस वक्त रियाआ पर हुकूमत कर रहे हैं पंडित झगडू मिश्र, लेकिन जिस तरह की हुकूमत वे कर रहे हैं उस तरह की हुकूमत हरेक आदमी कर सकता है। पंडित झगडू मिश्र से रियाआ को कोई रुपए-पैसे का ताल्लुक नहीं है, वे लोगों को बड़ी आसानी से बरगला सकते हैं। लेकिन यह गाँववाले पंडित झगडू मिश्र की तो रियाआ हैं नहीं–ये हमारी रियाआ हैं। ऐसी हालत में पंडित झगडू मिश्र का जिक्र चलाना बेकार है।"

"जैसी आपकी इच्छा।" सरवराकार जयनारायण ने कहा, "मेरी अर्ज तो केवल इतनी थी कि मनुष्य को सिर्फ वहीं तक दबाना चाहिए जहाँ तक वह दब सके। छोटी सी जिन्दगी है–उसके बाद भगवान के सामने अपने कर्मों का लेखा-ड्योढ़ा देना है; इस छोटी-सी जिन्दगी में नेकी और बदी में होड़ लगी है; नेकी व बदी अपना बदला नेकी व बदी में ही देते हैं।"

रामसिंह के माथे पर बल पड़ गए, "तो, पंडित जयनारायण, मैं यह समझूँ कि आपके अंदरवाला देवता हमारी दानवता से घृणा करता है ! अच्छी बात है, मैं राजा साहेब से इसका जिक्र कर दूँगा। आप ऐसे मुलाजिमों के रहते हुए राज में राजा साहेब की हुकूमत की जड़ नहीं पनप सकती।" और रामसिंह उठ खड़े हुए।

पंडित जयनारायण भी उठ खड़े हुए, ''जैसी आपकी इच्छा, मैनेजर साहेब, लेकिन यहाँ देवत्व और दानवता का तो सवाल मैंने नहीं उठाया, मैंने सिर्फ एक सलाह भर दी थी।''

पंडित जयनारायण चले गए। रामसिंह ने जिलेदार बिन्देश्वरी प्रसाद से कहा, ''जिलेदार साहेब ! कुछ ऐसा दिखता है कि आगे चलकर बहुत बड़ी मुसीबतों का सामना करना पड़ेगा। इलाके से कुछ और लठैत बुला लेने चाहिए। आप कल सुबह मेरे यहाँ आ जाइएगा, मैं दीगर जिलों का हुक्मनामा लिख दूँगा। और इस बीच आप जरा मझले कुँवर की कार्रवाइयों को गौर से देखते रहिएगा।''

उमानाथ उस समय लाइब्रेरी में बैठा हुआ मार्कण्डेय और मनमोहन से गाँव की वर्तमान परिस्थिति पर बात कर रहा था। बिन्देश्वरी प्रसाद लाइब्रेरी के सामनेवाले बरामदे में दरवाजे से कान लगाकर खड़ा हो गया। उसने सुना–''मार्कण्डेय भइया, सारी मुसीबत तो इस अहिंसात्मक विरोध से उठ खड़ी होती है। अगर विपक्षी यह जान जाए कि इसकी लात का जवाब हमारे जूते से मिलेगा तो वह लात मारने के पहले एक बार अच्छी तरह सोचे-समझेगा। इतने अधिक गाँववाले और इतने थोड़े-से राज्य के कर्मचारी ! मेरी समझ में नहीं आता कि अगर गाँववाले मरने-मारने पर तुल जाएँ तो किस तरह राज्य के कर्मचारी उन्हें उत्पीड़ित कर सकते हैं।'' और उमानाथ हँस पड़ा।

इसका उत्तर मनमोहन ने दिया, ''मिस्टर उमानाथ ! आपने यह तो कह दिया कि राज्य के कर्मचारी थोड़े-से हैं, लेकिन यह कहने के समय आप राज्य को भूल गए। बानापुर ताल्लुका एक बहुत बड़े राज्य का एक छोटा-सा हिस्सा है। अगर आप गौर से देखें तो आपको स्पष्ट हो जाएगा कि बानापुर ताल्लुका की रक्षा करने के लिए, उसके उत्पीड़न को सार्थक और सफल बनाने के लिए एक बहुत बड़े साम्राज्य की बहुत बड़ी सेना मौजूद है।''

''तो आपका मतलब है कि जब तक यह साम्राज्य कायम रहेगा तब तक यह विषमता मौजूद रहेगी और इस विषमता को मिटाने के पहले साम्राज्य को मिटाना जरूरी है ?'' उमानाथ ने कहा।

''जी हाँ, आप मेरा मतलब ठीक समझे।''

''और मैं आपसे असहमत हूँ।'' उमानाथ ने उत्तर दिया, ''आप एक बात भूल जाते हैं मिस्टर मनमोहन, साम्राज्य विषमता का परिणाम है, कारण नहीं है। यह साम्राज्य तभी बन सका है जब दुनिया में विषमता मौजूद थी। आज मान लीजिए कि आप इस साम्राज्य को मिटा भी दें, लेकिन इन श्रेणियों को कायम रक्खें तो कल यही श्रेणियाँ साम्राज्य के मुकाबिले की या इस साम्राज्य से भी कहीं अधिक भयानक और शक्तिशाली किसी दूसरी चीज को जन्म देंगी। मिस्टर मनमोहन, परिणाम को मिटाने के

पहले हमें उस परिणाम के मूल कारणों को ढूँढ़कर मिटाना पड़ेगा, इसी में हमारा कल्याण है। और मैं कहता हूँ कि मूल कारण हममें श्रेणी-भेद है। ये थोड़े-से अंग्रेज इस विशाल देश हिन्दुस्तान पर इसलिए शासन करते हैं कि उत्पीड़न करनेवाली श्रेणियाँ इस उत्पीड़न में अंग्रेजों की मदद करती हैं। इसलिए अगर देश का बुर्जुआ क्लास मिट जाए तो फिर क्या मजाल कि अंग्रेज यहाँ जरा-सा भी टिक सकें।''

''लेकिन उसके बाद ?'' मार्कण्डेय ने पूछा।

''उसके बाद क्या ?'' उमानाथ मार्कण्डेय की ओर घूमा।

''इन बुर्जुआ लोगों के मिटाने के बाद मिटानेवाले लोग शोषक बन जाएँगे और मिटनेवाले उत्पीड़क बन जाएँगे, मनोविज्ञान तो यही कहता है। आखिर उत्पीड़न है क्या ? सबल का निर्बल से बेजा फायदा उठाने की कोशिश करना। मारनेवाला सबल है, मारा जानेवाला निर्बल है।''

उमानाथ हँस पड़ा, ''आप कैसी भद्दी दलील दे रहे हैं मार्कण्डेय भइया। वास्तव में सबल बहुमत है–वह समुदाय है जो भूखों मरता है। केवल यह बहुमत अपनी शक्ति जानता नहीं, उसका उपयोग नहीं कर सकता। और यहाँ एक और मनोवैज्ञानिक सत्य लागू होता है, शक्तिमय बहुमत का नियम है विकसित होना–असीमता की ओर, शक्तिमय अल्पमत का नियम है संकुचित होना–इकाई की ओर। इसी से राजा का जन्म होता है।''

इस बार मार्कण्डेय के हँसने की बारी थी, ''तुम्हारी दलील मैं स्वीकार करता हूँ, उमा, और तुम्हारी दलील ही तुम्हारी बात का खंडन करती है। तुम अपने बहुमत का रूप ठीक-ठीक नहीं देख पा रहे हो, तुम्हारा दृष्टिकोण विकृत है। तुम्हारा यह बहुमत वास्तव में अल्पमत है क्योंकि यह बहुमत केवल साधन है, कर्ता नहीं है। कर्ता कुछ थोड़े से इने-गिने लोग हैं जिन्हें 'नेता' कहा जाता है, बहुमत इन्हीं थोड़े से नेताओं के इशारे पर भेड़-बकरियों की तरह चलता है। और तुम्हारा यह कहना कि शक्तिमय अल्पमत का नियम है संकुचित होना–इकाई की तरफ !–यह भी ठीक है। आज रूस का डिक्टेटर स्टालिन राजा का रूपान्तर भर है।''

उमानाथ ने बड़े ध्यान से मार्कण्डेय की बातें सुनी थीं। उसने कहा, ''आप बड़ा गलत समझ रहे हैं, मार्कण्डेय भइया ! आप यह कहते हैं कि रूस में अल्पमत का आधिपत्य है, यह मैं माने लेता हूँ, लेकिन उस अल्पमत का सिद्धान्त बहुमत के कल्याण का सिद्धान्त है, वह अल्पमत बहुमत का प्रतिनिधि भर है–वह कोई विशेष श्रेणी नहीं है। और इसलिए उस अल्पमत की आवाज सारी दुनिया की आवाज है। आज जो कुछ आप रूस में देख-सुन रहे हैं वही सत्य और नित्य नहीं है, वह विकास के क्रम का एक आवश्यक अंग भर है। समाजवाद एक सम्पूर्ण सुगठित समाज में विश्वास करता

है, और प्रत्येक व्यक्ति उस सुगठित समाज का एक पुरजा है जिसे अपना काम ठीक तरह से करना है। आरम्भ में जब एक तरह की अस्थिरता, एक तरह का अज्ञान लोगों में रहता है, तब उस समाज को ठीक तौर से संचालित करने के लिए समाज को इकाई की शरण लेनी पड़ती है, पर वह इकाई ऐसी होनी चाहिए जिस पर लोगों का पूर्ण विश्वास हो, जो समाज को संचालित करने के योग्य हो। और ऐसा आदमी डिक्टेटर कहलाता है। पर मार्कण्डेय भइया, उस डिक्टेटर का हित उसका निजी हित नहीं होता, वह सकल समाज का हित होता है। आपने स्टालिन की बात उठाई है तो मैं उसी को लेता हूँ। आप कह सकते हैं कि स्टालिन अपने ऊपर कितना खर्च करता है? जब दुनिया के बड़े-बड़े नरेश अपने ऐश-आराम पर करोड़ों रुपया खर्च कर देते हैं तब स्टालिन केवल कुछ सौ रुपयों पर अपना जीवन निर्वाह करता है।''

''हाँ! यह मैं मानता हूँ कि स्टालिन बहुत कम रुपया लेता है।'' मार्कण्डेय ने कहा, ''लेकिन यह तो कोई नई बात नहीं है। हिन्दुस्तान में औरंगजेब भी तो अपने ऊपर कम से कम खर्च करता था, अनेक राजाओं के जिक्र इतिहास में आते हैं जिन्होंने अपने ऊपर कम से कम खर्च किया है। ऐसी हालत में अगर स्टालिन अपने ऊपर कम खर्च करता है तो यह कोई बड़ी बात नहीं। यह याद रखना कि स्टालिन के पास भयानक शक्ति का भयानक नशा है, बनाना और मिटाना उसके हाथ में है। उसे रुपयों की जरूरत ही क्या? उमा! हमारे देश में एक ऐसा जमाना था, जब ब्राह्मण त्यागी होते थे, जंगलों में रहते थे, उनके पास कोई सम्पत्ति नहीं होती थी। और उन्होंने खुद यह सब परित्याग किया था, जानते हो क्यों? इसलिए कि वे शासक थे, वे समर्थ थे। राजा उठकर उनका स्वागत किया करता था, उन्हें उच्च आसन देता था, उनके खाने-ठहरने का उत्तम से उत्तम प्रबन्ध करता था। सारे संसार का धन उनकी सेवा में था। यही नहीं, मन्दिरों में देवदासियाँ उनकी काम-वासना तुष्ट करने के लिए रहती थीं, जनता उन्हें कन्यादान करती थी। शक्ति भयानक चीज है, उमा, और अगर बिना पैसे के शक्ति द्वारा सबकुछ मिल सके तो पैसे की क्या जरूरत है?''

''और गांधी के पास भी तो शक्ति है।'' मनमोहन ने कहा, ''आपके कहने के मुताबिक मैं फिर गांधी में और स्टालिन में कोई अन्तर नहीं देखता। गांधी भी तो डिक्टेटर हैं।''

''वेल सेड! वेल सेड।'' उमानाथ ने ताली पीटते हुए मार्कण्डेय को देखा।

पर मानो मार्कण्डेय इस प्रश्न के लिए तैयार बैठा था, उसने कहा, ''हाँ, गांधी भी डिक्टेटर हैं—मैं यह मानता हूँ पर वह प्रेम और विश्वास से डिक्टेटर हैं। स्टालिन के पीछे एक बहुत बड़ी सेना की ताकत है, वह लोगों पर शासन करता है अस्त्र-शस्त्र के जोर से। और गांधी! गांधी के पीछे सारी ताकत है भावना की, प्रेम की, विश्वास

की। आप जब चाहें गांधी को डिक्टेटरशिप से हटा सकते हैं, लेकिन स्टालिन को नहीं। एक विदेशी सरकार की बड़ी से बड़ी शक्तियाँ भी अपने सम्पूर्ण विरोध द्वारा गांधी पर जनता के प्रेम और विश्वास को नहीं कम कर सकीं। वह डिक्टेटर है, केवल इसलिए कि देश को उसकी जरूरत है, उसने अपने को जनता के मस्तक पर जबर्दस्ती नहीं लादा, बल्कि जनता ने आग्रहपूर्वक उसे अपने मस्तक पर बिठलाया।''

''जैसा जनता ने गांधी को अपने मस्तक पर बिठलाया, वह हम खूब जानते हैं !'' उमानाथ ने मुँह बनाते हुए कहा, ''गांधी का हथियार है फरेब और छल–गुलामों के पास यही हथियार हुआ भी करता है। झूठे वादे, झूठी कल्पना, झूठा प्रोग्राम ! चारों ओर एक भयानक झूठ; और उसी झूठ से प्रभावित होकर हिन्दुस्तान की मूर्ख जनता जो सदियों से झूठे भगवान की, झूठे धर्म की, झूठे महात्माओं और महन्तों की गुलामी करती आ रही है, इस महात्मा को भी सर पर बिठलाए हुए है। लेकिन मार्कण्डेय भइया, यह ज्ञान और तर्क का युग है, यह महात्मापन का परदा ज्यादा दिन तक नहीं चल सकता और फिर या तो इस महात्मा को अपना तख्त खाली करना पड़ेगा, या फिर अपने तख्त को कायम रखने के लिए बल का प्रयोग करना पड़ेगा।''

गांधी के व्यक्तित्व तथा ईमानदारी पर हमला मार्कण्डेय को अच्छा नहीं लगा; लेकिन वह उत्तेजित नहीं हुआ। उसने शान्त भाव से कहा, ''उमा ! क्या यह आवश्यक है कि तुम इतने बड़े महापुरुष को इतनी खराब गालियाँ दो ! मैं तुमसे प्रार्थना करूँगा कि तुम गांधी को समझने की कोशिश करो। व्यक्ति को समझने के लिए उसके सिद्धान्तों को समझना बहुत जरूरी होता है। यह हमारे देश का ही नहीं वरन् समस्त मानवता का दुर्भाग्य है कि वह बिना सिद्धान्त समझे हुए बाहरी बातों से प्रभावित हो जाता है। उमा ! तुम दुनिया को बदलना चाहते हो, बिना खुद को बदले हुए, और यही तुम्हारी असफलता का बीज है। गांधी दुनिया को बदलना चाहते हैं, स्वयं अपने को बदलकर। और अपने को बदलने के प्रयत्न को तुम झूठ और आडम्बर कहते हो ! तुम हिंसा के उपासक हो, और अपने अन्दरवाली हिंसा से प्रभावित होकर तुम अहिंसा को केवल झूठा ढोंग ही समझ सकते हो। इस बात पर मुझे दुःख होता है। जब तक तुम अपने अन्दरवाली हिंसा से भरी पशुता को दूर करने का प्रयत्न न करोगे तब तक गांधी को समझ सकना तुम्हारे लिए असम्भव ही है।'' और मार्कण्डेय उठ खड़ा हुआ।

6

दूसरे दिन सुबह उमानाथ ने झगडू को बुलवाया। मैनेजर रामसिंह यहीं मौजूद थे। उस समय झगडू का पारा काफी चढ़ा हुआ था; तड़के ही उन्हें यह सूचना मिली कि रात

के वक्त परमेश्वर नाम के एक नवयुवक को जिले के आदमियों ने घेरकर मारा और परमेश्वर ने उस समय तक अन्न न ग्रहण करने का प्रण किया है, जब तक मैनेजर से बदला न ले लिया जाए।

झगडू ने आते ही रामसिंह से कहा, ''काहे हो मनीजर साहेब, अब तो आपके आदमी बहुत अधिक अत्याचार करन लग गए हैं।''

''क्यों, क्या बात है, मिसिरजी ? कौन-सा अपराध हो गया है उनसे ?'' बड़ी नम्रता के साथ रामसिंह ने पूछा।

मैनेजर की इस विनम्रता ने झगडू का क्रोध और भी भड़क उठा, ''जैसे तुम कुछ जानते नहीं हौ ! अरे भगवान से तो डरौ ! परमेसुर तुम लोगन का का बिगाड़े रहे जो ऊका अकेले पाय के तुम्हारे इलाके के आदमी बुरी तरह से पीटिन !''

''कौन परमेश्वर ? वह छोकरा ?'' रामसिंह ने कुछ सोचने की मुद्रा बनाकर कहा, ''वही न जो बड़ा तेज है। तो मिसिरजी, मुझे उसके सम्बन्ध में कुछ नहीं मालूम। लेकिन इतना जरूर कह सकता हूँ कि वह लौंडा इतना बदजबान और अक्खड़ है कि उसका हमारे आदमियों से हक-नाहक उलझ पड़ना स्वाभाविक है। और ऐसी हालत में परिणाम तो आप समझ ही सकते हैं।''

इस बार उमानाथ ने अपना सर उठाया। वह चीजों के वास्तविक रूप को समझ सकता था और वह यह भी जानता था कि घटनाओं का क्रम निश्चय रूप से अकल्याणकारी है। लेकिन उसे राज्य के मामले में बोलने का कोई अधिकार नहीं है, अपनी इस सीमा का भी उसे ज्ञान था। उसने धीरे से कहा, ''मैनेजर साहेब ! मैं जानता हूँ कि राज्य-काज में दखलन्दाजी करने का मुझे कोई अधिकार नहीं। लेकिन एक बार मैं भी अपनी बात कह देना चाहता हूँ। आप जो कुछ कर रहे हैं, आप उसे राज्य की भलाई के लिए भले ही कहें, लेकिन मैं समझता हूँ कि वह सब आप अपनेपन से, अपनी अहम्मन्यता से प्रेरित होकर कर रहे हैं; उसमें राज्य का फायदा नहीं, नुकसान है; और इसलिए मेरी सलाह तो यह है कि आप अपने आदमियों से शान्त हो जाने को कह दें।''

हाथ जोड़कर रामसिंह ने कहा, ''मझले सरकार ! आप मेरे साथ अन्याय कर रहे हैं। मैं आपको किस तरह विश्वास दिलाऊँ कि जो कुछ मैं कर रहा हूँ वह अपनी तरफ से नहीं कर रहा हूँ बल्कि राजा साहेब के हुक्म की तामील कर रहा हूँ। इसके अलावा मैंने अपने आदमियों से हमेशा शान्त रहने को कहा है, लेकिन यह गाँववाले हमारे आदमियों को शान्त होकर बैठने कब देते हैं !''

रामसिंह के इस कथन से उमानाथ निरुत्तर हो गया। कुछ देर तक सब लोग मौन बैठे रहे, फिर उमानाथ ने कहा, ''यह तो सुना, लेकिन सवाल मेरे सामने यह है कि

आखिर हो क्या ? जो कुछ हो रहा है उसमें किसी का कल्याण नहीं।"

मालूम होता है कि इतनी देर में ठाकुर रामसिंह ने उत्तर सोच रक्खा था, उन्होंने कहा, "अब एक ही तरीका है, मझले सरकार ! वह यह कि मैं इस्तीफा दे दूँ। मिसिरजी के कहने के मुताबिक बिनाए-मुखसिमत मैं हूँ, और शायद मेरे हटने से झगड़ा शान्त हो जाए।"

झगडू ने कड़ी निगाह से रामसिंह को देखते हुए कहा, "और तुम्हार ऐस खयाल है कि तुम्हरे रहत भए सान्ती नाहीं हुइ सकत।"

"मैंने यह तो नहीं कहा। मेरा कहना सिर्फ इतना है कि मेरे यहाँ रहते हुए गाँव वाले नहीं चुप होने को। उस दिन आप ही ने तो सँदेसा भिजवाया था कि अगर गाँव में पैर रक्खा तो मेरे हाथ-पैर तोड़ दिए जाएँगे।"

उमानाथ ने झगडू की ओर देखा और झगडू ने उत्तर दिया, "हाँ, मनीजर साहेब ठीक कहि रहे हैं। तौन मनीजर साहेब रामाधीन का ऐस पिटवाइन कि वह अधमरा हुइगा। तौन आज तक वह चारपाई सेंक रहा है।"

"खैर छोड़िए इस बात को ! अब अगर मामला यहीं रोक दिया जाए तो कैसा रहे ?" उमानाथ ने कहा।

"लेकिन परमेश्वर अन्न-जल छोड़े पड़ा है। ऊ अन्न-जल तबै ग्रहण करी जब मनीजर से बदला लीन जाई। अब ई का उपाय का है ?"

उमानाथ ने कुछ सोचा, "अच्छा ! मैं मैनेजर को यहाँ से ददुआ को बुलाने भेज रहा हूँ–जब ददुआ आएँगे तब सबकुछ तै हो जाएगा। तब तक मैनेजर साहब के यहाँ से दूर रहने तक परमेश्वर के अन्न-जल ग्रहण करने में कोई आपत्ति नहीं होनी चाहिए।"

"हमें मंजूर।" झगडू ने उत्तर दिया।

"सरकार का हुक्म मेरे सर-आँखों !" रामसिंह ने कहा।

7

जिस समय झगडू घर लौटे, उनका मन भारी था। वह समझौता कर आए थे, पर वह समझौता था कैसा ? उसका रूप क्या था ? यही न कि उन्होंने इस बात का वादा कर लिया था कि गाँववाले रामसिंह ने जो ज्यादतियाँ की थीं उनके खिलाफ कोई कार्रवाई करेंगे ! और रामसिंह का क्या होगा, यह अनिश्चित था। झगडू के अन्दर से कोई बार-बार कहता था कि उस समझौते में झगडू की पराजय हुई।

गाँववाले झगडू के दरवाजे इकट्ठा थे, वे झगडू की राह देख रहे थे। झगडू के आते

ही सब लोग उठ खड़े हुए। झगडू बिना कुछ बोले थके हुए-से बैठ गए।

किसी ने झगडू से कुछ न कहा, सब यह प्रतीक्षा कर रहे थे कि झगडू बात आरम्भ करें। जब बहुत देर तक कुछ नहीं कहा, तब एक ने पूछा, ''काहे हो मिसिरजी, कुशल है न!''

शुष्क भाव से झगडू ने उत्तर दिया, ''हाँ, कुसलै समझौ। तौन मझले कुँवर हमसे कहिन कि अब ई लड़ाई-झगड़ा बन्द कर दीन जाए।''

''और मैनेजर यहीं रहेंगे?'' दूसरे ने पूछा।

लड़खड़ाते हुए स्वर में झगडू ने कहा, ''मनीजर आज उन्नाव चले जइहैं, और राजासाहेब के साथ वापस अइहैं। तौन मनीजर की बर्खास्तगी की बात तो राजा साहेब के सामने उठ सकत है। और हमहू सोचा कि राजा साहेब के आवैं तक हम लोग शान्त रही, ई लड़ाई-झगड़ा से नुकसानै तो आय! साथै परमसुरौ अब अन्न-जल ग्रहण कर सकत है।''

इस पर एक नवयुवक हँस पड़ा, ''तो झगडू काका, इस लड़ाई के आरम्भ करने से पहले ही आपने यह क्यों नहीं सोच लिया था। अब इस अवसर पर शान्त हो जाना अपनी पराजय है—मैं तो यह जानता हूँ।''

उस नवयुवक ने जो बात कही थी उससे झगडू नाराज नहीं हुए, उन्होंने केवल अपना सर झुका लिया। चारों ओर एक गहरा सन्नाटा छाया हुआ था। इस पर एक वृद्ध आदमी ने कहा, ''जाने भी दो, लड़ाई बंद करने में हमारा हित ही है। विजय-पराजय के चक्कर में पड़कर दो-चार आदमियों के मरने से क्या तुम लोगों को संतोष हो जाएगा? मिसिरजी ने समझौता करके ठीक ही किया।''

सब लोग चले गए, पर संतुष्ट कोई न था। झगडू चुप बैठ गए; न उन्होंने स्नान किया और न भोजन। वे उस समय घर में अकेले थे, मनमोहन को साथ लेकर मार्कण्डेय एक नजदीकवाले गाँव में कांग्रेस का काम-काज देखने चला गया था। दोपहर में जब वे लौटे, झगडू उसी तरह उदास बैठे कुछ सोच रहे थे।

मार्कण्डेय ने झगडू से कहा, ''अरे बप्पा! आपने तो स्नान-भोजन कुछ भी नहीं किया? हम लोगों को देरी हो गई, लेकिन आपको तो कर लेना चाहिए था।''

''ऐसन अलसाय गएन।'' झगडू ने उत्तर दिया।

''अच्छा तो अब उठिए!''

अपने पुत्र के आग्रह को झगडू ने नहीं टाला। स्नान-भोजन के बाद जब तीनों बैठे तब झगडू ने बात आरम्भ की, ''सुनेव हो मारकण्डे, आज सुबह मझले कुँवर हमें बुलाइन रहैं।''

''क्यों?''

"बात यू भई कि रात माँ मनीजर के आदमी परमेसुर का मारिन ! तौन परमेसुर यू सपथ लीन्हिस कि जब तक मनीजर से बदला न लीन जाई तब तक वह अन्न-जल न ग्रहण करी। तौन जब हम मझले कुँवर के यहाँ गएन तो मझले कुँवर कहिन कि उइ मनीजर का उन्नाव भेजि रहे हैं, और इहाँ लड़ाई-झगड़ा बंद कर दीन जाए। उन्नाव से तिवारीजी का साथ ले के मनीजर वापस अइहैं तब निपटारा हुइ जाई। और मनीजर के इहाँ से चले जाए के बाद परमेसुर अन्न-जल ग्रहन करै।"

मार्कण्डेय ने कहा, "यह तो ठीक बात है। समझौता हर हालत में अच्छा है।"

लेकिन मनमोहन ने सिर हिलाया, "हो सकता है। मैं तो यह जानता हूँ कि अच्छा तब होगा जब परमेश्वर को संतोष हो जाए।"

"हाँ ! यू ठीक कहेव !" झगडू चौंक से उठे, "तौन परमेसुर के यहाँ जाब तो हम भूलै गएन।" यह कहकर झगडू उठ खड़े हुए। मार्कण्डेय और मनमोहन भी उनके साथ हो लिए।

8

परमेश्वर लेटा था और उसकी बूढ़ी माँ उसके सिरहाने बैठी थी। परमेश्वर के हाथों और पैरों में पट्टियाँ चढ़ी थीं। झगडू के आते ही परमेश्वर की माँ ने घूँघट निकाल लिया और मेहमानों के बैठने के लिए जमीन पर एक फट्टा डाल दिया। उस फट्टे पर मार्कण्डेय और मनमोहन बैठ गए, झगडू खड़े ही रहे। उन्होंने मनमोहन से कहा, "अच्छा परमेसुर, अब अन्न-जल ग्रहण करौ। मनीजर का मझले कुँवर उन्नाव भेज दीन्हिन !"

परमेश्वर ने झगडू की ओर देखा और कुछ देर तक देखता रहा, इसके बाद उसने आँखें बंद कर लीं और पीड़ा से कराह उठा।

झगडू को अपनी बात दुहराने की हिम्मत नहीं हुई; उनके दिल का भारीपन और भी बढ़ गया।

परमेश्वर ने आँखें खोलीं, क्षीण स्वर में उसने कहा, "काका ! बैठ जाओ।"

"नाहीं परमेश्वर–हम खड़े हन, यहै ठीक आय। अब हम तुमसे प्रार्थना करन आए हन कि तुम अन्न-जल ग्रहन करौ।"

"लेकिन बदला तो नहीं लिया गया।"

"बदलै समझो ! मनीजर अबहीं तो बानापुर से हटाय दीन गए हैं, राजा साहेब के आवै पर बर्खास्त कर दीन जइहैं।"

"और अगर राजा साहेब ने उन्हें न बर्खास्त किया तो ?" परमेश्वर ने पूछा,

"और मैं जानता हूँ कि राजा साहेब उन्हें न बर्खास्त करेंगे। तब फिर बदला कैसा ?"

"काहे न बर्खास्त करिहैं–करैं का पड़ी।" झगड़ू ने तैश में आकर कहा।

परमेश्वर मुस्कुराया, "झगड़ू काका ! इसकी जिम्मेदारी आप ले रहे हैं !"

"हाँ, ईकी जिम्मेदारी हमरे ऊपर !" झगड़ू ने आवेश में कह दिया।

"तो झगड़ू काका, मैं जल ग्रहण किए लेता हूँ–अन्न तो तभी ग्रहण करूँगा जब काम पूरा हो जाएगा !" परमेश्वर ने कहकर आँखें बंद कर लीं।

सब लोग चले आए। लेकिन आवेश के दूर होते ही झगड़ू को यह अनुभव हुआ कि उन्होंने जो कुछ किया वह गलत किया। वे रामनाथ को अच्छी तरह जानते थे और इसलिए उनके मन में भी रह-रहकर यही प्रश्न उठता था कि अगर पंडित रामनाथ तिवारी ने मैनेजर को न बर्खास्त किया तो ?

अपने मन के प्रश्न को वे लाख प्रयत्न करने पर भी न दबा सके। घर पर भोजन करने के बाद जब झगड़ू, मार्कण्डेय और मनमोहन बैठे तब झगड़ू ने कह ही डाला, "काहे हो मारकण्डे ! तिवारी जी से तो हमें आसा नहीं कि उइ मनीजर को बर्खास्त करिहैं। तौन मझले कुँवर से नाहीं कुछ करवाय सकत हौ ?"

मार्कण्डेय कुछ देर तक मौन सोचता रहा, फिर उसने कहा, "बप्पा ! मुझे यह आशा कम ही है कि उमा की बात का तिवारीजी पर कुछ असर पड़ेगा। फिर भी मैं कोशिश जरूर करूँगा !"

"और अगर हम सब असफल भएन तब ?" झगड़ू ने फिर पूछा।

मार्कण्डेय मानो इस प्रश्न के लिए तैयार बैठा ही था, "तब सत्याग्रह करना चाहिए !"

इस बात से झगड़ू चौंक उठे, "सत्याग्रह ! सत्याग्रह तो सरकार के साथ कीन जात है, मनई के साथ कैसा सत्याग्रह ?"

"क्यों नहीं ? गाँववाले लगान देना बंद कर दें।"

"और जो जबरदस्ती होई, बेदखली होई, कुरकी होई–ऊका कौन उपाय है ?" झगड़ू ने पूछा।

"जबर्दस्ती बर्दाश्त की जाए, कुर्की में कोई माल न खरीदे, बेदखली के बाद उस जमीन को कोई न ले !"

इस बार मनमोहन बोला, "आप क्या कह रहे हैं, मार्कण्डेय जी ? लोग मार खाँय और सबकुछ खो दें। कुर्की में खरीदनेवाले मिल जाएँगे और अगर न भी मिले तो कुर्क हुई चीजें हल, बैल, जमीन, मकान–कम से कम दाम में खुद तिवारीजी खरीद लेंगे। और बेदखली के माने होंगे तिवारी जी के लिए कुछ सौ रुपए का नुकसान, जिसे वे आसानी से बर्दाश्त कर लेंगे, लेकिन किसानों के लिए बेदखली के अर्थ होंगे भूखों

मरना जिसे वे लोग बर्दाश्त न कर सकेंगे।''

''सुनेव मारकण्डे, मनमोहन का कहिन ! सोला आना ठीक बात आय। नाहीं, सत्याग्रह ई मामला माँ सम्भव नाहीं।'' झगड़ू ने कहा।

''सब सम्भव है, लेकिन आत्मबल चाहिए, बप्पा ! ये किसान वैसे ही कब भूखों नहीं मरते ? एक बार उनकी समझ में यह बात आ जाए कि इस पशुता की जिन्दगी से मृत्यु अच्छी है तो सबकुछ सम्भव हो जाएगा। और साथ में मैं तो यह कहता हूँ कि सत्य और अहिंसा में इतना बल है कि वह बड़े से बड़े अत्याचार को दबा सकता है, केवल मनुष्य में इस सत्य और अहिंसा पर पूर्ण विश्वास होना चाहिए। तिवारी जी मनुष्य ही तो हैं, उनके पास भी हृदय है, दया है, करुणा है। ऐसी हालत में आप यह कैसे समझते हैं कि इस सत्य और अहिंसा का असर उन पर न पड़ेगा !''

इस बात को सुनकर मनमोहन जोर से हँस पड़ा। मनमोहन की इस हँसी से पिता-पुत्र दोनों ही चौंक उठे। उस हँसी में सरसता न थी, माधुर्य न था। उस हँसी में रूखापन से भरा एक भयानक व्यंग्य था, उपेक्षा थी। वह हँसी एक धर्मांध की हँसी थी जिसके अन्दर भयानक प्रतिहिंसा भरी हो। मार्कण्डेय ने आश्चर्य से मनमोहन को देखा लेकिन मनमोहन हँसता ही रहा। अन्त में मार्कण्डेय को पूछना पड़ा, ''क्यों, क्या बात है मनमोहन ?''

''कुछ नहीं; आप अपना प्रयोग करें। समय बतला देगा कि कौन गलती कर रहा है।'' मनमोहन ने सिर्फ इतना ही कहा।

9

दूसरे ही दिन शाम के समय तिवारी जी को साथ लेकर मैनेजर रामसिंह बानापुर में उपस्थित हो गए। जिस समय उनकी कार महल के सामने रुकी–मार्कण्डेय, उमानाथ और मनमोहन चा पीकर टहलने जानेवाले थे। उमानाथ ने बढ़कर पिता के चरण छुए, मार्कण्डेय और मनमोहन तिवारी जी को प्रणाम करके एक ओर खड़े हो गए। कार से उतरते हुए रामनाथ ने मुस्कुराकर उमानाथ से कहा, ''देखता हूँ वह मुसीबत जिससे मैं बचना चाहता था, मेरे ऊपर आ ही पड़ी।''

रामनाथ तिवारी की व्यंग्यात्मक मुस्कुराहट से ही उमानाथ ने समझ लिया कि उसके पिता निर्णय करके घर से चले हैं और उन्होंने अपना मार्ग निर्धारित कर लिया है। उस निर्णय से उन्हें डिगाने के लिए उमानाथ को भी मुस्कुराकर कहना पड़ा, ''मुसीबत स्वयं नहीं आती, वह तो लोगों द्वारा आमन्त्रित की जाती है। दोष इसमें मैनेजर साहब का है, यह मैं कह सकता हूँ।''

उमानाथ ने साफ देख लिया कि वार खाली गया, उसकी बात का रामनाथ पर कोई असर नहीं पड़ा क्योंकि उसकी बात का रामनाथ ने जरा भी बुरा नहीं माना। "हाँ, हो सकता है। लेकिन मैं तो इतना जानता हूँ कि रामसिंह मेरे इलाके में एक अरसे से मैनेजर हैं, और आज के पहले रामसिंह के कारण हमें इस परिस्थिति का कभी सामना नहीं करना पड़ा था।" कमरे की ओर बढ़ते हुए रामनाथ ने कहा।

वे चलते जाते थे और कहते जाते थे, "मैंने सारी परिस्थिति समझ ली है बिना रामसिंह की पूरी बात सुने हुए; परिस्थिति समझ लेना ऐसा कोई मुश्किल काम भी तो न था। रामसिंह कभी भी स्वीकार नहीं करेंगे कि उन्होंने कोई ज्यादती की; मैं भी उसे अपना अधिकार और फलस्वरूप रामसिंह का अधिकार मानकर कहूँगा कि उन्होंने कोई ज्यादती नहीं की। साथ ही मैं यह स्वीकार करने से नहीं हिचकता कि आज वही बात लोगों द्वारा ज्यादती समझी जा रही है। उसे मार्कण्डेय ज्यादती कहेंगे, उसे दया ज्यादती कहेगा, उसे तुम भी ज्यादती कहोगे। और चूँकि तुम लोग उसे ज्यादती कहते हो, लिहाजा मेरी रियाआ भी उसे ज्यादती समझने लगी है। लोगों ने मेरी रियाआ को समझाया है कि वह ज्यादती है, मैं अपनी रियाआ को समझाने आया हूँ कि यह मेरा अधिकार है।"

"तो क्या आप अपनी रियाआ को समझा सकेंगे!" उमानाथ ने पूछा।

"जरूर! बड़ी अच्छी तरह समझा सकूँगा, लेकिन समझाने का तरीका कुछ और होगा और मेरे हिसाब से सही होगा।" रामनाथ इस बार हँस पड़े, "अधिकारी वही हो सकता है जो समर्थ होता है, और समर्थ वह है जो बली है, शक्तिशाली है। लिहाजा अपने अधिकार को अपनी शक्ति द्वारा ही सफलतापूर्वक समझाया जा सकता है।"

उमानाथ ने कहा, "और मनुष्यता?–क्या जीवन में मनुष्यता का कोई स्थान नहीं?"

रामनाथ ने रूखा-सा उत्तर दिया, "उमानाथ! मैं तुम्हें समझाने नहीं आया हूँ और इसलिए मैं तुमसे तर्क न करूँगा। मैं अपने साथ एक दूसरी तरह का तर्क लेकर आया हूँ, ऐसा तर्क जो मुझे अपनी प्रजा के साथ करना चाहिए। और इसलिए तुम्हारे साथ तर्क करके मैं उस समय वाले अपने तर्क को भूलना नहीं चाहता।"

इस समय सब लोग बड़े कमरे में पहुँच गए थे। तख्त पर रामनाथ बैठ गए और खिदमतगार उनके जूते खोलने लगा। उमानाथ वगैरह फर्श पर बैठ गए। रामसिंह एक तरफ खड़े थे। तिवारीजी ने रामसिंह को देखा, "और तुम उमा के कहने से उन्नाव गए थे न।"

"सरकार, सभी लोगों की ऐसी राय थी तो मझले कुँवर ने भी कह दिया। और इस बढ़ते हुए उपद्रव को देखकर मैंने भी मुनासिब समझा कि उसकी इत्तिला सरकार

को कर दी जाए।"

इतने में झगड़ू मिसिर भी वहाँ पहुँच गए। पंडित रामनाथ तिवारी के आने की इत्तिला बिजली की तरह गाँव में फैल गई थी और लोगों ने झगड़ू को रामनाथ तिवारी से मिलकर सारी स्थिति स्पष्ट कर देने को भेजा था।

झगड़ू को देखते ही रामनाथ उठ खड़े हुए और उन्होंने झगड़ू के प्रणाम का उत्तर देते हुए कहा, "आइए, मिसिरजी ! मैं आपकी प्रतीक्षा कर रहा था !" यह कहकर झगड़ू का हाथ पकड़कर अपने साथ तख्त पर बिठलाने की कोशिश की।

लेकिन झगड़ू तख्त पर नहीं बैठे। इन्होंने कहा, "नहीं, तिवारी जी ! आज हम फरियादी की हैसियत से राजा साहेब के सन्मुख उपस्थित भए हन, तौन हमार स्थान यू फरस आय।" और झगड़ू फर्श पर बैठ गए।

रामनाथ ने झगड़ू को एक बार गौर से देखा, और उनका मुख गम्भीर हो गया तथा उनके मत्थे पर बल पड़ गए। उन्होंने कहा, "अच्छा, मिसिरजी ! आपके साथ न्याय होगा, मैं आपको विश्वास दिलाता हूँ। अब आपको जो कुछ कहना हो कह डालिए।"

रामनाथ की इस मुद्रा से उमानाथ को प्रसन्नता हुई, उमानाथ ने देखा कि रामनाथ के अन्दर तर्क वाली कमजोरी पैदा हो गई है। झगड़ू ने गला साफ करके कहा, "बात यू है, तिवारीजी, कि मनीजर साहेब आजकल बहुत ज्यादती करब शुरू कर दीन्हिन हैं। लोगन का पिटवाइन, उनकी खेती उजाड़ दीन्हिन, उनके घर माँ आग लगवाय दीन्हिन। आखिर लोगन का जियन देहैं कि नाहीं। हमार जो कुछ अपमान कीन्हिन ऊकी तो हमें चिन्ता न आय लेकिन परमेसुर नाम के एक लड़का केर काल हाथ-पैर तुड़वाय दीन्हिन।"

"आपका अपमान भी हुआ है ?" आश्चर्य से रामनाथ ने पूछा, फिर उन्होंने रामसिंह से कहा, "क्यों रामसिंह, मिसिरजी का कहना है कि तुमने उनका अपमान किया है। क्या बात है ?"

"जी !..." सकपकाते हुए रामसिंह ने कहा, "बात यों हुई कि किसी आसामी को जो मैंने सजा दिलवाई तो मिसिरजी ने मुझसे कहलाया कि मैं गाँ में कदम न रक्खूँ, वरना मेरी भी हालत वही होगी जो उस आसामी की हुई थी। और सरकार मैंने मिसिरजी की वह चुनौती इस नाचीज के खिलाफ नहीं समझी बल्कि राजा साहेब के खिलाफ समझी, क्योंकि वहाँ तो मेरी हस्ती सरकार के प्रतिनिधि की हैसियत से है।"

"फिर तुमने क्या किया ?" रामनाथ ने पूछा।

"जी, करता क्या ! अपने दस-बारह आदमियों के साथ मैं उसी दिन रात के समय मिसिरजी की सेवा में हाजिर हो गया, मिसिरजी को समझाने के लिए मैंने जो

कुछ किया वह जाती नहीं था बल्कि सरकार के हुक्म का तामीली के रूप में था और उन्होंने मुझे जो चुनौती दी थी वह मुझे नहीं दी थी बल्कि राज को दी थी।"

"तो तुम फौजदारी करने गए थे मिसिरजी से, मिसिरजी की आदत को जानते हुए। तुमने समझा था कि जो बात क्षणिक आवेश में आकर मिसिरजी ने कह दी उसका बदला अपने को कानून की गिरफ्त से बचाकर ले लिया जाए। तो मिसिरजी ने तुम्हें चले आने दिया ? क्यों मिसिरजी ! यकीन नहीं होता, आपको जानते हुए। उस समय तो फौजदारी हो जानी चाहिए थी।"

अब मनमोहन की बोलने की बारी थी, "जी, मिसिरजी ने लाठी तान ली थी, लेकिन मैंने देखा कि वे अकेले हैं और आपके आदमी उनकी हत्या करने पर तुलकर गए हैं। लिहाजा मैंने मिसिरजी का हाथ पकड़ लिया था।"

रामनाथ चुप बैठे थोड़ी देर तक कुछ सोचते रहे, इसके बाद उन्होंने कहा, "फिर आगे !"

"अब हम का बताई !" झगडू ने उत्तर दिया, "तौन आपके आदमी मिलके परमेसुर को ऐस बुरी तरा मारिन कि कुछ न पूछौ ! और परमेसुरौ जिद पकड़गा कि जब तक मनीजर से बदला न लै लीन जाई तब तक वह अन्न-जल न ग्रहण करी।"

रामनाथ ने कहा, "परमेश्वर के खिलाफ दो बातें हैं–एक तो वह अपना लगान देने से इनकार करता है दूसरे रियाआ को बरगलाता है कि वह भी लगान न दे। मिसिरजी, ये बातें कहाँ तक ठीक हैं ?"

झगडू को कहना पड़ा, "हाँ, ईसे तो इनकार नाहीं कीन जाए सकत है। लेकिन ई सबका कारन आपके मनीजर का दुर्व्यवहार है। तौन परमेसुरौ का नया खून आय। सो ऐसी बातन पर ध्यान न देन चाही।"

रामनाथ हँस पड़े, "और ऐसी बातों पर ध्यान न देकर अपने को नष्ट कर लेना चाहिए !–आप यही कहना चाहते हैं, मिसिरजी ? तो आप गलती करते हैं। अच्छा, मिसिरजी ! अब मैं अपना निर्णय दे रहा हूँ। रामसिंह को मैं बर्खास्त कर रहा हूँ, इस बात पर कि उन्होंने आपका अपमान करके एक तरह से मेरा अपमान किया है। लेकिन रामसिंह अभी दो महीने तक इस राज्य के मैनेजर रहेंगे, यह साबित करने के लिए कि उनकी अन्य बातों से मैं सहमत हूँ और दूसरों की जरा भी परवाह नहीं करता।"

इस निर्णय को सुनकर वहाँ सब लोग अवाक् रह गए। झगडू कुछ चुप रहकर बोले, "तिवारी जी, हमार आपसे यह प्रार्थना आय कि हमरे कारन रामसिंह का कौनो दंड न दीन जाए, केवल ई लिए कि परमेसुर की बात पूरी हुई जाए, आप अबहीं रामसिंह का कौनो हलका-सा दंड दै देंय।"

रामनाथ तिवारी ने झगडू की आँखों से आँखें मिलाते हुए कहा, "और इस तरह

मैं अपनी रियाआ पर यह जाहिर करूँ कि मैं कमजोर हूँ, मैं उससे दबता हूँ। मिसिरजी ! आज के पहले तो यह परिस्थिति नहीं उत्पन्न हुई थी ! यही रियाआ थी, यही मैनेजर थे और यही मैं था। आप शायद कहेंगे कि आज के दिन लोग अपना अधिकार जान गए हैं। आप ही क्यों, आज सभी पढ़े-लिखे लोग कह रहे हैं। लेकिन जहाँ अधिकार की बात उठती है वहाँ मैं भी अपना अधिकार जानता हूँ। सबल अधिकारी है, यह नियम अनादि काल से लागू रहा है, अनन्त काल तक लागू रहेगा। मैं इस इलाके का मालिक हूँ, जो कुछ मैं कहूँगा, इस इलाके में बसनेवालों को वही करना पड़ेगा। जो वह नहीं करना चाहता, जो मेरे कहने का विरोध करेगा, वह इस इलाके में नहीं रह सकता। जिस तरह होगा उसे दंड दिया जाएगा।''

तिवारी जी की इस बात से झगडू तिलमिला उठे, ''तिवारी जी, यू याद राखौ कि आपके ऊपर कानून है।''

''कानून !'' तिवारी जी हँस पड़े, ''शब्द-शब्द-शब्द ! कानून शब्दों का एक जंजाल है। कानून बनता है कायरों के लिए, असमर्थों के लिए, निर्बलों के लिए। कानून हमने बनाए हैं, हम समर्थों ने अपनी सुविधा के लिए, और अपनी सुविधा के लिए हमीं उसे बदल सकते हैं, तोड़-मरोड़ सकते हैं, उन्हें दूसरा अर्थ पहना सकते हैं। मैं कहता हूँ, तुम सब पुलिस के पास जाओ, डिप्टी कलेक्टर के पास जाओ, कलेक्टर के पास जाओ ! तुम्हें कोई रोकता नहीं, रास्ता खुला है। मिसिरजी, मैं फिर कहता हूँ कि मैं सबल हूँ, मैं कानून हूँ।''

झगडू उठ खड़े हुए, उनका चेहरा तमतमा उठा, ''तो फिर, तिवारी जी, चलत-चलत हमहू एक बात आपसे कहि देई; आप मनुष्यता के उपासक न आओ, आप दानवता के उपासक आओ; तौन आपका झुकाय दानवतै सकत है। अच्छा प्रनाम।'' और झगडू वहाँ से चले गए।

थोड़ी देर तक गहरा सन्नाटा छाया रहा, फिर तिवारी जी मुस्कुरा पड़े, ''मुझे दानवता ही झुका सकती है, रामसिंह। यहाँ कितने लठैत हैं ?''

''सरकार, चालीस। हालत खराब देखकर मैंने बुलवा लिया थे।''

''और कुल कितनी बन्दूकें !''

''सरकार, दस बन्दूकें हैं।''

10

''ठीक है !'' और तिवारीजी ने मुस्कुराते हुए कहा, ''मुझे दानवता ही झुका सकती है। कितनी मजेदार बात है।''

कोठी से जब लोग बाहर निकले, मनमोहन ने रामसिंह से कहा, "जरा आपसे दो-एक बातें करनी हैं !"

"कहिए !" और मनमोहन और रामसिंह एक किनारे हो गए।

"आपको पंडित रामनाथ तिवारी ने बर्खास्त कर दिया है। अगर आप दो महीने बाद न जाकर आज ही यहाँ से चले जाएँ तो क्या हर्ज है !"

रामसिंह के मत्थे पर बल पड़ गए, "क्यों, मेरे जाने से क्या होगा ?"

"परमेश्वर की जान बच जाएगी, और साथ ही शायद एक बहुत बड़ा खून-खराबा बच जाए !" मनमोहन ने गम्भीरतापूर्वक कहा।

"हूँ ! ऐसी बात है ! अच्छा, इस पर गौर करूँगा !"

"इसमें गौर करने की क्या बात है ?"

रामसिंह तनकर खड़े हो गए–उनके मुख से उनकी शिष्टता का आवरण हट गया, "तो मैं आपसे साफ-साफ कह दूँ ! मेरी यहाँ से जाने की सम्भावना नहीं के बराबर है। जिन झगड़ू के कारण मुझे बर्खास्त होना पड़ा है, उन झगड़ू में कितना दम-खम है–एक दफे मैं यह देख लेना चाहता हूँ !"

मनमोहन ने रामसिंह को गौर से देखा, एक अजीब तरह की दृढ़ता से भरी कठोरता रामसिंह के चेहरे पर थी। और अनायास ही मनमोहन का मुख कुछ विकृत हो गया–"हूँ ! तो एक बात मैं आपसे कह देना चाहता हूँ। मालूम होता है कि आप दूसरों को मिटाने पर तुल गए हैं। लेकिन दूसरों को मिटाने के प्रयत्न में कहीं खुद न मिट जाएँ जरा इस पर सोच लीजिएगा।"

"तो क्या मैं इसे धमकी समझूँ ?"

"आप इसे मेरी आखिरी बात समझिए !" और इतना कहकर बिना उत्तर की प्रतीक्षा किए मनमोहन वहाँ से चल पड़ा।

मनमोहन जब घर पहुँचा, गाँववाले झगड़ू को घेरे बैठे थे। झगड़ू कह रहे थे–"रामसिंह को दंड तो मिल चुका, जैसे दुइ महीना बाद बर्खास्त भए तैसे आज !"

"लेकिन परमेश्वर तो प्राण देने पर तुला है।" एक ने कहा, "उसका कहना है कि रामसिंह को दंड नहीं मिला है, कम से कम उसके साथ अन्याय करने पर !"

और इसी समय एक आदमी ने आकर बतलाया कि परमेश्वर ने जल पीना भी छोड़ दिया है। झगड़ू ने उठते हुए कहा, "तो फिर भगवान की इहै इच्छा है कि खून-खराबा होय !"

मनमोहन के साथ झगड़ू परमेश्वर के यहाँ पहुँचे; परमेश्वर बेहोश-सा पड़ा था। झगड़ू के आने पर उसने बड़े प्रयत्न से आँखें खोलीं, हाथ में जनेऊ लेकर उसने कहा, "मिसिरजी, इस जनेऊ की शपथ ली है। ब्राह्मण होकर मैं शपथ नहीं तोड़ सकता !"

झगड़ू निराश वापस लौटे। उनके अन्दर भयानक उथल–पुथल मचा था। परमेश्वर इतना अधिक कमजोर हो गया था कि दो-एक दिन से अधिक उसका चलना असम्भव था। वह रात एक दुश्चिन्तता से भरी हुई थी, एक अजीब निराशा चारों ओर छाई थी। झगड़ू की चौपाल में लोगों की भीड़ बढ़ती जा रही थी। बहुमत यह था कि रात में ही महल पर चढ़ाई की जाए और जमकर युद्ध हो।

पूरी बात सुनकर झगड़ू ने अपना निर्णय दिया, "तो फिर आज फैसला हुइ जाए ! मृत्यु कबौं न कबौं तो अवश्य आई तो फिर कायरतापूर्वक जिन्दा रहन से कौन लाभ ?"

और झगड़ू की बात सुनकर सब लोग उठ खड़े हुए।

पर मनमोहन ने झगड़ू का हाथ पकड़ लिया, "मिसिरजी ! आप क्या कर रहे हैं ? आप सब लोग मृत्यु के मुख में जा रहे हैं, क्या आप जानते हैं ?"

झगड़ू ने कहा, "हाँ, पर ई से क्या ?"

"इससे यह है कि आप युद्ध करने या लड़ने नहीं जा रहे हैं बल्कि आप मरने जा रहे हैं। वहाँ चालीस लठैत हैं, दस बन्दूकें हैं, और आप लोगों को पशुओं की तरह मार डालने का पूरा प्रबन्ध है !"

झगड़ू ठिठक गए, और उनके साथ अन्य लोग भी। उसी समय मार्कण्डेय तिवारी जी के यहाँ से वापस लौटा। उसने जो यह भीड़ देखी तो अपने पिता के पास जाकर पूछा, "क्या बात है, बप्पा !"

झगड़ू ने कोई उत्तर न दिया, लेकिन मार्कण्डेय सारी स्थिति समझ गया। उसने कहा, "लेकिन बप्पा ! यह सब कितना गलत है–आप लोग हिंसा की शरण ले रहे हैं ! क्या आपको शोभा देता है ? आप एकाएक अपना कर्तव्य क्यों भूल गए ?"

"मैंने तिवारीजी से बात की है, कल वह परमेश्वर के यहाँ जाएँगे और वहाँ सब बातें पूछकर अपना निर्णय देंगे !"

उस रात सब लोग चले गए। सुबह के समय रामनाथ तिवारी परमेश्वर के यहाँ पहुँचे। गाँव के अन्य लोग वहाँ पहले से इकट्ठा होकर तिवारीजी की प्रतीक्षा कर रहे थे। तिवारी जी ने परमेश्वर से कहा, "अच्छा, तुम अपना अनशन तोड़ दो, जब ताकत आ जाए तब मुझसे सब बातें बतलाना, मैं इतना विश्वास दिलाता हूँ कि मैं न्याय करूँगा !" लेकिन परमेश्वर ने जनेऊ हाथ में लेकर कहा, "मेरा न्याय तो यह है ! मैंने शपथ ली है, राजा साहेब ! और शपथ पूरी करके अपने ब्राह्मणत्व का पालन करूँगा !"

"तो तुम्हें मेरे न्याय पर विश्वास नहीं है ?" जरा कड़े स्वर में रामनाथ ने कहा।

परमेश्वर के मुख पर एक रूखी मुस्कुराहट आई, "आपका न्याय तो नित्य हुआ

करता है !"

रामनाथ तिवारी घूम पड़े। सब लोग स्तब्ध खड़े थे। घर के बाहर रामनाथ तिवारी रुके, उसने सामने गाँववाले खड़े थे। रामनाथ ने गम्भीरतापूर्वक कहा, "जिसे मेरे न्याय पर विश्वास नहीं उसे मेरी मनुष्यता पर विश्वास नहीं; और इसलिए वह आदमी मरता है या जीता है, इससे मुझे कोई प्रयोजन नहीं।" और रामनाथ तिवारी अपनी कोठी को लौट गए।

11

परमेश्वर की तबीयत दोपहर से गिरने लगी और रात में उसकी मृत्यु हो गई। गाँव भर में परमेश्वर की मृत्यु की खबर फैल गई। सुबह उसकी अर्थी निकली।

परमेश्वर की अन्त्येष्टि क्रिया करके गाँववाले शाम के समय लौटे। सारे गाँव में मुर्दनी छाई हुई थी। मनमोहन भी अर्थी के साथ श्मशान गया था; वहाँ से लौटकर उसने झगडू से कहा, "मिसिरजी ! अब मैं चलूँगा। मैंने इस गाँव में बहुत कुछ देखा। इतना देखा कि जी भर गया।"

झगडू की आँखों में आँसू आ गए। अपराधी की भाँति सर झुकाकर उन्होंने कहा, "जाओ मनमोहन ! कौन मुँह लेके तुम्हें रोकी। हम सब पसु आन ! परमेसुर दुनिया से चला गा, और रामसिंह ई गाँव से नाहीं गए ! न जाने भगवान की का इच्छा है !" मनमोहन ने झगडू की इस बात का कोई उत्तर नहीं दिया। उसका मुख भयानक रूप से विकृत हो गया था। उसने दरवाजे से निकलते हुए केवल इतना कहा, "मिसिरजी ! भगवान कुछ नहीं है, भगवान हमारी अकर्मण्यता से भरी कायरता भर है। अच्छा, मैं उमानाथ और तिवारी जी से मिलकर चला जाऊँगा। तिवारी जी मुझे स्टेशन भिजवाने का प्रबन्ध कर देंगे ! प्रणाम !"

जिस समय मनमोहन बानापुर महल में पहुँचा, उसने देखा कि तिवारीजी अकेले बैठे कुछ सोच रहे हैं। बाहर रामसिंह तथा इलाके के अन्य कार्यकर्ता खड़े थे। वहाँ का सारा वातावरण दुश्चिन्ता से भरा हुआ था। मनमोहन सीधा कमरे में चला गया।

रामनाथ ने सिर उठाया। मनमोहन ने कहा, "तिवारी जी ! मैं जा रहा हूँ। आपकी आज्ञा लेने आया हूँ !"

रामनाथ ने मनमोहन से आँखें हटा लीं; कुछ देर तक उन्होंने शून्य की ओर देखा, फिर कहा, "मनमोहन ! मुझे इस बात का दुःख है यह सब हो गया। मैं नहीं जानता आगे क्या होगा, पर मैं इतना अनुभव करता हूँ कि आगे जो कुछ होगा, बहुत सम्भव है वह इससे भी बुरा हो, भयानक हो ! लेकिन इसमें मेरा क्या दोष है ?"

रुखाई के साथ मनमोहन ने उत्तर दिया, "इस सम्बन्ध में मैं क्या राय दे सकता हूँ, राजा साहेब ! यह तो अपना-अपना दृष्टिकोण है।"

रामनाथ ने मानो मनमोहन के स्वर की रुखाई को अनुभव ही नहीं किया; उन्होंने फिर कहा, "मैं कहता हूँ कि पहले कभी यह सब क्यों नहीं हुआ ? मैं पूछता हूँ कि आज की परिस्थिति की जिम्मेदारी मुझ पर कैसे आ सकती है ? यह इलाका वही है, मैं वही हूँ, मेरे मुलाजिम वही हैं और मेरी नीति वही है–फिर यह सब क्यों ?"

मनमोहन इस बात पर मौन रहा।

रामनाथ स्वयं ही बोल पड़े, "हाँ, समय बदल रहा है और समय के साथ सारी दुनिया बदल रही है। लेकिन मैं कहता हूँ कि दुनिया गलत तरीके पर बदल रही है। यह अराजकता, एक दूसरे पर अविश्वास, यह दुराग्रह !–इस सबसे कल्याण नहीं हो सकता–कभी नहीं हो सकता। जहाँ हिंसा का सवाल है वहाँ वही विजयी होगा जिसके पास बल है, पाशविकता है ! इस हिंसा का मुकाबला करने के लिए, यही प्राकृतिक है कि हम भी अपनी हिंसा को पाशविकता की सीमा तक विकसित करें...!" और रामनाथ अपनी बात कहते-कहते रुक गए।

वे उठ खड़े हुए, "तो तुम जा रहे हो ! अच्छा मेरी कार तुम्हें स्टेशन तक पहुँचा देगी !" यह कहकर रामनाथ ने खिदमतगार को आवाज दी। "देखो, उमा को बुलाकर कह दो कि वह मनमोहन को स्टेशन पहुँचा आवे !" तिवारी जी ने खिदमतगार से कहा।

उमानाथ ने मनमोहन का टिकट खरीदकर मनमोहन को गाड़ी पर बिठला दिया। उस समय छै बजे थे। गाड़ी चल दी।

अगले स्टेशन पर मनमोहन गाड़ी से उतर पड़ा। उस समय रात हो गई थी, और गहरा अन्धकार छाया था। रेल की पटरी-पटरी वह बानापुर की तरफ वापस लौटा। जिस समय उसने बानापुर में प्रवेश किया, दस बज चुके थे। गाँव में सन्नाटा छाया था। दबे पाँव वह मैनेजर रामसिंह के घर पहुँचा।

रामसिंह के घर के सामने दो सिपाहियों का पहरा था। ये दोनों सिपाही आग से सामने बैठे हुए दम लगा रहे थे। उनकी नजर बचाकर मनमोहन फाटक के अन्दर घुस गया।

बाहर के कमरे में रामसिंह दो सरवराकार के साथ बैठे बातें कर रहे थे। मनमोहन दरवाजे की आड़ में खड़ा होकर इन सरवराकारों के जाने की प्रतीक्षा करने लगा। थोड़ी देर बाद दोनों सरवराकार उठकर चले गए। वे सरवराकार फाटक के बाहर निकल गए और रामसिंह अन्दर जाने को उठ खड़े हो गए। उसी समय मनमोहन ने कमरे में प्रवेश किया।

मनमोहन के कमरे में प्रवेश करते ही रामसिंह चौंक उठे, उन्होंने कहा, "आप ! आप यहाँ कैसे ? आप तो उन्नाव चले गए थे !"...और एकाएक रामसिंह रुक गए, उनका चेहरा भय से पीला पड़ गया, वह भय से काँप उठे।

उस समय रामसिंह ने देखा कि उनके सामने मनुष्य नहीं खड़ा है, एक महाकुरूप दानव खड़ा है। मनमोहन मुस्कुरा रहा था और उसके हाथ में पिस्तौल थी। उसने कहा, "रामसिंह ! हम लोगों के विधान में मृत्यु का बदला मृत्यु हुआ करता है। तुमने परमेश्वर की हत्या की है, मैं तुम्हें उसका दंड देने आया हूँ !" और इसके पहले कि रामसिंह कुछ कहें, या अपनी सहायता के लिए किसी को पुकारें, मनमोहन ने पिस्तौल का घोड़ा दाब दिया।

पिस्तौल की आवाज होते ही चारों ओर से लोग दौड़ पड़े। इस भगदड़ का लाभ उठाकर मनमोहन पिस्तौल दागता हुआ गाँव के बाहर हो गया।

12

जिस समय रामसिंह की हत्या की खबर तिवारी जी के यहाँ पहुँची, वे लेटे हुए थे। उन्हें नींद न आई थी, उस समय वे बहुत अधिक उद्विग्न थे। उनका दिल कह रहा था कि जल्दी ही कोई भयानक कांड होनेवाला है, लेकिन उनकी समझ में न आ रहा था कि क्या होगा और कैसे होगा।

खबर पाते ही रामनाथ उठ खड़े हुए। उमानाथ के साथ वे रामसिंह के घर पहुँचे, वहाँ कुहराम मचा हुआ था। मनमोहन के पिस्तौल की गोली रामसिंह का हृदय पार कर गई थी और गोली लगते ही उसी क्षण उसके प्राण निकल गए थे। रामनाथ के आते ही एक हरकारा थाने भेज दिया। पुलिस को खबर करने के बाद, इसके बाद उन्होंने मानो अपने ही से कहा, "यह गोली रामसिंह को नहीं मारी गई है, यह गोली मुझे मारी गई है।"

पुलिस वाले आए और तहकीकात शुरू हुई। कोई भी यह न कह सकता था कि रामसिंह की हत्या किसने की, किसी पर शक भी न किया जा सकता था। लेकिन यह स्पष्ट था कि रामसिंह की हत्या की गई, और गाँव की जैसी परिस्थिति थी, उसे देखते हुए इस पर आश्चर्य भी न होता था कि रामसिंह की हत्या की गई। रामसिंह का शव चीर-फाड़ के लिए उसी समय उन्नाव भेज दिया गया।

रामसिंह की हत्या की खबर सुबह गाँव में उस समय मालूम हुई जिस समय पुलिस ने तहकीकात के लिए गाँव में प्रवेश किया। पर गाँव में पूरी तहकीकात होने पर भी पुलिस के दारोगा और पंडित रामनाथ तिवारी किसी निर्णय पर नहीं पहुँच सके।

पुलिस के चले जाने के बाद शाम के समय रामनाथ अपने महल के बरामदे में राज्य के कर्मचारियों से घिरे बैठे थे। कोई कुछ न बोल रहा था, किसी की समझ में कुछ न आ रहा था। एकाएक रामनाथ उठ खड़े हुए, उन्होंने तनकर कहा, "यह वार रामसिंह पर ही नहीं किया गया, यह वार मुझ पर भी किया गया है, और इस वार का मुझे जवाब देना पड़ेगा। ठाकुर, जगदेव सिंह ! क्या किया जाए ?"

सरवराकार जगदेवसिंह रामसिंह के नजदीकी रिश्तेदार होते थे। उन्होंने कहा, "सरकार ! सारा फिसाद झगड़ू मिसिर ने खड़ा किया है।"

"हो सकता है, लेकिन इससे मामला तो हल नहीं होता !" रामनाथ तिवारी कुछ सोचने लगे। उन्होंने फिर कहा, "सवाल यह है कि किया क्या जाए ? क्या तुम्हारा ऐसा खयाल है कि झगड़ू इस हत्या में शामिल हैं, या उन्हें हत्या करनेवाले का पता होगा ?"

"मैं तो ऐसा ही समझता हूँ, सरकार !"

"तो फिर मुझे झगड़ू से इस पर बातचीत करनी पड़ेगी !" रामनाथ ने एक कदम बढ़ाते हुए कहा, "मैं खुद झगड़ू के यहाँ चल रहा हूँ !"

रामनाथ तिवारी सदलबल झगड़ू के यहाँ पहुँचे। उस समय झगड़ू के यहाँ गाँव के लोग एकत्रित थे और रामसिंह की हत्या पर टीका-टिप्पणी कर रहे थे। रामनाथ को देखते ही सब लोग उठ खड़े हुए, झगड़ू ने तख्त पर बिछौना बिछाते हुए कहा, "प्रनाम तिवारी जी ! कैसे कष्ट कीन्हेव ? पधारौ !"

रामनाथ तिवारी बैठे नहीं, खड़े ही खड़े उन्होंने पूछा, "मिसिरजी, मैं आपके यहाँ यह पूछने आया था कि रामसिंह की हत्या किसने की ?"

झगड़ू चौंक उठे, "तो आपका ऐस खयाल है कि ई हत्या माँ हम सामिल हन ?"

रामनाथ ने व्यंग्यात्मक स्वर में कहा, "मैं आशा करता था कि मुझ पर पीछे से वार न किया जाएगा।"

एकाएक झगड़ू काँप उठे। अचानक ही उन्हें मनमोहन की याद हो आई, "निर्बल और सबल की लड़ाई केवल एक तरह सम्भव है, निर्बल सबल पर जब वार करे, पीछे से करे !" और झगड़ू ने कोई उत्तर नहीं दिया। वे उस समय सोच रहे थे–'क्या मनमोहन ने यह किया है ? लेकिन मनमोहन तो कल शाम के समय ही उन्नाव चला गया था, उमानाथ उसे खुद गाड़ी पर चढ़ा आए थे !'

कुछ देर तक झगड़ू के उत्तर की प्रतीक्षा करने के बाद रामनाथ ने कहा, "क्यों मिसिरजी ! बोलते क्यों नहीं; रामसिंह की हत्या का बदला मैं जरूर लूँगा। अगर आप उस आदमी का नाम मुझे बतला दें जिसने यह कांड किया है तो गाँव के अन्य लोग मेरे बदले की चक्की से बच जाएँगे।"

रामनाथ ने तेज नजर से परमानन्द सुकुल को देखा, "और नहीं तो सारे गाँव

को उजाड़ दूँगा, इस गाँव को जलवाकर राख कर दूँगा।'' उत्तेजित होकर रामनाथ ने कहा।

''और यह सब आप करके सही-सलामत बच जाएँगे और हम नपुंसक की तरह देखते रहेंगे''-मन्नू दुबे ने रामनाथ की आँखों से अपनी आँखें मिलाते हुए कहा।

और उसी समय परमानन्द सुकुल ने कहा, ''आपकी क्या हस्ती जो यह सब करें? हम ऐसे निबल नहीं हैं, तिवारी जी !''

''मेरी हस्ती देखना चाहते हो तो देख लेना !'' और रामनाथ अपने आदमियों के साथ वापस लौट आए।

दूसरे दिन रामनाथ के आदमियों के साथ पुलिस के दारोगा गाँव में आए। परमानन्द सुकुल और मन्नू दुबे को बाँधकर वे रामनाथ की कोठी पर ले गए। यह बात आँधी की तरह गाँव भर में फैल गई। रामनाथ ने चुनौती दे दी थी।

खबर एक गाँव से दूसरे गाँव में पहुँची, और दूसरे से तीसरे में। आसपास के गाँव के आदमी उत्तेजित होकर बानापुर में एकत्रित होने लगे, और करीब दो-तीन घंटे के बाद ही तीन-चार सौ लट्ठबंद आदमी रामनाथ की कोठी की तरफ चल पड़े। उस समय झगड़ू ने उन लोगों को शान्त रहने को बहुत समझाया-बुझाया, लेकिन वहाँ झगड़ू की बात सुनने को कोई भी तैयार न था। झगड़ू ने देखा कि अति भयानक कांड होनेवाला है। एक बार रामनाथ को समझाने के लिए झगड़ू वहाँ से रामनाथ के यहाँ चले, भीड़ से यह वादा करके कि आधा घंटे के अन्दर ही वे मामला तै करके लौट आवेंगे।''

जिस समय झगड़ू रामनाथ के यहाँ पहुँचे, पुलिस-दारोगा के साथ बैठे हुए रामनाथ गाँव में एकाएक उत्पन्न हो जानेवाली परिस्थिति पर बातें कर रहे थे। झगड़ू के पहुँचते ही बातें बंद हो गईं। दारोगा जी ने झगड़ू से कहा, ''कहिए मिसिरजी ! गाँववालों के क्या इरादे हैं ?''

झगड़ू ने पुलिस-दारोगा के सवाल का कोई जवाब नहीं दिया, उन्होंने रामनाथ से कहा, ''हम आपसे यू प्रार्थना करन आए हैं कि परमानन्द सुकुल और मन्नू दुबे का छोड़ दीन जाए ! और फिर यू हमार जिम्मेदारी कि गाँव माँ कौनौ उपद्रव न होई।''

''और अगर न छोड़े गए तो ?'' रामनाथ ने पूछा।

झगड़ू रामनाथ के स्वर को जानते थे, उन्होंने कहा, ''तिवारी जी ! आप यू हमार व्यक्तिगत प्रार्थना समझौ ! हम गाँव की तरफ से आपका चुनौती देन नाहीं आए हन।''

रामनाथ मुस्कुरा पड़े, ''आपकी प्रार्थना है, मिसिरजी ! आपने मुझे अजीब परिस्थिति में डाल दिया। पर आपकी बात मैं नहीं टालूँगा !'' इस बार उन्होंने पुलिस दारोगा से कहा, ''दारोगा जी, उन दोनों आदमियों को आप यहाँ बुलाइये और आगाह करके छोड़ दीजिए !''

दारोगा ने दोनों आदमियों को बुलाया, उनकी हथकड़ियाँ खोल दी गईं। रामनाथ ने कहा, ''आप लोग जा सकते हैं। अपने छूटने पर आप लोग मिसिरजी को धन्यवाद दें।''

दोनों चले गए, बिना एक शब्द कहे हुए, सर झुकाए। पर उन दोनों की मुद्रा में कुछ ऐसी बात थी जो वहाँ बैठे हुए लोगों को अच्छी नहीं लगी।

भीड़ रामनाथ की कोठी से करीब एक मील की दूरी पर खड़ी हुई थी। मन्नू दुबे उस हथियारबंद भीड़ को देखते ही चिल्ला उठे, ''धिक्कार है हम लोगन पर ! आज हमार मर्दानगी बूड़ गई। हमारा इतना अपमान हुआ, हथकड़ी पहिनाकर हम लोगों को पुलिसवाले ले गए और तुम लोग मुर्दा की तरह खड़े रहे। अब यह गाँव रहने के काबिल नहीं रह गया।''

मन्नू दुबे की इस बात ने आग में घृत का काम किया। कुछ लोगों ने पूछा, ''हम लोग मर-मिटने पर तैयार होकर निकले हैं। बोलो क्या किया जाए ?''

अब परमानन्द की बारी थी। उन्होंने पास खड़े हुए एक आदमी की लाठी छीनकर घुमाते हुए कहा, ''आज फैसला हो जाना चाहिए। जो अपने को मर्द समझता हो वह आवे हमारे साथ !'' और यह कहकर वे रामनाथ की कोठी की तरफ घूम पड़े। उत्तेजित भीड़ परमानन्द सुकुल और मन्नू के पीछे-पीछे चल पड़ी।

भीड़ की आवाज सुनकर रामनाथ और अन्य लोग चौंक उठे। भीड़ तेजी के साथ बढ़ी चली आ रही थी। दारोगा ने उठते हुए कहा, ''राजा साहेब ! भीतर चलिए ! मालूम होता है कि यह लोग बलवा करने आ रहे हैं। अपने आदमियों को इकट्ठा कीजिए, मुकाबिला करने के लिए !''

पर रामनाथ बैठे ही रहे, ''आने दीजिए ! सुनूँ भी कि ये लोग क्या कहना चाहते हैं !''

भीड़ उस समय तक सामने आ गई थी। दारोगा जी तेजी के साथ कमरे के अन्दर घुस गए और भीतर से दरवाजा बंद कर दिया। झगडू ने खड़े होकर कड़े स्वर में कहा, ''काहे ! का बात है ?''

पर झगडू की बात किसी ने सुनी ही नहीं; एक मिनट में दोनों चारों तरफ से घिर गए। परमानन्द सुकुल ने चिल्लाकर कहा, ''लो ! हमें हथकड़ी पहनाने का बदला लो !'' और उन्होंने रामनाथ पर लाठी का प्रहार किया।

पर झगडू ने यह प्रहार अपने हाथों पर लिया, और उसी समय मन्नू दुबे ने लाठी चलाई। उस समय रामनाथ खड़े हो गए। लाठी उनके सर पर पड़ी और वे गिर पड़े। झगडू ने चिल्लाकर कहा, ''हत्यारो ! यू का करि रहे हौ ?''

लेकिन भीड़ पागल हो गई थी। एक साथ पचास लाठियाँ उठीं। और उसी समय

झगडू रामनाथ तिवारी के ऊपर लेट गए। पचासों लाठियाँ झगडू पर पड़ीं।

और एकाएक मार्कण्डेय की आवाज आई, ''बप्पा ! बप्पा ! यह क्या हो रहा है ?''

मार्कण्डेय की आवाज सुनते ही मानो भीड़ का पागलपन गायब हो गया। लाठियाँ रुक गईं, और मार्कण्डेय दौड़ता हुआ वहाँ पहुँचा। उस समय लोगों ने देखा कि झगडू की आँखें बंद हैं और उनके सर से खून की धार बह रही है। इस समय तक रियासत के दस आदमी और पुलिस के दस आदमी बन्दूकें लिए हुए वहाँ आ गए थे।

भीड़ ने देखा कि रामनाथ जिन्दा हैं और उसने झगडू के प्राण ले लिए।

चौथा परिच्छेद

1

रेल की पटरी-पटरी मनमोहन रातोंरात उन्नाव पहुँच गया।

जिस वक्त मनमोहन प्रभानाथ के बँगले पहुँचा, प्रभानाथ सोकर उठ चुका था। मनमोहन को देखते ही चौंक उठा, आश्चर्य से उसने पूछा, "अरे, इस वक्त तुम कैसे ?"

कुरसी पर बैठते हुए मनमोहन ने कहा, "सबकुछ बताता हूँ, लेकिन जरा ठहर कर। रात भर पैदल चलता हुआ यहाँ पहुँचा हूँ।"

थोड़ी देर में नौकर ने प्रभानाथ को चा के लिए बुलाया। मनमोहन को साथ लेकर प्रभानाथ चा पीनेवाले कमरे में पहुँचा, वहाँ वीणा प्रभानाथ का इन्तजार कर रही थी। मनमोहन को देखते ही वह उठ खड़ी हुई, उसने मनमोहन को नमस्कार किया। लेकिन शायद मनमोहन ने न वीणा को देखा, न उसके नमस्कार को देखा; सर झुकाए वह एक खाली कुर्सी पर बैठ गया था। और उसने वीणा को उस समय देखा जब वीणा ने चा का प्याला उसके सामने रख दिया।

वीणा को देखते ही मनमोहन चौंककर उठ खड़ा हुआ; नमस्कार करते हुए मुस्कुराने का प्रयत्न किया, "क्षमा कीजिएगा, मैंने आपको देखा नहीं था। मैं आपके अस्तित्व को, और आपके ही अस्तित्व को नहीं, स्वयं अपने अस्तित्व को भूला हुआ था !" इतना कहकर वह फिर कुर्सी पर बैठ गया और उसने एक ठंडी साँस ली।

वीणा की आँखों में कौतूहल चमक उठा, उसने पूछा, "आखिर कौन-सी ऐसी बात हुई कि इतना अधिक उद्विग्न हैं ?"

"बात ?" मनमोहन ने जरा हिचकिचाते हुए कहा, "बात...कुछ भी नहीं, और शायद बहुत बड़ी। मैं बानापुर से आ रहा हूँ, प्रभानाथ, तुम्हारी रियासत के मैनेजर को खत्म करके, और उसको खत्म करने के साथ तुम्हारी रियासत में एक बहुत बड़े खून-खराबे को रोककर !" और यह कहकर मनमोहन ने बानापुर के संघर्ष का पूरा किस्सा आदि से अन्त तक कह सुनाया।

इस किस्से को सुनकर प्रभानाथ गम्भीर हो गया, उसने कहा, ''मनमोहन ! तुम समझते हो कि तुमने बानापुर के संघर्ष और विद्रोह को खत्म कर दिया है, लेकिन मैं कहता हूँ कि तुमने एक ऐसा काम किया है जिसके परिणाम की कल्पना करते ही मैं काँप उठता हूँ। इस समय वहाँ क्या हो रहा होगा, मैं नहीं जानता; लेकिन भयानक कांड हो रहा होगा ! तुम ददुआ को पूरी तरह नहीं जानते !''

चा पीकर मनमोहन सो गया। वह जिस समय सोकर उठा, बारह बज गए थे। वीणा स्कूल चली गई थी और प्रभानाथ बाहर लान में बैठकर आधा धूप में तथा आधा एक पेड़ की छाया में कुर्सी पर बैठा एक किताब पढ़ रहा था। मनमोहन बाहर निकल आया, वह प्रभानाथ के सामने लान पर ही बैठ गया। उसने पूछा, ''कौन-सी किताब है ?''

''कार्ल-मार्क्स का 'कैपीटल' !''

मनमोहन हँस पड़ा, ''तो समाजवादी बनने की धुन तुम पर कैसे सवार हुई ?''

प्रभानाथ मुस्कुराया, ''समाजवाद ऐसा कुछ बुरा भी नहीं मालूम होता, गो कि मैं समाजवादी बनने की इस समय तो नहीं सोच रहा हूँ। यह किताब मझले भइया की है, पढ़ने के लिए और कोई किताब नहीं थी इसलिए इसी को खोलकर बैठ गया।'' कुछ रुककर प्रभानाथ ने पूछा, ''नींद तो अच्छी आई ?''

''खूब अच्छी तरह ! सारी थकावट मिट गई ! हाँ प्रभानाथ, एक बात कहनी थी। आज मैं कानपुर जा रहा हूँ, मैं समझता हूँ कि अज्ञात-प्रवास की अवधि समाप्त कर देनी चाहिए, अब काम करना है।''

प्रभानाथ कुछ बोला नहीं, वह मौन मनमोहन को देख रहा था।

मानो मनमोहन ने प्रभानाथ से किसी भी प्रकार के उत्तर की आशा न की थी, कुछ रुककर उसने फिर कहा, ''छोटी-सी जिन्दगी और भयानक रूप से अनिश्चित। इसका प्रत्येक क्षण मूल्यवान है, प्रभानाथ ! और हमारे पास काम ही काम है ! तो शाम की गाड़ी से मैं कानपुर जा रहा हूँ। परसों सरदार विजय सिंह के मकान पर शाम को तुम्हें आना है।''

''समझा।'' प्रभानाथ ने कहा, ''और वीणा को भी साथ लेते आऊँ ?''

मनमोहन ने कुछ देर तक सोचा, फिर उसने कहा, ''जरूरत तो कोई खास नहीं है, लेकिन अगर चाहो तो साथ लेते आना; शायद कुछ निकल ही आवे ! और सबसे बड़ी बात यह है कि इससे तुम्हें संतोष होगा !''

2

तीसरे दिन रात को सरदार विजय सिंह के मकान पर लोग एकत्रित हुए। कानपुर की पार्टी के तीस आदमी वहाँ मौजूद थे और उनके अलावा दो आदमी और थे, जिन्हें प्रभानाथ न पहचानता था। मनमोहन ने बतलाया, कि वे दोनों आदमी दिल्ली से आए हैं। वीणा एक कोने में गुमसुम बैठी थी।

सब लोगों के बैठ जाने के बाद कार्रवाई शुरू हुई। विजय सिंह ने बतलाया कि दो आदमी दिल्ली से आए हैं, उनका कहना है कि वहाँ की पार्टी के पास रुपया नहीं है और वहाँ के कार्यकर्ता विवश तथा अकर्मण्य बैठे हैं। साथ ही कानपुर की पार्टी का रुपया भी धीरे-धीरे खत्म हो रहा है।

इसके बाद निस्तब्धता छा गई। अन्त में मनमोहन ने कहा, "तो क्या हो ? रुपए का इंतजाम करना ही होगा।"

"और रुपया पाना आसान काम नहीं है !" एक आदमी हँस पड़ा–"फिर एक सवाल उठता है–कितना रुपया चाहिए ?"

"चाहिए तो बहुत ज्यादा ! दिल्ली के लिए, कानपुर के लिए ! और बंगाल से अलग रुपयों की माँग है। वहाँ पुलिस की सरगर्मी तथा जिस प्रकार कुछ लोगों के विश्वासघात के कारण परिस्थिति उत्पन्न हो गई है उससे वहाँ कुछ दिन के लिए काम स्थगित-सा हो रहा है, और वहाँ के प्रमुख कार्यकर्ताओं को भागना है। महीनों से वे अज्ञात स्थानों में बंद से हैं।"

इसी समय एक आदमी और आया, सब लोग चुप हो गए। आनेवाले ने कहा, "कल रात पैसेंजर गाड़ी से बिंदकी रोड से खजाना आएगा, फतेहपुर !"

"पूरा पता लगा लिया है ?" विजय सिंह ने पूछा।

"हाँ, करीब दस हजार रुपया होगा।"

विजय सिंह का चेहरा तमतमा उठा, "भगवान हमारी मदद कर रहा है। कल रात को ही काम करने का अवसर मिल गया।"

थोड़ी देर तक सब मौन बैठे रहे, सब सोच रहे थे। उस मौन को मनमोहन ने तोड़ा–"हूँ, कल रात डाका डालना है !" वह हँस पड़ा, "कल–बिंदकी रोड से गाड़ी चलती है बारह बजे, और फतेहपुर पहुँचती है एक बजे। बीच में दो स्टेशन हैं। लेकिन हमें सब से छोटा स्टेशन चाहिए, वह कुरुस्ती कलाँ; वहाँ सिर्फ एक स्टेशनमास्टर है, वही टिकट बाबू है। और मान लो दो चपरासी; तो कुल मिलाकर हुए तीन आदमी। इन तीन आदमियों के लिए हमारा एक आदमी काफी है। एक कार पर। एक ड्राइवर के लिए और एक गार्ड के लिए। इन चार के अलावा चार आदमी और चाहिए खजाने

के साथ पुलिसवालों के लिए और खजाना ट्रेन से अपनी कार तक पहुँचाने के लिए। इस तरह कुल आठ आदमियों की जरूरत है।"

विजय सिंह ने कहा, "एक मैं हूँ।"

और मनमोहन ने उसी समय कहा, "दूसरा मैं हूँ।" यह कहकर उसने प्रभानाथ की ओर अजीब तरह देखा। और प्रभानाथ अनायास ही कह पड़ा, "तीसरा मैं हूँ।" उस समय वीणा उठ खड़ी हुई, "चौथी मैं हूँ।"

मनमोहन ने कहा, "मैं अस्वीकार करता हूँ। इस काम में स्त्री की कोई आवश्यकता नहीं।"

सब लोगों ने मनमोहन की बात का समर्थन किया।

इसके बाद लाटरी डालकर टिकट निकाले गए–पाँच आदमियों का चुनाव इन टिकटों से हुआ। कार्यवाही समाप्त होने के पहले विजय सिंह ने कहा, "कार का प्रबन्ध मैं लूँगा।"

3

दो बजे रात के समय उस स्टेशन पर कोई मुसाफिर न था। जिस समय इन डाका डालनेवालों की कार स्टेशन के बाहर रुकी, बिंदकी रोड से आनेवाली ट्रेन की रोशनी दूर से दिख रही थी। एक आदमी ने स्टेशनमास्टर और वहाँ के खलासियों को वश में किया था। तब तक गाड़ी स्टेशन पर आकर रुक गई। गाड़ी के रुकते ही विजय सिंह इंजन की तरफ झपटा और मनमोहन सिंह गार्ड की तरफ। प्रभानाथ की अध्यक्षता में तीन आदमी उस डब्बे में घुस गए जिसमें खजाना रक्खा था।

प्रभानाथ और उसके साथी के हाथ में पिस्तौलें थीं। और इन दोनों को देखते ही पुलिसवालों के हाथ-पैर ढीले हो गए। प्रभानाथ और उसका साथी, दोनों पिस्तौलें ताने खड़े रहे और दो आदमियों ने खजाने के सन्दूक कार पर लादने शुरू कर दिए। उसके बाद सब लोग कार पर बैठ गए, तब विजय सिंह ने सीटी दी। विजय सिंह के सीटी देते ही मनमोहन और प्रभानाथ पिस्तौलें दागते हुए तेजी के साथ कार की तरफ बढ़े।

खजाने के साथ बारह पुलिसवाले थे, सशस्त्र। उनकी आँखों के आगे खजाना लुट रहा था, और वे विवश बैठे थे। लेकिन गाड़ी के सेकंड क्लास में एक और आदमी था जो इस कांड को बड़े कौतूहल के साथ देख रहा था। प्रभानाथ और मनमोहन के भागने के साथ ही उसने अपने रिवाल्वर से उन दोनों की तरफ फायर किया। गोली प्रभानाथ के बाएँ हाथवाले पुट्ठे में धँस गई। पर वह आदमी उस समय तक गाड़ी से नीचे उतर आया था।

मनमोहन और प्रभानाथ स्टेशन की इमारत के पास आ गए थे–वे अपनी कार से करीब पचीस कदम के फासले पर थे। उसी समय उस आदमी ने दूसरी गोली चलाई। इस बार गोली मनमोहन की जाँघ में घुस गई। मनमोहन ने उलटकर पिस्तौल चलाई, एक आह के साथ उस आदमी के पास खड़े हुए एक दूसरे आदमी के गिरने का धमाका हुआ। इस समय बारहों पुलिसवाले अपनी राइफलें लिए हुए गाड़ी से उतर पड़े, और बारह राइफलें एक साथ छूटीं।

मनमोहन और प्रभानाथ इस समय स्टेशन की इमारत के बाहर हो रहे थे। मनमोहन ने खतरे को देख लिया, उसने प्रभानाथ से कहा, "तुम जाओ, और सब लोग कार पर चल दो! मैं इस जंगल में कहीं छिप जाऊँगा।"

प्रभानाथ ने उसी समय जोर से कहा, "सरदार, तुम चलो। हम लोग कल तक पहुँच जाएँगे।" और उसके कहने के साथ ही कार चल दी। इधर मनमोहन को सहारा देते हुए प्रभानाथ रात के गहरे अन्धकार में विलीन हो गया।

जिस आदमी ने ये दो गोलियाँ चलाई थीं उसका नाम विश्वम्भर दयाल था, और वह पुलिस डिपार्टमेंट में था। विश्वम्भर दयाल खुफिया विभाग में एक बड़ा कर्मचारी था और वह भारत सरकार से सम्बद्ध था। वह असिस्टेंड सुपरिंटेंडेंट के पद पर था और वह उस गाड़ी से इलाहाबाद जा रहा था जहाँ दो दिन रुककर उसे कलकत्ता के लिए चल देना था। कलकत्ता में आतंकवादियों के दल की जड़ खोद निकालने के लिए उसकी नियुक्ति हुई थी।

विश्वम्भर दयाल ने देख लिया था कि दो आदमी जख्मी हो गए हैं और कार बिना लिए हुए ही चल पड़ी है। उसने पुलिसवालों को दो टुकड़ी में बाँटकर प्रभानाथ और मनमोहन का पीछा करने का हुक्म दिया। एक टुकड़ी के साथ वह था, दूसरी के साथ खजाने के साथवाला हवलदार था।

पेड़ों के झुरमुट में छिपते हुए मनमोहन और प्रभानाथ दोनों चल रहे थे। मनमोहन की जाँघ से खून बह रहा था और धीरे-धीरे उसकी जाँघ में पीड़ा बढ़ रही थी। थोड़ी दूर तक चलने के बाद पुलिसवालों के पैरों की आवाज धीमी पड़ी। प्रभानाथ ने अपने रूमाल से मनमोहन की जाँघ में पट्टी बाँध दी। उसी समय उन्हें पुलिसवालों की टार्च का प्रकाश दिखलाई पड़ा और उनके पैरों की आवाज बढ़ने लगी। ऐसा मालूम होता था कि टार्च के प्रकाश में पुलिसवालों को इन दोनों की झलक मिल गई।

प्रभानाथ मनमोहन को हाथ का सहारा देते हुए दूसरी ओर घूम पड़ा, और उन्हें दूसरी ओर भी दूर पर टार्च का प्रकाश दिखलाई दिया। पुलिसवालों की दूसरी टुकड़ी उस ओर थी।

इस समय तक दोनों घनी झाड़ियों के बीच आ गए थे। इनके बाद एक नाला था

जो सूखा था, और दोनों उस नाले में उतर गए। अब वे नाले-नाले चलने लगे; किधर ? वे स्वयं न जानते थे। करीब दो फर्लांग चलने के बाद उन्हें नाले के ऊपर पुल दिखलाई दिया। दोनों उस पुल के नीचे घुस गए।

दूर पर पुलिसवालों के पैरों की आवाज साफ सुनाई पड़ रही थी; वे जानते थे कि दो जख्मी आदमी कहीं पास में ही हैं और वे दूर नहीं जा सके होंगे। एक ओर से आवाज आई–"कहीं उस पुल के नीचे न छिपे हों।"

"लेकिन पुल के नीचे कौन जाएगा ?" एक ने कहा।

प्रभानाथ ने सुना। उसने मनमोहन से कहा, "वे लोग पुल के अंदर आने की कोशिश करेंगे। चलो, यहाँ से निकला जाए।"

मनमोहन उठ खड़ा हुआ। दो कदम चलने के बाद वह रुक गया, "नहीं प्रभानाथ ! मैं नहीं चल सकता ! जाँघ का दर्द अब बहुत बढ़ गया है। तुम यहाँ से निकल जाओ, कल मौका पाकर मुझे यहाँ से उठा ले जाना !" और उसने धीरे से कहा, "अगर मैं जिन्दा रहा !"

उस समय प्रभानाथ ने जबर्दस्ती मनमोहन को उठाकर कंधे पर लाद लिया, और वह पुल के बाहर दूसरी ओर निकल पड़ा। पुलिसवाले सतर्कता के साथ पुल की ओर बढ़ रहे थे। प्रभानाथ सारा बल लगाकर तेजी के साथ आगे बढ़ रहा था। दो फर्लांग चलने के बाद वह एक घने पेड़ की छाया में बैठ गया। मनमोहन ने कहा, "प्रभानाथ ! हम लोग कहाँ हैं ?"

प्रभानाथ ने एक ठंडी साँस ली–"कुछ कह नहीं सकता !"

उसी समय दूर पर पैरों की आवाज सुनाई दी; इस समय तक पुलिसवालों के साथ कुछ गाँववाले भी एकत्रित हो गए थे, और उस प्रदेश की छानबीन सरगर्मी के साथ हो रही थी।

प्रभानाथ ने कहा, "वे लोग इधर ही आ रहे हैं ! इन बेईमानों से यह भी नहीं हुआ कि जरा आराम कर लेने देते !" और वह हँस पड़ा। उठते हुए उसने मनमोहन को हाथ का सहारा दिया–"चलो मनमोहन !"

"नहीं प्रभानाथ !" मनमोहन ने कहा, "तुम जाओ, और उन्हें आने दो। अपनी पिस्तौल भी मुझे दो-बस ! मैं इन लोगों को समझ लूँगा।"

"यह नहीं हो सकता। मैं इस तरह तुम्हें न मरने दूँगा !" प्रभानाथ ने दृढ़ता के साथ कहा।

"मुझे बचाने में हम दोनों को मरना होगा !" मनमोहन ने एक ठंडी साँस ली।

लेकिन प्रभानाथ ने मानो मनमोहन की बात सुनी ही नहीं। उसने मनमोहन को उठा लिया, और वह तेजी के साथ चल पड़ा। चारों ओर भयानक अन्धकार था, और

प्रभानाथ खेतों को पार करता हुआ चला जा रहा था।

"कहाँ चल रहे हैं?" मनमोहन ने पूछा।

"कह नहीं सकता! केवल इतना जानता हूँ कि चल रहे हैं!"

चारों ओर गहरा सन्नाटा छाया था। कभी-कभी दूर से पैरों की आवाज मिल जाती थी, जिनसे यह मालूम होता था कि पीछा करनेवाले थके नहीं, न उन्होंने पीछा करना छोड़ा है।

मनमोहन सोच रहा था, एक ठंडी साँस भरकर उसने कहा, "ठीक कहते हो, प्रभानाथ! हम सब केवल इतना जानते हैं कि हम चल रहे हैं, और यही हमारी मुसीबत है। यही मुसीबत रही है, यही मुसीबत रहेगी। अगर हम इतना जान सकते कि हम कहाँ चल रहे हैं तो अधिक अच्छा होता। लेकिन...लेकिन शायद यह सम्भव नहीं।"

प्रभानाथ मौन था, पता नहीं वह मनमोहन की बात सुन भी रहा था। पर यह साफ मालूम हो रहा था कि प्रभानाथ थक गया था; वह हाँफ रहा था। मनमोहन ने काफी देर तक प्रभानाथ के बोलने की प्रतीक्षा करके कहा, "नहीं, मुसीबत तब हल होगी जब हम यह जान लें कि हम कहाँ चल रहे हैं। इस बिना लक्ष्य के चलते रहने से मैं ऊब गया हूँ, प्रभानाथ!"

लेकिन प्रभानाथ ने इसका कोई उत्तर नहीं दिया। प्रभानाथ के लिए यह समय बात करने का नहीं था—उसके सामने सवाल यह था कि किस तरह सही-सलामत बच निकला जाए।

मनमोहन ने कुछ रुककर कहा, "प्रभानाथ! प्यास लगी है।"

"देखो—आगे चलकर कोई गाँव मिल जाए।"

"नहीं, प्रभा! बुरी तरह प्यासा हूँ। मेरा गला सूख रहा है। तुम थक गए हो—मैं यह साफ देख रहा हूँ। मुझे तुम यहीं लिटा दो, देखो पास में कोई नहर या तालाब हो।" प्रभानाथ वास्तव में थक गया था। उसने मनमोहन को जमीन पर लिटा दिया और फिर पानी की तलाश में चल दिया।

प्रभानाथ करीब बीस-पचीस कदम गया होगा कि उसे पिस्तौल चलने की आवाज सुनाई दी। यह पिस्तौल की आवाज वहाँ से आई थी जहाँ वह मनमोहन को लिटाकर आया था। प्रभानाथ दौड़ा, उसने देखा कि मनमोहन चित पड़ा है, उसका एक हाथ उसके मत्थे पर है और उसके हाथ में पिस्तौल है। प्रभानाथ ने मनमोहन को देखते ही कहा, "यह क्या कर डाला मनमोहन?"

मनमोहन का चेहरा भयानक पीड़ा से ऐंठ रहा था। उसने अपनी पीड़ा को दबाने के लिए मुस्कुराने का प्रयत्न करते हुए कहा, "प्रभा! दो आदमियों के मरने की अपेक्षा

एक का मरना ज्यादा अच्छा है। अब तुम जाओ–अपने घर ! और मैं जा रहा हूँ...हम दोनों के चलने का लक्ष्य तो मिल गया। अभी तक हम लक्ष्यहीन चल रहे थे।''

प्रभानाथ खड़ा था, निस्तब्ध और विमूढ़। मनमोहन ने फिर कहा, ''प्रभा, जरा मेरे पास बैठ जाओ–हाँ, ठीक ! प्रभा, अन्तिम समय एक बात मैं तुमसे कहूँगा–तुम इस क्रान्तिकारी दल को छोड़ दो। यह बड़ा गलत रास्ता है, यह रास्ता उन लोगों के लिए है जो निराश हो चुके हैं !'' मनमोहन छटपटा रहा था। उसने फिर कहा, ''मैं जा रहा हूँ, प्रभा ! मेरी तुम पर ममता हो गई है–क्यों ? मैं नहीं कह सकता। लेकिन एक बात की खुशी है–आज मैंने तुममें वह मानवता देखी जिस पर मैं विश्वास खो चुका था। मैंने देखा कि मुझे बचाने के लिए तुम अपनी जान खतरे में डाल रहे हो ! उफ्, प्रभा ! तुम नहीं जानते कि मैंने कितना बर्दाश्त किया है ! कितनी जोर की प्यास लगी है–अन्तिम समय पानी की एक बूँद मिल सकती।''

''मैं पानी लिए आता हूँ।'' प्रभानाथ ने कहा।

''नहीं ! यह भी बर्दाश्त कर सकता हूँ। कुछ क्षण–बस इतनी ही देर तो बर्दाश्त करना है, जब एक लम्बी जिन्दगी मैंने बर्दाश्त करने में बिता दी। अच्छा, प्रभा ! तुम मुझे वचन दो कि तुम इस क्रान्ति के मार्ग से हट जाओगे, मुझे वचन दो।''

''मनमोहन !''

''मैं मर रहा हूँ, प्रभा, और मैं कहता हूँ। अपने सारे अनुभवों को लेकर कहता हूँ कि यह गलत मार्ग है। मुझे वचन दो।'' मनमोहन ने प्रभा को एक करुण दृष्टि से देखा। प्रभानाथ ने कहा, ''मैं वचन देता हूँ।''

''ठीक प्रभा ! अब मैं शान्तिपूर्वक मर सकता हूँ–म–र–र–हा–हूँ।'' और प्रभानाथ ने देखा कि मनमोहन का सर लटक गया, उसके हाथ एकाएक ऐंठ गए। लेकिन उसके होंठों पर एक हलकी-सी मुस्कान है।

4

मनमोहन के सिरहाने बैठकर प्रभानाथ ने भगवान से मनमोहन की आत्मा को शान्ति देने की प्रार्थना की; इसके बाद वहाँ से चल पड़ा। उस समय उसे दिशा-ज्ञान न था, उसके सर में चक्कर आ रहा था। चलते-चलते वह पक्की सड़क तक पहुँच गया और उसने फतेहपुर की राह ली। जिस समय वह श्यामनाथ के बँगले पर पहुँचा, सुबह हो रही थी। पहरेदार ने प्रभाकर को सलाम किया। चुपचाप प्रभानाथ अपने कमरे में चला गया। कमरे में पहुँचकर उसने कपड़े बदले, रातवाले कपड़ों को उसने जला दिया। पर उस समय उसे असह्य पीड़ा हो रही थी।

जिस समय प्रभानाथ मकान में पहुँचा था, श्यामनाथ वहाँ न थे। रात में ही उन्हें ट्रेन की डकैती की खबर मिल गई थी और वे तहकीकात को निकल पड़े थे। प्रभानाथ अपने कमरे में पड़ा छटपटा रहा था, उसका हाथ सूज आया था। गोली हाथ के अंदर रह गई थी। रात भर वह जागता रहा था–उस समय वह बुरी तरह थका हुआ था। लेकिन उसे नींद न आ रही थी।

करीब दो घंटे बाद उसे श्यामनाथ की आवाज सुनाई दी–ड्राइंगरूम में से। श्यामनाथ कह रहे थे,"जहाँ तक मैं समझता हूँ, फतेहपुर में कोई भी क्रान्तिकारी नहीं है। वह लोग कानपुर के रहे होंगे–कानपुर में इन क्रान्तिकारियों का एक बहुत बड़ा अड्डा है भी। इस तरह की वारदात मेरे इलाके में पहली है।"

और इसके उत्तर में एक दूसरी आवाज ने कहा, "मेरा भी ऐसा खयाल है। लेकिन सवाल यह है कि वह दूसरा आदमी गायब कहाँ हो गया ? जहाँ तक मैं समझता हूँ, वह आदमी भी जख्मी हो गया है; और वह उस स्टेशन से बहुत दूर नहीं गया होगा क्योंकि किसी ट्रेन का समय भी नहीं है।"

दूसरे आदमी की आवाज सुनकर प्रभानाथ चौंक उठा। यह दूसरा आदमी कौन है ? क्या यह वही आदमी तो नहीं है जिसने रात में गोली चलाकर उसे और मनमोहन को जख्मी किया था ?

श्यामनाथ ने फिर कहा, "लेकिन यह आदमी कौन है जो मरा हुआ पाया गया है। उसके पास कोई ऐसी चीज भी नहीं मिली जिससे उसका पता लगाया जा सके। सिर्फ उसके पैरों में बँधा हुआ एक रूमाल और उस रूमाल पर एक अक्षर है–पी। इस पी के माने क्या हैं ? परमेश्वरी, पूरन, प्रद्योत–न जाने कितने नाम हैं।"

"प्रभाकर।" दूसरी आवाज ने कहा।

"अरे हाँ, प्रभाकर। क्या सचमुच वह प्रभाकर ही है ? यकीन तो नहीं होता !"

दूसरी आवाज ने कहा, "मैं जानता हूँ कि वह प्रभाकर ही है। प्रभाकर का फोटो मेरे पास है। मैं परेशान था, इस आदमी से। न जाने कितनी कोशिशें की गईं, इस आदमी को पकड़ने की; लेकिन गजब का फितरती आदमी था। सवाल मेरे सामने यह नहीं है कि लाश प्रभाकर की है या किसी दूसरे आदमी की; सवाल मेरे सामने यह है कि क्या वह रूमाल उसी आदमी का है ? जहाँ तक मैं जानता हूँ, प्रभाकर के रूमाल पर 'पी' अक्षर न होना चाहिए। अब यह सवाल उठता है कि क्या वह रूमाल उसके साथी का है ?"

प्रभानाथ यह सुनकर चौंक उठा। उसे याद हो आया कि उसने अपना रूमाल मनमोहन के जख्म पर बाँध दिया था। इस बात से वह बहुत अधिक चिन्तित हो उठा। यह दूसरा आदमी कौन है, क्या है, कहाँ का है ? रात में वह गोली चलानेवाले की शक्ल न देख

सका था। वह उठा, दरवाजे की साँस से उसने देखा–एक दुबला-पतला-सा क्लीन-शेव आदमी बैठा हुआ सिगरेट पी रहा था। उस आदमी की उम्र कोई तीस साल की होगी, मझोला कद, साँवला रंग और उसके मुख पर एक प्रकार की कठोरता।

नौकर ने चा की ट्रे उन दोनों आदमियों के सामने रख दी। प्रभानाथ फिर आकर पलंग पर लेट गया।

चा पी चुकने के बाद श्यामनाथ ने कहा, "मिस्टर विश्वम्भर दयाल। आप थोड़ा आराम कर लें, रात भर की दौड़-धूप के बाद कुछ आराम की जरूरत होगी ही।" यह कहकर उन्होंने प्रभानाथ के कमरे की तरफ इशारा किया–"उस कमरे में चले जाइए, मेरे लड़के का है। वह आजकल उन्नाव गया है। बिस्तर बिछा हुआ है–आराम से सोइए !" मिस्टर विश्वम्भर दयाल कमरे में प्रवेश करते ही चौंक उठे, उनके सामने प्रभानाथ खड़ा था।

5

दोनों ने एक-दूसरे को ध्यान से देखा, थोड़ी देर तक दोनों मौन खड़े रहे। इसके बाद प्रभानाथ ने मुस्कुराते हुए कहा, "काकाजी को यह पता नहीं कि रात को मैं आ गया था, इसी से आपको उन्होंने मेरे कमरे में भेजने की गलती की। चलिए, मैं आपको दूसरे कमरे में पहुँचा दूँ।"

एकाएक विश्वम्भर दयाल की गम्भीरता जाती रही, वे खिलखिलाकर हँस दिए, "आप रात को आए और आपके काकाजी को इसका पता तक नहीं ! वाकई, बड़ी मजेदार गलती रही मिस्टर..."

"प्रभानाथ ! मेरा नाम प्रभानाथ है ! जी हाँ, गलती मजेदार हुई..." और प्रभानाथ चलने के लिए घूम पड़ा।

विश्वम्भर दयाल प्रभानाथ के दूसरे कमरे में पहुँचे, उन्हें कमरे में छोड़कर प्रभानाथ लौट आया।

विश्वम्भर दयाल से मिलकर प्रभानाथ के मन में एक अजीब तरह की हचलच पैदा हो गई थी। वह आदमी भयानक था–प्रभानाथ उसके चेहरे को देखते ही समझ गया था। छोटी-छोटी, तेज और पैनी निगाह जो आदमी के हृदय तक चीर देने का प्रयत्न करती हो, मुख पर एक अजीब तरह की कठोरता से भरी दृढ़ता। प्रभानाथ सीधा श्यामनाथ के कमरे में पहुँचा। बड़ी मुश्किल से वह अपने दर्द को बर्दाश्त कर रहा था। प्रभानाथ को देखते ही श्यामनाथ उठ खड़े हुए, "अरे प्रभा ! तुम कब आए ?"

"सुबह !" और प्रभानाथ कराह उठा।

"अरे !–तुम्हें क्या हुआ ?" श्यामनाथ ने प्रभानाथ की तरफ बढ़ते हुए कहा, "सुबह तो कोई गाड़ी आती नहीं !..." और श्यामनाथ कहते-कहते रुक गए। उन्होंने देखा कि प्रभानाथ का चेहरा पीला पड़ गया है, उसका हाथ सूज गया है, और वह दर्द से छटपटा रहा है।

प्रभानाथ ने कहा, "इसमें गोली धँस गई है काकाजी !" और वह दर्द से फिर कराह उठा।

एकाएक श्यामनाथ सर से पैर तक सिहर उठे, "तो क्या–क्या वह रूमाल तुम्हारा था ?"

"हाँ !" प्रभानाथ ने एक ठंडी साँस ली।

"तुम्हें यहाँ आते किसी ने देखा तो नहीं ?"

"सिर्फ चौकीदार ने देखा है–और...वह आपके मेहमान–वे मुझे देख गए हैं। काका बड़ा दर्द है !"

श्यामनाथ हतबुद्धि से खड़े थे, उनको इस सब पर यकीन हो रहा था, लेकिन सामने खड़ा हुआ उनका लड़का दर्द से कराह रहा था, और उन्हें कुछ करना था। कुछ देर तक मौन रहकर उन्होंने प्रभानाथ की तरफ देखा। प्रभानाथ के चेहरे पर असह्य पीड़ा के भाव अंकित थे, श्यामनाथ को ऐसा लगा मानो प्रभानाथ गिर पड़ेगा। बढ़कर उन्होंने प्रभानाथ को सम्हाला, उसे कुर्सी पर बिठलाते हुए उन्होंने कहा, "चलो, तुम्हें डाक्टर के पास ले चलता हूँ !..." और यह कहते-कहते वे रुक गए। अपनी बात के खोखलेपन से वे स्वयं ही चौंक उठे–"नहीं, तुम्हें फतेहपुर से बाहर इलाज कराना होगा। बाहर जाकर। कानपुर ? नहीं, वहाँ खतरा है। हाँ, इलाहाबाद ! मैं डाक्टर अवस्थी को चिट्ठी लिखे देता हूँ, उनके यहाँ चले जाओ। सबकुछ उन्हें बतला देना।"

प्रभानाथ ने कोई उत्तर नहीं दिया, उसकी आँखें बंद थीं।

श्यामनाथ ने स्वयं सुराही से गिलास में ढालकर पानी प्रभानाथ को पिलाया, प्रभानाथ ने आँखें खोल दीं। श्यामनाथ ने कहा, "क्या तुम अकेले इलाहाबाद जा सकते हो ? मेरा अभी यहाँ से चल देना ठीक न होगा।"

एक क्षीण मुस्कुराहट के साथ प्रभानाथ ने कहा, "मैं अकेला जाऊँगा।"

"तो तुम तैयार हो जाओ, एक्सप्रेस आती ही होगी।"

6

कमरे से प्रभानाथ के जाने के बाद विश्वम्भर दयाल सोए नहीं, प्रभानाथ को देखकर उन्हें ऐसा लगा मानो उन्होंने उसे कहीं देखा है। विश्वम्भर दयाल बहुत देर तक सोचते

रहे कि कहाँ उन्होंने इस युवक देखा है, और एकाएक उन्हें रातवाली घटना स्मरण हो आई। ऐसा ही लम्बा और सुडौल वह आदमी था जो मरनेवाले के साथ था। और वह आदमी एकाएक गायब हो गया था।

विश्वम्भर दयाल ने सोचना आरम्भ किया, "वह नवयुवक रात में आया, इसके पिता को इसके आने का पता नहीं। तो क्या वह नवयुवक सच बोला ? और फिर उस युवक का चेहरा पीला था, उसकी आँखें लाल थीं–मानो वह बुरी तरह थका हुआ था। तो क्या यही तो वह आदमी न था जो गायब हो गया था ! लेकिन यह नवयुवक–यह सुपरिंटेंडेंट पुलिस पंडित श्यामनाथ तिवारी का लड़का–यह क्रान्तिकारी दल में कैसे होगा ?"

विश्वम्भर दयाल उठ बैठे, वे बरामदे में टहलने लगे। सामने फाटक पर पुलिस का कांस्टेबिल बैठा था। उसको बुलाकर विश्वम्भर दयाल ने पूछा, "यह तुम्हारे छोटे बाबू सुबह जिस वक्त आए उस वक्त क्या ड्यूटी पर तुम्हीं थे ?"

"जी हाँ," कांस्टेबिल शिवसिंह ने उत्तर दिया।

विश्वम्भर दयाल का चेहरा प्रसन्नता से चमक उठा। तो वह युवक झूठ बोला–वह रात में नहीं, बल्कि सुबह आया था।

"कितने बजे आए थे ?" विश्वम्भर दयाल ने फिर पूछा।

प्रभानाथ की बाबत इस जिरह से शिवसिंह के कान खड़े हुए। उसको ऐसा लगा कि दाल में कुछ काला है; वह सतर्क हो गया, "ठीक वक्त तो मुझे याद नहीं, शायद छै या सात बजे होंगे।"

"उनके साथ कोई असबाब वगैरह था ?" विश्वम्भर दयाल ने फिर सवाल किया।

"यह तो मैंने गौर नहीं किया !" शिवसिंह विश्वम्भर दयाल की बात को टाल गया।

विश्वम्भर दयाल समझ गए कि अब उन्हें शिवसिंह से ठीक उत्तर की आशा नहीं करनी चाहिए। लौटकर वे फिर कमरे में लेट गए। उनके हृदय में एक प्रकार की प्रसन्नता भर गई थी। मामले का पता इतनी आसानी से लग सकेगा इसकी उन्होंने कल्पना भी न की थी। जिस मुलजिम की तलाश में हैं वह घर में है–लेकिन सबूत ? और सबूत पाने के लिए सबसे बड़ी बात यह है कि वह मुलजिम सुपरिंटेंडेंट पुलिस का लड़का है। प्रभानाथ श्यामनाथ का लड़का है और श्यामनाथ के खिलाफ सबूत पाना कठिन है। लेकिन असम्भव नहीं है–विश्वम्भर दयाल यह जानते थे। लेकिन यही कब निश्चित था कि प्रभानाथ जख्मी है, और प्रभानाथ वास्तव में क्रान्तिकारी दल में शामिल था। मानो प्रभानाथ रात में ही आया हो और सुबह के वक्त टहलने चला गया हो। जब वह टहलकर वापस आया उस समय उसे शिवसिंह ने देखा हो।

विश्वम्भर दयाल एक अजीब उलझन में थे; लेकिन प्रत्येक क्षण उनके मन में यह धारणा जमती जा रही थी कि प्रभानाथ ही मुलजिम है और वह निश्चित रूप से जख्मी है। उस सबका पता पहलेवाले सिपाही से लग सकता है, पहरेवाला सिपाही ही यह बतला सकता है कि प्रभानाथ सुबह जब आया था तब उसके कपड़े अस्त-व्यस्त थे। विश्वम्भर दयाल उठ खड़े हुए, उन्हें कुछ करना ही होगा। 'असम्भव' नाम की चीज पर उन्होंने कभी विश्वास नहीं किया। वे अनुभव कर रहे थे कि अनायास ही उनके हाथ में एक ऐसा सूत्र आ गया जिसका मिलना बहुत कठिन होता। और एक बार सूत्र हाथ में आ जाने के बाद उन्हें पूरी कार्रवाई करनी ही थी।

विश्वम्भर दयाल रात भर सोए न थे, और कुछ देर पहले तक उन्हें जोरों की नींद आ रही थी; लेकिन अब उनकी आँखों से नींद गायब हो चुकी थी। वे बरामदे में आए–वहाँ श्यामनाथ बैठे हुए थे और प्रभानाथ की प्रतीक्षा कर रहे थे। विश्वम्भर दयाल को देखते ही श्यामनाथ ने कहा, "क्यों ? नींद नहीं आ रही ?"

"नहीं !" विश्वम्भर दयाल ने उत्तर दिया। वह श्यामनाथ के सामने बैठ गए, कुछ रुककर उन्होंने कहा, "जो काम हाथ में लिया है, बिना उसे पूरा किए अब मुझे नींद-आराम सब हराम। आप आफिस चल रहे हैं न !"

"हाँ !" श्यामनाथ ने उत्तर दिया, "लेकिन अभी एक मुआइने में जाना है–वहाँ करीब आध घंटे का काम है; उसके बाद मैं आऊँगा। आप चलें !" और यह कहकर ड्राइवर से कार मँगवाई।

विश्वम्भर दयाल श्यामनाथ को मौका न देना चाहते थे कि वह प्रभानाथ से मिलकर उसे बचाने की कोई कार्रवाई कर सकें। उनका ऐसा खयाल था कि प्रभानाथ अभी श्यामनाथ से नहीं मिला और श्यामनाथ को प्रभानाथ के सम्बन्ध में अभी तक कुछ भी मालूम नहीं। लेकिन जब विश्वम्भर दयाल को कार पर बिठलाकर श्यामनाथ ने ड्राइवर से कहा कि वह कार वापस लाए और कार पर स्वयं नहीं बैठे तब विश्वम्भर दयाल को कुछ चिन्ता हुई। कहा, "चलिए, वहीं से चले जाइएगा।"

विश्वम्भर दयाल के इस रुख से श्यामनाथ को कुछ बुरा लगा, और शायद दूसरे मौके पर वह अपनी बात पर अड़ भी जाते; पर इस समय मामला ही दूसरा था; उन्होंने कार पर बैठते ही कहा, "चलिए, अच्छी बात है।"

श्यामनाथ के चलने से विश्वम्भर दयाल एक प्रकार से निश्चिन्त हो गए। पुलिस आफिस में पहुँचकर श्यामनाथ ने विश्वम्भर दयाल को सब सुविधाएँ देने का आदेश दिया और फिर वे उठ खड़े हुए। उन्होंने कहा, "एक घंटे में काम खत्म हो जाएगा, आप मेरा इंतजार कीजिएगा।"

श्यामनाथ के चले जाने के बाद विश्वम्भर दयाल ने सब-इंस्पेक्टर माताप्रसाद को

बुलाया। सब इंस्पेक्टर माताप्रसाद मोटे से अधेड़ आदमी थे, सुलझे हुए दिमाग के। विश्वम्भर दयाल ने कहा, "माताप्रसाद साहेब, मेरा ऐसा खयाल है कि आप कायस्थ हैं !"

"हाँ हुजूर !" माताप्रसाद ने अदब के साथ उत्तर दिया।

"और मैं भी कायस्थ हूँ।" विश्वम्भर दयाल ने कहा, "और इस पर आप मेरे बुजुर्ग हैं। इसलिए मैं आपको भाई साहेब कहूँगा।"

"मेहरबानी है हुजूर की–वरना ओहदे में, हैसियत में तो खाकसार हुजूर का गुलाम है।"

"तो भाई साहेब ! बात यह है कि कप्तान साहेब के यहाँ जो सिपाही आज सुबह के पहरे पर था क्या आप उसका नाम व पता मालूम कर सकते हैं ?"

"क्या बात है ?" माताप्रसाद ने पूछा।

"पहले आप बतलाइए कि क्या आप उसे जानते हैं और उस पर अपना असर डाल सकते हैं। पीछे मैं आपसे सबकुछ बतलाऊँगा !"

माताप्रसाद चक्कर में पड़ गए। जिस ढंग से विश्वम्भर दयाल बातें कर रहे थे वह ढंग अच्छा न था, उस बात में कहीं न कहीं कोई कुरूपता अवश्य थी। उसने जरा बचकर कहा, "...उसका पता लगाना होगा।"

माताप्रसाद के इस उत्तर से विश्वम्भर दयाल समझ गए कि उन्हें माताप्रसाद को कुछ और दम और दिलासा दिलाना होगा। उन्होंने माताप्रसाद को गौर से देखा, फिर माताप्रसाद की पीठ पर हाथ रखते हुए उन्होंने कहा, "मैंने आपको भाई साहेब कह दिया है और इसलिए मैं आपसे कोई बात छिपाऊँगा नहीं। मामला यह है कि कल रात की डकैती के सिलसिले में मेरा शक कप्तान साहेब के साहबजादे पर है, और मेरा खयाल है कि वह वही क्रान्तिकारी है जो गोली खाकर लापता हो गया था। आप शायद मेरे शक की वजह भी जानना चाहेंगे। तो वजह यह है कि साहबजादे आज सुबह तशरीफ लाए–बिना किसी असबाब के। मैंने उनको सुबह कप्तान साहेब के बँगले पर देखा–चेहरा जर्द था और आँखें सुर्ख थीं। यह साफ मालूम होता था कि वे रात भर सोए नहीं हैं। इसके अलावा सुबह के वक्त कोई ट्रेन आती नहीं है। और सबसे बड़ी बात तो यह है कि श्यामनाथ साहेब को भी अपने साहेबजादे के आने का कोई इल्म न था।"

माताप्रसाद सन्नाटे में आ गए। कुछ देर तक तो उनके मुँह से बोल ही न निकला, फिर सम्हलकर उन्होंने कहा, "यह तो बुरी बात है ! कप्तान साहेब के लड़के के खिलाफ..." और वे कहते-कहते रुक गए।

विश्वम्भर दयाल ने कहा, "बुरी बात तो जरूर है, लेकिन जो मेरा फर्ज है, जो

आपका फर्ज है, जो हरेक पुलिसवाले का फर्ज है यानी अमनो-आमान कायम रखना और मुजरिम को सजा दिलाना, उसे तो अदा करना ही पड़ेगा। मैं जानता हूँ कि पंडित श्यामनाथ साहेब निहायत ही नेक व शरीफ आदमी हैं, मैं जानता हूँ कि उनका मातहत इखलाक व उनकी नेकी का गुलाम है; लेकिन किया क्या जाए, भाई साहेब–यह मजबूरी है।''

माताप्रसाद ने कोई उत्तर नहीं दिया, वे सोच रहे थे।

विश्वम्भर दयाल को शायद माताप्रसाद के अन्तर्द्वंद्व का पता था, उन्होंने फिर कहा, ''भाई साहेब–हम पुलिसवाले दया और मुहब्बत के वास्ते नहीं बने हैं–हमें तो अपना फर्ज अदा करना चाहिए। मैं आपको अपना भाई साहेब मानता हूँ और इसलिए मैं आपसे इतना कह दूँ कि ऐसे मौके बेर-बेर नहीं आते। इस मौके का फायदा उठाइए और मेरी ही नहीं बल्कि आपकी भी बहुत बड़ी तरक्की होगी।''

हिचकिचाते हुए माताप्रसाद ने कहा, ''फिर क्या करना होगा ?''

''अकेले उस लड़के का जख्मी होना पूरा सबूत नहीं है–यह भी साबित करना होगा कि वह अलस्सुबह बाहर से बिना किसी असबाब के पैदल लौटा। वह थका हुआ था, उसके कपड़े मैले थे व कपड़ों पर खून के दाग थे–वगैरह–वगैरह। और इसके लिए पंडित श्यामनाथ के बँगले पर जो सिपाही सुबह के वक्त पहरे पर था उसकी शहादत की जरूरत पड़ेगी। मुझसे वह सही-सही बात न बतलाएगा, आपकी मदद की जरूरत होगी !''

''मैं आपकी मदद करूँगा।'' माताप्रसाद ने कहा।

7

शिवसिंह का बयान ले लिया गया, और वह बयान इस प्रकार था–''सुबह करीब सात बजे प्रभानाथ बँगले में दाखिल हुए। उनके कपड़े फटे हुए थे और कपड़ों पर खून के दाग थे। उस वक्त प्रभानाथ के पैर डगमगा रहे थे; ऐसा मालूम होता था कि पैदल एक लम्बा रास्ता तै किए हुए आ रहे हैं और बेतहाशा थके हुए हैं। उनके साथ कोई सामान न था। इधर कई दिनों से प्रभानाथ फतेहपुर से बाहर गए थे। जब वे गए थे तो अपना सामान ले गए थे और फतेहपुर से वह अपनी कार पर गए थे। प्रभानाथ के इस हालत में होने से मुझे ताज्जुब तो जरूर हुआ लेकिन चूँकि वह कप्तान साहेब के साहेबजादे हैं इसलिए मुझे उनसे किसी तरह की बातचीत करने की या पूछताछ करने की हिम्मत नहीं हुई। उन्होंने भी मुझसे कोई बात नहीं की, न उन्होंने मुझसे किसी भी बाबत कुछ दरियाफ्त किया। सीधे वे अपने कमरे में चले गए।''

बयान देकर शिवसिंह चला गया। थोड़ी देर बाद श्यामनाथ लौटे, उस समय विश्वम्भर दयाल और माताप्रसाद बैठे परामर्श कर रहे थे कि आगे क्या कार्रवाई की जाए। श्यामनाथ के आने पर विश्वम्भर दयाल ने कहा, "मिस्टर श्यामनाथ ! मुझे बड़ी नींद लग रही है, कुछ देर आराम करना चाहता हूँ !"

"चलिए बँगले पर; आप बेकार ही यहाँ चले आए। सो लेते तो अच्छा होता। कहिए कुछ काम-काज हुआ ?"

उठते हुए विश्वम्भर दयाल ने कहा, "हुआ तो, लेकिन नहीं के बराबर है। हाँ, इस तहकीकात में मैं मिस्टर माताप्रसाद को अपने साथ लेना चाहता हूँ, आपको कोई एतराज तो नहीं है ?"

"भला मुझे इसमें क्या एतराज हो सकता है, आप बड़ी खुशी से मिस्टर माताप्रसाद को ले सकते हैं ?" चलते हुए श्यामनाथ ने कहा।

"तो मिस्टर माताप्रसाद, आप भी मेरे साथ बँगले पर चलिए, वहीं बातचीत होगी।" और विश्वम्भर दयाल ने माताप्रसाद को अपने साथ ले लिया।

तीनों आदमी श्यामनाथ के बँगले पर पहुँचे। ड्राइंगरूम में बैठकर विश्वम्भर दयाल ने श्यामनाथ से कहा, "आपके साहबजादे क्या अभी तक सो रहे हैं ? दिखलाई नहीं दिए।"

श्यामनाथ ने अपने को सम्हालते हुए उत्तर दिया, "वह तो यहाँ नहीं है; मैंने तो शायद आपसे सुबह ही कहा था कि वह बाहर गया है।"

"लेकिन सुबह के वक्त आपके साहबजादे अपने कमरे में मौजूद थे, हम लोगों के चंद घंटे पहले आए थे और उस वक्त आराम कर रहे थे।"

"ताज्जुब की बात है मुझे उसके आने की खबर ही नहीं मिली !" यह कहते हुए श्यामनाथ ने प्रभानाथ के कमरे का दरवाजा खोल दिया। कमरा खाली था। श्यामनाथ ने मानो आप ही कहा, "कहाँ गया ?" और उन्होंने अपने नौकर स्वामी को आवाज दी।

"प्रभा कहाँ है ?" श्यामनाथ ने स्वामी से पूछा।

"छोटे सरकार ! क्या छोटे सरकार उन्नाव से लौट आए ?" स्वामी ने आश्चर्य से पूछा।

स्वामी को विदा करके श्यामनाथ ने कहा, "बड़े ताज्जुब की बात है कि उसके आने की खबर न मुझे है, न घर के नौकरों को है !"

विश्वम्भर दयाल के माथे पर बल पड़े गए। काम इतना आसान नहीं है–वे समझ गए। उन्होंने कहा, "बहुत मुमकिन है मुझसे कुछ गलती हो गई हो !" और फिर वे कुरसी पर बैठ गए।

थोड़ी देर तक सब लोग मौन रहे। इस मौन को श्यामनाथ ने तोड़ा, "तो अब आप आराम कर लीजिए !"

"जी, आराम तो क्या करूँगा, अब तो मुझे उस वारदात की सरगर्मी के साथ छानबीन करनी होगी !" इसके बाद विश्वम्भर दयाल माताप्रसाद की ओर घूमे, "यहाँ किसी भी किस्म का पता या सुराग लगना मुश्किल है, मुझे कानपुर चलना चाहिए क्योंकि मेरे खयाल से डाकू कानपुर से आए थे, इस वक्त कानपुर के लिए कोई गाड़ी जाती है ?"

"करीब दो घंटे बाद यहाँ से एक्सप्रेस जाएगी।" माताप्रसाद ने उत्तर दिया।

"तो वह एक्सप्रेस ठीक रहेगी।" इस बार विश्वम्भर दयाल श्यामनाथ की ओर घूमे, "देखिए, मैं अपने साथ मिस्टर माताप्रसाद को ले जाना चाहता हूँ। फतेहपुर जिले का कोई आदमी मेरे साथ चाहिए।"

श्यामनाथ ने अनुभव किया कि विश्वम्भर दयाल हुक्म चला रहे हैं। विश्वम्भर दयाल से श्यामनाथ भली भाँति परिचित न थे, उन्हें सिर्फ इतना मालूम था कि विश्वम्भर दयाल भारत सरकार के गुप्तचर विभाग का एक आदमी है। लेकिन श्यामनाथ यह अच्छी तरह समझते थे कि विश्वम्भर दयाल ओहदे में उनसे छोटा होगा, और इसलिए विश्वम्भर दयाल का इस तरह हुक्म चलाना उन्हें अच्छा नहीं लगा। उन्होंने रुखाई के साथ कहा, "मिस्टर माताप्रसाद को तो मैं आपके साथ नहीं भेज सकूँगा क्योंकि यहाँ के कामकाज में हर्ज होगा। इसके अलावा चूँकि यह वारदात मेरे इलाके में हुई है लिहाजा मैं समझता हूँ कि इसके बाबत आपको तकलीफ करने की कोई जरूरत नहीं।"

इस उत्तर के लिए मानो विश्वम्भर दयाल तैयार बैठे थे, "नहीं–इसमें तकलीफ की क्या बात–ऐसे ही मामलों के लिए तो हम लोग रक्खे गए हैं।" यह कहकर उन्होंने अपनी जेब से एक तार निकाला जो इलाहाबाद के इंस्पेक्टर जनरल पुलिस के यहाँ से आया था। तार विश्वम्भर दयाल ने श्यामनाथ के हाथ में रख दिया। उसमें लिखा था, "कुरुस्ती कलाँ डकैती की तहकीकात का काम मिस्टर विश्वम्भर दयाल को, जो भारत सरकार के गुप्तचर विभाग के हैं, सौंपा जाता है। वे फतेहपुर पुलिस से हर तरह की मदद ले सकते हैं।"

श्यामनाथ ने आँखें फाड़कर विश्वम्भर दयाल को देखा और इस समय उन्हें अनुभव हुआ कि उनके सामने जो आदमी बैठा हुआ है वह चतुर है, दृढ़ है और किसी हद तक कठोर भी है। उन्होंने ठंडी साँस लेकर कहा, "ठीक है, माताप्रसाद साहेब को आप अपने साथ ले जा सकते हैं।"

दो घंटे बाद विश्वम्भर दयाल कानपुर की गाड़ी पर सवार हो गए। माताप्रसाद

अपना असबाब वगैरह लेने घर चले गए थे। जिस समय वे स्टेशन पहुँचे, गाड़ी ने सीटी दे दी थी। वे भी विश्वम्भर दयाल के डब्बे में बैठ गए।

जब गाड़ी फतेहपुर के प्लेटफार्म से निकल गई तब माताप्रसाद ने कहा, "आज सेकेण्ड क्लास का सिर्फ एक टिकट बिका है–इलाहाबाद के वास्ते–और वह टिकट एक्सप्रेस जाने के पहले बिका है। इसके आगे और कुछ पता नहीं चल सका।"

"इलाहाबाद !" विश्वम्भर दयाल ने धीरे से दुहराया, "इलाहाबाद ! ठीक है। कानपुर में खतरा है। कानपुर में छानबीन होगी, कानपुर में तहकीकात होगी। माताप्रसाद साहेब ! हमें सुबह की गाड़ी से इलाहाबाद के लिए रवाना होना पड़ेगा।" विश्वम्भर दयाल मुस्कुराए, "बरखुरदार से मुलाकात करनी निहायत जरूरी है, और वह भी जल्दी से जल्दी।"

"लेकिन इलाहाबाद में कैसे पता लगेगा ?" माताप्रसाद ने पूछा।

विश्वम्भर दयाल की कुरूप मुस्कुराहट अभी तक उनके होंठों पर मौजूद थी, "कह नहीं सकता, लेकिन मैं जानता हूँ कि पता लगेगा जरूर ! जानते हैं, माताप्रसाद साहेब–मैं तकदीर पर यकीन करनेवाला हूँ और मैं यह जानता हूँ कि इस वक्त मेरी किस्मत अच्छी है, मेरा सितारा बुलंदी पर है। इसका सबूत शायद आप पाना चाहें, तो सुनिए। रात के वक्त मैं इत्तिफाक से ही उस गाड़ी में चढ़ा था जिसमें डाका पड़ा था। मैंने गोली चलाई, और यह इत्तिफाक की ही बात है कि मेरी दोनों गोलियाँ कारगर हुईं। यह इत्तिफाक की ही बात है कि वह शख्स जिसका नाम प्रभाकर है और जिसे गिरफ्तार करने में हिन्दुस्तान की पुलिस के अच्छे से अच्छे आदमी नाकामयाब हुए, मेरी गोली का शिकार हुआ। यह इत्तिफाक की ही बात है कि प्रभाकर की गोली मेरे न लगकर मेरी बगल में खड़े पुलिसवाले को लगी, जबकि दुनिया जानती है कि प्रभाकर का निशाना अचूक होता था। और सबसे बड़ी इत्तिफाक की बात यह है कि दूसरा आदमी मुझे बड़ी आसानी से ऐन सुपरिंटेंडेंट पुलिस के मकान में दिख गया। माताप्रसाद साहेब ! आप यकीन रखिए, मेरा सितारा बुलन्द है और मैं जानता हूँ कि साहेबजादे का पता बड़े मजे में लग जाएगा।"

माताप्रसाद विश्वम्भर दयाल की बात से काफी प्रभावित हो गए, "वाकई बात तो आपने बड़े पते की कही। चलिए, इलाहाबाद में ही किस्मत आजमाई जाए !"

दूसरे दिन सुबह विश्वम्भर दयाल माताप्रसाद के साथ इलाहाबाद के लिए रवाना हो गए। गाड़ी इलाहाबाद दोपहर में पहुँची। गाड़ी से उतरते ही विश्वम्भर दयाल इंस्पेक्टर जनरल पुलिस के पास पहुँचे। इंस्पेक्टर जनरल ने इलाहाबाद के सुपरिंटेण्डेण्ट पुलिस से फोन पर सब बातें बतलाकर विश्वम्भर दयाल को हर तरह की मदद देने को कह दिया।

8

श्यामनाथ ने डाक्टर अवस्थी के नाम का एक पत्र प्रभानाथ को दिया था। डाक्टर अवस्थी का पूरा नाम था ब्रजबिहारी अवस्थी, और वे श्यामनाथ के अभिन्न मित्र थे। वे इलाहाबाद में सिविल सर्जन थे; और इलाहाबाद नगर में उनका मान था।

प्रभानाथ जब डाक्टर अवस्थी के घर पहुँचा, डाक्टर अवस्थी घर पर ही थे। प्रभानाथ को देखते ही वे उठ खड़े हुए, "तुम, प्रभा !–अरे–तुम्हारे चेहरे पर यह पीलापन कैसा ? क्या हुआ ?"

प्रभानाथ ने डाक्टर अवस्थी को कोई उत्तर नहीं दिया, वह निष्प्राण-सा पास पड़ी कुर्सी पर बैठ गया। इसके बाद अपनी जेब से पंडित श्यामनाथ का पत्र निकालकर डाक्टर अवस्थी को दिया।

डाक्टर अवस्थी ने उस पत्र को तीन बार आदि से अन्त तक पढ़ा, फिर उसमें दियासलाई लगाकर वे प्रभानाथ के सामने खड़े हो गए–"हूँ ! तो यह बात है। तुम्हारा असबाब ?"

"ताँगे में है।" प्रभानाथ ने कहा।

डाक्टर अवस्थी ने प्रभानाथ का असबाब उतरवाकर एक खाली कमरे में रखवाया और ताँगा विदा कर दिया। "तुम्हारे काका का कहना है कि तुम्हें मौत के मुँह से बचाना है। बचाने की कोशिश करूँगा, प्रभा–भरसक कोशिश करूँगा।"

प्रभानाथ इस बार भी मौन रहा। कुछ देर रुककर डाक्टर अवस्थी ने फिर कहा, "तुम्हें यह क्या सूझी जो यह नासमझी कर बैठे ? लेकिन नहीं, यह वक्त बात करने का नहीं है। इस वक्त तो तुम्हारे हाथ का आपरेशन करके गोली निकालनी होगी और तुम्हें अच्छा होने में करीब एक महीना लगेगा।" डाक्टर अवस्थी ने घड़ी की ओर देखा–दो बज चुके थे। उन्होंने फिर कहा, "और तुम्हारा आपरेशन, अभी इसी वक्त करना होगा, तुम्हारा अस्पताल जाना ठीक न होगा, मैं तुम्हें वहाँ ले भी न जाऊँ; इसलिए यह आपरेशन यहीं, मेरे मकान पर होगा। लेकिन आपरेशन करने का सारा सामान मुझे अस्पताल से लाना पड़ेगा। आपरेशन के बाद तुम मेरे घर में रहोगे, कहीं भी निकलकर नहीं जा सकते। समझे !"

"जी हाँ !" और प्रभानाथ ने अपनी आँखें बंद कर लीं।

डाक्टर अवस्थी के मकान पर उनकी पत्नी के सिवाय और कोई न था। वह प्रभानाथ को एक खाली बेडरूम में ले गए और वहाँ लिटा दिया–"मैं अभी आया !" और यह कहकर डाक्टर अवस्थी अस्पताल चले गए।

एक घंटे बाद डाक्टर अवस्थी आपरेशन का सामान लिए हुए वापस लौटे। वे

अकेले ही आए थे। अपने विश्वासपात्र नौकर से उन्होंने कमरे में पानी-तौलिया-साबुन वगैरह मँगवा लिया। उन्होंने प्रभानाथ से कहा, "प्रभा ! मैं नहीं चाहता कि कोई बाहर वाला यह जान सके कि मैंने तुम्हारा आपरेशन किया है और तुम मेरे मकान में हो। इसलिए मैं आपरेशन में मदद करने के लिए किसी को अपने साथ नहीं लाया, एक कम्पाउण्डर तक नहीं। अब सवाल यह है कि तुम्हें क्लोरोफार्म कौन देगा।"

प्रभानाथ सम्हलकर बैठ गया, "आप इसकी फिक्र न कीजिए, मुझे क्लोरोफार्म की कोई आवश्यकता नहीं; मैं बर्दाश्त कर लूँगा !"

डाक्टर अवस्थी ने प्रभानाथ को ध्यान से देखा, फिर उन्होंने हलकी मुस्कान के साथ कहा, "जहाँ तक मेरा खयाल है तुम आसानी से बर्दाश्त न कर सकोगे; मैं जानता हूँ कि तुम बर्दाश्त नहीं कर सकोगे। बर्दाश्त करनेवाले लोग दूसरे होते हैं, मैंने उन्हें देखा है !"

प्रभानाथ को बुरा लगा, वह तन गया, "आप मुझे गलत समझ रहे हैं !"

इस बार डाक्टर अवस्थी हँस पड़े–"मैं तुम्हें गलत समझ रहा हूँ। कैसी मजेदार बात कही तुमने। वह तजुर्बा जो मैंने बालों को पकाकर हासिल किया है, जरा मुश्किल से ही झूठा हो सकता है। लेकिन मैं तुम पर विश्वास करूँगा !"

डाक्टर अवस्थी ने प्रभानाथ को लिटा दिया। इसके बाद उन्होंने चाकू से उस स्थान को काटा जहाँ से गोली घुसी थी। प्रभानाथ ने दर्द बर्दाश्त करने की बहुत कोशिश की, लेकिन एक हलकी-सी चीख निकल ही पड़ी।

डाक्टर अवस्थी ने चाकू रोक दिया, वे मुस्कुराए, "मैंने कहा था न कि तुम बर्दाश्त न कर सकोगे और मैंने गलत नहीं कहा। लेकिन प्रभा, मैं जानता हूँ कि तुम वीर हो, और तुम्हें बर्दाश्त करना ही पड़ेगा। इसके सिवा कोई चारा नहीं।"

डाक्टर अवस्थी ने आपरेशन करके गोली निकाल दी, इसके बाद उन्होंने प्रभानाथ की मलहम-पट्टी खुद की।

9

इलाहाबाद में प्रभानाथ की छानबीन जोरों के साथ शुरू हो गई, लेकिन इसमें पुलिस को कोई सफलता न मिल सकी। विश्वम्भर दयाल को पूरा विश्वास था कि प्रभानाथ इलाहाबाद में ही है और किसी डाक्टर से इलाज करवा रहा है; लेकिन किसी भी डाक्टर के यहाँ उसका पता न चल सका। करीब-करीब शहर के सब कम्पाउण्डरों से पूछताछ की गई और इसमें भी विश्वम्भर दयाल को असफलता ही मिली।

तीसरे दिन विश्वम्भर दयाल एक तरह से निराश हो गए। दोपहर को खाना

खाकर विश्वम्भर दयाल माताप्रसाद से उसी सम्बन्ध में बातचीत करने लगे। इलाहाबाद में तहकीकात की पूरी रिपोर्ट विश्वम्भर दयाल के सामने थी। उस रिपोर्ट को विश्वम्भर दयाल दो बार आदि से अन्त तक पढ़ गए। उनका चेहरा धुँधला हो गया, एक ठंडी आह भरकर उन्होंने कहा, "मुमकिन है साहबजादे कहीं और बढ़ गए हों। बनारस, पटना, कलकत्ता–कहीं भी। सोचा हो नजदीक रहने में खतरा है।"

"मुझे तो यकीन है कि प्रभानाथ साहेब आगे बढ़ गए हैं–शायद कलकत्ता क्योंकि वहाँ डाक्टरी इलाज अच्छा होता है।" माताप्रसाद ने कहा।

"लेकिन मुझे यकीन है कि साहबजादे इलाहाबाद में ही हैं और मेरे हाथों गिरफ्तार होंगे।" विश्वम्भर दयाल यह कहकर चुप हो गए, वह सोचने लगे। थोड़ी देर बाद विश्वम्भर दयाल ने सर उठाया, "लेकिन साहबजादे हैं कहाँ ? सवाल यह है ! इलाहाबाद में जितने बँगले हैं, सबका पता मैंने ले लिया। किन बँगलों में डाक्टर आते हैं और वहाँ कौन बीमार है, इस बात का पता है !"

कुछ सोचकर माताप्रसाद ने कहा, "क्या यह मुमकिन है कि साहेबजादे किसी डाक्टर के घर में ही ठहरे हों ?"

"मुमकिन है ! लेकिन उन डाक्टरों के कम्पाउण्डरों से भी तो कुछ पता नहीं चलता !"

"सरकारी अस्पताल अभी तक नहीं देखा गया है।" माताप्रसाद ने कहा।

विश्वम्भर दयाल हँस पड़े–"कोई जरूरत नहीं। इतना बड़ा जुर्म करके और उसका सबूत रखते हुए साहेबजादे सरकारी अस्पताल में न भरती होंगे, इतना यकीन है !" कुछ रुककर उन्होंने फिर कहा, "लेकिन आपका खयाल ठीक है, सरकारी अस्पताल की भी जाँच हो जानी चाहिए। यह तो कहने को न रह जाए कि ज़रा-सी गलती हो गई।" शाम के समय मातप्रसाद के साथ विश्वम्भर दयाल सरकारी अस्पताल पहुँचे। उस समय वहाँ डाक्टर अवस्थी न थे, एक असिस्टेंट सर्जन से इन दोनों की मुलाकात हुई। विश्वम्भर दयाल ने उससे पूछताछ शुरू की, लेकिन इस असिस्टेंट सर्जन ने उनके प्रश्नों का उत्तर देने से यह कहते हुए इनकार कर दिया, "जब तक सिविल सर्जन की आज्ञा न हो, तब तक हम लोग इस अस्पताल के सम्बन्ध में कोई भी बात नहीं बतला सकते और न आपको अस्पताल दिखला सकते हैं।"

"सिविल सर्जन किस समय आते हैं ?" विश्वम्भर दयाल ने पूछा।

"सुबह !" उन्हें उत्तर मिला।

विश्वम्भर दयाल ने सिविल सर्जन के बँगले का पता ले लिया। कार सिविल सर्जन के बँगले की तरफ मोड़ दी। डाक्टर अवस्थी उस समय प्रभानाथ के पास बैठे बातें कर रहे थे। विश्वम्भर दयाल का कार्ड पाकर वे बाहर आए। विश्वम्भर दयाल और

माताप्रसाद को ड्राइंगरूम में बिठलाते हुए उन्होंने कहा, "कहिए, आप लोगों ने कैसे तकलीफ की?"

विश्वम्भर दयाल ने गला साफ करते हुए कहा, "बात यह है कि डाक्टर साहेब कि एक क्रान्तिकारी जख्मी होकर इलाहाबाद की तरफ आया है और कहीं इलाज करा रहा है। मैंने बहुत पता लगाया लेकिन कहीं उसका पता नहीं लगा। सोचा कि एक दफे सरकारी अस्पताल भी देख लूँ, गोकि जहाँ तक मेरा खयाल है कि अस्पताल में भरती न हुआ होगा। बहरहाल जब अस्पताल पहुँचा तो वहाँ के डाक्टर ने बतलाया कि बिना आपकी इजाजत के यह मुमकिन नहीं।"

डाक्टर अवस्थी ने कागज-कलम लेते हुए कहा, "इस काम के लिए आपको यहाँ तकलीफ करने की क्या जरूरत थी, आपने वहीं से फोन कर लिया होता। खैर, मैं चिट्ठी लिखे देता हूँ।"

डाक्टर अवस्थी ने विश्वम्भर दयाल को चिट्ठी दे दी, और विश्वम्भर-दयाल माताप्रसाद के साथ कार पर बैठकर चल पड़े। माताप्रसाद ने कहा, "इन डाक्टर साहेब को तो मैंने कप्तान साहेब के यहाँ देखा है, उनके तो यह बहुत बड़े दोस्त हैं।"

"जी हाँ! और इसलिए मैं समझता हूँ कि हम लोगों का अस्पताल जाना बेकार ही होगा। अगर साहेबजादे वहाँ होते तो डाक्टर साहेब इतनी आसानी से चिट्ठी न देते।" विश्वम्भर दयाल तेजी के साथ कुछ सोच रहे थे। तो क्या प्रभानाथ इलाहाबाद में सिविल सर्जन के इलाज में है? और अगर है तो कहाँ ठहरा हुआ है?

विश्वम्भर दयाल और माताप्रसाद को अस्पताल में पते की बात न मिल सकी। रात में दोनों थके हुए होटल वापस आए। लेकिन विश्वम्भर दयाल को न जाने क्यों यह विश्वास हो गया कि प्रभानाथ डाक्टर अवस्थी के इलाज में है। उन्होंने माताप्रसाद से कहा, "भाई साहेब! मुझे पूरा यकीन है कि प्रभानाथ यहाँ इलाहाबाद में है, और वह डाक्टर अवस्थी के इलाज में है! आप शायद वजह जानना चाहेंगे लेकिन वजह मैं बतला नहीं सकता, वजह मैं नहीं जानता। अगर वजह की तलाश करने लगूँ तो भाई साहेब, मुझे अपना पेशा छोड़ देना पड़ेगा।" विश्वम्भर दयाल कहते-कहते हँस पड़े, एक अजीब रूखी-सी हँसी, "जी हाँ, हमारा वास्ता पड़ता है मुजरिमों से और जुर्म हैवानियत है। मुजरिम वही इंसान होता है जिसकी हैवानियत उसकी इंसानियत पर हावी हो जाती है। और जहाँ हैवानियत है, वहाँ बहस नहीं, दलील नहीं।"

विश्वम्भर दयाल कहते-कहते रुक गए, उनके मत्थे पर बल पड़ गए, उनका चेहरा कुछ भयानक रूप से विकृत हो गया, "हैवानों से इस कदर साबिका पड़ता है माताप्रसाद साहेब कि एक कामयाब पुलिस अफसर में इंसानियत बाकी ही नहीं रह जाती। हमें सूँघना पड़ता है, हमारी हर हरकत, ऊल-जलूल, बिना मानी-मतलब की

होती है। और इसलिए जिसे हम एनीमल इंस्टिक्ट कहते हैं वह मुझमें मौजूद है। मैं कहता हूँ कि प्रभानाथ है, यहीं इलाहाबाद में है, डाक्टर अवस्थी के इलाज में है और वह मेरे ही हाथों गिरफ्तार होगा, बचेगा नहीं।"

पता नहीं मुंशी माताप्रसाद विश्वम्भर दयाल की बातों को समझे कि नहीं, उन्होंने इतना जरूर कहा, "मुझे तो यह काम इतना आसान नहीं दिखलाई देता। मामला सिविल सर्जन का है..."

"और मामला सुपरिंटेंडेंट पुलिस के लड़के का भी है। है न ऐसी बात ? लेकिन भाई साहेब, मैं तो सिर्फ एक बात समझता हूँ—मामला मेरा है और मेरी पीठ पर बैठी हुई सरकार का है। हमें डाक्टर अवस्थी की हरकतों पर नजर रखनी पड़ेगी।"

10

विश्वम्भर दयाल के हुक्म से दो सादी वर्दी वाले खुफिया पुलिस के सिपाही सिविल सर्जन के बँगले के सामने तैनात कर दिए गए। सिविल सर्जन साहेब कहाँ जाते हैं, कब जाते हैं, उनके यहाँ कौन-कौन लोग आते हैं, इन सब बातों की पूरी खबर विश्वम्भर दयाल को मिलती थी। तीसरे दिन उन्हें यह खबर मिली कि पंडित श्यामनाथ तिवारी डाक्टर अवस्थी के यहाँ आए थे और एक घंटा ठहरकर चले गए। यह खबर पाते ही विश्वम्भर दयाल खुशी से उछल पड़े। उन्होंने माताप्रसाद से कहा, "भाई साहेब, क़िस्मत अच्छी मालूम होती है। साहेबजादे यहीं इलाहाबाद में मौजूद हैं, और इसका सबूत यह है कि पंडित श्यामनाथ तिवारी डाक्टर अवस्थी के यहाँ आए थे। लेकिन सवाल यह है कि साहेबजादे ठहरे कहाँ हैं ?"

"शायद कप्तान साहेब की मोटर का पीछा करने से पता लग जाता।"

"हाँ लेकिन जिस वक्त वह आए उस वक्त हम लोगों को खबर ही नहीं मिली, और अब उनका पता लगाना मुश्किल है। मौका चूक गया।"

थोड़ी देर तक विश्वम्भर दयाल बैठे रहे, फिर उन्होंने कहना आरम्भ किया, मानो वे वह बात अपने से ही कह रहे हों, "पंडित श्यामनाथ आए थे ! एक घंटा ठहरे और चले गए। कहाँ गए ? जहाँ प्रभानाथ ठहरा है। अरे !—क्या साहबजादे खुद डाक्टर अवस्थी के यहाँ तो नहीं ठहरे हैं ?"

विश्वम्भर दयाल उठ खड़े हुए और उन्होंने एक सिगरेट सुलगाई। इसके बाद वे कमरे में टहलने लगे। वे कह रहे थे, "माताप्रसाद साहेब ! प्रभानाथ डाक्टर अवस्थी के यहाँ ही ठहरा है, वहीं उसका इलाज हो रहा है। मिल गया ! कितनी आसानी से मिला—और किस जगह मिला। उफ् ! बाप सुपरिंटेंडेंट पुलिस, उसका इलाज कर

रहा है एक सिविल सर्जन जो उसका रिश्तेदार भी हो सकता है; और लड़का क्रान्तिकारी, जिसने एक ऐसा जुर्म किया है जिसकी सजा मौत है ! हा ! हा ! कितनी मजेदार बात है, भाई साहेब !"

विश्वम्भर दयाल हँस रहे थे और माताप्रसाद उन्हें आश्चर्य से देख रहे थे ! उन्होंने विश्वम्भर दयाल को इस तरह हँसते कभी न देखा था। एकाएक विश्वम्भर दयाल गम्भीर हो गए, उन्होंने फिर कहना आरम्भ किया, "जो जिन्दगी के साथ खेलता है क्या उसे मौत की भी परवाह होती है ? वह लड़का–क्या वह मौत से डरता है ? क्यों माताप्रसाद साहेब–क्या यह प्रभानाथ मौत से डरता होगा ?"

"यह कहना तो मुश्किल है, लेकिन सवाल यह क्यों उठा ?" माताप्रसाद ने पूछा।

"यह सवाल क्यों ? माताप्रसाद साहेब, यह सवाल इसलिए कि इसी के जवाब पर मेरी कामयाबी या नाकामयाबी, मेरी फतह या शिकस्त की बुनियाद है। आप जानते हैं कि मैं क्यों इस लड़के के पीछे पड़ा हूँ ? शायद आप नहीं जानते। तो मैं आपको बतलाता हूँ, क्योंकि जो कुछ मैं कर रहा हूँ वह किसी कदर इंसानियत से नीचेवाली चीज समझ में आ सकती है। आखिर पंडित श्यामनाथ साहेब ने मुझे अपने घर में ठहराया, उन्होंने मेरी अच्छी तरह से खातिरदारी की और मैं उन्हीं के लड़के के पीछे पड़ा हूँ, उसे गिरफ्तार करने पर आमादा हूँ ! अगर मैं इस मामले को छोड़ दूँ तो इसका किसी को कुछ भी पता न चलेगा। और यह लड़का भी यह रास्ता छोड़ देगा। अगर खुद न छोड़ेगा तो इसके बालदैन इससे यह रास्ता छुड़वा देंगे। और वाकया यह है कि मैं इतना गिरा हुआ भी नहीं हूँ कि ख्वामख्वाह किसी के खून का प्यासा होऊँ ! तो फिर मैं इस लड़के के पीछे इतनी बुरी तरह क्यों पड़ा हूँ ?–सवाल यह है ! इसका जवाब सबसे पहले देना पड़ेगा, माताप्रसाद साहेब ! और मैं कहता हूँ कि मैंने लड़के की शकल देखी है ! गोकि थोड़ी देर के लिए देखी है, लेकिन गौर से देखी है। और उस लड़के की शकल देखकर ही मुझे पता चल गया था कि वह लड़का मौत का मुकाबिला नहीं कर सकता, हरगिज नहीं कर सकता।"

"जब आप इतना जानते हैं तब तो पीछे पड़ना भी गलत है।"

"नहीं, माताप्रसाद साहेब, अगर आप ठीक तौर से देखें तो आपको मालूम होगा कि सही है। वह मौत का मुकाबिला नहीं कर सकता, इसके मानी यह हैं कि वह मौत से डरता है, और चूँकि वह मौत से डरता है लिहाजा मैं उसे बचा दूँगा और उससे जिन्दगी की कीमत वसूल करूँगा..." विश्वम्भर दयाल फिर हँस पड़े, "जी हाँ भाईसाहेब, जिन्दगी बख्शूँगा, लेकिन उससे जिन्दगी की कीमत वसूल करके। और आप जानते हैं कि कीमत क्या होगी ?"

"जी हाँ, समझ गया। आप उसे मुखबिर बनाने की कोशिश करेंगे।"

"कोशिश ही नहीं करूँगा, उसमें कामयाब हूँगा।"

इस बार माताप्रसाद के हँसने की बारी थी, "मैं दिल से चाहता हूँ कि आप का खयाल सही निकले, लेकिन मुझे तो आपकी कामयाबी पर शक है। मेरा भी खयाल है कि वह लड़का मौत से डरता है, और मेरा खयाल है कि मैं मौत से डरता हूँ, आप मौत से डरते हैं, हर एक इंसान मौत से डरता है। लेकिन दुनिया में कुछ ऐसी चीजें हैं जो किन्हीं-किन्हीं लोगों के लिए मौत से भी ज्यादा खौफनाक होती हैं। उन चीजों में एक है बेइज्जती ! जहाँ तक मैं कप्तान साहेब व उनके खानदान को जानता हूँ, बेइज्जती से वे सबके सब बहुत ज्यादा डरते हैं, इतना ज्यादा डरते हैं कि वे मौत का सामना करने को तैयार हो जाएँगे।"

माताप्रसाद की बात ने मानो विश्वम्भर दयाल को चौंका दिया हो, वह टहलते-टहलते रुक गए, माताप्रसाद के पास आकर, उनकी आँखों से आँख मिलाकर उन्होंने कहा, "क्या वाकई आपका यह खयाल है ?"

"जी हाँ !" माताप्रसाद ने विश्वम्भर दयाल की नजर से अपनी नजर हटाकर कहा, "इस खानदान को मैं थोड़ा बहुत जानता हूँ। सब के सब ऐंठदार आदमी हैं, दबना और झुकना शायद इस खानदान में कोई नहीं जानता।"

"तो क्या मैं गलती कर रहा हूँ ?" विश्वम्भर दयाल ने अपने आप ही कहा, "क्या इसमें मुझे नाकामयाबी मिलेगी ? माताप्रसाद साहेब ! क्या कहा आपने ? सबके सब ऐंठ में फूले हुए, न दब सकते हैं, न झुक सकते हैं !" और एकाएक विश्वम्भर दयाल में वही पुराना विश्वास और जोश लौट आया–"हाँ ! खुदी में गर्क हैं। और जब खुद ही मिटने का सवाल आ जाए तब ? नहीं माताप्रसाद साहेब ! हर इंसान झुक सकता है, मौत के आगे झुकना ही पड़ता है।"

11

"कहिए चाचाजी, अभी कितने दिन और लगेंगे ?" प्रभानाथ ने पूछा।

डाक्टर अवस्थी पट्टी बाँध चुके थे, प्रभानाथ के पलंग के सामने उन्होंने कुरसी खिसकाकर बैठते हुए कहा, "मैं समझता था कि जख्म के पूरने में ज्यादा वक्त लगेगा, लेकिन देखता हूँ कि पन्द्रह दिनों में ही ठीक हो जाएगा !" कुछ रुककर डाक्टर अवस्थी ने फिर कहा, "प्रभा ! एक बात पूछूँगा, ठीक-ठीक जवाब देना।"

"जी हाँ, चाचाजी ! लेकिन इतना ही पूछिएगा जितने का मैं ठीक जवाब दे सकूँ।"

डाक्टर अवस्थी मुस्कुराए, "उतना ही पूछूँगा, यह यकीन दिलाए देता हूँ, और अगर ज्यादा पूछ बैठूँ तो जवाब देने से इनकार कर देना। मैं जरा भी बुरा न मानूँगा।"

प्रभानाथ भी मुस्कुराया, ''तो फिर पूछिए !''

डाक्टर अवस्थी ने कहा, ''पहला सवाल यह है कि तुमने यह टेररिस्ट मूवमेंट क्यों ज्वाइन किया ? क्या तुम समझते हो कि इस मूवमेंट द्वारा तुम ब्रिटिश सरकार को उलट सकोगे ?''

''चाचाजी ! मैं समझता हूँ कि ब्रिटिश सरकार को हिन्दुस्तान से केवल इस तरह निकाला जा सकता है कि हिन्दुस्तानी अंग्रेजों को युद्ध करके हरा दें। लेकिन सामने पाकर हिन्दुस्तानी अंग्रेजों से युद्ध नहीं कर सकते, और इसलिए अंग्रेजों पर, ब्रिटिश सरकार पर पीठ-पीछे से ही हमला करना होगा। अब सवाल यह है कि क्या हम लोग इस सरकार को उलट सकते हैं ? वहाँ मैं केवल इतना कहूँगा कि हम, यानी मैं और मेरे साथी भले ही इस सरकार को न उलट सकें क्योंकि हमारी संख्या अभी बहुत कम है, लेकिन एक समय आ सकता है जब हमारी तादाद बहुत अधिक बढ़ जाए। और उस हालत में इन मुट्ठी भर अंग्रेजों को निकाल बाहर करना क्या मुश्किल है ?''

''और क्या तुम्हारा खयाल है कि तुम्हारी तादाद इतनी बढ़ सकेगी ?''

''मुझे पूरा यकीन है !''

''और मुझे पूरा यकीन है कि तुम्हारी तादाद किसी भी हालत में इतनी ज्यादा न बढ़ सकेगी। तुम समझते हो कि आयरलैण्ड के रास्ते पर चलकर हिन्दुस्तान में भी तुम क्रान्ति कर सकते हो, लेकिन प्रभा, तुम हिन्दुस्तान को पहचानते नहीं। तुम्हारे मार्ग में बाधा बननेवाले, तुम्हें मिटानेवाले अंग्रेज न होंगे, वे होंगे हिन्दुस्तानी, गुलाम, स्वार्थी और देशद्रोही हिन्दुस्तानी जो ब्रिटिश सरकार के टुकड़ों के बदले धर्म, ईमान, मनुष्यता सभी कुछ बेच सकते हैं।''

इसी समय डाक्टर अवस्थी के नौकर ने आकर खबर दी कि बाहर कई पुलिस वाले खड़े हैं और एक पुलिस अफसर ने डाक्टर अवस्थी को बुलाया है।

इस खबर को सुनकर डाक्टर अवस्थी सहम गए। नौकर से उन्होंने कहा, ''बँगले के पीछे देखो, वहाँ तो कोई पुलिसवाला नहीं है।''

नौकर ने लौटकर कहा, ''सरकार पुलिस सारा बँगला घेरे हुए है।''

डाक्टर अवस्थी ने उठते हुए कहा, ''प्रभा, तुम चिन्ता न करना। देखूँ तो क्या मामला है।''

प्रभानाथ ने दृढ़ता के साथ कहा, ''चाचाजी, अगर वे मुझे गिरफ्तार करने आए हों तो मैं तैयार हूँ। मेरी वजह से आप किसी मुसीबत में न पड़िएगा।''

डाक्टर अवस्थी बाहर निकले। ड्राइंगरूम में इलाहाबाद के सुपरिंटेंडेंट पुलिस के साथ विश्वम्भर दयाल खड़े थे। डाक्टर अवस्थी ने कहा, ''कहिए, आप लोगों ने कैसे तकलीफ की ?''

विश्वम्भर दयाल ने वारंट निकालते हुए कहा, "प्रभानाथ नाम के एक टेररिस्ट पर वारंट है, वह आपके बँगले में है, इसलिए उसे गिरफ्तार करने आया हूँ।"

"वह मेरे बँगले में है—यह आपको कैसे मालूम ?"

"मुझे मालूम नहीं है, बल्कि शक है।"

"और महज शक पर आप लोगों ने पुलिसवालों से मेरा बँगला घिरवा लिया है। आप जानते हैं मैं कौन हूँ और मेरे बँगले में आप लोग घुस कैसे आए ?"

विश्वम्भर दयाल ने दूसरा वारंट निकालते हुए कहा, "मैं जानता था कि डाक्टर अवस्थी कि मुझे सिविल सर्जन के बँगले से मुलजिम गिरफ्तार करना है और इसलिए मैं यह सर्च वारंट लेता आया हूँ।"

"मैं अपने बँगले की तलाशी किसी हालत में नहीं लेने दूँगा।" डाक्टर अवस्थी ने कड़े स्वर में कहा।

यह बातचीत काफी तेज आवाज में हो रही थी कि एकाएक लोगों ने देखा कि प्रभानाथ ड्राइंगरूम में चला आ रहा है। प्रभानाथ आकर बीच कमरे में खड़ा हो गया। उसने कहा, "क्या आप लोगों के पास मेरे नाम कोई वारंट है ?"

डाक्टर अवस्थी पुलिसवालों और प्रभानाथ के बीच में आ गए—"मैं आप लोगों को किसी हालत में इस लड़के को गिरफ्तार न करने दूँगा। यह बीमार है और मेरे इलाज में है।"

विश्वम्भर दयाल ने कहा, "जी हाँ ! यह लड़का आपके ही इलाज में रहेगा, लेकिन अस्पताल में रहेगा और पुलिस की हिरासत में रहेगा।"

पाँचवाँ परिच्छेद

1

जिस समय दयानाथ को मार्कण्डेय का वह पत्र मिला जिसमें मार्कण्डेय ने अपने पिता की मृत्यु की सूचना दी थी, दयानाथ फिर से जेल जाने को कर रहा था। सत्याग्रह चल रहा था और ब्रिटिश सरकारी क्षेत्रों में एक प्रकार की चिन्ता पैदा हो गई थी। पहली राउंड टेबिल कान्फ्रेंस में हिन्दुस्तान ने कोई दिलचस्पी न ली थी, दुनिया की नजर में उसका खोखलापन नजर आ चुका था। और साथ ही देश के कुछ नेताओं ने कांग्रेस का राउंड टेबिल कान्फ्रेंस में शामिल होने की आवश्यकता समझकर कांग्रेस और ब्रिटिश सरकार में समझौता कराने का प्रयत्न आरम्भ कर दिया था।

मार्कण्डेय का पत्र पढ़कर दयानाथ अवसन्न-सा रह गया। वह जानता था कि बानापुर में जो कुछ फिसाद हुआ उसकी जड़ में रामनाथ की अहम्मन्यता और उसका प्रतिक्रियावादी होना ही था। इस भयानक कांड की पूरी जिम्मेदारी उसके पिता पर है–वह अच्छी तरह जानता था, ग्लानि से वह क्षुब्ध हो गया।

दयानाथ के सामने अब यह प्रश्न उपस्थित हो गया कि वह बानापुर जाए या न जाए। बानापुर में उसके पिता मौजूद थे, बानापुर के गाँववाले मौजूद थे। यही नहीं, बानापुर में सम्भवतः इस समय संघर्ष चल रहा होगा–जोरों के साथ। दयानाथ के जाने से और भी असाधारण परिस्थिति उत्पन्न हो सकती है। यह भी सम्भव है कि बानापुर गाँव के लोग उसके पिता के प्रति अपनी घृणा को दयानाथ के साथ भी बरतें। उन गाँववालों को क्या पता कि दयानाथ घर का त्याज्य पुत्र है। एक बार दयानाथ के अन्दरवाले कायर मानव ने कहा, "नहीं, बानापुर जाना उचित नहीं है।"

लेकिन दूसरे ही क्षण दयानाथ के अंदरवाला वीर मानव बोल उठा, "इससे क्या? मेरा कर्तव्य है अपने मित्र के प्रति संवेदना! लोकमत से मुँह फेर लेना कायरता है–वीरता है लोकमत का सामना करने में!" और उसी समय दयानाथ ने तै कर लिया कि उसे मातमपुरसी करने के लिए बानापुर जाना ही चाहिए।

दयानाथ बानापुर पहुँचकर सीधे मार्कण्डेय के यहाँ पहुँचा। मार्कण्डेय पिता का

क्रिया-कर्म करके बैठा था। दयानाथ को देखते ही मार्कण्डेय की आँखों में आँसू आ गए। उसने दयानाथ का मौन-भाव से स्वागत किया। दयानाथ में हिम्मत नहीं थी कि वह मार्कण्डेय से बात करे। चुपचाप सर झुकाकर वह मार्कण्डेय के सामने बैठ गया।

थोड़ी देर तक दोनों मौन बैठे रहे; फिर उस मौन को मार्कण्डेय ने तोड़ा, "क्या सीधे यहीं आ रहे हो ?"

"हाँ !" दयानाथ ने उत्तर दिया, "घर का त्याज्य पुत्र हूँ न ! आना आवश्यक था इसलिए चला आया–कल चला जाऊँगा–रात भर तुम्हारे यहाँ ठहरूँगा !"

फिर दोनों मौन हो गए। अब की बार दयानाथ के बोलने की बारी थी, "क्या से क्या हो गया, मार्कण्डेय।"

मार्कण्डेय के मुख पर एक करुण मुस्कान आ गई, "दया ! बप्पा की मृत्यु मैंने अपनी आँखों देखी है। मुझे इस बात पर गर्व है कि बप्पा मेरे पिता थे। एक बहुत बड़ी हिंसा को बचाने के लिए उन्होंने अपने प्राण दिए।"

उस समय संध्या ढल रही थी और रात की कालिमा ने ग्राम-प्रान्त को ढँकना आरम्भ कर दिया था। पश्चिम में शुक्र तारा झलमला रहा था। दयानाथ ने आकाश की कालिमा पर अपनी आँखें गड़ाते हुए कहा, "हाँ मार्कण्डेय ! मैंने सबकुछ सुना है।"

उस समय दयानाथ गम्भीर था, बहुत अधिक गम्भीर ! उस ग्राम में, जिसे वह कुछ दिनों पहले तक अपना समझता था, आज वह बिल्कुल पराया था। बानापुर का वह विशाल महल, जिसमें दयानाथ ने अपने जीवन का एक बड़ा भाग हँसी-खुशी में बिताया था, दूर पर एक भयानक दानव की भाँति उन्नत मस्तक खड़ा था। और दयानाथ के चारों ओर उदासी का अथाह सागर लहरा रहा था। उसके अन्तरवाली गहरी कालिमा सारे आकाश को घेरती हुई बढ़ रही थी।

और दयानाथ के ठीक सामने मार्कण्डेय बैठा था, श्वेत वस्त्र पहने हुए। मार्कण्डेय के मुख पर सौम्य भाव था, उत्साह था, आत्माभिमान था। दयानाथ ने कुछ देर तक चुप रहकर कहना आरम्भ किया, "मार्कण्डेय ! लज्जा से मेरा मस्तक झुका जा रहा है। वह हिंसा जिसकी ज्वाला को शांत करने के लिए झगडू काका ने अपने प्राण दे दिए, वह मेरे पिता द्वारा प्रज्ज्वलित की गई थी !"

"नहीं, दया ! ऐसी बात न कहो !" मार्कण्डेय ने दयानाथ को रोकते हुए कहा, "इसमें दोष तिवारी जी का नहीं है। मैंने बहुत सोचा, और मैं तो इसी निर्णय पर पहुँचा कि यही विधि का विधान है ! आज का समस्त समाज इसी हिंसा की नींव पर विकसित हुआ है। तिवारी जी को अधिक से अधिक इस हिंसा की नींव पर स्थापित समाज का प्रमुख प्रतिनिधि कहा जा सकता है !" चुप होकर मार्कण्डेय ने अपने चारों ओर देखा। कुछ गाँववाले सामने बैठे हुए अलाव ताप रहे थे। उन गाँववालों की ओर

कुछ देर तक देखकर मार्कण्डेय ने दयानाथ से कहा, "इन्हें देखते हो–ये जो न सोच सकते हैं, न समझ सकते हैं ! ये जो भयानक रूप से कायर हैं ! सदियों से शासित होनेवाले, अपमानित होनेवाले यही लोग जरा-जरा सी बात पर खून-खराबा कर सकते हैं, हत्या कर सकते हैं। और इसका कारण है कि हम सबके सब अपनी प्राकृतिक और स्वाभाविक हिंसा को लेकर पैदा हुए हैं, और हम सब अर्ध-विकसित हैं ! इस जन-समुदाय की हिंसा और पशुता को दूर करने में समय लगेगा। इस हिंसा को हिंसा द्वारा दूर करना असम्भव है–इसे दूर करने का एकमात्र साधन है, अहिंसा !"

"लेकिन मार्कण्डेय, हिंसा के आगे अहिंसा कब तक टिक सकती है ? इस तरह से क्या वास्तव में अहिंसा सम्भव है ? क्या वह अहिंसा आगे चलकर नष्ट न हो जाएगी ?" दयानाथ ने पूछा।

मार्कण्डेय मुस्कुराया, "दयानाथ ! यह प्रश्न स्वाभाविक है। और इस स्थान पर हमें यह याद रखना पड़ेगा कि अहिंसा की प्रतिक्रिया अहिंसा ही हो सकती है और इसलिए अहिंसा कभी भी नष्ट नहीं हो सकती। हाँ, अहिंसा कठिन अवश्य है–शायद बहुत कठिन। हम सब मनुष्य हैं–अपनी-अपनी अपूर्णता लिए हुए; हम सब अर्धविकसित हैं। लेकिन हमारा लक्ष्य है पूर्णता प्राप्त करना, विकसित होना। आज जो हिंसा का साम्राज्य चारों ओर फैला हुआ है उसका मुख्य कारण है कि हिंसा की प्रतिक्रिया हिंसा है। हम दूसरों की प्रतिक्रिया में हिंसा करते हैं और दूसरे हमारी प्रतिक्रिया में हिंसा करते हैं। इस तरह क्रिया और प्रतिक्रिया में हिंसा बढ़ती जाती है। और आज दिन इतने भयानक रूप में हिंसा ने समाज पर आधिपत्य कर लिया है कि एक-आध अहिंसा के काम का कोई गहरा असर हो ही नहीं सकता। दयानाथ ! आवश्यकता है व्यापक रूप में अहिंसा की !"

"पर मेरा अनुभव बतलाता है कि यह सम्भव नहीं। दो-एक दिन तक सबकुछ किया जा सकता है, लेकिन अपने जीवन को पूर्ण-रूप से अहिंसामय बना लेना असम्भव है !" दयानाथ ने कहा।

"यहीं गलती करते हो दयानाथ ! यह सब किया जा सकता है, केवल साधना की–साधारण नहीं बल्कि असाधारण साधना की आवश्यकता है कि तुम अडिग बन सको ! अपनी साधना द्वारा तुम अपने आस-पासवालों को साधना करने के लिए प्रेरित कर सकते हो, उन्हें अपना आत्मिक बल प्रदान करके सार्वजनिक व्रत को सफल बनाने में सहायक हो सकते हो !"

दयानाथ ध्यान से मार्कण्डेय की बातें सुन रहा था। एक ठंडी साँस लेकर उसने कहा, "शायद तुम ठीक कहते हो मार्कण्डेय; वास्तव में अहिंसा बहुत बड़ी साधना है, साधना ही नहीं, तपस्या है ! पर व्यक्ति यह साधना और तपस्या कर सकता है–समाज

किस तरह इसे कर सकता है। और हम समाज का एक अंग हैं, इसलिए समाज को...''

मार्कण्डेय सम्हलकर बैठ गया। ऐसा मालूम होता था कि उसके पिता की आत्मा उसकी समस्त साधना और बलिदान के साथ उस पर आ गई थी, उस समय उसकी आँखों में एक अजीब चमक आ गई थी, उसकी वाणी में दृढ़ता भर गई थी, ''दयानाथ ! तुमने ठीक कहा कि व्यक्ति को समाज में रहना है–समाज व्यक्तियों का समूह है। ऐसी हालत में जो चीज व्यक्ति के लिए सम्भव है वह समाज के लिए भी सम्भव है। अहिंसा कल्याणकारी तभी हो सकती है जब वह व्यक्ति से ऊपर उठकर समाज की चीज बन सके। और मैं समझता हूँ कि समाज को अहिंसक बनाया जा सकता है, यही नहीं, अहिंसक बनाना पड़ेगा। हम, तुम और हमारी श्रेणी के और भी लोग जो अपने को विकसित मानव कहते हैं, अपने को समाज का नेता समझते हैं–यह हम लोगों का काम है कि हम लोग समाज को अहिंसामय बनावें। इतने बड़े काम के लिए हमें दूसरों का बलिदान नहीं करना है, हमें अपना ही बलिदान करना है। हममें–हम अहिंसा के उपासकों में और दुनिया के अन्य नेताओं में बहुत बड़ा अन्तर है ! दूसरे जो कुछ करते हैं, अपने लाभ के लिए करते हैं, अपने ऐश-आराम के लिए करते हैं, और इसलिए अपने सिद्धान्तों पर वे लोग दूसरों की बलि चढ़ा देते हैं। लेकिन हम जो कुछ करते हैं वह मानवता के कल्याण के लिए करते हैं और उसमें हमें अपना ही बलिदान देना होगा। दयानाथ ! यह काम एक-दो बलिदानों से न चलेगा, इतने कम बलिदानों से यह हजारों वर्ष की विचारधारा, हमारी जन्मजात पशुता आसानी से दूर न होगी। इनको दूर करने में समय लगेगा, और लाखों आदमी के बलिदान की इसमें जरूरत है !''

मंत्रमुग्ध-सा दयानाथ मार्कण्डेय की बातें सुन रहा था और मार्कण्डेय कहता जा रहा था, ''समाज को अहिंसक बनाने के लिए यह आवश्यक है कि व्यक्ति अहिंसक बने। हम अहिंसा के उपदेशों से युक्त लम्बे-लम्बे व्याख्यान देकर समाज को अहिंसक नहीं बना सकते। हमारे कांग्रेस मूवमेंट में जो अहिंसा दिख रही है वह कई स्थलों पर मुझे अहिंसा के व्यंग्य-रूप में नजर आती है क्योंकि वह अहिंसा अधिकांश स्थलों पर अहिंसा नहीं है बल्कि कायरता है। मैंने उन बड़े-बड़े कांग्रेस नेताओं को देखा है जो अहिंसा का उपदेश देते फिरते हैं, जो जुलूस में लाठी खाते हैं, जो जेल जाते हैं। लेकिन उन्हीं लोगों का व्यक्तिगत जीवन भी मैंने देखा है, और उस व्यक्तिगत जीवन में मैंने देखी है भयानक हिंसा। आज जिस अहिंसा को मैं देख रहा हूँ वह नीति के लिए अपनाई गई है और नीति के लिए अपनाई जानेवाली अहिंसा मेरी नजर में कायरता है। दयानाथ ! आवश्यकता है व्यक्तिगत जीवन में अहिंसा की।''

दयानाथ ने एक ठंडी साँस ली, "तुम ठीक कहते हो, मार्कण्डेय! 'समाज को अहिंसामय बनाने के लिए यह आवश्यक है कि व्यक्ति अहिंसक बने। और यही सबसे कठिन काम है!..." दयानाथ कहते-कहते रुक गया; उसे उसी समय सुनाई पड़ा, "प्रणाम, बड़के भइया!"

दयानाथ ने घूमकर देखा, सामने उमानाथ खड़ा था। उमानाथ ने कहा, "आप आए लेकिन आपने आने की खबर नहीं दी। मैंने माना कि आप ददुआ को खबर नहीं देना चाहते थे, लेकिन भला मैंने कौन-सा अपराध किया है?"

स्नेह से उमानाथ के कंधे पर हाथ रखते हुए दयानाथ ने कहा, "हाँ, उमा! मैं अपनी गलती मानता हूँ। लेकिन मेरे आने की खबर तुम्हें मिल ही गई। कहो, अच्छी तरह तो हो!"

"अच्छी ही तरह समझिए!" उमानाथ ने कहा, "जो कुछ अभी तक हुआ, जो कुछ हो रहा है और आगे चलकर जो कुछ होनेवाला है–उस सब पर सोचने से जी काँप उठता है, लेकिन फिर भी जबर्दस्ती इस सबके बीच रहना पड़ता है।"

मार्कण्डेय उमानाथ की बात सुनकर हँस पड़ा, "अरे उमानाथ! तुम भी क्या कह रहे हो! न कुछ खास चीज हुई है, न हो रही है और न होनेवाली है। ये सब साधारण बातें हैं–इनमें से एक भी बात असाधारण नहीं है। अनादिकाल से लोग मरते आए हैं, अनन्त काल तक मरते रहेंगे। इस मरने-मारने का असर हम लोगों के ऊपर स्पष्ट रूप से कितना पड़ता है? मैं कहता हूँ–जरा भी नहीं! जितना जी चाहे रह लो, दिन-दो दिन, महीना-दो महीना, साल-दो साल! दुनिया उसे भूल चुकी है; आज जो कुछ हो रहा है, यही दुनिया कल उसे भूल जाएगी। यही प्रकृति का नियम क्रम है!"

उमानाथ मार्कण्डेय की बात सुनकर मुस्कुराया, "ठीक कहते हो, मार्कण्डेय भइया! और यही हमारा सबसे बड़ा दुर्भाग्य है। अगर हम चीजों को इतनी आसानी से न भूलें तो शायद दुनिया कुछ और ही हो जाए!"

2

दयानाथ से मिलकर उमानाथ घर पहुँचा, रामनाथ खाना खाने के लिए उसकी प्रतीक्षा कर रहे थे। उन्हें पता लग गया था कि उमानाथ दयानाथ से मिलने के लिए मार्कण्डेय के घर गया है। कड़े स्वर में उन्होंने उमानाथ से कहा, "सुना है, दया यहाँ आया है और तुम उससे मिलने गए थे!"

"जी हाँ!" शान्त भाव से उमानाथ ने उत्तर दिया।

"और मैं कहता हूँ कि तुम बिना मुझसे पूछे दयानाथ से क्यों मिलने गए?"

उमानाथ उद्धत स्वभाव का अवश्य था, लेकिन आज तक उसने अपने पिता के सामने संयम न तोड़ा था। पर इधर कई दिनों से उसने जो कुछ देखा-सुना उससे उसके हृदय के अन्दर एक भयानक विद्रोह भर गया था। उस विद्रोह के विस्फोट का समय आ गया था। रामनाथ के इस प्रश्न को, और इस प्रश्न से अधिक उनके कड़े स्वर को सुनकर वह अपना संयम तोड़ बैठा। उसने रूखे स्वर में कहा, "मैं पूछ सकता हूँ कि मैंने आपकी गुलामी का पट्टा कब लिखा ?"

उमानाथ का यह उत्तर सुनकर वे स्तब्ध रह गए। थोड़ी देर तक एकटक वे उमानाथ को देखते रहे; वे यह देख रहे थे कि क्या उनके सामने बैठा हुआ युवक वास्तव में उमानाथ है ! उसके बाद उन्होंने धीरे से कहा, "हूँ ! तो तुम भी गुलामी के खिलाफ जिहाद करनेवाले हो !"

और बिना उमानाथ के उत्तर की प्रतीक्षा किए हुए वह मुँह फेरकर वहाँ से चले गए।

उस रात पंडित रामनाथ तिवारी से ठीक तौर से भोजन भी न किया गया।

उनका बड़ा लड़का उसी गाँव में मौजूद था, लेकिन बिल्कुल पराया-सा। और उस दिन उन्होंने देखा कि उनका दूसरा लड़का भी उनके हाथों से निकल गया। भोजन करके वे अकेले अपने कमरे में बैठ गए। उनका मन भारी था, उनकी आत्मा में एक भयानक अशान्ति थी। उन्हें कुछ ऐसा अनुभव हो रहा था कि सारी दुनिया एकाएक बदल गई है। यह सब क्या हो रहा है, यह सब क्यों हो रहा है, यह सब कैसे हो रहा है ? और इन प्रश्नों का उत्तर उन्हें न मिल रहा था। उनका अतीत, उस अतीत का गौरव, उनका सारा विगत जीवन एक चित्र की भाँति उनकी आँखों के सामने आगे आ गया था, और उस चित्र के परदे पर वह एक महान कुरूप वर्तमान को अंकित होता देख रहे थे। और उन्होंने बलपूर्वक अपनी आँखें बंद कर लीं। लेकिन उनकी आँखों के आगे से वर्तमान फिर भी ओझल न हो सका, उस वर्तमान को उनकी स्थूल आँखें न देख रही थीं, उस वर्तमान को देख रही थी उनकी चेतना। और वे एकाएक उठ खड़े हुए। दरवाजे के पास जाकर वे बाहर देखने लगे।

बाहर गहरा अन्धकार था, लेकिन फिर भी तिवारी जी बाहर ही देख रहे थे, मानो वे अन्धकार के अंक को चीरकर उसके समस्त रहस्यों को निकाल लेने पर कटिबद्ध हो गए हों। और दूर पर उन्हें एक प्रकाश दिखाई दिया जिसे देखते ही वह चौंक उठे। वह प्रकाश उनके महल की तरफ आनेवाली मोटर का था।

तिवारी जी ने नौकर को आवाज दी, "देखो कौन है ?" और वे आकर तख्त पर बैठ गए।

थोड़ी देर में रामनाथ ने देखा कि श्यामनाथ कमरे में चले आ रहे हैं। श्यामनाथ

के पैर काँप रहे थे और चेहरे पर हवाइयाँ उड़ रही थीं। आते ही वे करुण स्वर में चिल्ला उठे–"भइया !" और बिना दूसरा शब्द कहे वे आरामकुरसी पर बैठे नहीं बल्कि गिर पड़े। श्यामनाथ ने अपने सर पर हाथ रख लिए और आँखें बंद कर लीं।

श्यामनाथ की हालत देखकर रामनाथ चौंक उठे, उन्होंने पूछा, "क्या बात है ?...अरे तुम्हें क्या हुआ है, तबीयत तो ठीक है न !"

पर श्यामनाथ ने कोई उत्तर नहीं दिया, शायद उनमें उत्तर देने की क्षमता जाती रही थी। वे रामनाथ की ओर निर्निमेष देख रहे थे, पर उनकी आँखों के आगे सिवा सूनेपन के और कुछ न था। रामनाथ श्यामनाथ की इस मुद्रा से घबरा गए, उठकर वे श्यामनाथ के पास गए। श्यामनाथ के कंधे को हिलाते हुए उन्होंने पूछा, "क्यों, बोलते क्यों नहीं ? तुम्हारी ऐसी हालत क्यों है ?"

श्यामनाथ के मुख से अनायास निकल पड़ा–"भइया ! प्रभा गिरफ्तार हो गया है !"

"प्रभा गिरफ्तार हो गया ?" चौंकते हुए रामनाथ ने पूछा, "क्या वह भी कांग्रेसवालों के बरगलाने में आ गया था ?"

"नहीं भइया, कांग्रेस में नहीं, वह गिरफ्तार हुआ है डकैती और हत्या के अभियोग में। वह क्रान्तिकारियों में शामिल था। उसने ट्रेन में डाका डाला था, और उस डकैती में जख्मी भी हुआ था।"

रामनाथ ने यह सब सुना। बिना कुछ समझे-बूझे, बिना कुछ अनुभव किए हुए, बिना किसी प्रकार की भावना अथवा चेतना के यह सब सुना, और लौटकर वे तख्त पर बैठ गए। कुछ देर तक मौन बैठे रहे, फिर उन्होंने कहा, "अब क्या हो ?"

"यही आपसे पूछने आया हूँ !" श्यामनाथ ने कहा।

"उसकी जमानत का कुछ प्रबन्ध किया जाए ?"

"बहुत कोशिश की भइया, लेकिन उसकी जमानत नहीं हुई। भइया, यह वारदात मेरे इलाके में हुई थी, लेकिन मामला मेरे हाथों में नहीं है, वह स्पेशल पुलिस के हाथ में सौंप दिया गया है। मैं, पुलिस का सुपरिंटेंडेंट था, उसकी जमानत नहीं करा सका।" यद्यपि श्यामनाथ की आँखों में आँसू न थे, तो भी श्यामनाथ का स्वर भारी था। "भइया, उसे बचाइए–किसी तरह बचाइए।"

रामनाथ उठ खड़े हुए और वे उसी कमरे में टहलने लगे। उस समय वे सोच रहे थे, बड़ी तेजी के साथ। और टहलते-टहलते वे कमरे के दरवाजे पर रुक गए। उन्होंने वहीं से कहा, "श्यामू ! रात के सघन अन्धकार को देख रहे हो ?–सिवा उस अन्धकार के वहाँ और कुछ नहीं है। तुम कहते हो कि प्रभा को बचाऊँ। क्या मैं उसे बचा सकूँगा ? कह नहीं सकता ! नहीं-नहीं श्यामू ! बचाना और मारना–यह हमारे हाथ में

नहीं, जरा भी नहीं है। यह सब उस अदृश्य के हाथ में है जिसे लाख प्रयत्न करने पर भी मैं नहीं देख पा रहा हूँ !" और धीरे-धीरे रामनाथ का स्वर कड़ा हो गया, "श्यामू ! जी चाहता है कि उस अन्धकार के अंक को चीरकर देखूँ कि वहाँ क्या है ? यह सब जो चारों ओर हो रहा है क्यों हो रहा है, किसकी इच्छा से हो रहा है, कैसे हो रहा है ? इस सबको करनेवाला कौन है, और इस सबके करने पर उसे कौन-सा फायदा होता है, कौन-सा सुख मिलता है ! वह बनाता है, मिटाता है ! लेकिन यह क्यों-यह क्यों ?"

रामनाथ कहते-कहते रुक गए। इतना सब सह लेने पर भी क्या वे सत्य के निकट जरा भी पहुँच सके ? दरवाजे से वे लौट पड़े, फिर अपने तख्त पर बैठ गए। आज वे एक तरह की थकावट अनुभव कर रहे थे। वे स्पष्ट देख रहे थे कि उनकी आँखों के आगे एक तरह की निराशा का धुँधलापन घिरता आ रहा है। और फिर उन्होंने अपने सारे शरीर को एक झटका दिया, अपनी आत्मा पर घिरती हुई शिथिलता को दूर करने के लिए। उन्होंने अपने नौकर से कहा, "उमा को भेज दो !"

उमानाथ अपने कमरे में लेटा हुआ एक उपन्यास पढ़ रहा था। उसे श्यामनाथ के आने का पता न था। कमरे में आकर उसने श्यामनाथ को देखा और अभिवादन किया, "काका, प्रणाम !"

पर अपने अभिवादन का उत्तर न पाकर उसे आश्चर्य हुआ। श्यामनाथ अर्धमूर्छित अवस्था में बैठे थे। जो कुछ हो रहा था, उन्हें शायद इस सबका पता न था।

रामनाथ ने कहा, "उमा ! प्रभा गिरफ्तार हो गया है, रेल पर डाका डालने के जुर्म में ! मुझे अभी इस समय चलना है !"

"कहाँ ?" उमानाथ ने पूछा।

"कहाँ ?" रामनाथ ने श्यामनाथ की ओर मुड़कर पूछा, "प्रभा इस समय कहाँ है ? फतेहपुर या कानपुर में ?"

"इलाहाबाद में है !" श्यामनाथ ने कहा, "मैंने उसे डाक्टर अवस्थी के यहाँ इलाज कराने के लिए भेजा था, वहीं वह गिरफ्तार हुआ। लेकिन शायद उसे वे लोग कानपुर ले आए हों।"

"लेकिन चलना कहाँ होगा ?" रामनाथ ने पूछा।

"कानपुर !" श्यामनाथ ने उठते हुए कहा, "भइया, कानपुर में ही कोशिश करनी होगी, क्योंकि मामला अभी तक पुलिस के हाथ में है। और यह खैरियत है कि मामला अभी तक पुलिस के हाथ में है।"

"पुलिस के हाथ में है। और इसमें तुम मेरी मदद लेने आए हो ? क्यों, तुम यह सब क्यों नहीं कर सकते ?" रामनाथ ने पूछा।

श्यामनाथ फूट पड़े, "भइया, मेरे हाथ-पैर ढीले पड़ गए हैं। अगर दूसरे का मामला होता तो मैं सबकुछ कर सकता था, लेकिन यह मामला मेरे लड़के का है, मेरा है ! भइया, आप मेरे साथ चलिए, मेरे दिल में एक प्रकार का भय समा गया है, मेरे प्राणों में एक प्रकार की निराशा भर गई है।"

उमानाथ ने कहा, "भइया, अगर आप उचित समझें तो मैं बड़के भइया को भी खबर दे दूँ।"

"क्या दया यहाँ है ?" श्यामनाथ ने पूछा।

"जी हाँ ! मार्कण्डेय भइया के यहाँ ठहरे हैं !" उमानाथ ने कहा, आपको मालूम हो गया होगा कि यहाँ क्या-क्या हो चुका है।

"दया को अभी खबर दो जाकर, उसे अपने साथ लेते आओ।" श्यामनाथ ने अधीर होकर कहा।

"नहीं, दया को खबर देने की कोई जरूरत नहीं, न कोई फायदा है। गाड़ी तैयार करो, उमा ! अभी चलना है, इसी समय !" यह कहकर रामनाथ तिवारी उठ खड़े हुए।

3

प्रभानाथ की गिरफ्तारी की खबर दयानाथ को सुबह मिली, और इस खबर को सुनकर वह स्तब्ध हो गया। उसे यह भी मालूम हुआ कि उसके पिता, उमानाथ और श्यामनाथ रात के समय ही कानपुर के लिए रवाना हो गए। मार्कण्डेय से दयानाथ ने कहा, "सुना !"

मार्कण्डेय मुस्कुराया, "हाँ दयानाथ, सुना ! और यह सब सुनकर मुझे जरा भी ताज्जुब नहीं हुआ। प्रभानाथ क्रान्तिकारी हो सकता है, इसकी कल्पना तुम लोगों में से किसी ने न की होगी, मैं कहता हूँ, मैंने भी नहीं की थी। लेकिन इसमें ताज्जुब की कोई बात नहीं। उसमें क्रान्तिकारी बनने की हिंसा मौजूद थी—वह हिंसा जो तुम्हारे कुल के सब लोगों को मिली है—तुम्हें भी मिली है ! तुम उस हिंसा से मुक्त नहीं हो, दयानाथ !"

आश्चर्य से दयानाथ ने मार्कण्डेय की ओर देखा, "क्या कहा, मार्कण्डेय ? मुझमें हिंसा है ?"

इस बार मार्कण्डेय हँस पड़ा। "हाँ दया ! तुममें भी हिंसा है, उतनी ही जितनी तुम्हारे पिता में है। अन्तर केवल इतना है कि तुम्हारे अंदरवाली हिंसा किसी हद तक दबी हुई है। तुम जानते हो कि यह हिंसा क्या है ? यदि तुम हिंसा का विश्लेषण कर सको तो समझ जाओगे !"

दयानाथ ने सीधे-सादे भाव से कहा, "हिंसा को मैं अच्छी तरह जानता हूँ !

उसका विश्लेषण मैं क्या करूँ ? हिंसा है दूसरों पर प्रहार करने की प्रवृत्ति ! और मैं समझता हूँ कि दूसरों पर प्रहार करनेवाली प्रवृत्ति को पूरी तौर से दबा चुका हूँ !"

मार्कण्डेय ने सर हिलाया, "नहीं दया ! तुम समझते भर हो; पर वास्तविकता इससे भिन्न है ! अच्छा बताओ, हम दूसरों पर प्रहार क्यों करते हैं ? तुम कहोगे कि यह हमारी प्रवृत्ति भर है ! पर बात यहीं खत्म नहीं हो जाती ! हमें और आगे बढ़ना पड़ेगा। दूसरों पर प्रहार करने की यह प्रवृत्ति हमारी अहम्मन्यता का रूपान्तर भर है ! जिसमें जितनी अधिक अहम्मन्यता है, उसमें उतनी ही अधिक भयानक रूप में दूसरों पर प्रहार करने की प्रवृत्ति है। और मैं जानता हूँ दया कि तुममें अहम्मन्यता है, उतनी ही अधिक जितनी तुम्हारे पिता में अथवा अन्य भाइयों में है !"

दयानाथ कुछ देर तक सोचता रहा, फिर उसने कहा, "लेकिन मार्कण्डेय, मैं तो अहम् पर विश्वास करनेवाला हूँ और जहाँ अहम् होगा वहाँ अहम्मन्यता भी होगी। अगर तुम समझते हो कि हमारे विकास के लिए अहम् को मिटा देना अनिवार्य है तो मैं तुमसे असहमत हूँ, क्योंकि अहम् एक मनोवैज्ञानिक सत्य है और कोई भी समझदार व्यक्ति इस सत्य की उपेक्षा नहीं कर सकता।"

मार्कण्डेय के पास उत्तर तैयार था, "मैंने कब कहा कि अहम् मनोवैज्ञानिक सत्य नहीं है। अगर मैं इस बात से इनकार करता तो मैं जाने कब का समाजवादी बन गया होता। लेकिन दया ! अहम् में और अहम्मन्यता में भेद है ! अहम् और अहम्मन्यता के भेद को जान लेना तथा इसके बाद अहम्मन्यता को छोड़कर केवल अहम् का विकास करना–यह एक असाधारण साधना है। यह याद रखना, अहम्मन्यता अहम् और दूसरों के पार्थक्य से होती है, अहम्मन्यता सीमित और अविकसित अहम् का गुण है जिसमें वह बुद्धि और ज्ञान तो मानवता के लिए वरदान-रूप में आए हैं, अभिशाप बन जाया करते हैं। हमारी आज की दुरवस्था का मूल कारण यह सीमित और संकुचित अहम् है। इस अहम् को असीमत्व प्रदान करना, दूसरों को दूसरा न समझकर अपना समझना–यही अहम् का विकास है और यही अहम्मन्यता का विनाश है !"

"शायद तुम ठीक कहते हो !" दयानाथ ने कहा, "और मैं इतना मानता हूँ कि मेरे कुल में हर एक आदमी में अहम्मन्यता है ! और...और...जाने भी दो, मार्कण्डेय !" दयानाथ अपनी ही बात में उलझकर कुछ सोचने लगा।

"क्यों, क्या सोच रहे हो ?" मार्कण्डेय ने पूछा।

"यही कि मुझे आज ही कानपुर चल देना चाहिए ! प्रभा गिरफ्तार हो गया; सब लोग कानपुर गए हैं, और मैं यहाँ पड़ा हूँ !"

"लेकिन जाकर ही क्या करोगे ? इस मामले में तुम्हारा बीच में पड़ना ठीक नहीं। उससे मामला बिगड़ ही सकता है। तुम उसे सुधार न सकोगे !"

"हाँ, यह ठीक कहते हो। लेकिन फिर भी इस समय मेरा कानपुर में होना जरूरी है। प्रभानाथ की पैरवी में मदद कर सकता हूँ। इसके अलावा कांग्रेस का भी काम है !"

उसी दिन शाम को दयानाथ कानपुर के लिए रवाना हो गया। जिस समय वह घर पहुँचा उसने देखा कि उमानाथ वहाँ मौजूद है और वह पंडित ब्रह्मदत्त से बातें कर रहा है। पंडित ब्रह्मदत्त जोरों से कह रहे थे, "कामरेड ! मजाल है कि वे लोग मुझे बिना मेरी इच्छा के जेल में रख सकते ! नाकों चने चबवा दिए, नाकों ! आखिरकार झख मारकर छोड़ना ही पड़ा !"

"लेकिन यह कैदियों का यूनियन। यह तो बड़ा नया-सा आइडिया था।" उमानाथ ने मुस्कुराते हुए कहा।

"क्यों ? नए आइडिया की क्या बात है ? आखिर जेल के कैदी भी तो वर्कर्स हैं, ठीक उसी तरह जैसे मिल के मजदूर ! फर्क इतना है कि जहाँ कैदी एक इमारत में कैद हैं वहाँ मजदूर एक क्षेत्र में। वास्तविक स्वाधीनता किसी को प्राप्त नहीं है। फिर मिल के मजदूरों का जितना शोषण किया जाता है उससे कहीं अधिक कैदियों का शोषण होता है ! मैं कहता हूँ कि उन कैदियों को, जो काम करते हैं, उसकी मजदूरी क्यों नहीं दी जाती ? आप कहेंगे कि उन्हें सजा मिली है। बाहर घूम नहीं सकते, कहीं निकल नहीं सकते, किसी को देख नहीं सकते, किसी से मिल नहीं सकते। दुनिया की सारी की सारी हँसी, खुशी उनसे छीन ली गई है। न उन्हें बीवी का सुख, न उन्हें बच्चों का सुख ! इतनी सजा क्या उन्हें काफी नहीं है जो उन कैदियों से बड़ी से बड़ी मेहनत ली जाए और वह भी जबर्दस्ती, फिर इसके बाद उन्हें उनकी मेहनत की मजदूरी न दी जाए ! नतीजा यह होता है कि जब वे जेल के बाहर निकलते हैं तो भूखे और कंगाल। इसके अलावा मुलजिम का ठप्पा उनके माथे पर लगा होता है। और इस सबका नतीजा यह होता है कि जेल के बाहर आते ही उन्हें जुर्म करने की जरूरत होती है।"

उमानाथ मुस्कुराया, "बात तो तुमने बड़े पते की कही। विलायत में कैदियों को उनके काम की तनख्वाहें मिलती हैं। लेकिन तुम्हारा यह कैदियों का यूनियन कहाँ तक चला ?"

ब्रह्मदत्त हँस पड़ा, "अभी यह कैदियों का यूनियन क्या चलेगा ! यह तो मैंने जेलर को दिखलाने के लिए चलाया था कि मैं क्या बला हूँ !"

दयानाथ को देखते ही उमानाथ ने बातचीत बंद कर दी। उठते हुए उसने कहा, "आप आ गए बड़के भइया–बड़ा अच्छा किया।"

"ददुआ और काका कहाँ ठहरे हैं ?" दयानाथ ने पूछा।

"होटल में ! मैंने बहुत कहा कि यहाँ ठहरें, और काका ने भी जोर दिया, लेकिन

ददुआ को तो आप जानते ही हैं कितने जिद्दी आदमी हैं। मुझसे भी वहीं ठहरने को कह रहे थे, लेकिन मैंने साफ-साफ कह दिया कि घर रहते हुए मैं होटल में नहीं ठहर सकता।"

कुर्सी पर बैठते हुए दयानाथ ने कहा, "हाँ; तो उमा क्या बात है ? प्रभा क्यों गिरफ्तार हुआ।"

"कुरुस्ती कलाँ की डकैती के सिलसिले में, वह भी उस डकैती में शामिल था। "भइया, प्रभा क्रान्तिकारी हो सकता है, इसकी मैंने कल्पना भी न की थी !"

"मुझे भी ताज्जुब हो रहा है उमा ! कितना शान्त और सुशील ! यह सब क्या हो रहा है ?" और दयानाथ उठकर घर के अंदर जाने लगे। तब तक ब्रह्मदत्त ने कहा, "नमस्कार दयानाथ जी ! आपने तो मुझे देखा तक नहीं !"

"अरे पंडित ब्रह्मदत्तजी ! क्षमा कीजिएगा, दिमाग अजीब उलझन में है।" दयानाथ ने मुड़कर कहा।

"जी हाँ। जब दिमाग है तब वह कभी-कभी उलझन में भी हो सकता है।" और ब्रह्मदत्त अपने उस कटु व्यंग्य पर खिलखिलाकर हँस पड़ा।

दयानाथ को ब्रह्मदत्त का हँसना उसके व्यंग्य से भी अधिक बुरा लगा, उसने कहा, "ब्रह्मदत्तजी ! संस्कृति नाम की एक चीज होती है जो लोगों को बड़ी मुश्किल से मिलती है। मुझे दुःख है कि वह संस्कृति आपको नहीं मिल सकी। लेकिन उसमें आपका कोई दोष नहीं है, दोष है हमारे समाज का !" और दयानाथ अंदर चला गया।

ब्रह्मदत्त जोर से हँस पड़ा, "संस्कृति ! संस्कृति ! उमानाथ जी–सुना आपने ! कितनी मजेदार बात है !" लेकिन उसके तमतमाए हुए चेहरे से स्पष्ट था कि ब्रह्मदत्त पर आघात हुआ है, ऐसा आघात कि वह तिलमिला उठा है, "शायद संस्कृति के ठीकेदार वे लोग हैं जिनके पास पैसा है, जो अमीर घरों में पैदा हुए हैं, जिन्हें जीवन में सब प्रकार की सुविधाएँ मिली हैं ! कितनी मजेदार बात है !" और ब्रह्मदत्त हँसता रहा, मानो वह अपनी इस व्यंग्यात्मक और कुरूप हँसी से अपने दिल पर लगी हुई चोट की मरहम-पट्टी करने का प्रयत्न कर रहा हो।

उमानाथ ने बात को सम्हालने की कोशिश की, "ब्रह्मदत्तजी, आपने सुना ही है कि प्रभानाथ गिरफ्तार हो गया है। बड़के भइया की बात पर इसलिए बुरा न मानिएगा। हम सब लोग इस मामले में अधिक परेशान हैं !"

"कोई बात नहीं कामरेड ! ऐसी बातें तो करीब-करीब रोज ही सुनने को मिलती हैं–एक तरह से मैं इन बातों को सुनने का आदी हो गया हूँ !" ब्रह्मदत्त ने सम्हलते हुए कहा, "लेकिन संस्कृति, यह सभ्यता ! समाज की विषमता द्वारा उत्पन्न ये चीजें–इन पर वे लोग जो समाज में समता उत्पन्न करने के दावेदार हैं, गर्व कर सकते

हैं; यह कांग्रेसवाले पूँजीपति, ये कितने झूठे और ढोंगी हैं ! अच्छा खाते हैं और पहनते हैं !"

"हाँ, अधिकांश आदमी ऐसे हैं ब्रह्मदत्त ! लेकिन यह तो मानना ही पड़ेगा कि जो सच्चे कांग्रेसवाले हैं, जिनका अहिंसा पर पूर्ण विश्वास है, वे ऐसे नहीं हैं !"

"बिलकुल गलत ! मैं कहता हूँ कि सबके सब ऐसे हैं। जब मैं देखता हूँ उन लोगों को जो सर हिलाकर मेरे साथ सहानुभूति दिखलाते हैं, जो मुझ पर दया का भाव प्रदर्शित करते हैं, तब मैं सच कहता हूँ कि मेरी तबीयत जल उठती है। मुझे ऐसा लगता है कि वह आदमी मेरा उपहास कर रहा है, मेरा ही नहीं, सारी मनुष्यता का उपहास कर रहा है। मैं कहता हूँ मुझसे लड़ो, मुझसे झगड़ो, मुझे गाली दो–मुझे जरा भी बुरा न लगेगा, क्योंकि यह सब बातें तुम मेरी बराबरी में आकर करते हो; लेकिन जब तुम मुझसे लड़ना टाल जाते हो, यह प्रदर्शित करते हुए कि तुम ऊँचे हो कि मुझसे लड़ना-झगड़ना तुम्हें शोभा नहीं देता, और इसलिए लड़ने-झगड़ने की जगह तुम मेरे साथ प्रेम, दया, सहानुभूति की बात चलाने लगते हो, तब मुझे ऐसा मालूम होता है कि तुम मुँह चिढ़ा रहे हो, तुम मेरा उपहास कर रहे हो !"

उमानाथ ब्रह्मदत्त की बात सुन रहा था और उसे ताज्जुब हो रहा था ब्रह्मदत्त की उस बात पर। जो कुछ वह ब्रह्मदत्त के सम्बन्ध में जानता था, जितना कुछ उसे ब्रह्मदत्त का अनुभव था, उससे वह कल्पना भी न कर सकता था कि ब्रह्मदत्त ऐसे महत्त्वपूर्ण सत्य की तह तक पहुँच सकता है। उसने कहा, "लेकिन ब्रह्मदत्त, इतना कटु होने की आवश्यकता नहीं ! तुम्हारे अन्दरवाली कटुता दूसरे का अहित करने के स्थान पर तुम्हारा ही अहित कर सकती है। इस कटुता से ऊपर उठकर रचनात्मक कार्य करने में ही कल्याण है !"

"हाँ, मैं यह जानता हूँ ! लेकिन कामरेड, जरा सोचो तो, यह कटुता कितनी मनोवैज्ञानिक है। आप लोग ऊँचे समाज के हैं, सम्पन्न हैं, आपको ऊँची शिक्षा प्राप्त करने के लिए सुविधाएँ मिली हैं ! लेकिन मैं गरीब घर में पैदा हुआ; तिरस्कार और अपमान के बीच में पला, ऊँची शिक्षा मिलने के साधनों का सर्वथा अभाव था। जहाँ तक योग्यता, लगन, कर्मण्यता का सवाल है, वहाँ मैं किसी से कम नहीं हूँ। लेकिन फिर भी देखता हूँ कि लोग मुझे लगातार दबाने का प्रयत्न करते हैं। नित्य ही मुझे इन घमंडी अमीरों के सामने आना पड़ता है, इनकी अहम्मन्यता का मुझे मुकाबिला करना पड़ता है। आप जानते नहीं कामरेड ! कभी किसी पूँजीपति के सम्पर्क में आप अभाव की स्थिति में नहीं आए। आप अपनी सारी योग्यता और सारी ईमानदारी लेकर किसी भी मूर्ख से मूर्ख और चरित्रहीन से चरित्रहीन पूँजीपति के सामने जाइए, और आप देखिएगा कि वह आपके व्यक्तित्व को चाँदी और सोने के पाटों के बीच में डालकर

पीसकर रख देने की कोशिश करेगा। मैं पूछता हूँ दुनिया में ऐसा कौन-सा नेता है, कौन-सा महात्मा है जो पूँजीपति के इशारों पर न नाचता हो?"

उमानाथ ब्रह्मदत्त के तर्कों का उत्तर न दे सकता था, क्योंकि वे स्वयं उमानाथ के तर्क थे। अन्तर केवल इतना था कि जहाँ वह उमानाथ का पढ़ा हुआ तर्क था, वहाँ वह ब्रह्मदत्त का अनुभव था और उन अनुभवों से जनित उसके गहन विश्वास से भर हुआ विद्रोहात्मक व्यक्तित्व था। उस समय घड़ी ने रात के दस बजाए।

ब्रह्मदत्त उठ खड़ा हुआ, "अरे! दस बज गए और मैं अभी तक आपके यहाँ बैठा रहा। अब आप सोइए जाकर कामरेड उमानाथ!"

"तो कामरेड, कल मिलना! जहाँ तक मैं समझता हूँ कि कांग्रेस का कामकाज ढीला पड़ने लगा है; और लोगों की दौड़धूप से पता चलता है कि कांग्रेस और ब्रिटिश सरकार में जल्दी ही कोई समझौता होने वाला है। लिहाजा अब हमारे काम-काज करने का अवसर आ रहा है, और उसकी तैयारी करनी है। सब कार्यकर्ताओं से मिलकर एक भावी कार्यक्रम बनाना पड़ेगा।"

"हाँ कामरेड! मैं कल सुबह नौ बजे आऊँगा!" यह कहकर ब्रह्मदत्त चला गया।

4

कानपुर आकर जो पहिला काम पंडित रामनाथ तिवारी ने किया था, विश्वम्भर दयाल से मिलना। उस समय विश्वम्भर दयाल अपने होटल में बैठे नाश्ता कर रहे थे और माताप्रसाद उनके सामने बैठे थे। विश्वम्भर दयाल कह रहे थे, "यहाँ तक पहुँच गया हूँ माताप्रसाद साहेब; जिस काम को हाथ में उठाया, इतनी बड़ी उम्मीदों के साथ, उसे यहाँ तक ले आया। अब आगे क्या होगा? उसकी कल्पना मैं कर सकता हूँ!" इसी समय नौकर ने पंडित रामनाथ तिवारी के आने की सूचना दी।

विश्वम्भर दयाल राजा रामनाथ तिवारी का स्वागत करने के लिए बाहर गए और उन्हें कमरे में ले आए। तिवारी जी को बिठलाते हुए विश्वम्भर दयाल ने कहा, "कहिए राजा साहेब! क्या सेवा कर सकता हूँ?"

पंडित रामनाथ तिवारी थोड़ी देर तक सामने बैठे हुए आदमी को गौर से देखते रहे। इकहरे बदन का आदमी, चेहरा किसी कदर कुरूप, लम्बी नाक और चमकीली आँखें। पंडित रामनाथ तिवारी ने समझ लिया कि जो आदमी उनके सामने बैठा है वह असाधारण बुद्धि का आदमी है और किसी हद तक जिद्दी तथा धुन का पक्का। जरा सम्हलते हुए रामनाथ तिवारी ने बात आरम्भ की, "मैं आपसे प्रभानाथ के सम्बन्ध में बात करने आया था!"

"हाँ-हाँ ! लेकिन आपको कष्ट उठाने की क्या जरूरत थी। पंडित श्यामनाथ तिवारी से तो मैंने साफ-साफ कह दिया था कि प्रभानाथ मेरे लड़के की तरह है, उस पर आँच न आने पावेगी !" मुस्कुराते हुए विश्वम्भर दयाल ने कहा।

"जी हाँ, आपकी मेहरबानी है ! लेकिन मैं आपसे स्पष्ट और काम की बात करने आया हूँ। आपको इसमें कोई एतराज तो न होगा ?" यह कहकर पंडित रामनाथ तिवारी ने माताप्रसाद की ओर इस प्रकार देखा मानो उस आदमी की उपस्थिति में उन्हें बात कहने में संकोच हो रहा हो।

विश्वम्भर दयाल ने माताप्रसाद से कहा, "माताप्रसाद साहेब, आपको बाजार जाना था न ! देखिए मेरे लिए कुछ फल लाना न भूलिएगा !"

माताप्रसाद वहाँ से उठकर चले गए। थोड़ी देर रुककर रामनाथ ने कहा, "जी ! मैं यह दरियाफ्त करने आया था कि आप इस लड़के की जान की क्या कीमत चाहते हैं ?"

विश्वम्भर दयाल इस तरह के प्रश्न सुनने का आदी था। वह मुस्कुराया, "वह कीमत क्या आप दे सकेंगे राजा साहेब ?"

"आप बतलाइए तो सही..." रामनाथ ने कहा, "दस हजार, बीस हजार, एक लाख-कितना चाहते हैं आप ?"

विश्वम्भर दयाल हँस पड़ा, "जी, आप मुझे गलत समझ रहे हैं राजा साहेब ! मैं पैसों का भूखा नहीं हूँ; आपकी कृपा से मैं भी बहुत बड़े सम्पन्न कुल का आदमी हूँ-पचास हजार-लाख मैं आसानी से खर्च कर सकता हूँ ! नहीं राजा साहेब, रुपए-पैसे में जान की कीमत समझकर मुझसे बात करने आकर आपने गलती की !"

विश्वम्भर दयाल के इस उत्तर से रामनाथ सकपका गए, "फिर-फिर..." तिवारी जी आगे न कह सके; उनकी समझ में न आ रहा था कि अब क्या कहा जाए।

लेकिन इस अजीब मनोवैज्ञानिक परिस्थिति से विश्वम्भर दयाल ने उन्हें निकाल लिया, "मैं जानता हूँ कि आप क्यों आए हैं और क्या चाहते हैं। आप आए हैं प्रभानाथ को छुड़ाने; और मुझे अफसोस है कि उसका जुर्म बड़ा संगीन है, वह जुर्म है ब्रिटिश सरकार को उलटने की कोशिश करना।"

"आप अच्छी तरह जानते हैं कि वह ब्रिटिश सरकार को नहीं उलट सकता, यह उसका लड़कपन था कि वह बागियों के गिरोह में शामिल हो गया !"

"जी हाँ, यह मैं जानता हूँ। लेकिन दूसरा जुर्म जो उससे भी ज्यादा संगीन है, यह है कि उसने या उसके साथी ने दो सिपाहियों की हत्या की है।"

"मिस्टर विश्वम्भर दयाल ! इसीलिए मैं आपके पास आया हूँ।"

"आप मेरे यहाँ आए हैं राजा साहेब, और इसीलिए मैंने आपसे कहा था कि

आपके लड़के पर आँच न आवेगी। सिर्फ वह थोड़ी-सी मदद कर दे। और मैं आपसे वादा करता हूँ कि मैं उस पर से हत्या का भी मामला हटा दूँगा !"

"कैसी मदद आप चाहते हैं ?" रामनाथ ने पूछा।

"जी, मैं सिर्फ इतना चाहता हूँ कि वह अपने साथियों के नाम व पता बतला दे !"

विश्वम्भर दयाल की बात सुनकर पंडित रामनाथ तिवारी थोड़ी देर तक मौन बैठे रहे, इसके बाद उन्होंने धीरे से कहा, "तो आप उसे मुखबिर बनाना चाहते हैं ?"

"जी...मुखबिर क्या, मैं इस तरह से इस बड़े काम में उसकी मदद चाहता हूँ !" लड़खड़ाते हुए विश्वम्भर दयाल ने कहा।

रामनाथ उठ खड़े हुए, "मिस्टर विश्वम्भर दयाल ! आप प्रभानाथ से ऐसा काम कराना चाहते हैं जो उसके नाम पर ही नहीं, हम लोगों के नाम पर भी बहुत बड़ा कलंक होगा। जहाँ तक मेरा खयाल है, प्रभानाथ आपकी यह शर्त किसी भी हालत में मंजूर नहीं करेगा। क्या उसे बचाने का कोई दूसरा तरीका नहीं है।"

पंडित रामनाथ तिवारी के उठने के साथ विश्वम्भर दयाल भी उठ खड़ा हुआ था, "जी ! मैंने आपको सबसे आसान तरीका बतलाया है राजा साहेब, और इस तरीके पर तो कोई एतराज न होना चाहिए। आखिर मैं चाहता क्या हूँ ? मुजरिमों को गिरफ्तार करना ! पीठ पीछे वार करनेवालों को ढूँढ़ निकालना ! ये बड़े खतरनाक किस्म के मुजरिम हैं, इनको गिरफ्तार करने में मदद देना तो हर आदमी का कर्तव्य है।"

रामनाथ अच्छी तरह समझ गए कि विश्वम्भर दयाल से अधिक बात करना बेकार है, वे जानते थे कि उस पुलिस अफसर से वे पराजित हुए। और वे यह भी समझ गए कि विश्वम्भर दयाल उस समय शक्तिशा ि है। उन्होंने कहा, "देखिए ! इस मामले में आप अभी जल्दी न कीजिएगा, मैं गौर करूँगा।"

रामनाथ तिवारी को उनकी कार तक पहुँचाकर जब विश्वम्भर दयाल कमरे में लौटा तब उसे अच्छा नहीं लग रहा था। उसे ऐसा लग रहा था उसका दाँव ठीक नहीं पड़ा। रामनाथ तिवारी की हिचकिचाहट से भरी मुद्रा में उसने कुछ बात ऐसी देखी जिससे उसे एक प्रकार की निराशा हुई। उसने श्यामनाथ तिवारी को देखा था, और उसने देख लिया था कि श्यामनाथ तिवारी कमजोर आदमी हैं, भावुक और व्यक्तित्वहीन। और श्यामनाथ को पहचान लेने के बाद उसे अपनी सफलता पर विश्वास हो गया था। लेकिन आज–रामनाथ से मिलकर, उनसे बातचीत करके उसका विश्वास डिग गया। प्रभानाथ श्यामनाथ का नहीं बल्कि रामनाथ का पुत्र है, विश्वम्भर दयाल को यह भी मालूम हो गया था।

माताप्रसाद ने बाजार से लौटकर देखा कि विश्वम्भर दयाल गुमसुम कुरसी पर बैठे कुछ सोच रहे हैं। मुस्कुराने का प्रयत्न करते हुए माताप्रसाद ने पूछा, "कहिए! राजा साहेब से क्या बातचीत हुई!"

विश्वम्भर दयाल ने सर उठाया, "बहुत थोड़ी-सी बात हुई, नपी-तुली बात हुई और साथ ही जो बात हुई वह मुझे अच्छी नहीं लगी!"

"उस बातचीत को अगर आप मुझे बतला दें तो कोई हर्ज तो न होगा? मुमकिन है कि मैं आपकी कुछ मदद कर सकूँ।" माताप्रसाद ने कहा।

"आप शायद इस मामले में मेरी मदद न कर सकेंगे। लेकिन चूँकि मैंने इस मामले में आपको शामिल कर लिया है इसलिए मैं आपसे कोई बात नहीं छिपाऊँगा। राजा साहेब मुझे रिश्वत देने आए थे।"

माताप्रसाद को इस बात पर कोई आश्चर्य नहीं हुआ, "कितनी रिश्वत दे रहे थे?"

मुस्कुराते हुए विश्वम्भर दयाल ने कहा, "अगर मैं चाहता तो एक लाख तक दे देते।

"एक लाख!" माताप्रसाद की आँखें फैल गईं, "इतनी बड़ी रकम है! और आपने क्यों इनकार कर दिया?"'

"क्यों? क्या आप समझते हैं कि मैं एक लाख पर बिक सकता हूँ?" विश्वम्भर दयाल ने माताप्रसाद को कौतूहल की नजर से देखते हुए कहा, "तो फिर आप मुझे अभी तक पहचान नहीं सके माताप्रसाद साहेब! मैं रुपयों का भूखा नहीं हूँ। भगवान की कृपा से मेरे पास बहुत कुछ है। मुझे चाहिए ताकत, ओहदा, इज्जत! मैं इस क्रान्तिकारी दल को ढूँढ़ निकालना चाहता हूँ।"

"फिर?" माताप्रसाद ने ऐसे स्वर में कहा मानो उन्हें विश्वम्भर दयाल की महत्वाकांक्षाओं में कोई भी दिलचस्पी नहीं है।

"मैंने अपनी शर्त पेश की कि प्रभानाथ मुखबिर बन जाए। लेकिन इसमें रामनाथ तिवारी कुछ पशोपेश करते दिखलाए दिए।"

माताप्रसाद अब फूट पड़े, "आपने बहुत बड़ी गलती की! एक मौका हाथ में आया था, वह निकल गया। बड़ी रकम हाथ लग रही थी। आपने अभी तो उस लड़के के बाप से बात की है, जब बाप इतना पशोपेश कर रहा है, तब लड़का यकीनन मुखबिर बनने से इनकार कर देगा। मैं आपसे कहे देता हूँ कि आपने गलत रास्ता अपनाया है, आप देखेंगे कि आप महजं हवाई किले बना रहे हैं।"

विश्वम्भर दयाल उठ खड़े हुए, उनके मुख पर एक अजीब तरह की कठोरता आ गई थी, "क्या आप ठीक कह रहे हैं माताप्रसाद साहेब? क्या वास्तव में इसमें मुझे

असफलता मिलेगी ? नहीं, आप गलती करते हैं। मैंने उस लड़के को देखा है, गौर से देखा है। और मुझे यकीन है कि वह कमजोर दिल का है, कमजोर तबीयत का है! क्या वह मौत का मुकाबिला कर सकता है ? शायद ! लेकिन उसमें कमजोरी है, और उसकी कमजोरी का मैं फायदा उठाना चाहता हूँ! किस तरह से ? सवाल मेरे सामने यह है !"

5

जिस समय ब्रह्मदत्त उमानाथ से मिलने के लिए दयानाथ के बँगले पर पहुँचा, उसने देखा कि दयानाथ अकेले ड्राइंगरूम में बैठा हुआ कुछ सोच रहा है। दयानाथ ने ब्रह्मदत्त को देखा या नहीं, यह नहीं कहा जा सकता पर दयानाथ वैसा का वैसा बैठा रहा। ब्रह्मदत्त ने दरवाजे पर रुककर कहा, "माफ कीजिएगा दयानाथ जी ! मैं उमानाथ जी से मिलने आया हूँ। उन्होंने मुझसे इस समय यहाँ मिलने को कहा था !"

"ओह ! क्षमा कीजिएगा–मैंने आपको देखा नहीं था।" दयानाथ ने ब्रह्मदत्त का स्वागत करने के लिए उठते हुए कहा, "आइए ! दरवाजे पर क्यों खड़े हैं ?"

"मुझे डर मालूम होता था कि कहीं आप मुझे कमरे से निकाल बाहर न करें !" हँसते हुए ब्रह्मदत्त ने कहा। कमरे में आकर वह सोफे पर पैर फैलाकर बैठ गया, "क्यों दयानाथ जी ? आप इतना अधिक चिन्तित क्यों हैं ?"

"क्या बतलाऊँ ब्रह्मदत्तजी ! आप जानते ही हैं कि पिता ने मुझे त्याग दिया है ! वे मुझसे इतना अधिक नाराज हैं कि कानपुर आकर वे होटल में ठहरे। प्रभानाथ की गिरफ्तारी की मुझे खबर तक देने की जरूरत भी उन्होंने नहीं समझी ! मैं सोच रहा था कि आखिर यह सब क्या हो रहा है और क्यों हो रहा है ?" और ब्रह्मदत्त ने देखा कि दयानाथ के मुख पर एक अजीब-सी विवशता है।

दयानाथ की इस विवशता पर ब्रह्मदत्त को दयानाथ की ओर सहानुभूति हुई या नहीं, यह नहीं कहा जा सकता, उसने गम्भीरतापूर्वक कहा, "हाँ दयानाथ जी ! दुनिया बड़ी विचित्र जगह है, और इस विचित्र जगह में बातें भी बड़ी विचित्र होती हैं। लेकिन यह संघर्ष–यह तो कोई नई चीज नहीं है। मैं कहता हूँ मनुष्यों में यह संघर्ष रोज का किस्सा बन गया है। एक तरह से मैं तो यहाँ तक कह सकता हूँ कि एक साधारण आदमी का सारा अस्तित्व ही इसी संघर्ष में है। मैं जब अपने जीवन का अध्ययन करता हूँ; अपने अतीत पर मनन करता हूँ, वर्तमान को देखता हूँ, भविष्य की कल्पना करता हूँ तब मुझे आश्चर्य होने लगता है कि मैं जिन्दा कैसे हूँ। दयानाथ जी, मेरी सलाह तो यह है कि भावुकता को तिलांजलि देकर जिस प्रकार आपके सामने जीवन

आता जाए उसी रूप में आप उसे स्वीकार कर लीजिए।"

ब्रह्मदत्त ने जो बात कही थी वह अपनी समझ से बड़े महत्त्व की बात कही थी, एक दार्शनिक सत्य की व्याख्या की थी लेकिन दयानाथ उस बात को सुनकर झल्ला उठा। दयानाथ ने अपना दुखड़ा रोया था ब्रह्मदत्त से कुछ सहानुभूति प्राप्त करने के लिए, दर्शन-शास्त्र पर लम्बा व्याख्यान सुनने के लिए नहीं। उसने तीव्र दृष्टि से ब्रह्मदत्त को देखा और फिर उठ खड़ा हुआ, भीतर जाने के लिए। पर दयानाथ दरवाजे पर से उमानाथ का स्वर सुनकर रुक गया।

उमानाथ ब्रह्मदत्त से कह रहा था, "आ गए ब्रह्मदत्त ! माफ करना, मैं जरा देर से सोकर उठा।" और उसने नौकर को पुकारकर चा और नाश्ता लाने का हुक्म दिया।

दयानाथ ने उमानाथ से पूछा, "उमा, क्या तुम ददुआ से आज मिलोगे ?"

"जी हाँ ! चा पीकर बस वहीं जा रहा हूँ ! आप भी चलिए न !"

"नहीं उमा ! मेरा वहाँ जाना ठीक नहीं होगा। तुम जानते ही हो कि ददुआ ने मुझे अपने यहाँ आने से मना कर दिया है।"

"यह ठीक है, लेकिन होटल में जाकर उनसे मिल लेने में क्या हर्ज है ? आखिर वे आपके पिता ही हैं, और उनके लिए यह एक बहुत बड़ी विपत्ति का काल है !" ब्रह्मदत्त ने दयानाथ से कहा।

"आप नहीं समझते ब्रह्मदत्त जी ! यह उनके ही लिए नहीं, मेरे लिए भी विपत्ति का काल है। प्रभा मेरा भी भाई है। लेकिन मेरे यहाँ रहते हुए भी ददुआ होटल में ठहरे। मैं बानापुर में मौजूद था, लेकिन प्रभानाथ की गिरफ्तारी की मुझे खबर तक देने से उन्होंने उमा को मना कर दिया था।" इसके बाद उमानाथ से कहा, "नहीं उमा ! मैं नहीं जाऊँगा।"

उमानाथ ने उत्तर दिया, "आप ठीक कहते हैं। मैं भी यही समझता हूँ कि आपका वहाँ जाना ठीक न होगा।"

नाश्ता आ गया और दोनों कामरेडों ने डटकर नाश्ता किया। इसके बाद उमानाथ ने ब्रह्मदत्त का हाथ पकड़कर उठाते हुए कहा, "चलो कामरेड, अब चला जाए ! रास्ते में बातचीत होगी।" फिर उसने दयानाथ से कहा, "बड़के भइया, आपकी कार मैं लिए जा रहा हूँ। आपको कहीं जाना तो नहीं है ?"

"अभी तो नहीं, लेकिन जल्दी आ जाना। और बतलाना कि क्या-क्या हुआ। मैं बहुत चिन्तित हूँ।"

उमानाथ ने चलते हुए ब्रह्मदत्त से कहा, "हाँ, तो मैं कह रहा था कि हम लोगों को अब अपना काम आरंभ कर देना चाहिए। कानपुर के वर्तमान संगठन को मैं संतोषजनक नहीं समझता। जब मजदूरों के इस प्रमुख केन्द्र की यह हालत है तब प्रान्त

के अन्य स्थानों में क्या हालत होगी, इसकी कल्पना मैं कर सकता हूँ।"

"जी हाँ, मैं आपसे सहमत हूँ!" ब्रह्मदत्त ने उत्तर दिया, "जो काम हम यहाँ कर रहे हैं, उसमें हमें उत्साह नहीं, उमंग नहीं!"

"लेकिन मैं पूछता हूँ कि यहाँ पर काम ही क्या हो रहा है?" उमानाथ ने गंभीरतापूर्वक पूछा, "कितने मजदूरों को दुनिया की गतिविधि का पता है? कितने मजदूर अपनी वास्तविक स्थिति, अपने अभाव तथा अपने अधिकारों को समझते हैं? कितने मजदूर शिक्षित हैं? क्या यहाँ मजदूरों का कोई पत्र है?"

"जी नहीं! पत्र के लिए पूँजी की जरूरत होती है, और वह पूँजी हमारे पास नहीं है। फिर भला हम पत्र कैसे निकाल सकते हैं। लेकिन मेरा खयाल है कि मजदूरों का एक पत्र होना अत्यन्त आवश्यक है!"

"मैं उस पूँजी का प्रबन्ध कर दूँगा। ब्रह्मदत्तजी! पत्र का निकलना जरूरी है। आप अगले सप्ताह कानपुर के मजदूर-नेताओं की एक सभा बुला लीजिए। मैं आप लोगों के सम्पर्क में आना चाहता हूँ, उनसे मिलकर अपना एक कार्यक्रम निर्धारित करना चाहता हूँ।"

"अच्छी बात है; मैं सभा का प्रबन्ध कराए देता हूँ! अगले रविवार को ठीक रहेगा न!"

"हाँ कामरेड!" कार उस समय तक मेस्टन रोड और चौक के चौराहे पर आ गई थी। कश्मीरी होटल, जहाँ उसके पिता ठहरे थे, सामने दिख रहा था। उमानाथ मुस्कुराया, "अगर ब्रिटिश-राज में कोई सबसे अधिक खतरनाक है तो मैं हूँ; न बड़के भइया हैं जिनको जेल जाने का सर्टिफिकेट मिल चुका है और न प्रभा है जिसकी फाँसी की तैयारियाँ हो रही हैं।"

कार रुक गई और ब्रह्मदत्त के साथ उमानाथ उतर पड़ा। ब्रह्मदत्त ने कहा, "अच्छा कामरेड, अब मैं जाऊँगा; मैं आपसे परसों मिलूँगा।"

ब्रह्मदत्त को विदा करके उमानाथ होटल में पहुँचा।

उस समय पंडित रामनाथ तिवारी पूजा से उठकर होटल के बरामदे में बैठे हुए मेस्टन रोड की भीड़ को देख रहे थे। उस समय वे कुछ सोच रहे थे, न समझ रहे थे, वे केवल देख रहे थे–एकटक! वे क्या देख रहे हैं, क्यों देख रहे हैं–इसका भी पता उन्हें न था।

विश्वम्भर दयाल से मिलने के बाद तिवारी जी किसी कदर हत-बुद्धि से हो गए थे! उन्होंने काम इतना कठिन न समझा था जितना उन्हें विश्वम्भर दयाल से मिलने के बाद मालूम हुआ था। मुश्किल ही नहीं, उनके अंदर से किसी ने कह दिया था, "काम असम्भव है!" और इस असम्भव शब्द ने उन्हें मर्माहत कर दिया था। शाम

के समय जब विश्वम्भर दयाल के यहाँ से वे असफल लौटे थे, उन्होंने श्यामनाथ से कोई बात नहीं की थी। सुबह से अभी तक श्यामनाथ से उनकी मुलाकात न हुई थी। उमानाथ जब रामनाथ के कमरे के सामने पहुँचा तो रामनाथ ने कहा, "उमा ! श्यामू कहाँ है ? जरा उसे बुलाना !" श्यामनाथ अपने कमरे में उदास लेटे हुए थे। उमानाथ ने उनसे कहा, "काका ! ददुआ आपको बुला रहे हैं !"

श्यामनाथ चौंककर उठ खड़े हुए। उस समय उनका चेहरा मुर्झाया हुआ था, उनकी आँखें लाल थीं। रात भर उन्हें नींद न आई थी। रामनाथ ने पिछली रात उनसे बात न की थी, इसी से वे समझ गए थे कि रामनाथ को काम में आज सफलता नहीं मिली। स्वयं कुछ पूछने का उन्हें साहस न हुआ था। आज श्यामनाथ अपनी विवशता, अपनी निर्बलता, और अपनी कायरता बुरी तरह अनुभव कर रहे थे। उनका लड़का गिरफ्तार हो गया था, और उसे बचाने का उनके पास कोई उपाय न था। रात भर वे सोचते रहे कि क्या किया जाए, पर उन्हें उस विषम समस्या का कोई हल न मिल सका था। सर झुकाए हुए श्यामनाथ रामनाथ के सामने बैठ गए। रामनाथ ने कहा, "श्यामू, कल शाम मेरी विश्वम्भर दयाल से जो बातचीत हुई उससे मैं इस नतीजे पर पहुँचा कि वह आदमी सख्त है और जिद्दी है। इसी से मैंने ज्यादा बात नहीं की क्योंकि मेरी बातचीत से मामला सुधरने की जगह बिगड़ सकता था। मेरा खयाल है कि उससे तुम्हें बातचीत करनी चाहिए।"

श्यामनाथ ने पूछा, "लेकिन आपसे क्या बातें हुईं ?"

"क्या करोगे उन बातों को सुनकर, उनकी याद आते ही मेरा खून खौलने लगता है। उसने यह कैसे समझ लिया कि मेरा लड़का मुखबिर बनने पर राजी हो जाएगा !" थोड़ी देर रुककर उन्होंने फिर श्यामनाथ से कहा, "तुम्हीं उससे मिलो, सम्हल कर बात करो। मुझे अधिक आशा तो नहीं है लेकिन सम्भव है, तुम्हें कुछ सफलता मिल जाए !"

"क्या ले-देकर कुछ काम नहीं चल सकता ?" श्यामनाथ ने पूछा।

"नहीं श्यामू, उस आदमी को पैसे का लोभ नहीं है। अगर उस आदमी के साथ कोई चीज काम कर सकती है, तो वह है भावना।"

श्यामनाथ उठ खड़े हुए, "तो फिर मैं जा रहा हूँ। लेकिन भइया, न जाने क्यों मुझे उस आदमी से घृणा हो गई है। मैं उसका मुँह नहीं देखना चाहता, उससे बात करना तो दूर रहा। उफ् ! मैं नहीं जानता था कि वह आदमी इतना भयानक निकलेगा, नहीं तो उस दिन मैं उसे अपने घर लाता ही नहीं।"

"खैर, जो हो गया वह हो गया। वह तुम्हारे बस की बात नहीं थी। अब जो तुम्हारे बस की बात है वह करो !" रामनाथ ने अपने छोटे भाई को आश्वासन देते हुए कहा।

इसी समय श्यामनाथ ने देखा कि माताप्रसाद उनके यहाँ चले आ रहे हैं। माताप्रसाद को अपने यहाँ आते देखकर श्यामनाथ के अन्दर आशा की एक लहर दौड़ गई। उन्होंने तपाक के साथ कहा, "आइए मुंशी माताप्रसाद साहेब ! कहिए, कैसे आना हुआ ! तशरीफ रखिए !"

बैठते हुए माताप्रसाद ने कहा, "मैंने सुना कि हुजूर कानपुर तशरीफ लाए हैं। लिहाजा मैंने सोचा कि हुजूर की हाजिरी बजाता चलूँ !"

"जी हाँ ! प्रभानाथ की गिरफ्तारी के सिलसिले में आया हूँ।" श्यामनाथ ने कहा।

"वह तो मुझे कल शाम को ही मालूम हो गया था जब राजा साहेब इस सिलसिले में डिप्टी साहेब से मिलने तशरीफ ले गए थे।" अपनी आवाज थोड़ी-सी धीमी करते हुए माताप्रसाद ने कहा, "हुजूर खुद क्यों नहीं डिप्टी साहेब से मिलते ? मुमकिन है कि कोई सूरत निकल आवे !"

"वहीं जाने की तैयारी कर रहा था। क्या आप समझते हैं कि मेरे मिलने से कुछ काम बन सकेगा ?" श्यामनाथ ने थाह लेने के लिए पूछा।

"मेरा तो खयाल है, गोकि डिप्टी साहेब कुछ अजीब तरह के आदमी हैं।"

6

विश्वम्भर दयाल मानो श्यामनाथ की प्रतीक्षा कर रहे थे। उन्होंने उठते हुए कहा, "आइए मिस्टर तिवारी।" और यह कहकर उन्होंने श्यामनाथ से हाथ मिलाने के लिए अपना हाथ बढ़ाया।

श्यामनाथ को जबर्दस्ती विश्वम्भर दयाल से हाथ मिलाना पड़ा। मजबूरी जो न करावे वह थोड़ा। थोड़ी देर तक श्यामनाथ मौन बैठे रहे फिर उन्होंने कहा, "मैं आपके यहाँ ही आ रहा था कि माताप्रसाद से मेरी मुलाकात हो गई। यह तो आप कयास कर ही सकते हैं कि मैं आपके यहाँ क्यों आया हूँ।"

"जी हाँ ! आपके बड़े भाई राजा साहेब भी कल मेरे यहाँ पधारे थे।" विश्वम्भर दयाल ने मुस्कुराते हुए कहा, "देखिए मिस्टर तिवारी ! आप जानते ही हैं कि इन क्रान्तिकारियों के उपद्रव आजकल बुरी तरह बढ़ रहे हैं, और इसमें हम पुलिसवालों की कितनी बदनामी हो रही है। अभी कुछ दिन पहले जिला रायबरेली में एक सब-इंस्पेक्टर को गोली मार दी गई थी, और आज तक मुजरिमों का पता नहीं चला। इस वाकये में भी दो पुलिस के सिपाही जान से मारे गए।"

"यह तो मैं जानता हूँ !" श्यामनाथ ने कहा, "लेकिन आपका मतलब क्या है ?"

"मैं वही कह रहा था।" विश्वम्भर दयाल ने उत्तर दिया, "देखिए मिस्टर तिवारी !

आप सरकार का नमक खाते हैं और एक जिम्मेदार ओहदे पर हैं। अपने लिए भी मैं यही बात कह सकता हूँ ! ऐसी हालत में हम दोनों का फर्ज है कि अपनी जिम्मेदारी पूरी करें, उन छिपे हुए, भयानक किस्म के मुजरिमों को ढूँढ़ निकालें, उन्हें सजा दिलवाएँ। और मैं समझता हूँ कि हम लोग यह काम प्रभानाथ के जरिये आसानी से कर सकते हैं !"

"यह किस तरह ?" विश्वम्भर दयाल का मतलब समझते हुए भी श्यामनाथ ने पूछा।

"इस तरह कि वह अपने वालिद को व मुझे क्रान्तिकारियों का पता लगाने में मदद दे। आपका खानदान प्रसिद्ध राजभक्त खानदान है; प्रभानाथ के लिए यह एक बहुत आला मौका है कि वह अपनी राजभक्ति दिखलाए। वह आपका हाथ बटाए !" विश्वम्भर दयाल कहता जा रहा था और श्यामनाथ के मुख के भावों को पढ़ता जा रहा था, "बुरा न मानिएगा। प्रभानाथ जैसे आपका लड़का है वैसे मेरा लड़का है। लेकिन क्या करूँ, मजबूरी है ! मुझे सरकार के प्रति भी तो अपना कर्तव्य पालन करना है; और इस काम में आपका लड़का हम लोगों की सहायता कर सकता है ?"

"लेकिन यह काम प्रभानाथ कभी न करेगा, कभी न करेगा !" श्यामनाथ ने एक-एक शब्द पर इस प्रकार जोर देते हुए कहा मानो वे स्वयं प्रभानाथ का यह काम पसन्द न करेंगे।

विश्वम्भर दयाल को कुछ हँसी आ गई, लेकिन अपनी हँसी को दबाते हुए उसने कहा, "जी, मैं मानता हूँ कि इस काम में उसे हिचकिचाहट होगी, जब कि खुद आपको हिचकिचाहट हो रही है। वह यह समझेगा कि वह अपने साथियों के साथ दगाबाजी करेगा; और वही क्यों ज्यादातर लोग यही समझेंगे। लेकिन अगर आप ध्यान से देखें तो आपके सामने यह साफ हो जाएगा कि बुराई को दूर करने के लिए, बुराई को मिटाने के लिए हम जो कुछ करते हैं वह पाप नहीं कहलाता, नीति कहलाती है। उस काम को हमें साधारण नैतिक नियमों से तो नहीं नापना चाहिए !"

श्यामनाथ ने विवशतापूर्वक कहा, "लेकिन मिस्टर विश्वम्भर दयाल, आप जरा सोचिए तो कि आप उससे क्या काम कराना चाहते हैं।"

"वह तो मैंने आपको साफ-साफ समझा दिया है !" विश्वम्भर दयाल ने कहा, "मैं आपको यकीन दिलाता हूँ कि इसके बाद मैं उस लड़के को ए.सी.पी. नामजद कर दूँगा–यह मेरा जिम्मा ! मिस्टर तिवारी ! कोरी भावुकता में पड़ जाना हम पुलिसवालों को शोभा नहीं देता !"

श्यामनाथ कभी भी अच्छे तार्किक नहीं रहे; विश्वम्भर दयाल ने जो तर्क दिए थे वे अकाट्य थे। पर उनकी आत्मा कह रही थी कि प्रभानाथ से एक बहुत जघन्य काम

करने को कहा जा रहा है। उन्होंने एक बार फिर प्रयत्न किया, "मिस्टर विश्वम्भर दयाल, मैं आपसे विनय करता हूँ कि आप और कोई दूसरा रास्ता बतलाइए! आप अपनी इस शर्त पर मत अड़िए—मैं आपसे फिर कहता हूँ कि वह लड़का आपकी इस शर्त को किसी हालत में न मानेगा!" श्यामनाथ के स्वर में एक करुण विवशता स्पष्ट थी।

"आप कोशिश तो करके देखिए मिस्टर तिवारी! मैं जानता हूँ कि वह राजी हो जाएगा। सिर्फ उसे अच्छी तरह समझाने की जरूरत है। मैं उसे खुद समझाता, लेकिन मैं जानता हूँ कि मेरी बात नहीं सुनेगा क्योंकि वह मुझे गैर समझता है।"

"और अगर न माना?"

"अगर वह न माना!" विश्वम्भर दयाल ने अपने मत्थे पर हाथ लगाते हुए श्यामनाथ के प्रश्न को दुहराया, "और अगर वह न माना! तो मिस्टर तिवारी, मामला मेरे हाथ के बाहर है क्योंकि इस मामले की खबर केन्द्रीय और प्रान्तीय सरकारों के पास पहुँच चुकी है। उस वक्त मामला अदालत के हाथ में होगा!"

इस उत्तर से श्यामनाथ तिलमिला उठे। वे उठ खड़े हुए, उस समय उनका मुख क्रोध से लाल हो गया था, "अच्छी बात है मिस्टर विश्वम्भर दयाल—मैं जाता हूँ। आप जो चाहे करें, मैं समझ गया कि आपसे मेरा कुछ भी भला नहीं हो सकता। आपके यहाँ हम लोगों का दौड़ना, अपने को इतना नीचे गिराना बेकार था!" और श्यामनाथ चल दिए।

रामनाथ श्यामनाथ की प्रतीक्षा कर रहे थे। श्यामनाथ से सब बातें सुन कर उन्होंने कहा, "श्यामू! वारदात तुम्हारे इलाके में हुई है, जितनी भी शहादत पेश होगी वह फतेहपुर की होगी; तुम अपने इलाके को सम्हालो जाकर, और मैं लखनऊ जा रहा हूँ, होम-मेम्बर से मिलने।"

उसी दिन शाम के समय पंडित रामनाथ तिवारी लखनऊ के लिए रवाना हो गए।

7

एकाएक खबर आई कि गांधी-आर्विन पैक्ट हो गया। दयानाथ को यह खबर उस समय मिली जब वह कांग्रेस-कार्यकर्ताओं के साथ अपने कमरे में बैठा हुआ भावी कार्यक्रम पर बातचीत कर रहा था। टेलीफोन का रिसीवर रखते हुए उसने इर्द-गिर्द बैठे हुए लोगों को यह खबर दी। सब लोग थोड़ी देर के लिए चुप हो गए। फिर दयानाथ ने एक मुस्कुराहट के साथ कहा, "चलो! झगड़ा खत्म हुआ!"

और उसी समय ब्रह्मदत्त ने कहा, "जो कुछ हुआ। वह बुरा हुआ। यह हमारी

जीत नहीं बल्कि हार हुई।"

मार्कण्डेय पास ही बैठा था। उसने कहा, "शायद तुम ठीक ही कहते हो ब्रह्मदत्त !"

दयानाथ बिगड़कर बोला, "क्यों ? इसमें ठीक क्या है ? मैं तो कहता हूँ कि इसमें कांग्रेस की विजय हुई। ब्रिटिश सरकार को कांग्रेस के आगे झुकना पड़ा, समझौता करने पर मजबूर होना पड़ा।"

"जैसा मजबूर होना पड़ा वह मैं अच्छी तरह जानता हूँ," ब्रह्मदत्त ने जरा तेज़ी से कहा, "महात्मा गांधी राउंड टेबिल कान्फ्रेंस में जाएँगे–है न ऐसा ! और वहाँ एक प्रतिक्रियावादी हिन्दुस्तान मौजूद है। स्पीचें होंगी, बहसें होंगी, और इसके बाद–टाँय टाँय फिश ! न कुछ होने का, न कुछ मिलने का।"

यह ब्रह्मदत्त का व्यक्तिगत विचार था और अगर दयानाथ इस व्यक्तिगत विचार से असहमत था तो वह भी अपना व्यक्तिगत विचार प्रकट कर सकता था। लेकिन दयानाथ एकाएक बिगड़ उठा, उसने कहा, "तुम उतना ही सोच-समझ सकते हो जितनी तुम्हें शिक्षा मिली है, उससे आगे सोचना-समझना तुम्हारे लिए असम्भव है !"

मार्कण्डेय ने उसी समय दयानाथ को टोका, "क्या कह रहे हो दयानाथ, तुम अपने शब्द वापस लो।"

लेकिन शब्द निकल चुके थे, और उन शब्दों का वापस आना गैरमुमकिन था। ब्रह्मदत्त ने तड़पकर उत्तर दिया, "वह शिक्षा जो दूसरों के रक्त द्वारा धन से तुम्हें मिली है वह तुम्हीं को मुबारक हो ! उस शिक्षा के साथ मानवता का अभिशाप है ! वह शिक्षा जिस पर तुम्हें इतना अभिमान है जिसका तुम दिन-रात ढिंढोरा पीटा करते हो, कल्याणकारिणी हो ही नहीं सकती !"

दयानाथ का चेहरा क्रोध से तमतमा उठा, "ब्रह्मदत्त ! तुमने मेरा अपमान किया है। लेकिन यह खैरियत है कि तुमने मेरे अतिथि की हैसियत से मेरा अपमान किया है !" और दयानाथ उठ खड़ा हुआ।

ब्रह्मदत्त भी उठ खड़ा हुआ, "मैंने तुम्हारा अपमान किया है, इसलिए कि मैं गरीब हूँ। और तुम जो अमीर हो सबकुछ कह सकते हो, सबकुछ कर सकते हो, बिना किसी की भावना को ठेस पहुँचाए हुए–बिना किसी का अपमान किए हुए। कितनी मजेदार बात है !"

मार्कण्डेय ने दयानाथ का हाथ पकड़कर बिठला लिया, "दया ! तुम अपने को भूल रहे हो, तुम अपने आदर्श से गिर रहे हो। तुमने अनुचित बात कही, अपने अनौचित्य को स्वीकार करने के स्थान पर तुम अपनी बात पर अड़े हुए हो।"

ब्रह्मदत्त भी वहीं खड़ा था, और मार्कण्डेय ने दयानाथ से जो कुछ कहा था, उससे

ब्रह्मदत्त को एक तरह का संतोष हुआ। यह साबित हो गया था कि गलती दयानाथ की थी, ब्रह्मदत्त की नहीं। दयानाथ ने झल्लाकर कहा, "लेकिन–लेकिन–मार्कण्डेय, तुमने सुना कि ब्रह्मदत्त ने क्या-क्या कहा !"

"हाँ, ब्रह्मदत्त को वह सब कहने का पूरा अधिकार था क्योंकि ब्रह्मदत्त को अहिंसा पर विश्वास नहीं। ब्रह्मदत्त की नैतिकता और तुम्हारी नैतिकता में जमीन-आसमान का अन्तर है। अगर ब्रह्मदत्त की हिंसात्मक नीति को तुमने भी अपना लिया, तो तुम्हारा पवित्रता का वह सिद्धान्त, मानवता का वह आदर्श जिन्हें तुम अपने जीवन में अपना चुके हो–ये सबके सब कहाँ रह गए ?"

मार्कण्डेय की पहली बात ने ब्रह्मदत्त को शान्त करने के लिए जो कुछ प्रभाव उत्पन्न किया था, उसकी दूसरी बात ने उस सब पर पानी फेर दिया। ब्रह्मदत्त बुरी तरह भड़क उठा, "तुम्हीं लोगों को मुबारक हो यह तुम्हारा ढोंग क्योंकि यह सब सिद्धान्त, यह सब नैतिकता जिसकी तुम गला फाड़कर दुहाई देते हो–इस सबको मैं कोरा ढोंग समझता हूँ और खुलेआम कहता भी हूँ। तुम देवता बनो–मैं तो मनुष्य की हैसियत से कायम रहने में ही अपना गौरव समझता हूँ !"

"काश कि तुम, तुम्हीं क्या हम सब मनुष्य बन सकते ब्रह्मदत्त ! हम सबों में पशुता है, वही पशुता जिसे हम हिंसा कहते हैं। और मानवता के विकास के अर्थ होते हैं उस हिंसा को अपने से निकाल बाहर करना, उस पशुता को छोड़ देना। लेकिन मैं देखता हूँ कि अपनी उस पशुता को कायम रखने पर तुम तुले हुए हो, यही नहीं, अपनी उस पशुता पर तुम्हें गर्व भी है !" मार्कण्डेय हँस पड़ा।

ब्रह्मदत्त जोर से हँस पड़ा, "कायरता और नपुंसकता पर विश्वास करनेवाले गुलामों ! इंसान की शक्ल में भेड़-बकरियों की नस्लें पैदा करो–खूब पैदा कर लो ! लो, मैं तो चला !" और ब्रह्मदत्त वहाँ से चलता बना। ब्रह्मदत्त तो उस कमरे से चला गया, लेकिन उसकी हँसी का ठहाका उस कमरे में गूँजता रहा। इतनी कटु बातचीत के बाद, यह स्वाभाविक ही था, कि कांग्रेस की उस सभा में एक प्रकार की शिथिलता आ जाती। ब्रह्मदत्त के जाने के बाद धीरे-धीरे कांग्रेस के सभी कार्यकर्ता वहाँ से चले गए। अकेले दयानाथ और मार्कण्डेय वहाँ रह गए।

ब्रह्मदत्त की हँसी का ठहाका अब भी दयानाथ के कानों में गूँज रहा था–कठोर और कर्कश ! दयानाथ सोच रहा था–मौन ! मार्कण्डेय थोड़ी देर तक दयानाथ की इस गम्भीर मुद्रा को कौतूहल के साथ देखता रहा, फिर उसने दयानाथ का कंधा हिलाते हुए पूछा, "दयानाथ, क्या सोच रहे हो ?"

दयानाथ मानो चौंक उठा। उसने कहा, "मार्कण्डेय ! ब्रह्मदत्त की बात सुनी ?"

"हाँ सुनी ! लेकिन उससे क्या ?"

"उससे क्या ?" दयानाथ के मत्थे पर बल पड़ गए, "उससे क्या ? मार्कण्डेय, बड़ी कठोर बात कह गया चलते-चलते। इंसान की शक्ल में भेड़-बकरियों की नस्लें। ठीक यही शब्द हैं उसके ! मार्कण्डेय, मैं सोच रहा हूँ क्या वास्तव में उसकी बात ठीक है !"

"तुम क्या समझते हो ?" मार्कण्डेय ने मुस्कुराते हुए पूछा।

"मैं क्या समझता हूँ ? मार्कण्डेय, जो मैं समझता हूँ उसे कहने की हिम्मत नहीं पड़ती। इतने दिनों तक जिस सिद्धान्त को अपने जीवन का एकमात्र सत्य मान रखा है, यही नहीं, जिस सिद्धान्त को मैंने अपना अस्तित्व ही बना लिया है, वह कहीं मिथ्या न साबित हो जाए ! इसका मुझे डर लगता है, इसीलिए मैं सच कहता हूँ उस पर सोचने-समझने की इच्छा नहीं होती, कायर की तरह उस प्रश्न को जबर्दस्ती अपने सामने से हटा देता हूँ। फिर भी मार्कण्डेय ! जो कुछ सुनता हूँ, उसका असर तो मुझ पर पड़ता ही है !"

दयानाथ की इस करुण मुद्रा से मार्कण्डेय गम्भीर हो गया। उसने गौर से दयानाथ के चेहरे को देखा और फिर उठ खड़ा हुआ। वह दयानाथ के सामने–ठीक सामने खड़ा हो गया, और दयानाथ के कंधों पर दोनों हाथ रख दिए। दयानाथ की नजर से अपनी नजर मिलाते हुए उसने कहा, "दयानाथ ! जो कुछ मिथ्या है वह त्याज्य है। उस पर मोह करना अपने को धोखा देना है, अपने ही साथ विश्वासघात करना है। और इसलिए मैं तुमसे अनुरोध करूँगा कि तुम सोचो, ठीक तरह से सोचो और समझो ! बाहर की बातों का असर तुम पर इसलिए पड़ता है कि तुम्हारे अन्तर में अविश्वास है, निर्णय की कमी है। तुमने अपनी बुद्धि को पूर्ण विकास का अवसर नहीं दिया है। यह हिंसा और अहिंसा का प्रश्न–यही आज एकमात्र प्रश्न है। यह याद रखना, दूसरों को सुधारने की प्रवृत्ति हिंसा है, स्वयं सुधरने की प्रवृत्ति अहिंसा है। अगर इस बुनियादी बात पर तुम्हें विश्वास हो सके, यदि तुम्हारी बुद्धि इसे स्वीकार कर सके, यदि आत्मा इस बात को पूर्ण रूप से ग्रहण कर ले तब दूसरों की बातों का असर तुम पर पड़ने के स्थान पर तुम्हारी बातों का असर दूसरों पर पड़ेगा, तब तुम्हारे अंदर कमजोरी के स्थान पर बल और साहस आ जाएगा।" मार्कण्डेय की बात का असर दयानाथ पर पड़ा या नहीं, यह नहीं कहा जा सकता। वह उठ खड़ा हुआ और मुस्कुराया, "शायद तुम ठीक कहते हो मार्कण्डेय, मुझे आत्मविवेचन करना होगा।"

मार्कण्डेय के चले जाने के बाद दयानाथ अकेला रह गया। उस समय रात हो गई थी और नौकर ने कमरे की बिजली जला दी थी। दयानाथ वैसा ही बैठा रहा। वह उस समय तेजी के साथ कुछ सोच रहा था। उस समय उसकी हालत ठीक वैसी ही हो रही थी जैसी बारात चले जाने के बाद लड़की के पिता की होती है। उसकी आत्मा में एक

प्रकार की भयानक शिथिलता भर गई थी।

इधर कई महीने किस हलचल में बीते; ऐसी हलचल जिसमें दयानाथ ने अपने को पूरी तौर से खो दिया था। और एकाएक वह हलचल खत्म हो गई। दयानाथ के सामने अब थी वास्तविकता–कठिन और कुरूप !

क्या से क्या हो गया ! आज दयानाथ मानो इस चीज पर सोचने को कटिबद्ध हो गया था। नशा उतर जाने के बाद अर्धचेतन खुमार में जिस प्रकार मनुष्य का मस्तिष्क धुँधला हो जाता है, ठीक उसी तरह उस समय उसका मस्तिष्क धुँधला था। चीजों को ठीक तौर से देखने की क्षमता उसमें नहीं है, वह यह अच्छी तरह जानता था, लेकिन फिर भी वह जबर्दस्ती सोच रहा था।

"क्या से क्या हो गया।" यह केवल एक मीमांसा भर थी, लेकिन इस मीमांसा के अंदर एक बहुत महत्त्वपूर्ण प्रश्न भी था–"आगे चलकर क्या होनेवाला है ?" विगत शून्य का नाम है लेकिन विगत की स्थिति भविष्य की कल्पना के साथ मिलकर एक समस्या बन जाती है। विगत अनुभव भविष्य का निर्माणकर्ता होता है; और दयानाथ का विगत कटुताओं का एक बहुत बड़ा संग्रह था। उन कटुताओं से घिरा हुआ दयानाथ सोच रहा था।

उसने वैभव को ठुकरा दिया था, एक आदर्श को पाने के लिए। और मानो उस आदर्श का मूल्य चुकाने के लिए अकेले उसका वैभव ही काफी न था, उसको अतिरिक्त मूल्य चुकाना पड़ा था, अपने घरवालों से सम्बन्धविच्छेद के रूप में। प्रभानाथ डकैती और हत्या के अभियोग में जेल में है, और इस विपत्ति के काल में भी उसके पिता ने उसको नहीं पूछा। उसके पिता ने उसे हरदम के लिए शरीर के सड़े हुए अंग की भाँति काटकर फेंक दिया। आज दयानाथ की क्या स्थिति थी ? उसका आदर्श उसे कहाँ तक बढ़ा सका था ? कानपुर नगर में उसकी कितनी इज्जत थी ? जनता पर उसके प्रभाव का कितना स्थायित्व था ? जो बलिदान उसने किया था उसका पुरस्कार क्या था और कैसा था ? दयानाथ जानता था कि उसके विरोधियों की संख्या काफी अधिक है। वह सोच रहा था, "आखिर मेरा इतना विरोध क्यों ? क्या मैं ईमानदार नहीं ? क्या मैंने बलिदान करने में कोई कमी की है ? क्या मैंने व्यक्तिगत लाभ पर ध्यान दिया है ? और इतना होते हुए भी मेरा विरोध बहुत अधिक है, उग्र है और बढ़ता ही जा रहा है। आखिर ये लोग अकारण ही मेरा विरोध क्यों करते हैं ?"

और स्वयं दयानाथ ने ही उत्तर दिया, "गिरे हुए, स्वार्थी और अशिक्षित आदमी ! यही लोग मेरा विरोध करते हैं। यह ब्रह्मदत्त ! आखिर यह क्या है ? अशिक्षित और उद्धत ! इसकी ईमानदारी पर भी लोगों को शक है। फिर भी लोग उसको मानते हैं–उसकी हाँ में हाँ मिलाते हैं। आखिर उसमें कौन-सी योग्यता है ? उसने कौन-सा

त्याग किया है ? कांग्रेस में आने से पहले उसकी आर्थिक स्थिति क्या थी, और आज क्या है ! किस कुल और समाज का आदमी है–उसकी संस्कृति कितनी, उसका चरित्र ही क्या ? फिर भी लोग उसे मानते हैं ! यह क्यों ? वह नेता क्यों बन गया–कैसे बन गया ?''

दयानाथ जोर से कह उठा, ''क्या मेरा यह सब त्याग बेकार गया ?''

8

दयानाथ का त्याग वास्तव में बेकार गया या नहीं, यह नगर-कांग्रेस के सभापति के चुनाव से साबित होनेवाला था।

कांग्रेस कमेटी के सभापति के पद के लिए खड़े होने की इच्छा दयानाथ में जरा भी न थी, पर उसके दलवालों ने उसे उस पद के लिए खड़े होने को मजबूर किया। लाला रामकिशोर के इस्तीफे से विचित्र स्थिति पैदा हो गई थी। लाला रामकिशोर कानपुर के प्रमुख नागरिक थे, करोड़पति और मिल–मालिक। कांग्रेस के भी वे बहुत बड़े कार्यकर्ता थे। लेकिन उस मूवमेंट में लाला रामकिशोर का जेल न जाना लोगों को बुरा लगा। लाला रामकिशोर का स्वास्थ्य अच्छा न था, और डाक्टरों ने–उनमें कानपुर के प्रमुख कांग्रेस कार्यकर्ता डाक्टर हीरालाल भी थे–लाला रामकिशोर को आगाह कर दिया था कि उनके जेल जाने से उनका हृदय रोग उभर सकता है। लेकिन जनता को लाला रामकिशोर के व्यक्तिगत जीवन से कोई दिलचस्पी न थी, उसने यही मतलब लगाया कि लाला रामकिशोर ऐन मौके पर अपने को बचा गए।

इसके अलावा समाजवादी दल एक अरसे सें लाला रामकिशोर के खिलाफ प्रचार करता रहा था। उन लोगों का कहना था कि लाला रामकिशोर कांग्रेस में इसलिए हैं कि कांग्रेस द्वारा पूँजीपतियों का भला हो सकता है। लाला रामकिशोर की मिलों में मजदूरों के साथ वही अन्याय होता था तथा ज्यादतियाँ होती थीं जो अन्य पूँजीपतियों के मिलों मजदूरों के साथ होती हैं। और लाला रामकिशोर के जेल न जाने से इन वामपक्ष वालों का जोर बढ़ रहा था।

दयानाथ लाला रामकिशोर की पार्टी का आदमी था। कांग्रेस के कार्यकर्ता अभी तक दक्षिण–पंथ के लोग ही होते आए थे और सम्भवतः उसका कारण था कि दक्षिण पंथ के लोगों के पास पैसा था। पर अब परिस्थिति बदल रही थी, वामपंथ के आदमी बढ़ रहे थे। उनको रोकना जरूरी था; और इसलिए लाला रामकिशोर की पार्टी ने दयानाथ को ढाल की तरह कानपुर नगर कांग्रेस कमेटी के सभापति के पद के लिए खड़ा कर दिया। जनता जानती थी कि दयानाथ महान त्यागी और निःस्वार्थ आदमी हैं।

लेकिन हवा बदल चुकी थी–रामकिशोर बुरी तरह बदनाम हो चुके थे, और रामकिशोर के साथ रामकिशोर की पार्टी भी बदनाम हो चुकी थी। दयानाथ का व्यक्तित्व क्या उस हवा के रुख को बदल सकेगा ? प्रश्न यह था।

इस प्रश्न का उत्तर मार्कण्डेय ने दयानाथ को अपनी सलाह के रूप में दिया, ''दयानाथ ! अब भी समय है। ब्रह्मदत्त से मिलकर बातें कर लो, हम समझते हैं कि उसको अपने पक्ष में करने से हमें बहुत बड़ी सहायता मिलेगी !''

उस पर दयानाथ ने कहा, ''नहीं मार्कण्डेय ! ब्रह्मदत्त से बात करना उसकी खुशामद करना है। इतना नीचे गिरने में मुझे विश्वास नहीं। मैं जानता हूँ कि मुझे विजय मिलेगी।''

मार्कण्डेय हँस पड़ा, ''दया, तुम गलती कर रहे हो। यह निश्चय नहीं कहा जा सकता कि तुम्हें सफलता मिलेगी ही !''

''क्या कहा ?'' दयानाथ मानो आश्चर्य से चौंक उठा, ''क्या तुम समझते हो कि मेरी सफलता अनिश्चित है ? मार्कण्डेय, मुझे विश्वास नहीं होता तुम्हारी बात पर।''

''विश्वास करना होगा दया ! कल्पना लोक से उतरकर हमें वास्तविकता का मुकाबिला करना है। तुम शायद नहीं जानते कि लाला रामकिशोर के कारण हमारी पार्टी का बल बहुत घट गया है। फिर कांग्रेस में बहुत से नए आदमी आ गए हैं और वे नए आदमी, जहाँ तक मैं समझता हूँ, हमारा साथ न देंगे !''

''लेकिन यह सवाल पार्टी का नहीं है, यह सवाल मेरा है मार्कण्डेय।'' दयानाथ ने उत्तर दिया, ''क्या तुम समझते हो कि लोग मेरे खिलाफ वोट देंगे ?''

''अगर लोग तुम्हारे खिलाफ वोट दें तो मुझे तो कोई आश्चर्य न होगा।'' मार्कण्डेय ने सहज भाव से कहा।

दयानाथ का चेहरा तमतमा उठा, ''तो फिर मार्कण्डेय ! मैं समझ लूँ कि कांग्रेस बेईमानों और अयोग्य आदमियों का एक समूह भर है !''

''और यह समझकर भी तुम गलती करोगे दयानाथ !'' मार्कण्डेय ने थोड़ा-सा गम्भीर होकर कहा, ''क्योंकि तुम्हें वोट देने के समय लोग तुम्हें वोट न देंगे, बल्कि तुम्हारी पार्टी को वोट देंगे। और तुम जानते ही हो कि तुम्हारी पार्टी किसी हद तक बदनाम हो चुकी है।''

''लेकिन मार्कण्डेय ! सभापति के लिए मैं खड़ा हो रहा हूँ, व्यक्ति की हैसियत से ! जो लोग मुझे वोट नहीं देते उन्हें मुझ पर विश्वास नहीं, मेरी नेकनीयती और ईमानदारी पर शक है।''

मार्कण्डेय ने कहा, ''दयानाथ, एक बात याद रखना, लोग वोट देने आते हैं वोट न देने नहीं आते हैं। तुम यह क्यों भूल जाते हो कि तुम्हारे अलावा उन लोगों के

सामने एक और भी आदमी है और उस आदमी पर उन्हें अधिक विश्वास हो सकता है, उस आदमी को वे तुमसे अधिक पसन्द कर सकते हैं।"

"लेकिन मार्कण्डेय, मेरे मुकाबिले जो आदमी खड़ा है–तुम क्या, सब लोग जानते हैं कि उसमें रुपए-पैसे की ईमानदारी की कमी है !"

"मैं मानता हूँ दयानाथ, लेकिन तुम यह क्यों भूल जाते हो कि तुम समर्थ हो, तुम्हारे सामने अभाव नहीं है और इसलिए तुम ईमानदार बने रह सकते हो। लेकिन इस बात से मुझे मतलब नहीं, जब तुमने अपनी बात उठाई है तब मैं उसी पर बात करूँगा। यह तो तुम जानते ही हो कि बहुत से लोग व्यक्तिगत रूप से तुम्हारे खिलाफ हैं !"

"हाँ, यह मैं मानता हूँ।"

"और क्या तुमने कभी यह सोचा है कि यह क्यों ? तुमने उनका कोई अहित नहीं किया, फिर वे लोग तुम्हारे खिलाफ क्यों हैं ?" मार्कण्डेय ने पूछा।

"हाँ मार्कण्डेय, मैंने इस पर बहुत सोचा। लेकिन मुझे इसका कोई उत्तर नहीं मिला। मुझे स्वयं आश्चर्य होता है कि आखिर वे लोग मेरे खिलाफ क्यों हैं। अभी तुम्हीं ने कहा है कि मैंने उनका कोई अहित नहीं किया, मैंने अपने जीवन में कोई ऐसा काम नहीं किया कि लोग मुझसे घृणा करें। फिर भी मैं कभी-कभी अनुभव करता हूँ कि कुछ लोग मुझसे घृणा तक करते हैं।"

"तो मैं इसका कारण बतलाता हूँ।" मार्कण्डेय ने कहा, "दयानाथ ! तुममें अहम्मन्यता है, कठोर और कुरूप; और लोग तुम्हारी अहम्मन्यता बर्दाश्त नहीं कर सकते ! तुम्हारी हर हरकत में, तुम्हारे हर काम में, दूसरे के साथ बर्ताव में तुम्हारी अहम्मन्यता का जबर्दस्त पुट रहता है, और अपनी उस अहम्मन्यता को तुम देख नहीं पाते क्योंकि वह तुमसे पृथक की चीज नहीं।"

दयानाथ कुछ देर तक चुपचाप मार्कण्डेय की इस बात पर सोचता रहा फिर एक ठंडी साँस लेकर उसने कहा, "शायद तुम ठीक कहते हो मार्कण्डेय ! लेकिन तुम्हीं बताओ, मैं क्या करूँ ! मैं वास्तव में अनुभव करता हूँ कि अधिकांश मनुष्य ऐसे नहीं हैं जिनके साथ मैं बराबरी से मिल सकूँ। उनमें बेईमानी है, उनमें बेवकूफी है, उनमें संस्कृति, शिष्टता और सभ्यता का अभाव है !" यह कहते-कहते दयानाथ उठ खड़ा हुआ, "मार्कण्डेय ! समझ में नहीं आता कि क्या करूँ ! आज तुमने एक बहुत कटु सत्य मेरे सामने रख दिया जिसकी मैं उपेक्षा नहीं कर सकता। चुनाव बहुत नजदीक आ गया है, और इस चुनाव में मुझे सफलता प्राप्त करनी है–जिस तरह भी हो वैसे–जरा कोशिश करो।"

मार्कण्डेय भी उठ खड़ा हुआ, "दयानाथ, मैं तो केवल एक उपाय देख पा रहा

हूँ–वह है ब्रह्मदत्त से बातें करके उसे अपनी तरफ कर लेना।"

"ब्रह्मदत्त से मिलना, ब्रह्मदत्त की खुशामद करना ! नहीं मार्कण्डेय, यह असम्भव है, मुझसे किसी भी हालत में न होगा। मैं ब्रह्मदत्त को जानता हूँ, पतित और बेईमान आदमी ! उससे मिलने में कोई फायदा नहीं।"

"और मेरा खयाल है कि ब्रह्मदत्त के सम्बन्ध में आपकी धारणा बहुत गलत है बड़के भइया !" दयानाथ को उमानाथ के ये शब्द स्पष्ट रूप से सुनाई पड़े।

9

"अरे उमा–तुम ! कब आए ? और ददुआ कहाँ हैं ?" दयानाथ ने पूछा।

"ददुआ तो उन्नाव चले गए, लखनऊ में कोई सफलता नहीं मिली।" उमानाथ ने उत्तर दिया, "और इसलिए वे उन्नाव में ही रुक गए। मुझे प्रभा की पैरवी में काकाजी की मदद करने के लिए यहाँ भेज दिया है।"

"मेरे सम्बन्ध में भी कुछ कहा है ?" दयानाथ ने हिचकिचाते हुए पूछा।

"जी...कुछ नहीं; शायद जल्दी में थे।" दबी जुबान उमानाथ ने उत्तर दिया।

"हूँ !" दयानाथ ने केवल इतना कहा, लेकिन उनके इस छोटे से 'हूँ !' में एक असह्य पीड़ा थी। दयानाथ मौन हो गया, और उसकी आँखों के आगे एक भयानक सूनापन आ गया। मार्कण्डेय पास ही खड़ा था, उसने दयानाथ की उस अन्तर्वेदना को पढ़ लिया, उसने कहा, "दया ! साहस करो, अपने को सुस्थिर रखो ! साधना का मार्ग बड़ा कठिन है, उस मार्ग पर रत रहना ही तुम्हारे लिए इष्ट है। बड़ी विषम स्थिति में आ पड़े हो दयानाथ, यह तुम्हारे लिए आत्मिक बल की परीक्षा का समय है। सम्हालो अपने को, जैसे भी हो सम्हालो !" और यह कहकर मार्कण्डेय चला गया।

मार्कण्डेय की बात का असर दयानाथ पर पड़ा। उसकी चेतना और कर्मण्यता एकाएक जाग उठी; एक बार फिर वह अपने आपे में आ गया। उसने दयानाथ से कहा, "उमा ! मेरी समझ में नहीं आ रहा है कि मेरा इस समय क्या कर्तव्य है ! इतनी बड़ी विपत्ति के समय मैं पूछा तक नहीं जा रहा हूँ, जैसे मैं मर गया हूँ !"

उमानाथ मुस्कुराया, "केवल ददुआ की नजर में ही बड़के भइया ! हम लोगों की नजर में नहीं। काका, मैं और प्रभा–हम सब आपके हैं, आप हमारे हैं। प्रभा पर जितना अधिकार ददुआ का है उतना ही अधिकार आपका भी है। आप जो कुछ कर सकते हैं कीजिए, यद्यपि इसमें मुझे बहुत कम आशा है कि आप वास्तव में कुछ कर सकेंगे।"

"क्यों ? मैं क्यों कुछ न कर सकूँगा ?" दयानाथ ने पूछा, "उमा ! मैं वकील

हूँ–कानपुर नगर का एक प्रमुख वकील; और जहाँ तक मैं समझता हूँ प्रभा का मामला अब अदालत में आ गया है। ऐसी हालात में इस मामले में जो कुछ कोई कर सकता है वह वकील ही कर सकता है!"

उसी दिन रात के समय पंडित श्यामनाथ तिवारी भी फतेहपुर से कानपुर आ गए। श्यामनाथ सीधे होटल पहुँचे, पर जब वहाँ पंडित रामनाथ तिवारी या उमानाथ के आने की सूचना न मिली तो वह दयानाथ के यहाँ आए।

उमानाथ ने श्यामनाथ को, लखनऊ में जो कुछ हुआ था वह ब्यौरेवार बतला दिया।

श्यामनाथ उमानाथ से सब बातें सुनकर कुछ देर तक सोचते रहे। इसके बाद उन्होंने दयानाथ की ओर देखा, "दया! अब क्या हो? प्रभानाथ को किसी तरह बचाना ही होगा, वह तुम्हारा भाई है!"

दयानाथ ने मुस्कुराने का प्रयत्न करते हुए कहा, "काका! वकालत छोड़ चुका हूँ, लेकिन भाई को बचाने के लिए फिर वकालत करूँगा–जो कुछ मेरे बस में है, उठा न रक्खूँगा! देश के अच्छे से अच्छे वकील को बुलाऊँगा। हाँ, पुलिस के गवाह तो आपके ही हाथ में हैं न!"

"हाँ दया! मैंने उनसे बात कर ली है और जहाँ तक मैं समझता हूँ वे अपना बयान बदल देंगे। कल मैंने उस कांस्टेबल को जो मेरे बँगले में तैनात था यहाँ बुलाया है, उससे बात कर लेना।"

"तब फिर मामले में क्या रक्खा है! मैं समझता हूँ कि प्रभा के छूटने में कोई मुसीबत न होगी," उमानाथ ने कहा।

"तुम गलती करते हो उमा!" दयानाथ ने कहा, "काका के सामने ऐसी मुसीबतें खड़ी हो सकती हैं जिनकी काका ने कभी कल्पना भी न की हो! प्रभा के खिलाफ जुर्म बड़ा संगीन है, और साथ ही साथ यह भी याद रखना कि क्रान्तिकारियों के मामले में सरकार पूरी-पूरी दिलचस्पी लेती है।"

यह बातें हो ही रही थीं कि माताप्रसाद के आने की सूचना आई। श्यामनाथ ने माताप्रसाद को वहीं बुलवा लिया। माताप्रसाद ने आते ही श्यामनाथ को लम्बा-चौड़ा सलाम किया, "हुजूर की कार इधर आते हुए दिख गई थी। सोचा, हुजूर को हाजिरी देता चलूँ।"

"आपकी मेहरबानी है। तशरीफ रखिए।" श्यामनाथ ने कहा, "कहिए, विश्वम्भर दयाल साहेब अभी यहीं हैं न?"

"जी हाँ, उसी होटल में हैं।"

"क्या हाल हैं उनके?"

"कुछ न पूछिए हुजूर ! अब तो मुझसे भी भेद रखने लगे। अपनी जिद पर अड़े हैं। अच्छा हुजूर, एक अर्ज करूँ ?"

"हाँ-हाँ ! कहिए !"

गला साफ करते हुए माताप्रसाद ने कहा, "हुजूर ! मामला तो हमीं लोगों के हाथ में है। अगर विश्वम्भर दयाल साहेब को कोई सबूत ही न मिलने पाए ! हुजूर ही तो फतेहपुर के कप्तान हैं !"

श्यामनाथ ने माताप्रसाद को ध्यान से देखा, वह सोच रहे थे कहीं यह आदमी भेद लेने तो नहीं आया है। लेकिन उनका अनुभव उनसे कह रहा था कि माताप्रसाद उनके साथ विश्वासघात नहीं करेगा। फिर भी कुछ सम्हलते हुए श्यामनाथ ने कहा, "मामला तो विश्वम्भर दयाल के हाथ में है, माताप्रसाद साहेब ! सरकार ने यह मामला उनके हाथ में सौंप दिया है। और जैसा विश्वम्भर दयाल साहेब चाहेंगे, वैसा करेंगे !"

माताप्रसाद मुस्कुराए, "लेकिन हुजूर ! हम लोग तो आपके आदमी हैं, और हमारे लिए आपकी आज्ञा सबकुछ है। जो कुछ आप कहेंगे, वही होगा।"

श्यामनाथ अब फूट पड़े, "माताप्रसाद ! प्रभानाथ को बचाना है, जिस तरह भी हो बचाना है–मैं तो सिर्फ इतना जानता हूँ !"

"तो हुजूर विश्वास रखिए, उसे बचाने की जी-जान से कोशिश करूँगा।" माताप्रसाद ने कहा, "आप मुझे अपना ही आदमी समझिये !"

"माताप्रसाद ! इसमें मेरी जो कुछ भी मदद करोगे वह बेकार न जाएगी, यह तो तुम जानते ही हो !"

"हाँ हुजूर ! आप लोगों के आला खानदान को और आप लोगों की उदारता को कौन नहीं जानता ! लेकिन उस सब की बात नहीं–सिर्फ हुजूर के खयाल से यह सब करूँगा।"

माताप्रसाद इसी के लिए श्यामनाथ के पास आए थे। श्यामनाथ को एक और सहायक मिला।

लेकिन न माताप्रसाद को और न श्यामनाथ को इस बात का पता था कि उनका साबिका एक बहुत जबर्दस्त आदमी से पड़ रहा है। विश्वम्भर दयाल का व्यक्तित्व कितना प्रबल है, वह क्या-क्या कर सकता है, अगर इसका पता माताप्रसाद को होता तो वह कभी भी ऐसी बात न कहते।

दूसरे दिन जब सुबह के समय माताप्रसाद विश्वम्भर दयाल के यहाँ पहुँचे, विश्वम्भर दयाल ने बड़े तपाक के साथ उनका स्वागत किया। माताप्रसाद को बिठलाते हुए विश्वम्भर दयाल ने पूछा, "कहिए माताप्रसाद साहेब ! पंडित श्यामनाथ तिवारी के कैसे मिजाज हैं ! मुझसे तो बेहद नाराज होंगे !"

उमानाथ ने अपने पर्स से सौ-सौ के दस नोट निकालकर लालबहादुर की जेब में डाल दिए। "आपकी बड़ी कृपा है। आगे चलकर और जो कुछ कार्रवाई होनेवाली होगी, उसका पता मुझे चल जाएगा !"

"इतमीनान रखिए कुँवर साहेब ! भरसक कोशिश करूँगा कि आप पर कोई आँच न आवे। लेकिन हाथ-पैर जरा बचाकर काम कीजिएगा।" लालबहादुर ने चलते हुए कहा।

3

उमानाथ लालबहादुर को विदा कर चिन्तित हो गया। उसे यह अनुभव होने लगा कि नरोत्तम पर विश्वास करके उसने गलती की, और अब वह निरापद नहीं है क्योंकि पुलिस की आँखों में चढ़ गया है।

एकाएक उसे मार्कण्डेय की हँसी सुनाई दी। दरवाजे पर खड़ा मार्कण्डेय कह रहा था, "कहो जी उमा, तुम भी चिन्तित हो सकते हो, मुझे यह आज मालूम हुआ !" यह कहकर मार्कण्डेय उमानाथ के पास बैठ गया। उसने कहा, "दयानाथ कहाँ हैं ?"

"पता नहीं, मैं तो अभी-अभी आया हूँ !" उमानाथ ने उत्तर दिया, "शायद अपने चुनाव की दौड़-धूप कर रहे हैं !"

मार्कण्डेय मुस्कुराया, "चुनाव की दौड़-धूप कर रहे हैं–बिलकुल बेकार ! वह जीत नहीं सकते–हम लोगों की पार्टी बहुत कमजोर हो गई है !" कुछ रुककर मार्कण्डेय ने फिर कहा, "उमा ! ब्रह्मदत्त पर तुम क्यों नहीं जोर डालते ? ब्रह्मदत्त की एक काफी मजबूत पार्टी है, वह पार्टी अगर दयानाथ को वोट दे दे तो दयानाथ का चुन लिया जाना निश्चित हो जाएगा।"

उमानाथ ने उत्तर दिया, "मार्कण्डेय भइया, कहावत यहाँ पर मुद्दई सुस्त गवाह चुस्त की हो रही है। ब्रह्मदत्त बड़के भइया को सपोर्ट करने पर तैयार हैं, केवल एक शर्त पर कि बड़के भइया खुद उससे और उसकी पार्टी को वोट देने को कहें।"

"यह तो ठीक है। दया उन लोगों से कह दे, मामला खत्म हुआ।"

"लेकिन यही मुसीबत है मार्कण्डेय भइया ! बड़के भइया ब्रह्मदत्त और उसकी पार्टी के आगे हाथ फैलाना स्वाभिमान के विरुद्ध समझते हैं !"

यह बातें हो रही थीं कि एक कार बँगले के बरामदे में रुकी। उमानाथ यह देखने के लिए बाहर गया कि कौन आया है–और उसने देखा कि श्यामनाथ तिवारी पिछली सीट पर आँख बंद किए चुप बैठे हैं–और ड्राइवर आश्चर्य से उनकी ओर देख रहा है।

उमानाथ ने श्यामनाथ से कहा, "काका !"

श्यामनाथ ने आँखें खोलीं। उन्होंने अपने चारों ओर देखा, मानो वह उस स्थान को पहचानने की कोशिश कर रहा हो और फिर धीरे से मोटर का दरवाजा खोलकर वे उतरे। उमानाथ का सहारा लेकर वे बँगले की ओर बढ़े, उनके पैर लड़खड़ा रहे थे।

उमानाथ ने आश्चर्य से पूछा, "क्या हुआ काका ? क्या बात है ?"

श्यामनाथ ने भर्राए हुए गले से कहा, "कुछ नहीं।"

उमानाथ श्यामनाथ को बँगले के अंदर ले गया, बरामदे में बिठलाते हुए उसने कहा, "नहीं काका ! कुछ खास बात तो अवश्य है–बतलाइए न !"

श्यामनाथ ने एक ठंडी साँस ली, "उमा ! प्रभा को तो मैंने बचा लिया है, लेकिन एक बहुत बड़ी कीमत देकर।"

उमानाथ चौंक उठा, "क्या कहा आपने ! क्यों प्रभा को..." और उमानाथ के मत्थे पर बल पड़ गए।

"हाँ उमा ! मैंने उसे राजी किया–मैंने। बहलाकर, फुसलाकर, धोखा देकर। मैंने उससे कहा कि उसने क्रान्तिकारी दल का नाम न बतलाया तो मैं आत्महत्या कर लूँगा। मैंने उससे कहा कि अपराधियों का नाम बतलाना सर्वथा उचित है। न जाने कितने दिनों तक मैंने मेहनत की–और आज उसने अपनी स्वीकृत दे दी।" श्यामनाथ की आँखों में आँसू भरे थे।

उमानाथ ने कहा, "काका, पता नहीं आपने उचित किया या नहीं, लेकिन यह बात मुझे अच्छी नहीं लगी।"

श्यामनाथ फूट पड़े, "उमा, उसे बचाने का और कोई चारा न था। उसके खिलाफ जो-जो सबूत इकट्ठा किए गए हैं उनसे उसे फाँसी की सजा निश्चित है। रायबरेली में पुलिस इंस्पेक्टर की जो हत्या हुई थी उसमें भी वह शामिल था। अब तुम्हीं बताओ, उसे किस तरह बचाया जा सकता था ?"

उमानाथ ने कोई उत्तर न दिया। सवाल उसके भाई के जीवन का था और इस सम्बन्ध में वह अपना विश्वास प्रकट न कर सकता था। उसने थोड़ी देर तक चुप रहकर कहा, "तो क्या उस पर से मुकदमा उठा लिया गया है ?"

"मुकदमा नए सिरे से चलेगा जिसमें प्रभा सरकारी गवाह की तौर से पेश होगा।"

"उसने अपने साथियों के नाम बतला दिए ?"

"अभी तो नहीं, लेकिन उसने मुझसे वादा कर लिया है। उसका बयान मजिस्ट्रेट के सामने होगा।"

"ददुआ को आपने खबर दी है ?"

"अभी कहाँ–सीधा जेल से चला आ रहा हूँ। जरा थोड़ी देर सुस्ताकर उन्नाव के

लिए रवाना हो जाना है !"

शाम के समय श्यामनाथ तिवारी अपने बड़े भाई से मिलने के लिए उन्नाव चल दिए।

उस समय पंडित रामनाथ तिवारी लोकमान्य तिलक वाला गीता का भाष्य सुन रहे थे और वीणा उसे पढ़ रही थी। श्यामनाथ तिवारी की कार देखते ही रामनाथ ने वीणा से कहा, "इस समय का अध्ययन समाप्त। अब आराम करो जाकर और नौकर से चा भिजवा देना।"

श्यामनाथ तिवारी ने अपने बड़े भाई के चरण छुए और सामने मौन बैठ गए। थोड़ी देर बाद तक रामनाथ अपने छोटे भाई को देखते रहे, फिर उन्होंने पूछा, "कोई नई खबर ?"

"जी हाँ ! प्रभा को किसी तरह सरकारी गवाह बनने को राजी कर लिया है।" श्यामनाथ ने कहा।

रामनाथ तिवारी मुस्कुराए पर उस मुस्कुराहट में एक अजीब तरह की करुणा थी, "श्यामू ! बहुत बड़ी पराजय हुई है हम लोगों की लेकिन जो कुछ हुआ वह ठीक ही हुआ ! शायद और कुछ हो भी नहीं सकता था !"

कुछ रुककर रामनाथ ने फिर कहा, "लेकिन न जाने क्यों, मुझे यह सब अच्छा नहीं लग रहा है श्यामू ! एक जान बचाने के लिए दस जान–बीस–न जाने कितनी जानें नष्ट हों !" और एकाएक रामनाथ का मुख विकृत तथा कठोर हो गया, "लेकिन–लेकिन–उन दस-बीस जानों की चिन्ता ही क्यों ? लाखों आदमी रोज मरते हैं–हम किसकी चिन्ता करते हैं ? फिर हमारे चिन्ता करने से होता क्या है !"

रामनाथ और श्यामनाथ को यह पता न था कि वीणा बरामदे के खम्भे की आड़ में खड़ी हुई यह बातचीत सुन रही थी।

4

रात के समय भोजन करके पंडित श्यामनाथ तिवारी कानपुर के लिए रवाना हो गए। श्यामनाथ को विदा करके पंडित रामनाथ तिवारी अपने ड्राइंगरूम में चुपचाप बैठ गए। वे उस समय उदास थे, उनका मन भारी था। उनसे ठीक तरह से भोजन न किया गया था। श्यामनाथ ने जो खबर उन्हें दी थी, वह उन्हें न जाने कैसी-सी लगी। विश्वम्भर दयाल से पंडित रामनाथ तिवारी पार न पा सके थे, मुकदमा अदालत में चलने लगा। प्रभानाथ की पैरवी करने के लिए अच्छे से अच्छे वकील बुलाए गए थे। लेकिन पुलिस ने जाल अच्छी तरह बिछाया था, बड़ी सावधानी के साथ; प्रभानाथ का उस जाल से

छूटना असम्भव-सा लग रहा था। वे बड़े से बड़े वकील भी प्रभानाथ को बचाने से निराश हो रहे थे। पुलिस ने पूरी तरह अपना मुकदमा साबित कर दिया था।

अदालत ने पुलिस की प्रार्थना पर मुकदमा कुछ दिनों के लिए मुल्तवी कर दिया था; विश्वम्भर दयाल ने फिर एक बार श्यामनाथ तिवारी के पास प्रस्ताव भेजा था कि अगर प्रभानाथ सरकारी गवाह बनने पर तैयार हो जाए और अपने साथियों का नाम बतला दे तो वह सरकार से कहकर प्रभानाथ को माफी दिलवा सकते हैं। और विश्वम्भर दयाल के इस प्रस्ताव ने रामनाथ को अजीब परिस्थिति में डाल दिया था।

रामनाथ तिवारी कानपुर से उन्नाव चले आए थे, कानपुर का वातावरण उन्हें असह्य हो रहा था। वे यह जानते थे कि प्रभानाथ विश्वम्भर दयाल की शर्तें मानने को कभी तैयार न होगा। और फिर परिणाम ? परिणाम की कल्पना करते ही उनका हृदय काँप उठता था।

और आज जब उन्हें श्यामनाथ ने बतलाया कि प्रभानाथ विश्वम्भर दयाल की शर्तें मानने को तैयार हो गया है, उन्हें कोई प्रसन्नता नहीं हुई। उदास मन वे सारी घटनाओं पर सोच रहे थे। उसी समय उन्हें सुनाई पड़ा, "ददुआ !"

रामनाथ ने चौंककर देखा, सामने वीणा खड़ी थी। "अरे तुम ! अभी तक जाग रही हो ? क्यों क्या बात है ?"

वीणा रामनाथ के सामने आकर खड़ी हो गई। उसने कहा, "सुना है प्रभानाथ मुखबिर बनने पर राजी हो गए हैं ?"

'मुखबिर' शब्द से रामनाथ तिवारी तिलमिला उठे। अपने को सम्हालते हुए उन्होंने कहा, "मुखबिर नहीं, सरकारी गवाह बनने पर। एक यही तरीका है कि जिससे उसकी जान बच सकती है।"

"लेकिन उनकी जान बचने के माने होंगे कम से कम छै जानों का जाना। उस हत्या में छै आदमी और थे। उसके अलावा क्रान्तिकारी दल के करीब तीस आदमी और हैं, और अगर प्रभा ने उनका नाम बतला दिया तो उन लोगों को कालेपानी तक की सजा हो सकती है।"

रामनाथ सम्हलकर बैठ गए। उन्होंने गौर से वीणा को देखा, "तुम, तुम यह सब कैसे जानती हो ? क्या तुम भी क्रान्तिकारी दल में हो ?" और वीणा के उत्तर देने से पहले ही वे उठ खड़े हुए, "अब समझा–अब समझा कि प्रभा ने तुम्हें उन्नाव क्यों बुलाया था–अब समझा कि एक बंगाली लड़की से उसकी इतनी घनिष्टता क्यों थी, अब समझा !"

रामनाथ की इस मुद्रा से वीणा डरी नहीं, सहमी नहीं; उसने स्थिर भाव से कहा, "आप ठीक समझे–लेकिन मैं पूछना चाहती हूँ कि प्रभानाथ जो कुछ कर रहे हैं क्या

उचित कर रहे हैं ? क्या आप उसे उचित समझते हैं ?"

रामनाथ उत्तेजित हो उठे, "बिलकुल उचित कर रहा है वह। तुम्हारी जान खतरे में है, तुम्हारे दोस्तों की जान खतरे में है–इसकी चिन्ता प्रभानाथ क्यों करे–इसकी चिन्ता हम लोग क्यों करें ? जो जैसा करेगा वैसा भोगेगा-भोगें-मरें-छै नहीं छै सौ आदमी मरें-वे कीड़े हैं, हमें उनकी चिन्ता क्यों हो ! जाओ यहाँ से, इसी समय मेरे घर से निकल जाओ।" रामनाथ चिल्ला उठे।

"इस तरह चिल्लाना आपको शोभा नहीं देता, मैं स्वयं जा रही हूँ। विश्वासघातियों के घर अन्न खाकर मैंने अपने को अपवित्र कर लिया है, इसका प्रायश्चित तो करना होगा न !"

"विश्वासघाती !" रामनाथ वीणा की तरफ क्रोध से बढ़े, "क्या कहा विश्वासघाती ?"

वीणा ने इस समय विकराल रूप धारण कर लिया था, "हाँ–पतित, कीड़ों से गए बीते–इतने आदमियों ने प्रभा पर विश्वास किया था–आज उस विश्वास को वो तोड़ रहा है। तुम लोग बड़े स्वाभिमानी, बड़े उच्च चरित्र के आदमी बनते हो। लेकिन मैं कहती हूँ कि तुम विश्वास को तोड़नेवाले, तुम अपने घनिष्ट मित्रों को दगा देनेवाले हो। तुम उन लोगों की हत्या करनेवाले–तुम कीड़ों से भी गए बीते–तुम शैतान हो।"

रामनाथ से अब न रहा गया, बढ़कर उन्होंने वीणा के मुँह पर एक तमाचा मारा। उस तमाचे से वीणा गिर पड़ी। उसे घसीटकर रामनाथ ने दरवाजे से बाहर कर दिया। दरवाजे पर वीणा उठी, उसने लड़खड़ाते हुए स्वर में कहा, "विश्वासघाती ! विश्वासघाती !" और वह वहाँ से चली गई।

रामनाथ ने वीणा को रोका नहीं, उन्होंने उससे कुछ कहा नहीं। वे चुपचाप दरवाजे पर खड़े रहे। उनके कानों में रह-रहकर "विश्वासघाती !" शब्द सुनाई पड़ रहा था।

आज पहली बार रामनाथ तिवारी ने एक स्त्री पर हाथ उठाया था, आज पहली बार उन्होंने सत्-असत् की बुद्धि को खो दिया था। रामनाथ ने वीणा पर जो प्रहार किया था वह इसलिए कि वीणा ने रामनाथ पर एक भयानक प्रहार किया था–ऐसा प्रहार जिसे वह सम्हाल न सके थे। वीणा चली गई थी लेकिन उसके प्रहार का असर रामनाथ पर बढ़ता ही जा रहा था।

"विश्वासघाती !" प्रभानाथ के लिए दुनिया इस भयानक शब्द का प्रयोग करेगी। और प्रभानाथ को यह विश्वासघात करने को प्रेरित किया गया है। रामनाथ कमरे में पागल की भाँति टहलने लगे।

रामनाथ की सारी अहम्मन्यता–उनका सारा आत्मगौरव उस समय तिलमिला उठा था, इतना कड़ा प्रहार किया था वीणा ने। वह मनुष्य जिसने कभी झुकना नहीं जाना,

जिसने दबना नहीं जाना–आज उसे एक स्त्री विश्वासघाती कहकर चली गई। दरवाजे पर आकर रामनाथ फिर रुके। बँगले के दूसरे भाग का दरवाजा बंद होने का शब्द उन्हें सुनाई दिया–वे उधर गए। वीणा, कमरे के बाहर खड़ी थी और रामनाथ के कमरे की ओर देख रही थी। रामनाथ को देखते ही उसने अपना मुँह फेर लिया।

रामनाथ उसके पास पहुँचे। उन्होंने वीणा का हाथ पकड़ लिया, "वीणा, मुझे क्षमा करना जो मैंने तुम पर प्रहार किया लेकिन तुमने मेरी आत्मा पर कितना कठिन प्रहार किया, यह तुम न समझ सकोगी !"

वीणा चुप रही।

रामनाथ ने कहा, "इतनी रात में तो यहाँ से कोई गाड़ी नहीं मिलेगी। कहाँ जा रही हो ?"

इस बार वीणा ने उत्तर दिया, "जहाँ जा रही हूँ वहाँ गाड़ी पर चढ़के नहीं जाया जाता, ददुआ।"

रामनाथ चौंक उठे, "क्या कहा ? आत्महत्या करोगी ?"

वीणा फूट पड़ी, "अपने और जिसे मैंने अपना सबकुछ मान लिया था उसके पाप का प्रायश्चित करूँगी–अपने प्राण देकर ! इस शरीर के बंधन से मुक्त होकर आत्मा शायद जेल के सीखचों के अंदर पहुँच सके और तब एक बार मैं उनसे इस जघन्य काम करने को रोकूँगी, एक बार वीर बनकर अपनी दुर्बलता पर विजय पाने को उत्साहित करूँगी ददुआ !"

रामनाथ ने कमरे का दरवाजा खोला, वीणा को अंदर भेजते हुए उन्होंने कहा, "यह सब तुम्हें नहीं करना होगा। प्रभा ने जो दुर्बलता दिखाई है वह क्षणिक हो सकती है। कल मैं उससे मिलने कानपुर जा रहा हूँ।"

5

श्यामनाथ को विदा करके जब उमानाथ ड्राइंगरूम में पहुँचा उस समय मार्कण्डेय सोफे पर लेटा हुआ था। उमानाथ थोड़ी देर तक अनिश्चित-सा दरवाजे पर खड़ा रहा, फिर वह मार्कण्डेय के पास कुरसी पर बैठ गया। "सुना मार्कण्डेय भइया ! पुलिस मेरे भी पीछे लग गई है। आज एक इंस्पेक्टर मुझसे पूछताछ करने आया था।"

मुस्कुराते हुए मार्कण्डेय ने कहा, "तो इसमें आश्चर्य की बात ही क्या है ? हिन्दुस्तान में, और हिन्दुस्तान में ही क्यों, दुनिया में पैसों पर बिकनेवालों की कमी नहीं है। चारों तरफ जासूसों का एक जाल बिछा है, तुम किसी पर विश्वास नहीं कर सकते। जहाँ विश्वास किया, वहीं गए।"

मार्कण्डेय उठकर बैठ गया, "फिर ! तुमने क्या किया ?"

"अभी तो मैंने उस सब-इंस्पेक्टर का मुँह बंद कर दिया है; लेकिन कहावत है न 'मौत ने घर का रास्ता देख लिया'।"

"उमा ! तुम जो काम कर रहे हो वह काफी ज्यादा खतरे से भरा है, क्या तुम यह काम छोड़ नहीं सकते ?"

"नहीं मार्कण्डेय भइया–यह काम तो मेरा जीवन बन चुका है। इस काम को छोड़ने के माने होंगे अपने को, अपने व्यक्तित्व को नष्ट कर लेना।"

"फिर क्या करोगे ?" मार्कण्डेय ने पूछा।

"यही तो मेरी समझ में नहीं आता। एक बहुत बड़े संगठन की जिम्मेदारी मैंने ले ली है। मेरे यहाँ आने से पहले कामरेड मारीसन के हाथ में यह काम था। इसके बाद मेरी नियुक्ति हुई क्योंकि अंग्रेज होने के कारण कामरेड मारीसन पुलिस की निगाह में चढ़ गए थे। इसके अलावा हिन्दुस्तानी न होने के कारण वे यहाँ ठीक तौर से काम भी नहीं कर पाते थे। मैंने आते ही काम बढ़ा दिया है।"

कुछ सोचकर मार्कण्डेय ने कहा, "अच्छा उमा ! रूस जो हिन्दुस्तान में यह सब कर रहा है इसमें रूस का कोई हित है या केवल विश्व-कल्याण के लिए ही यह सब कर रहा है ?"

"केवल विश्व-कल्याण के लिए !" उमानाथ ने अपने शब्दों पर जोर देते हुए कहा, "रूस सारी दुनिया के दलित और उत्पीड़ित वर्ग का एकमात्र प्रतिनिधि है। रूस सारी दुनिया में साम्य स्थापित करना चाहता है !"

"मेरा ऐसा ख्याल है कि इस काम में रूस को काफी रुपया खर्च भी करना पड़ता होगा !"

"निश्चय !" बिना रुपए के कहीं कोई काम चलता भी है ?" उमानाथ ने उत्तर दिया, "लेकिन हम कम्युनिस्ट–हम लगन के आदमी हैं। कम से कम खर्च में अधिक से अधिक काम करना हमारा ध्येय है मार्कण्डेय भइया !"

"मुझे तुम हिन्दुस्तानी कम्युनिस्टों और तुम्हारी बुद्धि पर तरस आता है।" यह कहकर मार्कण्डेय जोर से हँस पड़ा।

चौंककर उमानाथ ने कहा, "यह आप क्या कह रहे हैं ?"

मार्कण्डेय ने उत्तर दिया, "उमा ! यह याद रखना कि जो पैसा देकर तुम लोगों को खरीद रहा है उसका इस खर्च करने में एक बहुत बड़ा स्वार्थ होना अनिवार्य है !"

"हम लोगों को खरीद रहा है ? हम लोगों को कौन खरीद सकता है ? हम अपने विश्वासों पर दृढ़ हैं–हम एक सिद्धान्त के लिए लड़ रहे हैं–हम पूँजीपतियों के भयानक शत्रु हैं। खरीदा-बेंचा जाता है पूँजीवाद में !" उमानाथ ने उत्तेजित होकर कहा,

"कांग्रेस के अंदर जो पूँजीवाद का नग्न नृत्य हो रहा है उस माप से हम कम्युनिस्टों को तौलनेवालों की बुद्धि पर हमें तरस आना चाहिए मार्कण्डेय भइया !"

मार्कण्डेय कांग्रेस पर इस प्रहार को पी-सा गया। उसने कहा, "उमा ! तो तुम्हारा खयाल है कि रूस महान देश है !"

"हाँ–रूस महान देश है। रूसवालों ने ही पूँजीवाद को अपने यहाँ से निकाल बाहर करने का साहस किया है। रूस ही दुनिया का नेतृत्व करने योग्य है !"

मार्कण्डेय उठ खड़ा हुआ, "उमानाथ ! अंग्रेजों के हाथ बिकनेवालों को फिर तुम व्यर्थ दोष दे रहे हो ! उनकी और तुम्हारी स्थिति में कोई विशेष अन्तर नहीं। वे समझते हैं कि इंग्लैंड के हाथ ही देश का कल्याण है जबकि तुम समझते हो कि रूस के हाथ देश का कल्याण है। हम इंग्लैंड के हाथ बिकनेवालों को दोष इसलिए देते हैं कि अगर रूस यहाँ शासन करने आवे तो हिन्दुस्तान रूस की गुलामी के लिए तैयार रहे। दुनिया में वास्तविकता बड़ी भयानक है, बड़ी कुरूप है। ये सारे सिद्धान्त मौखिक हैं, अनुचित साधन अपनानेवाले का कभी भी उच्चादर्श हो ही नहीं सकता। जाल, फरेब, धोखा, झूठ, हिंसा–इनकी सत्ता को स्वीकार करनेवाला कोई भी राष्ट्र दूसरों का कल्याण नहीं कर सकता उमा !" और मार्कण्डेय बिना उमानाथ का उत्तर सुने ही वहाँ से चला गया।

उस समय सूर्यास्त हो चुका था, और कमरे में अँधेरा छाया हुआ था। मार्कण्डेय एक बहुत बड़ी बात कहके चला गया था–उमानाथ को इसका अनुभव कर रहा था। उस कमरे का अन्धकार उसकी आत्मा में समाया जा रहा था। घबराकर उमानाथ ने बिजली का स्विच दबा दिया। फिर आकर चुपचाप कुरसी पर बैठ गया।

पर उस बिजली के पीले प्रकाश में भी उमानाथ को धुँधलापन ही नजर आ रहा था। अपने अंदर इस तरह अचानक ही घिर आनेवाली उदासी को उमानाथ समझ न पा रहा था। यह सब क्यों ? उमानाथ को कुछ ऐसा अनुभव हो रहा था कि आगे कोई बहुत अशुभ घटना घटित होनेवाली है। निराशा का एक अथाह सागर उसकी आँखों के सामने लहरा रहा था। और एकाएक उसने अपने से ही पूछा, "यह निराशा क्यों ?" सुबह से जो कुछ हुआ वह कोई ऐसी बातें नहीं थीं जो उमानाथ को विचलित कर सकें। पुलिस के मामले को उसने टाल दिया था, प्रभानाथ का मामला व्यक्तिगत प्रभानाथ का था, और उसमें भी प्रभानाथ के बचने की ही बात थी। और जो कुछ मार्कण्डेय कह गया, वह एक प्रलाप भर था। लेकिन फिर भी इन घटनाओं ने एकरूप होकर, एक में मिलकर उमानाथ के अंदर भयानक उथल-पुथल पैदा कर दी थी। उमानाथ आँखें बंद किए हुए सोच रहा था, "मैं यह सब क्या कर रहा हूँ ? क्यों कर रहा हूँ और आगे चलकर मुझे क्या करना होगा ?" उमानाथ के सामने एक के बाद

एक ये प्रश्न चले आ रहे थे और इन प्रश्नों का कोई स्पष्ट उत्तर उसके पास न था। एकाएक चौंककर उसने आँखें खोलीं, उसने देखा कि फर्श पर उसके सामने उसके पैर के पास महालक्ष्मी बैठी है।

"अरे तुम ?" उमानाथ कह उठा।

"आज आप बहुत उदास हैं ! अगर कोई हर्ज न हो तो मुझे बताइए, क्या बात है !" महालक्ष्मी ने करुण स्वर में पूछा।

उमानाथ जितना ही महालक्ष्मी को अपने जीवन से दूर हटाने का प्रयत्न करता था, उतना ही महालक्ष्मी उमानाथ के जीवन में आने का प्रयत्न करती थी। महालक्ष्मी भी उमानाथ के जीवन की एक समस्या थी। लगातार उमानाथ की सेवा–केवल एक दासी की भाँति–महालक्ष्मी ने अपना व्रत बना रक्खा था। महालक्ष्मी का त्याग, उसका असीम आत्मबलिदान–उमानाथ इनकी उपेक्षा न कर सकता था। उमानाथ को महालक्ष्मी के प्रति क्रोध होता था, पर उस क्रोध से प्रबल भावना थी, उमानाथ के महालक्ष्मी के प्रति दुःख की।

उमानाथ ने कहा, "महालक्ष्मी, आज न जाने क्यों मन एकाएक उदास हो गया है। ऐसा लग रहा है कि मुझे हिन्दुस्तान छोड़कर जाना पड़ेगा।"

महालक्ष्मी ने उमानाथ के पैर पकड़ लिए, "आप मत जाइए, उन्हीं को यहाँ बुला लीजिए। मैं घरवालों से कहकर सब ठीक कर दूँगी लेकिन आप मत जाइए, मैं विनती करती हूँ !"

उमानाथ हँस पड़ा, "नहीं महालक्ष्मी, वह बात नहीं है। तुम नहीं समझोगी !"

"समझूँगी क्यों नहीं–आप समझाइए तो !"

"बात यह है कि पुलिस मेरे पीछे पड़ गई है। अभी तक कोई वारंट तो नहीं निकला, लेकिन न जाने किस दिन मेरे नाम का वारंट निकल जाए। और कम से कम मैं तो गिरफ्तार होना नहीं चाहता !"

"क्या आप भी...आप भी..." महालक्ष्मी कहते-कहते रुक गई; उसका गला भर आया था।

"नहीं, मैंने डकैती नहीं की, हत्या भी नहीं की। लेकिन सरकार के खिलाफ मैं जरूर हूँ।"

"और कोई दूसरा उपाय नहीं है ?" महालक्ष्मी की आँखों में आँसू भर आए थे।

उमानाथ हँस पड़ा, "इतनी अधिक चिन्ता की बात नहीं है। उठो, अन्दर जाओ। बड़के भइया आते होंगे।"

महालक्ष्मी सर झुकाए अन्दर चली गई, उमानाथ उठकर बरामदे में आ गया।

थोड़ी देर तक उमानाथ बरामदे में खड़ा रहा, फिर उसके पैर अपने ही आप उठ

गए–शहर की ओर चल दिया।

उस समय ब्रह्मदत्त घर पर ही था; उमानाथ के आते ही उसने उसका अभिवादन किया। "अरे कामरेड, तुम इस वक्त!"

एक रूखी मुस्कुराहट के साथ उमानाथ ने कहा, "ऐसे ही, घर में मन नहीं लग रहा था। तुम्हारे यहाँ चला आया।"

ब्रह्मदत्त ने उमानाथ के मुख पर चिन्ता के भाव पढ़ लिए, "क्या बात है कामरेड, आज तुम्हारा मुँह बहुत उतरा हुआ है। कोई खास घटना घटी है क्या ?"

उमानाथ ने उत्तर दिया, "हाँ ब्रह्मदत्त ! आज जब मैं मीटिंग के बाद घर लौटा तब एक पुलिस इंस्पेक्टर मेरे घर पर आया। वह मेरे मूवमेंट पर तहकीकात करने भेजा गया था।"

"यह तो बुरा हुआ कामरेड ! मैंने पहले ही कहा था कि नरोत्तम पर विश्वास करके तुमने अच्छा नहीं किया। फिर ?"

"जहाँ तक उस इंस्पेक्टर का सवाल है, मैंने उसे तो अपने बस में कर लिया है। लेकिन ब्रह्मदत्त ! बात सरकार तक पहुँच गई है, अधिकारी वर्ग की आँखों में मैं आ चुका हूँ।"

ब्रह्मदत्त ने थोड़ी देर तक सोचकर कहा, "कामरेड, मेरी सलाह मानो तो थोड़े दिनों के लिए तुम अपना काम-काज बंद कर दो। हम लोगों को तुमने काम समझा ही दिया है; हम लोग उसे चलाते रहेंगे। तुम यहाँ से हट जाओ, इसमें ही भला है। जब सरकार तुम्हारे मामले में असावधान हो जाए तब तुम काम शुरू कर देना।"

"मैं भी यही ठीक समझता हूँ।" उमानाथ ने उत्तर दिया।

6

सुबह दस बजे पंडित रामनाथ तिवारी प्रभानाथ से मिलने पहुँचे। प्रभानाथ ने अपने पिता के चरण छुए और चुपचाप उदास खड़ा हो गया।

रामनाथ ने पूछा, "अच्छी तरह हो, किसी तरह की कोई तकलीफ तो नहीं है ?"

"जी नहीं, शारीरिक तकलीफ तो कोई नहीं है, लेकिन मानसिक पीड़ा जरूर है।"

"कैसी मानसिक पीड़ा ?" रामनाथ तिवारी ने पूछा।

इस बार प्रभानाथ ने सर उठाकर अपने पिता की ओर देखा, "ददुआ ! काका ने कल सरकारी गवाह बनने की मेरी अनुमति ले ली है लेकिन तब से मेरे मन में एक भयानक अशान्ति भर गई है। यह काम जो मैं कर रहा हूँ अपनी इच्छा के विरुद्ध कर रहा हूँ।"

रामनाथ ने अपने पुत्र की आँखों से आँखें मिलाते हुए कहा, ''प्रभा ! अपने कर्मों का उत्तरदायी मनुष्य स्वयं होता है। किसी के विवश करने से जिसे तुम अनुचित समझते हो उसे करना कहाँ तक उचित है इसका निर्णय तुम्हारे हाथ में है।''

प्रभानाथ ने बढ़कर अपने पिता के चरणों पर गिरते हुए कहा, ''ददुआ, कल से बुरी तरह भटक रहा हूँ। आपने मुझे उचित रास्ता दिखला दिया। एक बहुत बड़े पाप से बचा लिया है ! अब मैं शान्तिपूर्वक हँसते-हँसते मर सकता हूँ।''

रामनाथ सहमकर एक कदम पीछे हटे, ''क्या कह रहे हो प्रभा ! तुम मेरा मतलब ठीक तरह नहीं समझे।''

प्रभानाथ उठ खड़ा हुआ। उसके मुख की उदासी जाती रही थी; उसके मुख पर उल्लास का तेज था, दृढ़ता की चमक थी, ''ददुआ, मरना है ही–आज नहीं तो कल। इस नश्वर शरीर को बचाने का मोह मुझमें कैसे आ गया था, मुझे आश्चर्य हो रहा है। कैसे मैंने काका को अनुमति दे दी थी ?''

रामनाथ को अब अपने पुत्र के सामने खड़ा रहना असह्य हो रहा था। उन्होंने क्या कर डाला ? रामनाथ के अन्दरवाला पिता उन्हें धिक्कार रहा था कि उन्होंने स्वयं अपने हाथों से अपने पुत्र को फाँसी पर चढ़ने को तैयार किया है। उन्होंने जल्दी से कहा, ''प्रभा ! अपने काका से जो वादा किया है उसे पूरा करो, मेरा आशीर्वाद तुम्हारे साथ है !''

''आपका आशीर्वाद तो मुझे मिल चुका है, ददुआ !'' प्रभानाथ ने उत्तर दिया,

''अब कोई भी कमजोरी मुझ पर आधिपत्य नहीं जमा सकती, इतना विश्वास रखिए !''

रामनाथ से और ज्यादा न बोला गया, सर झुकाए हुए वह अपने पुत्र के सामने से चले आए।

जेल से लौटकर पंडित रामनाथ तिवारी को अपने छोटे भाई से मिलने की हिम्मत न हुई। वे सीधे उन्नाव चले गए।

शाम के समय उन्होंने वीणा को बुलवाया, ''कलवाली खबर कि प्रभानाथ मुखबिर बनने पर राजी हो गया है, गलत थी। मैं आज सुबह प्रभा से मिल आया हूँ।''

आश्चर्य से वीणा ने रामनाथ की ओर देखा, ''आपने ददुआ...आपने...मुझे आश्चर्य होता है !''

''चुप रहो, और जाओ यहाँ से ! चुड़ैल कहीं की।'' रामनाथ क्रोध में आकर कह उठे, ''अब मुझे अपना मुँह मत दिखाना !''

न जाने क्यों, रामनाथ की गाली सुनने पर भी वीणा ने अनायास ही झुककर रामनाथ के चरण की धूल अपने मस्तक पर लगा ली। उसने रामनाथ से कहा,

"ददुआ, आपने अपने पुत्र को खोया है, लेकिन मैंने अपना सर्वस्व खो दिया है!"

रामनाथ का स्वर कठोर हो गया, "वीणा! क्या तुम सच कह रही हो?"

"देवता-तुल्य अपने पूज्य से मैं झूठ न बोल सकूँगी!" वीणा ने शांत भाव से उत्तर दिया।

रामनाथ थोड़ी देर तक कठोर दृष्टि से देखते रहे, और फिर उन्होंने वीणा के मस्तक पर अपना हाथ रख दिया, "हिन्दू-पत्नी के कर्तव्य को तुम जानती हो, मुझे तुमसे आशा है?"

"आपको मेरी ओर से निराश होने का अवसर न आएगा!" वीणा ने उत्तर दिया।

7

सुबह जब उमानाथ सोकर उठा, उसका मन हल्का था। चा पीकर जब वह ड्राइंगरूम में गया, वहाँ दयानाथ अपने साथियों से चुनाव पर परामर्श कर रहे थे। मार्कण्डेय ने उमानाथ को देखते ही कहा, "आओ उमा, बड़े मौके पर आ गए हो। अब यह ब्रह्मदत्तवाला मसला तुम हल करो।"

दयानाथ ने उत्तेजित होकर कहा, " ब्रह्मदत्त–ब्रह्मदत्त। मुझे ब्रह्मदत्त से कुछ नहीं कहना है, न मुझे उसकी सहायता की ही कोई आवश्यकता है। ये पतित और नीच कोटि के व्यक्ति–ये इतना ऊपर चढ़ जाएँ, मुझसे भीख मँगवाएँ, अपनी खुशामद करवाएँ, यह विधि की विडम्बना ही है।"

"इतना उत्तेजित होने की बात नहीं है दयानाथ!" मार्कण्डेय ने समझाया, "तुम यह याद रखना कि तुम राजनीति को अपने जीवन में अपना चुके हो, और राजनीति में यह सबकुछ करना पड़ता है।"

दयानाथ ने और भी गरम होकर कहा, "मार्कण्डेय, ऐसी कोई भी बात राजनीति में मानने को मैं तैयार नहीं हूँ जिसे साधारण जीवन में मैं बुरा समझूँ। मैं उस राजनीति को समाज के लिए घातक समझता हूँ जो नैतिकता से परे है!"

"पर यह नैतिकता से कहाँ परे है? तुमसे कोई अनैतिक बात करने को तो मैं नहीं कह रहा हूँ; मैं तो केवल इतना चाहता हूँ कि तुम ब्रह्मदत्त से स्वयं मिलकर, उससे अपनी पार्टी को वोट देने के लिए कहो। मैं मानता हूँ कि इस काम में तुम्हारी अहम्मन्यता को धक्का जरूर लगेगा, लेकिन दयानाथ, अहम्मन्यता के ऊपर उठना ही सबसे बड़ी अहिंसा है।"

दयानाथ कह उठा, "मार्कण्डेय, अहिंसा निर्बल की चीज नहीं है, अहिंसा सबल

की चीज है। निर्बल में अहिंसा कायरता समझी जाती है। आज मुझे अपना हितसाधन करना है, और अपने हितसाधन के लिए जब मैं ब्रह्मदत्त के पास जाता हूँ तब मैं उसके अंदर वाली हिंसा वृत्ति को तुष्ट करके उसे और भी पुष्ट करने के पाप का भागी बन जाता हूँ। मैं ब्रह्मदत्त के सामने झुकने को तैयार हूँ लेकिन तब जब मैं सबल हूँ, जब ब्रह्मदत्त से मुझे कोई काम न हो, जब ब्रह्मदत्त को मुझसे कोई काम हो !"

"यही तुम्हारी अहम्मन्यता है दया !" मार्कण्डेय कह उठा, "तुम झुकने के लिए तैयार नहीं; तुम चाहते हो कि दूसरे तुम्हारे सामने झुकें। यह कोई बुरी बात भी नहीं है, जहाँ तक व्यक्तित्व का सवाल है, लेकिन राजनीति में अपने व्यक्तित्व को लोकहित में मिला देना पड़ता है, और लोक-हित के लिए दूसरों के आगे झुकने में मैं तो कोई हर्ज नहीं समझता। मेरी बात मानो दया, बिना ब्रह्मदत्त के आगे झुके तुम्हारी विजय असम्भव है !"

दयानाथ थोड़ी देर तक सोचता रहा, फिर उसने कहा, "अच्छी बात है–जैसा कहते हो करूँगा, केवल तुम लोगों को संतुष्ट करने के लिए !" और वह उमानाथ की ओर घूमा, "उमा, अगर तुम्हें ब्रह्मदत्त मिलें तो उनसे कह देना कि मैं कल सुबह उनके यहाँ आऊँगा, वह घर पर ही रहें।"

सब लोगों के चले जाने के बाद जब दोनों भाई अकेले रह गए तब उमानाथ ने दयानाथ से कहा, "बड़के भइया ! आपने सुना है, प्रभा सरकारी गवाह बनने पर राजी हो गया है !"

दयानाथ चौंक उठे, "असम्भव ! यह क्या कह रहे हो ?"

"कल शाम काका मुझसे कह गए हैं। वे कल रात ददुआ के यहाँ चले गए थे।"

दयानाथ गम्भीर हो गया, "विश्वास नहीं होता उमा ! क्या प्रभा अपने प्राण बचाने के लिए अपने साथियों के साथ विश्वासघात करेगा ? यह तो हम लोगों के कुल के नाम बहुत बड़ा कलंक होगा !"

उमानाथ हँस पड़ा, "प्राण बचाने के लिए मनुष्य क्या नहीं कर सकता बड़के भइया ! लेकिन प्रभा को अपने प्राणों का इतना मोह हो गया है, इसकी मैंने कल्पना नहीं की थी।"

थोड़ी देर चुप रहकर उमानाथ ने फिर कहा, "बड़के भइया, विपत्ति के बादल मुझ पर भी मँडरा रहे हैं। कल एक सिविल इंस्पेक्टर मुझसे पूछताछ करने आया था। एक हजार रुपया देकर मैंने अभी तो उसे अपनी ओर मिला लिया है, लेकिन खेल ज्यादा दिनों तक नहीं चलेगा।"

"क्या कहा ? सरकार को तुम्हारे कम्युनिस्ट होने का पता चल गया है ? यह तो बुरा हुआ !"

"ब्रह्मदत्त का कहना है कि मैं कुछ समय के लिए कानपुर से चला जाऊँ। सोच रहा हूँ कि दो-चार महीने के लिए बानापुर हो आऊँ, इस बीच पुलिस भी मेरी तरफ से असावधान हो जाएगी !"

दयानाथ मुस्कुराया, "लेकिन यह कब तक ? दो-चार महीने बाद जब तुम आओगे, पुलिस फिर तुम्हारे पीछे लगेगी। छिपकर काम करना तो मुझे ठीक नहीं जँचता, जो कुछ करो खुलकर, निर्भीक होकर !"

"लेकिन बड़के भइया, आप जानते ही हैं कि हमारी संस्था गैर-कानूनी है। खुलकर हम अपना काम कर ही नहीं सकते।"

"ऐसी हालत में तुम्हारा मार्ग गलत है, उसे सदा के लिए त्याग देना ही तुम्हारे लिए कल्याणकारी होगा।"

उमानाथ हँस पड़ा, "आप क्या कह रहे हैं भइया ? मैं अपने पवित्र आदर्श को छोड़ दूँ, असम्भव ! हमें ब्रिटिश-साम्राज्यवाद से लड़ना है, हमें पूँजीवाद का अंत करना है, हमें सामन्तशाही मिटाना है। यह काम आसान नहीं है, जबकि देश के अधिकांश लोग भेड़-बकरियों से भी गए-बीते हैं।..."

उमानाथ अपनी बात खत्म भी न कर पाया था कि कमरे में सब-इंस्पेक्टर लालबहादुर ने प्रवेश किया। लालबहादुर दयानाथ को अच्छी तरह पहचानता था, उसने दयानाथ को अभिवादन करके उमानाथ से कहा, "कुँवर साहेब, मैं आपको आगाह करने आया हूँ—खतरा सर पर मँडरा रहा है।"

"क्या मतलब आपका !" उमानाथ ने पूछा।

"मैं नहीं जानता कि अफसरान आपके मामले में इतनी सरगर्मी दिखलाएँगे। मेरा ऐसा खयाल है कि कल आपके नाम का वारंट निकल जाएगा। आपके पास चौबीस घंटे का वक्त है—आप जैसा उचित समझें, करें।"

लालबहादुर के जाने के बाद दयानाथ ने पूछा, "अब क्या करोगे उमा ? गाँव तो तुम जा नहीं सकते क्योंकि पुलिस वहाँ तुम्हारा पीछा करेगी।"

उमानाथ ने चिन्तित भाव से कहा, "हाँ बड़के भइया ! अब केवल एक उपाय है—मैं हिन्दुस्तान छोड़ दूँ। हिन्दुस्तान में जहाँ भी रहूँगा वहीं गिरफ्तार कर लिया जाऊँगा।"

"लेकिन हिन्दुस्तान के बाहर कैसे जा सकोगे ?"

"इसकी आप चिन्ता न करें। बम्बई, कलकत्ता—जहाँ से होगा, किसी भी विदेशी जहाज में स्मगल करके रवाना हो जाऊँगा—इन हथकंडों में हम लोग सिद्धहस्त हैं। लेकिन सवाल मेरे सामने रुपए का है। हिन्दुस्तान से जाने के लिए मेरे पास दस-पाँच हजार तो होना ही चाहिए। इतना रुपया ददुआ से कैसे माँगा जाए ?"

दयानाथ ने कहा, "मेरी तो आर्थिक स्थिति तुम जानते ही हो उमा। अभी तो तुम यहाँ से चले जाओ, फिर मौका पाकर ददुआ से माँग लेना।"

"आप ठीक कहते हैं।" उमानाथ ने कहा।

और उसी दिन रात के समय उमानाथ कानपुर से बाहर चला गया।

सातवाँ परिच्छेद

1

"मैंने राजपूत-इतिहास में पढ़ा था कि बाप अपने बेटे को फाँसी दे सकता है ! यकीन नहीं होता था माताप्रसाद–किस तरह एक बाप अपने बेटे को फाँसी के तख्ते पर भेज सकता है। लेकिन पंडित रामनाथ तिवारी इस बीसवीं सदी में, अपने बेटे को फाँसी के तख्ते पर भेज रहे हैं–कुछ समझ में नहीं आता–जरा भी समझ में नहीं आता !" विश्वम्भर दयाल ने माताप्रसाद से कहा।

माताप्रसाद चुप थे–क्या हो रहा है, क्यों हो रहा है, कैसे हो रहा है–इस सबमें अब उन्हें कोई दिलचस्पी न रह गई थी। वे यह अनुभव कर रहे थे कि परिस्थितियों द्वारा वे एक अप्रिय तथा घृणित-कांड में पड़ गए हैं। उन्होंने विश्वम्भर दयाल को कोई उत्तर नहीं दिया।

पर अपनी बात विश्वम्भर दयाल ने माताप्रसाद से नहीं कही थी, वह बात उसने कही थी अपने स्वयं से। प्रभानाथ ऐन मौके पर मुखबिर बनने से इनकार कर जाएगा, इसकी उसने आशा न की थी। उनकी जीती हुई बाजी अनायास ही हाथ से निकल गई। जज के सामने विश्वम्भर दयाल को लज्जित होना पड़ा, जज के सामने ही नहीं, सारे पुलिस डिपार्टमेन्ट के सामने, और सबसे बढ़कर अपने सामने उसे लज्जित होना पड़ा था। विश्वम्भर दयाल के मत्थे पर बल पड़ गए थे–उसके मुख पर एक भयानक प्रतिहिंसा की छाया घिर आई थी। कुछ देर तक वह चुपचाप बैठा रहा, और फिर वह फूट पड़ा, "बाप बेटे से कहे कि अपना बयान वापस लेकर फाँसी पर चढ़ जाए। मैं जानता हूँ कि प्रभानाथ बयान देता लेकिन उस दिन रामनाथ ने प्रभानाथ से मिलकर मेरे किए-धरे पर पानी फेर दिया। अपने बेटे की जान लेकर वह मुझे हराना चाहता है। मैं जानता हूँ–रामनाथ भी जानते हैं कि प्रभानाथ के फाँसी पर चढ़ने से मुझे कोई फायदा नहीं होगा–रामनाथ तिवारी का फायदा उसी में है जिसमें मेरा फायदा है। लेकिन रामनाथ तिवारी अपना फायदा नहीं चाहते इसलिए कि वे मेरा फायदा नहीं चाहते। वह मुझे गिराना चाहते हैं, मुझे जलील करना चाहते हैं।"

अपनी घबराहट को दबाते हुए माताप्रसाद ने उत्तर दिया, ''जी हुजूर ! कल रात रास्ते में कप्तान साहेब मिल गए थे तो उन्होंने मुझे बुला लिया था। बहुत ज्यादा फिक्र में हैं !''

विश्वम्भर दयाल मुस्कुराया, ''तो इसमें हिचकिचाने की क्या जरूरत है माताप्रसाद साहेब ? वे आपके अफसर हैं और अगर आप उनके बँगले में खुद-ब-खुद मिलने गए तो इसमें हर्ज ही क्या है जो यह बात छिपाई जाए !'' और इसके बाद विश्वम्भर दयाल ने माताप्रसाद से मुकदमे की बातचीत शुरू कर दी।

बातचीत खत्म हो जाने के बाद विश्वम्भर दयाल ने उठते हुए कहा, ''जहाँ तक मेरा खयाल है–आज श्यामनाथ तिवारी का फतेहपुर से तबादला हो जाएगा।''

''कप्तान साहेब का आज तबादला हो जाएगा ?'' माताप्रसाद चौंक उठे, ''लेकिन उनके तबादले की तो कोई बातचीत थी नहीं।''

विश्वम्भर दयाल ने उत्तर दिया, ''माताप्रसाद साहेब ! यह मामला फतेहपुर में हुआ है और हमें फतेहपुर की शहादत चाहिए। मुजरिम का चचा फतेहपुर का सुपरिंटेंडेंट आफ पुलिस है, उनकी मौजूदगी में हमें फतेहपुर से शहादत मिलने में मुसीबत होगी। इसी बात को खयाल में रखकर मैंने इंस्पेक्टर जनरल से उनका तबादला करवा दिया है !''

''हुजूर ने मुनासिब ही किया !'' माताप्रसाद ने दबी जुबान उत्तर दिया।

''जी हाँ, मेरा भी कुछ ऐसा ही खयाल है। इसके अलावा आज वह बँगलेवाला कांस्टेबल पंडित श्यामनाथ के यहाँ आनेवाला था, नए सुपरिंटेंडेंट पुलिस ने उसे भी रोक दिया होगा और उस पर कड़ी निगरानी बिठला दी होगी ! है न मजेदार बात !'' और विश्वम्भर दयाल खिलखिलाकर हँस पड़ा। लेकिन कितनी भयानक थी वह विश्वम्भर दयाल की हँसी–माताप्रसाद सर से पैर तक काँप उठे।

10

ब्रह्मदत्त ने उमानाथ से कहा, ''कामरेड, तुम्हारे कहने के मुताबिक मैंने अबकी रविवार को मीटिंग बुला ली है। सब लोग इकट्ठा होंगे। लेकिन मैं देखता हूँ कि जोश में कमी है।''

''यह स्वाभाविक ही है कामरेड !'' उमानाथ ने उत्तर दिया, ''एक बड़ा मूवमेंट समाप्त हो जाने के बाद लोगों में शिथिलता आ ही जानी चाहिए ! लेकिन इस शिथिलता को दूर करना हमारा कर्तव्य है। साथ ही हम कोई मूवमेंट नहीं उठाने जा रहे हैं–हमारा मुख्य ध्येय होगा अपना प्रचार करना–और उसके लिए यही उपयुक्त अवसर है !''

थोड़ी देर तक रुककर उमानाथ ने फिर कहा, "कम्यूनिज्म का साहित्य जो हिन्दी और उर्दू में छपवाने को मैंने तुमसे कहा था, उसका क्या किया ?"

"वह पुस्तिकाएँ छप गई हैं और मिल-एरिया में बँट रही हैं। पुलिसवाले सरगर्मी से तलाश कर रहे हैं कि ये पुस्तिकाएँ निकलती कहाँ से हैं।" और ब्रह्मदत्त हँस पड़ा। उमानाथ मुस्कुराया, "ठीक है। और कामरेड, तुम शायद कामरेड नरोत्तम को जानते होगे ! आदमी बड़ा उत्साही और काम का मालूम होता है !"

ब्रह्मदत्त की भृकुटियों में बल पड़ गए, "कामरेड नरोत्तम ! हाँ, मिला तो कई बार हूँ, लेकिन उसके सम्बन्ध में मुझे कोई विशेष जानकारी नहीं है। तुम्हारा मतलब क्या है ?"

"वह अभी यहीं आनेवाले हैं। काम को विस्तृत रूप से चलाने में हमें अधिक से अधिक आदमियों की जरूरत पड़ेगी न ! कामरेड मारीसन ने कामरेड नरोत्तम से मेरा परिचय कराया था। उन्होंने यह भी कहा था कि नरोत्तम ने उन्हें काफी मदद की है। मैं समझता हूँ कि बाहर के प्रचार के लिए हम कामरेड नरोत्तम को नियुक्त कर दें, आदमी शिक्षित और कर्मण्य है !"

ब्रह्मदत्त मुस्कुराया, लेकिन उसकी मुस्कुराहट किसी हद तक व्यंग्यात्मक थी, "जहाँ तक बाहर के प्रचार का सवाल है, मुझे कुछ नहीं कहना है क्योंकि वह मेरा क्षेत्र नहीं है। लेकिन कामरेड, मैं तुम्हें एक बात से आगाह कर देना आवश्यक समझता हूँ, नए और अनजाने आदमियों के सम्बन्ध में अच्छी तरह से छानबीन कर लेनी चाहिए।"

ब्रह्मदत्त के अविश्वास पर उमानाथ को हँसी आ गई। "ठीक कहते हो कामरेड ! मैंने कामरेड नरोत्तम की बाबत अच्छी तरह जानकारी हासिल कर ली है।" और उस समय उसे बाहर से एक आदमी की आवाज सुनाई दी, "क्या मिस्टर उमानाथ घर पर हैं।"

"लो कामरेड नरोत्तम आ गए !" यह कहकर उमानाथ कमरे के बाहर चला गया। बरामदे में नाटे कद का गोरा-सा युवक खड़ा था, सूट पहने हुए। उसकी आँखें चमकीली थीं और हाथ-पैरों में एक अजीब तरह की चपलता। उमानाथ ने कहा, "आइए कामरेड नरोत्तम ! मैं आपके ही सम्बन्ध में कामरेड ब्रह्मदत्त से बातें कर रहा था।" उमानाथ नरोत्तम का हाथ पकड़कर कमरे में ले आया। "इनको तो आप जानते ही होंगे–ये हैं कामरेड ब्रह्मदत्त !"

नरोत्तम मुस्कुराया, "नमस्कार कामरेड ब्रह्मदत्त ! हम लोग एक दूसरे को अच्छी तरह जानते हैं !" उसने ब्रह्मदत्त से अपने नमस्कार का कोई जवाब न पाकर कहा, "आप लोग शायद किसी गम्भीर विषय पर बातें कर रहे थे।" और यह कहकर वह बैठ गया।

ब्रह्मदत्त एक शब्द भी नहीं बोला। वह ध्यान से कामरेड नरोत्तम को देख रहा था; एक तरह से ब्रह्मदत्त के देखने को असभ्यतापूर्वक घूरना भी कहा जा सकता था। नरोत्तम से वह केवल दो-चार बार मिला था, और प्रत्येक बार नरोत्तम ने उससे घनिष्टता बढ़ाने का प्रयत्न किया था। पर न जाने क्यों ब्रह्मदत्त को नरोत्तम कभी पसन्द नहीं आया। शिष्ट, हँसमुख और सुसंस्कृत नरोत्तम को वह क्यों नहीं पसन्द कर सका, यह वह स्वयं न जानता था। नरोत्तम की चमकीली आँखों में उसे कुछ ऐसी चीज मालूम हुई जिससे उसने नरोत्तम के निकट न आने में ही अपना कल्याण समझा। उसे कुछ ऐसा लगता था कि नरोत्तम में कुछ चीज है–छिपी हुई, बन्द ! नरोत्तम खुलकर मिलता था, हँसकर बात करता था, लेकिन ब्रह्मदत्त को ऐसा लगता था कि नरोत्तम का यह खुलकर मिलना, हँसकर बात करना–यह सब उसके अन्दरवाली किसी भयानक कुरूपता को छिपाने के लिए एक आवरण भर है।

उमानाथ ने बात छेड़ी, ''तो फिर आपने तै कर लिया बाहर टूर करने के लिए।''

''जी हाँ–उसके लिए मैं एकदम तैयार हूँ। मुझे यहाँ से कब जाना है ?''

''ऐसी कोई खास जल्दी नहीं–अभी कम से कम एक सप्ताह का समय आपके पास है। इस बीच में हम लोगों को अपना कार्यक्रम निर्धारित करना पड़ेगा।''

''जी हाँ ! लोग कहते हैं कि जल्दी का काम शैतान का ! हर काम करने के पहले खूब अच्छी तरह सोच-समझ लेना चाहिए !'' और नरोत्तम खिलखिलाकर हँस पड़ा।

''काम करने का प्लान भी तो बनाना है !''

''नहीं, प्लान बनाने की कोई जरूरत नहीं, वह मेरे पास बना-बनाया मौजूद है। आपको उसी प्लान के मुताबिक काम करना होगा।'' उमानाथ ने कहा।

नरोत्तम ने कहा, ''जी हाँ, उसी प्लान के मुताबिक काम करूँगा। लेकिन मैं क्या पूछ सकता हूँ कि वह प्लान आपने तैयार किया है या आपको कहीं और से मिला है ?''

ब्रह्मदत्त कुछ चौंक-सा पड़ा, ''यह सवाल क्यों ?''

नरोत्तम ने जरा सम्हलते हुए उत्तर दिया, ''बात यह है कि अगर यह प्लान कामरेड उमानाथ ने तैयार किया है तो उसमें हम लोगों की सलाह से कुछ रद्दोबदल किया जा सकता है। काम मुझको ही करना है न ! ऐसी हालत में कठिनाइयों के अनुसार उसमें कुछ करना चाहूँगा।''

''और अगर यह प्लान उमानाथ ने न बनाया हो तो ?'' ब्रह्मदत्त ने पूछा।

नरोत्तम के उत्तर देने के पहिले ही उमानाथ बोल उठा, ''कामरेड ब्रह्मदत्त ! आपको मैं फिर बतला देना उचित समझूँगा कि हिन्दुस्तान में कम्युनिस्ट पार्टी का मैं प्रमुख आदमी हूँ। मेरे ऊपर कोई नहीं है। यह प्लान मैंने बनाया है !''

उमानाथ का अधिक खुल जाना ब्रह्मदत्त को अच्छा नहीं लगा। उसने एक बार फिर प्रयत्न किया "तो फिर ठीक है ! मैं तो ऐसा समझता हूँ कि आप कामरेड नरोत्तम को अपना कार्यक्रम बतला दें और इन्हीं से एक प्लान बनवा लें क्योंकि काम इन्हीं को करना है !"

नरोत्तम हँस पड़ा, "आप ठीक कहते हैं कामरेड ब्रह्मदत्त ! कामरेड उमानाथ, आप मुझे अपना प्लान दे दें और मैं उसको एक बार देखकर अध्ययन कर लूँ। इसके बाद जो-जो परिवर्तन मुझे उसमें उचित लगेंगे, उन्हें नोट कर लूँगा और आपसे परामर्श कर लूँगा !"

लेकिन उमानाथ की अहम्मन्यता उस समय तक सतह पर आ गई थी। दूसरों की यह मजाल कि उसके बनाए हुए प्लान पर अपनी कलम चलावे ! उसने तेजी से कहा, "कामरेड नरोत्तम ! जो प्लान मैंने बनाया है वह बहुत सोच-समझकर ! आप कार्यकर्ता हैं; बिना किसी बात पर शंका किए, बहस किए, काम करना–यह आपका कर्तव्य है। आप यह प्लान ले जाइए, इसका अध्ययन कर लीजिए फिर आपको जो चीजें न समझ में आवें वह मैं आपको समझा दूँगा !"

और उमानाथ ने प्लान ड्रार से निकालकर नरोत्तम को दे दिया।

11

नरोत्तम के चले जाने के बाद ब्रह्मदत्त ने उमानाथ से कहा, "कामरेड, अगर बुरा न मानो तो एक बात तुमसे कहूँगा !"

"क्या बात है ?" आश्चर्य से उमानाथ ने पूछा।

"मेरी तुमसे सलाह है कि तुम राजनीतिक मामले में सदा के लिए अपना हाथ खींच लो। तुम इन कामों के लिए नहीं बने हो !"

"क्या मतलब है तुम्हारा ?" उमानाथ ने जरा गरम होते हुए पूछा।

"मेरा मतलब यह है कि जितनी असावधानी के साथ तुम काम करते हो, जिस लापरवाही के साथ तुम बात करते हो उससे तुम किसी हालत में सफल नहीं हो सकते। यही नहीं, बल्कि मैं तो कहूँगा कि तुम खतरे के मुँह में फाँद रहे हो और अपने साथियों को भी तुम खतरे में ढकेल सकते हो। तुम जानते ही हो कि कम्युनिस्ट पार्टी पर सरकार की कड़ी नजर है। आज तुमने, एक अनजाने आदमी के सामने खुलकर, उस पर यह प्रकट करके कि तुम कम्युनिस्ट पार्टी के प्रमुख प्रतिनिधि हो, अदूरदर्शिता का परिचय दिया है !"

ब्रह्मदत्त की इस बात से उमानाथ निरुत्तर-सा हो गया। कुछ देर तक चुप वह

सोचता रहा, फिर उसने कहा, "तुम ठीक कहते हो कामरेड। नरोत्तम के सामने खुलकर मैंने शायद ठीक नहीं किया।"

उसकी बात के तर्क को उमानाथ ने स्वीकार कर लिया, इस बात से ब्रह्मदत्त को प्रसन्नता हुई। उसने फिर कहा, "और उससे भी अधिक नासमझी का काम तुमने किया अपने हाथ से लिखा हुआ प्लान उसके हाथ में सुपुर्द करके ! बिना इस पर सोचे कि उस प्लान के सरकार के हाथ में पड़ जाने से तुम पर मुसीबत पड़ सकती है !"

"उँह, जाने भी दो ! मुझे पूर्ण विश्वास है कि नरोत्तम ठीक तरह का आदमी है, और वह मेरे साथ विश्वासघात नहीं करेगा।" लेकिन उमानाथ के शब्दों में चिन्ता की झलक साफ थी।

इसी समय मार्कण्डेय के साथ दयानाथ ने कमरे में प्रवेश किया। मार्कण्डेय ने ब्रह्मदत्त को देखते ही कहा, "नमस्कार ब्रह्मदत्तजी, कहिए स्वास्थ्य कैसा है ?"

ब्रह्मदत्त ने अपने भुजदंडों को ठीक तरह से देख-भालकर उत्तर दिया, "नमस्कार मार्कण्डेय जी ! स्वास्थ्य आपकी कृपा से अच्छा है !"

मार्कण्डेय ने बैठते हुए अपनी बात जारी रक्खी, "बड़े मौके से मिल गए ब्रह्मदत्त ! मैं तुम्हें ढूँढ़ ही रहा था।"

ब्रह्मदत्त ने पूछा, "कहिए ! आप लोगों की क्या सेवा कर सकता हूँ ?"

मार्कण्डेय का स्वर थोड़ा और मुलायम हुआ, "भाई अब दयानाथ की लाज तुम्हारे हाथ में है। इस समय इन्हें तुम्हारी ही सहायता बचा सकती है।"

ब्रह्मदत्त मुस्कुराया, "ओ हो ! तो पंडित दयानाथ को मेरी सहायता की आवश्यकता आ पड़ी। लेकिन यह सहायता मुझसे पहले क्यों नहीं माँगी गई, मार्कण्डेय जी ?"

उत्तर दयानाथ ने दिया, "इसलिए कि मैं समझता था कि मेरा विरोध न होगा, और अगर थोड़ा-बहुत विरोध हुआ भी तो उसमें कोई दम न होगा !"

"क्यों ? क्या इसलिए कि दुनिया का सारा दमखम आपमें ही है दयानाथ जी ? लेकिन आपने अपनी ताकत अन्दाजने में गलती की। आपके मुकाबिले जो शिवराम जी खड़े हैं उनमें भी दम है !"

दयानाथ की भृकुटियाँ चढ़ गईं, "शिवराम ! ब्रह्मदत्त जी ! आप सब लोग अच्छी तरह जानते हैं कि शिवराम में ईमानदारी की कमी है। चन्दे की एक बहुत बड़ी रकम उनके नाम पर चढ़ी हुई है जिसका उन्होंने अभी तक कोई हिसाब नहीं दिया है। यह तै है कि उस रकम का कोई हिसाब देंगे भी नहीं, क्योंकि हिसाब दे ही नहीं सकते। फिर भी मुझे आश्चर्य होता है कि लोग एक बेईमान आदमी का समर्थन कर रहे हैं !"

ब्रह्मदत्त हँस पड़ा, "बेईमान आदमी ? हाँ दयानाथ जी, रुपए-पैसे के मामले में

आप शिवराम जी को बेईमान कह सकते हैं। लेकिन दूसरी बातों में ? आपकी सारी नैतिकता रुपयों-पैसों की है। यही रुपया-पैसा आपकी उस नैतिकता का एकमात्र माप तौल है। लेकिन इस रुपए-पैसे के आगे भी कुछ है...यह आप नहीं समझ सकते !"

इस बार मार्कण्डेय के हँसने की बारी थी, "इस रुपए-पैसे के आगे भी कुछ है ब्रह्मदत्त ! तुम इस बात को कह रहे हो और वह भी शिवराम के लिए ! मैं पूछता हूँ कि अगर रुपए-पैसे के ऊपर शिवराम किसी चीज को मानते होते तो जनता की उस रकम पर, जो उनके पास धरोहर के रूप में रक्खी हुई थी–हाथ न लगाते ! नहीं ब्रह्मदत्त–गलत कह रहे हो। न शिवराम के लिए रुपए-पैसे के ऊपर कोई चीज है और न तुम्हारे लिए !"

"यह आप क्या कह रहे हैं मार्कण्डेय भइया !" उमानाथ ने आश्चर्य से पूछा, "शिवराम कैपिटेलिस्ट है या बन रहा है, और इसलिए मैं उसके सम्बन्ध में यह माने लेता हूँ कि उसके लिए रुपए-पैसे से ऊपर कोई चीज नहीं है; लेकिन ब्रह्मदत्त तो कम्युनिस्ट हैं। ब्रह्मदत्त के सम्बन्ध में आप यह कैसे कह सकते हैं ?"

मार्कण्डेय सम्हलकर बैठ गया, "उमा ! तुम भी तो कम्युनिस्ट हो न ! और मैं कहता हूँ कि ब्रह्मदत्त के लिए ही नहीं, तुम्हारे लिए भी रुपए-पैसे के ऊपर कुछ नहीं है ! अगर मेरी बात तुम्हें बुरी लगे तो माफ करना, लेकिन मैं अभी सारी मीमांसा किए देता हूँ। हाँ, अगर मैं गलती नहीं करता तो तुम कम्युनिस्ट समाज का निर्माण आर्थिक नींव पर मानते हो। है न ऐसा !"

"आप ठीक कहते हैं !" उमानाथ ने उत्तर दिया।

"ठीक ! और अर्थ का दूसरा रूप है रुपया-पैसा। तो प्रत्येक कम्युनिस्ट रोटी और पैसे के ऊपर ही प्रत्येक सामाजिक अंग का निर्माण मानता है। उसके लिए धर्म-कर्म-विश्वास–यह सब एक ढकोसला है जिसे पैसेवाले सम्पन्न लोगों ने गरीबों और असमर्थों को धोखा देने के लिए, उन्हें बहलाकर तथा फुसलाकर उनका बेजा फायदा उठाने के लिए बना रक्खा है। है न ऐसी बात ?"

"बिलकुल ठीक !" उमानाथ ने तपाक के साथ कहा।

"तो जहाँ तक जिन्दगी पर कम्युनिस्टों के दृष्टिकोण का सवाल है, वह वही है जो एक पूँजीपति का है। न पूँजीपति रुपए-पैसे के ऊपर किसी चीज को मानता है। भेद केवल इतना है कि पूँजीपति इस बात को स्वीकार नहीं करता, वहाँ कम्युनिस्ट इस बात को खुल्लमखुल्ला स्वीकार करता है !"

"यह इसलिए कि पूँजीपति का इस बात को स्वीकार न करने में हित है !"

"ठीक ! इसलिए कि पूँजीपति के पास धन है–प्रचुरता के साथ है। और कम्युनिस्ट के पास नहीं है। पूँजीपति समाज से छीनकर इस रुपए पैसे को व्यक्ति में केन्द्रित करना

चाहता है, वहाँ कम्युनिस्ट चाहता है कि यह रुपया-पैसा व्यक्ति के हाथ से निकलकर समाज के हाथ में चला जाए !"

"आप ठीक कहते हैं ! पूँजीपति और कम्युनिस्ट में यह अन्तर बड़े महत्त्व का है। पूँजीपति अपने लिए जीवित रहता है, कम्युनिस्ट समाज के लिए !"

"दूसरों के लिए जीवित रहना !" मार्कण्डेय ने इन शब्दों पर जोर देते हुए कहा, "दूसरों के लिए जीवित रहना–एक मनोवैज्ञानिक असत्य ! ऊपरी ढंग से, प्रचार के लिए यह चिल्लाकर कहा जाता है कि हम दूसरों के लिए जीवित रहते हैं, लेकिन वास्तविकता इससे भिन्न है। कोई भी व्यक्ति दूसरों के लिए नहीं जीवित रहता–प्रत्येक व्यक्ति अपने लिए जीवित रहता है। कम्युनिस्ट दूसरों से लेने में, छीनने में विश्वास करता है, दूसरों को देने में नहीं। कम्युनिस्ट में आत्मबलिदान की भावना नहीं। वह अपने ऊपर अधिक से अधिक खर्च करने में विश्वास करता है। उसके आगे अभाव अथवा 'नहीं' का विकराल रूप है, और 'अभाव अथवा नहीं' का प्रथम केन्द्र अपने को मानकर काम आरम्भ करता है। और कम्यूनिज्म अभाव की प्रतिक्रिया भर है–इसके बाद कुछ नहीं !"

उमानाथ ने तड़पकर कहा, "मार्कण्डेय भइया ! आप यह बात याद रखिए कि दुनिया के सबसे बड़े कम्युनिस्ट वे लोग रहे हैं जिन्हें मध्यवर्ग का पूँजीपति कहा जा सकता है, जिन्हें खाने-पहिरने का कभी कोई अभाव नहीं रहा है। इस सत्य को भुलाकर आप अपने भयानक असत्य को अपना रहे हैं !"

मार्कण्डेय हँस पड़ा, "यही सत्य तो, जो कुछ मैं कह रहा हूँ उसका आधार है ! एक मजदूर ! वह वास्तविक कम्युनिस्ट हो ही नहीं सकता ! सदियों से पिसते-पिसते उसकी आत्मा मर-सी चुकी है, वह न सोच सकता है, न समझ सकता है, अपने अभाव के रूप को देखने की उसमें क्षमता ही नहीं है। कम्युनिस्टों में अधिकतर मध्यवर्ग के लोग ही हुए हैं, ऐसे लोग जिनका दुनिया में घमंडी पूँजीपतियों से मुकाबिला हुआ और उनके मन में पूँजीपति वर्ग के स्वार्थ, अभिमान और उच्छृंखलता के प्रति विद्रोह पैदा हुआ। जिन लोगों में पूँजीपति के भाग्य पर ईर्ष्या हुई, जिन्होंने लगातार यह सोचा कि उन्हें वे सब सुविधाएँ क्यों नहीं मिलतीं जो पूँजीपतियों को प्राप्त हैं। ईर्ष्या और ईर्ष्याजनित विद्रोह पर ही कम्यूनिज्म की नींव पड़ी है–यह याद रखना ! विद्रोह संतोष से नहीं होता, वह होता है अभाव से; और अगर अभाव से तुम इन साधारण चीजों को–यानी रोटी-कपड़े को समझते हो तो तुम्हारा बड़ा गलत खयाल है !" मार्कण्डेय यह कहते-कहते उत्तेजित हो उठा, "उमानाथ ! तुम यह बतला सकते हो कि दुनिया में किस कम्युनिस्ट ने दूसरों की गरीबी से द्रवित होकर अपनी सम्पत्ति उनके लिए दान कर दी है ? तुम बता सकते हो कि किस कम्युनिस्ट ने ऐय्याशी, भोग-विलास छोड़े हैं,

तुम बता सकते हो कि किस कम्युनिस्ट ने त्याग किया है ?"

"दान, त्याग, दया ! मूर्खों के लिए बने हुए सिद्धान्त हैं–तुम इन पर विश्वास करो, मार्कण्डेय भइया, लेकिन बुद्धिवादी कम्युनिस्ट को इन पर विश्वास नहीं !"

"ठीक कहते हो उमानाथ ! यह चीजें जिनका मतलब देना है, इन पर तुम्हें विश्वास नहीं। तुम्हारा सिद्धान्त है लेना–ठीक वही सिद्धान्त जो पूँजीपति का है। कम्यूनिज्म एक तरह से पूँजीवाद से भी भयानक है क्योंकि पूँजीवाद में जहाँ महज 'लेना' ध्येय है, वहाँ कम्यूनिज्म का ध्येय 'लेने' के साथ 'मारना और मिटाना' भी है। दूसरे शब्दों में कम्यूनिज्म में पूँजीवाद की प्रतिक्रिया भर है; और साथ ही कम्यूनिज्म में पूँजीवाद की हिंसा की एक विनाशात्मक प्रतिहिंसा भी है जो समाज के लिए कहीं अधिक भयानक है !"

उमानाथ ने आवेश में आकर कहा, "आपने बहुत गलत बात कह डाली मार्कण्डेय भइया ! कम्यूनिज्म की नींव 'लेने' पर अवश्य है, लेकिन वह 'लेना' स्वत्व और अधिकार के अन्तर्गत है। हम अपनी समर्थता पर विश्वास करते हैं–हम मनुष्य मात्र में पौरुष देखना चाहते हैं। हमारा सम्प्रदाय संघर्ष के युग का सम्प्रदाय है। दया और त्याग असमर्थों और अपाहिजों के लिए हैं–ये व्यक्तिगत चीजें हो सकती हैं, सामाजिक नहीं। दया और त्याग व्यक्ति के लिए आत्महत्या है। कम्यूनिज्म समाज का सत्य है और चूँकि व्यक्ति समाज का भाग है, इसलिए व्यक्ति के लिए लाजिमी है कि वह समाज के सत्य को अपनावे !" और उसी समय ब्रह्मदत्त ने कहा, "मैं तो कहता हूँ कि रूस की ओर देखो ! क्या से क्या हो गया है ! प्रत्येक व्यक्ति सुखी है, प्रत्येक व्यक्ति सम्पन्न है। दुनिया के उत्पीड़ितों के लिए, भेड़-बकरियों की तरह पिसनेवाले कायरों और मजदूरों और किसानों के लिए रूस ने नवजीवन का संदेश दिया है !"

दयानाथ ने मुस्कुराते हुए कहा, "क्या वास्तव में रूस का हरेक आदमी सुखी है, सम्पन्न है, सन्तुष्ट है ? क्या वास्तव में रूस ने अपने यहाँ से अभाव को निकाल फेंका है ?"

"हाँ ! हाँ ! रूस महान है !" ब्रह्मदत्त ने सामने पड़ी हुई सेंटर टेबिल पर हाथ पटकते हुए कहा।

"और मैं कहता हूँ कि तुम बिना जाने-बूझे, सोचे-समझे, रूस के नारे लगा रहे हो। तुम रूस के इतने बड़े गुलाम हो कि उसकी बुराइयाँ तुम्हें नजर आ ही नहीं सकतीं !" दयानाथ ने उत्तेजित होकर कहा।

मार्कण्डेय ने दयानाथ का हाथ पकड़कर सचेत किया, "दया ! फिर तुम अपने ऊपर से अधिकार खो बैठे ! यह तुम्हें उत्तेजित हो जाना शोभा नहीं देता !"

लेकिन दयानाथ की बात का असर पड़ चुका था। ब्रह्मदत्त ने उठते हुए कहा,

"जहाँ हमारे विचारों का अपमान किया जाता है, जहाँ हमें इस तरह गालियाँ दी जाती हैं, वहाँ बैठना गलत है। अच्छा कामरेड उमानाथ, मैं आपसे फिर कभी मिलूँगा !"

13

पंडित श्यामनाथ तिवारी को तार द्वारा अपने तबादले की खबर मालूम होने पर धक्का-सा लगा। जिस समय मिस्टर राबर्टसन उनसे चार्ज लेने आए, वे कानपुर जाने की तैयारी कर रहे थे। उन्हें यकीन नहीं हो रहा था कि यह क्या हो रहा है, लेकिन सरकारी आज्ञा थी और उन्हें चार्ज देना ही पड़ा। चार्ज देकर पंडित श्यामनाथ तिवारी इंस्पेक्टर जनरल पुलिस से मिलने के लिए इलाहाबाद चले गए।

इंस्पेक्टर जनरल पुलिस ने उन्हें बतलाया कि उनका तबादला भारत सरकार के आदेशानुसार किया गया है। उसने श्यामनाथ के साथ पूरी हमदर्दी जाहिर की। उसी समय श्यामनाथ ने एक लम्बी छुट्टी ले ली।

इलाहाबाद से श्यामनाथ तिवारी उन्नाव पहुँचे। जिस समय श्यामनाथ रामनाथ के यहाँ पहुँचे, वीणा रामनाथ तिवारी को अखबार सुना रही थी। अपने बड़े भाई के सामने पहुँचते ही श्यामनाथ रो-से पड़े, "भइया, सर्वनाश हो गया !"

"क्या बात है ?" रामनाथ ने घबराकर पूछा।

"फतेहपुर का चार्ज मुझसे आज सुबह ले लिया गया। भइया, जो कुछ भी मैं प्रभा को बचाने के लिए कर सकता था, अब न कर सकूँगा।"

रामनाथ थोड़ी देर तक एकटक अपने छोटे भाई की ओर देखते रहे, इसके बाद उन्होंने अपनी आँखें शून्य में गड़ा दीं। कुछ देर रुककर उन्होंने धीरे से कहा, "श्यामू ! तुम्हें नियति पर विश्वास है ?"

श्यामनाथ मर्माहत-से मौन रहे।

रामनाथ ने कुछ देर तक श्यामनाथ के उत्तर की प्रतीक्षा करके कहा, "नियति का चक्र चल रहा है श्यामू ! एक बहुत बड़ी ताकत हमारे खिलाफ है। जरा सोच-समझकर हमें उस ताकत का मुकाबिला करना पड़ेगा, बहुत सम्हलकर ! एक कदम भी गलत पड़ा तो विनाश अवश्यभावी है। कहीं हम हार न जाएँ, इसका खयाल रखना पड़ेगा !" और अनायास ही रामनाथ उठ खड़े हुए, मानों उनका दम घुट रहा हो। उस समय वे कह रहे थे, अपने ही से, "कहीं हम हार न जाएँ–हार न जाएँ ! नहीं, हारना असम्भव है !" और वे उस समय बरामदे के बाहर निकलकर खड़े हो गए। अमावस्या की रात घिर आई थी–अमावस्या के उस गहरे अन्धकार में उन्होंने अपनी आँखें गड़ा दीं। "हे भगवान ! क्या मुझे पराजित होना पड़ेगा ? तुम चाहते क्या हो ? तुम्हारे विरुद्ध

लड़ना !–बल मुझमें नहीं है ! मुझे बल दो मेरे भगवान !"

उस रात पंडित रामनाथ तिवारी को नींद न आई। उनकी समझ में न आ रहा था कि प्रभानाथ को किस तरह बचाया जाए। उनकी हरेक चाल गलत पड़ रही थी, हर जगह उन्हें असफलता मिल रही थी। उन्हें ऐसा लग रहा था कि नियति उनके साथ युद्ध कर रही है, और नियति ने यह दृढ़ निश्चय कर लिया है कि वह उन्हें पराजित करेगी ही।

सुबह उन्होंने श्यामनाथ से कहा, "श्यामू ! कानपुर जाकर प्रभा की पैरवी का इन्तजाम करो ! इसी बीच में मैं सोचूँगा कि क्या किया जाए !"

पर मानो श्यामनाथ में बल ही न रह गया हो। बड़े करुण स्वर में उन्होंने कहा, "भइया ! आप कानपुर चलिए। मुझसे कुछ न हो सकेगा। अब आप ही का सहारा है।"

"अच्छी बात है, मैं चलता हूँ।"

दूसरे दिन श्यामनाथ के साथ रामनाथ कानपुर के लिए रवाना हो गए। रामनाथ ने एक बँगला किराए पर ले लिया और उसी में वे उतरे। उन्हें मालूम था कि उमानाथ दयानाथ के यहाँ ठहरा है, श्यामनाथ तिवारी को उन्होंने उमानाथ को बुलाने के लिए भेजा। श्यामनाथ जब दयानाथ के घर पहुँचे, उमानाथ घर पर न था। दयानाथ कांग्रेस के कार्यकर्ताओं के साथ अपने चुनाव की तैयारी में लगे थे। श्यामनाथ के आते ही उन्होंने उठकर श्यामनाथ के चरण छुए। और जब दयानाथ को पता लगा कि रामनाथ ने दूसरा बँगला किराए पर ले लिया है तब उन्होंने मर्माहत होकर कहा, "तो काका ! बात यहाँ तक पहुँच गई है। ददुआ ने इस तरह मुझे छोड़ दिया !"

श्यामनाथ ने इस पर केवल इतना ही कहा, "दया ! तुम तो जानते ही हो बड़के भइया को।"

दयानाथ ने उत्तर दिया, "हाँ काका, मैं जानता हूँ। लेकिन उनके साथ आप लोगों ने–सब लोगों ने...!" और दयानाथ आगे कुछ न कह सके; उनका गला रुँध गया।

एक क्षण के लिए श्यामनाथ विचलित हो उठे। उन्होंने दयानाथ का हाथ पकड़ लिया, "दया ! मुझे क्षमा करो ! मैं जानता हूँ कि तुम्हारे साथ अन्याय हो रहा है, उसमें मैं भी सम्मिलित हूँ ! लेकिन मैं तुम्हें विश्वास दिलाता हूँ कि अपनी इच्छा के विरुद्ध, मैं अपने आपे में नहीं हूँ !"

छठा परिच्छेद

1

उमानाथ कह रहा था, और उसके सामने बैठे हुए दस आदमी गौर से सुन रहे थे, "ये सारी भावनाएँ, यह धर्म-कर्म, यह दया, यह प्रेम, यह त्याग !–यह सबका सब एक ढकोसला है, जिन्हें समर्थों ने असमर्थों को बहकाने के लिए, धोखा देने के लिए बनाया है। ये जितनी भावनाएँ हैं उनका रूप मनुष्य की सामर्थ्य अथवा असमर्थता के साथ बदलता रहता है। समाज के नियमों का निर्माण शासक-वर्ग के व्यक्तियों द्वारा हुआ है, और यही शासक-वर्ग समाज का शोषक-वर्ग है जिसने अपनी सुविधा के लिए, अनन्त काल तक शोषितों को अपना शिकार बनाए रखने के लिए, यह सब धर्म, कर्म, दया, करुणा का जाल बिछाया है। इनकी दुहाई देना बहुत बड़ी छलना है और जनसमुदाय को इस छलना से बचाना पड़ेगा।

"अपने यहाँ के ही पूँजीपति बनिए को लो, वह बहुत बड़ा धर्मात्मा बनता है। उसने मंदिर बनवाए हैं, उसने धर्मशालाएँ स्थापित की हैं। उसने अस्पताल खोले, उसने स्कूल खोले। वह गंगा का स्नान करता है, वह निरामिषभोजी है। और उसके बाद उसका वास्तविक रूप देखो ! मनुष्य का खून चूसकर वही पूँजीपति पनपता है, उसके ही शोषण के कारण लाखों आदमी भूखों तड़पकर मर जाते हैं। अपने स्वार्थ के लिए वह झूठ बोलता है, दूसरों को धोखा देता है। और साथ ही लोगों की आँखों में धूल झोंकने के लिए वह खुले हाथों दान करता है !

"मैं पूछता हूँ कि यह राष्ट्रीयता है क्या ? यह राष्ट्रीयता एक ढकोसला है जिसका पूँजीपतियों ने अपने स्वार्थ-साधन के लिए निर्माण किया है। इस राष्ट्रीयता के नाम पर लाखों, करोड़ों आदमी अपनी जानें दे देते हैं। लेकिन भला किनका होता है ? पूँजीपतियों का।

"कांग्रेस इन्हीं पूँजीपतियों की संस्था है और गांधी इन पूँजीपतियों का प्रतिनिधि है। सत्याग्रह में जेल जानेवालों की संख्या पर ध्यान दो, और तुम्हें स्पष्ट हो जाएगा कि उन लोगों में अधिकांश मध्यवर्ग के वे लोग हैं जिन्हें पूँजीपतियों ने जेल जाने के लिए

प्रोत्साहित किया है, जिनकी पूँजीपति समय-समय पर धन से सहायता करते रहते हैं। इस सत्याग्रह को चलानेवाले देश के पूँजीपति हैं। और अब आप सब लोग पूछ सकते हैं कि देश के पूँजीपति इस स्वंतत्रता-संग्राम में क्यों दिलचस्पी ले रहे हैं ?

''इस स्वाभाविक प्रश्न का उत्तर ही हमारे सिद्धान्त की, हमारे समुदाय की, हमारी नीति की सबसे बड़ी और अकाट्य दलील है। आप लोग यह याद रखिए कि जन-समुदाय न स्वतंत्रता के रूप को जानता है, न स्वतंत्रता के मूल को–और यह बात केवल हिन्दुस्तान के जन-समुदाय पर लागू है। उत्पीड़ित, दलित और अशिक्षित जन-समुदाय केवल राज्य से ही शासित नहीं है, वह पूँजीवाद अथवा उच्चश्रेणीवाद का गुलाम है। मजदूर को अपने मालिक के; किसान को जमींदार के इशारों पर नाचना पड़ता है। उस मजदूर अथवा किसान की नैतिकता, उसका हँसना-गाना, उसका धर्म-कर्म–यह सबका सब पूँजीवाद के चंद चाँदी के टुकड़ों पर बिक चुका है। उसका सारा अस्तित्व उस पशु का-सा अस्तित्व है जो मालिक के यहाँ पलता है, उसका अन्न खाता है, उसका असबाब ढोता है। और इसलिए जन-समुदाय की स्वतंत्रता के प्रति उपेक्षा स्वाभाविक ही है। मैं यह मानता हूँ कि विभिन्न देशों के जनसमुदाय में राष्ट्रीयता की एक झूठी और घातक भावना भर दी गई है, पर यह सब पूँजीवादियों ने तथा उच्च श्रेणीवालों ने जन-समुदाय को बेवकूफ बनाकर अपना स्वार्थ-साधन करने के लिए किया है। और इसीलिए मैं कहता हूँ कि जन-समुदाय में स्वतंत्रता के लिए वास्तविक उत्साह होना असम्भव है। वह तो इतना जानता है कि उसे अनन्त काल तक गुलामी करनी ही पड़ेगी–अपने मालिक की; वह मालिक चाहे हिन्दुस्तानी हो चाहे अंग्रेज हो।

''देश की स्वतंत्रता से लाभ होगा केवल पूँजीपति को। आज अंग्रेज पूँजीपति अपने साम्राज्यवाद की सहायता से हमारे देश का सारा व्यवसाय अपने हाथ में किए हुए है। वह हमारे देश के व्यवसाय को पनपने नहीं देता। इसके माने यह है कि हमारे देश का पूँजीपति उतना मुनाफा नहीं कर सकता जितना अंग्रेज पूँजीपति कर लेता है। और इसीलिए आज हिंदुस्तानी पूँजीपति का यह स्वार्थ है कि हिन्दुस्तान स्वतंत्र हो जिससे वह बिना रोक-टोक देश के जन-समुदाय को उत्पीड़ित और शोषित कर सके, जिससे वह भेड़-बकरी के समान हिन्दुस्तान के जन-समुदाय को अपना गुलाम बना सके।

''और इसीलिए मैं कहता हूँ कि इस राष्ट्रीयता की लड़ाई में हमें, हम मजदूरों को, हम किसानों को न कोई दिलचस्पी हो सकती है, न कोई दिलचस्पी होनी चाहिए। हमें पूँजीवादियों से लड़ना है, हमें संगठित होकर श्रेणीवाद का विनाश करना है–तभी हमें वास्तविक स्वतंत्रता मिलेगी।''

''लेकिन यह सम्भव किस प्रकार है ?'' एक आदमी ने पूछा।

उमानाथ ने उत्तर दिया, ''यह विश्व-क्रान्ति द्वारा सम्भव है।''

"और यह विश्व-क्रान्ति कैसे सम्भव है ?"

"रूस द्वारा।" उमानाथ ने कहा, "रूस विश्व-क्रान्ति की आयोजना कर रहा है, हमें उसके लिए तैयार होना चाहिए। और इसीलिए मैं कहता हूँ कि यह राष्ट्रीयता, यह स्वराज्य की लड़ाई–यह सब बेकार है। मेरे मत में तो यह हम लोगों के हितों के लिए किसी अंश तक हानिकारक है। अभी इस परतंत्रता की हालत में तो हम सब हिन्दुस्तान के निवासी–हम मजदूर, किसान, मध्यवर्ग के लोग और पूँजीपति–ब्रिटेन के खिलाफ रूस की सहायता कर सकते हैं, और इसलिए कम से कम हिन्दुस्तान में विश्वक्रान्ति का काम आसान हो जाएगा, लेकिन यदि एक बार हिन्दुस्तान को स्वतंत्रता मिल गई और देश के मजदूर तथा किसान एक बार देश के पूँजीपतियों के शिकंजे में पूरी तौर से कस गए तो याद रखिएगा, उस कल्याणकारी भावी विश्वक्रान्ति के समय रूस का विरोधी एक जबर्दस्त दल हिन्दुस्तान में तैयार हो जाएगा।"

"इसके माने तो यह हुए कि जब तक रूस विश्वक्रान्ति न करे तब तक हम हिन्दुस्तानियों को ब्रिटेन की गुलामी करनी चाहिए, और खास तौर से तब जब विश्वक्रान्ति का न कोई निश्चित समय है, न उसकी कोई निश्चित रूपरेखा है !" ब्रह्मदत्त ने कहा। "रूपरेखा मौजूद है लेकिन वह गुप्त है–उसे मैं प्रकट नहीं कर सकता। और जरा आप लोग चीजों पर ठीक तौर से गौर करें। जैसा मैं कह चुका हूँ राष्ट्रीयता एक छिछली और धोखे की चीज है, हमारी समस्या राष्ट्रीय समस्या नहीं है, हमारी समस्या वर्गवाद की अन्तर्राष्ट्रीय समस्या है। दुनिया भर के मजदूर-किसान उत्पीड़ित हैं, दुनिया भर के पूँजीपति मौज करते हैं। इसलिए हमें पूँजीवाद के खिलाफ युद्ध करते रहना है। हमारा युद्ध एक दिन का नहीं है, एक वर्ष का नहीं है, इस युद्ध की अवधि एक लम्बी अवधि रहेगी। इस युद्ध में हमें कुशल लोगों का नेतृत्व चाहिए, और वह नेतृत्व हमें रूस से ही मिल सकता है। रूस की जो नीति है वह हमारी नीति होनी चाहिए। और जितनी जल्दी हम विश्वक्रान्ति के लिए तैयार हो सकते हैं उतनी ही जल्दी विश्वक्रान्ति होगी। यह याद रखिए कि यह समाजवादी दल अकेले रूस में नहीं है, अकेले हिन्दुस्तान में ही नहीं है, यह समाजवादी दल सारी दुनिया में फैला है और सारी दुनिया के मजदूर और अन्य शोषित लोग रूस की अध्यक्षता में, रूस के पवित्र नेतृत्व में इस विश्वक्रान्ति के लिए तैयार हो रहे हैं।"

2

उमानाथ के इस व्याख्यान का प्रभाव वहाँ बैठे हुए अधिकांश आदमियों पर पड़ा, और जिस समय उमानाथ वहाँ से निकला, एक नवयुवक ने उससे कहा, "कामरेड

उमानाथ! मैं आपको बधाई देता हूँ कि आपने हम लोगों को वास्तविक स्थिति समझाकर हमारी आँखें खोल दीं। मैं चाहता हूँ कि मैं आपकी कुछ सहायता कर सकूँ।"

"आप आजकल क्या करते हैं?" उमानाथ ने पूछा।

"आजकल मैं बेकार हूँ।" उस नवयुवक ने उत्तर दिया, "पिछले साल मैंने बी.ए. पास किया था; आगे पढ़ नहीं सकता क्योंकि घर की हालत बहुत खराब है; और अभी तक लाख कोशिश करने पर कोई नौकरी नहीं मिली। और नौकरी मिलती भी कैसे? नौकरी मिलने के लिए चाहिए सिफारिश। हर एक बड़े आदमी के भाई-भतीजे, नाते-रिश्तेदार हैं। पहले उन्हें नौकरी मिलेगी या मुझे?"

उमानाथ मुस्कुराया, "ठीक कहते हो! अच्छा, अगर मैं तुमसे यह कहूँ कि तुम एम.ए. पढ़ो तो उसमें तुम्हें कोई आपत्ति तो नहीं होगी?"

"एम. ए. मैं कैसे पढ़ूँ। मैं कह चुका हूँ न कि घर की हालत बहुत खराब है।"

"इसकी चिन्ता मत करो। तुम्हारी पढ़ाई का खर्च मैं बर्दाश्त करूँगा। तुम्हारा काम होगा यूनिवर्सिटी में रहकर विद्यार्थियों में समाजवाद का प्रचार करना। समाजवाद पर अधिक से अधिक पुस्तकें लिखी गई हैं–वह पूरा साहित्य मैं दूँगा, उसे तुम पढ़ डालो, उस साहित्य का दूसरे विद्यार्थियों में प्रचार करो। हमें आवश्यकता है मजदूरों का संगठन करने के लिए पढ़े-लिखे निर्भीक नौजवानों की। और ऐसे नौजवानों की कमी नहीं है जिन्हें पग-पग पर आर्थिक कठिनाइयों का सामना करना पड़ता है। उन लोगों को संगठित करना आसान होता है। इसके अलावा इन नेक लोगों को विश्व की समस्याओं से परिचित भी कराया जा सकेगा।"

उस समय तक ब्रह्मदत्त उमानाथ के पास आ गया। उमानाथ ने उस युवक से कहा, "तुम मुझसे फिर कभी मेरे घर पर मिलना, मैं तुम्हारा सब प्रबन्ध कर दूँगा।" ब्रह्मदत्त ने उमानाथ के साथ चलते हुए कहा, "कामरेड! कामरेड नरोत्तम की कोई खबर मिली?"

उमानाथ के मस्तक पर चिंता की एक हलकी-सी रेखा अंकित हो गई, "अभी तक तो नहीं मिली, और मैं कुछ ऐसा अनुभव कर रहा हूँ कि नरोत्तम के हाथ में काम सुपुर्द करके मैंने समझदारी का काम नहीं किया।"

ब्रह्मदत्त मुस्कुराया, "मैंने तुम्हें पहले ही आगाह कर दिया था कामरेड!" लेकिन ब्रह्मदत्त की मुस्कुराहट में भी चिन्ता निहित थी, "कामरेड! अगर मान लो कि नरोत्तम तुम्हारे हाथ के लिखे हुए प्लेन पेपर को सरकार के हाथ में सुपुर्द कर दे तो?"

"तो सरकार मुझे गिरफ्तार कर सकती है, यद्यपि मेरी गिरफ्तारी के लिए सिर्फ इतना ही सबूत काफी नहीं होगा। फिर भी सरकार के खुफिया विभाग को तुम जानते

ही हो–उन्होंने मेरे खिलाफ और न जाने क्या-क्या सबूत इकट्ठे कर रखे हों।"

कुछ देर तक ब्रह्मदत्त सोचता रहा, फिर उसने कहा, "कामरेड ! यह तो अच्छा नहीं हुआ। मुझे अब पूरी तौर से यकीन होने लगा है कि नरोत्तम का सी.आई.डी. विभाग से सम्बन्ध है। जरा सावधान रहना होगा आपको–और अगर मेरी सहायता की आवश्यकता हो तो आप उसी समय मुझे बुलवा लीजिएगा।"

ब्रह्मदत्त को रास्ते से ही विदा करके उमानाथ बँगले में पहुँचा। वहाँ एक आदमी बैठा हुआ उमानाथ की प्रतीक्षा कर रहा था।

उस आदमी ने उमानाथ से कहा, "मैं स्पेशल डिपार्टमेन्ट का इंस्पेक्टर लालबहादुर हूँ–तकलीफ के लिए माफ कीजिएगा, लेकिन आपसे कुछ जरूरी बातें पूछनी थीं।"

उमानाथ बैठ गया। उसने मन ही मन कहा, "तो आरम्भ हो गया !" और लालबहादुर से कहा, "हाँ-हाँ ! पूछिए !"

लालबहादुर ने जरा गला साफ करके आरम्भ किया, "बात यह है कुँवर साहेब–आप जानते ही हैं–जी हाँ, हम लोगों को तो सरकार जैसा कहे वैसा करना पड़ता है। तो–जी हाँ, आपके खिलाफ कुछ ऐसी खबरें मिली हैं कि मुझे आपसे पूछताछ करने को तैनात किया गया है–लिहाजा आपकी खिदमत में हाजिर हो गया।" यह कहकर लालबहादुर मुस्कुराया।

इस समय तक खासतौर से लालबहादुर की बातचीत के ढंग से उमानाथ सुव्यवस्थित हो गया था। उमानाथ ने कहा, "हाँ-हाँ, तो पहले कुछ चा-वा पी लीजिए फिर बातचीत होती रहेगी, आपको कोई खास जल्दी तो नहीं है ?"

"अजी जल्दी किस बात की, हम लोग तो वक्त के मालिक होते हैं साहेब, सिर्फ मौत पे बस नहीं चलता, वरना हमारी ब्रिटिश सरकार के बस में सबकुछ है।" और लालबहादुर अपने मजाक पर खुद हँस पड़ा।

उमानाथ ने नौकर से चा बनाने को कह दिया, फिर वह लालबहादुर के पास बैठ गया। उसने पूछा, "इंस्पेक्टर साहेब–अब आप मुझे पहले यह बतलाइए कि सरकार के क्या इरादे हैं ?"

"जी...इरादे क्या हैं–इसका तो मुझे कुछ खास पता नहीं, लेकिन कार्रवाई आपके खिलाफ शुरू कर दी गई है–यह तो इसी से आपको मालूम हो जाएगा कि मैं यहाँ तहकीकात के लिए भेजा गया हूँ। अब सरकार अपना इरादा मेरी तहकीकात की रिपोर्ट पर कायम करेगी...समझे जनाब !"

"जी हाँ, यह तो मैं अच्छी तरह समझ गया, और मैं यह भी जानता हूँ कि आप एक नेक व शरीफ हिन्दुस्तानी है–आपके घर-बार है, बीवी-बच्चे हैं। नौकरी आपको करनी पड़ती है बीवी-बच्चों के लिए–यह काम जिसे दुनिया में कोई भी आदमी अच्छा

नहीं कह सकता, आप सिर्फ अपने बीवी-बच्चों के पालन-पोषण के लिए करते हैं !" उमानाथ ने कहा।

"सही फरमाया आपने कुँवर साहेब ! बड़ी गृहस्थी और लम्बा खर्च। नौकरी छोड़ दूँ तो भूखों मरना पड़े। यह कांग्रेसवाले यह तो समझते नहीं, महज चिल्लाते भर हैं कि सरकारी नौकरी छोड़ दो। पूछिए साहेब कि नौकरी छोड़ दूँ तो इतने लोगों को कांग्रेस खिलाएगी। वैसे देशभक्ति मेरे दिल में भी है—लेकिन कुँवर साहेब, यह सब देशभक्ति उसी को शोभा देती है जिसके पास पैसा हो। मेरे पास भी अगर लाख-पचास हजार रुपया हो जाए, तो मैं भी देशभक्ति कर सकता हूँ।"

उमानाथ के चेहरे पर मुस्कुराहट आई, "इंस्पेक्टर साहेब ! अगर आप समझदारी के साथ काम करें तो कुछ दिनों में आपके पास इतना रुपया आसानी से हो सकता है।"

लालबहादुर ने जरा मुँह बनाते हुए कहा, "आपकी बड़ी कृपा है कुँवर साहेब—लेकिन दुनिया में हाथ-पैर बचाकर काम करने को ही बुद्धिमानी कहते हैं। इसके अलावा एक बात और—मुझे दान-दक्षिणा लेने में विश्वास नहीं। यहाँ तो खरा सौदा करनेवाले आदमी हैं। अगर आप खरे सौदे को मेरी समझदारी समझ सकें तो वह समझदारी मेरे पास काफी है ?"

इस समय तक चा आ गई थी। उमानाथ और लालबहादुर ने चा पी। चा पीकर लालबहादुर ने कहा, "कुँवर साहेब ! मुझे यह दरियाफ्त करना था कि आजकल आप कानपुर में क्या कर रहे हैं, और आगे चलकर क्या करने के इरादे हैं ?"

उमानाथ ने उत्तर दिया, "अपने छोटे भाई की गिरफ्तारी के सिलसिले में उसकी पैरवी करने के लिए यहाँ रुका हुआ हूँ, इसके बाद क्या करूँगा यह मैंने अभी तै नहीं किया है।"

"मिल एरिया में आपने कुछ सभाएँ की और कम्यूनिज्म पर अपने कुछ व्याख्यान दिए—क्या यह बात ठीक है।"

"चूँकि पंडित ब्रह्मदत्त मेरे मित्र हैं वे मुझे दो-एक मजदूरों की सभाओं में अवश्य ले गए। लेकिन कम्यूनिज्म पर मैंने कोई व्याख्यान नहीं दिया, न मैं कम्युनिस्ट हूँ।"

आप जर्मनी में कम्युनिस्ट पार्टी के मेम्बर रहे हैं। साथ ही आपने हिन्दुस्तान में कम्युनिस्ट पार्टी का एक बड़ा प्लान तैयार किया है—क्या आप इससे भी इनकार करते हैं ? आप जरा सोचकर इसका उत्तर दीजिएगा—दो-चार दिन का समय मैं आपको इस प्रश्न का उत्तर देने के लिए दे सकता हूँ। और जहाँ तक आपने पिछले बयान दिए हैं वे बिल्कुल ठीक हैं—मैंने उसकी तहकीकात कर ली है और उन्हें ठीक पाया है।" यह कहकर लालबहादर हँस पड़ा।

इस बात का उत्तर देने की माताप्रसाद को कोई आवश्यकता नहीं थी क्योंकि यह बात भी विश्वम्भर दयाल ने माताप्रसाद ने नहीं कही थी, वरन् अपने से कही थी; पर न जाने क्यों माताप्रसाद अपने को रोक न सके। उन्होंने कहा था, ''अगर आप मुझे माफ करें तो मैं यह कहने की हिम्मत जरूर करूँगा कि आप चीजों को गलत तौर से समझ रहे हैं !''

''गलत तौर से समझ रहा हूँ ?'' विश्वम्भर दयाल ने माताप्रसाद पर अपनी तेज आँखें गड़ाते हुए पूछा, ''माताप्रसाद साहेब, आप क्या कह रहे हैं !''

''जी, मैं ठीक कह रहा हूँ। मैंने आपको पहले ही आगाह कर दिया था कि आप गलत रास्ता अपना रहे हैं। राजा साहेब ने जो कुछ किया, उसी की उनसे उम्मीद की जा सकती थी। प्रभानाथ का मुखबिर बन जाना उनके आली खानदान पर एक बहुत बड़ा कलंक होता–उस कलंक से वह बचना चाहते थे। उसमें आपकी दुश्मनी या दोस्ती का सवाल नहीं उठता।''

विश्वम्भर दयाल कह उठा, ''यहीं आप गलती करते हैं माताप्रसाद साहेब ! असलियत यह है कि मेरे और राजा साहेब के बीच में एक शतरंज का खेल हो रहा था–प्रभानाथ उसमें महज एक मोहरा है। मैं पूछता हूँ कि प्रभानाथ के मुखबिर बनने को वह अपने खानदान पर कलंक क्यों समझते हैं ? और मान भी लिया जाए कि वह प्रभानाथ के मुखबिर बनने को वाकई अपने खानदान पर कलंक समझते हैं, तो फिर ऐसी हालत में वह मुझे व मेरी हरकतों को किस नजर से देखते होंगे–सवाल यह है। मैंने कहा–प्रभानाथ मोहरा है–खेलनेवाला मैं हूँ–चाल मेरी है। राजा साहेब मुझसे नफरत करते हैं–नफरत ! अपने लड़के को भी कुर्बान करके वह मुझे हराना चाहते हैं–'' और एकाएक विश्वम्भर दयाल हँस पड़ा। बड़ी कुरूप और भयानक हँसी थी वह, और वह बड़ी देर तक हँसता रहा। उसने कहा, ''लेकिन माताप्रसाद साहेब, मैं भी जबर्दस्त खिलाड़ी हूँ; मुझे हराना इतना आसान काम नहीं है। मैं जीतूँगा और फिर जीतूँगा–हारने के लिए मैंने कदम नहीं उठाया।''

इस बार माताप्रसाद चौंक उठे–उन्होंने विश्वम्भर दयाल की ओर एक कौतूहल की दृष्टि डाली। माताप्रसाद साहेब की आँखोंवाले कौतूहल को विश्वम्भर दयाल ने पढ़ लिया था, ''माताप्रसाद साहेब ! मौत से भी भयानक चीज होती है पीड़ा। मृत्यु में भय है, पीड़ा नहीं है। प्रभानाथ ने भय पर विजय पा ली है–मैं जानता हूँ कि वह पीड़ा पर विजय न पा सकेगा।''

''मैं समझा नहीं !'' और माताप्रसाद की समझ में वास्तव में विश्वम्भर दयाल की बात न आई थी।

''जी–आप नहीं समझ पाए–समझना मुश्किल भी है। आपको शायद यह पता

नहीं कि दुनिया की बड़ी से बड़ी सरकारों को अकसर ऐसे लोगों से साबिका पड़ता है जो मौत से नहीं डरते। और उन लोगों पर हावी होना, उनसे बातें कहला लेना, उनसे बातें निकाल लेना–कभी-कभी यह निहायत जरूरी होता है। ऐसी हालत में सरकार के सामने एक ही रास्ता रह जाता है–उस निर्भय आदमी को भयानक पीड़ा देना।''

''तो क्या आपका मतलब है कि उस लड़के को... ?'' माताप्रसाद कहते-कहते रुक गए।

''जी हाँ–आप बिलकुल ठीक समझे। मुझे उससे बात कहलानी है–और मैं कहलाऊँगा। हमारी सरकार लोगों से बात कहलवाना जानती है–'' और विश्वम्भर दयाल उठ खड़े हुए।

2

मुंशी माताप्रसाद स्तब्ध रह गए। बात यहाँ तक पहुँच सकती है इसकी उन्होंने कल्पना भी न की थी। पंडित श्यामनाथ तिवारी के लड़के के साथ वह बर्ताव किया जाएगा जो साधारण खूनियों और डकैतों के साथ किया जाता है–शायद उससे भी कड़ा बर्ताव किया जाए। उन्होंने सुन रक्खा था कि पुलिस में कुछ ऐसे विभाग हैं जो अमानुषिक यंत्रणा देने में सिद्धहस्त हैं। उन यंत्रणाओं के आगे कड़े से कड़े दिल के आदमी भी काँप उठते हैं।

माताप्रसाद ने यह तै कर लिया कि इसकी सूचना पंडित श्यामनाथ तिवारी को दे दी जाए। शायद विश्वम्भर दयाल ने माताप्रसाद से जो बातें कही थीं, इसीलिए कही थीं कि वे बातें पंडित श्यामनाथ तिवारी के कानों तक पहुँच जाएँ। विश्वम्भर दयाल एक कुशल खिलाड़ी है–उससे भी अधिक भयानक खिलाड़ी है। माताप्रसाद जानते थे कि विश्वम्भर दयाल जीतने पर तुला हुआ है, जो बात उसने कही है उसे वह पूरा करेगा।

जब माताप्रसाद पंडित श्यामनाथ तिवारी के यहाँ पहुँचे उन्हें पता चला कि श्यामनाथ तिवारी अपने भाई से मिलने उन्नाव चले गए हैं। माताप्रसाद सीधे उन्नाव के लिए रवाना हो गए।

श्यामनाथ तिवारी को पिछले दिन ही यह खबर मिल गई थी कि प्रभानाथ ने मुखबिर बनने से इनकार कर दिया है। रामनाथ तिवारी से इस सम्बन्ध में बात करने के लिए ही वह उन्नाव गए थे।

रामनाथ कह रहे थे, ''श्यामू, मैं प्रभा को बचाऊँगा, मैं तुमसे कहता हूँ। अपनी सारी ताकत लगा दूँगा, मैं विश्वास दिलाता हूँ कि प्रभा को फाँसी नहीं होगी।''

उसी समय रामनाथ तिवारी को माताप्रसाद के आने की इत्तिला मिली।

वीणा बगलवाले कमरे में बैठी हुई इन दोनों भाइयों की बातचीत सुन रही थी, और उसके मन में एक प्रकार की शांति थी, एक प्रकार का संतोष था। पर माताप्रसाद के आते ही उसका दिल न जाने क्यों धड़कने लगा। एक अज्ञात भय से वह सिहर उठी। श्यामनाथ ने माताप्रसाद का स्वागत किया, "आइए माताप्रसाद साहेब ! कैसे तकलीफ की ?"

"हुजूर, बड़ा गजब हो गया। उस शैतान ने यह तै कर लिया है कि जिस तरह भी हो, प्रभानाथ से बात निकलवाई जाएगी।" माताप्रसाद ने कहा।

"तुम्हारा मतलब है..." श्यामनाथ पूरी बात कहते-कहते रुक गए।

"जी हाँ, प्रभानाथ को टार्चर करने की तैयारी है। मुमकिन है कि टार्चर शुरू भी हो गया हो।"

रामनाथ उठ खड़े हुए, "बात यहाँ तक पहुँच गई है। मेरे लड़के को पुलिस टार्चर करेगी। श्यामू–चलो, मुझे अभी कानपुर चलना है।"

सब लोगों के चले जाने के बाद वीणा बरामदे में आकर बैठ गई। उस समय वह बहुत अधिक उद्विग्न थी। माताप्रसाद ने जो खबर दी थी उस खबर के महत्त्व को वह जानती थी। वह जानती थी कि टार्चर क्या बला है, वह यह भी जानती थी कि वीर से वीर आदमी भी उस टार्चर को नहीं बर्दाश्त कर सकता।

क्या पंडित रामनाथ तिवारी कुछ कर सकेंगे ? नहीं–कुछ भी नहीं। वीणा जानती थी कि उस महान ब्रिटिश सरकार की नजर में रामनाथ तिवारी एक धूल के कण हैं। रामनाथ से कुछ नहीं होने का और वीणा सिर से पैर तक सिहर उठी।

प्रभानाथ कहाँ है–वह न जानती थी। वह कानपुर में होगा, यह निश्चित था। पुलिस उसे कानपुर से हटाकर और कहीं ले जाएगी–ऐसी जगह जिसका रामनाथ और श्यामनाथ को पता न लग सके। उसे प्रभानाथ का पता लगाना होगा, उसे अब काम करना होगा।

वीणा–एक तो स्त्री और उस पर अकेली–अपने पिस्तौल को देख रही थी और सोच रही थी। एक बहुत बड़ा, एक बहुत महत्त्व का काम था उसके सामने। क्या वह कर सकेगी ?

3

पंडित रामनाथ तिवारी कानपुर के लिए रवाना हो गए थे, पर उनका दिल कह रहा था कि वे कुछ न कर सकेंगे। उनके मन में एक प्रकार की निराशा भर गई थी, उनके

अन्दर एक प्रकार का भय समा गया था।

निराशा और भय–रामनाथ ने पहली बार इन चीजों का अनुभव किया था। बड़े जबर्दस्त आदमी से उनका मुकाबिला पड़ा है; और वे अब यह अनुभव करने लगे थे कि उस आदमी को पराजित करना असम्भव-सा है। विश्वम्भर दयाल ऐसे न जाने कितने आदमियों से उनका वास्ता पड़ चुका था, लेकिन कभी भी उन्हें उस प्रकार के भय का अनुभव न हुआ था। जो उनके सामने आया उसे उनके आगे झुकना पड़ा। आज पहली बार उन्हें अनुभव हो रहा था कि जो आदमी उनके सामने आया है वह उन्हें झुकाने पर तुला हुआ है।

और रामनाथ तिवारी को ऐसा अनुभव हुआ कि मनुष्य से नहीं, उस समय उनका युद्ध नियति के साथ चल रहा है। विश्वम्भर दयाल उस नियति का साधन-मात्र है।

मोटर तेजी के साथ चली जा रही थी और रामनाथ तिवारी सोच रहे थे। विश्वम्भर दयाल की इतनी मजाल कि वह उनके लड़के को टार्चर करे! वह चाहते थे कि विश्वम्भर दयाल उनके सामने आवे और वे विश्वम्भर दयाल को मसल दें–हमेशा के लिए मिटा दें। प्रतिहिंसा की भयानक आग उनमें भड़क उठी थी।

कानपुर पहुँचकर वे सीधे जेल पहुँचे। वहाँ उन्हें मालूम हुआ कि सुबह के समय प्रभानाथ कानपुर से पुलिस की हिरासत में किसी अज्ञातस्थान को भेज दिया गया है। यह खबर सुनकर रामनाथ तिवारी का सर चकरा गया। इतनी जल्दी कार्रवाई शुरू हो गई। पुलिस ने अदालत से एक महीने की मोहलत ले ली थी। पुलिस का यह कहना कि प्रभानाथ बहुत खतरनाक किस्म का मुलजिम है, उसके क्रान्तिकारी साथी उसे बचाने की कोशिश कर सकते हैं–यही नहीं, प्रभानाथ की जान को उन क्रान्तिकारियों के हाथ से भी खतरा है–और ऐसी हालत में जब तक अदालत में मामला पेश न हो, पुलिस प्रभानाथ को एक अज्ञात स्थान में रक्खेगी।

दूसरे दिन रामनाथ ने बहुत कोशिशें की कि प्रभानाथ के स्थान का पता लग सके, लेकिन इसमें उन्हें कोई सफलता नहीं मिली। शाम के समय रामनाथ निराश-भाव से उन्नाव वापस लौट गए।

रामनाथ के जाने के बाद श्यामनाथ कानपुर में अकेले रह गए–असहाय और हतबुद्धि! उन्होंने एक बार विश्वम्भर दयाल से मिलने की कोशिश की, पर वे सफल न हो सके। विश्वम्भर दयाल ने उनसे मिलने से इनकार कर दिया। पागल की तरह श्यामनाथ दयानाथ के यहाँ गए।

उमानाथ उस समय ड्राइंगरूम में अकेला बैठा कार्यक्रम बना रहा था। पंडित श्यामनाथ तिवारी की लड़खड़ाती चाल और पीले चेहरे को देखकर वह उठ खड़ा हुआ–आगे बढ़कर उसने कहा, "अरे काका! आपकी यह कैसी हालत?"

टूटे शब्दों में श्यामनाथ ने कहा, "उमा ! प्रभा का पता नहीं–पुलिस ने उसे न जाने कहाँ भेज दिया ! हे भगवान ! उसकी न जाने क्या दशा होगी !"

उमानाथ ने सुन लिया कि प्रभानाथ ने मुखबिर बनने से इनकार कर दिया है और यह सुनकर उसे खुशी भी हुई थी। सारी स्थिति वह समझ गया। उसने कहा, "यह तो बुरा हुआ काका ! अब क्या हो ?"

"उसका पता लगाना होगा उमा, किसी तरह उसका पता लगाना होगा। दया कहाँ है ?"

"आज उनका चुनाव हो रहा है, उसमें फँसे हैं। आते ही होंगे।" उमानाथ ने कहा।

उसी समय मार्कण्डेय के साथ दयानाथ ने कमरे में प्रवेश किया। उस समय दोनों मौन थे, दोनों गम्भीर थे। आते ही श्यामनाथ ने कहा, "दया ! बड़ा गजब हो गया !"

"आप काका !" दयानाथ ने आगे बढ़ते हुए कहा, "क्यों, क्या बात है ?"

"प्रभा का हाल तो तुम्हें मालूम ही है। आज सुबह प्रभा को पुलिस ने जेल से निकालकर किसी अज्ञात स्थान में भेज दिया है !"

दयानाथ चुपचाप कुरसी पर बैठ गया, थोड़ी देर तक वह मौन बैठा रहा। फिर उसने कहा, "हूँ ! फिर क्या किया जाए ?"

"यही पूछने आया हूँ दया ! किसी तरह से प्रभा का पता लगाना ही होगा। मेरी समझ में नहीं आ रहा है कि क्या करूँ–इसी से तुम्हारे पास आया हूँ !"

दयानाथ उस समय शून्य की तरफ देख रहा था। उसने कुछ रुककर कहा, "मेरी समझ में भी कुछ नहीं आ रहा है। हर तरफ निराशा–हर तरफ अन्धकार ! किसी चीज पर विश्वास नहीं किया जा सकता, कोई चीज निश्चित नहीं !" और दयानाथ एक व्यंग्यात्मक हँसी हँस पड़ा।

दयानाथ के इस उत्तर से उमानाथ को आश्चर्य हुआ, "क्या हुआ बड़के भइया जो आपमें इतनी कटुता आ गई ?"

उत्तर मार्कण्डेय ने दिया, "हुआ यह कि दयानाथ आज के चुनाव में हार गए। ब्रह्मदत्त ने दयानाथ की मदद नहीं की–उसने अपनी समस्त शक्तियाँ दयानाथ के खिलाफ लगा दी थी !"

उसी समय दयानाथ ने कहा, "चुप रहो मार्कण्डेय ! ब्रह्मदत्त उमा का मित्र है–बहुत बड़ा मित्र है।"

दयानाथ का यह वाक्य उमानाथ को अखर गया। लेकिन उत्तर मार्कण्डेय ने दिया, "दयानाथ, मुझे दुःख इस बात का है कि उमानाथ के लाख प्रयत्न करने पर भी तुम ब्रह्मदत्त को अपना मित्र नहीं बना सके। इसमें दोष उमा का नहीं, ब्रह्मदत्त का नहीं,

दोष तुम्हारा है !"

इस समय तक दयानाथ के अन्दरवाली कटुता बहुत अधिक उभर चुकी थी, "मेरा दोष है मार्कण्डेय–मैं मानता हूँ ! मैं इन पशु-तुल्य आदमियों के आगे झुकने को तैयार नहीं–यह मेरा दोष है। मैंने इतना अधिक त्याग किया, मैं पितृ-द्रोही बना, मैंने अपना सारा वैभव, सारा सुख छोड़ दिया–इन लोगों के लिए। और इसके परिणाम में मुझे क्या मिला ? अविश्वास–अपमान ! मेरा ही दोष है कि मैंने पहले इस सबको नहीं सोचा था, मैंने यह नहीं सोचा था कि इन पशुओं के साथ काम करने के लिए स्वयं पशु बन जाना पड़ेगा ! तुम ठीक कहते हो मार्कण्डेय–मैं अपने दोष को स्वीकार करता हूँ !" मार्कण्डेय को दयानाथ के इन उद्‌गारों से दुख हुआ। उसने कहा, "दया, जरा ठंडे दिमाग से सोचो। तुम्हारी अहम्मन्यता पर जो भयानक प्रहार हुआ है उससे तुम मर्माहत हो रहे हो !"

पर दयानाथ इस समय आपे से बाहर हो चुका था, उसने कहा, "मेरी अहम्मन्यता नहीं, अहम्मन्यता उन लोगों की है, जिन्होंने मेरा विरोध किया, जिन्होंने असत् को अपनाया, जिन्होंने नेकी और शिष्टता का अपमान किया। अभी तुमने ब्रह्मदत्त की बात उठाई है मार्कण्डेय ! मैं तुमसे पूछता हूँ–ब्रह्मदत्त को कब नेकी और ईमानदारी पर विश्वास रहा है ? अपनी खुदी और स्वार्थ में भूला हुआ आदमी ! वह मेरे यहाँ आता है, वह उमा का बहुत बड़ा मित्र बनता है, और ऐन मौके पर वह मेरे खिलाफ गया क्योंकि मैंने उसकी खुशामद नहीं की, क्योंकि मैं उसके सामने झुका नहीं, क्योंकि मैंने उसके सामने हाथ नहीं फैलाया !"

मार्कण्डेय ने देखा कि दयानाथ अपने आपे में नहीं है, वह किसी भी प्रकार का तर्क सुनने को तैयार नहीं, और उसने इस बार प्रसंग बदलने की कोशिश की। श्यामनाथ की ओर घूमकर उसने कहा, "श्यामू काका ! फिर आपने प्रभा के सम्बन्ध में आखिर कुछ तो सोचा होगा !"

श्यामनाथ कुछ देर के लिए दयानाथ की बातों में अपने को भूल गए थे। मार्कण्डेय की बात से चौंक उठे। उन्होंने बड़े करुण स्वर में कहा, "इसी सम्बन्ध में तो दया से सलाह लेने आया था; लेकिन दया इस अपने मामले में सबकुछ भूले हुए हैं। तुम भी तो वकील हो मार्कण्डेय ! तुम बतलाओ, मैं क्या करूँ ?"

मार्कण्डेय ने कुछ सोचकर कहा, "आप एक बार इंस्पेक्टर जनरल पुलिस से मिलकर बातचीत कीजिए–मामला आपका है–शायद वहाँ से आपको कोई सहायता मिल जाए।"

श्यामनाथ चौंककर उठ बैठे, "हाँ, यह तुमने ठीक कहा। मुझे तो यह सूझा ही नहीं। मैं कल सुबह इलाहाबाद चला जाऊँगा।"

4

शाम के समय जब पंडित रामनाथ तिवारी घर पहुँचे, वीणा बरामदे में चुपचाप बैठी रामनाथ तिवारी का इन्तजार कर रही थी। रामनाथ तिवारी अपनी मोटर से चुपचाप उतरकर अपने कमरे में चले गए–उन्होंने भीतर से दरवाजा उड़का लिया।

वीणा समझ गई कि रामनाथ तिवारी को कोई सफलता नहीं मिली, उसका मन और भी भारी हो गया।

रात के समय भी जब रामनाथ तिवारी अपने कमरे से बाहर नहीं निकले तब वीणा ने डरते-डरते उनके कमरे का द्वार खोला। रामनाथ तिवारी चुपचाप लेटे थे। वीणा ने कहा, "ददुआ !"

रामनाथ ने अपनी आँखें खोलकर वीणा को कुछ देर तक देखा, फिर शिथिल स्वर में उन्होंने कहा, "क्या है ?"

"आपके खाने का समय हो गया है–उठिए !"

रामनाथ चुपचाप उठ खड़े हुए। ड्राइंगरूम में पहुँचकर वे बैठ गए। उन्होंने कहा, "मुझे भूख नहीं है।"

"कुछ थोड़ा-सा तो खा लीजिए।"

रामनाथ ने कोई उत्तर नहीं दिया। वीणा रसोई से थाली परोसवाकर ले आई। भोजन करते हुए रामनाथ ने कहा, "प्रभा को पुलिस किसी अज्ञात स्थान में ले गई है। मैंने बहुत पता लगाने की कोशिश की लेकिन मुझे पता न लग सका।"

रामनाथ की बात सुनकर वीणा काँप उठी। "ददुआ, यह तो बुरा हुआ !"

"बुरा हुआ या भला हुआ–यह मैं नहीं जानता; लेकिन इतना जानता हूँ कि मैं आज पराजित हुआ उस विश्वम्भर दयाल के हाथ से।" रामनाथ के स्वर में एक अजीब करुणा थी–दयनीयता थी।

वीणा चुप रही, रामनाथ की करुणा उसके हृदय में चुभ गई।

रामनाथ को कमरे में पहुँचाकर वीणा लेट गई। उस समय वह बहुत उद्विग्न थी।

प्रभानाथ को वह जानती थी–बहुत अच्छी तरह ! वह जानती थी कि प्रभानाथ पुलिस के टार्चर को बर्दाश्त न कर सकेगा, और फलस्वरूप दो-एक दिन में वह सबकुछ बक देगा। प्रभानाथ को बचाना होगा–जैसे भी हो वैसे।

और वीणा के सामने एक सवाल था कि प्रभानाथ को कैसे बचाया जाए।

वीणा रात भर जागती रही–उसकी आँखों में निद्रा न थी।

वीणा स्पष्ट देख रही थी कि अन्त उसके सामने है–यह अन्त उस दिन से हमेशा उसके सामने रहा था जिस दिन वह क्रान्तिकारी दल में सम्मिलित हुई थी, पर उस

अन्त को इतने निकट से इसके पहले कभी अनुभव न किया था। लेकिन अन्त से उसे भय न था, झिझक न थी। केवल एक विचित्र प्रकार का स्पन्दन-भर था। उसका विगत जीवन धीरे-धीरे उसके सामने छाया-चित्र की भाँति आने लगा–उसके अधिकांश साथी इस दुनिया से चले गए थे। और एकाएक प्रतिभा की मूर्ति उसके सामने आकर खड़ी हो गई। प्रतिभा–वीणा की अभिन्न साथिन–उसके सामने खड़ी मुस्कुरा रही थी, मानो वह कह रही हो कि वह लगातार वीणा का इंतजार करती रही है। और एकाएक प्रभानाथ की मूर्ति प्रतिभा के बगल में आकर खड़ी हो गई। उद्धत, हृष्ट-पुष्ट प्रतिभाशाली नवयुवक !

प्रभानाथ से वीणा ने प्रेम किया था। वह प्रेम कितना प्रशान्त और कितना सम्पूर्ण था। अपने जीवन के प्रत्येक अभाव को वीणा ने अपने को प्रभानाथ में लय करके खो दिया था, उसका समस्त अस्तित्व प्रभानाथ था। और प्रभानाथ को पाकर वह अपने मार्ग से हट गई थी। इस थोड़े से काल में, जब वह प्रभानाथ के साथ रही, वह अपने दल को भूल गई थी, वह अपनी प्रतिज्ञा को भूल गई थी, वह अपने व्रत को भूल गई थी। एक प्रभानाथ–और उसके आगे कुछ नहीं।

और एकाएक उसकी आँखों के आगे जेल की एक काल्पनिक कोठरी आ गई। उसने देखा कि सींखचों के अंदर प्रभानाथ पड़ा है–उसके हाथों में हथकड़ियाँ हैं, पैरों में बेड़ियाँ हैं, और वह कराह रहा है ! भय से वीणा चीख उठी; जबर्दस्ती अपनी आँखें खोल दीं–और अब उसके सामने उसका कमरा था, जिसमें उषा की प्रथम किरणें प्रवेश कर रही थीं।

वीणा उठ खड़ी हुई। पंडित रामनाथ तिवारी स्नान कर रहे थे। जल्दी-जल्दी वीणा ने फूल तोड़कर पूजा-गृह में रख दिए–रामनाथ तिवारी की ओर से वह तीन घंटे के लिए निश्चिन्त हो गई। सबकुछ करके वह अपने कमरे में लौटी। उसने अपनी सबसे सुन्दर साड़ी निकालकर पहनी, और दो-चार आभूषण जो उसके पास थे उनसे उसने अपना सम्पूर्ण सिंगार किया। इसके बाद उसने अपना पिस्तौल निकाला। उस पिस्तौल को उसने बहुत दिनों से न छुआ था। आज उस पिस्तौल के लोहे को छूकर वह कुछ सिहर उठी। लेकिन उसने अपना मन कड़ा किया, पिस्तौल में उसने कारतूस लगा लिए।

वह कमरे के बाहर निकली। रामनाथ पूजा के कमरे में पूजा कर रहे थे। पूजा-गृह की देहरी पर वह रुकी, और धीरे से अपना मस्तक देहरी पर रखकर प्रणाम किया। वह प्रणाम पूजा-गृह के देवता को न किया गया था वह अन्तिम प्रणाम वीणा ने प्रभानाथ के पिता, अपने श्वसुर पंडित रामनाथ तिवारी को किया था। और फिर दबे पाँव वह वहाँ से चल दी।

स्टेशन आकर वह कानपुरवाली गाड़ी में बैठ गई।

5

कानपुर स्टेशन पर उतरकर वीणा दयानाथ के बँगले की ओर रवाना हो गई। एक बार उसके मन में आया कि वह अपनी पार्टीवालों से मिले, उन्हें सारी परिस्थिति बतलावे, उनकी सहायता ले–पर दूसरे ही क्षण उसने अपना विचार बदल दिया। यह मामला उसका था, निजी, जिसका पार्टीवालों से कोई सम्बन्ध न था। प्रभानाथ उसका था, वह प्रभानाथ की थी। जो कुछ उसे करना था वह प्रभानाथ के हित के लिए, अपनी पार्टीवालों के लिए नहीं। अपने और प्रभानाथ के जीवन में किसी भी तीसरे व्यक्ति का आना उसके लिए असह्य था। जो कुछ करेगी वह करेगी।

आज वह अपने में एक नयी प्रकार की चेतना, एक नई स्फूर्ति अनुभव कर रही थी। आज वह साक्षात् शक्ति बनकर निकल पड़ी थी–पिस्तौल उसके वक्ष में था। आज वह विनाश के ताण्डव के लिए तैयार होकर आई थी। उसकी अवस्था ठीक उस दीपक के समान थी जो बुझने के पहले एक प्रखर प्रकाश अपने चारों ओर बिखेर देता है। उसके मन में भय न था, उसके मन में झिझक न थी; अपने प्राणों को हथेली पर रखकर वह मौत से खेलने निकल पड़ी थी। प्रातःकाल के बाल्य और हँसते हुए जीवन की ओर उसका ध्यान न था–वह अपने अन्तर में एक पूर्ण-रूप से विकसित और प्रौढ़ जीवन का अनुभव कर रही थी।

दयानाथ के बँगले के बाहर ही ताँगे से उतरकर उसने ताँगेवाले को विदा कर दिया। पैदल उसने बँगले में प्रवेश किया। उस समय आठ बजे थे।

उमानाथ बरामदे में बैठा हुआ अखबार पढ़ रहा था; वीणा को देखकर वह चौंक उठा। उठते हुए उसने कहा, "आप इस वक्त यहाँ ?"

वीणा मुस्कुराई, "जी हाँ ! प्रभानाथ की तलाश में निकली हूँ !"

वीणा की मुस्कुराहट में निहित उस करुणा को, और उसके वाक्य में निहित निश्चय को उमानाथ समझ सका या नहीं; यह नहीं कहा जा सकता; उसने केवल इतना कहा, "मैं समझता हूँ आप प्रभा का पता न लगा सकिएगा–ददुआ, काका और हम सब लोग पता लगाने में हार गए हैं।"

वीणा ने शान्त भाव से कहा, "लेकिन मैं हारने के लिए नहीं निकली हूँ–मैं प्रभा का पता लगाने आई हूँ। थोड़ी-सी सहायता चाहती हूँ।"

"कैसी सहायता ?" कौतूहल से उमानाथ ने पूछा।

"मुझे आप विश्वम्भर दयाल का पता बतला दीजिए–उसके आगे मैं सबकुछ कर लूँगी।"

"चलिए, विश्वम्भर दयाल के बँगले में मैं आपको पहुँचा दूँ !" उमानाथ ने कहा।

"नहीं–आप मेरे साथ मत चलिए नहीं तो आप मुसीबत में फँस सकते हैं। मैं अकेले सबकुछ कर लूँगी। आप सिर्फ मुझे पता बतला दीजिए।"

उमानाथ ने वीणा को पता बतला दिया।

वीणा ने चलते हुए कहा, "मैं यहाँ आई थी और आपसे मिली थी यह बात केवल दो व्यक्ति जानते हैं–आप और मैं, तीसरा आदमी इस बात को न जानने पाए यह मेरी आपसे प्रार्थना है।"

वीणा चली गई और उमानाथ लौटकर कुर्सी पर बैठ गया ! वह अजीब चक्कर में था। आखिर वीणा क्या करेगी ? लेकिन उसका मन कह रहा था कि वीणा कुछ करेगी जरूर–और जो कुछ वह करेगी वह भयानक होगा। उमानाथ ने वीणा के स्वर में एक तरह की दृढ़ता देखी, उसकी आँखों में एक तरह का विश्वास देखा था।

उमानाथ अनायास ही बहुत ही अधिक उद्विग्न हो उठा था। ऐसी उद्विग्नता शायद पहले कभी अनुभव न की थी। लाख प्रयत्न करने पर भी उमानाथ को उस उद्विग्नता का कोई स्पष्ट कारण न मिल रहा था; पर फिर भी एक भयानक उथल-पुथल वह अपने अन्तर में अनुभव कर रहा था ! उमानाथ को उस समय कुछ ऐसा लग रहा था कि उसके चारों ओर जो कुछ है, वह सबका सब अनायास बदलनेवाला है–और वह यह भी अनुभव कर रहा था कि यह बदलना अच्छा न होगा, यह बदलना विनाश होगा ! विनाश में निहित निर्माण भी है–उमानाथ को इस बात पर विश्वास था; लेकिन निर्माण की कोई स्पष्ट रूपरेखा उसके सामने न होने के कारण उसका निर्माण के प्रति विश्वास उसके अन्दरवाले विनाश के प्रति भय पर विजय न पा सकता था।

उमानाथ उठ खड़ा हुआ–मर्माहत-सा। उसने मन ही मन कहा, "समझ में नहीं आता कि क्या होनेवाला है।" और वह जोर से अपने अन्दरवाली विवशता पर हँस पड़ा। कमरे से निकलकर वह बरामदे में बैठ गया। लेकिन बरामदे में भी उसकी विचारधारा ने साथ न छोड़ा, और उसने उस समय दयानाथ और मार्कण्डेय के आगमन को मन ही मन धन्यवाद दिया।

मार्कण्डेय को उमानाथ के साथ छोड़कर दयानाथ अन्दर चला गया। थोड़ी देर तक दोनों चुप बैठे रहे, इसके बाद मार्कण्डेय ने कहा, "देख रहे हो उमा–जरा-सी बात पर दयानाथ इतना अधिक कटु हो गए हैं !"

यह-स्पष्ट था कि दयानाथ के अन्दर एक प्रकार की कटुता पैदा हो रही है, और इस पर उमानाथ को आश्चर्य हो रहा था। दयानाथ–त्याग और बलिदान का एकनिष्ठ उपासक–एक जरा-सी बात से उसके अन्दर कटुता क्यों पैदा हो रही है, उमानाथ की

समझ में न आ रहा था। उमानाथ ने केवल इतना कहा, "मेरी समझ में कुछ नहीं आ रहा है! मार्कण्डेय भइया! बड़के भइया अपनी ही हठधर्मी के कारण इस चुनाव में हारे हैं, ऐसी हालत में वे दूसरों को दोष कैसे दे सकते हैं।"

"एक तरह से तुम्हारी बात ठीक है उमा, लेकिन एक दूसरा पहलू भी है—और अगर उस पर गौर करोगे तो दयानाथ के अंदरवाली कटुता तुम्हें स्वाभाविक लगेगी।"

उमानाथ ने मार्कण्डेय की बात का कोई उत्तर नहीं दिया, वह सोचने लगा। इतने में ही उसे सुनाई दिया, "कहो कामरेड, क्या सोच रहे हो?"

उमानाथ ने चौंककर देखा, ब्रह्मदत्त खड़ा मुस्कुरा रहा था। उमानाथ ने कहा, "कुछ नहीं, यों ही इस अजीब-गरीब दुनिया की अजीब-गरीब रफ्तार पर सोच रहा था।"

ब्रह्मदत्त खिलखिलाकर हँस पड़ा, "कामरेड! कुछ सोचना-विचारना यह सब बेकार है! कुछ भी नहीं समझ में आ सकता—रत्ती भर नहीं!"

मार्कण्डेय ने कौतूहल के साथ ब्रह्मदत्त को देखा, फिर उसने मुस्कुराते हुए कहा, "ब्रह्मदत्त—तुम भी दार्शनिक बन रहे हो! इस दर्शन से सम्हलकर ही रहना!"

ब्रह्मदत्त मार्कण्डेय की बात के व्यंग्य को पी गया, उसने मार्कण्डेय की बात का कोई उत्तर नहीं दिया। बैठते हुए उसने उमानाथ से कहा, "दयानाथजी के क्या हाल हैं? अपनी पराजय पर उन्हें एक धक्का-सा लगा होगा। वे कल्पना भी नहीं करते थे कि वे पराजित होंगे!"

उमानाथ ने बात टालने की कोशिश की, "छोड़ो भी उस बात को ब्रह्मदत्त! जो कुछ हो चुका, उस पर बात करना बेकार है।"

लेकिन शायद ब्रह्मदत्त अपनी कैफियत देने पर तुल गया था, "नहीं कामरेड! उस बात को स्पष्ट न करना मेरे हित में न होगा क्योंकि प्रश्न तुम्हारे बड़े भाई का है, और इसीलिए दयानाथ जी का मामला मेरे लिए किसी हद तक व्यक्तिगत प्रश्न हो जाता है। लेकिन कामरेड, मैंने बहुतेरी कोशिश की कि दयानाथ जी झुकें, अपनी अहम्मन्यता छोड़कर वह एक क्षण के लिए मेरे स्तर पर आवें, मुझसे बराबरी से मिलें! और मैं असफल हुआ, यह मार्कण्डेय जी अच्छी तरह जानते हैं। मनुष्यता का कल्याण करने का दम भरनेवाला कांग्रेस का एकनिष्ठ प्रतिनिधि वर्गवाद का कितना बड़ा पुजारी हो सकता है यह मैंने दयानाथजी में स्पष्ट देखा है। और मैं कहता हूँ कामरेड, इस पर मुझे ग्लानि हुई, ग्लानि ही नहीं, एक प्रकार का भयानक विद्रोह मेरे प्राणों में भर गया।"

उमानाथ ब्रह्मदत्त की भावना को समझता था, वह भी तो वर्गवाद का भयानक शत्रु था। लेकिन न उमानाथ और न ब्रह्मदत्त दयानाथ का ठीक-ठीक मनोवैज्ञानिक विश्लेषण

कर सके थे। उमानाथ ने कहा, "मुझे तुमसे कोई शिकायत नहीं, बड़के भइया भी वर्गवाद के उतने ही बड़े प्रतिनिधि हैं जितना कोई पूँजीपति हो सकता है।"

इस पर मार्कण्डेय ने जोर देकर कहा, "उमा ! एक बात तुम्हारी ठीक है, दूसरी बात में तुम गलती कर गए। दयानाथ वर्गवाद में विश्वास करते हैं, यह मैं मानता हूँ; लेकिन उनका वर्गवाद पूँजीवाद का वर्गवाद नहीं है, वह दूसरा ही वर्गवाद है।"

"यह दूसरा वर्गवाद कहाँ से निकल आया–जरा मैं भी तो सुनूँ !" ब्रह्मदत्त ने पूछा।

"लेकिन तुम बुरा न मान जाना।" मार्कण्डेय ने मुस्कुराते हुए कहा।

"आप इसकी चिन्ता न करें–मैं जानता हूँ कि आप लोग इस बात की जरा भी परवाह नहीं करते कि दूसरा आदमी आपकी बात पर बुरा मानता है या उसे पसन्द करता है। आप लोग सत्य के उपासक हैं न।" और ब्रह्मदत्त अपने मजाक पर खुद हँस पड़ा।

मार्कण्डेय ने कहा, "तो फिर सुनो ब्रह्मदत्त ! दुनिया में एक चीज होती है संस्कृति; नेकी और ईमानदारी, शील और विनय। आज इन मानवीय गुणों का उपासक एक नया वर्ग पैदा हो रहा है, और दयानाथ उस वर्ग के आदमी हैं !"

इस बात से ब्रह्मदत्त तिलमिला उठा, "नेकी, ईमानदारी, संस्कृति, शील और विनय ! समाज के भयानक भुलावे ! असत्य की नींव पर बनाए गए वे मन्दिर जिनमें पूँजीपति उत्पीड़ित जन-समुदाय को छल-कपट से फँसाकर अपना काम निकालता है !"

लेकिन उमानाथ ने पूछा, "मार्कण्डेय भइया ! आपने जो कुछ कहा वह बाहरी रूप से ठीक दिखता है, लेकिन उसका एक आन्तरिक रूप है जिसे आप नहीं देख पाते ! यह संस्कृति, यह विनय, यह शील, यह नेकी, यह ईमानदारी !–ये सबके सब समर्थता से उत्पन्न हैं, वह समर्थता जो दूसरों को दबाकर, दूसरों को उत्पीड़ित करे, दूसरों को असमर्थ बनाकर कुछ इने-गिने लोगों ने हासिल कर ली है।"

"नहीं, गलती कर रहे हो उमा !" मार्कण्डेय ने उत्तर दिया, "यह सब चीजें, जिन्हें तुम समर्थ कहते हो उनके पास नहीं हैं। यद्यपि इन्हीं चीजों को मैं पूर्ण समर्थ समझता हूँ। तुमने अपने समर्थ पूँजीपति को तो देखा ही है ! वह न नेक है, न ईमानदार है ! उसमें न शील है, न विनय है ! सांस्कृतिक दृष्टि से वह बहुत नीचे गिरा हुआ है ! यह नेकी-ईमानदारी की संस्कृति मनुष्य के अन्दरवाली प्रेम-दया-त्याग की भावनाओं पर अवलम्बित है, स्वयं अपने को मिटाने की भावना द्वारा जनित है ! लेकिन शायद इसे तुम न समझ सकोगे क्योंकि तुम्हारी संस्कृति हिन्दुस्तानी नहीं है, तुम्हारी संस्कृति विदेशी है !"

ब्रह्मदत्त बोल उठा, "मार्कण्डेयजी ! मैंने माना कि उमानाथ जी विलायत हो आए

हैं और उन पर विदेशी संस्कृति का प्रभाव पड़ा है, लेकिन मैं तो ठेठ हिन्दुस्तानी हूँ !"

मार्कण्डेय मुस्कुराया, "हाँ ! तुम हिन्दुस्तानी जरूर हो क्योंकि तुम्हारा जन्म हिन्दुस्तान में हुआ है, और तुम्हारी शिक्षा-दीक्षा भी हिन्दुस्तान में ही हुई है ! लेकिन ब्रह्मदत्त ! हिन्दुस्तान में जो शिक्षा मिल रही है वह विदेशी है। आज एक सौ वर्ष से हम हिन्दुस्तानी विदेशी विचारधारा का अध्ययन कर रहे हैं, और अब अपने को उस विदेशी विचारधारा में पूरी तौर से खो चुके हैं। धन और उत्पीड़न को सत्य माननेवाली आज की हिंसात्मक विचारधारा हिन्दुस्तान की नहीं है ! आज तुम अपनी दया, त्याग, ममता, भावना की संस्कृति को छोड़कर जीवन के कुरूप और हिंसात्मक संघर्ष को अपना सत्य मान बैठे हो।"

ब्रह्मदत्त थोड़ी देर तक मार्कण्डेय ने जो कुछ कहा था, उस पर सोचता रहा; फिर उसने कहा, "जो बात आपने कही मार्कण्डेय जी, मैं उससे इनकार नहीं करता और न करना चाहता हूँ ! वास्तव में मैं अपनी संस्कृति और अपनी सभ्यता का विरोधी हूँ क्योंकि मैं जानता हूँ कि हमारी संस्कृति और सभ्यता गलत है। इस सभ्यता और संस्कृति के कारण ही हमें गुलामी भोगनी पड़ रही है–इन्हीं के कारण हम पशुओं से भी गए-बीते हैं।"

मार्कण्डेय ने कहा, "ब्रह्मदत्त ! मैं स्वीकार करता हूँ कि हम अपनी ही कमजोरियों और बुराइयों के कारण गुलाम बने हैं, लेकिन इसका यह अर्थ नहीं कि हमारा सांस्कृतिक और बौद्धिक विकास ही गलत है। सही सिद्धान्तों को जीवन पर लागू करने का हमारा तरीका गलत हो गया। यही हमारी सबसे बड़ी कमजोरी रही।"

इस बातचीत में उमानाथ को कोई रस न आ रहा था। वह अनुभव कर रहा था कि उसके लिए–और उसके लिए ही क्या, सारी दुनिया के लिए समय काम करने का है, बात करने का नहीं। पर उसकी समझ में न आ रहा था कि क्या काम किया जाए। वह उठ खड़ा हुआ और उसने ब्रह्मदत्त से कहा, "चलो कामरेड, थोड़ा-सा घूम आया जाए !"

ब्रह्मदत्त भी दयानाथ के बँगले में बैठने न आया था, उठते हुए उसने भी कहा, "चलो !"

उमानाथ ब्रह्मदत्त के साथ बँगले के बाहर पैदल ही निकल पड़ा। दोनों ताँगे की तलाश में चले जा रहे थे कि ब्रह्मदत्त को कुछ खटका-सा हुआ। उसने पीछे मुड़कर देखा, करीब पचीस कदम की दूरी पर दो आदमी उनके साथ-साथ चले आ रहे थे। इन दो आदमियों को ब्रह्मदत्त ने जब वह उमानाथ के यहाँ आया था, दयानाथ के बँगले के फाटक के पास खड़े देखा था। उसने धीरे से उमानाथ से कहा, "कामरेड, दो आदमी हम लोगों का पीछा कर रहे हैं, और मेरा खयाल है कि तुम्हारा पीछा कर रहे हैं।"

उमानाथ ने कनखियों से उन दोनों को देखा, वे लोग निश्चिंत भाव से इन दोनों के पीछे-पीछे चल रहे थे। उमानाथ ने कहा, ''कामरेड, मैं समझता हूँ कि अब मुझे कानपुर से चल देना चाहिए।''

इसी समय ब्रह्मदत्त ने दूर पर एक कार आती देखी। ब्रह्मदत्त सुपरिंटेंडेंट पुलिस की कार पहचानता था, उसने उमानाथ से कहा, ''उमा, तुम्हें यहाँ से भागना पड़ेगा; मेरा खयाल है कि उस कार में तुम्हारे नाम का वारंट भी है।''

कार दूर ही थी और पीछा करनेवाले दो आदमी उस समय तक ब्रह्मदत्त और उमानाथ के नजदीक पहुँच गए थे। उनके बाएँ हाथ पर कानपुर का ग्रीनपार्क था; दोनों ने ग्रीनपार्क में प्रवेश किया। पीछा करनेवालों में एक आदमी पार्क के फाटक पर रह गया और एक इन दोनों के पीछे लग गया।

ब्रह्मदत्त ने उमानाथ से कहा, ''कामरेड, अब हम दोनों का साथ छूटना चाहिए। मैं इन पुलिसवालों से उलझता हूँ, इस बीच तुम तेजी से पार्क की दूसरी तरफ निकलकर शहर की तरफ रवाना हो जाओ।''

साथवाला आदमी इन दोनों से दस कदम पीछे था। ब्रह्मदत्त ने रुककर साथ चलनेवाले आदमी से पूछा, ''तुम हम लोगों के पीछे-पीछे क्यों चल रहे हो ?''

''आपके पीछे मैं कहाँ चल रहा हूँ, मैं तो यों ही घूमने चला आया हूँ।''

उमानाथ इस समय बहुत आगे बढ़ गया था। उस आदमी ने जैसे ही आगे बढ़ने की कोशिश की, ब्रह्मदत्त ने उसका हाथ पकड़ लिया, ''पहले मुझे यह बतलाओ कि तुम कौन हो और तुम्हारी मंशा क्या है ?'' उस आदमी ने हाथ छुड़ाने की कोशिश करते हुए कहा, ''छोड़ो मेरा हाथ–बेकार उलझ रहे हो !''

लेकिन ब्रह्मदत्त ने कहा, ''पहले मेरे सवाल का जवाब दे दो तब तुम्हारा हाथ छोड़ूँगा।''

इस समय तक उमानाथ पेड़ों के झुरमुट के नीचे पहुँच गया था और वह पार्क की चहारदीवारी की तरफ दौड़ने लगा। उस आदमी ने जोर से आवाज लगाई थी–''लाला !''

ब्रह्मदत्त ने देखा कि लाला के साथ सुपरिंटेंडेंट पुलिस और एक सब-इंस्पेक्टर चले आ रहे हैं। ब्रह्मदत्त के लिए केवल एक उपाय था, उस आदमी का मुँह बंद कर दिया जाए। ब्रह्मदत्त ने भरपूर एक घूँसा इस आदमी को मारा और घूँसा खाकर वह आदमी जमीन पर गिर पड़ा।

पुलिसवाले दौड़कर ब्रह्मदत्त के पास आ गए। इंस्पेक्टर ने ब्रह्मदत्त से कहा, ''तुमने इस आदमी को क्यों मारा ?''

''इसने मुझे गाली दी थी।''

सुपरिंटेंडेंट पुलिस ने दूसरा सवाल किया, "उमानाथ कहाँ है ?"

"कौन उमानाथ ?" ब्रह्मदत्त ने पूछा।

"वही जो तुम्हारे साथ थे।" लाला ने कहा।

मेरे साथ कोई नहीं था। ब्रह्मदत्त ने ग्रीनपार्क के फाटक की तरफ कदम बढ़ाते हुए कहा।

सुपरिंटेंडेंट पुलिस ने लाला से कहा, "इस आदमी को गिरफ्तार कर ले, इसने मुलजिम के भागने में मदद दी है।"

ब्रह्मदत्त मुस्कुराया, "आप मेरा कुछ भी नहीं कर सकते और आपका मुलजिम अब आपको नहीं मिल सकता।"

7

प्रभानाथ के मामले में विश्वम्भर दयाल को अभी तक कोई सफलता नहीं मिली थी। दो दिन से प्रभानाथ को एक मिनट भी नहीं सोने दिया गया था, लगातार उससे प्रश्न किए जा रहे थे। लेकिन प्रभानाथ यह सब बर्दाश्त कर रहा था।

विश्वम्भर दयाल को आश्चर्य हो रहा था, आश्चर्य ही नहीं, उसे एक तरह की निराशा हो रही थी ! क्या वास्तव में प्रभानाथ इतना वीर है कि वह इन यन्त्रणाओं को बर्दाश्त कर जाए ? अगर प्रभानाथ ने दो दिन और न बतलाया–तब ? तब विश्वम्भर दयाल की असफलता !

दो दिन बीत गए–अगले दो दिन भी बीत सकते हैं। विश्वम्भर दयाल अजीब उलझन में था। आखिर किस तरह प्रभानाथ से बात कहलवाई जाए ?

और जब विश्वम्भर दयाल अपनी इन उलझनों में पड़ा था, उसी समय उसे वीणा के आने की सूचना मिली। बरामदे में आकर उसने देखा–एक युवती कुरसी पर बैठी विश्वम्भर दयाल की प्रतीक्षा कर रही है। विश्वम्भर दयाल ने पास पड़ी हुई कुरसी पर बैठते हुए कहा, "कहिए, कैसे तकलीफ की आपने ?"

"मैं आपसे प्रभानाथ के सम्बन्ध में बात करने आई हूँ।"

विश्वम्भर दयाल चौंक उठा। उसने वीणा को गौर से देखा–"क्या यह लड़की...?" और वीणा ने उसे अधिक सोचने का अवसर नहीं दिया, "देखिए–मैं आपसे प्रार्थना करने आई हूँ कि प्रभानाथ को आप बचा दें। मैं उनकी पत्नी हूँ–मेरा सुहाग आप मत लूटें !"

अपने उन्नाव प्रवास काल में वीणा ने बड़ी साफ हिन्दुस्तानी बोलनी सीख ली थी। विश्वम्भर दयाल यह निश्चय न कर पा रहा था कि वह लड़की हिन्दुस्तानी है या

बंगाली। वीणा के बात करने के ढंग में एक अहिन्दीभाषी की झलक तो स्पष्ट थी, लेकिन भाषा वह शुद्ध बोल रही थी।

विश्वम्भर दयाल ने कहा, "मैं क्या कर सकता हूँ। मैंने तो उसे एक उपाय बतलाया था, और वह राजी भी हो गया था, लेकिन खुद उसके बाप ने उसे बरगला दिया।"

वीणा ने करुण भाव से कहा, "मैं जानती हूँ, ददुआ ने उन्हें मना कर दिया था। ददुआ के तीन लड़के हैं–एक चला गया तो दो तो रह जाएँगे–लेकिन मेरे लिए ?–मेरा केवल एक ही आधार है।"

"लेकिन मैं मजबूर हूँ !" विश्वम्भर दयाल ने कहा, "केवल एक उपाय है–प्रभानाथ अपने साथियों का नाम बतला दे–और मैं जिम्मेदारी लेता हूँ कि वह साफ छूट जाएगा।"

वीणा ने कहा, "आप मुझे उनसे मिला दें–मैं उन्हें इस बात पर राजी कर दूँगी। उन्हें जीवित रहना चाहिए, अपने लिए न सही, पर मेरे लिए तो ! मेरी आपसे यही विनय है कि एक बार आप मुझे उनसे मिला दें ! मैं उन्हें राजी कर लूँगी !"

विश्वम्भर दयाल मन ही मन प्रसन्न हो रहा था। जिस उलझन में वह पड़ गए थे, अनायास ही उस उलझन से निकलने का एक बहुत ही सुगम साधन उसके हाथ में आ गया था। उसने कहा, "अच्छी बात है, मैं अभी आपको प्रभानाथ से मिलाता हूँ चलकर, लेकिन याद रखिएगा कि अगर आपके घरवालों ने आपको सिर्फ इस बात के लिए भेजा है कि आप प्रभानाथ का पता लगाएँ कि वह कहाँ है तो इसमें उनको असफलता ही होगी क्योंकि आज ही मैं उसका यहाँ से ट्रांस्फर करके दूसरी जगह भेज दूँगा।"

विश्वम्भर दयाल ने अपनी कार निकलवाई और वीणा को साथ बिठलाकर वे कैम्पजेल में पहुँचे। उन्होंने प्रभानाथ को बुलवाया।

प्रभानाथ की सारी शक्तियाँ उस दिन सुबह से ही जवाब देने लगी थीं। अपनी समग्र शक्तियों को वह दो दिनों तक कैम्पजेल की यन्त्रणाओं पर विजय पाने में लगाए रहा था–और अब उसकी शक्तियाँ क्षीण होने लगी थीं। प्रभानाथ के चारों तरफ निराशा थी। सुबह से कई बार उसने सोचा था कि वह सबकुछ बतलाकर इन यन्त्रणाओं से छुटकारा पाए–लेकिन उसी बची-खुची शक्तियों ने उसे ऐसा करने से प्रत्येक बार रोक दिया। पर प्रभानाथ जानता था कि अधिक समय तक उसकी शक्तियाँ उसका साथ न दे सकेंगी।

जिस समय प्रभानाथ वीणा के सामने आया, उसके पैर काँप रहे थे, उसके चेहरे पर पीलापन था। वीणा को देखते ही वह कह उठा, "तुम वीणा !"

वीणा ने आँख से इशारा किया और प्रभानाथ समझ गया कि उसे अधिक बात नहीं करनी है। उसे केवल वीणा की बात सुननी है।

वीणा ने प्रभानाथ के पैर छुए इसके बाद रोनी-सी सूरत बनाकर कहा, "मैंने सुना है कि तुमने अपने साथियों का नाम बताने से इनकार कर दिया है ! ददुआ की बात तुमने मान ली, लेकिन तुमने मेरा जरा भी ध्यान नहीं किया। मैं तुम्हारे बिना जीवित कैसे रहूँगी ! बोलो ! बोलो !"

और वीणा की हिचकियाँ बँध गईं।

स्त्री कितना बड़ा अभिनय कर सकती है यह प्रभानाथ ने सोचा तक न था। वीणा कहती जा रही थी, "तुमने मुझे विधवा बनाने के लिए ही मुझसे विवाह किया था क्या ? क्या तुम्हारा मेरे प्रति कोई कर्तव्य नहीं है ?"

प्रभानाथ ने आश्चर्य से वीणा की बात सुनी। उसकी समझ में नहीं आ रहा था कि वीणा यह विवाहवाली बात कहाँ से निकाल लाई। उसने कहा, "तो तुम चाहती क्या हो ?"

हिचकियाँ लेते हुए उसने कहा, "तुम्हारी यह कैसी हालत है ? इन यन्त्रणाओं से तुम कब तक लड़ सकोगे ? बोलो ? मैं तुमसे कहने आई हूँ कि तुम अपने साथियों का नाम बतला दो !"

प्रभानाथ आसमान से गिरा। "अपने साथियों का नाम बतला दूँ–असम्भव ! जाओ मेरे सामने से–जाओ !"

लेकिन वीणा ने प्रभानाथ का हाथ पकड़ लिया। उसने प्रभानाथ की उँगली अपने हाथवाली अँगूठी पर लगाकर कहा, "मैं जाने नहीं आई हूँ, मैं इस यन्त्रणा से तुम्हें मुक्त कराने आई हूँ !"...और वीणा चुप हो गई। इस बीच में उसने अपनी अँगूठी प्रभानाथ को दे दी थी।

प्रभानाथ उस अँगूठी के स्पर्श से वीणा का मतलब समझ गया। तनिक संयत होकर उसने कहा, "मुझे समय दो !"

"नहीं–समय की बात नहीं–तुम्हें अपने साथियों का नाम बतलाना ही होगा, अपने लिए नहीं, मेरे लिए !"

"अच्छी बात है–लेकिन तुम मेरे सामने से जाओ–जाओ !" और प्रभानाथ विश्वम्भर दयाल की ओर घूमा, "मुझे यह न मालूम था कि आप मेरे खिलाफ इस अस्त्र का प्रयोग कीजिएगा–मैं हारा !" और प्रभानाथ वहाँ से घूमकर चल दिया।

विश्वम्भर दयाल को ताज्जुब हो रहा था कि कितनी आसानी से उसका काम हो गया। अपनी विजय की प्रसन्नता के भावों में उसने अपने को इतना अधिक खो दिया कि न वह वीणा के मुख के भावों का अध्ययन कर सका और न प्रभानाथ के मुख

के भावों का। उसने मुस्कुराते हुए वीणा से कहा, "चलिए ! जहाँ कहिए मैं आपको पहुँचा दूँ।" वीणा उसके साथ कार पर बैठ गई, "आपके बँगले के सामने मेरा ताँगा खड़ा है–वहीं चलिए; वहाँ से मैं चली जाऊँगी !"

विश्वम्भर दयाल के साथ वीणा उनके बँगले पर लौट आई। वहाँ कोई ताँगा नहीं था।

"मालूम होता है मेरा इंतजार करते-करते ताँगावाला चला गया। आप अपने नौकर से कोई ताँगा मँगवा दीजिए, बड़ी कृपा होगी।"

विश्वम्भर दयाल इस समय काफी उदार हो रहे थे, "आप मेरी कार ले जाइए न !"

"नहीं, आप ताँगा मँगवा दीजिए।"

विश्वम्भर दयाल ने कार के ड्राइवर को ताँगा लाने का आदेश देकर वीणा से कहा, "अच्छी बात है–आप तब तक ड्राइंगरूम में बैठिए।"

विश्वम्भर दयाल यह कहकर अंदर चला गया–जब वह बाहर आया उस समय वीणा चुपचाप बैठी थी। सामनेवाली कुरसी पर बैठते हुए विश्वम्भर दयाल ने कहा, "मैंने नौकर से चा लाने को कह दिया है, आप चा पीकर जाइएगा !...अरे..." यह कहते-कहते उसका चेहरा पीला पड़ गया–वह भय से काँप उठा।

उसने देखा कि वीणा पिस्तौल ताने उसके सामने खड़ी है। वीणा ने कहा, "तुम समझते हो कि तुम जीते–शैतान कहीं के–मैं कहती हूँ कि तुम हारे। मैंने प्रभानाथ को पोटेशियम साइनाइड दे दिया है–मैं प्रभानाथ को मारकर खुद को मरने के लिए निकली थी। लेकिन खुद मरने के पहले तुम्हें मारने का मौका मिल गया"...और यह कहते हुए उसने पिस्तौल का घोड़ा दाब दिया, गोली विश्वम्भर दयाल के मत्थे में घुस गई। वीणा लगातार गोलियाँ चलाती गई–और जब उसकी पिस्तौल में एक गोली बाकी बची, उसने वह गोली अपने मत्थे में मार ली।

8

पंडित श्यामनाथ तिवारी ने देखा–प्रभानाथ का शरीर काला पड़ गया था। पर प्रभानाथ के चेहरे पर एक प्रकार की शान्ति थी, एक प्रकार का संतोष था। श्यामनाथ तिवारी की समझ में नहीं आ रहा था कि यह क्या हो गया।

विश्वम्भर दयाल ने यहाँ तक कर डाला–उनका लड़का उनके सामने मरा पड़ा था। उस समय एकाएक श्यामनाथ की मुद्रा में एक अजीब तरह का परिवर्तन हो गया। वीणा के जाते ही प्रभानाथ ने अँगूठी में दिया हुआ जहर खाकर आत्महत्या कर ली

थी। कैम्पजेल में एक तरह की सनसनी फैल गई। उसी समय पंडित श्यामनाथ तिवारी को इस घटना की सूचना भेज दी गई थी।

श्यामनाथ ने जेलर से कहा, "अब क्या होगा?"

"लाश पोस्टमार्टम के लिए भेजी जाएगी। शाम तक आपको इत्तिला मिल जाएगी।"

"बहुत अच्छा!" शान्त भाव से उन्होंने कहा, लेकिन उसी समय वे जोर से हँस पड़े, "मरने के बाद भी उसके शरीर को शान्ति नहीं, मरने के बाद भी उसके शरीर की चीरफाड़ होगी। खूब मजाक करते हैं आप लोग।"

जेलर को पंडित श्यामनाथ तिवारी के इस व्यवहार पर आश्चर्य हुआ। श्यामनाथ हँस रहे थे, "भेजिए जेलर साहेब इस लाश को चीरफाड़ के लिए–इसमें रक्खा ही क्या है? जब जिन्दा आदमी को आप लोगों ने उसके बाप से छीन लिया था तब इस मुर्दा शरीर को उस बाप के हवाले करके आप उस अभागे बाप की हँसी उड़ाते हैं। लेकिन मैं ऐसा नहीं हूँ कि आप लोग मेरी हँसी उड़ा सकें।" और यह कहकर श्यामनाथ वहाँ से चल दिए।

अपनी कार पर बैठते हुए श्यामनाथ ने ड्राइवर से कहा, "विश्वम्भर दयाल के मकान पर ले चलो।"

श्यामनाथ ने बगल में रक्खे अटैचीकेस से अपना सर्विस रिवाल्वर निकाला–आज श्यामनाथ बदला लेने पर तुल गए थे। विश्वम्भर दयाल के बँगले में पहुँचकर उन्होंने देखा कि वहाँ पुलिस वालों की भीड़ लगी हुई है। श्यामनाथ मन ही मन हँस पड़े, "इतने पुलिसवाले अपनी हिफाजत के लिए इसने रख छोड़े हैं–लेकिन नहीं बचेगा–आज वह नहीं बचेगा!"

श्यामनाथ के कमरे में प्रवेश करते ही पुलिसवालों ने उन्हें रास्ता दे दिया। और श्यामनाथ ने देखा कि विश्वम्भर दयाल मरा पड़ा है।

"यह क्या?" श्यामनाथ ने कहा।

पास खड़े एक सब-इंस्पेक्टर ने कहा, "इस औरत ने इनकी हत्या करके अपनी हत्या कर ली!" और उसने एक तरफ पड़ी हुई वीणा की लाश की तरफ इशारा किया।

"अरे–यह तो वीणा है!" श्यामनाथ कह उठे। और वे वीणा के पास जाकर खड़े हो गए।

"क्या आप इसे पहचानते हैं?" पुलिस इंस्पेक्टर ने पूछा।

"पहचानता हूँ? मुझसे पूछते हो, इसे पहचानता हूँ?" और श्यामनाथ का स्वर प्रखर होता गया, "यह लड़की मुझसे बाजी मार ले गई!" यह कहते हुए श्यामनाथ ने अपना सर्विस रिवाल्वर निकालकर विश्वम्भर दयाल की लाश के सामने तान लिया,

"मैं आज इस आदमी को मारने आया था–लेकिन इस लड़की ने मेरा अधिकार छीन लिया; चुड़ैल कहीं की !" श्यामनाथ दाँत पीसने लगे, "मेरा अधिकार छीन ले गई यह चुड़ैल ! लेकिन–अभी मुझे कुछ और करना है–कुछ और करना है !" यह कहते-कहते उन्होंने अपना रिवाल्वर फेंक दिया और बढ़कर विश्वम्भर दयाल के शव को एक ठोकर मारी।

पुलिसवालों ने उन्हें पकड़ लिया। श्यामनाथ चिल्ला पड़े, "नरक का कीड़ा–मेरे खानदान को मिटाकर गया–गया !"

श्यामनाथ अनायास रुक गए–"तुम्हीं मेरे साथ मजाक नहीं कर सकते–मैं भी तुम लोगों के साथ मजाक कर सकता हूँ ! सुना विश्वम्भर दयाल–एक छोटी-सी लड़की–तुम्हारे साथ मजाक कर गई !" और श्यामनाथ जोर से हँस पड़े।

9

प्रभानाथ और वीणा की दाहक्रिया समाप्त करके रामनाथ तिवारी उन्नाव लौट गए। आज पहली बार उन्होंने अपने जीवन में पराजय की धुँधली छाया देखी थी। श्मशान में पंडित रामनाथ तिवारी अपनेपन पर अधिकार रक्खे रहे, अविचलित भाव से अपने पुत्र का दाह-संस्कार उन्होंने किया। पर लौटकर उन्होंने ऐसा अनुभव किया कि उनकी शक्तियाँ उन्हें जवाब देने लगी हैं।

वे उस बड़े बँगले में अकेले बैठे थे, स्तब्ध, मौन ! वह पराजय की धुँधली छाया जिसे उन्होंने प्रभानाथ की चिता में आग लगाते हुए देखा था, अब धीरे-धीरे गहरी होती जा रही थी। जीवन के प्रति एक प्रकार की भयानक उदासीनता को वे अनुभव कर रहे थे–इतनी थकावट उनके प्राणों में भर गई थी कि वे चिर-विश्राम की कामना करने लगे थे।

उनके मन में न मोह था, न विषाद था। उनकी आत्मा में अशान्ति नहीं थी, विद्रोह नहीं था। एक निष्क्रिय अचेतनता का अन्धकार उनकी आँखों के आगे घिर रहा था। उस अन्धकार के प्रति उनकी क्षीण चेतना आत्मसमर्पण कर रही थी– !

पंडित रामनाथ तिवारी के सामने एक विकराल शून्य था–और उन्हें ऐसा लग रहा था कि मानो वह शून्य उन्हें निगले ले रहा है। उस समय उन्होंने आकाश की ओर देखकर कहा, "हे भगवान ! क्या यही तुम्हारी इच्छा है ?"

पर रामनाथ तिवारी की चेतना को लौटना पड़ा; उनके सामने खड़े हुए श्यामनाथ कह रहे थे, "भइया ! सुना ! वह लड़की वीणा–वह आपकी अध्यापिका–वह मुझसे बाजी मार ले गई !" और श्यामनाथ हँसने लगे।

"श्यामू !" रामनाथ ने कठोर स्वर में कहा।

रामनाथ के इस कठोर स्वर से श्यामनाथ चौंक उठे। गम्भीर होकर उन्होंने कहा, "भइया, प्रभा को बचाना है। मैं उसे बचा न सकूँगा—आप ही उसे बचाइए !" और श्यामनाथ एक खाली कुरसी पर बैठकर रोने लगे।

रामनाथ जोर लगाके उठ बैठे—श्यामनाथ के सर पर हाथ रखकर उन्होंने कहा, "श्यामू ! अपने ऊपर अधिकार रक्खो—चलो, थोड़ी देर के लिए सो जाओ।"

"नहीं भइया—आप जानते नहीं, वे उसे जहर खिला देंगे—बड़े शैतान हैं वह लोग ! मेरे घर से ही मेरे लड़के को पकड़ ले गए—भोला-भाला, सीधा-सादा ! भइया—क्या कभी प्रभा क्रान्तिकारी हो सकता है ? क्या प्रभा कभी हत्या कर सकता है ? फिर क्यों उन लोगों ने उसे जहर खिला दिया ! उसे बचाइए भइया—उसे बचाइए !"

रामनाथ ने कड़े स्वर में कहा, "श्यामू, होश की बातें करो।"

श्यामनाथ चौंककर उठ खड़े हुए, "आप खड़े हैं और मैं बैठा हूँ—ऐसी गलती तो मुझसे पहले कभी नहीं हुई। मुझे क्षमा कीजिए—आपके पैर पड़ता हूँ भइया, मुझे क्षमा कीजिए।"

रामनाथ ने श्यामनाथ का हाथ पकड़कर अन्दर ले चलते हुए कहा, "लेटो चलकर श्यामू ! जब तक मैं न कहूँ तब तक मत उठना। सो जाओ।"

श्यामनाथ को पलंग पर लिटाकर रामनाथ लौट आए। अन्धकार उनकी आँखों के आगे से हट गया था, चेतना उनकी लौट आई थी। उन्हें यह अनुभव होने लगा था कि उनके सामने उनका उत्तरदायित्व था। परिस्थितियों का मुकाबिला न कर सकनेवाले कमजोर और बेबस उनके भाई को उनकी सहायता की आवश्यकता है। अब भी—इतना सब हो जाने के बाद भी रामनाथ को साहस कीं जरूरत मालूम हुई। उन्हें ऐसा लगा कि उन्हें वज्र की तरह कठोर होना पड़ेगा। पराजय—पराजय की भावना अपने अंदर है; मनुष्य जब तक अपने अन्दर से पराजित न हो, पराजित नहीं। बाहरवाली परिस्थितियों से लड़कर हारना या जीतना मनुष्य के वश की बात नहीं, असीम शक्तियाँ उसके खिलाफ हो सकती हैं। लेकिन अपने अंदर से हारना या जीतना—यह मनुष्य स्वयं कर सकता है।

भीतर घर में उन्हें स्त्रियों और बच्चों की आवाज सुनाई पड़ रही थीं। कानपुर से महालक्ष्मी और राजेश्वरी श्यामनाथ के साथ आ गई थीं। अकेले श्यामनाथ ही नहीं, ये स्त्रियाँ, ये बच्चे, ये सबके सब रामनाथ पर अवलंबित थे, आश्रित थे। उनका स्वामित्व धीरे-धीरे जाग रहा था। इस निष्क्रिय कमजोरी से काम न चलेगा, यह तो जीवित मृत्यु है ! उन्हें अन्तिम समय तक लड़ना है, काम करना है।

लड़ना—किससे ? काम करना—कौन-सा काम ?

न वे अपने विपक्षी को देख सकते थे, और न वे अपना कर्तव्य निश्चित कर पा रहे थे। उनके मन में आ रहा था कि एक बार अपने विपक्षी को देख पाते ! इन परिस्थितियों के चक्र को चलानेवाले के सामने होकर उसकी इच्छा वे जान पाते–उसके कार्यक्रम को समझ पाते ! उन पर एक के बाद एक वार हो रहे थे–और वे वार एक अदृश्य स्थान से हो रहे थे, एक अदृश्य शक्ति द्वारा ! और ऐसी हालत में उन्हें लड़ना था, साहस के साथ उस अदृश्य का मुकाबिला करना था।

उनके अन्दरवाली गुरुता और अहम्मन्यता करवटें बदल रही थी। सबकुछ खोकर भी लड़ना है, बिना झुके हुए–अन्त समय तक ! जब तक वे अपने अंदर से पराजित नहीं होते तब तक वे विजयी हैं; और अपने अंदर विजयी होना अथवा पराजित होना, यह उनके वश में था। वे मुस्कुरा पड़े–पर उनकी उस मुस्कुराहट में कितनी भयानक करुणा थी।

रामनाथ तिवारी कितनी देर तक इस अर्धचेतन अवस्था में बैठे रहे–इसका उन्हें ज्ञान न था। उन्हें ऐसा लगा कि किसी ने उनके चरण छुए और एकाएक वे चौंक उठे। आँखें खोलकर उन्होंने देखा–सामने उमानाथ खड़ा था।

"तुम उमा !" रामनाथ ने कहा।

"हाँ, ददुआ ! मुझे दुःख है कि मैं श्मशान में नहीं पहुँच सका, मेरे खिलाफ पुलिस का वारंट है।"

"मझली बहू से मालूम हुआ कि तुम फरार हो। बैठो। कैसे आए ?"

उमानाथ रामनाथ के इस भावनाहीन और ठंडे स्वर से घबरा गया, "मैंने सुना ददुआ, प्रभा का यह अंत होगा, इसकी मैंने कल्पना भी न की थी !"

"प्रभा की बात छोड़ो–वह विगत का सपना बन चुका है। अपनी बात कहो। तुम्हारे खिलाफ भयानक अभियोग है। सुना है कि तुम अकेले ब्रिटिश सरकार को ही नहीं, बल्कि हम सब पूँजीपतियों को मिटाने पर तुले हुए हो।"

उमानाथ ने रामनाथ की बात का कोई उत्तर नहीं दिया।

रामनाथ थोड़ी देर तक उमानाथ को देखते रहे, "मिटाना–मिटाना ! यही तुम लोग सीख सके हो–तुम्हारी सारी शिक्षा और सारी संस्कृति तुम्हें केवल इतना सिखा सकी है कि मिटाओ ! लेकिन मिटा वही सकता है जो सबल है !" और रामनाथ हँस पड़े। उमानाथ अपने पिता से तर्क करने नहीं आया था, उसके पास तर्क करने का समय भी नहीं था।

रामनाथ ने फिर कहा, "बोलो–अब क्या इरादे हैं ? सुना है कि अगर तुम पकड़े गए तो तुम्हें कालेपानी की सजा हो सकती है।"

"जी हाँ।" उमानाथ ने कहा, "इसीलिए मैं आपके पास आया हूँ।"

"तो मैं सबकुछ ठीक करा दूँगा। कल मैं तुम्हें साथ लेकर गवर्नर से मिलूँगा–तुम्हारे खिलाफ वारंट हट जाएगा। अपनी जमीन-जायदाद सम्हालो उमा। शान्तिपूर्वक रहो।"

"आप मेरा मतलब नहीं समझे। मैं सरकार से माफी माँगने नहीं आया हूँ; मैं हिन्दुस्तान से बाहर जाना चाहता हूँ।"

उमानाथ ने जो कुछ कहा रामनाथ थोड़ी देर तक उसे समझने की कोशिश करते रहे, "समझा ! ब्रिटिश सरकार के हाथ से निकलना चाहते हो–देश के बाहर रहकर तुम ब्रिटिश सरकार के विरुद्ध युद्ध छेड़ना चाहते हो ! तुम अन्तर्राष्ट्रीय लुटेरों के गिरोह में शामिल होकर दुनिया में एक भयानक उथल-पुथल मचाना चाहते हो ! लेकिन इसके लिए मेरे पास आने की क्या जरूरत थी ?"

उमानाथ के अंदर एक प्रकार की निराशा-सी छा गई थी। उसने दबी जबान से कहा, "हिन्दुस्तान से बाहर जाने के लिए मुझे रुपयों की जरूरत है–अधिक नहीं, दस हजार रुपयों से काम चल जाएगा !"

रामनाथ मुस्कुराए, "हम पूँजीपतियों को मिटाने के लिए तुम हमारा ही रुपया चाहते हो ? कितनी मजेदार बात है और तुम समझते हो कि मैं स्वयं विनष्ट होने के लिए तुम्हें शक्ति प्रदान करूँगा–तुम्हें रुपया दूँगा !" रामनाथ कहते-कहते उठ खड़े हुए, "उमा, जाओ यहाँ से ! तुम समाज के सबसे भयानक शत्रु हो–जाओ मेरे सामने से–जाओ !" रामनाथ का स्वर बहुत अधिक प्रखर हो गया था।

उमानाथ चल पड़ा, मर्माहत-सा। वह कमरे के बाहर निकला और वहाँ उसने देखा कि महालक्ष्मी खड़ी है। महालक्ष्मी ने भर्राए हुए स्वर में कहा, "मेरे साथ आइए।"

उमानाथ चुपचाप महालक्ष्मी के साथ भीतर अपने कमरे में चला गया। उमानाथ को बिठलाकर उसने अपनी अलमारी खोली। अलमारी से उसने अपने गहनों का बक्सा निकाला–और वह बक्सा उसने उमानाथ के सामने रख दिया। उसने कहा, "मैंने आपकी और ददुआ की बातें सुनी ! मेरे पास कुल दो हजार रुपए हैं–बाकी मेरा गहना है। यह सब आप ले जाइए। जल्दी से जल्दी कुशलपूर्वक हिन्दुस्तान के बाहर चले जाइए–सिर्फ एक विनय है–निरापद स्थान में पहुँचकर किसी तरह अपनी कुशल का संदेसा भेज दीजिएगा !" और उमानाथ ने देखा कि महालक्ष्मी उसके चरणों को पकड़े हुए रो रही है।

एकाएक उमानाथ ने उठकर महालक्ष्मी को अपने आलिंगन-पाश में कस लिया, "महालक्ष्मी–तुम स्त्री नहीं हो, देवी हो ! लेकिन...तुम्हारा गहना..."

महालक्ष्मी ने उमानाथ का मुँह बंद करते हुए कहा, "स्त्री का सबसे बड़ा गहना है उसका सुहाग ! मेरा सुहाग अचल रहे–मुझे यह गहना नहीं चाहिए ! आप इसे लेकर

जल्दी से जल्दी चले जाइए !"

उमानाथ का लड़का सुरेश बाहर राजेश और ब्रजेश के साथ था। महालक्ष्मी सुरेश को उठाकर ले आई और उसने उसे उमानाथ की गोद में दे दिया, "अपने लड़के को अपना आशीर्वाद दे जाइए !"

उमानाथ ने सुरेश को प्यार किया–इसके बाद उसने अपनी पत्नी का आलिंगन किया। उसने कहा, "महालक्ष्मी–मैं जल्दी लौटूँगा–तुम मेरी प्रतीक्षा करना।" और गहने का बक्सा लिए हुए वह वहाँ से चला गया।

10

उमानाथ के जाने के बाद रामनाथ ड्राइंगरूम में बैठ गए। एक अजीब तरह की कठोरता वे अपने अंदर अनुभव कर रहे थे। कितनी आसानी के साथ उन्होंने उमानाथ को रात के अन्धकार में निरवलम्ब और विवशता की अवस्था में निकाल बाहर किया था। रामनाथ के अंदर से किसी ने कहा, "तुम मनुष्य नहीं, दानव हो !"

लेकिन रामनाथ की अहम्मन्यता पूरी शक्ति के साथ उभर आई थी। हरेक पराजय के बाद उनकी अहम्मन्यता और भी अधिक भयानक कटुता लेकर फिर से लड़ने को तैयार हो जाती थी। 'अन्त तक लड़ना है बिना झुके हुए।' रामनाथ ने मन ही मन कहा, 'पराजय–नहीं, मुझे कोई पराजित नहीं कर सकता।'

उस समय रात के दस बजे थे। उसे सुनाई पड़ा, "ददुआ !"

रामनाथ ने चौंककर पीछे देखा, "मझली बहू ! क्या है ?"

"कुछ खा लीजिए, कल से आपने कुछ खाया नहीं है !"

प्रभानाथ की मृत्यु की खबर पाने के बाद से अभी तक रामनाथ के मुँह में अन्न का एक दाना भी न गया था। उन्हें भूख भी नहीं मालूम हो रही थी। उन्होंने कहा, "इस वक्त भूख नहीं है बहू ! जाओ, तुम सब लोग खा लो ! मैं इस समय न खाऊँगा !"

"कुछ थोड़ा-सा तो खा लीजिए–इस तरह कैसे काम चलेगा !"

"कह दिया जाओ–इस वक्त भूख नहीं है।" रामनाथ ने कड़े स्वर में उत्तर दिया।

महालक्ष्मी चली गई। महालक्ष्मी के चले जाने के बाद रामनाथ को ऐसा लगा मानो उनमें आवश्यकता से कुछ अधिक कटुता आ गई है ! उठे और बरामदे में चले आए। चारों ओर गहरा अन्धकार छाया था।

थोड़ी देर तक वे उस अन्धकार में खड़े रहे। वे कमरे में चलने को घूम ही रहे कि उन्होंने बँगले में एक कार आती हुई देखी। उन्होंने मन ही मन कहा, 'इतनी रात

में कौन हो सकता है ?'

वे कमरे में बैठकर आनेवाले की प्रतीक्षा करने लगे। और उन्होंने देखा कि आनेवाला उनका बड़ा लड़का दयानाथ है।

दयानाथ को देखते ही रामनाथ की भृकुटियों पर बल पड़ गए। उन्होंने दयानाथ को देखते ही कहा, ''तुम !''

दयानाथ रामनाथ के चरण छूता-छूता रुक गया, ''जी हाँ !''

रामनाथ की भृकुटियों के बल नहीं गए, उन्होंने कुछ चुप रहकर कहा,''तुम्हें यहाँ, अपने घर में देखकर ताज्जुब हुआ ! शायद कुल पर जो गहरा धक्का लगा है उसके दुःख में तुम अपने शब्दों को भूल गए !''

दयानाथ ने उत्तर दिया, ''जी नहीं। मैं भूला कुछ नहीं, केवल मैंने अपनी गलती अनुभव कर ली है।''

''कैसी गलती ?'' रामनाथ ने पूछा।

''कि मैंने कांग्रेस में सम्मिलित होकर गलती की। मैं कांग्रेस छोड़ चुका हूँ।''

रामनाथ ने कड़े स्वर में कहा, ''दया ! तुम कांग्रेस को छोड़कर और भी बड़ी गलती कर रहे हो। मुझे सब मालूम है। तुम चुनाव में हारे–और चुनाव में हारकर तुममें निराशा पैदा हो गई। तुम कायर की तरह कहाँ से भाग रहे हो। तुम बाहर से पराजित नहीं हुए–आज चुनाव में हारे हो, कल चुनाव में जीत भी सकते हो, यह सब तो परिस्थितियों पर निर्भर करता था–तुम पराजित हुए हो अपने अंदर से ! मुझे इस बात का दुःख है।''

दयानाथ ने कोई उत्तर नहीं दिया। उसके पिता ने जो बात कही थी वह सत्य है, उसने अनुभव किया। वह मन ही मन सोच रहा था–क्या उसने उन्नाव लौटकर गलती की !

रामनाथ ने कुछ रुककर कहा, ''तुमने मेरे यहाँ लौटकर गलती की। जीवन का क्रम आगे बढ़ना है–पीछे लौटना असम्भव है। मेरे यहाँ तुम्हारे लिए कोई स्थान नहीं है दया–तुम समझदार हो, मेरी बात समझ ही गए होगे।''

दयानाथ लज्जा से गड़ा जा रहा था। उसने कहा, ''आप ठीक कहते हैं, मैंने अपने प्रति बहुत बड़ा अपराध किया है–आपने मेरी कमजोरी बतलाकर मेरा बहुत बड़ा उपकार किया है।'' और यह कहकर उसने अपने पिता के पैर छुए।

रामनाथ बैठे रहे। दयानाथ ने फिर कहा, ''मेरी पत्नी और बच्चे–वे आ गए हैं। उनको लेकर मैं अभी जा रहा हूँ।''

''अपनी पत्नी और बच्चों को यहाँ छोड़ सकते हो–केवल तुम त्याज्य हो, तुम्हारी पत्नी और बच्चे नहीं !'' रामनाथ ने कहा।

दयानाथ मुस्कुराया, "पीछे लौटना असम्भव है ददुआ–आपने ही अभी बतलाया है। आपने सारे कुल को मना कर दिया कि तुमसे कोई सम्पर्क न रक्खा जाए क्योंकि सारे कुल पर आपका अधिकार था; इस कुल का स्वामी होने के कारण ! और मैं समझता हूँ कि अपनी पत्नी और बच्चों पर मेरा अधिकार है। अगर मैं आपके लिए त्याज्य हूँ तो आप भी मेरे लिए त्याज्य हैं।" और दयानाथ तेजी के साथ कमरे के बाहर चला गया।

एक बार रामनाथ के मन में आया कि दयानाथ को रोकें पर उनकी अहम्मन्यता ने उन पर विजय पाई। राजेश्वरी और उसके बच्चे बिना रामनाथ से मिले दयानाथ के साथ चले गए। रामनाथ ने जाती हुई कार का शब्द सुना–उन्होंने राजेश्वरी और उसके बच्चों की आवाजें भी सुनीं। पर वह अपने आसन से नहीं हिले। वह समझते थे कि राजेश्वरी और राजेश-ब्रजेश उनसे मिलने, उनसे विदा लेने आवेंगे।

और दयानाथ के जाने के साथ रामनाथ की चेतना एकाएक जाग उठी।

दयानाथ ने रामनाथ के कुल की बात चलाई थी और आज रामनाथ का कुल उजड़ गया था। उनके तीनों लड़के उनसे बिछुड़ गए थे–शायद हमेशा के लिए ! सारा कुल नष्ट हो गया, रामनाथ नितान्त अकेले रह गए।

और उनके अंदर से किसी ने कहा, 'यह सब तुमने किया–तुम्हारी अहम्मन्यता ने ! तुम कुलघातक हो !'

रामनाथ बल लगाकर खड़े हो गए। उन्होंने जरा जोर से कहा, "क्या मैं कुलघातक हूँ ! झूठ !" और पागल की तरह वे कमरे में टहलने लगे।

रामनाथ विक्षिप्तावस्था में टहल रहे थे और अपने से कह रहे थे, "सबकुछ समाप्त हो गया–कोई नहीं–सब गए। अकेले तुम प्रेत की तरह मौजूद हो रामनाथ। प्रभा को मृत्यु से रोक सकता था–अगर जेल में जाकर तुम उससे न मिले होते। उमा को रुपया देकर तुम बचा सकते थे–लेकिन तुमने उसे अन्धकार और निराशा में धकेलकर हमेशा के लिए उसे अपना शत्रु बना लिया। और दया–वह तुम्हारे पास आया, अपनी पत्नी और बच्चों के साथ ! लेकिन तुमने उसे निकाल बाहर किया। अपने ही हाथों तुमने अपना विनाश किया। तुम्हारी समर्थता–तुम्हारी अहम्मन्यता–यह सब निर्माण नहीं कर सके–इन्होंने भयानक विनाश किया है–तुम अधम हो–तुम पापी हो !"

रामनाथ का स्वर तेज होता गया, "तुम्हारा छोटा भाई, तुम पर विश्वास करनेवाला, तुम्हारा भरोसा करनेवाला, तुम्हें देवता की तरह पूजनेवाला–पागल हो गया है ! अब क्या करोगे, किससे बोलोगे ? किस पर शासन करोगे ? सब गए–हमेशा के लिए ! दुनिया में बिना तुम्हारी सहायता के लोगों का काम चल सकता है। तुम समर्थ

नहीं हो, तुम जीवन में जीते नहीं, तुम अपने जीवन में भयानक रूप से हारे हो।''

रामनाथ को सुनाई पड़ा, ''ददुआ !''

रामनाथ ने देखा, महालक्ष्मी दरवाजे पर खड़ी कह रही थी–''शान्त होइए ददुआ ! थोड़ा-सा खा लीजिए चलकर।''

लेकिन रामनाथ ने महालक्ष्मी को कोई उत्तर नहीं दिया, वे अपने से ही कह रहे थे, 'तुम पापी हो, तुम हत्यारे हो, तुम कुलघातक हो !' और वे कुर्सी पर बैठ गए।

महालक्ष्मी के पास अवधेश खड़ा था। महालक्ष्मी ने अवधेश से कहा, ''बेटा, अपने बाबा को लिवा लाओ जाकर खाना खाने के लिए।''

अवधेश जाकर रामनाथ के पास खड़ा हो गया। उसने तुतलाते हुए कहा, ''बाबा–बा...बा...खाना... !''

रामनाथ ने अवधेश को थोड़ी देर तक निर्निमेष दृष्टि से देखा और फिर धीरे-धीरे उनके हाथ बच्चे की तरफ बढ़े। उन्होंने बच्चे को गोद में ले लिया और वे खड़े हो गए।

और उस समय उन्हें अनुभव हुआ कि दूसरों को उनके सहारे की जरूरत नहीं रही। अब उनको उस बच्चे के सहारे की जरूरत है। उस बच्चे को छाती से चिपटाते हुए उन्होंने कहा, ''बेटा–बेटा, इस बूढ़े का साथ मत छोड़ना !''

●●●